Querido avôzinho:

Como recordação das nossas juntas de verão 2009 e como forma de demonstrar o quão importante és para nós, te oferecemos este livro:

"Filipa de Lencastre — a rainha que mudou Portugal"; assim como ela mudou o nosso país também todos os momentos que passamos juntos nus dam a nossa vida — para MELHOR! :))

Beijocas imensas e muitos abraços das tuas netas que gostam muito de ti!

. Catarina Luís
. Beatriz Luís

. Brita Luís

13 de Agosto de 2009

FILIPA
DE LENCASTRE
A RAINHA QUE MUDOU PORTUGAL

Isabel Stilwell

FILIPA
DE LENCASTRE
A RAINHA QUE MUDOU PORTUGAL

18.ª edição

a esfera ⊕ dos livros

A Esfera dos Livros
Rua Garrett, n.º 19 – 2.º A
1200-203 Lisboa – Portugal
Tel. 213 404 060
Fax 213 404 069
www.esferadoslivros.pt

Distribuição: Sodilivros, SA
Praceta Quintinha, lote CC4 – 2.º Piso R/c e C/v
2620-161 Póvoa de Santo Adrião
Tel. 213 815 600
Fax 213 876 281
geral@sodilivros.pt

1.ª edição: Abril de 2007
2.ª edição: Maio de 2007
3.ª e 4.ª edição: Junho de 2007
5.ª edição: Julho de 2007
6.ª e 7.ª edição: Julho de 2007
8.ª edição: Agosto de 2007
9.ª edição: Setembro de 2007
Edição Especial Limitada: Outubro de 2007
11.ª edição: Outubro de 2007
12.ª edição: Março de 2008
13.ª edição: Junho de 2008
14.ª edição: Dezembro de 2008
15.ª edição: Fevereiro de 2009
16.ª edição: Abril de 2009
17.ª edição: Junho de 2009
18.ª edição: Julho de 2009

Capa: Compañia
Imagens da capa: bpk / Gemäldegalerie, SMB / Jörg P. Anders;
© P. Narayan / Age fotostock
Foto da autora: Pedro Ferreira

Paginação: Segundo Capítulo
Revisão: Francisco Paiva Boléo
Impressão e Acabamento: Gráfica Manuel Barbosa & Filhos

Depósito legal n.º 296 125/09
ISBN 978-989-626-059-0

ÍNDICE

ÍNDICE

*Para a minha mãe,
uma autêntica Philippa of Lancaster do século XX
– nasceu na mesma região de Inglaterra, veio
para Portugal por amor, foi mãe de oito filhos
e guiou-se sempre, e acima de tudo, pelas suas
convicções religiosas.*

I PARTE
PHILIPPA, PRINCESA DE INGLATERRA

«O meu destino, escrevo-o eu!»

(1360 – 1386)

Casa de Plantagenet

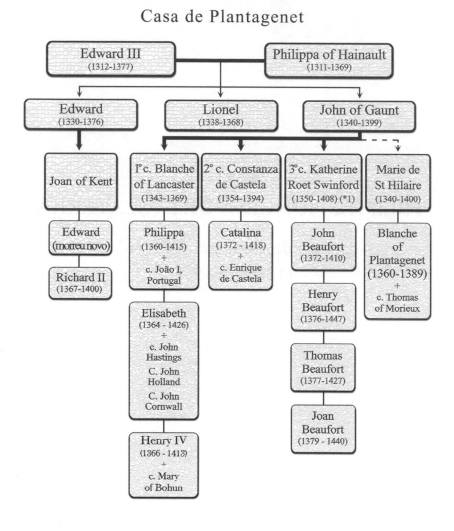

Edward III (1312-1377)	**Philippa of Hainault** (1311-1369)	

Edward (1330-1376) — **Lionel** (1338-1368) — **John of Gaunt** (1340-1399)

Joan of Kent

1º c. **Blanche of Lancaster** (1343-1369)

2º c. **Constanza de Castela** (1354-1394)

3º c. **Katherine Roet Swinford** (1350-1408) (*1)

Marie de St Hilaire (1340-1400)

Edward (morreu novo)

Richard II (1367-1400)

Philippa (1360-1415) + c. João I, Portugal

Catalina (1372 - 1418) + c. Enrique de Castela

John Beaufort (1372-1410)

Blanche of Plantagenet (1360-1389) + c. Thomas of Morieux

Elisabeth (1364 - 1426) + c. John Hastings C. John Holland C. John Cornwall

Henry Beaufort (1376-1447)

Henry IV (1366 - 1413) + c. Mary of Bohun

Thomas Beaufort (1377-1427)

Joan Beaufort (1379 - 1440)

▬▬ Casamento

---- Amante

*1 Já era mãe de Blanchet (n.1366), e de Thomas (n.1368)

1

Burford Castle, 20 de Maio de 1364

Philippa não conseguia adormecer. Naquela cama grande que lhe era estranha, estava frio, os lençóis húmidos, e nem as mantas de peles com que a ama a enfaixara como se fosse um bebé, lhe traziam o calor necessário para permitir que o sono a tomasse. Esta cama do castelo de Burford não era a sua, e hoje, ainda por cima, faltava-lhe o corpo quente da ama, Maud, que a pretexto de adormecer a sua menina acabava sempre por passar a noite abraçada a ela. Há quatro anos que era assim, desde que com segundos de vida no último dia de Abril tinha sido posta ao seu peito, a que se agarrara com uma sofreguidão imensa, como ainda hoje se prendia a qualquer colo que a acolhesse.

Philippa gostava da noite. Gostava dos rituais que marcavam as horas do fim do dia, e se repetiam, imutáveis, indiferentes ao facto de terem como cenário os luxuosos aposentos do Savoy em Londres, na ala dos Lancaster em Windsor, no aconchego de Kenilworth, nas torres de Bolingbroke, ou como agora, no castelo dos primos, em Burford. Philippa nem sequer se perguntava por que andavam sempre com a casa às costas, nem lhe passaria pela cabeça indagar por que é que o pai, John, ou o avô, Edward, não pareciam capazes de assentar arraiais onde quer que fosse. Mas Maud, nascida e criada em Leiscester, de onde só saíra aos dezasseis anos, depois do desgosto de ver o seu filho morrer-lhe nos braços, para entrar ao serviço como ama-de-leite da princesa Philippa, achava tudo aquilo excentricidades de loucos, e consolava-se, tanto como a sua princezinha, com a organização e disciplina que impunha no seu território: os aposentos da primogénita.

Para Philippa estes hábitos certos davam-lhe a segurança de sentir que se tudo mudava lá fora, tudo permanecia igual cá dentro, desde que Maud, e sobretudo a mãe, estivessem por perto.

As criadas que a serviam arrastavam dos fogões da cozinha para o quarto de brinquedos, baldes de água quente para encherem a grande tina de madeira polida. Maud enfiava-a na água e ensaboava-a devagarinho, enquanto lhe contava as últimas novidades do dia, ou esquecendo-a, tagarelava com as criadas. Depois tirava-a do banho – era tão delicada que a ama continuava a pegar-lhe como se fosse um bebé – e enrolava-a em toalhas de linho, sentando-a num *pouf* de carneira frente à lareira, que estava sempre acesa mesmo nestes dias em que a Primavera já tomava conta das árvores, enchendo--as de folhas verde-alface.

Os cabelos de Philippa eram cor de trigo, mas lisos e baços, sem qualquer sombra de graça, e mesmo os caracóis que em bebé lhe tinham rodeado a cara magra e estreita haviam desaparecido há muito. Maud embebia-os em leite de cabra, para que Philippa não lhe furasse os tímpanos com guinchos sempre que a escova se prendia ao penteá-los. A ama gostava de os deixar soltos, e em cada madeixa de cabelo revivia as doenças que a tinham deixado alerta noite e dia à cabeceira daquela criança sempre frágil e enfermiça, a ansiedade que lhe causava a timidez da menina, que preferia manter--se agarrada às suas saias a brincar com as primas, sobretudo quando toda a família se reunia.

E enquanto Maud invariavelmente pensava no passado, Philippa olhava o fogo e procurava encontrar o futuro nas formas das labaredas. O futuro próximo, que se resumia a um só desejo: que a mãe viesse rezar com ela as orações da noite, lhe passasse as mãos pelos cabelos, e entalando os cobertores à sua volta, lhe fizesse por fim uma pequena cruz na testa, a cruz que a protegeria dos fantasmas da noite e a encomendaria a Deus Nosso Senhor, até que o sol voltasse a nascer...

As orelhas de Philippa quase cresciam nesse desejo de ouvir o menor sinal, o menor ruído: os camareiros a abrir as portas, as criadas numa roda viva, os saltos da mãe nos degraus das escadas, a porta da *nursery* a ranger, as argolas da cortina de tapeçaria que tapava a pequena porta, sob o arco de pedra, a deslizarem no varão para um dos lados, deixando entrever a mãe, os seus cabelos loiros brilhantes presos numa trança imensa em redor da cabeça, coberta por uma rede de pequenas pérolas e brilhantes.

Philippa dava voltas e voltas na cama. Já se destapara e voltara a tapar, já chamara pela ama, mas sem obter resposta, já martelara as almofadas para lhes fazer um ninho para a cabeça, mas não conseguia adormecer. Hoje olhara para o fogo como sempre e fizera figas atrás das costas:

– Philippa, deixe-se dessas heresias, menina, reze aos santos se quer favores, não me cruze os dedos como se fosse uma miúda da rua – dizia-lhe Maud quando a apanhava de dedinhos minúsculos torcidos com força, escondidos do seu olhar.

Fizera figas com mais força do que o costume e espevitara os ouvidos como nunca, mas não lhe chegaram nem sons de portas a ranger, nem tão-pouco o toc-toc das polainas da mãe nos degraus do torreão, nem muito menos a cortina a deslizar. Hoje a mãe não viera e a ama Maud não respondera às perguntas com que a metralhara ao jantar.

– Coma, princesa, não faça essas bolas na boca, que não tem sorte nenhuma, há-de comer tudo ou não me chame eu Maud de Leiscester, uma terra temente de Deus. Farta de a velar à beira da cama estou eu, e não quero a sua mãe a chamar-me a atenção. Coma, que se não comer, amanhã ainda aqui está, e o fogo apaga-se e a menina tirita de frio que não sou eu que a meto na cama.

Comera depressa, só ela sabia com quanto custo fizera passar na garganta aquele pedaço de vianda, e aqueles legumes cozidos, bebera a taça de cidra quente, dobrara o guardanapo no tabuleiro imenso, tudo para que quando a mãe chegasse os criados já tivessem levado as memórias do detestável jantar, e no quarto de brinquedos estivesse só ela e a lareira. A cortina cederia por fim, a mãe entraria com o seu sorriso quente, e viria sentar-se no banquinho de flores bordadas a *petit-point*, chegando-o para mais perto da filha. E depois de lhe perguntar pelas brincadeiras e pelas orações, estenderia as suas mãos finas cor de pérola e deixaria que a palma da mão passasse suave entre os cabelos soltos que Maud desembaraçara, e Philippa sentir-se-ia a pessoa mais feliz do universo. Fizera tudo certo, tudo bem feito, mas a mãe não chegara.

⁜

Philippa sabia que não era tão bonita como a mãe, Blanche of Lancaster. Herdara dela o cabelo loiro e os seus olhos cor de mar, mas as feições, diziam os criados, as aias, as damas e toda a gente com quem se cruzava, eram os da Casa dos Plantagenet, a casa real inglesa, ou seja, as do pai: o nariz comprido e afiado, as maçãs do rosto salientes, os olhos pequenos, um pouco perdidos em arcadas fundas, a boca marcada, no caso do pai, muito marcada e sensual.

– Mas ninguém pode ser tão bonita como a minha mãe, porque toda a gente diz que a minha mãe é a mulher mais bonita de Inglaterra. Chaucer até diz que ela é mais bonita do que a rainha-avó, e a Maud garante que, só por dizer uma coisa dessas, o homem pode ficar sem cabeça! – consolava-se a si mesma vezes e vezes sem conta.

Porque não era só a beleza de Blanche que apaixonava os cavaleiros e os poetas da corte, fazendo correr a sua fama na boca do povo. Blanche tinha uma suavidade imensa, uma serenidade que aparentemente nada abalava, uma forma de captar o olhar que se cruzava com o seu e de o reter, deixando o interlocutor entontecido como que subitamente promovido a alguém muito especial. A mãe mantinha presa a si a atenção do pai, John, e Philippa já ouvira vezes sem conta as damas a murmurar que «reter o coração do duque» era uma tarefa impossível para qualquer outra mulher, pelo menos da forma permanente e indelével como ela o fizera. Gostava de as ouvir falar assim dos seus pais. Divertia-se a passear silenciosamente entre as tias, as damas e as camareiras, com a consciência perfeita de que os adultos nunca se lembram de que as crianças têm ouvidos.

Quando repetia a Maud o que escutara, a ama abanava a cabeça, zangada, e vociferava:

– Quanto mais cabeleiras e chapéus usam na cabeça, menos lá têm dentro! Então não sabem que os duendes pequenos são aqueles que têm as orelhas mais compridas?

Numa família de segredos e traições, Maud temia que um dia a sua pequenina Philippa ouvisse alguma coisa que a pudesse magoar. Maud vivia há tempo suficiente naquela casa, naquela corte, para saber aquilo de que as pessoas eram capazes! Mesmo quando tinham perfeita consciência de que podiam estilhaçar o coração de uma criança tão inocente como a sua menina. Mesmo quando o que estava em causa era o seu pai. Decididamente a fé de Maud na lealdade da humanidade já não era forte, mas esmorecia de vez quando se tratava da metade descendente de Adão. E desaparecia por completo quando o homem era John of Gaunt.

❀

Philippa de repente teve uma ideia: saiu da cama como uma flecha e voltou para dentro dos cobertores com a mesma rapidez, um espelho de tartaruga na mão. À luz da lareira e das velas que ardiam em redor do seu quarto circular, ou não fosse o maior e o mais alto daquela torre, olhou para a sua imagem reflectida no espelho que a madrinha de baptismo lhe dera e que fazia parte do cortejo de objectos que a seguiam por onde fosse.

– Algum dia vou ser parecida com a minha mãe? – perguntava de vez em quando a Maud. A ama estava sempre preparada para a pergunta:

– A menina já é linda e vai ser linda como a sua mãe, se comer a sopa toda e deixar que essas bochechas ganhem carne e os seus cabelos se tornem mais fortes, com a força que lhe vem da fruta – respondia, devolvendo-lhe invariavelmente a maçã que ficara intacta, apenas com uma marca dos seus dentes pequeninos.

E Philippa prometia a si mesma devorar tudo o que viesse nos pratos e nas malgas de estanho.

Mas hoje Maud não respondia quando a chamava. E o espelho parecia hesitante em responder-lhe com a mesma certeza da sua ama. Philippa disse alto, falando sozinha:

– Quando me levarem à sala num dia de festa, uma daquelas amigas da mãe vai dizer, julgando que não oiço, «ai, vê-se mesmo que aquela é a filha mais velha de Blanche, é igualzinha a ela»!

O som da sua própria voz e a imitação que fizera da dama afectada, deram-lhe vontade de rir, aquele riso em que só os mais próximos sabem detectar uma gota de amargura: nunca seria como a mãe, porque não havia ninguém como ela, nem sequer naquele reino longínquo de Castela de que o pai voltava sempre com um sorriso largo e a pele tisnada pelo sol.

Por pensar nele, lembrou-se. O pai hoje estava em casa. Quando, naquela tarde, ajudava Maud a dobrar lã na sua salinha, tinha ouvido as trombetas soar, sinal de que o senhor da terra e daquela casa estava a chegar. Atirara ao ar o novelo e correra para a janela, e só não tinha sido repreendida por um gesto tão impulsivo porque Maud fizera o mesmo.

Ao ver o séquito aproximar-se a galope, e os portões a abrirem-se de par em par, Philippa sentia que lhe faltava o ar – todos vestiam as mesmas capas vermelhas e no ombro esquerdo ressaltava a rosa encarnada dos Lancaster, que tinha o condão de a comover sempre.

Atravessara a sala a correr, em direcção ao patamar de onde partiam as escadas de caracol, desceu-as o mais depressa que pôde, a saia presa numa das mãos a outra no corrimão para não cair, até chegar ao varandim da escadaria de onde podia ver a entrada principal. Sentou-se, ofegante: não queria perder nada. Procurou a mãe, como ponto de referência, direita e sorridente no topo da escadaria, como estava sempre que o pai chegava a casa. Mas desta vez não viu ninguém. E o pai nem se deteve surpreendido, entrando pela galeria em passo de corrida. O ruído das suas botas cardadas não conseguia abafar totalmente um som distante e indistinto, que a Philippa pareceram gemidos.

Subitamente uma mão segurou-a com força pela gola do vestido:

– O que é que a menina Philippa acha que faz aqui? – Era Maud. Philippa agarrou-se a ela com todas as forças que tinha, desesperada por acalmar a ansiedade que crescia dentro de si, e perguntou numa voz que procurou manter firme:

– Maud, por que é que a minha mãe não estava à espera do meu pai?

Maud fugiu-lhe com os olhos, mas a voz não denunciava nada:

– Porque hoje tem coisas mais importantes a fazer!

Philippa sossegou, mas mesmo assim fez figas quando ao fim da tarde olhou a lareira e esperou que os compromissos da mãe estivessem resolvidos antes da hora de lhe vir dar um beijo de boas noites. Mas pelos vistos as suas figas idiotas não serviam de nada. Até a ama lhe dera o banho e o jantar a despachar, para desaparecer também…

– Maud – gritou mais uma vez. Mas de Maud, nada.

Philippa estava farta de estar ali deitada. Se nem Maud respondia, e a mãe não aparecia, ninguém podia zangar-se com ela por sair da cama, pois não? A camisa de noite de linho grosso não era quente, mas Philippa cobriu-se com o manto forrado das viagens e ainda colocou por cima uma das mantas de pele que a ama lhe deixara sobre a cama. Pensou ir acordar uma das aias, porque não conhecia muito bem este castelo, mas mudou de ideias. Havia de encontrar o caminho, seguindo as vozes e as tochas acesas. Quando, à saída do quarto forrado de tapetes grossos, pôs pela primeira vez os pés nas lajes geladas, deu um grito e um salto para trás, onde o calor do tapete a protegia. Voltou e procurou os chinelos que atirara algures para debaixo da cama. Enrolou-se de novo nas peles e saiu para o corredor – estranho, nem uma criada a cuidar das lareiras, nem uma aia entretida com um bordado por acabar, decididamente esta noite não era como as outras.

Uma noite estranha que lhe fazia lembrar uma outra, já há muito tempo, em que deixara de ver a mãe por uns dias, para depois ser levada ao seu quarto, onde deitada e muito pálida, Blanche se agarrara a ela num silêncio profundo e magoado. Philippa era pequenina, mas mesmo então tivera a certeza de que se a mãe não fosse a duquesa de Lancaster, casada com o terceiro filho do rei de Inglaterra, se não tivesse sido educada para esconder as lágrimas, teria chorado e soluçado. Nesse dia em que a mãe a segurara tão perto de si, o medalhão que tinha sempre ao pescoço a roçar-lhe no cabelo, Philippa pressentira nela uma enorme tristeza, que não conseguira partilhar, tal a felicidade de se ver estreitada nos seus braços e, surpresa das surpresas, autorizada a esgueirar-se para dentro dos seus lençóis ficando ali tão imóvel e quieta quanto conseguia.

– Se não respirar – pensara a princezinha –, nem a mãe, nem ninguém, se vai lembrar de que aqui estou. Se não me virem, vão deixar-me aqui para sempre, e para sempre, e para sempre...

Mas estragaram-lhe os sonhos. Philippa ficara a odiar a camareira que dera por ela e, com um grito de horror, a arrancara do calor da cama da mãe e a devolvera, esperneando de fúria, a uma ama, um bocadinho enciumada:

– O raio da gaiata, sempre colada à mãe. Que é mãe, é certo, mas foi do meu leite que bebeu – murmurava Maud enciumada para si mesma, para logo se envergonhar.

Quando a retiraram do quarto que o pós-parto obrigava a ser mergulhado na mais completa escuridão, Philippa ficou cega pelo cintilar das tochas. Tão cega que não reconheceu imediatamente aquele homem no canto, com os ombros descaídos em desânimo. Como podia ser o seu pai, sempre tão direito, e tão forte, de gargalhada sempre pronta?

Lembrava-se de ter perguntado: O que é que aconteceu ao meu pai e à minha mãe? Vão morrer? A minha mãe vai morrer?

Falar de concepções, gravidez e partos, do período em que uma mulher tem de combater a impureza fechada num quarto longe de todos, até que o sangue pare de correr, não eram conversas para ter com crianças, que viam chegar os irmãos ao quarto de brinquedos como se a cegonha os tivesse trazido. Mas Maud teve pena da aflição da princesa:

– O bebé que a senhora duquesa trazia na barriga, morreu ao nascer, paz à sua alma – disse benzendo-se.

E a criança percebeu que, tragédia das tragédias, o irmão era um rapaz, John of Plantagenet, herdeiro do ducado de Lancaster, o herdeiro tão esperado. Respirara ainda uns segundos, para se ficar nos braços da parteira, cuja sabedoria de anos não fora suficiente para o salvar.

Nessa outra noite quase esquecida, Philippa tinha sonhado com duelos e espadas, como via nos torneios, e imaginara-se a trespassar o coração de um menino loiro como a mãe, a quem todos faziam uma vénia. Esquecidos dela. Dela, que nascera antes dele...

⚜

Assaltada por tantas memórias, Philippa abanou o cabelo solto e tentou afastá-lo para longe. Agora o importante era encontrar o caminho por entre estes corredores labirínticos e gelados de Burford. Foi seguindo o ruído das vozes de uma corte privada, que preferia, sem dúvida, o barulho ao silêncio. Espreitou por detrás dos reposteiros para o salão nobre de mesas corridas, onde o ruído das facas contra os pratos de estanho era ensurdecedor, e o levantar das canecas entre o clamor de saudações, tornava impossível perceber sequer o que se celebrava. Mas as cadeiras no topo da mesa estavam vazias. O seu veludo carmim ressaltava a ausência do pai e da mãe. Nem Blanche nem John presidiam a este jantar e Philippa não sabia onde encontrá-los.

Gelada, hesitava sobre o que fazer a seguir quando viu Maud passar apressada, um tabuleiro de vime com roupas dobradas nas mãos, e uma pressa nos pés que era raro ver-lhe. Philippa seguiu-a. Escondendo-se atrás das colunas e das estatuetas, conseguiu, sem saber bem como, esgueirar-se pela porta entreaberta para dentro do quarto onde a ama Maud entrara também. O fogo ardia forte na lareira de pedra e desta vez o pai não era uma sombra descaída e triste, mas um homem aparentemente satisfeito, que sem grandes exuberâncias comemorava qualquer coisa com os seus amigos mais próximos. E foi um deles que, rindo, apontou para uma Philippa de cabelos desgrenhados, a cara pálida e estreita, uma Plantagenet sem tirar nem pôr e exclamou:

– Sir John, a princesa Philippa veio dar as boas-vindas à nova irmã!

John virou-se na direcção do dedo apontado, e os seus olhos encontraram a filha, embrulhada em peles, o rosto de quem não sabe se deve fugir ou ficar. Uma das suas gargalhadas fortes, daquelas que lhe vinham da alma, encheu o quarto, e estendendo os braços, prendeu-a e atirou-a ao ar, rindo: «Princesa, tens o coração forte e a força dos leões dos Plantagenet, para andares por aí nos corredores frios e escuros, completamente sozinha!»

E a princesa sentiu que, afinal, não queria ser parecida com a mãe, mas forte e determinada como o pai, para que ele se orgulhasse sempre dela. Queria que John não se importasse, nem um bocadinho, que o John pequenino tivesse morrido, porque seria ela a herdeira que o pai desejara, a força onde poderia depositar a sua confiança.

Naquela noite, nascera Elisabeth, e o seu nascimento parecia-lhe merecer uma grande celebração.

– Uf, pensou com alívio – esta não vem ocupar o meu lugar –, é só mais uma rapariga, e logo a segunda, para quem o pai nem vai olhar.

Quando Maud a levava de regresso aos lençóis, depois de a mãe lhe ter dado um beijo rápido, deixando-a espreitar a irmã a chuchar no peito de uma ama-de-leite, Philippa adormeceu nos seus braços, pelo caminho. E dormiu a noite toda, sem pesadelos nem corações trespassados por espadas. Esses viriam depois.

2

Burford Castle. Na mesma noite

Naquela mesma noite John of Gaunt sentiu-se ainda obrigado a passar pelo Great Hall onde os cavaleiros, os escudeiros e as damas de Blanche já dançavam e cantavam aos som dos jograis em celebração do nascimento de mais uma princesa. Todos imaginavam o desgosto do pai e a angústia da mãe, que não conseguia produzir o varão que herdaria o título, os castelos, a terra e a história da família, tudo o que tornava cada um dos seus antepassados imortais. Mas ainda eram novos. Sobrava-lhes tempo, e a morte de um bebé e um período de infertilidade que se lhe seguira era mais do que comum, sobretudo quando o homem da casa passava mais tempo nos campos de batalha do que no leito da mulher.

Não havia, pois, razões para que a cerveja não corresse das pipas e as canecas se levantassem em saudações. John gostava de estar rodeado de gente, e era susceptível à lisonja. Sabia ser o mais bonito dos seus irmãos, o favorito do pai, capaz de comandar exércitos desde que fora armado cavaleiro aos dez anos e entrara na primeira batalha ainda nem dezasseis tinha, mas quando não se sentia observado descia sobre o seu rosto uma profunda melancolia. John bebeu à saúde de Blanche, de Philippa, da recém-nascida Elisabeth, e bebeu com fervor ao futuro.

E depois fugiu, trancando com força a porta principal dos seus aposentos. Quando o camareiro finalmente o deixou sozinho, com uma caneca de cidra quente, sentou-se frente à lareira e deixou-se levar pelos pensamentos. John, Duque de Lancaster, Earl of Richmond e Derby, de Lincoln e Leicester, terceiro filho vivo do rei Edward III e Philippa of Hainault. John of Gaunt, por ter nascido numa abadia em

Ghent, na Flandres, casado com a mulher mais bonita e rica de Inglaterra, pai de Philippa e agora de Elisabeth e de uns tantos bastardos, alguns dos quais nem se lembrava dos nomes. Que mais precisava ele para que aquela insatisfação doentia o largasse de vez? De um varão, como insinuava a sua mãe, cada vez mais doente e confinada à cama no castelo de Windsor? A sua boca carnuda e sedutora torceu-se num sorriso sardónico: um filho que, como ele, também seria rico, mas distante do poder, e do comando da nação, sujeito às ordens e aos caprichos de primos, esses, sim, com direito à coroa? Decididamente John queria ardentemente um filho, mas estava lúcido: nenhuma criança, macho ou fêmea, o libertaria daquela ambição de mandar, de poder, de ser capaz de vergar os inimigos à coroa de Inglaterra, de determinar a estratégia que tornaria possível aumentar o império até onde um exército sob o seu comando fosse capaz de o levar. Mas John não pretendia conspirar contra o seu irmão mais velho, nem sequer contra o que lhe vinha a seguir, e muito menos trair os legítimos direitos dos seus sobrinhos, por isso tinha de procurar o seu reino mais longe.

E sempre que dizia «mais longe», recordava-se de Castela, que vira pela primeira vez aos dez anos e que o atraíra de forma inexplicável, primeiro pelas suas montanhas, depois pelas suas planícies áridas, pelas suas mulheres de cabelos escuros e olhos de azeviche, e de uma alegria contagiante.

John sabia que era um homem de sorte. As cabeças viravam-se sempre que passava, e mesmo no salão nobre do castelo de Windsor, quando entrava fazia-se um silêncio entre cavaleiros e cortesãos, e até entre os irmãos. John sorriu mais uma vez: fazia sempre questão em chegar tarde. Sabia-lhe a mel o silêncio sepulcral que caía sobre o ruído das vozes, à medida que percorria lentamente a sala até chegar próximo dos lugares que lhe estavam reservados no topo da mesa. As damas da corte não tiravam os olhos da sua magnífica túnica vermelha-viva e azul-petróleo, debruada com as flores de lis de França e os leões de Inglaterra – símbolos que o seu pai colocara numa nova bandeira, em sinal da sua pretensão ao trono do país vizinho. O cinto da espada, de ouro incandescente, pendia-lhe da cintura, preso pela rosa rubi dos Lancaster. A capa caía-lhe pelas costas estreitas, mas musculadas, presa sob o queixo, de barba rala, por um medalhão com as insígnias da família que herdara por casamento.

À cabeceira da mesa o pai, cada dia mais envelhecido mas preso com garra ao poder, via-o aproximar-se com um orgulho imenso, e interrompia imediatamente fosse que conversa fosse, para o saudar:

– John, senta-te aqui mais perto e conta-me o que se passa no mundo – dizia estendendo-lhe a mão.

John tinha, uma e outra vez, o supremo prazer de obrigar Edward, o pretendente, ou Lionel, o segundo na linha de sucessão, a levantarem-se da cadeira para lhe darem o lugar. Melhor ainda, sem lhe poderem virar costas, presos nas informações que trazia da frente daquela guerra que nunca mais tinha fim. E embora a cara não deixasse transparecer presunção ou arrogância – sabia bem que quanto menos inimigos se fizerem mais fácil é a vida, sobretudo na hora da batalha, ou de angariar dinheiro para a financiar –, o coração inchava-se-lhe de satisfação pelo facto de toda a corte ter escutado o rei seu pai a pedir-lhe conselho.

John possuía outro trunfo: mesmo aqueles que não gostavam da sua pose, invejavam-no, porque era um soldado de primeira, porque era bonito, porque era rico, porque conseguira casar com Blanche.

John atiçou as brasas da lareira e recordou o dia em que, aos dezanove anos, conhecera a herdeira única do duque de Lancaster, um dos mais notáveis do reino, morto pela peste-negra. O céu estava azul e mandaram-no procurá-la no jardim das rosas, no Savoy, o palácio de Londres dos Lancaster, o mais imponente da cidade, com os seus pátios virados para o Tamisa. Vira-a primeiro de costas, a rir entre amigas, e quando a chamou suavemente e ela se voltou para o fitar, ficou sem voz. Os cabelos louros num halo em redor da cara de porcelana, os olhos azuis intensos, atraíram-no irresistivelmente. O guerreiro sabido, cavaleiro com todos os troféus, seguro de que as mulheres já não tinham para ele quaisquer segredos, ficou embasbacado, sentindo-se tão miúdo e tão estúpido, que só teve vontade de fugir.

– John of Gaunt com um ataque de timidez? – sussurrara-lhe ao ouvido o seu irmão Edward, enquanto o empurrava para a frente.

E foi aí que ouviu pela primeira vez a sua voz, sem ironia, nem troça, nem vaidade:

– John of Gaunt, quer ver os peixes vermelhos do lago? – tinha dito ela, a frase inocente, dando-lhe tempo de recompor a compostura.

Nem Blanche nem John tinham sido educados para a utopia de que o amor preside ou sequer faz parte de um casamento, e por isso nem um nem outro teria ficado amargurado se entre eles se tivesse estabelecido apenas uma ligação serena e convencional. Mas John tinha um temperamento demasiado apaixonado para gostar de meias tintas; no amor, como em tudo, era de «ou vai ou racha». Sentiu por Blanche, então com dezasseis anos, uma adoração profunda e quase infantil, uma veneração que foi crescendo, justificada pela forma doce como ela sempre estivera ao seu lado, sem nunca confrontar directamente as suas decisões, mas sem ceder nas suas próprias convicções. Venerava--a pela generosidade de nunca ter usado a imensa riqueza que lhe trouxera para o achincalhar ou manipular. Casaram nesse mesmo ano, com pompa e circunstância, como os seus respectivos estatutos o exigiam, na catedral de Redding. Puxando do cordão que tinha ao pescoço, olhou a data gravada na medalha: 13 de Maio de 1359.

John bebeu mais um golo de cidra e recordou, com uma certa vaidade, como Blanche ficara logo grávida de Philippa. Orgulho que então disfarçara com vergonha: escondera, como pudera, o nascimento no mesmo ano da filha de Marie de St Hilaire, a dama de companhia da sua própria mãe, mais velha do que ele uns anos. A criança a quem, contra a sua vontade, tinha sido dado em baptismo o nome de... Blanche, o nome da sua legítima esposa. Justificara a si próprio que a gravidez acontecera antes do casamento e não era portanto nada que maculasse o seu amor pela duquesa.

Mesmo que alguma dama maldizente lhe contasse tudo, a mulher nascida e criada na corte saberia certamente que estas coisas eram mesmo assim... Encolheu os ombros. Estava a ficar um sentimental. Toda a gente sabia que desde que os bastardos nunca pusessem em risco o património dos legítimos, não havia razão nenhuma para protestos ou birras. Mas no fundo sentia, e isso incomodava-o, que por muito que ela nunca o recriminasse, lhe custara certamente tomar conhecimento de que Philippa tinha uma meia-irmã exactamente da mesma idade.

Mas John não tinha inseguranças quanto à dedicação da mulher, apesar de por vezes lhe apetecer dar um murro na cara daqueles pinga--amores que a perseguiam. Como o seu vassalo, Geoffrey Chaucer, que lhe era tão útil nas missões diplomáticas e a quem pagava para escrever versos mas que estava – via-se a milhas – perdidamente apaixonado por Blanche, paixão que afogava em poemas melosos. Onde, ainda por cima, estava implícita a crítica de que o marido não a merecia.

Adiante, que a noite ia longa, e John não se queria irritar. Serviu--se de mais uma caneca de cidra, já mais morna do que quente, e bebeu-a de um golo. Sim, Blanche não era tola. Quem o conhecesse bem, como ela conhecia, percebia que nem mulheres, nem filhos, nem sequer um varão, chegariam alguma vez para desfazer aquela inquietude interior, aquele insaciável desejo de atenção e poder. Tinha apenas 24 anos, a maioria deles passados em batalhas contra a França junto do seu irmão mais velho, o Príncipe Negro, ou mesmo substituindo-o à frente dos exércitos, e agora a verdade é que sentia novamente vontade de partir, de voltar a vestir o elmo e a armadura, de empunhar a espada. Era preciso convencer o Parlamento a aumentar os impostos e a angariar mais dinheiro, era preciso convencer o pai e os irmãos da importância da guerra, era preciso fazer com que aqueles franceses engolissem a sobranceria. Era preciso manter a Aquitânia inglesa. Era preciso reconquistar as terras perdidas. E Castela. Sobretudo era preciso chegar a Castela.

3

Entre Burford e Bolingbroke, 30 de Maio de 1364

John assistira à cerimónia de baptismo de Elisabeth, mas encontrara rapidamente um pretexto para partir. Detestava estar preso no mesmo sítio, e aquele ambiente de cueiros e amas não era decididamente o seu.

A duquesa acompanhara-o ao cavalo e Philippa corara até à raiz dos cabelos quando vira a mãe beijá-lo ardentemente na boca, desejando o seu regresso rápido. Não imaginava que Blanche ousara aquele gesto, por ciúmes, nem entendera por que é que uma das damas dera uma cotovelada a outra e sussurrara:

– A pobre duquesa deve achar que mais vale o marido andar distraído com a guerra do que com aquela Marie e a sua filha.

Quanto às lágrimas que saltavam dos olhos da mãe interpretara-as como parte da despedida. Afinal, se a sua *mummy* se fosse embora, também choraria e muito, pensou.

Depois não teve tempo para mais nada. A mãe foi acometida de uma das suas fúrias de actividade, e decidiu que quanto mais depressa saíssem todos dali, melhor.

E todos eram «muitos, muitos, não eram?», perguntou a princesa a Maud, enquanto arrumava os brinquedos na arca de viagem.

– Mais de trezentas pessoas tem esta corte do seu pai – respondeu-lhe a ama, contendo-se para não comentar que aquilo é que era vida, comer e beber à custa dos senhores, sem mexer uma palha.

Philippa sabia que a mãe não gostava de Burford, onde fora «apanhada» pela iminência do parto. Blanche dissera-lhe vezes sem conta que queria partir dali e chegar depressa ao seu castelo preferido,

Bolingbroke, longe da corte e dos mexericos. Bolingbroke, o castelo onde a mãe nascera e crescera, e passara uma infância feliz com os pais e a única irmã.

– Sabes, Philippa, foi ali que eu e o pai vivemos os primeiros tempos de casados – dizia sempre. Para depois continuar a falar da planície verde, das árvores frondosas, dos portões de madeira que se abriam sobre os campos onde os faisões e as raposas se viam à luz do dia, onde o chilrear dos pássaros se misturava num silêncio e numa paz que não encontrava em nenhum outro lugar.

Já ouvira a descrição dezenas de vezes, e admirava-se sempre que a mãe se esquecesse de que estava farta de lá ficar desde bebé, mas não dizia nada. Era tão bom ver Blanche feliz, e aquelas viagens ao passado pareciam deixá-la mais leve. Por isso Philippa encolhia os ombros, e concluía que a mãe a achava demasiado nova para ter memórias.

❋

Os últimos dias tinham sido de confusão total, como acontecia sempre antes das partidas. Como era possível acumular tanta tralha, por que tinham de levar camas e colchões, panelas e tachos, de um castelo para outro? Maud mandava-a deixar as perguntas, e tratar de indicar à criada de quarto o que queria levar.

A verdade é que quando se viu numa carruagem, ao lado da mãe, nem quis acreditar. Os homens partiam a cavalo, as damas, as amas, as aias e os criados, numa enorme caravana de carroças protegidos pelas armas dos Lancaster pintadas nos arreios das montadas e até nos tectos das carruagens. Philippa lembrava-se de o pai lhe dizer que ninguém queria sarilhos com a Casa de Lancaster, mesmo quando, como acontecia agora, os mendigos bordejavam a estrada e os salteadores se reuniam em grupos. A peste matara tantos, que os campos estavam abandonados sem ninguém para os trabalhar, os muros divisórios cheios de brechas, as pedras desalinhadas, e com a doença e a morte chegara também a fome. O rei tivera de proclamar uma lei que impedia que os sobreviventes exigissem honorários acima daqueles que recebiam antes da peste, e que castigava os senhores que para roubar mão-de-obra aos vizinhos se oferecessem para lhes pagar mais. Ouvira o padre dizê-lo na missa. Como contara que famílias inteiras tinham sido dizimadas. Philippa assustara-se quando o reverendo, lá do altar, garantira que era preciso rezar, e rezar muito, porque Deus estava zangado e se a oração não afastasse a sua ira, os ingleses receberiam o mesmo tratamento que «os do continente», que morriam que nem tordos. A doença, que não poupava ricos nem pobres, virara do avesso as certezas dos senhores, e atiçava a raiva daqueles que sem ter que comer, viam aqueles que lhes cobravam impostos cada vez mais altos a esbanjar e a alimentar guerras que não lhes diziam nada.

Mas a mãe parecia distante das rebeliões de que ouvia os cavaleiros e os soldados falar, e se a mãe não se preocupava era porque Philippa também não tinha razões para o fazer. Blanche bem repetia que só lhe importava agora proteger as filhas, terminar rapidamente esta viagem longa e cheia de pó, e que as levava praticamente de uma costa do país à outra.

Philippa fora-se, entretanto, deixando dormir, embalada pelo movimento da carruagem, a mão da mãe a passar-lhe suavemente pelos cabelos. Blanche olhou-a de relance, e convencida de que já não a escutava, começou a falar abertamente com as suas duas aias e melhores amigas, sentadas no banco da frente. Era raro deixar que a língua se soltasse, e mais raro ainda dizer o que lhe ia na alma, mas naquele dia falou pelos cotovelos.

Era mesmo em Bolingbroke, longe da cidade com as suas doenças e as suas revoltas iminentes, que desejava ver crescer Philippa e Elisabeth, pelo menos enquanto o pai estivesse fora do país e os sogros não a chamassem aos salões de Windsor, para refrescar a má-língua e ver os sobrinhos, cada ano mais crescidos.

A vida da corte não a incomodava, os protocolos eram-lhe tão naturais que nem os considerava como tal. Não imaginava sequer que as coisas pudessem ser feitas de outra forma. Mas sinceramente não precisava da corte, e a sua inteligência permitia-lhe intuir facilmente que a ambição do marido, mais tarde ou mais cedo, daria lugar a rumores mentirosos e sórdidos. Não queria, por exemplo, que alguém alguma vez ousasse insinuar que desejava substituir a cunhada no trono de Inglaterra, quando John destronasse o irmão. Mas sabia que o boato havia de correr. Como sabia, também, que no dia em que tivesse um filho homem, a acusariam dos planos mais vis para lhe garantir a coroa, nem que para isso fosse preciso conspirar contra a família.

Rapidamente a conversa se desviou para a rainha. As aias contavam-lhe que a sua pobre sogra era humilhada todos os dias por Alice de Parrers. Diziam veladamente, mas Blanche entendia-as, que era a amante do rei seu sogro, que já nem cuidado tinha em disfarçar a sua relação com ela. Enquanto isto a rainha Philippa, que sempre fora tão próxima do marido e lhe dera uma mão-cheia de filhos, gemia na cama, presa do reumático, da gota e, suspeitava a nora, da tristeza de se saber alvo da chacota daqueles que, pela frente, lhe traziam «por bem» os mexericos e as histórias do romance real, como que para espetar mais fundo o punhal, pedindo em troca favores, terras e dinheiro.

Já há um bom bocado que Philippa acordara, mas para não perder a conversa mantinha os olhos fechados com força. De repente um buraco mais fundo fez saltar a carruagem com tanta violência que a princesinha escorregou para o chão e não teve outro remédio senão deixar a farsa de lado. Quando se voltou a sentar, a rebentar de curiosidade e indignação com o que ouvira, não resistiu a perguntar:

– Mãe, por que é que a avó Philippa não manda embora a Alice?

Blanche sentiu um arrepio profundo correr-lhe pela espinha, e as aias entreolharam-se assustadas. Que estúpida fora em falar assim, com a criança ali ao lado. E agora, o que fazer? Como explicar a uma filha que desejava temente a Deus, que o adultério é pecado mortal, sem condenar aqueles que lhe eram próximos e a quem devia obediência cega: o avô, rei de Inglaterra, os tios, e até – e Blanche suspirou tão fundo que os olhos de Philippa se abriram de susto – o seu próprio pai?

– Não nos compete julgar os actos dos outros, mas viver a nossa vida segundo o que a Santa Madre Igreja nos dita – respondeu, da forma mais imparcial e sensata que sabia, mas consciente de que aquela filha, na sua devoção à Virgem e no seu sentido de justiça, teria sempre dificuldade em tolerar aqueles que se desviassem do «caminho». Puxou-a para mais perto de si, e continuou:

– Philippa, a vida das mulheres não é fácil. E a das mulheres da corte também não, não faças como fazem, guarda as tuas opiniões para ti. Ter ideias diferentes daqueles que empunham a espada e a corda da forca, é perigoso. Mesmo para uma princesa, mesmo para uma princesa que não passa de uma criança tonta e coscuvilheira – disse, rindo para tentar que Philippa risse também, a mão estreitada na sua.

Mas Blanche estava atenta. Precisava de um pretexto rápido para acabar por aqui a conversa que nunca deveria ter acontecido. O choro estridente e furioso de Elisabeth, que seguia na outra carruagem com a ama de leite e as criadas, veio mesmo a calhar.

– A tua irmã tem uns pulmões o dobro do tamanho dos teus... não nos faz mal nenhum descansar um bocadinho das suas birras, que aquilo é birra, não tenho dúvida nenhuma.

– E eu não era assim? – perguntou Philippa, a voz pausada, sempre tão adulta e responsável para a idade.

– Tu, não! Eu era muito nova quando nasceste, tive medo do parto, de me perder em sangue, que o Senhor me levasse. E a parteira de noite e de dia a dizer que eras um bebé grande, que ias levar tempo a nascer e depois a surpresa daquele 30 de Abril. Em poucas horas e quase sem dores, nasceste. Choramingaste, mas mal te puseram ao peito de Maud, sossegaste. Quando, depois de enfaixada, te deitaram ao meu lado, e olhei para a minha primeira filha, vi a tua cara muito serena e os teus olhos abertos virados para mim. Sei que me viste desde o primeiro minuto...

– E vi, mãe. Juro que vi. E vou vê-la sempre, todos os dias da minha vida – respondeu Philippa. E num gesto de coragem acolheu-se no colo da mãe, que a estreitou, e pegando-lhe nas mãos, brincou com os seus dedinhos.

«Este porquinho foi ao mercado, este porquinho ficou em casa, este porquinho comeu rosbife, este não comeu nada, e este disse "wee, wee, não sei o caminho para casa"», e correndo com os dedos pelo braço acima, deixou Philippa às gargalhadas, engasgada no riso aberto que lhe era tão raro. Philippa nunca mais se esqueceria daquele dia.

4

Bolingbroke Castle, 20 de Julho de 1365

Há quase um ano que estavam em Bolingbroke, e nem sequer tinham ido passar o Natal com os avós e os primos a Windsor, porque Elisabeth ainda bebé tinha adoecido, e logo depois ela, e a mãe não quisera arriscar-se a levá-las a lado nenhum. Sobretudo naquele Inverno tão invulgarmente frio. As damas queixavam-se da monotonia dos dias, mas a mãe parecia contente, e se lhe pedissem a ela para ser sincera diria que tinha sido o tempo mais feliz de que se lembrava.

O isolamento em que viviam não a angustiava nem um bocadinho, sobretudo desde que os pais tinham decidido contratar para a ensinar, frei John Tuttor. Um frade alto e espadaúdo, de barba dourada e cabelo ruivo, que chegara cheio de mapas e livros nas arcas, recomendado pelo confessor do pai, frei William Appleton.

Os criados receberam ordens de limpar os quartos de uma das quatro torres, um quarto para o professor e um outro para sala de estudo. O pai John ainda argumentara que Philippa, aos cinco anos, era muito pequena para ter aulas todos os dias, mas Blanche, que se orgulhava de ser uma das únicas mulheres da corte a saber ler e escrever fluentemente em latim e francês, fazia questão de que a educação da filha fosse levada a sério. Perante os argumentos da mulher, que jurava que outros tempos aí vinham, John encolheu os ombros e frei John recebeu carta branca para dar início às suas lições.

Quem ficou mais do que contente foi o próprio frade, que encontrou no seu «grão de areia branca», como lhe chamava, a aluna mais aplicada que alguma vez tinha tido. Sentava-se, aprumada, à secretária, e de pena, tinteiro e mata-borrão cumpria todas as tarefas que lhe dava. E pedia mais...

Aos poucos frei John começou a esquecer-se da idade da princesa e a falar com ela como se tivesse a sua idade e fosse capaz de compreender os conceitos complicados da filosofia, da teologia, e os da ciência, evidentemente.

Com os dedos finos, Philippa procurava nos mapas os lugares que o professor lhe indicava, e percorria os caminhos entre reinos, atravessava com eles oceanos e mares, encolhendo a mão quando o pergaminho terminava:

– O mundo acaba aqui? – perguntava.

E frei John, os olhos embaciados de emoção, dizia sempre:

– Só Deus sabe!

E Philippa ficava em silêncio, para depois voltar à carga:

– E agora mostre-me onde é que o meu pai está. Aponte-me a Aquitânia, a Flandres, Castela.

E voltavam os dois ao planeta Terra. A Inglaterra, a França, à guerra interminável.

Apesar de andar pelo castelo em pezinhos de lã, de raras vezes ir ao Grande Salão, isolado na sua torre, as coscuvilheiras da corte-residente depressa descobriram que nas noites de lua nova o frade subia às ameias do castelo e observava as estrelas. Tomava notas num pequeno caderno e depois transcrevia-as para uns mapas do céu que estendia no chão da salinha de estudo.

O seu gosto «por aquelas coisas que andam lá em cima», como diziam as damas, a forma como ensinava Philippa a orientar-se pelo céu, contagiou a criança com a mesma paixão. Blanche sentia-se ligeiramente desassossegada, quando a princesa lhe pedia para ficar acordada até mais tarde para subir ao telhado. Católica fervorosa, obediente ao Papa e a Roma, olhava com desconfiança essas heresias desses mapas celestiais que alguns defendiam que guardavam o segredo do futuro de cada um. Mas o futuro não estava previamente escrito, lembrava insistentemente à filha, porque só o carácter conduz as almas ao seu destino. Mas frei John, sempre tão cumpridor e cuidadoso nas suas missas e homilias em latim, parecia longe de encarnar a figura diabólica desses hereges que por aí andavam a dizer que os textos sagrados deveriam ser traduzidos para inglês, e que as pessoas não precisavam da Igreja, nem dos bispos, nem dos padres para chegar a Deus.

De qualquer forma os sermões que dava à filha teriam sido mais bem empregados nas suas damas. Porque o que Blanche não via, ou não queria ver, era que as senhoras da casa rondavam o pobre frade desejosas de saber se o cavaleiro do seu coração voltaria da guerra, e se para os seus braços ou para os de outra.

Verdade seja dita que de vez em quando conseguiam que o mestre de Philippa lhes acedesse aos pedidos, embora sempre advertindo que brincava, e lesse o desígnio das damas nos astros. Para frei John a astronomia e a astrologia eram muito mais do que o que aquelas cabeças tontas queriam fazer delas, mas quando estava bem disposto divertia-se a enganá-las com umas balelas poéticas que as deixavam sonhadoras e felizes. Nessas alturas sentia que a alegria que lhes dava compensavam a traição que sentia fazer à ciência.

Maud não estava imune ao fascínio do frade, e constantemente arranjava um pretexto para vir à salinha nesses dias bem aventurados, e um dia atreveu-se mesmo a perguntar, a voz abafada, as pernas a tremer:

– Padrezinho vê aí se vou voltar a casar?

Frei John respondeu-lhe com o seu melhor sorriso:

– Nem preciso de olhar para as estrelas, minha querida Maud. Só se os homens estiverem todos loucos é que tal não acontece.

E Maud, corada até à raiz dos cabelos, fugiu porta fora.

Mas como frei John previa, um dia havia de ser Philippa a pôr a mesma questão. Quando, por fim, a colocou, o seu rosto tornou-se sério:

– O seu destino, lady Philippa, vai a menina fazê-lo! – E apressadamente enfiara no bolso da túnica o caderninho, onde a princesa desconfiou que tudo estava já escrito.

5

A caminho de Londres, Setembro de 1365

Maud anunciou-lhe de chofre:
— Princesa, depois de amanhã vamos para Londres.

Outra vez? Philippa criara já uma certa carapaça à mudança, embora por vezes sentisse que não passavam de saltimbancos. Não se podia queixar de que lhe desse muito trabalho, ou sequer que estranhasse os ambientes, porque pareciam levar consigo tudo, desde as mantas do chão às tapeçarias da parede, e havia sempre criadas para lhe empacotarem as roupas e os vestidos.

Angustiava-se com medo de esquecer um pergaminho ou um mapa, mas desde que a mãe, Maud, Elisabeth e frei John — por esta ordem — a acompanhassem, não se importava de mudar de castelo, de vila ou de cidade.

Percebera a certa altura, não sabia bem quando, que a mãe engravidara novamente, uma gravidez rodeada de todos os cuidados. Depois viera o parto, os gemidos, o roer das unhas, mas nem o nome do avô paterno e poderoso rei de Inglaterra, salvara o seu irmão Edward de morrer horas depois de nascer.

Sabia que a mãe se perguntava por que é que Deus lhe levava todos os rapazes, para depois se penitenciar pelo desplante de pôr em causa a vontade do Senhor. Pedia então à Virgem que aceitasse as suas preces e lhe desse o herdeiro tão esperado. Aquele que até agora os chás da parteira e os segredos colhidos junto da curandeira de Bolingbroke não tinham conseguido alcançar.

Blanche ouvira falar na estatueta de Nossa Senhora grávida do Menino Jesus que presidia a um dos altares da capela do convento de

St Albans, logo a abadia que John patrocinava. Juravam-lhe que protegia as mulheres inférteis, ou com problemas na gravidez ou no parto. Decidiu então que no infortúnio todas as mulheres são iguais, e que se outras recorriam aos favores da Virgem, quem era ela para não se rojar aos seus pés e pedir-lhe que intercedesse junto do seu filho Jesus, para que os seus meninos não morressem mal o ar lhes entrava pela primeira vez nos pulmões?

Precisava de um filho, tinha medo de perder John se não fosse capaz de lho dar, assustava-a a ideia de que o marido procurasse o sucessor no seio de outra mulher, e o legitimasse, alegando que precisava de um homem para envergar a sua armadura, conduzir os seus exércitos e proteger os seus vassalos. Decididamente precisava de encontrar a coragem de partir.

Philippa ouviu os planos da mãe e pediu-lhe para a acompanhar, mas Blanche foi firme: era uma peregrinação sua, que tinha de fazer sozinha.

Blanche deixou as filhas, as amas, as criadas e os soldados no Savoy, em Londres.

Partiu vestida com uma túnica de sarja, sem um adorno que fosse, à excepção do medalhão de ouro de que era incapaz de se separar. Escondeu-o debaixo do manto, e acompanhada apenas por duas criadas e dois soldados, embarcou num pequeno barco que a levaria para sul.

As filhas assomaram à janela, para lhe acenar um último adeus, mas Maud e Heather não as deixaram mergulhar na nostalgia. Philippa e Elisabeth concentraram-se no prazer de reencontrar o seu quarto de brinquedos, nos aposentos destinados às crianças, virados para o Tamisa. Os seus bonecos estavam nas caixas, o cavalo de balouço que o pai lhes dera num Natal distante no canto onde o tinham deixado. Os seus quartos de cama também pareciam intocados – aqui parecia que o tempo tinha parado. Quando nessa noite se deitou, Philippa inspirou fundo: era delicioso o cheiro de alfazema nos lençóis de linho bordados com as armas dos Lancaster.

No dia seguinte sabia que os avós a esperavam em Windsor, e os primos também. Em Londres a vida era tão agitada que não sobrava muito tempo para pensar. Torneios, jogos nos jardins, passeios a cavalos, e, bah que seca, a obrigação de vestir e despir *toilletes* para longos e entediantes almoços e jantares. Mas a mãe prometera não demorar...

Fossem os astros de frei John, a quem Philippa pedira ajuda, as preces encarecidas de Blanche, as ervas com que a camareira todas as noites lhe preparava o chá, fosse a forma como a dedicada criada estendeu os lençóis na cama do casal, depois de os benzer com incenso, o banho de água de rosas e o leite de cardos de Bolingbroke com que amaciou o corpo da sua senhora na noite em que John veio a casa, a verdade é que meses depois a barriga de Blanche dava sinais visíveis de uma nova gravidez.

John brincava com ela, escondendo o seu nervosismo:

– Com tanto santo no altar e vela a arder quase não fui capaz de te engravidar, de tal maneira me sentia assombrado por padres e virgens... Mas se o nosso bebé nascer e viver, aumento a pensão àquelas freiras, abençoadas sejam.

Blanche sabia que John conhecia cortesãs certamente mais hábeis do que ela, desconfiava que lhe faltavam conhecimentos e magias de que as damas falavam em murmúrios, mas também sentia que quando John a amava, a beijava nos lábios com ardor e ia baixando os beijos até a cobrir toda de desejo, a desejava. Como ela o desejava a ele, partilhando o sentimento de que tinham sido feitos um para o outro. Gozava com ele um prazer tal que chegava a temer ter de o confessar na manhã seguinte ao capelão do palácio... Mas não podia ser pecado, não podia, aquele amor tão intenso pelo único homem que amara, pelo pai dos seus filhos, por aquele que lhe enchia os sonhos... e pesadelos.

Aquela noite fora diferente das outras, disso não tinha dúvidas. Talvez porque John estivera fora tanto tempo e sentisse o retorno ao conforto de sua casa, aos seus lençóis de linho, aos braços da sua Blanche, à ternura imensa que ela lhe provocava. Ou talvez porque Nossa Senhora velasse por eles ou a lua de frei John estivesse decidida a brilhar pela janela do quarto com uma força inusual...

A camareira dormia no quarto ao lado, para o caso de a sua senhora precisar de alguma coisa, e foi ela que no dia seguinte jurou a quem a quis ouvir que a lua se apagara de repente, para aos poucos voltar a surgir, como se tivesse morrido e renascido. Frei John explicou à princesinha, na lição do dia seguinte, que se tratara de um eclipse. Philippa decorou aquele dia e marcou-o no seu coração: aquele era o dia em que Henry começara a existir.

Nove meses depois, o bebé nascia em Bolingbroke. O escrivão do castelo tomou nota no caderno diário do palácio: «Henry of Bolingbroke nasceu no dia 30 de Maio de 1366, de um parto longo e doloroso, mas que a Virgem, posta num altar e iluminada por vinte velas de cera de abelha, protegeu.» Desta vez Philippa não estava perdida a dar voltas numa cama sozinha, desta vez Maud deixou que ficasse na capela, de joelhos dobrados sobre o *prier de dieux* a rezar para que aquele irmão sobrevivesse. O irmão concebido na noite do eclipse, e a quem as estrelas prometiam tanto.

John de Gaunt estava longe, de novo nas suas guerras, que Philippa e frei John desenhavam nos mapas nas paredes da salinha de aulas, mas quando o médico jurou que o bebé Henry sobreviveria, o mensageiro partiu a galope.

Os sinos repicaram nas igrejas de todo o condado e mais além – Lancaster tinha um herdeiro, John of Gaunt um filho varão, e o rei Edward III um neto. Henry foi enfaixado, amamentado e colocado no berço e só então deixaram que Philippa o visse. Ao olhá-lo, sentiu um alívio imenso: já não era a protagonista daquela história, a felicidade dos pais deixara de depender dela. Tinha de ser Henry a preencher os seus sonhos, a preservar o título e a honra da família, a protegê-la, a si e à irmã, a honrar o nome dos Lancaster. E sentiu uma gratidão imensa por aquele bebé ter nascido, nomeando-o seu aliado para todo o sempre. No ponto mais alto do torreão de Bolingbroke, os olhos perdidos nas estrelas, frei John viu nessa noite muitas coisas. Coisas que nunca contou. Nem mesmo a John of Gaunt, quando semanas depois este entrou triunfante pelo passadiço do castelo, entre o som das trombetas que anunciavam o seu regresso, para ver pela primeira vez o seu filho tão desejado.

6

Savoy Palace, 20 de Maio de 1368

Blanche, sentada à secretária junto da janela, virada para o rio, escreveu no seu pequeno diário:

«Hoje quero falar de Elisabeth, que faz quatro anos. Gritar vai ser a sua arma de combate, aquela que contrabalança com um encanto imenso, uns olhos grandes e verdes, umas pestanas enormes e um cabelo cheio de volume de um castanho-avelã. A minha segunda filha depressa percebeu que se a santinha da sua irmã mais velha se esforça por não preocupar nem mãe nem pai e, entre orações piedosas, oferece o seu sofrimento a Deus, dela bem podem esperar sentados por tanta passividade. Elisabeth sabe o que quer – e o que quer é atenção. E ver cumpridos os seus desejos e caprichos, no instante em que os manifesta.

No círculo vicioso tão injusto que tantas vezes se instala entre irmãos, temo que Philippa seja demasiado invisível para ser lembrada, e que Elisabeth na sua exuberância salte sempre à vista. Já hoje tem partidos: aqueles que a detestam, escondendo com dificuldade o desagrado que a menina mimada lhes causa, e os que a adoram, hipnotizados pela sua graça. Por muito que tente que toda a gente trate as duas da mesma maneira, há sempre uma das minhas damas a bordar um novo vestido para Elisabeth, há sempre uma tia que se lembra de lhe trazer um presente, há sempre um dos moços da cozinha que, contra as ordens do chefe-cozinheiro, faz chegar ao quarto da menina o seu bolinho de maçapão favorito, ou uma criada que lhe traz às escondidas o jantar no dia em que, virada para a parede, cumpria um castigo pela sua má educação.

A volúpia e o atrevimento da irmã mais nova provocam em Philippa sentimentos complicados, percebo-o bem. Queria ser a irmã protectora, e que a orientaria no bom caminho. Frequentemente oiço-a a dizer:

– Está quieta, Beth, e reza a oração até ao fim – e a insolente da outra responde sempre qualquer coisa como:

– Reza tu por mim. – E escapa-se lá para fora para brincar.

Tenho que dar mais atenção à minha filha mais velha, que aos oito anos me venera, para que não deixe o coração azedar, nem se vire contra a irmã mais nova. Quero muito que elas sejam tão próximas como eu e a minha irmã sempre fomos.»

Pousou a caneta, porque a voz alterada de Philippa atravessava as paredes finas que dividiam a sua salinha de trabalho, do quarto de brinquedos. Nem de propóstio, pensou. Philippa dizia alto:

– Não podes saltar assim para o colo do pai, ele é filho de um rei, é duque e chefe de muitos exércitos.

E mesmo através das paredes, percebia-se que Elisabeth se ria abertamente na sua cara e retorquia:

– O pai gosta. Gosta dos meus cabelos encaracolados, e dos meus olhos verdes e despreza-te porque és uma menininha sem graça, e para loira e bonita já ele tem a nossa mãe!

Blanche deu um salto e atravessou o mais rapidamente que pôde o espaço entre as salas. Mas quando chegou já Philippa mordia o lábio até sangrar e se escondia atrás de um reposteiro, a chorar. De raiva, de uma imensa raiva contra aquela fedelha que se achava tudo. Mas chorava sobretudo de mágoa, de uma imensa pena, porque sabia que Elisabeth se limitava a espetar o dedo na ferida. Philippa não era a princesa do pai, e se tinha um canto no coração da mãe, não sabia se o tinha ganho apenas por bondade desta, se pelas suas próprias virtudes.

Blanche avançou para o reposteiro, abriu-o e tomando a filha nos braços estreitou-a contra si.

❀

Não era difícil perceber a origem da cena.

John voltara naquela manhã. Fora ela a primeira a ouvir o toque das trombetas, a correr à janela para ver a tão esperada nuvem de pó que acompanhava sempre o regresso do duque e dos seus homens. Entrara pelo quarto de estudo da filha, e dissera-lhe:

– Querida Philippa, o pai já chegou, vamos esperá-lo.

Mas quando chegaram à entrada do palácio, Elisabeth já baloiçava nos braços do pai, que aquela criança tinha um sexto sentido que a levava a chegar sempre mais depressa, fosse onde fosse.

Dando conta de que os ombros de Philippa se contraíam imediatamente, empurrou-a gentilmente para a frente e trouxe-a até junto do marido, que pousando uma Elisabeth ainda cheia de riso, se virou para a filha mais velha que se inclinava para lhe beijar respeitosamente o anel de brasão e levantou-a cuidadosamente para o seu colo. Esticando o dedo para erguer o queixo da filha perguntou:

– Estás tão branquinha, Phil! Passas tempo de mais a estudar e nessas orações.

Depois pousou-a, puxou para si a mulher que beijou apressadamente, e virando as costas a ambas subiu as escadas rodeado pelos seus homens, ansioso por refrescar a garganta do pó do longo caminho.

Desesperada, Blanche olhou de soslaio para a filha mais velha: Philippa mantinha os olhos muito abertos, a forma do anel ocupando-lhe a retina inteira. E repetia baixinho: «Eu sou Philippa de Plantagenet, filha da duquesa de Lancaster, primogénita de John of Gaunt, neta do rei de Inglaterra.»

Blanche acreditou que a cena acabara ali. Mas agora, ao vê-la escondida por trás do reposteiro percebia que a ferida continuava bem aberta.

7

Bolingbroke Castle, 2 de Setembro de 1369

Philippa foi furando discretamente entre as pessoas (por que seria que nenhuma sussurrava: «Lá vai a Blanche em pequenina» como tanto queria ouvir...?), até chegar perto da mãe. Blanche falava com duas senhoras – uma delas, Philippa conhecia, era a duquesa de Clearance, sua tia, casada com um dos irmãos do seu pai, mas a outra nunca tinha visto. No entanto a sua beleza era estonteante, e num contraste completo com o loiro e branco porcelana da sua mãe, esta mulher, ainda nova, tinha os cabelos escuros e brilhantes, uns olhos de um cinzento-profundo e pestanas que os tornavam ainda maiores e irresistíveis. O vestido de uma seda verde pesada não era o último grito da moda, com um decote demasiado acentuado que já não se usava, e estranhamente Philippa achou que já uma vez o vira na sua mãe – mas como poderia ser?

– Philippa, esta é lady Katherine Swynford – disse-lhe a mãe, e a princesinha fez uma ligeira vénia e beijou a mão de Katherine, que para sua surpresa a puxou para si e a ergueu do chão:

– Sei que já tens nove anos, e és grande de mais para colos, mas lembro-me de ti pequenina, não tinhas mais de cinco, a brincar com um coelho verdadeiro, na manta junto da lareira, nos aposentos da tua mãe em Windsor – disse-lhe a rapariga, dando-lhe um beijo na cara e pousando-a de novo no chão.

Philippa nunca sabia muito bem como reagir a comportamentos efusivos, nem ao toque físico, os beijos e os abraços definitivamente não faziam parte do seu reportório favorito – excepto quando a mãe lhe fazia festas no cabelo para dormir, ou o corpo da ama Maud aquecia o seu, na grande cama gelada. Olhou para Blanche à espera de uma indicação, mas a mãe fez-lhe um dos seus sorrisos seguros e ternos, e Philippa sossegou: lady Katherine era amiga, portanto nada a temer.

A cena foi interrompida pela voz estridente de Elisabeth que ao contrário da irmã não acreditava em esconder emoções – afogueada, a bainha já rasgada, e a touca pronta a cair-lhe da cabeça, veio a correr até Blanche:

– Mãe, mãe, os saltimbancos já estão lá em baixo, e eu vi, eu vi – nem conseguia respirar com a excitação – um homem que cuspia fogo. E há uns que atiram uns paus ao ar e os apanham, sem os deixarem cair...

Blanche relembrou a emoção que sentira quando também ela, no mesmo pátio, vira a mesma cena e pensou que se tanto tinha mudado no mundo, se homens tinham perdido a vida a conquistar e a defender territórios distantes, a verdade é que aqui, neste canto só seu, o tempo parecia ter parado.

E soltou um suspiro:

– Lady Katherine, é muito mais nova do que eu e tem a energia e o entusiasmo destas crianças, faça-me o favor de as levar até à tenda, que eu vou ficar por aqui sentada – pediu Blanche, ainda a refazer se de mais uma longa gravidez que resultara num outro bebé morto. Isabela tinha sido baptizada antes de lançar o último suspiro nos braços da mãe.

Katherine estava desejosa de se ver livre daquele protocolo enfadonho, e encarou a tarefa que lhe tinha sido delegada com um entusiasmo imenso. Teve pena que a sua própria Blanchet não tivesse vindo consigo nesta visita de cortesia a Bolingbroke, mas com três anos e a peste negra de novo a ceifar vidas por todo o lado, não era seguro tirar uma criança de casa. Afastou o pensamento dos filhos, do marido que não amava e com quem fora obrigada a casar mal saíra do convento, e decidiu que o presente era o presente, e havia muito tempo para se chorar por todas as desilusões acumuladas, por todos os sonhos que na camarata da abadia onde crescera imaginara um dia ver realizados.

– Venham, meninas – disse estendendo a mão a Philippa e a Elisabeth.

Philippa lembrava-se do coelhinho verdadeiro que o pai um dia lhe trouxera de uma caçada e com que brincara em Windsor – lady Katherine não mentia, era uma «conhecida», e Philippa não sabia porquê mas confiava naqueles olhos cinzentos, que pareciam conhecê-la tão bem. Com uma confiança que não lhe era habitual, estendeu a mão e deixou-se levar até ao pátio.

Nessa noite foi Katherine que, depois do espectáculo, as levou até ao quarto de brinquedos e ajudou uma Maud e uma Heather infinitamente desconfiadas, a dar-lhes banho, a passar o cabelo louro de Philippa por leite de cabra (porque não ganhava jeitos como o da mãe, lamentava-se ela), e acedera a penteá-lo frente à lareira, perante os resmungos enciumados da ama.

– A senhora tem um filho do tamanho do Henry, mas não tem nenhuma filha tão esperta como eu, pois não? – perguntou Elisabeth saltando-lhe para o colo.

Katherine riu a bandeiras despregadas, a cabeça lançada para trás e sem os trejeitos das damas da corte que as crianças estavam habituadas a ver.

– Tenho dois filhos, princesa, uma rapariga, Blanchet, que tem o nome da sua mãe, e é afilhada dos seus pais…, e que é muito esperta – começou Katherine

– Dos meus pais? – perguntou surpreendida Philippa, e notou, pelo canto do olho, que Maud e Heather trocavam entre si um olhar estranho, que a deixou desconfortável.

– Sim, da sua mãe e do seu pai, princesa, porque a duquesa foi sempre muito boa para mim. Queria que a minha Blanchet um dia fosse parecida com ela.

Philippa sentiu-se gelar por dentro, num misto de raiva e medo. Mas Katherine era uma mulher de uma sensibilidade invulgar e percebeu imediatamente que tocara na ferida desta menina tão certinha e piedosa, tão parecida com a mãe, e que, no entanto, não seria nunca mais do que um esboço da sua beleza.

– Parecida com a sua mãe e parecida consigo, princesinha, porque vocês as duas são muito parecidas, e a minha Blanchet ainda é tão pequenina que vai poder tê-las a ambas como exemplo…

Philippa acreditou em Katherine, e Philippa não era facilmente levada pela arte da lisonja. Sentiu que o corpo amolecia, e até fez aquilo que o coração lhe pedia: encostou-se a ela um pouco mais, a pretexto de aproximar a cabeça à escova. E perguntou:

– E a sua mãe, lady Katherine?

Katherine fez um sorriso dorido e pegou na história, onde a tinha deixado:

– Quando era muito pequenina, tinha quatro anos como a Elisabeth, vivia em França, num lugar chamado Piccardy, e um dia toda a minha família foi contagiada pela peste... (Maud, Heather e Philippa benzeram--se)... e só escapámos eu e a minha irmã Philippa – tem o seu nome, princesa, e é uma das damas de companhia da sua avó Philippa (tantas Philippas, meu Deus!). A sua avó, a rainha, soube da nossa situação, e como o meu pai era um dos seus cavaleiros preferidos, e Piccardy um dos seus territórios de solteira, mandou um mensageiro buscar-nos e trazer-nos para o palácio. A minha irmã, que é mais velha, estava bem de saúde e entrou logo para o serviço da rainha, mas afinal eu também tinha sido contagiada. A vossa avó pôs-me à guarda de uma grande curandeira, que conseguiu o milagre (e foi a vez de Katherine se benzer) de me salvar.

Maud e Heather, que fingiam apanhar a água do chão e dobrar os toalhões para se manterem por perto, não resistiram a interromper:

– Lady Katherine, quem sobrevive à peste, nunca morre de peste – sussuraram com uma voz de admiração, pois Katherine tinha aos seus olhos o dom com que sonhava qualquer ser vivo...

Katherine encolheu os ombros a rir – havia muitos dias, sobretudo antes de Blanchet e Tom terem nascido – em que se perguntava por que não tinha morrido com o seu querido pai e a sua adorada mãe. Depois virou-se de novo para as duas princezinhas, desejosas do resto da história.

Elisabeth queria saber como é que se chamava o rapaz.

– Thomas. E o pai, que se chama Hugh, é um dos cavaleiros do senhor seu pai, um dos cavaleiros de Lancaster, e luta com ele para recuperar os territórios que nos roubaram – disse Katherine.

Philippa, habitualmente tão circunspecta, pos-se em pé de um salto e com as maçãs do rosto coradas de excitação, exclamou:

– Esteve com ele em Najera, a 3 de Abril de 1367?

– Lady Philippa, sente-se, olhe que apanha frio – disse Katherine, puxando-a para debaixo do lençol e para junto da lareira.

– Sim, o Hugh esteve com o seu pai em Najera, no dia em que venceram o usurpador Henrique da Trastâmara, e devolveram o trono ao rei legítimo, o rei Pedro de Castela. E está lá agora, com o seu pai, a lutar contra D. Henrique, que apunhalou e matou cobardemente D. Pedro numa festa, e se apoderou da coroa – acrescentou, com um entusiasmo igual ao da princesa.

Philippa tinha os olhos a brilhar e a sabedoria toda na ponta da língua, e Katherine achou que este seu lado combativo e cheio de convicções era muito mais encantador e surpreendente do que a faceta rígida e piedosa que, regra geral, mostrava a toda a gente. Talvez se o seu lado culto e inteligente fosse estimulado, um dia tivesse a segurança de ser uma mulher determinada, capaz de moldar a vida à sua vontade.

A verdade é que agora Philippa não se calava:

– Os tronos não se podem tirar aos reis, foi Deus que os colocou lá – disse Philippa.

E explicou:

– O rei D. Pedro pediu ajuda ao meu pai, e o meu pai reuniu homens de toda a Inglaterra e pediu dinheiro ao Parlamento e conseguiu ganhar todas as batalhas, até ao dia em que conquistou de vez Castela. Quando soube, o rei D. Pedro beijou a mão do meu pai, o anel do meu pai, e agradeceu-lhe. Só que Pedro de Castela morreu e o traidor Henrique usurpou outra vez o trono, e por isso o meu pai está lá outra vez para lhe dar uma luta sem tréguas...

Elisabeth bocejava de sono – aos cinco anos toda aquela conversa parecia-lhe uma seca sem fim – mas Katherine estava fascinada: não eram só os traços físicos que Philippa herdara dos Plantagenet, mas também o seu espírito guerreiro e ambicioso, a sua capacidade de dar a vida por uma causa...

O coração contorceu-se-lhe num nó: por que é que pensar em John of Gaunt lhe provocava aquela emoção, uma vontade louca de fechar os olhos e imaginá-lo junto a si? Tinha sido sempre assim desde aquela vez que em Windsor ele a salvara de ser violada pelo imbecil com quem depois a obrigaram a casar. A ela que não sabia nada de sexo, nem de homens, e fora apanhada como uma presa inocente aos dezasseis anos na sua primeira estadia na corte. Por que é que só visualizar a imagem de John a deixava tão confusa? O coração a bater a cem à hora, uma sensação desconfortável de traição em relação a lady Blanche, que admirava tanto e viera sempre em seu socorro, que raio de sentimentos eram aqueles, o que podiam significar?

Mas Philippa, como o pai, não acreditava em ficar por metade de nada, e trazendo-a de volta ao torreão de Bolingbroke, disse-lhe num tom que já adquirira a sua habitual formalidade:

– Desculpe, lady Katherine, interrompi-a grosseiramente. Ainda não nos contou para onde foi depois da curandeira a ter salvo da peste, nem sequer por que é que está grata à minha mãe.

Katherine sentiu um certo alívio em retomar o fio à meada da história da sua vida, que afinal não tinha nada de especial. E explicou a Philippa que a rainha a enviara para um convento, onde a tinham ensinado a ler e a escrever.

– Imagine, lady Philippa, a madre abadessa até deixou que o prior me ensinasse a fazer contas no ábaco – comentou a rir.

Mas finalmente a irmã tinha conseguido autorização da rainha Philippa para a mandar regressar à corte, livrando-a de uma vocação que não tinha. Só que a vida de uma rapariga sem dote, nem riqueza, mesmo que o pai tivesse sido cavaleiro, não era coisa simples.

Katherine contou então a Philippa como se tinha sentido desajeitada entre tanto luxo e protocolo, como se perdia nos corredores de Windsor de cada vez que tinha de encontrar o salão nobre, ou a sala de armas, ou os aposentos da rainha, ou mesmo o caminho de volta para o quarto... e ambas riram cúmplices, sendo que Philippa só ria por simpatia, porque crescera a correr pelos corredores de tantos castelos diferentes, que acreditava sinceramente que já lhe tinha crescido uma bússola na cabeça.

– E foi no meio de toda essa atrapalhação dos primeiros tempos, e percebendo que apesar da ajuda da minha irmã, eu andava por ali a fazer figuras tristes, que a sua mãe decidiu vir em meu auxílio. Deu-me alguns dos seus vestidos... (ah, pensou Philippa, bem me parecia que conhecia este vestido verde)... e sobretudo conversou comigo e consolou-me quando o senhor seu pai, e a minha irmã, decidiram casar-me com Hugh. Quando tive os meus filhos, a sua mãe mandou-me sempre presentes e comida, e os seus pais insistiram em ser padrinhos da minha filha – concluiu Katherine com a voz sumida de quem não quer confessar a duas princesas, no torreão sumptuoso daquele castelo, que Ketlleworth, onde vivia, se assemelhava, com desvantagem, à ala dos criados...

Philippa tinha nove anos, mas nove anos atentos, numa corte onde amor e casamento eram tudo menos sinónimos («excepto entre os meus pais», disse Philippa, com convicção, para si mesma). Ou seja, também entendeu que se Blanche enviava comida a Katherine e se Katherine vinha até Bolingbroke sem os filhos e sem o marido, para agradecer à duquesa de Lancaster, talvez o mais sensato fosse acabar a conversa por aqui. Antes que, sem querer, ferisse os seus sentimentos.

Elisabeth já tinha sido levada para a cama pela ama, e Philippa levantou-se e agradeceu a Katherine o dia bem passado, como se fosse uma pequenina actriz no final de um recital. Katherine entrou no jogo e com uma vénia desejou-lhe uma boa noite e prometeu lembrar-se dela nas suas orações da noite.

Maud e Heather assistiram a tudo, divididas. Podia ser verdade o que se dizia desta mulher?

8

Bolingbroke Castle, 12 Setembro de 1369

Na manhã seguinte Philippa acordou com gritos estridentes, que pareciam vir do pátio exterior. «A peste, a peste», ouvia-se por todo o lado.

Saltou da cama, empurrando para o lado uma Elisabeth estremunhada, e correu a chamar por Maud.

– Maud, a peste, a peste, quem é que tem a peste?

Maud há anos que vivia em função da sua menina, da filha que nunca tivera. Procurava protegê-la dos boatos e dos rumores, das conversas sórdidas de aias e não só, das histórias que entretinham os criados ao serão e que versavam invariavelmente as infidelidades do patrão, mas como a poderia proteger da peste?

Quando subira a correr das cozinhas encontrara os patamares cheios de gente. Frei John e o capelão sussurravam num canto e as suas expressões deixavam claro que a peste tinha chegado, franqueado os portões de uma fortificação como Bolingbroke. Atravessara os campos e as terras e apesar de todos os cuidados dizia-se que percorria dez quilómetros por dia, dizimando aldeias inteiras. O seu poder de contágio era tão poderoso, que bastava que duas pessoas tivessem estado sob o mesmo tecto, para que a doença as apanhasse às duas e assim sucessivamente. Os padres saíam à rua, mas não havia incensos nem rezas que travassem o seu percurso.

Os médicos pouco ou nada podiam fazer senão procurar aliviar as febres com pachos de água fria nas cabeças a estourar, e aplicando ungentos nas bolhas negras – a morte negra – que despontavam por todo o corpo, e supuravam um líquido preto. O doente tinha cada vez mais dificuldade em respirar, cuspia sangue e extinguia-se, mais ou menos rapidamente, mas sempre dentro de dias. Mal expirava, o seu corpo ficava negro da cabeça aos pés.

As ordens eram claras: uma vez mortos, os seus corpos tinham de ser imediatamente incendiados ou enterrados, porque os ratos, e até o ar, ficavam contaminados, e contaminavam.

Um castelo ou uma aldeia com peste tinham de se fechar sobre si mesmos, impedindo que alguém entrasse, ou dali saísse. Os que escapavam, julgando encontrar acolhimento noutro sítio, descobriam que se a doença não os apanhasse, apanhava a fome e o frio, porque ninguém os acolheria.

A gritaria em Bolingbroke enchia corredores e torreões, pátios e cozinhas, salões principais e quartos. Philippa foi à janela, e em lugar da tenda e dos saltimbancos da véspera viu três corpos sobrepostos, sobre uma pira de lenha. Levou a mão à boca e susteve um grito de horror. Maud encontrou-a assim, os olhos vidrados, o corpo franzino a tremer como varas verdes.

Levou-a de volta para a cama e cobriu-lhe o nariz e a boca com um pano molhado e ordenou-lhe:

– Menina, mantenha isso em frente do nariz e da boca, ouviu? – e a sua voz nunca tinha soado tão firme aos ouvidos da princesa.

Em breve o cheiro dos corpos queimados, da roupa queimada, subiam em espiral e entravam por todas as frinchas e intervalos das lousas que cobriam o telhado do castelo.

A porta do quarto abriu-se de repente. Philippa nunca vira a mãe assim: cabelos soltos, ainda por arranjar, um manto por cima da camisa de noite bordada. Entrou pelo quarto de brinquedos onde ela própria tinha sido criada, com uma expressão de terror absoluto.

Se ao menos John estivesse aqui, murmurava. Sempre tão longe, sempre tão preocupado com a sua ambição, com reinos que não eram seus, com o sol de terras distantes que Blanche não conhecia nem queria conhecer. Tão pronto a deixar as suas mulheres, as suas verdadeiras mulheres, entregues a meros vassalos, por muito fiéis que fossem. Acreditando que a rosa de Lancaster seria suficiente para os proteger de todos os males. Mas John esquecera a peste!

– Senhora, o que fazemos aos meninos? – perguntaram as três amas aterrorizadas, a ama de Henry com o bebé de três anos nos braços, redondo, de penugem ruiva e olhos claros, absolutamente alheio ao risco que todos corriam.

A ama de Elisabeth prendia-a com força pela cintura enquanto ela esperneava como um bicho enfurecido, dando àquele ambiente surrealista um toque de realidade que ajudou Blanche a serenar.

– Elisabeth, o que é que se passa?

– Esta idiota não me quer largar, quero ir ver se o meu poldro está bem. Se estão todos doentes ele também pode estar, e não quero ficar aqui quieta sem saber de nada – vociferou uma Elisabeth encarnada de fúria, os olhos ainda mais verdes.

Blanche lançou-lhe um ar frio e implacável, sem que sequer os cantos da boca se estendessem num sorriso disfarçado, como acontecia sempre que fingia zangar-se com a sua menina caprichosa. Elisabeth, perante a surpresa de um olhar que nunca tinha visto antes, parou imediatamente de mexer as pernas e os braços e estacou.

Por todo o castelo ardiam incensos para purificar o ar, e o capelão corria os corredores com o seu sino, um séquito de criados e nobres atrás de si em orações fervorosas.

– Mãe, foram os nossos pecados que trouxeram sobre nós a peste? – perguntou Philippa, até aqui calada, sentada no banquinho de pedra junto da janela, os olhos perdidos nos corpos incendiados, na pira para onde de vez em quando um novo cadáver era lançado.

Blanche era crente em Deus, uma mulher devota, criada na fé católica, sem que houvesse lugar para dúvidas ou hesitações, mas assustava-a esta tristeza profunda que parecia ser o traço de fundo da personalidade de Philippa, sempre tão pronta a culpabilizar-se por tudo.

Estendeu os braços para a filha e sentou-a no regaço.

– Estás tão grande, Phil, já não cabes no meu colo. – Depois, com a voz calma que lhe vinha não sabia de onde, disse-lhe:

– Não, Philippa, a peste é uma doença, transmitida por ratos. Mata pecadores e inocentes. Filha, nunca julgues ninguém pela forma como morre...

A conversa foi interrompida pela entrada de rompante de Katherine. As amas, na sua cumplicidade de anos em torno das suas meninas, entreolharam-se: pela própria alma podiam elas responder, mas pela de Katherine? Não seria coincidência a mais que a peste chegasse com ela, a única que lhe era imune?

Katherine vinha determinada a ajudar:

– Minha senhora, não posso sair daqui e ir ter com os meus próprios filhos, que o Senhor seja bondoso e os poupe a tudo isto. Mas por favor permita-me que fique aqui a protegê-la a si e aos seus.

Blanche comoveu-se:

– Lady Katherine, obrigada, mas não faz sentido nenhum. Vamos todos tomar conta uns dos outros, é o que é, e esta peste não nos vai tocar. O capelão já reza missas na capela, e os corpos doentes estão a ser levados para fora das muralhas, os dos mortos queimados.

Mas Katherine repetiu:

– Tive peste em pequena e sobrevivi, graças a Deus. Foi a curandeira que a sua sogra contratou que me salvou e dizem que quem sobrevive à peste não a volta a apanhar. Por isso posso fazer mais aqui do que qualquer outro. Quero ajudá-la a proteger os seus filhos.

Nesse momento entrou frei John pela porta e Blanche correu a vedar-lhe o caminho:

– Mais ninguém entra nos aposentos das crianças, padre. Temos que dividir o castelo em áreas e impedir que umas comuniquem com as outras, é a única maneira de a peste ficar confinada a uma zona, sem se espalhar pelas outras – disse Blanche de um fôlego.

Hubert Plaintly, o senescal do castelo, chegou logo depois do frade, e ainda a tempo de ouvir as palavras da duquesa:

– Foi aquela gente do circo, senhora. Já morreram vários do grupo, e dos nossos o primeiro a ser apanhado foi o Peter, o miúdo da estrebaria...

Elisabeth, que ouvia tudo, uns passos mais atrás, desatou numa histeria incontida, «Se o Peter morreu, como estará o meu poldro?», soluçava, perante o olhar de desprezo de Philippa, branca como a cal. Blanche virou-se para os dois homens e Katherine e indicou-lhes a porta: aquela não era conversa para se ter em frente de crianças.

Empurrando-os para o patamar do torreão, fechou com determinação a porta grossa de carvalho do quarto dos seus filhos. Foi a última vez que Philippa a viu viva.

❀

Dividiram o castelo em alas, como Blanche determinara e o senescal concordara. Os convidados que não tinham fugido refugiaram-se nos grandes salões, e bebiam para esquecer o medo, ao som dos músicos que continuavam a tocar, como num pesadelo macabro. A comida surgia-lhes na mesa trazida por apenas dois criados, os únicos com acesso às salas, e que, por sua vez, respondiam a um cozinheiro que tinha sido destacado apenas para os senhores. Era também ele que servia as duas criadas que subiam e desciam a escada em caracol que as levava ao torreão dos meninos, de onde mais ninguém saía e entrava. A construção que albergava os criados era, suspirava Blanche, felizmente autónoma do edifício principal e o senescal mandara selá-lo igualmente, depois de pedir voluntários para manter acesas as fogueiras, transportar doentes e abrir valas. O capelão, exaurido e com ar doente, corria de uma cama para a outra administrando os últimos sacramentos, para que Deus acolhesse os moribundos no seu seio, única consolação que restava aos doentes e à família.

A ponte levadiça estava içada, mas Philippa do seu torreão podia ver pequenos grupos de agricultores que se juntavam do outro lado da vala, na esperança de saber notícias dos seus entes queridos que trabalhavam dentro do castelo. Um dos capitães da guarda ia duas vezes por dia à janela mais próxima, de onde, aos gritos, dava as boas e as más notícias. No cimo da torre mais alta pendia a meia haste a bandeira dos Lancaster, que nem uma brisa fazia mexer.

Era o Setembro mais quente de que se lembrava, e Katherine, que passava os dias nos aposentos das crianças, lembrou-se de as entreter fazendo leques com pedaços de pergaminhos, para que o tempo passasse... mas não passava.

Philippa só queria saber da mãe.

– Por que é que a minha mãe não veio hoje?

As pobres criadas, mantidas ao serviço dos meninos, já não sabiam o que lhe responder, e Maud e Heather, confinadas aos aposentos, também não tinham resposta. Quando Katherine voltou do almoço que tomava agora na cozinha, Philippa precipitou-se sobre ela:

– Por que é que a minha mãe não veio hoje?

Katherine baixou os olhos e não teve coragem de lhe contar que no dia anterior, ao deitarem a senhora da casa, lhe tinham encontrado duas ou três manchas na pele! Blanche fora então definitivamente confinada à reclusão do seu quarto.

Mas Philippa lia os pensamentos e percebeu que Katherine não conseguia concentrar-se nos jogos que faziam, nem na leitura dos livros, nem sequer entusiasmar-se a imaginar onde John of Gaunt estaria agora a travar a sua última batalha contra um Henrique de Trastâmara, decidido a não lhe dar tréguas.

– Lady Katherine, o pai já sabe que a peste está no castelo? – perguntou.

Katherine por momentos julgou que não conseguiria conter os soluços que lhe apertavam a garganta:

– Princesa, acho que um mensageiro já partiu há dias para o avisar. Mas os caminhos são longos, os barcos que atravessam o canal são menos, com medo de trazer a doença da morte para o nosso lado, e vai levar tempo... a que a notícia chegue e o duque possa voltar.

Katherine desejava mais do que nunca que John ali estivesse – tal como Blanche depositava nele toda a confiança, e embora não soubesse bem que nome dar aos seus sentimentos, sonhava todas as noites que um dia, ao acordar, voltaria a ver à porta do seu quarto a sombra do Cavaleiro que lhe conquistara irremediavelmente o coração.

Cheia de remorsos – «que sentido fazia pensar em John quando era Blanche, e apenas Blanche que queria salvar?» – levantou os olhos para Philippa e disse-lhe:

– Tenho que ir ver a senhora sua mãe, princesinha. Hoje ficou deitada...

Philippa olhou-a de forma quase trocista: «quem é que ela pensava que enganava? Como se a primogénita de Blanche, ela, Philippa of Plantagenet não soubesse, mesmo fechada num quarto, tudo o que se passava com a sua mãe. Fazendo um esforço imenso para não chorar, disse a Katherine num tom de comando:

– Vá para perto dela, lady Katherine.

E Katherine assim fez.

Felizmente descia já as escadas quando a camareira favorita de Blanche as subia à sua procura, o corpo a tremer com os soluços que mal a deixavam falar:

– Lady Katherine, o médico esteve com a senhora duquesa e diz que é a peste. Que não podemos fazer mais do que a manter confortável e sem dores. Se ao menos frei William Appleton aqui estivesse... o médico do senhor duque é o melhor de todo o reino e as suas poções conseguem milagres que mais ninguém faz.

Para acrescentar enraivecida:

– Mas até o médico o patrão levou com ele!

Katherine sentiu o coração cair-lhe aos pés: falhara Blanche, falhara John, nunca se perdoaria por ter permitido que a duquesa andasse de cama em cama a prestar cuidados aos doentes.

Encontrou-a pálida, erguida sobre os grandes almofadões para lhe facilitar a respiração cada vez mais sibilante e entrecortada por ataques de tosse que pareciam, de cada vez, suficientes para a matar. Katherine deu-lhe a beber, devagarinho, as mistelas que o médico deixara, e com as suas próprias mãos espalhou os ungentos nas bolhas repugnantes provocadas pelo sangue hemorrágico pisado.

Blanche perguntava-lhe pelos filhos, numa voz praticamente inaudível. Katherine tentou manter a sua segura e ligeira e, como se lhe contasse uma história de embalar, deu-lhe conta das últimas graças de Henry, da dificuldade em manter Elisabeth dentro dos aposentos das princesas, e como Philippa rezava incessantemente, e só se distraía quando frei John a embrenhava nos livros e nas crónicas do passado.

– Sempre muitos mapas, Senhora, sabe como é a princesa.

Blanche sorriu, a cara iluminada pelas vinte velas que ardiam no quarto, na esperança de que a sua chama queimasse aquele mal, que a sua chama lhe trouxesse a misericórdia divina.

– Lady Katherine, e o duque já sabe?

Com todo o pudor a que a educação a obrigava, Blanche revelava a angústia imensa de se saber a morrer longe do homem que amava, com quem naquele mesmo castelo passara a lua-de-mel, onde lhe dera o herdeiro que o deixara tão feliz.

– Minha Senhora, o mensageiro já partiu, talvez o duque de Lancaster já esteja no caminho de regresso...

– Lady Katherine, preciso de um padre, preciso que o capelão me dê a extrema-unção, me abençoe e prepare a minha alma para ir ao encontro da do meu pai e da dos meus filhos que já partiram e me esperam... Mas, que angústia, lady Katherine, quem é que vai tomar conta dos meus filhos, da Philippa, sempre tão reservada e sensível, quem é que vai ter mão na Elisabeth, que mimei de mais, sei-o hoje, e do Henry? É preciso que o Henry não apanhe esta doença, é preciso proteger o Henry, o pai tem tantos planos e tantos sonhos para ele...

Katherine prometeu-lhe que velaria por eles, e renovando o pano húmido na testa, disse-lhe suavemente:

– Vou chamar o padre, lady Blanche.

Katherine sentiu a cabeça esvair-se: não tinha o direito de enganar uma mulher como esta. Blanche merecia a verdade, e merecia morrer na Graça de Deus.

Mal fechou, o mais silenciosamente que pôde, a porta do quarto da duquesa, desatou a correr pelos corredores habitualmente cheios de gente, mas que estavam agora absolutamente vazios. Nem um criado, nem um escudeiro, nem uma aia, todos se tinham recolhido aos seus cantos, e até as portas principais estavam sem guarda.

Katherine decidiu ir directamente à cozinha e aí encontrou alguns dos criados, e por sorte, a um canto, o capelão, que sem dormir, aquecia as mãos em redor de uma caneca de uma infusão quente.

– Padre, a duquesa, a duquesa, tem que ir já... tenho medo que não chegue a tempo...

Katherine disse a frase de rompante, a voz tremida, sem no entanto ceder ao histerismo.

O padre benzeu-se, largou a caneca, pegou nos seus paramentos e na mala dos óleos, e em passo estugado seguiu Katherine de volta ao quarto de Blanche.

A camareira favorita da duquesa, a que a acompanhara ao longo destes anos e lhe vira nascer todos os filhos, abriu-lhes a porta e lançou-se aos pés do padre pedindo-lhe um milagre – por que não ela, por que não ela, sem filhos, que interesse tinha a sua vida...

O padre abençoou-a e aproximou-se lentamente do leito daquela menina que, também ele, conhecia de pequenina, fora ele quem lhe dera a Primeira Comunhão, ouvira a sua primeira Confissão, fora ele que lhe instigara a veneração pela Virgem e a acompanhara na dor dos filhos perdidos. Os olhos azuis de Blanche pareciam-lhe ainda mais azuis, porque a pele perdera a cor e os lábios tinham-se tingido de cinzento – Blanche lutava apenas pelo direito a uma morte com passaporte para o Céu.

Katherine escondeu-se nas sombras do quarto, queria fugir dali, e queria ficar, tinha que ficar, precisava de ser capaz de estar com Blanche até ao fim – era o que John esperaria dela, e mesmo neste momento a opinião de John parecia-lhe importante, demasiado importante...

O padre ouviu a confissão de Blanche, falou-lhe docemente e ungiu-a com os óleos sagrados, entre orações que lhe garantiam que tudo não passava de uma passagem, de uma passagem para uma vida melhor, sem dor nem sofrimento, na companhia de Deus Nosso Senhor, da Virgem Maria e de todos os santos.

Quando a cerimónia terminou, Katherine chegou-se ao lado oposto da cama e passou suavemente a mão pelos cabelos loiros e ondulados de Blanche. O padre fechou-lhe os olhos. Blanche of Lancaster já não estava naquele quarto.

Silenciosamente, andando de costas porque não queriam deixar de olhar aquele rosto, o capelão e Katherine saíram do quarto. O padre sentou-se num dos bancos junto de uma das frinchas de onde podia ver os campos amarelos queimados pelo sol intenso e o azul forte do horizonte e tapou a cara, comovido. Aquela morte, não era como as outras – e sabe Deus a quantas assistira. Mas a sua pequenina Blanche iria directa ao Criador. Disso estava certo.

– E agora? – pensava Katherine.

Não podia dar-se ao luxo de chorar a duquesa, era preciso avisar John, avisar o rei que ainda há meses perdera a mulher, era preciso fazer repicar os sinos pelos castelos dos Lancaster, era preciso que Inglaterra soubesse que Blanche morrera. E mais difícil de tudo, era urgente dar a notícia aos filhos – a Philippa, meu Deus, como é que se dava uma notícia destas a uma criança que venerava a mãe, vivia para ela, uma criança que não deixaria nunca que alguém a consolasse, e que no entanto sofreria mais do que qualquer outra, porque nem o desgosto de John seria igual ao desta menina de nove anos?

Mas afinal Katherine passara por uma experiência parecida com a de Philippa – talvez isso lhe permitisse construir uma ponte até ela, de forma a que não se sentisse tão sozinha. E John, John viria aí...

Enviados com urgência os mensageiros com as cartas dando notícias e pedindo ordens, que escreveu pelo seu próprio punho, Katherine subiu devagar as escadas que levavam ao torreão das crianças.

Mas antes de estender a mão para a porta, sentiu-a a abrir – era Elisabeth, que percebera a chegada de Katherine e para quem qualquer pretexto era bom para correr e saltar, que farta de bordados e de bonecas estava ela – se ao menos a deixassem dar uma volta no seu pónei.

Katherine tomou-a nos braços enquanto se dirigia à cadeirinha onde Philippa continuava a bordar, pálida, a expressão contorcida num esforço para não chorar. Maud arrumava os brinquedos na arca de madeira, mas o silêncio repentino levou-a a voltar-se – de cócoras no chão, assim ficou, sem precisar que lhe dissessem mais nada: aquela doença do diabo, que nem ouro, nem mirra, nem incensos de reis eram capazes de afastar, tinha levado a sua senhora. Maud nem teve tempo de pensar nela – olhou para a sua menina, só a sua menina importava agora.

Katherine, ainda com Elisabeth ao colo, desceu ao nível da cadeirinha de Philippa, e levantando lhe o queixo devagarinho com a mão, olhou-a directamente nos olhos e disse-lhe:

– Lady Philippa, a sua mãe morreu, mas as suas últimas palavras foram para si, para lady Elisabeth e para o bebé Henry.

Philippa deixou que Katherine se aproximasse, e por uma vez Elisabeth deslizou serenamente do seu colo, para lhe deixar os braços livres para abraçar a irmã.

Maud entrou no mesmo registo, e serenidade foi a palavra de ordem que as amas de Elisabeth e Henry também receberam.

Apesar do risco que corriam, Katherine achou que pelo menos Philippa devia ver a mãe pela última vez – lembrava-se de como lhe custara que tivessem levado a sua, sem que lhe pudesse dizer adeus. Ouviam-se os martelos dos carpinteiros do castelo – a senhora duquesa não seria queimada pelo fogo, não podia ser enterrada aqui em Bolingbroke, o rei e o senhor duque desejariam um funeral de Estado em Londres, Katherine estava certa disso e por isso mandara fabricar, depressa, um caixão inviolável onde o seu corpo teria de ser rapidamente encerrado.

Mas as crianças não precisavam de ver ou saber nada disto. Katherine pegou na mão de Philippa e atravessando o terreiro mais arejado, levou-a até ao quarto da mãe, onde as vinte velas ainda ardiam, para que a pudesse ver serena, deitada e aconchegada na cama que conhecia, o ligeiro sorriso que lhe ficara nos lábios.

Sabia o suficiente para entender que em breve o caixão de Blanche se transformaria em «património nacional», sendo rodeado de gente a prestar-lhe homenagem e a chorar lágrimas sentidas ou de crocodilo, mas que nenhuma delas teria o sal e o sentimento das da sua filha mais velha. Abrindo a porta, disse-lhe:

– Entre, minha querida. A mãe está com Deus, mas estará também sempre consigo, sempre a vê-la, a chorar e a rir do que a fizer a si chorar ou rir. Mas diga-lhe adeus, fique uns minutos sozinha com ela, e depois vamos voltar para o torreão, sim?

Mas Philippa não quis largar a mão de Katherine e puxou-a a reboque para junto da cama:

– É assim que me vou lembrar sempre dela, lady Katherine. Tão bonita e tão querida. Ninguém teve a sorte de ter uma mãe como eu.

E ajoelhando-se ao pé da cama, tirou do corpete do vestido escondido o bordado que fazia para ela e pousou-lho em cima do peito, onde as mãos tinham sido juntas em oração.

– Lady Katherine, a minha mãe pode ser enterrada com o meu bordado? perguntou, sem levantar os olhos.

– Lady Philippa, eu própria me vou certificar disso, e que orgulhosa que ficava de ver os seus pontos tão perfeitos...

Philippa levantou-se, benzeu-se e saiu do quarto a correr – Katherine deixou-a ir. Se ao menos Philippa conseguisse chorar, mas Katherine entendia-a: as lágrimas também nunca lhe subiam aos olhos quando o coração lhe doía realmente a sério.

9

Windsor, 17 de Setembro de 1369

O cortejo fúnebre partiu de Bolingbroke, segundo ordem expressa do rei Edward, que desejava dar à sua nora favorita um enterro com a pompa e circunstância que o seu estatuto exigia.

Edward sepultara há pouco mais de um mês a sua querida rainha Philippa e ainda não recuperara do mal-estar que aquela morte lhe provocara. Tinham estado casados anos e anos, gerado dez filhos, sido muito felizes, e se nos últimos tempos viviam mais afastados, justificava-se, era apenas porque a artrite tomara conta do corpo da rainha, obrigando-a a ficar num quarto semi-escuro, rodeado de damas de companhia e curandeiros que velavam por lhe atenuar as dores. Edward gostava de acreditar que era assim exactamente que as coisas se tinham passado, mas quando o caixão de Philippa, rainha de Inglaterra, fora encerrado no túmulo de alabasto que para ela mandara construir na abadia de Westminster, sentira um peso imenso na consciência: a mãe dos seus filhos, a mulher de que tanto se orgulhava e que o povo amava pela simplicidade do seu trato de «moçoila» flamenca que pouco sentido atribuía aos protocolos rígidos habituais na Casa Real Inglesa, sofrera de gota, é verdade, mas muito mais do que isso sofrera com dignidade e sem um queixume uns últimos anos de humilhação provocada pela sua paixão incontrolável por Alice (como lhe dera para aquilo?), uma mera aia de segunda, que ostentava a cada segundo do dia a sua promoção ao leito real. Perante toda a gente, inclusivamente junto da legítima.

Edward sabia que a nora Blanche nunca escondera o seu desdém pelo seu comportamento, nem prestara qualquer tipo de vassalagem

– ignorava-a e ostensivamente – àquela damazinha ambiciosa, que tinha a descarada lata de vir costurar para junto do leito da sogra, com os dedos cheios de anéis que só um rei lhe poderia ter oferecido!

Edward lembrava-se bem dos protestos que recebera através do filho, que lhe garantia que Blanche se recusava a subir para o jantar no Grande Salão, se o senhor seu rei e sogro levasse para o topo da mesa a insinuante criatura, que ainda por cima se dava ao desplante de olhar para ela, olhos nos olhos, com um toque de desafio que mesmo o temperamento brando de Blanche suportava mal.

O rei, seu sogro, não lhe levara a mal o recado, nem a atitude, porque, afinal, pensava como ela, e envergonhava-se de ter quebrado a sua fidelidade de décadas, comportando-se como um velho senil, indigno dos seus antepassados. E, no entanto, Alice fazia-o sentir vivo, sem deferências, nem beija-mãos, irreverente nas graças, sempre com uma opinião directa e sem subtefúrgios, pronta a mandar prender os seus inimigos e a promover os seus amigos, com uma lata tão descarada que o rei acabava, a rir, por apor nas suas pretensões o carimbo real. Na cama, Alice era a mulher mais quente e criativa que tinha conhecido. O rei esboçou um sorriso só com a memória da noite anterior – aquela acompanhante da rainha a quem nem um pingo de sangue azul corria nas veias, fazia-o esquecer a idade, o reumático, e sobretudo o tédio. Para dizer a verdade, já não se julgava capaz de tais habilidades, mas quando a sua mão experiente percorria o seu corpo e ela jurava que o prazer que lhe dava era superior ao de qualquer homem mais novo, Edward respondia ao desafio. Queria acreditar que assim fosse, e afinal por que não havia de ser, se o corpo respondia ao desejo com uma prontidão que certamente muitos invejariam?

O rei abanou a cabeça para afastar pensamentos tão indignos, olhando ansiosamente para a cara dos homens que o rodeavam temendo que de alguma forma lhe tivessem conseguido ler a mente – logo hoje que a agenda do encontro eram os preparativos para a chegada a Londres do cortejo e as cerimónias que se lhe seguiriam. Pobre Blanche.

John demoraria pelo menos um mês a regressar do campo de batalha, mesmo cavalgando de dia e de noite, e trocando de cavalos em cada posto. Sabia que o filho venerava a duquesa, e sendo um homem de extremos, não deixaria de levar este luto a peito – que ninguém duvidasse do seu amor, nem do poder que tinha para lhe dar um enterro à altura da esposa dilecta do homem mais influente e rico de Inglaterra. E o pai, que o conhecia como as palmas das suas mãos, sabia que tudo teria de ser ainda mais grandioso e pomposo, à medida dos remorsos que John sentiria por não ter estado ao lado de Blanche, por ter deixado a família sozinha, mais uma vez em busca nem ele sabia bem do quê.

Conhecia decididamente bem o filho e estava certo de que John preferia sentir culpas a mudar o seu comportamento, e por isso, entregar-se-ia ao desgosto de forma pungente, com a mesma devoção que o crente põe no sacramento da Confissão, acreditando que deixará o seu passado limpo como uma ardósia virgem.

Mas Edward, que estivera tão próximo da própria mulher e dos filhos, e que construíra com eles um sentido de família que passava muito além das querelas e das invejas entre irmãos – logo cinco rapazes! –, sabia que a escuridão que descera no coração de John of Gaunt ao saber a notícia da morte de Blanche, era muito mais do que fachada.

Blanche dera-lhe, desde muito novo, uma segurança serena, exigindo muito pouco, sempre pronta a deixá-lo partir sem amuos nem reprimendas, e tão genuinamente feliz por vê-lo regressar, orgulhosos um do outro. E dera-lhe um estatuto de que ele precisava desesperadamente – Edward sabia que o filho era talvez o mais capaz de todos os seus rapazes, mas conhecia-lhe também a ambição desmedida e sobretudo a frustração de se encontrar tão perto... e tão longe do trono. Sobretudo agora que o irmão – Edward, o Príncipe Negro – estava doente e se vira obrigado a passar-lhe o comando dos seus exércitos, incapaz de assumir o comando das campanhas contra França, preso em Bordéus a uma cama, ora melhor ora às portas da morte, abalado de forma irreversível pela morte do seu próprio filho mais velho, aquele miúdo sempre tão destemido, que empunhava a espada como ninguém e montava sem medo, e que morrera de um dia para o outro sem nunca usar a coroa para que tinha nascido.

Sobretudo agora que o sucessor do Príncipe Negro passara a ser o seu segundo filho, Richard de Bordéus, uma criança loura e frágil, que se constipava à chuva, e preferia mil vezes enfiar a cabeça nos livros a participar numa caçada, superprotegida pela mãe.

Mas o tempo, pensou o rei, não está para nostalgias nem profecias – era preciso tomar decisões e para isso é que ali estavam os seus conselheiros.

Por isso, nessa mesma tarde, Edward mandara uma escolta real para Bolingbroke e as ordens eram claras: apesar do perigo de contágio e dos ares pesados da cidade de Londres, queria que os seus soldados escoltassem o caixão da nora até à capital. Com todos os rituais a que um membro da família real tinha direito.

Quanto aos netos, desejava que viessem numa comitiva à parte, que viajaria por outras estradas, procurando desvios mais rápidos, de forma a que não fossem sujeitos ao espectáculo do povo em redor do féretro, dos gritos e dos gemidos, daquela gente que acreditava ter a obrigação de assim manifestar a sua dor.

Quando à noite se sentou na sua salinha privada, para um jantar a sós com Alice, olhou de novo para o pergaminho que lhe trouxera as más notícias, e guardara no bolso da sobreveste. Deteve-se mais uma vez na assinatura: Katherine Swynford? Quem seria aquela mulher que numa caligrafia desenvolta e sem prurido nem salamaleques desnecessários assim escrevia ao rei? Fosse quem fosse, parecia ser a única cabeça ainda a funcionar naquele castelo longínquo, por isso o rei achara que fizera bem em ordenar-lhe que continuasse junto das crianças e garantisse a sua chegada em segurança à capital.

Entretanto chegariam as ordens de John e então tudo se faria segundo a sua vontade.

Ao ler a carta que a mandava permanecer junto de Philippa, Elisabeth e Henry, Katherine sentira um imenso alívio. Estava demasiado envolvida com estas crianças para que fosse capaz de deixá-las partir pelas estradas poeirentas, pelos caminhos longos que representavam aqueles quatrocentos quilómetros que os separavam de Londres. Fizera questão de no quarto dos brinquedos ler alto as ordens recebidas, porque sabia que as amas e as damas de companhia de Blanche, passados os primeiros instantes de admiração pela coragem com que permanecera ao lado da duquesa, depressa desatariam a língua. E quando muitas línguas se juntavam, sabia bem Katherine, mesmo a maior heroína passava rapidamente a má da fita. Diriam que o fizera para conseguir brilhar aos olhos do rei, ou melhor, do duque agora viúvo, por dinheiro, títulos, terras, recompensas – afinal o que é que uma mulher de dezanove anos, linda como ela, e com filhos do seu sangue para criar, fazia ali num castelo distante, a arriscar a vida por quem não lhe era nada? Se até Katherine se perguntava o mesmo...

Quando Philippa e Elisabeth souberam que Katherin ficaria com elas, pelo menos até ao regresso do pai, estenderam-lhe a mão, que seguraram com força e fizeram dissipar todas as dúvidas – que mesmo as suas queridas amas levassem os seus ciúmes para outro lado!

Maud e Heather estavam demasiado assustadas e agradecidas para se arriscarem a virar costas a Katherine – que alguém dividisse com elas a responsabilidade de manter sãos e salvos estes meninos parecia--lhes merecedor de que engolissem todos os rancores e esquecessem todos os boatos. Sobretudo Henry. O senhor duque nunca lhes perdoaria se alguma coisa sucedesse a Henry. Mas, benza-o Deus, o príncipe, que já corria por todo o lado e enchia o quarto com as suas gargalhadas prontas, parecia felizmente tudo menos doente!

❀

Katherine supervisionou a «evacuação» das crianças, e deu graças a Deus por aquela obrigação que mantinha os mais pequenos e os maiores demasiado preocupados nos preparativos, para pensarem demasiado na mãe, que acabara de morrer.

Heather, enquanto empacotava os vestidos das meninas, dizia a Maud:

– Era pior para os meninos que tivéssemos ido nós, louvado seja o Senhor, porque a verdade é que nós é que aqui estamos para lhes secar as lágrimas e curar as feridas.

Maud, que se lembrava como se tivesse sido ontem, de como a senhora lhe passara a sua menina para os braços e lhe dissera «Maud trata-a como se fosse tua», desatou em soluços, e com a voz entrecortada, corrigiu:

– Nós somos tudo, mas não somos mãe, e a minha Philippa, por muito que tenha bebido do meu leite, vai sentir muito a falta dela. Lembras-te como esperava sempre, ao fim do dia, que a senhora duquesa corresse a cortina, e lhe viesse dar um beijo nos cabelos que eu tinha acabado de desembaraçar? Para depois adormecer agarrada a mim... Mas era pela mãe que esperava.

O estalido do chicote ouvia-se na manhã que de repente nascera gelada. As cortinas das carruagens estavam fechadas, e as armas dos Lancaster cobertas com um pano escuro.

Elisabeth, de vestido sóbrio improvisado pelas costureiras de Bolingbroke, insistia com Katherine, usando o seu tom mais autoritário:

– Deixe-me abrir as janelas, quero ver o que se passa lá fora! Quero ver a *mummy* a acenar da janela, ela acena-me sempre, e é incrível que me tirassem de casa sem me deixarem ver o meu pónéi, nem explicar ao James que tínhamos de ir a correr para Londres...

Philippa, cuja cara branca se confundia com os folhos da gola do vestido da mesma cor, olhou-a estarrecida:

– Beth, a mãe morreu, nunca mais a vamos ver, está dentro daquela caixa, não te está a acenar da janela, porque não pode...

Elisabeth olhou-a com os seus olhos verdes a faiscar, como se a odiasse mais do que tudo, por lhe estar a dizer o que sabia mas não queria saber, o que ouvia mas não queria ouvir:

– Estúpida, és mesmo estúpida. A *mummy* não está em caixa nenhuma, a *mummy* acena-me sim senhora... acena-me do Céu e eu vejo muito bem.

Tapando as orelhas com as duas mãos aninhou-se num canto dos bancos, as lágrimas a correrem-lhe pela cara abaixo, enquanto Katherine passava o braço pelos ombros de Philippa, e Heather, que ia na mesma carruagem, embalava a sua menina.

Philippa fechou os olhos e murmurou baixinho, para que só Katherine a ouvisse:

– A Elisabeth tem razão, eu é que tive falta de fé. A mãe acenou--nos de certeza daquela janela, ou do céu, a *mummy* nunca nos deixaria partir sem dizer adeus...

Sempre tão dura e exigente consigo, sempre tão rápida a encontrar culpa em si, pensou Katherine, esperando que o baloiçar da carruagem acabasse por os adormecer a todos, num primeiro dia de uma longa viagem.

10

Savoy Palace, 26 de Setembro de 1369

As trombetas tocaram e os portões de ferro, com as armas dos Lancasters cobertas por um pano negro, abriram-se de par em par. As carruagens estavam brancas do pó das estradas, e todos os seus ocupantes exaustos e doridos – em apenas quatro dias tinham percorrido a distância entre as terras do norte e o centro de Londres.

O rio Tamisa corria, cheio de vida, paralelo ao imenso palácio, onde viviam quase três mil pessoas. Todas com a rosa encarnada bordada no ombro esquerdo da capa ou da túnica, todos ao serviço do duque e da sua família, dependendo da riqueza dos seus senhores e contribuindo para ela.

Fora do palácio, daquele e dos outros, as ruas da cidade eram apertadas e sujas, os excrementos lançados pelas janelas, as casas construídas junto ao rio, quase em palafitas, tão próximas umas das outras que de tempos a tempos o fogo começava numa e alastrava a todas, e os pobres ficavam mais pobres, e redobrava o número dos que subiam aos portões dos nobres, para de mão estendida pedirem o sustento para si e para os seus.

E os mais ricos davam, porque era assim a ordem natural das coisas, em que cada um ocupava o seu lugar, como numa gigantesca peça encenada por Deus.

Cada palácio tinha os seus «pobres» e os seus protegidos, e os soldados que guardavam as portas laterais tinham ordens precisas de quem deixar entrar e de quem deixar de fora, de a quem franquear o acesso às traseiras da cozinha onde os restos da mesa dos senhores e dos seus privilegiados vassalos encheriam os estômagos, geralmente colados às costas, de famílias inteiras. E eram os guardiões dos portões, também, que encaminhavam para as alas onde os secretários do duque recebiam as rendas a pagar e negociavam dívidas com os arrendatários vindos de muito longe – porque embora em cada castelo e em cada palácio dos seus imensos ducados estivesse nomeado um governador mandatado para explorar a propriedade e recolher os dividendos, a verdade é que havia sempre quem tentasse a sorte directamente junto dos homens da casa-mãe, na esperança de que na grande cidade a benevolência do patrão fosse maior do que a dos caciques que localmente os governavam.

Os tempos não estavam fáceis para ninguém, e Thomas, que esperava a sua vez de ser atendido, com as mãos presas ao portão que se abria para deixar passar as carruagens negras das princesas, cuspiu para o chão à passagem da comitiva.

Philippa, horrorizada, viu-o pela janela e fixou o olhar de ódio com que ele retribuía o seu. Chegou-se para dentro, a tremer, para a sombra da invisibilidade, mas ainda conseguiu ver um dos guardas do portão avançar sobre o rapaz, que devia ser pouco mais velho do que ela, e dar-lhe uma valente pancada na cabeça, com tal violência que Thomas largou as mãos presas aos ferros verdes e voou, estatelando-se imóvel no chão.

Philippa puxou desesperadamente pela manga do vestido de Katherine apontando em direcção ao miúdo:

– Lady Katherine, olhe para ele, a cabeça a escorrer sangue... Mas por que é que cuspiu nas nossas carruagens, que mal é que lhe fizemos? Ele não sabe que a nossa mãe morreu, ele não vê o pano preto sobre as nossas armas?

Maud riu, um misto de troça, medo e piedade. Philippa virou-se para ela, espantada:

– Ris-te? Aquele miúdo cuspiu-nos em cima.

Mas Maud estendeu-lhe a mão num gesto de apaziguamento:

– Princesa, pense que talvez lhe tenha morrido também a ele, como a si, a mãe, o pai e todos os irmãos. Pense que se agarrou ao portão dos Lancaster na esperança de um bocado de pão, e está ali pendurado sem que sequer o vejam há dias e dias... quando repara que o portão se abre. Só que não para ele, mas para umas meninas, bem vestidas e cheias de adornos, com ar de saberem tudo menos o que é passar fome...

Philippa ouviu-a sem saber o que pensar. Se o que Maud dizia era verdade, era natural que aquele miúdo tivesse vontade de lhe cuspir em cima, mas como é que era possível que os homens do pai deixassem desprotegido alguém que servia a família, ou sequer um miúdo com fome?

Calou-se, mas pensou que havia de perguntar a frei John se Deus teria mesmo desejado o mundo assim.

Bocejou. Hoje estava demasiado cansada para pensar mais, para se comover com as dores dos outros, quando a sua dor era tão gigantesca, a maior que alguma vez sentira.

Normalmente não gostava do Savoy, que sentia demasiado grande e cheio de gente, e obrigava a mãe a andar sempre numa roda viva, de jantar em jantar, de recepção em cerimónia. Mas agora dava graças a Deus por aqui estar, aqui onde a mãe insistira que tivesse um quarto só para si. Contava os minutos para que a deixassem ir para a cama, longe de todos, para poder finalmente chorar. Desde que a mãe morrera, não a tinham deixado um minuto sozinha. E Philippa desejava a solidão mais do que tudo o resto. Quando a deixaram levantar-se da mesa do jantar, correu para o quarto e fechou a porta à chave. Nessa noite, nem Maud pôde entrar para lhe vestir a camisa de noite. Tapou a cabeça com as almofadas, indiferente às insistências da ama para que abrisse a porta. Só queria deixar lá fora o mundo inteiro, e com ele todas as injustiças. Como a de um Thomas sem ter o que comer. Como a de uma Philippa órfã de mãe.

11

Londres, Savoy Palace, 26 de Novembro de 1369

Philippa sentou-se no seu banquinho e puxou-o para junto da janela – era o seu lugar favorito naquela salinha do Savoy, e como os seus olhos não eram fortes procurava sempre os lugares iluminados. Pegou instintivamente no bordado, que retirou do cestinho da costura, e recomeçou o trabalho de bordar a linha encarnada e dourada o brasão dos Plantagenet, que depois aplicaria num dos seus mantos de festa.

Katherine conhecia bem aquele hábito da princesa, que quando estava emocionada ou à beira das lágrimas, escondia o rosto na sombra e ocupava as mãos, com a vantagem de poder ir vendo, sem ser vista.

Haviam chegado há pouco mais de duas horas da cerimónia fúnebre que finalmente depositara o corpo de Blanche no túmulo definitivo que fora construído propositadamente para o efeito, junto ao altar principal da Catedral de St. Paul, a mais importante da cidade.

A cerimónia fora longa e Philippa estava cansada de vénias e de abraços de circunstância – porque a catedral estava cheia, ou não fosse a sua mãe a mulher mais querida de Inglaterra, pensara com satisfação.

Katherine ficara num banco mais para trás, mas ela, a irmã e mesmo Henry, tinham sido obrigados a permanecer de pé, um tempo infindo, junto da «Caixa de Pedra», como lhe chamara Elisabeth.

Durante aquele tempo imenso, não fora capaz de tirar os olhos do pai: John of Gaunt ocupara, obviamente, o lugar de destaque, próximo dos filhos, mas uns passos mais acima na escadaria do altar-mor, o rosto fechado, os olhos no chão, o traje de gala, o manto escuro a cair-lhe pesado sobre os ombros dobrados, os leões e as flores de lis, de quem não renunciava a França, a rosa, com o seu encarnado-vivo, as únicas marcas de cor a lembrar que apesar de uma morte, todos os outros estavam vivos.

Philippa repreendera-se a si mesma porque não conseguia concentrar-se nem nas palavras do arcebispo de Londres nem em parte alguma da cerimónia que reunia no altar mais de cinquenta padres e bispos nos seus paramentos magníficos. Tudo aquilo não parecia passar de um sonho, porque Philippa chorava a mãe em segredo há meses, e agora era como se a tristeza a tivesse coberto como um nevoeiro espesso, mas não assumisse nem um nome nem um rosto. A mãe não estava ali, jurava a si mesma, e como que a provar que o assunto que ali os reunia não tinha nada a ver com ela, prendera os olhos à figura do pai, finalmente regressado. Parecia-lhe o homem mais bonito do mundo, e, certamente, nenhum outro marido, nem aqui nem noutro lugar do universo, estava mais triste por ter perdido a mulher.

À entrada na catedral uma das suas damas mais mazinhas apontara-lhe a figura de Marie de St. Hilaire e de Blanche, a meia-irmã que nunca tinha visto antes, mas para quê pensar nisso agora, que certamente Deus, a quem rezava de dia e de noite, já apagara os pecados do pai.

Philippa olhou em volta, o pescoço dorido de tanto tempo passado em pé, e percebeu que os olhares dos outros pareciam igualmente atraídos por John of Gaunt, mas percebeu que nem todos eram de admiração. Bastava olhar para o avô Edward dobrado sobre a sua bengala, e para o rosto pálido e carcomido do seu tio pretendente ao trono para perceber que o pai, com toda a fortuna que lhe fora deixada pela mãe, a sua saúde robusta, e aquele porte altivo e ambicioso era um perigoso candidato ao trono.

Observou de soslaio o primo Richard, num banco junto da sua mãe Joan, tão bonito que quase parecia uma rapariga, os caracóis loiros a caírem-lhe no fato de veludo azul-escuro, um sorriso encantador, apenas com cinco anos, mais dois anos do que Henry, mas já com o peso imenso de ser o mais legítimo e o mais directo herdeiro do trono de Inglaterra e de tudo o resto... Instintivamente apertou com mais força a mão ao seu irmão pequenino, que lhe subira para o colo: tinha medo do que aquela gente, não obstante ser a sua, poderia fazer a uma criança que ameaçasse ou estimulasse estratégias e planos daqueles que pretendiam colocar um rei «da sua cor» na cadeira do poder. Henry e Richard – Philippa sabia que o futuro passava por um dos dois se fosse apenas a sorte a decidir, mas decididamente por Henry se o pai tivesse alguma palavra no assunto.

Philippa também notara que até Katherine não conseguia despegar o olhar de John of Gaunt. Encolheu os ombros, sem querer pensar mais no assunto: o pai era tão bonito, toda a gente olhava para ele!

Quando finalmente tinham regressado ao Savoy, correra para o banquinho, mas nem os pontos difíceis conseguiam impedir que as cenas daquela tarde passassem e voltassem a passar na sua cabeça.

Katherine estava no outro lado da salinha, numa cadeira de balouço, os olhos cinzentos no infinito, como se também ela estivesse muito longe dali. Philippa teve o impulso de a interromper:

– Lady Katherine, tem muitas saudades da Blanchet e do Thomas? – perguntou devagarinho, sem levantar os olhos do que fazia.

Katherine estremeceu na cadeira: aquela criança parecia sempre capaz de ler os pensamentos de quem lhe estava próximo. E sentindo que a cara ficava quente – «por que é que corava?, perguntou a si mesma, zangada» –, respondeu:

– A princesa devia ir para vidente... estava mesmo agora a pensar neles, a Blanchet deve sentir imenso a minha falta. A minha casa é numa quinta muito isolada, e quando ela nasceu, eu estava completamente sozinha. O Hugh tinha partido para combater com o seu pai em França, e eu tinha pouco mais de dezasseis anos. Ficámos absolutamente presas uma à outra, como aconteceu certamente à sua mãe consigo. Um primeiro filho é sempre diferente – atalhou rapidamente.

Philippa olhou para ela, feliz, a ideia de ter sido a primogénita, do colo da mãe só para ela, aqueciam-lhe o coração como uma chama instantânea, mas depressa o sorriso aberto se transformou num mais sério e respondeu:

– Só que a minha mãe e o meu pai queriam um rapaz, e eu nasci rapariga.

Lady Katherine encolheu os ombros:

– Não vá nessa conversa, lady Philippa, isso é coisa de homens. Uma mãe quer é o seu filho de saúde, e quando o tem junto a si, preso nos braços, quer lá saber que seja herdeiro ou não – além disso a sua mãe só tinha uma irmã e foram as duas as herdeiras... E mesmo os pais, passado aquele embate inicial, apaixonam-se pelas filhas!

Philippa riu. Não era certamente o caso do seu... pelo menos não por ela, mas de qualquer maneira gostava de ouvir estas coisas, que só Katherine conseguia dizer. Devia ser uma mãe fantástica, era egoísmo pedir-lhe que ficasse com eles. E insistiu:

– Acho que devia ir ter com eles, agora que nós já estamos... entregues. Não é justo que fiquem meses a fio sem si. Sei agora o que é não ter mãe, e também sei que por muito que queira o tempo não volta para trás, mas a Blanchet e o Thomas têm...

– Por isso, tenho que voltar. Sei que estão bem entregues, e recebo notícias frequentes mas receio que julguem que me esqueci deles. E Hugh (e Katherine suspirou de angústia ao relembrar aquele homem que a repugnava), embora os ame acima da sua vida, é um cavaleiro de armas que facilmente comanda duas crianças pequenas como se fossem soldados num regimento. Tem razão, agora que o vosso pai já voltou, e estão aqui com toda esta legião de soldados e criados, é tempo de ir ter com os meus...

E voltou ao silêncio, balouçando a cadeira: que estupidez, como podia explicar a uma criança, ainda por cima aquela para quem o dever vinha sempre antes do prazer, que era exactamente pelo facto de John ter voltado que Katherine sentia um impulso imenso de adiar a partida, usando que pretextos fossem... talvez só até ao momento em que pudessem estar juntos e perante a brusquidão tão característica do duque, aquela fantasia idiota que lhe povoa os sonhos, tanto aqueles que tinha a dormir como aqueles que a assaltavam acordada, se desvanecesse...

– Princesa, hoje à ceia vou pedir uma audiência com o senhor duque e vou anunciar-lhe a minha partida. Se não para hoje – a noite escura que caíra lá fora desmentia por si a aparente convicção das suas palavras –, para amanhã ou depois... logo que arranje um cavalo e alguém que me acompanhe, porque a viagem é longa.

Philippa observou-a com curiosidade, e assentiu calmamente. Na sua curta vida as pessoas iam e vinham, e não havia outra forma de sobreviver senão aceitar que assim era. Desde que Maud ficasse, pensou sentindo-se um pouco ridícula por estar quase a fazer dez anos e continuar tão dependente da ama. E ia continuar calada, quando de repente acrescentou:

– Lady Katherine, talvez o meu pai nos venha desejar as boas-noites, como a minha mãe fazia, e nessa altura podem falar um com o outro...

Sem dar por isso, num gesto tantas vezes repetido, escondeu um braço por trás das costas e fez figas. E o resto da noite, afinou os ouvidos para ser a primeira a ouvir os passos que, pesados, talvez percorressem o longo corredor que conduzia aos seus aposentos.

❀

John não conseguia explicar aquele sentimento – sabia que se deveria sentir triste e desolado (e sentia, repetia a si mesmo, é claro que sentia, como podia um homem que amava loucamente a mulher e a acabava de sepultar não sentir?), mas a verdade é que o invadia uma excitação adolescente, um sentimento de antecipação... Andava de um lado para o outro dos seus aposentos como um leão enjaulado, e tentava entender-se: que raio, parecia que ia partir numa das suas longas caçadas, ou quando na tenda esperava o toque para dirigir os homens no campo de batalha. Aquilo que experimentava agora assemelhava-se mais às borboletas na barriga que sentira pouco mais era que um rapaz, quando Marie, a dama de companhia da mãe, lhe marcava um sítio, e uma hora, para o iniciar nos jogos da paixão.

Tentou sossegar a inquietação ajoelhando-se no genuflexório, entoou as primeiras palavras de uma oração, só para estacar ali mesmo, empurrar a cadeira para o lado e cuspir num tom de voz irado:

– Basta de blasfémias; como se não fosse suficiente o que sentes, ainda te benzes e te ajoelhas, quando isto é certamente obra do diabo e não de Deus.

Estendeu-se atravessado na cama que tinha sido sua e de Blanche e tentou adormecer, mas sempre que fechava os olhos encontrava pela frente a imagem de Katherine, os seus olhos cinzentos e profundos, o seu corpo sensual e que tinha amadurecido com a idade, sem perder nenhuma da elegância e da atracção que desde o primeiro momento sentira por ela – como se houvesse entre eles uma promessa por cumprir.

Não, também não podia ficar deitado naquela cama, logo naquela, a sonhar com outras mulheres que não a sua.

– Estou doido, só posso estar doido, murmurou enquanto lançava mão da caneca de cerveja quente que o camareiro lhe deixara na mesa-de-cabeceira, quando expulsara dos seus aposentos aquela matilha de gente ansiosa por espiar as suas lágrimas, na ânsia de poderem comentar se o grande John of Gaunt estava, em privado, tão comovido com a morte da mulher como o aparentava em público.

Expulsara-os a todos da sua sala e anunciara que naquele dia ceassem no Grande Salão sem ele, porque não lhe apetecia, coisa invulgar,

73

suportar os olhares dos outros. Apagara então quase todas as velas, e deixara apenas uma que lançava a sua sombra comprida sobre o quarto de repente insuportavelmente grande e solitário.

❀

As figas de Philippa não tiveram outro remédio senão desfazer-se. John não sentira necessidade de ver os filhos, nem naquela noite em que os sabia mais sozinhos do que nunca, confirmou Philippa, sem que no entanto o pensamento a assustasse – eram assim os homens, ou quase todos, porque frei John e Chaucer eram diferentes, infinitamente mais sensíveis, capazes de traduzir em palavras aquilo que ela sentia. Chaucer murmurara-lhe à saída da catedral que em breve lhe viria ler trechos do livro que escrevia dedicado a Blanche, e que o próprio John lhe encomendara. Mas Philippa sabia que a encomenda do pai era irrelevante, porque desde que era pequenina e passava despercebida por entre as pernas das damas da corte, dos jograis e dos tocadores de harpa, entendera que aquele poeta e diplomata ao serviço do pai, estava perdidamente apaixonado pela sua mãe. Talvez só ela, Philippa, a sua filha querida, e ele a amassem a sério, pensou antes de adormecer entre lágrimas salgadas, aquelas que durante toda a cerimónia julgara esgotadas. Philippa teria sempre lágrimas para a mãe...

❀

Katherine também ficou desiludida, suspensa na esperança criada pela princesa de que talvez John viesse estar com os filhos naquele princípio de noite tão escuro. A agitação que a sua ausência lhe provocava, era mais um sinal de que Katherine se devia manter fiel ao compromisso de partir dali o mais depressa possível. Olhou para os vestidos dobrados na arca, e num gesto de provocação estendeu a mão para o verde que herdara de Blanche – Philippa um dia reconhecera-o, talvez John também o fizesse, pensou com uma ponta de remorso...

Arranjou o seu cabelo ruivo, de forma a que as luzes dos salões nele reflectissem os tons de cobre que Blanche lhe confessara um dia, sempre generosa, o marido achara lindos no dia em que a vira pela primeira vez em Windsor.

Mas quando desceu ao salão, cheio de mulheres desejosas de a deixar entender que podia ser a mais bonita de todas elas, mas que nem o seu corpo nem a sua cara lhe comprariam um lugar igual ao delas, e de homens que a cobiçavam com olhares igualmente detestáveis, um pouco como se não fosse de ninguém e estivesse disponível para todos, suspirou de alívio quando ao longe viu Geoffrey Chaucer, o seu cunhado Geoffrey, que às vezes quase se esquecia de que o poeta casara com a pragmática da sua irmã.

Chaucer também a vira, e rapidamente veio em seu socorro. Tinha a certeza de que a sua querida cunhada estava destinada a voos mais altos do que uma quinta desterrada no norte, presa para sempre a um cavalheiro boçal, que não lhe dera mais do que o direito a usar o título de «Lady».

– Lady Katherine, boa noite.

– Que bom é encontrar aqui uma cara conhecida – suspirou Katherine, dando-lhe o braço.

– E será a única que a senhora aqui vai hoje ver, porque o senhor duque acaba de anunciar que hoje jantamos sem ele. O desgosto (e Chaucer fez uma careta irónica) impediu-o de descer. Segundo corre está fechado às escuras no quarto, apenas com um barril de cerveja como companhia.

Katherine entendeu toda a irritação do cunhado, que se achava o único homem capaz de ter amado a duquesa como ela merecia. E tomou os seus comentários por enciumadas críticas ao rival que apesar de todas as suas insuficiências notórias como marido, conseguira reter, até ao fim, a admiração e o amor incondicional de Blanche.

– Falou nele, na hora da morte? – não resistiu Chaucer a perguntar.

Katherine, a quem a notícia da ausência de John lançara numa profunda depressão, respondeu com um aceno melacólico da cabeça. Sim, Blanche falara repetidamente no marido, lamentara a sua ausência, e proclamara por ele o seu amor eterno. O coração de Blanche não per tencia a Chaucer nem nunca pertenceria. Ele sabia-o e sempre o soubera, mas Katherine acabava de constatar que era incapaz de aceitar que o de John um dia não lhe viesse a pertencer a ela.

Chaucer entendeu tudo, antes mesmo de Katherine o ter feito. E sorriu: a sua intuição não o enganara, a cunhada ia longe... Pois que fosse feliz, era o que lhe desejava.

Sem a possibilidade de ver John à cabeceira da grande mesa de carvalho, Katherine sentiu que não aguentaria outra «cerimónia» longa como eram as destes jantares, cinco pratos diferentes na mesma refeição, mesmo em dias de luto como este. Por isso anunciou a Chaucer que ia subir – se encontrasse o caminho! – e pediria que lhe levassem um caldo ao quarto...

Mas quando, tendo vencido os labirintos daquela casa, se preparava para pôr a mão à porta, sentiu um toque leve no ombro, que a fez saltar de susto.

– O senhor duque de Lancaster pede a lady Katherine que me acompanhe aos seus aposentos – disse um escudeiro, ainda rapaz, a voz num sussurro.

– A esta hora? Não será engano? – perguntou, apanhada completamente de surpresa.

O escudeiro olhou-a com um certo desprezo, e era fácil entender que, se não tivesse medo das represálias, teria respondido com ironia que também ele não compreendia o que estava ali a fazer, mas que sim, eram essas as ordens recebidas. Ordens aliás que pretendia executar porque há muito tinha percebido que discutir instruções, mesmo aquelas que aparentemente não tinham qualquer sentido, só lhe valiam dois pares de estalos, ou ficar sem jantar.

Katherine entendeu que a pergunta era parva, e que nenhuma outra explicação se seguiria e, pensando depressa, falou num tom que pretendia ser o mais natural do mundo:

– Desculpa, vamos lá, rapaz, que o senhor duque quer saber dos príncipes e de como foram os últimos dias da senhora duquesa... e talvez tenha ordens para o meu marido, que serve nos seus exércitos.

Katherine corou ao falar de Hugh, que parva, para que é que chamava a atenção do miúdo para o facto de ser casada?; como se a opinião dele lhe importasse, como se alguma coisa pudesse salvá-la das línguas quadrilheiras daquelas damas da corte, das criadas e das mil e uma pessoas que a cada esquina se interessavam mais pela vida dos outros do que pelas suas – a maioria das vezes porque a que tinham era tão monótona e entediante, que de facto só as aventuras alheias lhe davam algum picante.

Levantando o queixo, estugou o passo:

– Então, rapaz, o senhor duque não disse que era urgente?

❀

Sentado frente à imensa lareira que tinha mandado acender, John repetia, numa voz zangada, a mesma cantilena: então não era mais do que natural que quisesse trocar umas palavras com a única mulher que não fugira de Blanche, a única que tomara o comando do seu castelo e protegera inclusivamente a vida dos seus filhos e do seu herdeiro? Ainda para mais, segundo lhe diziam, com uma firmeza e uma determinação invulgares. Era preciso perguntar-lhe quanto lhe devia pelos seus serviços, que se lembrava bem que Blanche apadrinhava a rapariga e lhe dava roupas e alimentos porque o palerma do Hugh Swynford nunca passara de um bom soldado, corajoso, mas boçal e brusco. E pensando bem, por que não se tinha oposto então a que uma rapariga casasse com ele, como o seu estatuto de senhor da Casa de Lancaster lhe teria permitido?

Talvez porque temesse os sentimentos que desde o primeiro momento lhe provocavam os olhos de Katherine, e o seu cabelo vermelho e cheio de luz, mas sobretudo os movimentos do seu corpo, tão naturalmente sensuais que era fácil entender que ainda ninguém lhe tinha dito como eram irresistíveis.

Lembrava-se de como se haviam cruzado no jardim de Windsor, de como a prendera nos braços porque voara contra ele, a fugir de alguém, as maçãs do rosto coradas, um ar de passarinho frágil... e como o perturbara a vontade, não de a possuir, mas de a proteger.

Levara-a directa aos aposentos de Blanche, e pusera a rapariga a seu cargo, talvez para fugir da tentação... e talvez também tivesse sido por isso que aceitou a proposta daquele imbecil, acreditando que longe da vista, ela ficaria para sempre longe do seu coração.

Vira-a uma ou duas outras vezes, dançara com ela de uma forma que até lhe valera um ou dois boatos que sabia terem corrido os salões da corte, mas quando ela o convidara para padrinho da sua filha mais velha, ele aceitara, porque não tinha razões para não o fazer, mas lembrava-se de como o enfurecera a ideia de que fora outro homem a resgatar-lhe a virgindade...

Nesse ponto da cantilena dava a volta à história, para sair dela vítima, como era seu timbre:

– Por que quer ela seduzir-me? Que quer de mim? Aproveitar-se da morte de Blanche para preencher o seu lugar na minha cama?...

E o ciclo vicioso continuava, quase como se um John contestasse o outro, aquele que queria ser o marido fiel e o pai dedicado, e aquele outro, zangado desde criança por ter nascido demasiado tarde, habituado a tomar para si tudo aquilo que via e desejava, sem olhar às consequências, como se fosse essa a forma que a vida tinha de o compensar por estar sempre tão perto, e tão longe, do trono.

O barulho da portinhola de segurança, no canto mais escuro do quarto, fê-lo virar de repente a cabeça: mandara o escudeiro trazer Katherine pelas escadas secretas que conduziam aos seus aposentos, não queria ser alvo de comentários e intrigas. Não queria, sequer, que o seu camareiro soubesse que lhe pedira para subir...

Com passos rápidos aproximou-se de Katherine, que estacara com um pé dentro e outro fora do quarto de John, olhando-o à espera de uma nova ordem. Estendeu-lhe a mão, puxou-a para si, fechou com o pé a portinhola, e segurando-lhe na mão, beijou-a. Katherine dobrou-se numa vénia até ao chão e murmurou uma frase meio desconexa de condolências, de que logo se arrependeu... John instintivamente deu um passo atrás e a corrente que os ligara pareceu gelar. O tom de voz que se seguiu era perfeitamente controlado e formal.

– Lady Katherine, agradeço-lhe que tenha aceitado este convite, um pouco invulgar. Pedir-lhe que viesse aqui a meio da noite, reconheço que é um pouco despropositado, mas estava angustiado e até agora, desde que regressei, ainda ninguém me conseguiu falar de lady Blanche com serenidade. Quero saber tudo... e agradecer-lhe do fundo do coração o facto de ter permanecido com ela até ao fim.

Katherine demorou uns segundos a responder, como se tivesse de puxar as orelhas ao seu lado mais impulsivo e retomar a compostura que se esperava dela.

Quando respondeu, a sua voz era tão controlada e firme como a dele:

– Lady Blanche morreu com toda a grandeza que só alguém como ela podia ter, preocupada antes de mais com os filhos, com aqueles que a serviam e que queria, a todo o custo, poupar ao contágio.

– Falou em mim? – perguntou John, espantando-se a si mesmo com a pergunta que lhe parecia demasiado íntima para fazer a uma mulher que mal conhecia...

– Falou, disse que seria na vida eterna, como na vida terrena, a mulher que o amava e respeitava, e que o protegeria a si, e aos filhos, de lá de cima – respondeu Katherine, omitindo a lamentação de Blanche por John estar sempre fora, que já o sabia suficientemente culpado por isso.

Comovido, deixou de estar à defesa, puxando-a para junto da lareira, pediu-lhe que se sentasse numa cadeira junto da dele, e aceitasse uma caneca de cerveja. Katherine fez o que lhe pediu, e ambos ficaram num silêncio que John não suportou, e interrompeu:

– E os meus filhos? Dizem-me que nenhum deles ficou doente. Pareciam-me bem, e o Henry está grande, forte, robusto, acho que vai ser um cavaleiro...

– ... como o pai – acrescentou Katherine, infinitamente aliviada por a conversa ter mudado para as crianças, sobre as quais podia falar com genuíno entusiasmo.

Contou-lhe as birras de Elisabeth, e como acima de tudo queria um falcão, chamou-lhe a atenção – sabendo que John entenderia pouco do que lhe dizia – para a necessidade de valorizar Philippa, puxando--a para fora da sua timidez, e não deixando que afogasse a sua angústia numa devoção religiosa que Katherine achava assustadora.

– Sei que é mais fácil para si entender-se com Elisabeth, tão parecida com o senhor duque no feitio – disse Katherine, esquecida do seu estatuto, e abrindo-lhe um sorriso caloroso e cínico, que o deixou estonteado.

– Feitio? Está a insinuar que tenho mau feitio? – respondeu John, cheio de vontade de tornar a conversa ainda mais próxima, de a chegar a si e de a beijar com força nos lábios vermelhos, de passar os dedos naqueles cabelos.

Katherine sentiu aquela proximidade e esqueceu tudo, esqueceu Hugh, esqueceu o convento, esqueceu Blanchet, Thomas, apagou da consciência aquilo que uma mulher num momento de paixão apaga.

Estendendo a mão ao encontro da de John, deixou-se escorregar da cadeira e juntou o seu corpo às suas pernas, mas antes que a sua cabeça lhe caísse sobre o colo ainda conseguiu dizer com ironia:

– Esse feitio de querer tudo, agora e aqui, no momento, como se o mundo lhe pertencesse.

– E não pertence? – sussurrou-lhe John ao ouvido, enquanto as suas mãos percorriam o veludo verde do vestido, e virando-a de frente para si, abraçou-a.

Nenhum deles conhecera uma intensidade de sentimentos tão forte, uma mistura tão grande de amor, admiração e sensualidade, uma ligação que não podia estar errada, nem ser pecado, porque os seus corpos pediam o do outro, sem hesitações, nem condições, sem que por um segundo o «amanhã» tivesse alguma importância.

John pegou-lhe ao colo e levou-a para cima da cama imensa, e foi como se anos de solidão se desfizessem. Não compararam com amores anteriores, nem com sensações passadas, mas quando adormeceram nos braços um do outro, ainda bêbados do desejo que os possuíra, sabiam, os dois, que por muitas voltas que o mundo desse, eram para sempre um do outro.

Katherine, que se apaixonara por ele no dia em que o vira, tinha a certeza de que as peças do *puzzle* estavam apenas a cair no lugar onde sempre deveriam ter estado. John sentia-se mais confuso: este sentimento pleno, que não lhe deixava espaço para mais nada, era inteiramente novo. Amara Blanche e fizera amor com outras mulheres, para quê negá-lo, mas Katherine provocava-lhe um sentimento completamente diferente – queria tê-la, mas também sabia que para a ter a teria que conquistar, hoje, amanhã e no outro dia...

※

Philippa não conseguiu conciliar o sono nessa noite. Do seu quarto, ouvira a conversa entre Katherine e o criado. Pressentira a emoção na voz de Katherine e a insolência no tom com que o miúdo se lhe dirigia.

Não tinha vivido muito, mas sabia o suficiente. Numa camarata de raparigas de todas as idades, como naquelas em que dormia em Windsor, as lições do amor aprendiam-se depressa. E bastava bordar uma tarde junto das damas da mãe, para entender de amores ilícitos e secretos. Odiava-os, porque iam contra os mandamentos da Igreja e faziam sempre alguém sofrer. A mãe sofrera, sabia-o bem.

Mas por que pensava agora em amores ilícitos, quando Katherine fora chamada ao pai, como ela própria dissera alto, para lhe dar conta dos filhos? Dela, de Elisabeth, de Henry. Dos últimos momentos de Blanche.

Ouvira os sinos das igrejas da cidade tocar, uma e outra vez, depois o silêncio, e de novo os sinos, a marcar o tempo que passava. Por que não voltava Katherine? Que podia ter para conversar tanto tempo com o seu pai? Logo na noite em que John of Gaunt regressara para enterrar a mulher. A sua mãe.

Exausta adormeceu quando a luz já entrava pelas frinchas da janela. De Katherine, nada.

Na ala sul do Savoy, também foi a luz da manhã a acordar Katherine. Olhou à sua volta em absoluta incredulidade: o vestido verde, logo o vestido verde, jazia inerte no chão de um lado da cama, e todas as outras peças de roupa estavam nos lugares mais disparatados... mas a parte mais assustadora do sonho, é que estava deitada nos braços de um homem. E ao tomar consciência disso deu um salto, e sentada percebeu, como se lhe tivessem lançado um balde de água fria para a acordar, onde e com quem dormia.

John acordou com o movimento, demorou muito menos tempo a recordar a noite anterior e ficou muito menos perturbado com a recordação – tudo se havia de resolver, ou não fosse ele John of Gaunt. Puxou Katherine para debaixo dos cobertores quentes e desatou a rir, um riso tão fresco e descontraído, tão parecido com o de Elisabeth quando acabava de fazer uma asneira, que Katherine se deixou tapar e aconchegar.

– Ai meu Deus, o que é que eu fiz, meu senhor? O que é que vou fazer agora? Tenho de me ir embora, vinha cá pedir-lhe para me deixar ir embora... – e Katherine tapou a cara assustada, de repente absolutamente consciente de que não suportava voltar atrás, mas também não tinha caminho pela frente...

John enxugou-lhe as lágrimas com o lençol de linho, e com uma meiguice que não lhe conhecia foi-a confortando:

– O que aconteceu tinha de acontecer, e nunca, mas nunca, vou voltar a ficar sem si.

– Desculpe, mas está louco! A sua mulher morreu, paz à sua alma, e nem é disso que tenho remorsos porque sei que fiz tudo o que me foi possível para a guardar e salvar, mas sou casada... tenho dois filhos, o Hugh é um daqueles homens que preferia morrer a saber-se enganado, e mesmo entendendo que não o amo nem nunca amei, que não suportava o seu corpo junto ao meu, quis casar comigo, quis possuir-me, mesmo quando eu não quis.

Katherine soluçava sem conseguir controlar-se, como se toda a desilusão dos sonhos que trazia quando deixara o convento se tornasse agora absolutamente insuportável ao lado da felicidade que sentira, e que a partir daqui sabia possível.

John deixou-a chorar sem pressa, os braços entrelaçados à volta do seu corpo nu, e depois disse com uma frieza que a assustou:

– O Hugh está vivo, mas a qualquer momento qualquer pessoa viva pode deixar de o estar.

Katherine sentiu o corpo gelar, não era ingénua ao ponto de saber que John professava o mote contrário ao de Blanche e de Philippa: para John o prazer estava muito à frente do dever, e o dever só fazia sentido se tivesse como objectivo o prazer futuro.

Benzendo-se, saltou da cama e apressou-se a apanhar a roupa espalhada, mas John voltou a puxá-la para dentro do calor da cama e beijou-a com tanta paixão, que ela deixou de novo cair tudo para o chão.

Com um sorriso triunfante – «ai como podes ser insuportável», pensou Katherine –, afastou-a e disse-lhe:

– Como vê não pode fugir de mim.

E feliz por ter ganho o desafio, continuou:

– Katherine dos olhos cinzentos de gato, eu não sou louco. Não podemos amar-nos à vista de todos quando ainda ontem sepultei Blanche. E não tenciono matar ninguém, não faz o meu género, nem sequer preciso disso, porque Hugh é meu vassalo e compensá-lo-ei bem por me ceder a mulher...

Katherine não fora educada nos rituais da corte, e trair o marido ou aceitar que ele se deixasse trair por dinheiro, era coisa que não lhe entrava na cabeça. Ia contra a dignidade de Hugh, dos seus filhos comuns, como encararia Philippa se tivesse um caso com o pai dela e um marido enganado perdido num castelo do norte, os filhos sujeitos a vergonhas constantes?

– Não, John, vou-me embora já hoje, e esta noite ficará para sempre na minha memória como a noite mais feliz da minha vida. Nunca amei nem amarei mais ninguém, mas não posso humilhar toda a gente que me rodeia para satisfazer este amor egoísta... Só peço um cavalo e uma pequena escolta. Preciso de voltar para Ketleworth hoje mesmo.

John era um homem prático – nas guerras que toda a vida travara havia que esperar o momento certo para atacar, esperar que o vento estivesse de feição ou o inimigo distraído. E foi por isso que sem qualquer animosidade respondeu, aparentemente conquistado pelos seus argumentos:

– Vou arranjar-lhe um cavalo e uma escolta. E uma bolsa de dinheiro pelos serviços prestados. Pode dizer ao Hugh que sei das dívidas que contraiu, o ano foi terrível para a agricultura, e que mandarei apagá-las do livro de registos.

E puxando da colcha da cama enrolou-se nela, para ir tocar à campainha que chamava o camareiro.

Katherine, atordoada, vestiu-se à pressa e dirigiu-se para as escadinhas secretas que a tinham trazido até ali, cheia de medo de se perder com o cabelo desalinhado e a roupa amarrotada àquelas horas da manhã por uma ala desconhecida daquele imenso Savoy. Mas quando abriu a porta e pos o primeiro pé no degrau deu um grito. E o escudeiro, que dormitava encostado à parede, outro:

– Tu aqui, exclamou assustada.

– E no momento certo – respondeu o escudeiro que apesar de estremunhado não perdera o sentido de humor.

Quando Philippa saiu da salinha de estudo, numa conversa animada com Chaucer, pararam espantados. No corredor estava Katherine, os olhos inchados de chorar, as malas prontas.

Sem fixar Philippa nos olhos, e evitando o olhar perspicaz do cunhado, Katherine aproximou-se de mão estendida, para se despedir:

– Lady Philippa, volto para casa como lhe disse.

Philippa, com o rosto mais sério do mundo, apertou-lhe a mão com força. Por ela as despedidas teriam ficado por ali, mas Katherine, apesar das memórias da noite anterior, não resistiu a abraçá-la e Philippa deixou-se abraçar, derretendo-se por segundos naquele abraço. Que depois da noite de ontem, em que esperara pelo regresso de Katherine em vão, lhe sabia a traição, como se fosse cúmplice de qualquer coisa...

Mas Katherine já se voltara para Chaucer:

– Cunhado, queres algum recado para a tua mulher? – perguntou Katherine, tentando que a voz não lhe saísse tremida.

Ao que Chaucer respondeu que em breve seguiria também para norte, mal tivesse o livro da duquesa adiantado.

Elisabeth surgiu então para salvar a situação, abençoada menina mimada, que logo se agarrou às saias de Katherine numa birra imensa, dizendo-lhe que não lhe voltaria a dirigir a palavra se insistisse em abandoná-los para ir atrás dos seus filhos:

– Lady Katherine, nós somos princesas e os seus filhos, não! – dizia a insuportável criança, levando Philippa a puxar-lhe as orelhas chocada, e Chaucer e Katherine a desatarem a rir às gargalhadas.

12

Savoy Palace, Londres, 15 de Fevereiro de 1370

Maud voltou minutos depois com lady Emma – tinha a mesma idade que Philippa e um sorriso tímido, mas ligeiramente trocista, que conquistou a princesa. Não era bonita nem feia, os cabelos de um castanho-claro e os olhos muito pretos eram o seu traço mais marcante. O vestido era bonito, via-se que de bom tecido e com um bom corte, mas não tinha praticamente adornos, nem aqueles cintos cheios de pedras preciosas que irritavam Philippa por os achar uma ostentação sem sentido.

– Lady Philippa – disse Emma, fazendo-lhe uma vénia.

– Lady Emma, sei que chegou por estes dias – começou Philippa, lembrando-se como a mãe tinha tanto jeito para pôr as pessoas imediatamente à vontade, e esforçando-se por seguir o seu exemplo...

– Deve sentir-se um bocadinho perdida neste sítio enorme... e ainda por cima gelado – continuou, abrindo mais o sorriso.

Emma sentiu que pela primeira vez naquela semana longa e triste, em que passara a maior parte do tempo no quarto das damas de companhia de Philippa a esconder as lágrimas de saudades de casa no colchão que lhe tinha sido destinado, havia alguém de carne e osso. As outras raparigas que dividiam com ela o quarto, e supostamente tinham o trabalho de assistir a princesa e aprender os «modos da corte», não eram mais simpáticas do que as mais velhas, sempre em conversas idiotas...

– Perdida? Sinto-me um bocadinho, lady Philippa.

Philippa percebia muito bem o que era sentir-se perdida no meio da multidão de gente que passeava por aqueles corredores, e entendia ainda melhor o aperto no coração quando nos sentimos o alvo da troça dos outros. Voltou a sorrir, e pediu a Emma que se sentasse no banco ao lado do seu e se aquecesse na lareira que ardia quente, porque os criados não deixavam que o fogo se extinguisse nem durante as longas noites.

– Hoje janta comigo. Quero muito ouvir as histórias dos seus irmãos, e logo que haja um dia de sol vamos caçar, e vai chegar ao fim do dia tão cansada que adormece logo. São os dias que prefiro – disse Philippa, pensando que milagre seria se conseguisse cansar-se tanto que ao ir para a cama não se perdesse em memórias e interrogações.

Emma era uma fantástica contadora de histórias, e Philippa, que preferia ouvir a falar, passou a exigir a sua presença constantemente. Descobriu que Emma vivia na quinta ao lado da de Katherine, que o seu pai era um senhor da terra, que os irmãos mais velhos já estavam na corte, e um fora armado cavaleiro, e não se cansava de ouvir as histórias de como a sua mãe Blanche e Mary, a mãe de Emma, eram amigas desde pequeninas...

Divertia-se imenso com as imitações que a amiga fazia dos trejeitos da corte, das declarações de amor dos cavaleiros e escudeiros, da forma como troçava das damas, casadas ou solteiras, que só queriam meter conversa com o senhor duque, que agora viúvo era o melhor partido das redondezas.

Apesar de tudo Emma escolhia as palavras cuidadosamente, e embora não fosse mais do que uma miúda e estivesse habituada em casa a fazer de bobo levando os irmãos e o pai a chorarem de riso, tinha sido suficientemente ensinada pela mãe para saber que John of Gaunt era o pai de Philippa e que a aparente familiaridade que existia agora entre elas se poderia quebrar com um passo em falso. Sobretudo sabia que não deveria falar de Katherine Swynford – quantas e quantas vezes a recomendação já viera escrita nas cartas que esperava sempre ansiosamente de casa.

Mas um dia a conversa ia tão animada – Philippa até deixara cair o livro de Aristóteles que frei John a mandara ler até ao dia seguinte – que Emma se descaiu:

– A minha mãe diz que lady Katherine ficou num estado de agitação enorme quando chegou a Kenilworth e o marido já lá não estava.

Philippa sentou-se direita e mudou imediatamente de expressão, toda a beleza que o sorriso e as maçãs do rosto coradas lhe davam desapareceu para a deixar de novo tensa e nervosa.

– O marido já lá não estava? Porquê? Então depois do tempo todo em que tomou conta de nós, sem ver sequer os filhos, volta para casa e sir Hugh não está?

Emma estava arrependida de ter começado a conversa, mas sabia que não podia voltar atrás e também, para dizer a verdade, não percebia muito bem por que é que, sem mais explicações, a mãe insistia tanto na proibição de mencionar o nome de Katherine. De quem ainda por cima Philippa falava minuto sim minuto não.

– Ah, nada de especial, acho eu. O duque, seu pai, mandou-o de novo alistar-se no exército e partiu com ele para a Aquitânia, aquelas eternas guerras com os franceses. A minha mãe diz que nem sequer percebeu muito bem a agitação de lady Katherine, porque eles nem são muito próximos, e quanto a sir Hugh acho que ficou radiante por partir porque há anos que o senhor duque não o convocava...

– Mas por que é que o meu pai não o convocava e agora convocou?

– Não sei – disse Emma com um encolher de ombros. – O duque é padrinho da filha mais velha e a sua mãe era a madrinha, e a quinta deles é muito isolada e até pobre (e Emma corou com o comentário) e então acho que terá sido a sua mãe, Philippa, a pedir-lhe que não alistasse sir Hugh para que a mulher e a filha não ficassem sozinhas ali perdidas...

Philippa sorriu apaziguada: era mesmo uma coisa da mãe, sempre preocupada com os outros e capaz de ajudar sem dar nas vistas, o que acaba apenas por embaraçar quem recebe. Philippa jurou que quando fosse grande seria assim. Mas a curiosidade voltou:

– E agora, que Katherine foi para casa para perto dele e dos filhos?

Emma olhou para fora da janela e para o Tamisa, onde a luz ainda permitia distinguir a sombra dos barcos, e respondeu com mais um encolher de ombros. Philippa pressentiu que sabia mais mas não lhe queria contar. E não insistiu.

Afinal, pensou, para que é que estou a fazer perguntas para as quais já sei as respostas? Porque sabia.

13

Londres, Savoy Palace, 25 de Janeiro de 1371

Conversar com Emma era divertido, e aos poucos a companhia das outras damas que lhe tinham sido atribuídas por tias e padrinhos, tornava-se mais fácil. No Verão tinham saído da cidade, para regressar no Outono, e agora as tardes de Inverno eram passadas na sua salinha, entre gargalhadas e música dos alaúdes, enquanto cortavam e cosiam túnicas que haviam de ser dadas aos pobres pela Páscoa. Mas era pelas lições da manhã que Philippa, agora com onze anos, esperava ansiosamente, sobretudo quando Chaucer estava presente, regressado de alguma missão diplomática em que era perito. Nesses dias subia a dois e dois os degraus para os aposentos das crianças, e abria a porta da sala de aulas, sempre com uma surpresa nas mãos.

Não tinha a serenidade de frei John, nem provavelmente a sua sabedoria humilde, mas nunca deixava uma pergunta sem resposta, e Philippa bebia as suas histórias como se de uma poção mágica se tratasse. Não apontava vilas e cidades no mapa, descrevia-as. Não fazia relatórios de batalhas, revivia-as, com gritos e uivos, como se se passassem ali mesmo, e os tapetes do Savoy fossem os campos relvados de França. Conhecia todas as cortes, todos os reis. Discursava sobre política internacional com uma pompa que fazia sorrir discretamente o bom do frei John. Com a mesma facilidade que dava conta da última revolução da astronomia, ou da mais recente heresia teológica.

E agora havia o livro. A princesa percebia que Chaucer não descurava a missão e as páginas iam-se amontoando na secretária que decidira instalar na sua sala de estudo – alegando que o pouco sol que havia naqueles meses de chuva batia daquele lado precisamente de manhã, que era quando mais gostava de trabalhar. Philippa de vez em quando tanto insistia que o poeta aceitava ler-lhe alguns dos versos, e espreitando por cima do seu ombro, a princesa viu que o livro já tinha título: «O Grande Livro da Duquesa».

Mas Chaucer não era um poeta com os pés na lua. As suas convicções estendiam-se à religião e à ciência. Philippa, farta de conversa de mulheres e dos discursos vazios do próprio pai, escutava-o com toda a atenção.

Não se esquecera nunca do dia em que vira aquele rapaz pendurado no portão do Savoy, a implorar comida. Desde aí reparara em muitos outros, e Maud e Heather explicavam-lhe que os tempos não estavam fáceis – ou era a peste, ou era a consequência da peste, Philippa nem sempre entendia tudo...

Chaucer garantia-lhe que o povo estava insatisfeito e que a riqueza dos castelos, a ostentação das abadias e dos homens da Igreja fazia crescer a instabilidade. O poeta previa mesmo uma revolta. Philippa acreditava nele, e recordava-se da sua profecia sempre que por obrigação descia ao Grande Salão e partilhava uma barulhenta refeição com trezentos cortesãos, que deixavam mais do que comiam, e outras tantas damas que não falavam de outra coisa senão de jóias... e infidelidades.

A princesa não punha em causa a ordem social existente, nem sequer mestre Chaucer o fazia, mas frei John, que rematava as conversas quando o poeta já não tinha voz, procurava criar nela uma noção de responsabilidade.

– Dos senhores depende a segurança e o bem-estar dos vassalos, e os exemplos partem sempre de cima – dizia-lhe.

Chaucer acrescentava:

– Os reis têm de merecer o poder que Deus lhes deu, servindo o seu povo.

Philippa não precisava de mais para entender aquilo que lhe estavam a dizer, para compreender que o avô Edward estava esquecido dos serviços que lhes devia prestar, envolto em teias de intrigas e lisonja. E com um fervor de criança que a vida faz crescer depressa, dividia o mundo em bons e maus. À luz da Bíblia Sagrada e dos seus livros de orações, não era difícil entender quem era quem. Acreditava seriamente que a imoralidade de muitos dos nobres, e daqueles que vergonhosamente traíam os princípios morais da Igreja, e cometiam toda a lista de pecados, da gula à luxúria, tinham de ser postos na ordem por um poder forte. Suspirando concluía sempre para si que talvez o avô já fosse demasiado velhinho para conseguir impor-se e restabelecer a justiça.

Mas se Chaucer e frei John adoravam discutir política, ainda mais animados ficavam quando o tema era a ciência. Chaucer fazia relatos imensos das descobertas de que ouvira falar nas suas viagens, e enchia a secretária de frei John com astrolábios e compassos, lentes que permitiam ver as letras maiores, e todo um conjunto de aparelhos que deixavam o frade em êxtase.

– Vou chamar-lhe o «Tratado do Astrolábio» – exclamou um dia Chaucer quando Philippa entrou para as suas lições da manhã.

– Tratado do quê? – perguntou Philippa, e do outro canto da sala frei John acenou-lhe divertido com uma mão, como se lhe dissesse para não ligar a mais um delírio do seu amigo comum.

– Verdade, princesa, olhe para este astrolábio que trouxe de Itália – continuou o poeta, imperturbável, chamando-a para junto da janela.

– E o que é que se faz com isso?

– Só com este aparelho é possível saber as horas, de dia e de noite, porque não depende do sol saber em que sítio da terra estamos e encontrar o caminho no meio de um oceano só pelas estrelas.

Frei John também se tinha chegado perto para olhar o instrumento milagroso.

– Vou escrever um tratado a explicar como funcionar com este aparelho, numa linguagem simples, princesa, para que os navegadores o possam usar. Vou escrever um livro que seja acessível porque é preciso tirar as pessoas da escuridão, porque é preciso que mais gente seja capaz de ver mais longe.

– E de ir mais longe – rematou frei John, entusiasmado.

Philippa fê-lo prometer:

– Quando o tiver escrito deixa-me ler?

– Claro, princesa, esteja onde estiver, hei-de lhe fazer chegar uma cópia. Para que leia o seu destino nas estrelas, e encontre sempre o seu caminho…

14

Savoy Palace, Londres, 10 de Setembro de 1371

Philippa acabava de passar uma minuta de uma carta em francês, a língua franca entre as cortes espanhola, francesa e inglesa, quando Elisabeth irrompeu pela sala. Elisabeth fugira tantas e tantas vezes das lições de frei John que há muito o pobre desistira de lhe ensinar mais do que o básico – aquela princesa era linda, era impossível, mesmo para ele, que Deus lhe perdoasse, tirar dela os olhos, mas era fácil perceber que a agitação da sua alma era imensa. Precisava da atenção exclusiva de toda a gente que a rodeava, e saltitava de amizade em amizade e de paixão em paixão, entre picos de felicidade e vales de cólera e tristeza. Ao contrário da irmã adorava a companhia de outras crianças, sobretudo se fosse ela a mandar, e vivia a admirar os vestidos das damas da corte e a fazer birras imensas porque as costureiras diziam que não tinham ordens do pai para lhos fazer. Uf, e a criança ainda só tinha sete anos, pensou frei John, coçando a cabeça preocupado...

Mas Elisabeth queria lá bem saber o que pensava o enfadonho do padre. Quase sem fôlego, deu a notícia:

– Philippa, Philippa o marido da Katherine morreu e o pai vai casar com a princesa Constança de Castela, e vai ser rei.

Philippa saltou da cadeira, a cara vermelha como um tomate, e frei John benzeu-se apressadamente.

– Elisabeth quem é que te disse uma coisa dessas?

– Ouvi, ouvi, sabes que oiço tudo primeiro que toda a gente. Estava lá em baixo no pátio das fontes quando chegaram dois mensageiros com a notícia. Ouvi-os a falar com o secretário do pai e a contar tudo...

Katherine viúva? O pai casado com uma estrangeira, tão pouco tempo depois de a mãe ter morrido? Philippa saiu da sala sem dizer nada e correu para o seu quarto, cruzando-se pelo caminho com gente e mais gente, mesmo naqueles corredores dos seus aposentos particulares:

– Maldita gente! – murmurou entre dentes, enquanto abria e fechava a porta de madeira pesada.

Frei John ainda tentou impedir Elisabeth de correr atrás dela, percebendo que a sua aluna favorita queria e precisava de ficar sozinha, mas Elisabeth sentia-se naquele momento tão sozinha como ela.

Quando entrou viu a irmã deitada na cama, em absoluto silêncio, a cara escondida pela colcha de penas; hesitou, mas não resistiu:

– Philippa, não quero ir viver para Castela, nem quero que ela seja nossa madrasta e mande em nós...

Philippa, num gesto raro de ternura, puxou a irmã para junto de si, e abraçou-a:

– Ninguém te vai levar para longe, e já sabes que ninguém consegue mandar em ti!

Elisabeth, com aquela rapidez com que passava da chuva para o sol, secou as lágrimas, sentou-se na cama e começou a rir:

– Se ela mandar em mim, ou mesmo em ti!, fugimos para Bolingbroke e fechamo-nos no castelo. Tenho a certeza que o Richard nos ajuda a fugir...

Ainda bem que a irmã era o oposto de si, nas cores, no feitio, em tudo, pensou Philippa virando-se lentamente no colchão para a olhar.

– Pois fugimos, claro – tentando que o tom não fosse demasiado sarcástico. Deixá-la sonhar enquanto pode, pensou. Quanto a ela, era preciso encontrar Chaucer. Só ele é que lhe contaria tudo, e só ele é que tinha todas as condições para ligar as peças do jogo: casado com a irmã de Katherine, saberia explicar-lhe a morte súbita de Hugh, que o pai tão diligentemente convocara para as suas guerras; só ele saberia dizer-lhe o que aconteceria no dia em que o pai casasse com Constanza de Castela, a filha mais velha de Pedro, o *Cruel*, que John of Gaunt tantas vezes ajudara.

Elisabeth já partira em busca de mais informações, ou para espalhar as que tinha, e Philippa sentou-se à secretária a escrever um bilhetinho a «solicitar» que Chaucer fosse ter com ela à sala de aulas. O criado que respondeu ao toque partiu com o recado e ela voltou devagarinho para junto de frei John.

– Desculpe, frei John, já estou melhor. Pedi que chamassem o Geoffrey Chaucer, acho que nos pode explicar melhor o que se passa.

Frei John estava nervosamente a limpar as penas e a arrumar o tinteiro e os outros objectos que mantinha sempre impecáveis, e numa ordem determinada, na sua mesa de trabalho.

– Não sei se Chaucer estará. Não o vi ontem à ceia, e com assuntos tão importantes, se calhar partiu para Aquitânia – murmurou, desiludido.

Mas estava enganado. Os passos do poeta ouviam-se, determinados, a percorrer o corredor, e Philippa deixou a sua reserva de sempre para ir ao seu encontro.

– Geoffrey, o seu cunhado morreu? – perguntou de chofre.

Entendeu nos seus olhos que a morte de Hugh o preocupava muito para além da dor natural de se perder um parente, de quem aliás sempre fizera gala em classificar de casmurro analfabeto. Mas a sua voz era serena:

– Pois morreu, lady Philippa, de disenteria tanto quanto sabemos. Mas ainda não recebemos mais do que a notícia da sua morte. A minha cunhada Katherine deve chegar por estes dias de Bordéus...

– De Bordéus? – perguntou, sem esconder a enorme surpresa, a princesa, para se apressar a mascarar o tom chocado com um «desculpe, mas julguei que Katherine estava com os filhos em casa».

Chaucer pareceu ainda mais preocupado – esta sua aluna não deixava escapar nada, e pior, parecia ser capaz de lhe ler os pensamentos.

– Não, Katherine foi chamada a Bordéus, onde as tropas do pai estavam a recuperar de uma derrota, porque o Hugh corria perigo de vida. Deixou de novo os filhos, aliás com a minha mulher, e não teve outro remédio senão partir. Fomos recebendo notícias de que estava tudo bem... mas hoje o mensageiro de Sir John tinha outra história para contar.

A disenteria era como a peste, Philippa estava farta de saber. Os seus efeitos não eram tão letais, mas quando contraída numa forma grave era difícil impedir o enfraquecimento do corpo, e por fim a morte. Chaucer também queria muito acreditar na versão da doença.

Sabia, com toda a certeza – o mensageiro fora claro – que John of Gaunt e Katherine eram amantes. Já o eram certamente naquela noite em que a vira pela última vez ali no Savoy, os olhos cinzentos tão brilhantes e o cheiro a sexo e a paixão ainda presentes. Mas que tanto um como o outro conseguissem conspirar para matar Hugh, como o tinham dado a entender os secretários do duque, nisso não acreditava.

E por uma razão simples: John of Gaunt era suficientemente convencido de si, do seu poder e da sua importância para se preocupar por um momento com as consequências de ter um caso com uma mulher casada, certo que estava sempre – e sempre com razão – de que uns títulos e umas terras chegavam para calar a raiva ou o ciúme de algum marido mais ousado (porque os outros, até lhe agradeciam o favor). Ter uma amante só podia, quando muito, fazer crescer o seu valor aos olhos dos outros homens, mas nunca o homicídio, ainda por cima de um dos seus próprios soldados. John era um Cavaleiro, com um código que ditava uma conduta: não se importaria nem um bocadinho com a morte de Hugh, e até saudaria publicamente o jeito que esta lhe dava, mas nunca estaria, nem indirectamente, envolvido no seu assassinato.

E depois havia Katherine. A sua cunhada era demasiado íntegra para aceitar um acto desses e, afinal, com que intuito se já era amante do príncipe, e se nunca, por mais louca que fosse a paixão entre eles, teria a leviandade de acreditar que John a tomasse como mulher?! A prova estava aliás à vista: John of Gaunt podia ir para a cama com ela, amá-la até, mas preparava o casamento com a pretendente ao trono de Castela, ponto final.

Philippa vinha a seu lado pelo corredor comprido, em passos lentos, como se os seus cérebros trabalhassem em conjunto:

– Chaucer, o meu pai podia casar com Katherine? – perguntou, e o pobre homem quase se engasgou.

– Lady Philippa, sabe que sou um homem que acredita no amor acima da classe social e do dinheiro, um pobre coitado que escreve poemas de paixões que superam todas as barreiras e de cavaleiros que libertam as suas amadas de todos os perigos, mas não sou louco! O senhor seu pai tem outros planos...

– Como conquistar de vez o trono de Castela! – suspirou a filha mais velha dos Lancaster. Nem que para isso seja preciso casar com quem não gosta.

– O rei Pedro não tinha varões? E Constanza é a filha mais velha: que idade tem?

– Não, o rei Pedro só teve raparigas, e a mais velha morreu, sendo Constanza a legítima pretendente ao trono, que no entanto está ocupado pelo tio bastardo. Ao casar com ela o seu pai chega mais perto... de ser rei.

– Mas que idade tem? – insistiu Philippa

– Terá dezassete anos, julgo eu, boa idade para casar, e além do mais não tem um tostão. Só vantagens, excepto que...

– Excepto o quê?

– Temo, princesa, que com este novo entusiasmo o seu pai reinicie uma guerra, e nós estamos em guerra há tanto tempo, e o povo já está tão farto de financiar estas conquistas em que não vê qualquer sentido...

– Mais guerras, e o meu pai não a vai fazer feliz. Mas quem sabe, talvez possa mesmo devolver-lhe o trono e ser rei de Castela e Leão. E talvez assim sossegasse – acrescentou Philippa, como se falasse para si.

Chaucer deu graças a Deus pela chegada de frei John. O frade tinha ouvido a última frase da princesa, e apressou-se a intervir:

– Lady Philippa, quer ver no mapa a cidade onde o senhor duque vai casar?

– Alguém já sabe quando? O meu pai já disse? – perguntou Philippa, que nunca fora de se deixar distrair do essencial.

– Julgo que é já no dia 12 de Setembro, dia de S. Mateus, em Roquefort. A partir desse dia, o seu pai anunciou que quer que se lhe dirijam como rei de Castela e Leão – respondeu frei John que pelos vistos não tinha perdido tempo a recolher informações.

– Mas fica no continente? Volta, trá-la com ele? E as damas e as senhoras dela, virão também? Falará francês?

Chaucer e frei John desataram a rir:

– Princesa, já nem me lembro da primeira pergunta. Vá descansar que deve estar a receber uma carta do seu pai – disse Chaucer.

Philippa aceitou a sugestão – decididamente era melhor fazer como sempre: pensar muito, antes de falar.

15

Palácio de Windsor, Londres, 30 de Dezembro de 1371

Philippa acordou de manhã, a cama quente com o corpo de Elisabeth próximo do seu, pois a irmã, tão independente de dia, detestava dormir sozinha e aproveitava todos os pretextos para ir ter com ela. Nevava com força lá fora há mais de um mês. Este ano não tinham saído de Londres, porque com o pai nos campos de batalha, haviam recebido ordens de permanecer junto do avô, onde a guarda estava permanentemente montada. A semana do Natal tinha sido passada em Windsor, e no meio dos enfeites e dos presentes, dos tios e de todos os primos, que era o que menos faltava naquela família enorme, Philippa tinha conseguido esquecer as preocupações, e por uns dias ser apenas uma menina excitada com a chegada das festas.

Recebera finalmente a carta do pai, como Chaucer previra. Guardava-a debaixo do colchão, do seu lado da cama. John anunciava a importância do seu casamento, inflamava-se em insultos ao Usurpador daquele que já considerava o seu trono legítimo, e mandava dizer que as filhas iam gostar de certeza absoluta de Constanza e da irmã Isabel, quase da idade de Philippa, que iria casar brevemente com o tio Edmund, o irmão mais novo de John. Prometia voltar o mais tardar até 30 de Abril, para celebrar com ela os seus doze anos, porque antes disso o tempo não estaria seguro para que Constanza e a sua corte pessoal viajassem em segurança.

Mas a notícia mais surpreendente viera numa nota à parte: na sua letra grande e decidida, que dizia tudo sobre o seu autor, John explicava que presenteava as filhas com um «presente de Natal» surpresa, mas que provavelmente chegaria uns dias atrasado. Deixara-as em suspenso, e Philippa tivera de ouvir uma Elisabeth, que aos sete anos e sem os dentes de leite assobiava as palavras à velocidade do vento, perguntar-lhe todos os dias, antes de adormecer:

– Achas que é um pónei ou um falcão?

Philippa não queria esperar nada. As suas ilusões tinham sido tantas vezes destruídas, e parecia que mesmo quando desejava as coisas mais banais, como não ficar sem mãe, ou que o pai estivesse mais em casa, tudo acontecia exactamente ao contrário. Por isso Philippa deixara de fazer figas e agarrara-se às orações. Deus sabia o que fazia, frei John garantia-lhe que sim, e John Witcliff, o confessor do pai, prometia-lhe o mesmo. Witcliff era bom e amigo de Deus, estava certa disso, embora Chaucer garantisse que o homem acabaria na forca pelo atrevimento de traduzir a Bíblia para inglês, e acreditar que cada homem podia falar directamente com o Altíssimo sem a intervenção de terceiros.

Quanto ao presente, quando chegasse, chegava!, não ia pensar mais nisso, que além do mais de certezinha que o pai já se esquecera entretanto da promessa, tal a excitação do casamento e do novo estatuto real. De rei, mesmo que rei sem reino.

Levada pela modorra do calor da cama já quase voltara a adormecer quando ouviu abrir a porta do quarto – era cedo de mais para as amas, e os criados nunca se atreveriam a entrar assim sorrateiramente no quarto das princesas.

– Emma – sussurrou Philippa, na esperança de que a amiga, como tantas vezes fazia, se tivesse escapulido do dormitório das «meias-damas», como as duas lhes chamavam a brincar, e viesse para perto da lareira, ou mesmo para se meter na cama e dar dois dedos de conversa.

Mas não podia ser Emma, porque ninguém respondeu. Convencida que sonhara, Philippa preparava-se para se virar para o lado e tentar de novo dormir, quando viu mesmo à sua frente Katherine.

Nem um fantasma a teria arrancado da cama com tanta força:

– Lady Katherine – repetiu, controlando o impulso de lhe saltar ao pescoço.

Katherine, vestida de preto dos pés à cabeça, o manto de veludo ainda preso ao pescoço e os olhos cinzentos marejados de lágrimas, tomou ela a iniciativa e estreitou-a contra si:

– Lady Philippa, têm sido tempos difíceis, mas tinha tantas saudades suas. E de Elisabeth – acrescentou, estendendo a mão sobre o cabelo ruivo da menina que nada parecia sobressaltar.

– Sei que o seu marido morreu – começou Philippa.

– E está na paz do Senhor – respondeu Katherine, concluindo a conversa.

– Mas como é que veio aqui parar? Como é que pode estar aqui? – repetia Philippa.

– Quando Hugh morreu, o seu pai sabia que eu iria precisar de trabalho, e que não queria nem podia viver todo o ano em Ketleworth, sem um homem para me apoiar. Generosamente ofereceu-me o lugar de vossa preceptora...

Philippa não queria acreditar: Katherine ia ficar. Hoje, amanhã, depois, ia fazer com ela os trabalhos de casa, ajudá-la com os algoritmos, tomar conta dela, ficar por perto... porque o pai as queria protegidas e bem. Elisabeth acordara com toda a agitação, e sem as hesitações da irmã, atirara-se imediatamente para o colo de Katherine, que sorrindo a embalava como a um bebé:

– Lady Katherine, lady Katherine e o meu pai não mandou um falcão? – perguntava.

– Um falcão, lady Elisabeth? Mas só os homens caçam com falcões... e mesmo assim apenas quando são homens.

– Mas o meu pai disse, ele disse uma vez que eu era tão corajosa e tão esperta que me ia dar um falcão.

– Então vai com certeza cumprir o prometido, mas lamento. Por enquanto mandou-me só a mim.

Por que é que não conseguia viver a felicidade por muito tempo?, pensou Philippa zangada consigo mesma. Os sentimentos de euforia eram invariavelmente assombrados por nuvens de preocupação, e mesmo sem querer voltava a pousar os pés na terra – se ao menos pudesse ser como a irmã, que parecia pairar sem a dor de aterrar no chão frio... A angústia que a assaltara transformou-se em pergunta:

– Lady Katherine, agora que o meu pai casou com a princesa Constanza vamos viver todos juntos?

Philippa, sempre atenta, reparou que colocara o dedo numa ferida recente e dolorosa, porque até Katherine, que dominava a arte da diplomacia, suspirou como se estivesse a procurar a serenidade, para finalmente responder:

– Não sei, querida. Recebi apenas ordens para os levar aos três para o castelo de Kenilworth, e lá esperar novas instruções.

– E os seus filhos? – perguntou Philippa, e sem pensar Katherine levou a mão ao ventre. Percebendo o gesto, cruzou os braços, e ligeiramente embaraçada, explicou:

– O seu pai foi muito generoso. Disse-me que podia ter sempre comigo a Blanchet e o Thomas, porque não faz qualquer sentido deixá-los longe de mim, tão pequeninos... De qualquer maneira a minha irmã que toma conta deles, tem de voltar para o serviço na corte... da rainha de Castela.

– Rainha, não, a minha madrasta não é rainha de nada, é só princesa – respondeu insolente Elisabeth.

– Lady Elisabeth, eu já sou, a partir deste momento, sua preceptora e por isso a minha função é educá-la. Não fale assim de lady Constanza. E trate-a sempre por rainha, porque foi assim que o seu pai estabeleceu.

– Já sabemos! Ela rainha, o pai rei de Castela e Leão – comentou asperamente Philippa.

– E o seu pai é realmente rei de Castela e Leão, trono neste momento ocupado por um usurpador – respondeu Katherine, com firmeza. Philippa percebeu que fossem quais fossem os seus verdadeiros sentimentos, Katherine assumira em absoluto o papel de professora e tencionava cumpri-lo. Podiam ser próximas, podia até dar-lhe o seu colo e o seu amor, mas era preciso que Philippa não esquecesse que Katherine não podia abrir-lhe o coração.

16

Kenilworth Castle, 15 de Março de 1372

Philippa montava o seu cavalo favorito e ia à frente da enorme comitiva de empregados e carroças cheias até cima de tudo o que se podia imaginar. Tinham partido há dois dias para Kenilworth, a cento e cinquenta quilómetros de Londres, e insistira em que tinha idade mais do que suficiente para fazer a viagem montada no seu próprio cavalo. À solta, sem ficar para trás a engolir pó, ou obrigada a andar à garupa na montada de um outro adulto.

O campo estava verde, completamente verde, como se fosse um rolo de tecido que se tivesse desenrolado até perder de vista e as folhas nas árvores tão tenrinhas que apetecia trincá-las. «Como um coelho», pensou a rir. As papoilas já cobriam campos inteiros e as mimosas bordejavam os caminhos de terra que lhe eram intensamente familiares. Philippa adorava o cheiro da terra molhada e sabia-lhe bem o calor do sol nas mãos que seguravam as rédeas, depois de um Inverno tão longo e tão cheio de surpresas estranhas.

Kenilworth era um dos seus palácios favoritos; esporeou o cavalo para chegar ao cimo do monte, de onde se podia ver à distância. Um mar de água, mais de um quilómetro, explicara-lhe o pai, rodeava as muralhas do castelo, e a luz do fim do dia tornava ainda mais intenso o vermelho-tijolo da torre principal e da ala adjacente. A ponte de passagem sobre o lago, ladeada por duas torres mais pequenas, dava acesso a um portão enorme, de madeira de carvalho. No cimo da torre Mortimore voava ao vento suave a bandeira dos Lancaster. Philippa sentiu um aperto no coração – sentia-se a chegar a casa. Uma casa muito mais à sua medida do que o gigantesco Savoy, tão mais silenciosa e sossegada. Ainda bem que o pai e os seus cento e cinquenta cavaleiros não chegariam para já. Olhou para trás e agradeceu a Katherine a decisão de a tirar o mais rapidamente possível daquela cidade suja e barulhenta, e de a trazer, de novo, para perto dos seus pássaros e das suas ovelhas, das suas árvores gigantescas, que pareciam ali estar, naquela ilha dourada, desde o princípio dos tempos.

Elisabeth ultrapassou-a. Ao olhá-la, altiva no seu próprio cavalo, foi assolada por uma onda de irritação: por que é que o raio da miúda conseguia sempre a sua vontade? Ela tivera que esperar pelos onze, quase doze anos, para ter direito a fazer a viagem montada, e a parvinha da miúda aos sete tinha autorização para fazer o mesmo... Deitou-lhe a língua de fora, zangada, mas Elisabeth limitou-se a responder com um grito:

– A última a chegar é uma medricas!

Philippa não gostava de perder nem a feijões, e perante o desespero de Katherine as suas discípulas partiram a galope pelos campos, saltando as sebes, procurando o carreiro de terra batida que as levaria por cima da ponte levadiça e ao encontro dos guardas do portão que, esperava-se, lhes travariam o passo.

Passando a mão pela barriga já de sete meses de gravidez, Katherine sorriu de felicidade e expectativa – John dissera-lhe, no calor da cama onde se tinham reencontrado depois de meses de separação, que Kenilworth seria a sua casa. Uma casa de família, onde os seus filhos, os dela – «e os nossos» acrescentara, dobrando-se para lhe beijar a pele esticada do ventre –, cresceriam juntos, longe da maledicência da corte. Rodeados apenas pelos melhores amigos, daqueles que entenderiam o amor que os unia, e como não era possível deixar que um casamento de conveniência, como fora o seu com Constanza, o estragasse.

Katherine sabia que nada seria tão simples nem tão fácil, mas trocando agora olhares com Geoffrey Chaucer, que fizera questão em acompanhá-la, numa tentativa de a proteger com o seu parentesco, entendeu que ele sabia, e até compreendia. Mas tinha medo. Como ela. Porque por muito apaixonada que estivesse, conhecia John como a palma das suas mãos e sabia que as suas promessas podiam muito bem ser esquecidas, se isso servisse a sua ambição do momento. Rejeitá-la, a ela e aos filhos de ambos, podia também, certo dia, ser «de conveniência».

Mas agora não queria pensar nisso: em Kenilworth já estariam os seus filhos, Blanchet e Thomas. Tinham só seis anos ela, quatro anos ele, e já sem pai. Esperava-os um mundo completamente diferente daquele em que haviam vivido na sua quinta de província. Estremeceu. Pressentia que iria precisar de todo o engenho e arte para reconquistar a sua filha mais velha, tão sensível e delicada, e certamente tão zangada com tantos abandonos inexplicáveis. Como reagiria à sua barriga? Acreditaria certamente, como Philippa e Elisabeth acreditavam, ou fingiam acreditar que o bebé era seu irmão de sangue, filho de Hugh como ela. Mas até quando conseguiria perante a filha, perante as alunas, perante o mundo, manter a farsa?

Thomas era dois anos mais novo do que Henry de Bolingbroke, que estava um matulão enorme, de bochechas sempre quentes e um sorriso pronto e generoso para oferecer a quem o viesse repreender por mais um disparate. Asneira feita com uma espada, de preferência, que não era surdo e há seis anos ouvia amas e criadas sussurrarem que, quem sabe, um dia talvez fosse ele o rei de Inglaterra. Quanto a isso, pouco lhe interessava, mas que seria um cavaleiro tão corajoso como os seus antepassados, disso, tinha a certeza absoluta. Mas como é que uma pessoa podia ser um cavaleiro a sério, rodeado de tantas mulheres? Henry depositava todas as suas esperanças no pai, que prometera vir depressa. E ficar. E até aquela criança fez uma careta quando repetiu a palavra – decididamente «ficar» não constava do dicionário paterno.

⁂

«Heather, Maud, Agnes, por favor chamem a parteira, ele vai nascer, ele vai nascer», gemia Katherine, deitada no seu quarto, as janelas tapadas para que tudo ficasse escuro e protegido das forças do mal que podiam atacar mãe e filho neste momento tão delicado.

As amas correram a ir buscar a mulher que melhores mãos tinha no condado, e que já há mais de uma semana se instalara no castelo para comandar as operações do nascimento que estava previsto para breve.

Na cozinha, as panelas de água aqueciam. As crianças foram todas afastadas para os quartos mais distantes, para não contaminarem nem serem contaminadas. Elisabeth, nervosa, escapuliu-se para as cavalariças, porque escovar os cavalos era a forma mais segura que conhecia de sossegar, e Philippa dirigiu-se à capela, os sentimentos tão confusos que a cabeça parecia que ia rebentar.

Claro que queria que o bebé de Katherine nascesse bem. Vira a sua mãe passar pelo desgosto de segurar um recém-nascido morto nos braços, vez após vez, e logo os rapazes que tanto desejava. Não queria que Katherine passasse pelo mesmo e no entanto, tinha medo. Medo que Deus castigasse, que Deus a castigasse.

Katherine nunca falara no pai da criança, nunca afirmara que se tratava de Hugh, mas esperava secretamente que as criadas e as amas acreditassem que se tratava do filho do marido que morrera... Mas não era parva, e por isso não presumia que os outros o fossem: deixava a ideia pairar, mas sem a confirmar, até porque o seu amor por John era tão cego e poderoso que não enganava ninguém e estava tão orgulhosa por ir ter um filho seu que era incapaz de esconder completamente essa alegria. O seu filho, e sempre estivera certa que seria um rapaz, era afinal um Plantagenet, o sangue das suas alunas corria-lhe também nas veias, não seria ela a renegá-lo, roubando-lhe no berço oportunidades de futuro. E de ter um pai.

Philippa pensava nisto tudo, os joelhos dobrados no genuflexório, os olhos em Nossa Senhora que tanto ajudara a mãe a conceber e a criar com saúde o seu Henry. Se agora lhe pedia que aceitasse um novo irmão, como podia não o fazer?

Katherine, naquele momento, tinha apenas dois objectivos: respirar segundo as ordens da parteira, e controlar o seu impulso de chamar por John.

– Passa-me o raio da toalha quente – gritava a parteira, que não queria estragar a reputação, muito menos com a criança de um homem tão poderoso como o do senhor daquele castelo.

Maud estava junto de Katherine e dava-lhe a mão, de um lado, e Heather, a outra – felizmente, pensou Katherine, tinha junto de si mulheres de força e coragem, amigas a sério, e não damas hipócritas e senhoras ansiosas por uma migalhinha para transformar em intriga e espalhar à ceia, no grande salão.

«Já cá está!», gritou exultante de alegria a parteira, enquanto Katherine se deixava cair, impotente, nas almofadas, para logo se endireitar:

«Mostrem-me, mostrem-me, quero vê-lo, quero vê-lo já.» «É um rapaz, minha senhora», disse-lhe Harriet comovida.

– É claro que é um rapaz. E chamar-se-à John, como o senhor de Lancaster, a bandeira sob a qual nasceu – disse Katherine. Foi preciso a mão firme de Maud para lhe retirar o bebé, para que fosse lavado, vestido e posto ao peito de uma ama-de-leite... Maud suspirou, que destino o seu e o de todas as mulheres como ela, mas que destino mais difícil e perigoso ainda o desta mulher que paria na casa do amante os filhos do adultério. Beijando o bebé envolto em panos, fez-lhe uma pequenina cruz na testa, recomendando-o ao Altíssimo Jesus Cristo.

Um pombo-correio partiu com a notícia e na manhã seguinte um mensageiro trazia a resposta: parabéns para a mãe, e uma ordem clara para o escriturário do castelo. Era preciso assentar nos livros que no dia 12 de Abril, no Castelo de Kenilworth, nascera John Beaufort, filho de Katherine Swynford. E que não se fizessem mais perguntas. E não se fez nem mais uma. Nem nos salões, nem nos aposentos, nem perto das crianças. Mas nas cozinhas e nas antecâmaras, nas capoeiras e nas estrebarias, na pequena aldeia de Kenilworth e na abadia que lhe era adjacente, nas vilas e nas cidades, as línguas eram livres de fazer aquilo que bem lhes aprouvesse. E faziam uso dessa prerrogativa. Afinal se a história de uma viúva que parira um varão, a quem baptizara com o nome do duque em casa de quem servia, e quando esse duque lhe dava o apelido de uma das suas terras, na distante Anjou francesa, e quando, a somar a tudo isto, a esposa legítima, rainha de Castela, dava à luz nem três meses completos depois uma menina, princesa de Inglaterra e de Castela e Leão, filha legítima do mesmo Senhor, era demasiado pedir às ditas línguas que parassem de falar...

17

Kenilworth Castle, 9 de Junho de 1372

Quando naquela manhã Philippa saiu da igrejinha do castelo onde assistia à missa diária, ouviu os gritos dos irmãos ao longe. Henry tinha adoptado Thomas Swynford como seu fiel escudeiro, e pela barulheira estavam envolvidos numa verdadeira batalha campal. Pelo meio, os gritos estridentes de Elisabeth davam a entender que haveria mortos e feridos a sério se alguém não interviesse rapidamente. Segurando na mão da pequenina Blanchet que insistira em ir à missa com ela, desatou a correr pelos terreiros.

Corria pelo prazer de sentir o vento na cara, os pés na relva molhada pelo orvalho, e durante segundos esqueceu tudo e sentiu-se insuportavelmente feliz, pelo simples facto de estar viva.

Mas os gritos de Elisabeth não a deixaram muito tempo pairar acima da terra:

– Dá-me a espada senão atiro-te à água – gritava ela, vermelha de fúria, os cabelos mais ruivos ainda, com a raiva e a luz dos primeiros raios de sol. Enquanto gritava, tentava arrancar da mão do irmão uma espada enorme de gume cortante, que ele empunhava decidido a mais depressa morrer com ela na mão, do que a deixar ir o símbolo da sua coragem.

Splash, antes que Philippa chegasse suficientemente perto para impedir a irmã de concretizar a ameaça já Henry e a espada boiavam no lago interior do castelo.

Sentiu atrás de si os passos apressados de Katherine, que quando vira a cena pela janela do quarto onde a ama dava de mamar ao pequenino John, tivera logo o pressentimento de que aquela história não podia acabar bem, precipitando-se pela primeira porta aberta para o jardim.

Apesar de ter tido um bebé há apenas alguns meses, Katherine estava em forma, e sem hesitações lançou-se para dentro de água, gritando a Philippa que chamasse o moço da estrebaria para que trouxesse uma corda. Elisabeth, agora transida pelo que tinha feito, estendera-se de barriga para baixo na margem e tentava esticar os braços em direcção a Henry:

– Passa-me a espada, estúpido, que ela leva-te para o fundo – gritava.

Henry capitulou e estendeu-lhe a arma, que com a ajuda de Philippa conseguiram trazer para terra, sem que cortasse ninguém, antes de o rapaz chegar com a corda, que serviu para o mais rapidamente possível puxar Katherine e o herdeiro para terra firme.

Sãos e salvos na margem, Katherine ia começar a gritar com filhos e discípulos, com amas ausentes e criadas desleixadas, quando se ouviram ao longe as trombetas dos escudeiros de John of Gaunt.

O som era reconhecível a milhas de distância, e qualquer um deles sabia o que significava: John chegava finalmente, sem que tivesse avisado fosse quem fosse da sua vinda. Escrevera a Katherine cartas apaixonadas, jurando-lhe o seu amor, confessando as suas saudades, mostrando-se ansioso por ver o seu pequenino John, mas pedia-lhe paciência. Os seus espiões não lhe escondiam o que se dizia nas tabernas das aldeias, e o rei de Castela e Leão sentia que o povo não lhe perdoaria se voasse para junto da amante, sem ver antes a princesinha castelhana. Por isso, escrevia John, era com grande sofrimento, e sem a esquecer um minuto que fosse, que iria para Hertford onde Constanza, com dezoito anos, dera à luz uma rapariga, a que por ironia pusera o nome de Catalina, em homenagem a uma santa castelhana da sua devoção... «Ou talvez porque se estivesse nas tintas para o facto de ser o mesmo da "outra" do marido», suspirara Katherine ao ler o que John lhe escrevia, e aliviando assim a sua culpa.

Philippa sabia que Katherine saboreava pelo menos aquela vitória, a de ter dado ao pai um varão, forte e saudável, enquanto a «castelhana» não produzira mais do que uma outra rapariga... como ela.

– Meus filhos, depressa, o pai está a chegar, temos que nos ir vestir – balbuciou uma Katherine ensopada até aos ossos, absolutamente perdida num turbilhão de emoções.

Philippa já aprendera a reconhecer os sintomas: a partir de hoje e enquanto John of Gaunt estivesse com eles, Katherine não conseguiria dar atenção a mais ninguém, respirar por mais ninguém, olhar para mais ninguém...

Passou o braço com força pelos ombros da pequenina Blanchet, que se encostou a ela como em busca de protecção, porque mesmo que não soubesse explicar o que sentia, Blanchet sabia que só o nome do seu padrinho lhe dava vontade de gritar de raiva...

Henry e Thomas aproveitaram a confusão para fugir das garras da preceptora, das irmãs e das amas que tinham acorrido aos gritos e corriam já pelas escadas da muralha acima até à torre de vigia: a nuvem de pó levantada pelos cascos dos cavalos estava próxima. Correndo de novo pelas estreitas passagens junto das ameias chegaram aos portões principais, onde viram passar cinco dos homens de Lancaster.

– Thomas, vem, vamos falar com eles...

– Vamos – disse Thomas que nunca desobedecia a uma ordem do seu mentor.

Rodearam os escudeiros que se apeavam e distribuíam ordens ao senescal do castelo. Os dois padeiros saudaram os rapazinhos com largos sorrisos:

– Vocês já por aqui a esta hora?

– Leonard, fazes-me pão fresco, já, já?

As crianças conheciam bem todos estes rituais: John chegaria dentro de momentos com dezenas de cavaleiros na sua comitiva, e fazia questão em mandar sempre à frente os padeiros para que começassem a aquecer os fogões para o pão. A comitiva traria consigo cozinheiros e empregados, que comandados como um exército silencioso de formigas, assumiriam os seus postos para servir sem falha aqueles senhores que mudavam de casa como quem muda de túnica, para não deixar que os vassalos de cada um dos seus condados se esquecesse a quem deviam vassalagem. E rendas e impostos!

– São muitos, Leonard? O meu pai vem com muitos homens? E trazem os falcões – perguntava insistente Henry, o herdeiro a quem ninguém se atrevia a negar nada, e a quem todos protegiam com um cuidado redobrado.

– Não, o seu pai só vem com dez cavaleiros – disse Leonard enquanto descarregava a farinha e a levava para a cozinha maior, que na mais pequena apenas se fazia o jantar do senhor e da família próxima, missão que ficava para os que ainda estavam para chegar.

Henry olhou para Thomas, espantado:

– Dez? O meu pai nunca viaja com tão poucos homens...

Aí, Leonard estacou:

– Sir Henry, por que é que está aí a tiritar de frio? Molhado como um pato acabado de sair de um tanque?

– E acabou mesmo de lá mergulhar – disse logo Thomas, contente por finalmente ter a oportunidade de falar. Mas Henry deu-lhe um encontrão com o ombro e puxou-o para longe dali. Não queria que os criados se rissem das suas cenas com a irmã.

⁎

Philippa viu Katherine entrar em casa, esbaforida, e a garganta apertou-se num nó. Era inocente, mas não tinha nada de estúpida, e a mudança de comportamento da preceptora, a agitação que tomava conta dos seus gestos, habitualmente calmos, o rubor que lhe subia às faces, deixavam perceber tudo. John pequenino era filho do seu pai, não podia deixar de o ser. Sentiu uma pontada de ciúme: afinal, mais uma vez, o pai não vinha para a ver a ela...

Optou por ficar no jardim.

Sabia que Katherine estaria a procurar na arca o seu melhor vestido. Apostava que seria aquele de linho estampado, com uma faixa de seda vermelho-vivo, o decote debruado com um fio dourado. E a camareira apertar-lhe-ia o espartilho, para que não se notasse que fora mãe pela terceira vez, há apenas alguns meses.

Encostou as costas ao imenso carvalho, naquele exacto ponto onde o sol furava a copa, e aqueceu-se. Levantou os olhos para a janela do torreão dos aposentos de Katherine, e continuou a imaginar, como se retirasse um estranho prazer do sofrimento que lhe causava tudo isto.

Neste momento, apostava, a camareira estaria a entrelaçar a trança da Senhora, com um fio de pérolas, como o pai gostava. Ouvira John of Gaunt dizê-lo abertamente à preceptora, quando um dia entrara na salinha de estudo. Percebera depressa que Katherine registara o elogio e apanhava sempre o seu cabelo forte, que metia inveja a quem, como ela, tinha apenas um cabelo liso e escorrido.

Não se enganava em nada. Na sua salinha de vestir Katherine sorria à criada com gratidão. À mulher que assistira ao parto dos seus filhos, dos seus três filhos, pensou com orgulho, que velara pelos seus meninos quando os deixara com o pai e agora se lhe reunia, aceitando com uma compreensão serena a volta que a vida da patroa tinha levado. Era ela que a defendia entre os criados, a sua espia e guarda, numa casa onde sabia ser olhada por muitos como a amante indesejada...

Enquanto o pente lhe passava na cabeça e as mãos hábeis da criada lhe cruzavam as madeixas, os pensamentos de Katherine corriam uns contra os outros, como se estivessem perdidos num labirinto. E sem cerimónias, desabafou:

– Preparo-me há meses para este momento. Não penso em mais nada desde que me separei do John. Sonho acordada, e a dormir, com este reencontro. E se ele entretanto se apaixonou por alguém? Se ao ver Constanza com a sua Catalina nos braços decidiu que uma ligação comigo é demasiado arriscada? Se os seus conselheiros lhe disseram que se devia afastar de mim, sob risco de que o povo se revolte, o povo que já gosta tão pouco dele, conhecem-no tão mal que o acham capaz de trair o irmão e o sobrinho só para subir ao poder?

A criada ergueu as sobrancelhas de uma forma que deixava bem claro que achava John of Gaunt perfeitamente disponível para trair o irmão e o sobrinho as vezes que fossem precisas, mas adiante, que a sua senhora estava tão apaixonada por este homem que nunca veria nele nada senão qualidades...

– Deixe-se de conversas, minha senhora, e vista-se. Vá, vire-se para que lhe aperte estes botõezinhos malditos, que escorregam que nem lentilhas entre os dedos.

Katherine deixou-se comandar pela criada, e quando se sentou no banquinho de madeira tosco para que lhe penteasse o cabelo, murmurou:

– Achas que ele virá ao meu quarto?

A criada sossegou-a:

– Não tenha dúvidas disso, minha senhora. Não viria assim ter consigo, se quisesse acabar com tudo. Já pus os lençóis de linho de fora da arca, e vou benzer a cama e defumá-la com incenso para que esta noite em que estarão juntos o ligue a si como nunca o ligou a nenhuma outra mulher.

Katherine não conseguiu esconder um sorriso:

– Tens razão, dei-lhe um filho varão, logo à primeira gravidez, e ele deu-lhe o seu nome... Constanza não mo vai roubar, nem ela nem mais nenhuma mulher...

Dizendo isto levantou-se, decidida, as costas sempre direitas, desceu as escadas até ao quarto de brinquedos dos mais pequenos e descobriu-os todos igualmente aperaltados e penteados. Henry tinha insistido em que a ama o deixasse usar a capa de cavaleiro que o pai um dia lhe trouxera, e do alto dos seus seis anos, alto e forte, seria o primeiro a atrair a atenção do pai.

Os cascos dos cavalos ouviam-se já perto, e as gaitas-de-foles dos batedores também, com o seu som estridente trazido pelo vento: John e os seus homens passavam já os portões de fora e aproxima-vam-se a galope.

A família já estava nos degraus da entrada principal e Philippa pen-sou como tantas e tantas vezes aquele ritual se repetia. Só que desta vez, Katherine, sem nenhuma cerimónia, assumia um lugar de desta-que, como a senhora da casa, sem medo nenhum daquilo que os outros pudessem dizer, sem dúvidas nenhumas de que era a escolhida de John.

Philippa recuou um pouco para a sombra de uma das colunas de pedra. Queria muito que o pai a destacasse dos outros, lhe elogiasse o vestido ou o penteado, mas sabia que nunca o faria, porque à sua frente havia mulheres que ocupavam um lugar muito mais importante do que o dela no seu coração.

Sentiu uma mão chegar-se à sua e prendê-la com força: Blanchet sen-tia exactamente o mesmo que ela, pensou a princesa: aos olhos deste homem era invisível, mas pior do que isso era este o homem que a tor-nava, também, invisível aos olhos da sua adorada mãe. Philippa puxou--a para junto de si, e de longe assistiram a tudo: John, com a mesma sem-vergonha de Katherine, subiu dois lanços de escada de uma vez e beijou-a ardentemente na boca, depois atirou ao ar o seu filho mais pequenino, radiante por ver que era uma criança forte e robusta – um herdeiro rapaz era sempre um trunfo na manga! Henry, cheio de ciúmes, agarrou-se-lhe a uma perna, como se o atacasse numa batalha, e John entrou imediatamente no jogo – levantou-o com a mesma facilidade com que o fizera a um bebé de meses e a sua cara encheu-se de orgulho:

– Sir Henry of Bolingbroke, pronto a ser armado cavaleiro! Com a coragem dos leões da família Plantagenet.

Henry esqueceu toda a rivalidade, e inchado de satisfação, mal o pai o pousou no chão, chamou Thomas Swynford, o seu leal escudeiro, e apresentou-o ao pai com toda a formalidade:

– Sir, este é Sir Thomas Swynford, que quer ir comigo para a corte para ser também cavaleiro.

John trocou olhares com Katherine, que sentia o coração rebentar de felicidade: afinal talvez fosse possível cimentar presente e passado, para construírem um futuro comum. Dobrou-se ao nível do rapazinho de quatro anos e disse-lhe:

– Muito prazer em conhecê-lo, sir Thomas, o seu pai era um dos meus melhores cavaleiros. Tenho a certeza que o filho honrará o pai.

Philippa teve de admitir que o seu pai era um homem sério e justo, apesar dos seus ataques de menino mimado, e o respeito com que tratava as pessoas merecia-lhe uma dedicação tão incondicional, que os seus soldados estavam dispostos a embarcar com ele nas mais loucas aventuras. E a morrer por ele!

Elisabeth, que não aguentava ser ignorada, já há longos minutos pegara na mão livre do pai, um pouco como se fosse a senhora da casa a chegar com ele, e não a receber a sua visita. John virou-se para lhe dar toda a atenção, e ficou abismado com o que viu: a sua menina estava linda, a boca sensual, os olhos vivos, uma expressão determinada onde reconhecia a sua. Katherine escrevera-lhe a contar que Elisabeth estava sempre metida em sarilhos e a crescer depressa, mas para John qualquer uma das duas coisas era o melhor dos elogios. Abraçou-a longamente e comentou a sua beleza. Elisabeth fingiu-se tímida e fez-lhe uma profunda vénia de agradecimento.

– E onde está Philippa? – perguntou o pai, e Philippa sentiu o coração dar dois saltos: o pai chamava por si.

Avançou de detrás da coluna e cumprimentou-o com formalidade, o que teve o condão de o irritar imediatamente: onde é que esta criança aprendera a ser tão rígida e séria? Era como se a consciência lhe dissesse que talvez, talvez, Philippa já fosse suficientemente crescida para intuir a sua ligação com a sua preceptora. Não foi capaz de a olhar nos olhos, e agradeceu a presença daquela menina de caracóis loiros, os olhos enormes azuis, que se escondia por trás do vestido da filha:

– E esta é lady Blanchet Swynford, não é? A minha querida afilhada?

Blanchet sabia bem que John era o seu padrinho, a mãe bem lho repetia dia sim dia não, como que a justificar que tivessem vindo viver para ao pé dele agora que o seu próprio pai morrera, mas Blanchet não queria gostar dele: não fora este homem que mandara o pai ir para a guerra, onde ele morrera?

– Blanchet, faz uma vénia ao senhor duque – disse Katherine, num tom invulgarmente brusco. Não ia permitir que a infantilidade de uma criança de seis anos estragasse aquele momento, ou desse a John a impressão de que sabia mais do que sabia e o odiava por isso.

Blanchet fez a vénia, e Philippa, entendendo quanto lhe custara fazê-la, aproveitou para dizer:

– Pai, os padeiros já fizeram o pão, e se fôssemos comê-lo?

Ao ouvir falar em pão fresco todas as crianças correram para a cozinha principal, onde os fornos aquecidos já tinham cumprido a sua tarefa. Philippa subiu discretamente para a sua salinha, e Katherine viu-se subitamente sozinha com John, porque criados, cavaleiros, e todos os seres vivos desapareceram como que por milagre.

– Katherine, meu amor, parabéns. O John é lindo, e as crianças parecem estar fantásticas. Esta vai ser a nossa casa, vamos transformá-la num palácio confortável, onde possamos estar em paz, longe do burburinho de Londres.

Katherine chegou-se a ele, o cheiro do seu perfume e o raspar dos seus cabelos contra a sua pele, encheram-no de desejo. Que raio de feitiços usava esta mulher, que não conseguia olhá-la sem a desejar, que quando estava com ela, nada mais lhe parecia importante?

Pegando-lhe ao colo, sem querer saber de mais nada, nem ninguém, levou-a pelas escadas de caracol até ao quarto dela. A criada não tinha defraudado as suas promessas: as velas ardiam no escuro do quarto, iluminado apenas, mesmo nas horas mais claras do dia, pela luz que chegava pela frincha na muralha grossa da torre, e um cheiro a incenso enebriava os sentidos. A cama, com os seus lençóis brancos, já estava aberta – esperava os seus senhores.

Com uma avidez de quem há meses resiste às tentações para se guardar para esta mulher, John procurou a pele de Katherine, despertou-lhe, com um grunhido de impaciência, os botões infinitos, e finalmente deixou que o vestido caísse deixando à vista o seu corpo perfeito. Parou para respirar fundo. E depois ambos se precipitaram um para o outro, esquecidos de tudo.

Da sua situação complicada, de Constanza, dos filhos, e da crise política que varria Inglaterra... e de que John era o principal protagonista, e o mais odiado de todos eles.

18

Kenilworth Castle, 10 de Maio de 1376

Sentada à mesa da sua salinha, a pena na mão e o tinteiro descoberto, Philippa alisou o pergaminho. Escrevia a Emma, a sua
grande amiga que fora passar uns tempos com a família, mas que
tanta falta lhe fazia. Começou:

«Emma, minha amiga,
escrevo-te esta carta, porque não sei com quem mais hei-de falar. Com
Katherine não posso, com a minha irmã nem pensar, que cada dia que
passa mais me preocupo com ela (já te conto as suas últimas loucu-
ras!). E não tenho coragem, sequer, de falar nisto ao frei John, mesmo
suspeitando que talvez me ajudasse, com o seu imenso bom senso.
Falo com Deus e peço ajuda à Virgem e à minha mãe, que sei que está
no céu, mas de repente precisei de escrever a alguém de carne e osso,
alguém em quem posso confiar plenamente, e esse alguém és tu, que-
rida Emma. Nem sequer sei se alguma vez terei coragem de te enviar
mesmo estes escritos, mas a verdade é que sabe bem passar ao papel
aquilo que massacra a minha alma.
Explico-te tudo o que aconteceu desde que voltaste para casa, só há
algumas semanas, mas já parecem meses. O meu pai continua por cá,
aliás nunca passou tanto tempo connosco. As obras em Kenilworth entu-
siasmam-no tanto a ele como a mim e à Katherine. Passeamos com o
chefe dos pedreiros e o chefe carpinteiro pelo terreno, e vamos explicando
aos construtores o que queremos. Um deles fez as obras mais recentes em
Windsor, e aqui para nós desconfio que o meu pai só quer que repita
neste castelo o que construiu em Londres – para provar que não é menos

que o meu avô, que pode ter um castelo igual ou melhor do que o dele (e o pior é que já ouvi os carpinteiros dizerem exactamente isto uns aos outros, quando julgam que não estamos a escutá-los).

Percorri as obras com o meu pai e fui eu que lhe sugeri que fizesse banquinhos de pedra junto das janelas – sabes que sempre gostei de banquinhos, onde uma pessoa se pode sentar e olhar lá para fora, para as águas que rodeiam o castelo, em lugar de nos maçarmos de morte com aquelas danças sem fim, e a má-língua que corrói a paciência, para já não falar na virtude, de um santo.

É essa má-língua que me faz escrever-te, minha amiga e confidente. Sinto-me tão dividida! Acabo de ter mais um meio-irmão, Henry of Beaufort – agora tenho dois irmãos Henrys, nem nos nomes são originais. Sei que acabei de fazer dezasseis anos e sei que na corte todos os homens têm outras mulheres, e sei que ao fazê-lo cometem um pecado, um pecado de morte, mas este caso é pior. O meu pai vive ostensivamente com Katherine, comportam-se como marido e mulher, comandam a casa como senhor e senhora deste sítio, e quando vamos para o Savoy ela mantém o estatuto. Gosto da Katherine, é culta, sensível e inteligente e não me esqueço de como era dedicada à minha mãe e arriscou mesmo a vida por ela; e preferia mil vezes que o meu pai fosse mais leal ao verdadeiro amor, como diz Chaucer, do que um homem que fundamenta as suas decisões no calculismo e na ambição. Porque acredito que eles se amam a sério, e mesmo Chaucer, que como sabes adorava a minha mãe, diz que aquele amor é assunto digno dos seus poemas.

Mas temo pela alma dos dois. E se morrem em pecado, e arderem eternamente no Inferno? E temo também pelo que pode acontecer ao meu pai, porque o frei John, o Chaucer, a Maud, todos, dos mais humildes aos mais sábios, garantem que o povo o odeia, porque tem tanto dinheiro e é tão poderoso. Também, suspeito, por causa desta sua vida amorosa deregrada, dos bastardos que vai pondo no mundo, e da loucura de os legitimar indirectamente, como faz com os bebés de Katherine.

Agora que o tio Edward morreu (o pretendente tão amado pelos ingleses), o avô está muito muito doente, e ainda por cima dominado por aquela Alice, em breve o rei será o Richard. E aí não sei o que poderá acontecer. Não sei mesmo, Emma, mas tenho medo. Mas se até agora tinha medo por eles, agora temo também por mim. Ninguém pára a ganância do meu pai. Sei que tudo o que faz é para o bem da família, mas desta vez acho que foi longe de mais. Meteu na cabeça que me vai casar com o herdeiro do trono. Sim, isso mesmo, com

Richard, um primo direito, que tem dez anos e eu dezasseis! Escreveram ao Papa, porque só o Papa pode levantar a proibição que pesa sobre os nossos laços de sangue. Tenho rezado, até me doerem os joelhos e a cabeça, para que o Santo Padre diga que não. Mas não sou estúpida e sei que Deus Nosso Senhor não se orgulha sempre daqueles que na Terra falam em seu nome... e, como sabes, o meu pai pode muito, pode muito mesmo, sempre que se decide a poder.

Não tenho ilusões, sei bem, e a minha mãe dizia-mo muitas vezes, que os casamentos entre pessoas da nossa condição são um serviço à família e não um capricho pessoal, mas com o Richard? Uma criança? Tudo para fazerem de mim rainha de Inglaterra? Nem acredito que o povo deste país o permitisse, nem sequer os inimigos do meu pai, mas a verdade é que a ideia me assombra o sono, e me transforma todas as noites num pesadelo.

Até agora tinha sido só conversa, como naquele almoço em que falou em casar-me com o rei Charles de França. Tínhamos nós catorze anos, ainda te lembras? Pequenas de mais para levar a conversa a sério, ainda nos rimos com a ideia... Desde aí houve uma outra vez, julgo que há seis meses, em que falou no duque de Luxemburgo, e aí confesso que arrebitei os ouvidos – ainda por cima tu já estavas comprometida, e sentia que talvez casar e sair de Inglaterra fosse o melhor futuro para mim. Mas depois de uns embaixadores para cá e para lá, nada passou da cepa torta. Nem sequer chegaram a mandar pintar o meu retrato!

Só que desta vez, o brilho nos olhos do meu pai John é perigoso, já aprendi a reconhecê-lo. Percebo que sente o trono à distância de um braço, o que o torna ainda mais decidido e determinado.

Vou rezar para que tudo falhe novamente. Emma, gosto de estar aqui perto dos meus irmãos, estou muito ligada a Katherine e Blanchet, sinto-me obrigada a proteger a Elisabeth. E gosto do conforto da minha sala de estudo, dos meus livros e das minhas lições, e sobretudo do tempo que dedico à oração. Rezo muito, e ainda no outro dia perguntei ao meu pai se ele me deixava ir para o convento. Apanhou uma fúria, tem pouca paciência para o que chama «beatices» (também não me admira, pecador como é, deve temer que a consciência o obrigue a deixar a alcova de Katherine), e ficou zangado a sério. Disse-me que a primogénita de um homem como John of Gaunt, tinha de fazer uma aliança que fosse importante para o seu pai, para o seu país.

Ai meu Deus, só espero que o meu avô não morra e que o Papa não diga que sim. Não quero casar com Richard, é uma criança, é meu primo, quase meu irmão... E tudo para fazer o meu pai feliz, porque se podia tornar, através de mim – como sonha fazer através de Constanza – o homem do poder, o rei. Talvez sejam mais do que legítimas as suas pretensões, há anos que serve com a vida esta terra, e nunca foi desleal a ninguém da sua família, mas que me peça outra coisa, que me encontre outro marido – este, não quero.

Desculpa, Emma, deves estar a encolher os ombros e a pensar que nunca viste ninguém refilar tanto com receio de ser rainha, mas acredita que este assunto me enoja. Falemos de outro: estive outra vez com Constanza, o meu pai levou-nos a Hertford, onde está rodeada da sua pequena corte de espanhóis, todos muito escuros e cheios de maneirismos, fizeram-me vénias e beijaram-me a mão repetidas vezes, tive que me esforçar para não desatar a rir às gargalhadas (ainda bem que não estavas por perto, que aí é que não tinha resistido mesmo). A Constanza é simpática, fala muito mal inglês, mas sabes, até tenho vergonha de a olhar nos olhos – como se o facto de a sua rival ser a minha preceptora, como se gostar de Katherine, como gosto, fosse uma ofensa directa que lhe faço. É pouco mais velha do que eu, e quando penso no que sentiria se vivesse noutro país, sem perceber nada da língua nem dos costumes, e ainda por cima o meu marido me deixasse num palácio distante e fizesse a vida toda com outra, sinto uma espada trespassar-me o coração. Juro-te, Emma, se algum dia estes esquemas do meu pai resultarem, como sei que um dia resultarão, e eu tiver que casar com um príncipe ou um rei, ou seja que homem for, vou exigir que ele me respeite, que vivamos como marido e mulher, e que nunca me humilhe como o meu pai humilha a Constanza. Não posso fazer mais nada do que isso – sonhar e planear que não vou cometer, com a Graça de Deus, os mesmos erros. Seria assim que a minha mãe desejava que fizesse, porque foi assim que ela se comportou.

Desculpa o desabafo e vou mandar-te mesmo esta carta, porque preciso desesperadamente da tua resposta. A Maud diz que tem um portador de confiança, e quem sabe se não arrisco? Volta depressa, Emma, mas se demorares, por favor, escreve...

Com toda a minha amizade
Philippa of Lancaster

PS – Desculpa a minha má-criação não tem explicação. E a tua mãe, está melhor? Manda-lhe os meus votos de que se restabeleça depressa – que egoísta sou, o que quero é que voltes já.

19

Kenilworth Castle, 25 de Outubro de 1376

A carta que escrevera a Emma surtira um efeito mais do que dese-jado. A amiga, em lugar de pegar na pena e responder-lhe, apa-recera em Kenilworth em carne e osso. A mãe estava melhor, já dei-tava pelos olhos os irmãos e os sobrinhos, e confessou a uma Philippa feliz por a rever, que não tinha o talento da princesa para as letras, sendo incapaz de, por escrito, dar resposta à quantidade imensa de perguntas que a princesa lhe fizera.

As tertúlias voltaram a acontecer em cima das camas das camara-tas das raparigas, entre bordados na salinha das damas, ou ao longo dos caminhos que bordejavam o imenso lago. O pai dera-lhes um barco a remos, e quando Philippa queria mesmo estar sozinha com a amiga, longe dos ouvidos coscuvilheiros das aias e irmãs, partiam pelas águas para um longo piquenique.

A vivacidade de Emma, a que se acrescentava o humor de Elisa-beth, cada vez mais divertido, quase tinham feito esquecer a «história do casamento». Esquecer, é como quem diz, porque sempre que o pai estava em casa, o tema voltava à baila, e por muito que Philippa pro-curasse a ajuda de Katherine, esta remetia-se a um silêncio total. Não seria a preceptora a contestar as ambições de John, era a lição que dali podia tirar.

Os mais pequeninos jogavam à cabra-cega no terreiro coberto de relva, naquele dia de sol abençoado, que parecia resistir à chuva e ao frio que depressa se instalariam. As «meninas» passeavam no Jardim dos Sentidos, onde Katherine mandara plantar ervas aromáticas que inundavam o ar do seu cheiro doce. Emma e Elisabeth não perdiam de vista os «rapazes», os escudeiros e cavaleiros mais novos, que treinavam a pontaria no terreiro junto das cavalariças. Com os arcos esticados e as setas prontas, não era raro aquele que disparava para o céu, tão distraído estava a tentar corresponder ao *charme* das damas.

John fora passar uns dias a casa e inspeccionava com Katherine, que levava Tamkin pela mão, as obras mais recentes. Dentro das muralhas de Kenilworth o dia corria sereno.

Subitamente as trombetas dos guardas do portão tocaram com estrondo. John virou-se na direcção da ponte, espantado, porque não esperava visitas. Mas quem chegava era um mensageiro com as cores de Roma, num cavalo suado por uma viagem longa.

Emma puxou o braço de Philippa para lhe chamar a atenção para o visitante, e até Elisabeth se calou. As pernas de Philippa tremiam tanto, que procurou rapidamente o conforto de um dos bancos de madeira do jardim. Pálida como um lençol, com dificuldade em controlar o lábio que tremia, dizia:

– Meu Deus, Meu Deus, faz com que seja um «não», faz com que o Santo Padre não tenha autorizado este disparate. Como posso casar com um primo direito que tantas vezes levei às cavalitas, e a quem dei a sopa, quando mais ninguém o conseguia fazer comer?

Emma tinha sido suficientemente repreendida pela mae para saber que não devia manifestar-se contra nenhuma decisão do duque, mesmo no segredo de um jardim de aromas. A vontade dos grandes cumpre-se contra todos os princípios e bom senso, e depois em que posição ficaria aquela que aconselhara a rebeldia? Disse-lhe:

– Philippa, tem calma. O teu pai há-de saber o que é melhor para ti, e ser rainha de Inglaterra não é uma oportunidade para deitar fora.

Elisabeth, então, não tinha dúvidas:

– Pareces uma menina da aldeia de Kenilworth, assustada com a possibilidade de subir na vida ou de ser arrebatada pelo patrão. Se me quisessem casar com Richard e oferecer-me de bónus o trono, não julgues que dizia que não, minha pateta. Não estás farta de saber que desde que lhe desses um herdeiro, depois fazias o que querias? Escolhias os teus vestidos, as tuas jóias...

Os comentários da irmã, tão crus e directos, davam-lhe vómitos. O estômago latejava de dor, e Philippa teve de se dobrar sobre si mesma, a mão com força contra a barriga, as lágrimas a saltarem-lhe dos olhos.

Elisabeth olhou-a, aflita:

– Mana, pára com isso, que susto.

E passando-lhe um braço pelos ombros frágeis, levantou-a do banco e levou-a em direcção a casa. Katherine, quando viu Philippa naquele estado, apressou-se a correr para ela:

– Minha querida princesinha, não fique assim – disse, libertando Elisabeth do peso do corpo da irmã e puxando-a para si.

Aconchegou-a e sussurrando-lhe ao ouvido, disse:

– Vai ver que são boas notícias. Não quero que passe por aquilo que passei com a sua idade, quando me mandaram casar com Hugh. Quero que case só daqui a muito tempo, porque preciso de si para me ajudar com a educação dos pequeninos... preciso de si para me aconselhar nas obras, preciso de si por perto, Philippa.

As palavras de Katherine, como acontecia sempre, acalmavam Philippa como um sedativo. Deixou-se levar para dentro de casa, onde Maud descia já ao seu encontro com uma caneca de infusão de camomila.

Elisabeth e Emma entraram no quarto de rompante. Elisabeth vinha com roupa de montar e atirou-se, com a lama das botas e tudo, para o lado da irmã, que descansava tapada por uma manta.

– Estás livre, estás livre!

Philippa, como que impulsionada por uma mola, sentou-se na cama, direita:

– Livre? O Papa disse que não?

– O pai está furioso – respondeu-lhe Elisabeth com um sorriso de satisfação!

– Passeia de um lado para o outro do Grande Salão como uma raposa enjaulada – disse a rir.

Philippa tinha medo de um pai furioso, mas se a fúria era causada pela recusa do Santo Padre, valia a pena suportar o mau génio de John of Gaunt.

– Conta-me mais, por favor...

– O Papa disse que primos direitos não poderiam casar, é isso.

– Abençoado Santo Padre – murmurou Philippa.

– Abençoado bom senso – acrescentou Emma, para logo pôr a mão sobre a boca.

– Mas, Elisabeth, e o pai conformou-se?

– Claro que não – respondeu a irmã. – Diz que vai recorrer, e pedir a este e àquele, mas a Katherine deu a machadada final ao assunto.

– Katherine? Mas ela estava tão cautelosamente a evitar dar opiniões – exclamou Philippa surpreendida.

– À frente de toda a gente, sim, mas quando estão os dois sozinhos, não. Lembrou o pai que o avô está muito doente, vai morrer em breve, e que andar a insistir agora que casasses com o herdeiro, ia parecer um golpe sujo, um oportunismo que não o tornaria mais querido do povo. Que uma teimosia destas lhe poderia sair caro junto dos inimigos, que obviamente argumentariam que o futuro rei deve casar com a princesa de um outro reino, para o engradecimento de Inglaterra.

Philippa suspirou, aliviada. Pareciam o tipo de argumentos a que o pai prestaria atenção. Era tudo bom de mais para ser verdade, pensou assustada. Não seria mais um dos teatros de Elisabeth?

– Ouve lá, se estavam sozinhos, como é que ouviste isso tudo?

– Porque ia a passar junto da janela e fiquei quietinha onde estava – riu Elisabeth. Philippa desatou também a rir:

– És a peste mais corajosa que conheço.

E abraçou-a.

Ao deitar-se, quando se ajoelhava para as orações da noite, Philippa levantou os olhos ao Céu e agradeceu à mãe tê-la salvo daquele destino. Não tinha qualquer dúvida de que Blanche a vigiava e protegia lá de cima. Que tinha sido ela a impedir que mais este esquema louco do pai chegasse a acontecer.

20

Windsor, 21 de Junho de 1377

Estavam no Savoy já há três semanas. A doença do avô arrastava-se há meses, e John of Gaunt decidira que a família deveria mudar-se para Londres e lá permanecer até que o desfecho final os libertasse de novo.

Philippa sabia que o pai era agora o homem mais próximo do poder. O tio Edward, o Príncipe Negro, e seu irmão mais velho, morrera há menos de um ano, o seu segundo irmão, o duque de Clearance, andava pela Irlanda, e de qualquer forma só tinha uma filha. John era o terceiro, de facto, mas a ascensão próxima de um sobrinho que ainda nem dez anos tinha, abria-lhe um leque imenso de possibilidades. A tia Joan, estava certa disso, solicitaria a sua ajuda na regência do reino, até porque entendia bem que era mil vezes preferível ter o cunhado como aliado a tê-lo como rival.

Philippa não podia deixar de rir ao ver as transformações que se operavam no pai à medida que planeava uma nova estratégia. Castela e Leão tinham desaparecido das suas conversas, Constanza fora remetida a um esquecimento maior do que nunca. Era como um príncipe inglês, e um príncipe inglês apenas, que se queria mostrar ao povo, um general de exércitos que combatiam pelo engrandecimento do reino, capaz de desinteressadamente ajudar o seu sobrinho a suportar o peso da coroa. O próprio Richard era um miúdo esperto. Entenderia que só tinha a ganhar em chamar para junto de si o seu tio favorito.

Philippa abanava-se com um leque. A temperatura tinha subido, o Verão era dos mais quentes dos últimos anos – cada um parecia mais quente do que o último, era o que era –, e quem tinha sorte, pensou a princesa, eram os meios-irmãos. O pai fizera questão de que os pequeninos Beaufort ficassem em Kenilworth longe das doenças de uma cidade, superpopulada e de esgotos a céu aberto, onde as epidemias se espalhavam como o fogo. Katherine pedira para trazer consigo Blanchet, sabendo que a adolescente se retrairia de novo para os seus silêncios e reservas se voltasse a ser excluída da família, que agora considerava sua. Thomas estava, com Henry, já em Windsor, na «escola» que faria deles cavaleiros.

A princesa sentara-se no seu banco de janela favorito e observava os barcos que chegavam e partiam dos portões do Savoy. Não se cansava de olhar a farda dos soldados do pai, e a rosa de Lancaster continuava a provocar-lhe uma inexplicável comoção – sentia-se parte de uma família, de uma história, e esse sentimento permitia-lhe aguentar muita coisa porque acreditava que lhes cabia dar o exemplo. Chaucer e frei João podiam orgulhar-se da aluna, que embora aceitasse as prerrogativas do seu estatuto e lugar com absoluta naturalidade, considerava que a inteligência, a cultura e o conhecimento da religião que tinham a sorte de possuir devia ser utilizada para conduzir o povo a uma vida melhor. Mas mesmo ela, às vezes, atrevia-se a duvidar de que assim fosse...

De repente os seus pensamentos deixaram de divagar, captada a atenção pela figura de um dos escudeiros do pai a saltar do barco antes mesmo deste ter atracado ao pontão e a correr pelo pátio adentro com a pressa que só uma grande notícia, boa ou má, poderia explicar.

Na sua sala, as damas de companhia conversavam e jogavam às cartas, ao som de um menestrel que as embalava com o seu canto suave. O ambiente era calmo e sereno, como o era sempre nos aposentos de Philippa, que as damas bem se queixavam de que para lá de Pai-Nossos e Ave-Marias poucas coisas mais animadas aconteciam por aquelas bandas.

Ao ver o mensageiro chegar, Philippa precipitou-se para a porta, mergulhando a sala num silêncio curioso: que mosca lhe teria mordido?

Phillippa abriu a porta para o corredor, bateu as palmas com força e logo, saído não se sabe de onde, surgiu um criado:

– Preciso que vás perguntar a Sir William, o secretário do meu pai, se há algum recado para mim... e vai depressa.

E ficou a ver o rapazinho correr pelo corredor, meio assustado com a perspectiva de subir aos aposentos do senhor da casa, mas sem a coragem necessária para recusar o pedido da princesa.

Philippa voltou a entrar para a sua sala, onde as damas se mantinham caladas, e o músico pousara o alaúde e falava baixo com uma das empregadas que levava o tabuleiro com os bolinhos do lanche.

Mas não foi o rapaz que voltou, foi o próprio John of Gaunt em lugar dele. As damas puseram-se de pé com a visita inesperada, e Philippa atravessou a sala, os pés leves sobre os tapetes persas, e estendeu-lhe as duas mãos, que ele tomou nas suas:

– Filha, o rei morreu, o avô Edward morreu, paz à sua alma.

As damas benzeram-se apressadamente, enquanto Philippa e o pai saíam em busca de Katherine e de Elisabeth, a quem era preciso dar a notícia. Philippa suspirou de alívio: tinha pena que o avô tivesse morrido, puxava-a para o colo e dava-lhe sempre frutas cristalizadas quando era pequenina, mas a notícia não podia ser melhor. Depois da morte do avô, Richard seria coroado dentro de dias, e agora é que o pai não contestaria a proibição papal ao seu casamento com ele. Richard seria rei, e que Deus lhe desse saúde e sabedoria para governar o país. O avô governara cinquenta e um longos anos. Fora um rei corajoso e extremamente popular, mas há muito tempo que estava demasiado distante do sofrimento daqueles a quem tinha por missão servir. Talvez Richard, se o deixassem, fosse mais atento. Pelo menos preferia os livros às armas, o que do ponto de vista de Philippa era um sinal de inteligência que saudava com esperança.

⚜

O costureiro do Savoy subiu aos aposentos das princesas, a mando de Katherine. Era preciso fazer vestidos condignos para todas elas, embora – pensou Katherine com amargura – ninguém visse o seu, porque seria Constanza que se sentaria ao lado de John. Constanza, que os mensageiros já tinham chamado a Londres, e que estaria a chegar dentro dos próximos dias, Constanza que ocuparia os aposentos de John, a cama onde dormiam, a cama onde tinham feito amor pela primeira vez. E Katherine ficaria relegada para a ala das princesas, como se adequava ao seu cargo de preceptora.

Katherine abanou a sua juba ruiva com fúria, e Blanchet e Philippa viraram-se imediatamente para ela, sensíveis como eram a qualquer mudança de humor. Reconheceram o gesto, percebendo o seu significado. Philippa tentou que os seus olhos não se encontrassem com os de Blanchet: queria muito que a criança não tivesse a certeza, a certeza mesmo, por muitas suspeitas que lhe invadissem a cabeça, de que a sua mãe era amante do pai dela...

Mas Katherine já tinha regressado da queda que dera no abismo, assumindo de novo o seu papel de organizadora nata de eventos:

– Lady Elisabeth, um decote desse tamanho não é adequado ao enterro do seu avô, e Blanchet, esse tecido é demasiado pesado para ti, podes perfeitamente ir de branco na tua idade...

Mas se Blanchet acatou sem grandes protestos as ordens maternas, já Elisabeth continuou imperturbável a explicar ao costureiro e às suas ajudantes exactamente como tinha de ser o corte do vestido... que não se podia perder a ocasião de brilhar quando «toda a Inglaterra», e não só, estaria presente.

Os dias custavam a passar, mas era preciso esperar que os senhores do norte e do sul, os filhos que lutavam no continente e todos os outros vassalos do reino chegassem para as exéquias. Mas ninguém tinha dúvidas de que o impasse constituía terreno fértil para que os boatos, dentro e fora dos castelos e palácios, se multiplicassem.

Richard, o neto, era sem dúvida nenhuma o herdeiro legítimo, que o avô fizera questão de em vida nomear numa cerimónia pública para que não restassem quaisquer dúvidas. Exigira-lho o pai de Richard antes de morrer e tudo se cumprira conforme a sua vontade.

A mãe de Richard, Joan of Kent, era agora a rainha-mãe, um cargo de imensa importância, tendo em conta que o frágil menino loiro, de cabelos até aos ombros e um ar ligeiramente efeminado, precisava de alguém que salvaguardasse os seus verdadeiros interesses. E Joan of Kent era popular entre o povo, como o era também o principezinho.

Por tudo isso o alvo das intrigas palacianas não era decididamente um ou outro, mas sim John of Gaunt, o tio mais influente do já quase rei, um homem de ambição reconhecida, que vivia com a amante e desprezava a mulher legítima, não se coibindo no entanto de, por causa dela, se intitular rei, um homem corajoso na guerra, mas que parecia não ganhar nenhuma nem trazer glória ou dinheiro aos cofres de Inglaterra, só promessas...

Philippa tomava o seu banho naquele fim de dia quente e abafado de Julho, que Maud insistia em continuar a supervisionar, e perguntava:

– Ouvi a conversa dos criados... diziam que o povo odiava o meu pai...

– Não ligue, menina. Isso é da boca para fora – respondeu a ama, mas o seu tom não era convincente.

– Mas por que é que não gostam dele? Fartou-se de lutar por Inglaterra, por ajudar o rei de Castela a recuperar o trono, e esteve sempre por perto do meu avô...

– E de Alice de Parres – murmurou Maud.

– Ele não gostava de Alice – tentou ainda dizer Philippa, mas sabia tão bem como Maud que John, ao contrário dos outros irmãos, tinha apoiado a amante do pai e chegara mesmo a trazê-la do exílio a que o seu irmão, o pai de Richard, a tinha condenado antes de morrer daquela disenteria que o debilitara anos a fio.

– Nem lhe devia contar isto, mas hoje à tarde fui à cidade comprar linhas para acabar de coser o botão que caiu do seu manto. Estava muita gente na loja e fui ouvindo as conversas, e sabe o que diziam? Que essa tal, mal viu o corpo do seu avô gelado, lhe robou os anéis que tinha nos dedos e o colar que lhe pendia sempre do pescoço; a menina lembra-se daquele com a cruz de prata e rubis? E que meteu tudo aquilo e mais o que acumulou nestes anos todos e se pôs a andar. Dizem que a esta hora já vai longe, num barco para França...

Philippa deixou-se escorregar para dentro da tina: nem com a sua querida Maud poderia comentar uma coisa destas, não era digno de uma princesa tecer comentários a conversas deste género, mas prometeu a si mesma que pediria ao pai que perseguisse a «tal» Alice e a obrigasse a devolver as jóias da família. Se o pai... não se sentisse demasiado comprometido com a sua própria situação para agir.

Fingindo estar entretida com a esponja, quebrou de novo o silêncio:

– Maud, mas por que é que acham que o meu pai seria capaz de roubar o trono ao meu primo Richard? Se está sempre perto dele é porque tem uma experiência imensa e acredita que com ela pode ajudar o príncipe a governar melhor.

– O rei – corrigiu Maud, que cantara já naquele dia, na ida à cidade, «Morreu o rei, viva o rei».

– Sua Alteza Real Richard II, Maud, já viste? Coitado, aos dez anos vai ser Richard II de Inglaterra.

Maud suspirou fundo. Já não era nova e tinha visto muito. Não confiava nem um bocadinho no senhor da casa, sempre tomara o partido da sua única e verdadeira patroa, a senhora duquesa, e sentira-se quase pessoalmente traída quando descobrira que ele era pai de uma outra menina, da idade da sua Philippa. Perguntava-se às vezes se seria por isso que o duque estava manifestamente mais distante de Philippa, por sentir que se não ligava a uma das suas filhas, também não deveria ligar à outra. Mas fosse qual fosse a razão, levava-lho a mal, porque afinal a sua Philippa precisava e merecia que ele correspondesse à imensa admiração que ela lhe tinha, à necessidade de lhe mostrar quanto sabia e aquilo de que era capaz. Mas John, nas mulheres, procurava a beleza e a sensualidade, acima de tudo!

– Maud, em que é que estás aí a pensar? Ouviste o que te disse: o meu pai não vai roubar o trono a Richard. Logo o meu pai, que tem um respeito tão grande pelos herdeiros legítimos e luta por ocupar o seu lugar em Castela...

Maud não era propriamente uma cabeça política, mas fez questão de tomar nota deste comentário: realmente, se John of Gaunt roubasse o trono ao sobrinho, com que legitimidade reclamaria o de Castela e Leão? Talvez não tivesse outro remédio senão guardar as garras... e esperar que o menino Henry crescesse mais um bocadinho, pensou.

Nos seus aposentos, enquanto o camareiro o vestia para o jantar, John of Gaunt pensava exactamente no mesmo: se fosse rei de Inglaterra, o país ficaria infinitamente melhor servido do que com um rapazinho, que ia levar oito longos anos até chegar à maioridade, aconselhado sabe-se lá por quem, e à custa de quantos. Mas... se o fizesse e o golpe corresse mal, perderia a coroa inglesa e deitaria por terra a pretenção a Castela. Mas Castela ultimamente tinha-lhe parecido muito distante, e até indesejável, tão apaixonado que estava por Katherine, e feliz e contente com as obras que comandava nos seus múltiplos castelos.

Falando consigo mesmo decidiu chegar a um compromisso: antes de mais era preciso calar de vez as bocas dos seus inimigos que viravam contra si o povo e envenenavam a cabeça de Richard com histórias de traições inexistentes. Governaria através de Richard, não seria difícil, e poria em ordem o país que a peste negra e as guerras sem fim tinham levado à miséria. Estava determinado a engendrar uma estratégia para não deixar que virassem o sobrinho contra si, a pôr em prática logo depois de enterrar o pai com a pompa que o senhor merecia na abadia de Westminster, junto da mulher e sua mãe, em túmulos dignos da sua condição. Chamaria a si a organização da cerimónia da coroação de Richard para alguns dias depois...

Teria ainda que gerir a questão de Constanza e Katherine sob o mesmo tecto, as duas ciumentas, as duas com um temperamento forte e corajoso, pensou. Decididamente, a sua vida nestes momentos de cerimónias oficiais tornava-se complicada. E agora com responsabilidades acrescidas e a desconfiança de tantos em cima de si, à espera do menor deslize, era preciso o dobro do cuidado. Estava em Londres, no maior palácio da cidade, e Richard – e não ele! – seria rei.

«Por que raio nasci em quarto lugar, o terceiro vivo, e sou agora o mais velho de todos, logo eu que era o favorito do meu pai, aquele que ele sempre quis no seu lugar?», repetiu baixinho pela milionésima vez na sua vida, enquanto pegava no manto, colocava a espada à ilharga e se preparava para descer para receber a sua mulher legítima, aquela que fazia dele, pelo menos, rei de Castela e Leão.

21

Abadia de Westminster, 16 de Julho de 1377

Mesmo escoltados pelos soldados de Lancaster, era difícil furar caminho por entre a multidão que rodeava a abadia de Westminster, no centro de Londres, na esperança de ver, nem que fosse por uns segundos, Richard, o príncipe que hoje seria coroado rei. A maior parte do povo nunca tinha assistido sequer a uma coroação, mas ouvira os pais falar da extraordinária cerimónia que cinquenta anos antes levara ao trono o adolescente Edward III, apenas há dois dias sepultado neste mesmo local.

As princesas tinham deixado nos armários, entre a cânfora e a alfazema, os vestidos pretos que haviam usado para o funeral do avô, trocando-os por outros debruados a ouro, com faixas encrustadas de pedras preciosas, os crespins de seda, com o véu da cor das faixas a esvoaçar na brisa que se levantava do rio Tamisa e que tornava o calor daquele dia 16 de Julho um bocadinho mais suportável.

O vestido de Philippa era azul, sem enfeites. Recusou os decotes da irmã, e para desespero de Katherine, que sabia que John of Gaunt ia dar por isso, não quis usar o colar de pérolas que o pai lhe dera, que considerou demasiado vistoso. Escolhera em lugar dele apenas um fio de ouro, bem junto do pescoço, e onde, no fecho, prendera uma pequenina cruz de topázio.

Enquanto caminhavam, a princesa olhou de relance para a irmã mais nova. E encolheu os ombros, num gesto inconsciente: o melhor mesmo era não competir com a irmã, preferindo um estilo em que as comparações não fossem possíveis. Além disso, só de olhar para as roupas dela a fazia corar – aquela rapariga não tinha mesmo juízo nenhum, mas o pai, em vez de a pôr na ordem, deixava a sua aprovação bem visível sempre que se virava para ela.

Não era o único a não conseguir desviar o olhar de Elisabeth. A «cabeça-oca da Beth», como lhe chamava Philippa num misto de desprezo, inveja e carinho, sobressaía sempre. Hoje não era excepção: o vestido de seda encarnado-escuro, a sua cor favorita, contrastava com as pérolas que o pai financiara a pedido de Katherine – em seis voltas em redor do seu pescoço esguio e branco, que contrastava com o arruivado do seu cabelo e os seus imensos olhos verdes, que faiscavam de vida. Virava a cabeça para a esquerda e para a direita, ansiosa por encontrar o cavaleiro que sabia estar de olho nela, e com quem trocara olhares sedutores à ceia e nos passeios pelos jardins do Savoy.

Desta vez Katherine não ia com elas, alegando já serem suficientemente grandes para seguirem na comitiva da rainha Constanza, ou na de John of Gaunt.

Philippa vira-a engolir a raiva, mas achara por bem fingir acreditar nos argumentos da professora. Incluíra-se discretamente entre as damas de Constanza, que era o alvo da curiosidade da multidão, ansiosa por ver de perto «a espanhola», vestida de forma tão extravagante e colorida, os cabelos negros como carvão presos com fitas de todas as cores, os colares e as pulseiras tantos e tão ricos, que parecia impossível que com aquele peso se mantivesse tão direita na sua liteira, acenando entusiasmadamente.

Aquela gente, que em tempos normais ignoraria uma estrangeira, rodeada de toda aquela gente estranha, dando à língua num idioma tão cheio de cacofonia, falando alto e bom som sem se importarem com as conveniências, saudavam-na agora com entusiasmo, porque entre eles, Constanza era a coitadinha, enganada ostensivamente pelo marido, que odiavam. Convinha-lhes, portanto, o papel da moral, embora nenhum deles ignorasse que «a gente da corte», e não só, tinha a infidelidade como um requisito quase obrigatório, em consequência da sua luxúria, diziam uns, do facto de os seus casamentos serem de conveniência, argumentavam os mais tolerantes, esquecidos que os da gente pobre também acabavam sempre por sê-lo.

Constanza estava feliz com o banho de multidão, e para desespero da escolta, mandava o cortejo parar vezes sem conta – para quem vivia perdido num castelo rodeado por nevoeiros, tão diferente daqueles em que tinha nascido e crescido, para quem se sentia ignorado e humilhado, era bom descer à capital e ver-se rodeado de gente que lhe estendia a mão ou lhe atirava uma flor. Pouco lhe importava que o entusiasmo que suscitava fosse um sinal do ódio que tinham ao seu legítimo esposo, aquele que jurara vingar o assassinato do seu pai e restituir-lhe o trono, a ela, que não esquecia, nem por um minuto, que era rainha de Castela e Leão. Mas John estava agora absolutamente envolvido na política inglesa, muito mais seduzido pelo trono deste país de brumas e chuvas do que por terras tão distantes e uma promessa que para ser concretizada precisava de esvaziar os cofres do Estado.

Philippa não precisava que a madrasta lhe traduzisse os pensamentos, porque sabia o suficiente da política do mundo para entender tudo, e havia sempre frei John e Chaucer para a ajudarem a perceber o que não entendia à primeira...

Quando Constanza lhe sorria, sorria de volta, e tinha pena dela.

Westminster explodia de cor, as bandeiras em cada coluna da catedral de pedra escura, os brancos engalanados de flores e fitas de cor. Philippa e a sua comitiva foram dos primeiros a entrar, e os mestres-de-cerimónias empurraram-nos para os bancos laterais, que ladeavam a enorme cadeira dourada de veludo vermelho e o genuflexório coberto pelo manto mais rico que alguma vez vira, e onde Richard se ajoelharia para receber a coroa.

Os cavaleiros do futuro rei alinhavam-se de um lado e de outro do altar principal e Philippa distinguiu logo o irmão Henry, alto e forte, orgulhoso na sua armadura de gala, e depressa encontrou Thomas Swynford, que nunca estava muito longe do seu mentor.

Emma, que seguia consigo, puxou-lhe pela manga, excitada:

– É aquele, lady Philippa, é aquele...

– Aquele, quem? – perguntou Philippa baixinho.

– Aquele – disse Emma apontando o dedo para um rapaz lindo, o cabelo castanho ondulado, elegante e alto – aquele é o meu irmão Francis. Tenho que lho apresentar, lady Philippa.

Philippa riu, com aquele sorriso que a tornava quase bonita:

– Lady Emma, nunca vi ninguém mais casamenteira... não basta o meu pai andar a querer emparelhar-me com o primeiro homem poderoso e rico que encontre pelo caminho, tenha dez anos ou duzentos, e agora só me faltava que a minha melhor amiga me andasse a fazer arranjinhos. Que vergonha.

– Não lhe disse nada sobre si lady Philippa – respondeu ligeiramente assustada Emma, que não queria que a amiga, mas também patroa, sentisse que havia alguma razão para suspeitar de que andava a tentar favorecer a sua família, ou alguma veleidade de achar que o seu clã tinha sangue azul ou dinheiro que chegasse para poder ambicionar a mão da filha primogénita de John of Gaunt, prima direita do rei de Inglaterra. Mas apesar de tudo isso, prometeu a si mesma apresentá-los nessa tarde no torneio.

A entrada de John of Gaunt, empunhando a Curtane, a Espada-de--Estado, a espada que por não ter ponta simbolizava o espírito de misericórdia que devia guiar um soberano, calou todos os sussurros. Atrás dele, com toda a compostura do mundo, vinha uma criança pequena e delicada, caracóis loiros até aos ombros, mas cujo olhar era de uma firmeza cortante: Richard. As ovações da assistência chegavam como um vento forte, e foi ao som de «Viva Richard» que o príncipe quase rei desceu a ala principal da catedral, um meio sorriso de convicção e triunfo nos lábios. A protegê-lo na retaguarda, os seus tios mais novos – a sua guarda pessoal.

A música encheu a abadia, e a longa, longa, longuíssima cerimónia começou. Philippa teve pena do primo, que fazia um esforço para manter os olhos abertos enquanto os discursos se multiplicavam e os rituais se cumpriam.

– Ele vai adormecer, o palerma – murmurou-lhe ao ouvido Elisabeth, que achava um desplante que não fosse o pai a subir ao trono.

– Cala-te, Beth, o coitado só tem dez anos – respondeu severa Philippa.

– O nosso irmão tem menos dois e está ali direito e em pé, desde o princípio, e tem muito mais ar de rei do que ele – continuou a irmã.

Philippa, irritada, repetiu:

– Cala-te, por Deus, Elisabeth! Com comentários como esses ainda fazes com que o nosso pai acabe sem cabeça ou preso na Torre de Londres. O que dizes é traição. O próprio pai dava-te uma sova se te ouvisse.

Elisabeth encolheu os ombros como se não tivesse medo de nada, mas calou-se. Havia demasiados parentes a quem a cabeça tinha rolado por bem menos, e as mulheres, mesmo princesas como ela, não eram excepção quando os reis todo-poderosos as consideravam uma ameaça. E Elisabeth achava a sua cabeça demasiado bonita para conseguir imaginá-la espetada num pau!

Finalmente chegou o momento de Richard se ajoelhar e receber a coroa, jurando servir a pátria e o povo com a sua vida. Soaram as trombetas, abriram-se de par em par as portas do fundo e a multidão gritou: «Viva o Rei!, Viva Richard II», enquanto a assistência na catedral se ajoelhava em sinal de obediência ao novo soberano.

John of Gaunt foi o primeiro a chegar junto dele, e ajoelhando-se, proferiu na sua voz grossa que ecoava por entre os arcos da abadia:

– Alteza, sou o primeiro a prestar-vos homenagem e a jurar defender-vos com a vida. Mas o meu nome e a minha honra têm sido manchados por boatos de cobardes que não dão a cara, por gente que diz que ambiciono o lugar de Vossa Majestade e que o poderia trair. De joelhos perante vós, peço-vos licença para defender o meu nome com a espada de Inglaterra, e daqui desafio todos aqueles que desconfiam da minha lealdade a falarem já, ou a calarem-se para sempre.

O silêncio no interior da catedral era sepulcral, embora lá fora, sem saber o que se passava, a multidão continuasse a clamar por uma aparição pública do novo rei.

Philippa olhou o pai, aterrorizada, e depois procurou em desespero a cara de Katherine nos bancos atrás, na esperança de um sinal de assentimento, de um sinal de que ela sabia daquilo, que John lhe pedira o seu conselho, que não era mais um dos ímpetos do pai... Mas quando encontrou o rosto da professora viu-o tão branco como o seu.

Virou-se de novo para o altar, onde Richard mandara o tio levantar-se, e com uma dignidade impressionante para um rapazinho tão pequenino, e que só estava naquele lugar pela morte antecipada do seu pai e do seu irmão mais velho, declarou alto:

«Eu, Richard, rei de Inglaterra, aceito os votos de John of Gaunt, e acredito que me defenderá sempre dos meus inimigos, sem a menor sombra de deslealdade.»

E apoiando-se no braço do tio desceu as escadarias, ansioso pelo seu cavalo branco e pelos gritos daquele povo de Londres, que amara e servira o seu avô e o seu pai, e que o aclamava agora com um entusiasmo contagiante.

– Ele está a adorar estes gritos e esta atenção toda, nunca mais vai querer outra coisa! – disse Elisabeth com a sua cínica perspicácia, iluminada por uma ponta de ciúme. Philippa estava ainda a tremer: até quando é que o pai conseguiria sobreviver aos seus poderosos inimigos? Porque sabia, como Katherine também sabia, que gestos como o que hoje acontecera em Westminster não faziam mais do que acicatar ódios, apesar da ilusão de se ter comprado mais um bocadinho de tempo...

22

Richmond Palace, 22 de Julho de 1377

Richard era rei. E os festejos continuavam. Philippa, Emma, Elisabeth, Blanchet e todas as outras damas mais novas da corte tinham passado a manhã a correr de quarto em quarto para se prepararem para o Grande Torneio da tarde, o primeiro a que o recém--coroado presidia, aquele em que os cavaleiros, mais novos e mais velhos, desfilavam no terreiro, prestando-lhe pública vassalagem.

As meninas juntavam-se todas num dos camarotes e atiravam flores aos seus favoritos, que quando eram ousados e corajosos levantavam a viseira dos elmos para as contemplar com um sorriso de agradecimento e lhes pediam autorização «para usar as suas cores». Elisabeth levava uma bolsa cheia de fitas de seda, e Katherine ria:

– Lady Elisabeth, um bocadinho de modéstia não lhe fazia mal nenhum. Acredita mesmo que serão dezenas os jovens que estarão dispostos a morrer por si?

Elisabeth rodara numa pirueta, as fitas a cair do saco, enquanto as outras soltavam gargalhadinhas nervosas. Vendo que Philippa nem uma fita tinha recolhido, Katherine repreendeu-a:

– E a senhora, lady Philippa, sofre do pecado oposto. Nem lhe passa pela cabeça que um dos bravos cavaleiros lhe peça qualquer coisa de seu, para lutar por si?

Philippa corou, mas foi Emma que correu a resgatar-lhe uma das fitinhas do molho que a costureira tinha deixado numa enorme taça vidrada no quartinho de vestir das meninas.

– Encarnada, como a Rosa de Lancaster, princesa, leve-a, que vai precisar dela – murmurou enquanto lha entregava.

– Não digo que és uma casamenteira? Vamos mas é embora que o barco está à espera, e até Richmond ainda demoramos.

Os relvados do palácio estavam cobertos de pequenas tendas, os criados vestidos de gala passavam com tabuleiros de bolinhos e bebidas, e ao longe via-se montado o recinto do torneio. As bandeiras mais diversas rodeavam as bancadas, que já se enchiam de gente, num arco-íris de cores. Os tambores, o relinchar dos cavalos, as trombetas e as vozes misturavam-se, elevando-se ao sol numa nuvem de ruído, que Philippa tinha dificuldade em suportar.

Caminhava entre as amigas, com as mãos a tapar-lhe as orelhas, quando de repente Emma a puxou com força por um braço:

– Está ali, está ali – e antes que Philippa tivesse tempo de a mandar conter os gestos e o volume da voz, já Emma gritava por Francis.

– É lindo, não é? Só mais três anos do que eu, mas o mais esperto e bonito de todos os meus irmãos – repetia a adolescente ofegante na tentativa de passar tanta informação muito depressa, porque Francis se aproximava a passos largos.

Já fora armado cavaleiro, a túnica de um verde-brilhante, a capa de um verde mais escuro a cair-lhe pelos ombros, o elmo no braço, dobrou o joelho e beijou a mão da princesa:

– Lady Philippa, que prazer conhecê-la. A minha admiração por si cresce sempre, por aturar a minha querida e linguareira irmã Emma – disse sorridente.

Emma empurrou-o, divertida:

– Parvo, parece que não sou tua criada, que não te faço todos os favores, e ainda invento desculpas para te poupar a uma coça do pai.

Francis nem a ouvia. Havia qualquer coisa em Philippa que o atraiu no mesmo instante. O que começara por não passar de um mero cumprimento de cortesia, para aquela que mantinha a sua única irmã na corte, transformou-se numa vontade inexplicável «de ir ficando», como se tudo o resto tivesse deixado de ser importante.

Philippa sentiu o mesmo, e quando Elisabeth puxou Emma para a frente com um «despacha-te, senão ficamos sentadas onde ninguém nos vê», deixou-se ficar para trás. Francis fez o mesmo.

Para seu espanto, a língua desatou-se e Philippa começou a falar como que inspirada pelo divino Espírito Santo. Talvez fosse porque sentia ser Francis muito familiar: tinha os olhos verdes de Emma, uma forma de articular as palavras engraçada, tal como ela, e o mesmo tipo de humor e graça.

Fazia-lhe tantas perguntas, que o rapaz não resistiu a exclamar, ao fim de meia hora:

– Lady Philippa, acho que já não há nada na minha vida que a princesa não conheça!

Philippa corara imediatamente:

– Peço desculpa, não queria ser maçadora – e a carapaça de timidez teria caído de novo sobre ela, se Francis não tivesse intervindo, com um sorriso genuíno:

– Estou a gostar imenso desta nossa conversa! Maça-me lá agora, acho que nunca estive tão feliz na vida. Mas vai ter de aceder a um pedido meu: se lhe contei a minha vida, agora terá de ser a princesa a contar-me a sua...

Philippa descontraíra-se de novo:

– Está combinado, mas estou a ver o meu irmão Henry desesperado à sua procura; será que é a sua vez de entrar no torneio?

E de repente, lívida:

– Não vai lutar a sério, pois não? Quem é que defronta?

Francis beijou-lhe de novo a mão, mas sem tirar os seus olhos dos dela:

– Pouco me importa o adversário, se lady Philippa estiver nas bancadas...

Philippa prometeu que estaria. O que não lhe disse foi que, de repente, voltou a sentir o impulso de fazer figas. Francis tinha de ganhar, Francis não podia ser ferido... nem morto, nestes jogos de corte em que arriscavam tanto e tão estupidamente.

Philippa pediu ao guarda que lhe abrisse alas até ao camarote onde a irmã e Emma assistiam ao torneio. Emma não conseguia esconder a sua curiosidade:

– Estiveram a falar este tempo todo? – perguntou.

Philippa disse que sim com a cabeça, mas ambas viraram os olhos para o terreiro. O arauto acabara de anunciar que Sir Francis Beacon lutaria contra Sir Peter Thornwall. Os cavaleiros entraram sem que, à primeira vista, fosse possível saber quem era quem debaixo daquelas armaduras.

Philippa sentiu o sangue gelar nas veias quando aquele que montava um cavalo branco estacou diante do seu camarote e numa voz sonante perguntou:

– Lady Philippa of Lancaster, permite-me que ouse lutar sob as suas cores?

Emma e Elisabeth, numa excitação incontida, abanaram a irmã, que parecia congelada:

– Atira-lhe a fita, atira-lhe a fita.

Uma fita vermelha, de seda brilhante, voou pelo ar. Sir Francis apanhou-a com a sua espada, e recolhendo-a, «arrumou-a» ostensivamente no bolso junto do coração.

Philippa pensava que ia morrer. Nunca se sentira assim. Nunca fora, em público, o alvo da atenção de um homem. Nunca acreditara que um cavaleiro, logo um cavaleiro tão belo como aquele, estivesse interessado em homenageá-la. Emma abraçou-a longamente: o seu irmão fizera feliz a sua melhor amiga. Se ao menos...

23

Savoy Palace, Londres, 26 de Julho de 1377

Sentia-se a viver numa nuvem. O sorriso não lhe abandonava os lábios, e até os professores a olharam de soslaio, curiosos. Maud fizera apenas umas curtas perguntas e entendera tudo. Katherine trocara com a ama dois ou três olhares que exprimiam tudo: a alegria de saberem o coração da princesa tocado pelo amor, que lhe permitiria a partir daqui crescer e aceitar melhor os erros dos adultos que a rodeavam, e a preocupação – tanto uma como outra sabiam que lady Philippa of Lancaster não poderia nunca casar com um respeitável, mas pouco afortunado, Sir Francis Beacon, por muito que fosse o irmão da sua dama favorita, criada com ela na corte. Mas que importava agora isso? Philippa só tinha dezasseis anos. Era preciso que lhe fosse permitido apaixonar-se e viver um grande amor, fosse qual fosse o futuro que o pai lhe reservava. Katherine e Maud fizeram, ali mesmo, um acordo tácito: nem uma nem outra travariam aqueles encontros.

Philippa estranhou que, de repente, ninguém lhe perguntasse onde ia, nem a que horas voltava, e a deixassem sair para os jardins do Savoy sem interrogatórios cerrados nem guardas ou aias. Mas nem pensava muito nisso, absolutamente absorvida que estava em Francis. Um Francis dedicado e delicado que a esperava discretamente em todos os sítios onde ia, como se lhe lesse os pensamentos, ou tivesse acesso à sua «agenda particular». Dançaram nos braços um do outro, conversaram até ao fim da noite, passearam de barco, discutiram livros e obras, teologia e filosofia.

Tudo parou abruptamente, quando John anunciou que não queria a família nem mais um dia em Londres. A cidade cheirava a água podre e estancada, os insectos faziam nuvens escuras.

Quando Philippa lhe contou que no dia seguinte partia, um dique de lágrimas pronto a rebentar, Francis olhou-a estupefacto. Como fora tão estúpido, como fora capaz de acreditar que este dia não chegaria nunca, que lhes permitiriam continuar juntos para o resto das suas vidas?

Philippa virou-lhe as costas, naquele mesmo jardim onde, com aquela mesma idade, a mãe aceitara casar com o pai, e correu para dentro de casa. Francis ficou ali, especado, a vê-la partir...

Nessa noite, fechada no quarto e cansada de tanto chorar, Philippa deu um salto quando Emma se sentou suavemente na borda da sua cama, uma vela numa mão e um pergaminho na outra.

– Toma – disse, saindo depois rapidamente dali.

Philippa deu um salto até à sua mesa, acendeu a vela que lá ficava sempre e segurou com força aquele rolo, dividida entre a vontade de o abrir e de o deixar selado para sempre...

Ia abri-lo, claro que tinha de o abrir, como é que podia ficar sem conhecer as palavras de Francis? Partiu o lacre com cuidado, e começou a ler:

Minha Cara Philippa,

Contra todos os protocolos e as reverências que merece, contra todas as cautelas que o bom senso aconselha, atrevo-me a escrever-lhe esta carta. Devo dizer-lhe que desde que a minha irmã a conheceu não para de falar de si. Infelizmente, com a naturalidade que ambos lhe conhecemos, fala de si não como era correcto falar de uma Plantagenet, mas com uma querida amiga contando-me tudo sobre a sua sensibilidade, a sua fé e a sua inteligência. Tudo isto deveria ter sido o suficiente para que não me surpreendesse quando a conheci no outro dia (parece agora que nos conhecemos desde sempre!) mas a verdade é que superou todas as minhas expectativas. Ultrapassando todos os limites de etiqueta e de razoabilidade, sou obrigado a dizer-lhe que desde esse momento nunca mais nada ficou igual. Os momentos que temos vivido juntos desde aí provaram a minha suspeita, confirmaram os meus mais secretos desejos, revelaram-me a mulher da minha vida. Aos poucos percebi com alegria que não lhe era totalmente indiferente. Hoje quando me disse que ia partir, quando a vi desaparecer a correr pelo jardim, entendi que não suportaria que fosse este o nosso último encontro. A esperança de um louco fez-me sentir que poderia vir a ser mais do que isso. Diga-me, minha querida lady Philippa, existe alguma faísca de verdade neste pensamento absurdo?

Aguardando ansiosamente notícias, do seu, para sempre, leal amigo,

Francis Beacon

Deus pareceu-lhe ser de repente o mais cruel de todos os seres: como era possível que tivesse de dizer não ao homem que a fizera mais feliz do que qualquer outro, aquele que despertara em si sentimentos desconhecidos? Tão fortes, tão fortes, que nem lhes sabia dar um nome.
Horrorizada com a heresia, ajoelhou-se no pequeno genuflexório do quarto, e pediu ajuda. À mãe e à Virgem.
Quando se levantou, estava decidida. Pegou na caneta e escreveu:

Caro Francis,

Confesso-lhe que nunca na minha vida pensei ler palavras tão doces. E embora devesse ter ficado ultrajada pelo seu desplante, o meu coração aquece quando as leio uma e outra vez, sem nunca me cansar delas. Devo estar tão louca como o Francis, para me arriscar a responder a esta carta, mas não consigo evitar fazê-lo. Estas palavras parecem-me inevitáveis, e acredite que a inevitabilidade é para mim um sentimento estranho, pois habitualmente domino bem a arte do controlo.
Conheço bem a sua irmã e minha querida amiga. Conheço a naturalidade com que fala dos sentimentos e das pessoas. E como ela tem falado de si! Mas percebi porquê no dia que nos conhecemos.
Quando era pequena cruzava os dedos atrás das costas para que a minha mãe me viesse dar um beijinho de boa-noite. Apanho-me agora a repetir o gesto sempre que me convidam para uma festa ou uma caçada, só para o ver aparecer.
Deve julgar-me uma tola, e a única razão por que lhe confidencio tal parvoíce é por acreditar que sente o mesmo por mim, e que estes sentimentos que descrevo lhe são familiares.
Mas admitir tudo isto, não modifica em nada a realidade das coisas. Não posso entregar-lhe o meu coração. Tenho um dever, uma responsabilidade a cumprir que infelizmente não passam por este sentimento que distrai o sono e torna absurdos os comportamentos. Tenho de esperar e tentar compreender o que Deus quer de mim. O que o rei quer de

mim, o que o meu pai quer de mim. Como vê, não sou livre. Nem nunca serei. Mais sei perfeitamente que o Francis tem consciência disto tudo. Sabe como o sentimento não altera a realidade, mas o que lhe confidencio é que a realidade também não altera o sentimento.

Não encontro nenhum caminho possível. O único que gostaria de seguir seria um que passasse por vê-lo pelo menos mais um vez, o mais cedo possível. Existe mais do que uma faísca, Francis, existe uma chama inteira que infelizmente vamos ter de apagar.

da sua leal amiga,

Philippa of Lancaster

24

Kenilworth Castle, 22 de Maio de 1378

Philippa entrou no quarto de brinquedos de Kenilworth e foi recebida por gritos de entusiasmo dos seus meios-irmãos Beaufort: John, já com seis anos, copiava letras numa mesa junto de uma das janelas com mais luz, Henry brincava com um jogo de bolas e as duas aquisições mais recentes, Thomas, a quem chamavam Tamkin para não confundir com o irmão mais velho, era o mais engraçado de todos, e nos seus passos ainda incertos veio na direcção da irmã mais velha, que o atirava ao ar e construía com ele castelos de cubos. No berço, Joan, acabada de nascer, dormia embalada pela voz suave da sua ama-de-leite. Katherine ainda estava presa ao leito, porque o parto fora há menos de uma semana, e a sua capacidade de recuperação ao fim de seis filhos, não era o de outrora.

Nos últimos anos a vida correra tranquila, e Philippa, apesar de rezar todas as noites para que o Altíssimo fechasse os olhos aos pecados do pai, encontrava uma segurança imensa naquela «casa» e naquela «família», em que John of Gaunt parecia estar cada vez mais empenhado.

Ainda agora subira do terreiro, onde estivera com ele a acompanhar o chefe dos pedreiros e dos marceneiros nos últimos detalhes das obras de reconstrução das cozinhas e dos apartamentos privados do duque. John passara mais tempo em Inglaterra nos últimos anos do que alguma vez na sua vida, e a paixão pela arquitectura e pelas obras levava-o de castelo em castelo, mas parando sempre mais tempo neste, onde tinha a amante, as filhas e os filhos mais recentes.

Kenilworth tinha de estar à altura dos seus ocupantes, ou não fosse ele, na prática, o regente do país, porque apesar das birras e das intrigas, Richard II, com os seus doze anos, não se importava nada de entregar os assuntos políticos mais delicados, e a burocracia mais pesada, ao tio, reservando para si as cerimónias públicas, as roupas engalanadas e as fardas, o grupo de amigos e as festas – e sempre os livros.

Apesar dos gritos dos irmãos ouviu claramente o assobio do pai. Chegou-se à janela e viu que ele a chamava do pátio – Philippa sentiu o coração bater com mais força. O pai, desde que o assunto fossem as obras, solicitava a sua opinião e queria a sua companhia. Depositando no chão os irmãos que se seguravam a ela como bolas numa árvore de Natal, gritou pela janela:

– Pai, vou já.

A correr desceu as escadas em caracol da sua torre, saindo para o jardim. O pai já estava lá mais acima, na ala nova, entre andaimes e pedras.

– Filha, já viste que vou fazer o *Great Hall*, no primeiro andar, para deixar a cave para a minha adega? – gritou John.

– E depois os criados têm de subir escadas com as travessas na mão? – perguntou curiosa Philippa, que ainda estava ofegante da corrida.

– Já é assim em todo o lado, habituam-se – respondeu o pai, pouco preocupado com o cansaço que podia provocar ou deixar de provocar aos seus servos.

– Estive a ver a cozinha, é enorme – comentou Philippa que ainda estava espantada com a dimensão da cozinha principal, com os dois fogões incrustados na parede, e não ao centro, como até aí.

– Quero este castelo cheio de convidados, quero que no Grande Salão Nobre jantem trezentas pessoas sem se sentirem enfiadas umas em cima das outras – dizia John, entusiasmado.

– Mas vamos ter uma cozinha mais pequenina para nós? – perguntou Philippa.

– Claro, lady Philippa – respondeu o pedreiro, e apontou-lhe na planta um outro espaço menor, que acedia directamente aos aposentos privados do duque e a uma sala onde, mesmo em dias de festa, muitas vezes a família comeria junta, juntando-se apenas mais tarde aos convidados.

Mas Philippa estava era fascinada com as oito janelas imensas viradas para o pátio interior, para as tílias e os castanheiros que se enchiam de flor. Sempre adorara janelas, sempre correra a ocupar os bancos de pedra construídos junto delas, mas a falta de vidros e a agressividade dos invernos impedia que fossem mais do que frinchas ou, quando muito, pequenos quadrados, fechados por portadas grossas, com pequeninas portinholas que só se abriam durante o dia e quando a Primavera começava a aquecer. Estas janelas enormes, tão elegantes no desenho, quase janelas de catedral, eram possíveis porque, maravilha das maravilhas, o pai mandara vir de longe pequenas vidraças que eram montadas como vitrais e deixavam entrar uma luz espantosa.

– Pai, vamos pôr bancos em todas elas, assim podemos sentar-nos a ver o lago...

– E a namorar! Já se sabe que a tua irmã e as outras damas tão virtuosas da corte vão arranjar maneira de fugir para aí...

Philippa corou até às orelhas, o que provocou de imediato um encolher de ombros ao pai. As obras no castelo tinham-lhes dado, finalmente, um terreno comum, e tornado mais fácil a conversa entre os dois – e John reconhecia que a filha tinha a inteligência rápida herdada de Blanche –, mas a sua piedade e pudor excessivo, os joelhos sempre prontos a dobrarem-se no banco de uma igreja tinham o condão de o irritar sobejamente.

John era católico, nem podia deixar de o ser. Mas não gostava de pensar nas suas incoerências, muito menos quando lhe eram, mesmo que indirectamente, apontadas pela filha. Havia apenas uma pessoa a quem permitia chegar-lhe à consciência, o seu médico particular, frei William Appleton. Ouvia-o sempre com atenção, talvez porque só lhe falava quando o apanhava doente, e a fragilidade da doença, somada à possibilidade da morte, tornavam-no subitamente atento aos apelos da religião. Para além de mais, susceptível aos terrores que frei William profetizava para a sua alma e para a de Katherine. Maldito frade, como se já não bastasse estar a arder em febre, ainda alguém se aproveitava da situação para chamar à liça a figura do diabo, pensava furioso. Mas ouvia.

Escutava-o, também, porque lhe estava eternamente grato pela sua disponibilidade total. Ninguém pode deixar de se afeiçoar a alguém que o segue, a par e passo, por campos de batalha e casas de pegas, sempre pronto a colocar a sua sabedoria ao serviço não só daquele que o emprega, mas de fosse quem fosse que sofresse, no corpo ou na alma. Frei William tinha salvo da morte muito dos seus homens mais corajosos... à excepção de Hugh Swynford, pensou com um ligeiro tremor. Mas essa era outra história, que não queria recordar.

Nem essa nem a de Constanza. Nos momentos de fraqueza, sentia remorsos por a manter longe e a visitar tão pouco. Chegara à loucura de pensar trazer para junto deste seu «bando» que crescia alegremente em Kenilworth, a pequenina Catalina. Afastar da mãe a única filha, parecia cruel, mas também não era bom para a criança estar para ali perdida no meio daquela corte de estrangeiros, que continuavam a fingir que viviam em Castela, apesar de a neblina lhes tornar a ilusão mais difícil. Mas não seria este o momento certo, porventura. Os seus espiões contavam-lhe que Constanza mergulhara numa profunda tristeza, se vestia de preto e se vergastava, depois de vários abortos espontâneos, e pior do que tudo, da morte do seu bebé rapaz, que expirara à nascença. John era capaz de compreender como a incapacidade de lhe dar um varão a desesperava, porque era o primeiro a admitir que diminuía assim as hipóteses de o atrair para o seu lado.

Aos olhos de Katherine tinha sido uma vitória, uma forma de – pelo menos para já – pôr uma pedra no assunto. Afinal, filhos varões não lhe faltavam: Henry of Lancaster era o seu orgulho, e o rapaz, cavaleiro desde os oito anos, estava mais do que bem encaminhado na corte, desde que tivesse a sensatez de não concorrer com o primo. Depois havia os outros três, a quem o nome Beaufort não escondia os traços da Casa de Inglaterra. Medravam agora para um dia honrarem a sua origem.

Philippa roubou-o aos seus pensamentos:

– Pai, vamos fazer seis lareiras no grande salão? – perguntava maravilhada, com a planta do espaço aberta entre as mãos.

– Uma em cada ponta, e duas de cada lado, entre as janelas – disse John, de novo entusiasmado com o seu castelo.

O grande problema do pai, como o de Elisabeth, pensou com um suspiro, é que pareciam umas crianças, a quem um chupa-chupa distraía rapidamente das coisas difíceis da vida. E Philippa teve, por segundos, pena de não ser assim, nem que fosse só por um dia.

Os gritos de Tamkin, Henry e John fizeram voltar pai e filha à realidade. Os miúdos tinham tido ordem de soltura e corriam ao seu encontro, ansiosos pela atenção do pai, acima de tudo, mas também de Philippa... Mas se o pai já nem sequer tentava disfarçar que era pai, a irmã procurava, apesar de tudo, manter a distância, receosa daquilo que os outros pudessem dizer. Intuitivamente os irmãos, sobretudo John, o mais velho, entravam no jogo:

– Lady Philippa, lady Philippa – chamou John, bem consciente de que o seu estatuto de filho da preceptora da princesa e de bastardo não lhe permitia familiaridades no trato com a irmã...

– Diz, John – indagou, dobrando-se à sua altura

– Lady Philippa, ajuda-me a fazer uma casa na árvore?

Philippa sorriu: com tanta obra naquele castelo, não admira que o rapazinho, filho de um príncipe mas sem lugar definido no mundo, quisesse ter, pelo menos, uma casa na árvore.

Estendendo-lhe a mão, sendo que a outra foi logo presa por Henry, disse alto:

– Pai, vou levar estes meninos... Vamos construir uma casa na árvore!

E perante os gritos de excitação dos irmãos mais novos, apontou para o carvalho imenso que crescia no lado sul do castelo e que tinha uma vista linda sobre o lago imenso: era mesmo ali que havia de mandar que os marceneiros ajudassem John, Henry e Tamkin a fazer a casa. E pensou, com uma imensa nostalgia, que teria pena se um dia não tivesse um rancho de filhos seus para criar.

25

Savoy Palace, Londres, 22 de Junho de 1378

Até ela, que não era de se apaixonar por trapinhos e jóias, andava excitada. Com o anúncio de que iam ser contempladas com a Ordem do Garter, John mandara as princesas, com a professora, imediatamente para o Savoy. Era preciso tratar de todo o cerimonial, e encarregara Katherine de se responsabilizar por isso. E Katherine mandara vir ao Savoy os melhores costureiros e joalheiros que serviam a corte: Philippa e Elisabeth tinham de ser as mais bonitas de todas, à altura da distinção, a primeira que recebiam directamente de Richard II.

Philippa considerou que antes de mergulharem nos trapinhos, era preciso instruir Elisabeth, e arrastara-a para a salinha de estudo. Sentara a irmã contrariada em frente de frei John, com o pedido: «Por amor de Deus, explique-lhe o que é a Ordem, quem a fundou, e essas coisas todas, porque a tonta da minha irmã a única coisa em que está interessada é em saber o que vai vestir para a ocasião.»

O frade desatou a rir, e para sua surpresa, Elisabeth não amuou. A rapariga não é nada estúpida, pensou o padre, flutua no mundo como uma borboleta encantada pela luz, mas sabe muito bem quando deve pousar.

E pigarreando começou a explicar que a Ordem fora fundada pelo seu avô Edward – há trinta anos – e destinava-se a reunir sob o mesmo mote os cavaleiros mais corajosos de Inglaterra, e até, em casos excepcionais, de outros países.

– Mas por que é que tem o nome de uma liga de meia de senhora? – perguntou Elisabeth, incapaz de se conter.

O frade corou, mas continuou:

– Não conheci pessoalmente o seu avô, mas conta-se que numa festa em que dançava com lady Joan of Kent...

– A rainha-mãe... – corrigiu Philippa.

– Claro! Mas que nessa altura era uma rapariga muito nova e muito bonita, como vocês. Ora, enquanto dançava, a liga da meia da vossa tia caiu e toda a gente ficou estarrecida, escondendo os risos escarninhos por trás dos leques.

– De facto, perder uma liga a dançar com o rei é ridículo – comentou, prática, Elisabeth.

– Mas o seu avô, que era um homem muito respeitador das mulheres...

– Nota-se... excepto com aquela história da Alice de Parrers – pensou Elisabeth, mas nem ela foi capaz de o dizer alto...

– O seu avô, para salvar lady Joan, Sua Alteza, a rainha-mãe, do embaraço, pegou na liga e enfiou-a em redor da sua própria perna...

Philippa e Elisabeth abriram as bocas de espanto – mas frei John continuou:

– E o vosso avô ao pôr a liga disse «Honni Soit Qui Mal y Pense», ou seja, qualquer coisa como «Desonrado seja quem nisto vir malícia». Foi esse o mote da ordem.

Elisabeth bateu palmas, radiante:

– Ah, grande avô.

Philippa estranhou:

– Foi permitida a entrada a mulheres?

– Não, as mulheres são convidadas, membros honorários, não pertencem propriamente à ordem, mas é um privilégio imenso, e o vosso primo está a honrá-las assim...

– E a Constanza, também! – retorquiu com um sorriso triunfante Elisabeth, que entre Katherine e a espanhola às vezes até preferia a espanhola. Porque essa, o pai não a amava, e portanto não lhe fazia concorrência nenhuma! Da mesma maneira que Philippa não lhe fazia sombra, e Catalina e a bebé Joan eram pequeninas de mais para algum dia virem a fazer.

– Posso voltar aos meus vestidos? Lady Katherine disse que o Peter Swan estava a chegar.

Peter era o costureiro do rei, e a sua especialidade era o bordado. Cheio de trejeitos, que provavelmente, pensou Katherine, agradavam a Richard mas enfureciam John, esvoaçava em redor da sua vítima, tirando-lhe medidas e fazendo pequenos esboços.

Os vestidos já tinham sido encomendados em Abril, mais precisamente quando Peter fora a Kenilworth para ajudar nos preparativos do dia de S. Jorge, mas agora era preciso dar-lhes o jeito final. John, ainda ontem, mostrara a Katherine a factura que chegara para que se pagasse – «para lá de uma fortuna!», vociferara John – três «garters» em ouro de Chipre, bordados a seda com o moto da ordem.

Katherine fingira nem ver, e nem sequer respondeu ao comentário sobre o preço que John fizera. Na conta estava incluída a insígnia de Constanza e ela mais uma vez ficava de fora. Podia ter aceitado jogar aquele jogo, mas havia momentos em que o odiava.

E foi por isso que ouviu apenas com meio ouvido as descrições que Elisabeth e Philippa lhe fizeram da cerimónia: queria voltar para Kenilworth, ao seu mundo e à sua família. Só ali, John era todo seu.

26

Kenilworth Castle, 10 de Abril de 1380

Philippa e Elisabeth desmontavam dos seus cavalos depois de uma caçada. Elisabeth exibia no braço o seu falcão, as penas castanhas clarinhas, mescladas de castanho escuro, o bico protegido por uma ponta de cabedal – era a única que tinha o privilégio de ter um falcão a que podia chamar seu. O pai acabara por ceder a tanta chantagem, e o irmão Henry apoiara-a, comprometendo-se a ensiná-la a caçar com o grande pássaro. Se Philippa era, como a mãe já o fora, uma mulher de letras, Elisabeth queria ser como o pai, um «homem» que empunhava uma espada, montava a cavalo numa sela masculina, e tinha o seu próprio falcão.

As damas que as acompanhavam e os cavaleiros que as escoltavam riam e falavam descontraídos, cansados do galope através dos campos infinitamente planos e infinitamente verdes que rodeavam o castelo de Kenilworth. Mas de repente estacaram os risos e mergulharam num silêncio que foi calando, como uma onda, a comitiva – primeiro os que estavam à frente, e aos poucos, à medida que se apercebiam de quem chegara, os que vinham mais atrás. Parado no pequeno morro sobranceiro às cavalariças, rodeado de quatro ou cinco cavaleiros, John of Gaunt parecia aguardar a chegada das filhas. O rosto estava fechado, e quando John escondia os seus sentimentos, toda a gente sabia que o melhor era uma aproximação de mansinho, porque tudo tanto poderia acabar em calorosos abraços como em explosões de fúria.

Só Elisabeth é que, apesar das suas provocações constantes, não tinha qualquer medo do pai, e ao vê-lo abanou logo o braço onde estava acorrentado o falcão e gritou:

– Pai, aqui o Morton caçou mais do que qualquer dos falcões destes senhores... – e indicou com a cabeça os cavaleiros que a rodeavam.

John, para alívio dos presentes, abriu um sorriso, e tentando manter a voz firme, sobretudo na presença de estranhos, ordenou:

– Entregue mas é o seu cavalo, e venha ter comigo à minha sala privada! E lady Philippa, a senhora também, já que há notícias quero que sejam as duas as primeiras a ouvi-las.

Virando as costas, subiu o pequeno declive para a escadaria principal, seguido de perto pelas suas sombras armadas.

Elisabeth encolheu os ombros, naquele seu tique tão habitual que significava que tudo lhe importava, mas nunca ninguém havia de saber quanto, e atirando com as rédeas para as mãos do rapazinho que tinha vindo a correr socorrê-la da montada, apressou-se a soltar a pulseira que prendia o falcão ao pulso, para o entregar ao falcoeiro. Philippa já estava pronta e as irmãs deixaram para trás as damas curiosas – Emma ainda acenou a Philippa que sabia ficar sempre nervosa com estas «notícias» inesperadas – e deram uma corrida pelo caminho percorrido pelo pai.

John já estava sentado na sua sala de trabalho, as botas em cima de um banco de madeira, e uma caneca de cerveja aquecida na mão. Com os olhos cegos pela luz forte do meio dia, Philippa e Elisabeth tiveram alguma dificuldade em habituar-se à semi-escuridão do quarto, e só num segundo momento perceberam que Katherine estava na outra ponta da salinha, as costas viradas para elas, como se procurasse qualquer coisa no horizonte para lá da janela.

– Elisabeth, não sabes entrar numa sala sem esse estardalhaço todo, tens dezasseis anos, não és nenhuma maria-rapaz... – disse-lhe de chofre o pai, antes de as mandar sentar no banco corrido, onde habitualmente recebia os seus vassalos.

Elisabeth teve o bom senso de não responder e sentou-se ao lado da irmã, as mãos nervosas, presas uma na outra, como se as quisesse dominar, pelo menos por uns minutos, quietas no seu regaço.

Philippa constatou que apesar das aparências, a irmã mais nova tinha crescido: não se precipitou a falar e esperou que fosse o pai a retomar a conversa.

John pousou a caneca ainda meio cheia em cima da sua mesa de trabalho e começou a andar de um lado para o outro, sem olhar as filhas de frente. Finalmente, disse:

– Elisabeth, assinei hoje de manhã o contrato do teu casamento.

Elisabeth sentiu uma tontura: o pai já tivera aquele acesso de casar Philippa com Richard, mas há muito tempo que não se falava em novos casamentos naquela casa. E Elisabeth, embora estivesse ansiosa por sair daquele jardim infantil para o qual o pai insistia em produzir mais «alunos» cada ano que passava, embora sonhasse com o seu próprio castelo, os seus próprios criados e sobretudo com o guarda-roupa de uma mulher casada, nunca supusera que o pai avançasse para o seu matrimónio sem ter despachado primeiro a primogénita.

Philippa pensara o mesmo. Esta proposta, dirigida à irmã mais nova, enchia-a de raiva. Provava, mais uma vez, que não era nada, e que o pai nem sequer se dava ao trabalho de a poupar a humilhações. Elisabeth parecia-lhe tão estarrecida quanto ela, mas estava farta de saber que a irmã se habituaria depressa à ideia e tiraria dali todos os dividendos possíveis e imagináveis. Não quisera casar com Richard, era verdade, mas os outros «contratos» de que o pai falava não tinham passado de conversas de mesa ou de uma ideia lançada com ligeireza a um qualquer embaixador. Tinha vinte anos, continuava solteira, o que já de si não era socialmente agradável, mas perfeitamente suportável, desde que… Elisabeth continuasse solteira como ela.

Katherine virou-se, finalmente, embaraçada com a aflição da sua aluna mais velha, e estranhando o silêncio da mais nova, perguntou:

– Elisabeth, nem parece teu. Não perguntas mais nada?

Elisabeth e Philippa perceberam imediatamente pelo seu tom que não aprovava a decisão do pai, o que as deixou ainda mais assustadas. Espicaçada pela preceptora madrasta, Elisabeth pôs-se também de pé:

– E com quem é que o meu pai decidiu que eu ia casar, sem sequer me ter consultado?

John atirou a cabeça para trás e soltou uma gargalhada sincera:

– Está feito o marido que leva uma mulher assim… se o teu futuro marido não fosse ainda uma criança não suportaria muito tempo a tua altivez…

Elisabeth respirou fundo:

– Uma criança? O pai vai-me casar com uma criança?

– Deixa-te de fitas, Elisabeth!!! Assinei o contrato do teu casamento com John Hastings, tem oito anos, pois tem, mas é filho único e herdeiro de tudo o que o duque de Pembroke lhe deixou. Aliás é uma homenagem que presto ao meu amigo, que já foi meu cunhado em primeiras núpcias, quando casou com a minha irmã Margareth, de quem ficou viúvo. Lutou contra Castela, foi preso e morreu no cativeiro às mão do exército do traidor Trastâmara; trazer o seu filho, que nunca chegou a conhecer, para a nossa família é quase uma obrigação. Estou para aqui a falar do que não te interessa, mas antes de te pores aí aos gritos pensa nas vantagens de te transformares em duquesa de Pembroke, uma das mulheres mais ricas e importantes deste reino, com um marido... que nunca lhe fará frente.

Elisabeth não respondeu. A cara ardia-lhe de fúria, mas era preciso ponderar bem as vantagens deste delírio do pai e o momento mais oportuno para contra-atacar. Se ficasse ali com ele mais um minuto, podia dizer muita coisa de que se arrependeria, por isso, fingindo uma ligeira vénia, virou as costas e saiu porta fora. Não sem que fizesse questão em empurrá-la de forma a que batesse com força!

John abandonou a cabeça desconcertado, e pegando de novo na caneca, voltou a sentar-se na sua cadeira.

– Katherine, por que é que não me ajudaste a convencê-la? – perguntou, querendo descarregar a irritação em alguém.

– Porque não estou convencida! – respondeu ela com serenidade.

Philippa lembrou-se, com uma certa amargura, que quando a tinham querido casar com Richard, ninguém parecia ter-se importado muito com o facto de a criança ter nove anos e ser seu primo direitíssimo. Não sabia, sinceramente, se havia de encarar tudo isto com tristeza ou alívio – talvez deixassem de a sujeitar a humilhações de pretendentes que nunca chegavam a aparecer, e lhe permitissem passar temporadas maiores na abadia, onde gostava tanto de estar. Talvez a sua vocação fosse mesmo servir Deus Nosso Senhor.

Mas o pai, que permanecia calado a olhá-la, leu-lhe os pensamentos:

– Philippa, nem penses que vais agora amuar e entregar-te às tuas beatices! Ainda vou precisar de ti, mas não vou entregar a primogénita do homem mais poderoso de Inglaterra a um destes meus vassalos! Tens que esperar... E agora, por favor, vai tratar da tua irmã e vê lá se ela não faz mais cenas.

Philippa pôs-se em pé, fez uma vénia profunda, e murmurou:

– Senhor, faça-se a vossa vontade.

John encolheu os ombros, num gesto idêntico ao de Elisabeth, e vociferou, desesperado:

– Desaparece-me daqui, sempre com as orações na ponta da língua, já não há paciência.

Katherine pousou a mão com força no seu ombro e imediatamente o sossegou. Decididamente, não podia passar sem ela. E ao virar-se para lhe beijar a mão, nem viu a filha sair, silenciosamente.

☸

Philippa foi encontrar Elisabeth deitada na cama comum a fazer uma birra igual à de qualquer criança. Heather, a ama, andava de roda dela procurando sossegá-la e já gritara à criada de quarto que trouxesse depressa uma infusão quente. Saudou a entrada de Philippa com alívio, e a de Katherine com alívio ainda maior, mas Elisabeth não queria soltar-lhe a mão, nem a deixar ir. Heather era a ama desinteressada, a única, sentia ela, que a defenderia, porque todos os outros estavam dominados pelo pai e ansiosos por lhe fazerem as vontades.

Mas Katherine e Philippa sabiam bem aquilo por que Elisabeth estava a passar, e sentaram-se na borda da cama, cheias de paciência. Katherine começou:

– Lady Elisabeth, estes casamentos são de conveniência, mas como a sua mãe dizia tantas vezes, não há como escapar-lhes quando se é princesa ou filha de nobres. O melhor pode vir depois; juntos, e unidos pelas mesmas circunstâncias, é possível que aprendam a gostar um do outro…

– Lady Katherine, se eu fosse a si não dizia mais nada, o seu exemplo não me serve. Ou pelo menos não me devia servir! – vociferou Elisabeth entre lágrimas, levando a ama e a irmã a exclamar de horror.

Mas Katherine manteve a serenidade, e continuou:

– Eu sei que uma união por amor verdadeiro, e por paixão, é aquilo por que devemos lutar, mas tenha paciência, lady Elisabeth, o seu pai não vai mudar de opinião, o casamento tem vantagens imensas para ele e cria-lhe uma aliança estratégica com famílias que lhe importam, num momento em que precisa de todos os apoios… Reger um reino em nome de um sobrinho, contra dois irmãos mais novos, decididos a assumir o poder, não é fácil.

Elisabeth conhecia o suficiente de como estas coisas aconteciam para ter a ilusão de que a sua vontade seria suficiente para travar ambições de família. Era mulher, filha, e a sua própria felicidade contava pouco ou nada neste xadrez. Mas não conseguia aceitar o dever e a fatalidade com o terço na mão, como o fazia Philippa, e nunca deixaria de esbracejar contra o que considerava um atentado à sua felicidade. Mas se não havia nada a fazer, o melhor mesmo era chantagear o pai, para retirar de tudo isto o máximo de lucros possível:

– Lady Katherine, John Hastings tem oito anos, é suposto que vá para a cama com ele?

Heather benzeu-se e Philippa corou de novo. Mas Katherine não era tão facilmente desconcertada como as outras duas:

– Não, claro que não, lady Elisabeth. Pelo menos para já. John Hastings virá para Kenilworth umas semanas antes do casamento, e ficará algumas depois, mas é provável que, pelo menos até aos doze anos, tudo continue como até aqui na vida de um e de outro.

Elisabeth sentou-se na cama, esfregando os olhos genuinamente inchados, e pareceu respirar fundo:

– Então é como um noivado? Há uma festa, casamos aqui em Kenilworth, e depois tudo fica na mesma, durante muito, muito tempo? Mas eu sou duquesa de Pembroke, tenho o meu dinheiro próprio, as minhas damas de companhia, e posso fazer o que quiser?

Philippa, pela primeira vez na última hora, descontraiu-se e deu uma gargalhada:

– Querida irmãzinha, é mesmo teu! Não, não podes fazer tudo o que quiseres. Se no altar disseres que sim, quando o bispo te perguntar se juras ser fiel ao John até que a morte vos separe, é isso mesmo que vais fazer...

Elisabeth olhou para ela com um ar absolutamente cínico, de quem conhecia bem as compensações reais de entrar nestes jogos maquiavélicos, e numa voz angelical respondeu:

– Assim seja!

E com aquela facilidade hereditária de saltar da mais profunda depressão para a euforia em pouco mais que segundos, atirou-se de costas para trás e desatou a rir.

– Afinal isto vai ser divertido – disse entre as gargalhadas que faziam as vezes dos soluços de há pouco. – Tu, Philippa, é que foste parva em entrar em histeria quando o pai te quis casar com o Richard. Era um caso igual ao meu, só que terias sido Rainha de Inglaterra. Mas sempre foste uma romântica, o que se há-de fazer...

Heather benzeu-se de novo e tentou dar-lhe mais um golo de camomila; Philippa decidiu que era tempo de ir procurar frei John e dedicar-se mas era às constelações e às estrelas (talvez lesse nelas o seu futuro!) e Katherine fez um sorriso divertido – não podia deixar de achar graça a esta aluna/enteada. Nem podia ser de outra maneira, amando John como amava, e sendo esta criatura igual a ele como duas gotas de água.

27

Kenilworth Castle, 24 de Junho de 1380

Philippa dormira mal nas noites anteriores, mas nesta última não pregara olho. Queria convencer-se de que era a agitação que tinha tomado conta do pacato castelo com os preparativos do casamento, que lhe provocava insónias, mas para com os seus botões tinha de confessar que talvez fossem apenas ciúmes. Um sentimento estranho – por um lado não queria, por nada, estar no lugar da irmã, já que escapara por pouco a um casamento com uma criança e nada a convenceria de que tinha algum sentido este tipo de alianças. Por outro, não podia deixar de invejar o protagonismo de Elisabeth, que mais uma vez lhe roubava o papel principal.

Mas Philippa não era rancorosa, e naquela manhã de 24 de Junho, do ano de 1380, levantou-se decidida a deixar para trás os pecaminosos sentimentos e a tornar esta data num dia memorável para a sua irmã – afinal era o dia do seu casamento.

As bandeiras hasteadas nas torres mais altas do castelo de Kenilworth viam-se a quilómetros de distância, como se ouvia a música dos jograis que desde que o sol se levantava tocavam nos terreiros decorados com bandeiras de papel coloridos com as armas dos Plantagenet, dos Lancaster e dos Pembroke. Philippa admirava a beleza dos edifícios, a decoração dos interiores, os arranjos fabulosos de flores do campo e, em geral, a magnificência de todos estes rituais.

Depois do relance pela janela, precipitou-se para a sala onde Elisabeth olhava com orgulho para o seu vestido de noiva.

Heather, de lágrimas nos olhos, contemplava a sua menina, embevecida: alta e magra, o vestido de linho branco caía até aos pés, e o véu, que já fora da mãe, cobria-lhe os cabelos brilhantes. Uma tiara de diamantes com uma pérola na testa dava-lhe um ar exótico de tirar o fôlego.

John não poupara nas despesas nem nos convidados, e a corte inteira, os grandes senhores do norte e do sul acorreram ao seu castelo para participar na cerimónia e prestar homenagem a John – o que, do seu ponto de vista, era prova bastante de que tomara a decisão acertada.

O noivo era alto para a idade, a túnica ricamente ornamentada caía sobre as calças de linho branco, e os chinelos de seda cobertos por um manto azul-escuro, com estrelas debruadas a ouro, faziam dele... uma criança engalanada.

Ajoelhados perante uma hoste de representantes da Igreja, trocaram votos e foram declarados marido e mulher.

John passeava de banco em banco da pequena igreja a distribuir cumprimentos, como se a festa fosse sua, e Elisabeth acabou o dia rodeada pelas suas amigas, demasiado alcoolizada para perceber bem o que acontecia, num misto de alegria por ser o centro das atenções, e de tristeza, porque aquele vazio que sentia dentro de si não desaparecia nunca. Como se na realidade não pertencesse a nenhum sítio e a nenhum lugar.

Philippa via-a ao longe e percebia o sofrimento da irmã, que era igual ao seu. Como lhe fazia falta a serenidade da mãe, aquela forma delicada mas firme de conseguir, sem ondas, que se fizesse a sua vontade. Blanche nunca deixaria que as coisas acontecessem assim, murmurou Philippa, mordendo com força um dos dedos, na ânsia de que a dor da mordidela suplantasse a dor que sentia dentro de si. Depois, num impulso, aproximou-se da irmã, que já tropeçava em lugar de dançar, e abraçando-a com força, disse-lhe:

– Vamos, Elisabeth, o dia foi comprido, vamos para dentro.

Elisabeth, sentindo de repente que só Philippa lhe importava no mundo, deixou-se levar pela irmã mais velha, que nessa noite a despiu e a deitou entre os lençóis perfumados. Hoje, uma e outra iriam dormir sozinhas. Fazendo-lhe o sinal da cruz na testa, como a mãe lhe fizera sempre naquelas noites em que subira ao quarto para a deitar, Philippa saiu devagarinho do quarto, deixando a irmã a dormir a sono solto.

– Que os teus sonhos não te desiludam, irmazinha – rezou antes de fechar a porta.

28

Leicester Castle, 19 de Dezembro de 1380

John of Gaunt tinha gostado da cerimónia e de todos os dividendos que ela lhe trouxera. Gostara de ter Richard II em sua casa, na sua capela, a assistir apenas como convidado ao casamento da prima. Gostara de ver os seus inimigos obrigados a comparecer e a trazerem presentes a Elisabeth. O seu sentimento de omnipotência era tal que nem sequer se dera ao trabalho de insistir com Constanza, quando esta se recusou a ir a Kenilworth, o antro do pecado. Nem escondeu de ninguém a sua magnífica Katherine, vestida como uma rainha, com os tecidos que comprara a mercadores da Flandres com o único propósito de a vestir, e as jóias que encomendara do Oriente, para aquela ocasião. Pouco lhe importavam as más-línguas. Para ser sincero tinha mesmo que admitir que até o divertia ver como as senhoras da corte não tinham outro remédio senão dobrar ligeiramente o joelho para cumprimentar a sua amante, mesmo que por trás dos leques comentassem que ali se passava a maior vergonha de todos os tempos. Nem John distinguira, nos lugares reservados na igreja, entre filhos legítimos, ilegítimos e afilhados, e os pequeninos Beaufort estavam junto de Philippa e de Blanchet Swynford nos bancos da família.

Decidamente, fora um dia feliz, e era preciso repeti-lo o mais brevemente possível, para consolidar alianças e tornar o seu poder mais sólido. Afinal Richard crescia, tornando-se mais difícil de manipular. Por muito que não faltasse quem tentasse e, quem sabe, se os inimigos de John of Gaunt não seriam mais convincentes.

Elisabeth fora passar uns dias à corte, agora com o estatuto de mulher casada, à guarda do próprio rei. O pobre do noivo adoecera com sarampo, sendo devolvido rapidamente à mãe, que a doença era contagiosa e perigosa, e era decididamente assunto que não lhes dizia respeito. O coitadinho, coberto de pintas e a arder em febre, fora levado para junto dos seus, de onde certamente preferiria nunca ter saído, pensou Philippa, ao aconchegar-lhe as mantas e obrigando-o a beber uma infusão de ervas, antes de a comitiva partir.

Philippa não tinha neste momento pretendentes à altura – as casas reais da Europa pareciam afligidas de uma epidemia de mulheres, comentou John ao jantar, enquanto enumerava todas as alianças que gostaria de fazer com a filha mais velha, mas não podia.

Havia, portanto, que tratar da vida do filho. Henry of Bolingbroke era o orgulho máximo do pai, e aquele em que depositava todas as esperanças – Richard era frágil, quem sabe se a doença ou um acidente de cavalo não lhe levariam a vida, tão inclementemente como acontecera ao pai e a ao irmão mais velho. Henry tinha de casar bem, de forma a que se um dia, no futuro, subisse eventualmente ao trono, a mulher estivesse à altura de ser rainha de Inglaterra. Estivera ainda há dias com Humphrey de Bohun, um dos seus amigos mais ricos e poderosos, que lhe dissera que acabara de casar a sua filha mais velha, Eleanor. Mas se bem se recordava, o homem tinha outra um pouco mais nova, Mary de Bohun, herdeira de uma fortuna imensa, e com uma posição invejável na corte.

John, que era de ideias fixas e um homem de acção, decretou que em Dezembro desse mesmo ano o seu filho Henry of Bolingbroke, que fizera treze anos em Abril, casaria numa verdadeira cerimónia de Estado, na imponente catedral de Leicester, um dos muitos castelos dos Lancaster.

Aliás, aos olhos de Philippa, o mais importante de todos, porque fora ali que nascera. Recebeu a notícia de que lá iriam passar as semanas dos preparativos, com o coração aos saltos. A ama Maud estava ainda mais excitada do que ela, porque finalmente aquela «gente», como dizia no recato da cozinha, se tinha decidido, entre tanto «passeio», a voltar à sua terra de origem. Uma oportunidade de ver a família que não visitava há anos.

As muralhas rodeavam um espaço imenso, mas o castelo em si era, aos olhos das princesas, um local desconfortável e antiquado, onde não se faziam obras havia anos. A casa principal de madeira era gelada, com as chaminés a fumar para dentro dos quartos, o que fez com que John, assustado com o perigo de um incêndio, as mandasse apagar. Philippa sentia-se estranha, como se num sonho, como se pairasse por cima das coisas.

Por um lado comovia-a visitar a igreja de St. Mary de Castro – sempre achara o nome muito curioso, mas o pai dizia-lhe que lá por terras de Castela, castro era o nome romano dado aos castelos, e que a igrejinha era certamente desse tempo – e dava por si a pensar quantas vezes a mãe, consigo dentro da barriga, não se tinha ajoelhado ali a rezar a Deus pedindo-lhe um parto seguro, de como fora baptizada naquela pia de pedra esculpida...

Por outro, sentia que esta sucessão de casamentos dos seus irmãos mais novos a deixavam numa posição cada vez mais difícil. Isto para não falar no ódio de voltar a ser obrigada a passar horas em provas de vestidos. Mas mais do que tudo temia estes momentos em que as fragilidades da sua família mais próxima ficavam tão violentamente expostas perante os olhares de estranhos, Constanza e Katherine e os meios-irmãos. Pior, o pai que insistia, como uma criança mimada, em driblar os protocolos para conseguir sempre o que queria: neste caso, que ambas estivessem presentes, em lugares distintos, é certo, mas suficientemente perto para que a maldade dos outros os ferisse a todos.

Sentira por Mary, a sua nova cunhada, uma empatia enorme, aliás partilhada por Katherine, Blanchet e até Elisabeth. Era uma miúda serena e sensata, qualidades que – pensou Philippa – eram cada vez mais difíceis de encontrar. Aos doze anos ainda era uma criança, ou quase, mas a sua reserva natural fazia-a parecer mais velha, embora não pudesse deixar de ser intimidante entrar para o seio da família real, e logo daquele ramo tão confuso.

Philippa sentiu-se de repente oprimida dentro de casa, e embora a neve cobrisse o jardim, decidiu-se a sair e a dar um passeio junto ao rio – sempre gostara de cisnes e o rio passava junto do castelo como um canal, de margens bem definidas, por isso era possível atraí-los para virem comer as migalhas de pão, quase à mão de quem lhas estendia.

Henry passava a noite com a família e quando, da sala que dava para o jardim, viu a irmã mais velha absorta em pensamentos, saltou pela própria janela e silenciosamente aproximou-se e tapando-lhe os olhos, e na sua voz de adolescente, perguntou:

– Quem é?

Philippa, depois de ter estremecido de susto, desatou a rir:

– Henry, meu irmão, como é que te querem casar com essa voz de cana rachada!?!

Destapando-lhe os olhos, o irmão, que estava mais alto do que ela e começava a encaracolar o cabelo ruivo, fê-la rodar e abraçou-a: sempre sentira uma segurança imensa nesta irmã querida, que não disputava nada, não se punha em bicos de pés para chegar mais alto, mas estava sempre pronta a ouvir e a ajudar naquilo que podia.

Quantas vezes não viera até à cama dele, e acendendo a vela que a ama tinha apagado – «um príncipe não tem medo do escuro» –, ficava junto dele a contar-lhe histórias da mãe que praticamente não tinha conhecido.

– Philippa, conta-me outra vez como a mãe vos deixou às duas no Savoy para ir rezar para me ter a mim...

Sentaram-se no banco de madeira, os cisnes por perto, e Philippa falou-lhe da mãe e de como ela estaria orgulhosa de o ver cavaleiro, de espada à ilharga, e como se comoveria quando amanhã o visse, lá do céu de onde os protegia a todos os minutos, esperar a noiva junto do altar, a luz dos vitrais a iluminar-lhe a cara de rapaz corajoso, com uma vontade de ferro, mas uma suavidade nas linhas do rosto que eram herdadas dos Lancaster.

– Henry, já vistes a sorte que tens? Chamam-te Henry of Bolingbroke, o castelo favorito dos Lancaster, o castelo favorito da nossa mãe. Nem que a vida se torne difícil, lembra-te sempre de Bolingbroke, dos carvalhos tão antigos como a nossa família e a nossa terra. E lembra-te como o pai tentou sempre fazer a mãe feliz. A Mary merece que sejas um bom marido.

Henry ficou calado, a olhar o seu reflexo na água, e jurou que havia de merecer a mãe e a irmã que tinha. Philippa olhou-o com orgulho e pensou – «Cada dia é mais certo que nunca chegarei a casar, mas se um dia tiver um filho hei-de-lhe chamar Henry.» E de braço dado subiram o caminho de terra que os levava a casa.

29

Savoy Palace, Londres, 4 de Abril de 1381

A mais recente agitação política levara o povo à rua. Protestavam contra o poder de John, que reagia pedindo ao rei que prendesse e executasse os seus inimigos. Corriam toda a espécie de boatos, que pareciam sempre tingir a reputação de Gaunt, deixando intacta a do «reizinho», que com os seus caracóis loiros continuava a merecer a aprovação popular.

Philippa acabara de chegar ao Savoy porque o pai insistira que nestes tempos de revolta tinham de içar a bandeira que dava sinal da sua presença no centro do conflito. Os Lancaster não fugiam do campo de batalha, e se quisessem confrontá-lo, sabiam onde encontrá-lo.

Chaucer acabara de voltar de uma das suas missões diplomáticas e era novamente um professor constante nas manhãs de estudo. No dia seguinte à emissão de panfletos que desafiavam, mais uma vez, a legitimidade da regência efectiva de John of Gaunt, estava já a escrevinhar os seus poemas, quando Philippa entrou na sala:

– Bom dia, princesa, voltei!

– Fico feliz com isso – disse Philippa estendendo-lhe a mão para que a beijasse, e que ele beijou com tantos salamaleques e vénias que ela desatou a rir.

– Coisas aprendidas em Milão? Acha que já não fazia salamaleques bastantes? – perguntou divertida.

– Princesa, não me diga que já faz graças, como os restantes ingleses! – respondeu imediatamente Chaucer.

– Só para si e se me prometer que não conta a ninguém – respondeu Philippa, que com aquele homem conseguia um à-vontade que não tinha com nenhum outro...

– Prefiro mil vezes guardar as suas «tiradas humorísticas» para mim. Quem sabe se não as ponho na boca de algum dos meus personagens! Mas agora a sério, está com muito má cara. Não dormiu?

Aí o rosto de Philippa ficou de novo contraído e começou a contar-lhe das mensagens anti-gaunt espalhadas pela cidade:

– Chaucer, quem é que pode estar por trás disto? O que é que pode seguir-se a isto? O meu pai vai perseguir estes homens, eu sei como ele é, e tem que os perseguir, reconheço que sim, porque se perceberem que não há castigo...

Chaucer apetecia-lhe responder com total sinceridade, mas não podia: a princesa ia fazer vinte e um anos, mas era uma princesa. A sua visão do mundo era certamente menos limitada do que a das outras mulheres da corte, mas nunca lhe passaria pela cabeça pôr em causa o sistema em que vivia. Mas tinha de lhe responder:

– Princesa, o seu pai tem muitos inimigos. Toda a gente que tem poder tem inimigos, mas o seu pai está numa situação ainda mais delicada, exerce um poder que não lhe é concedido por nenhuma lei, nenhum decreto, e depende apenas da boa vontade de um rei que é um adolescente temperamental e fortemente influenciável. Um rei-criança que se quererá afirmar como um rei adulto e poderoso, e nessa altura prefererirá quem o bajule e o faça acreditar que exerce o poder que Deus lhe deu. Não é difícil minar Richard contra o seu pai, assustá-lo com a perspectiva de que o seu irmão Henry, da mesma idade, mas um rapaz que gosta de cavalos, torneios, espadas e duelos, e tem já um séquito de admiradores atrás, lhe possa um dia usurpar o trono...

– Mas o meu pai deve estar quieto ou agir? – perguntou aflita com tudo aquilo.

– É difícil dizer. Tem que agir, mas com justiça e calma. Precisa de ser tolerante. O barril de pólvora está prestes a explodir.

– Mas qual barril? Se o Richard não quiser o meu pai no poder, pode mandá-lo embora, pedir-lhe que se retire lá para longe, para Bolingbroke...

– O barril de pólvora não é propriamente o seu pai, princesa. Os camponeses conseguiram libertar-se um pouco da servidão, em consequência da escassez de mão-de-obra provocada pela Peste Negra. Conquistaram alguns direitos sobre a terra, baixaram os preços das rendas que pagavam, ganharam privilégios. E agora o seu pai e os seus partidários ameaçam tirar-lhes isso tudo, e até banir do parlamento a presença dos seus representantes. Estes escritos são avisos...

Philippa não sabia o que responder. Tudo isto lhe parecia uma realidade estranha: assistira desde sempre aos vassalos a entregar uma parte do produto do seu trabalho ao senhor que serviam, e sempre acreditara que o faziam de livre vontade, contentes por uma oportunidade de cultivar a terra... Os senhores, por seu lado, protegiam-nos, davam-lhes casa e o resto da comida das suas cozinhas, não lhes cobravam nada nos anos maus. Até agora, Philippa acreditava que o contrato era justo, sem lhe passar pela cabeça que o facto de serem servos e não poderem trocar de patrão ou possuir o seu próprio talhão, os pudesse perturbar.

Chaucer também não era um revolucionário, mas provinha de uma família pobre, sabia o que era depender do salário de um duque temperamental, e sobretudo viajava e via e ouvia muito. Um povo a quem se dava e tornava a tirar, era um povo descontente, e se John of Gaunt insistisse na sua forma arrogante de decidir, abolindo a conquista de um parlamento representativo, iria pagar caro. Chaucer não duvidava de que o reizinho Richard, quando visse avançar sobre Londres uma multidão ululante, e sentisse que corria o risco de perder a popularidade que lhe soubera tão bem nas ruas, deixaria cair o tio. Sem pestanejar duas vezes enfiá-lo-ia na Tower of London deixando-o a apodrecer. Ou pior...

Philippa leu os pensamentos do professor, e decidiu que era o momento de desviar a conversa:

– E o que é que aprendeu em Milão?

E perderam-se os dois numa longa conversa sobre o que havia para lá dos mares e das terras conhecidas, e das estrelas que brilhavam no céu.

30

Savoy Palace, Londres, 28 de Abril de 1381

John estava farto de Inglaterra. Nunca passara tanto tempo quieto no mesmo sítio, e magoava-o a ingratidão de um sobrinho que procurara servir, de um país de palhaços que não queriam trabalhar, e dos bandalhos que insistiam em fazer ouvir as suas vozes só para dizer disparates. Estava farto de intrigas contra si, e começava a ficar impaciente por acção...

Este estado de espírito intensificara-se com a mensagem que recebera de Constanza e dos seus espiões: Henrique de Trastâmara morrera, o usurpador estava morto, e a mulher implorava-lhe que não esquecesse a promessa que lhe fizera de vingar a morte do pai, e reconquistar o trono de Castela. Para ele, para ela, «e para a nossa filha Catalina, a legítima sucessora do reino».

Tinha que pensar no assunto a sério, mas como conseguiria agora, que era tão impopular, pedir aos ingleses impostos para sustentar uma pretensão sua numa terra distante?

– Esquece para já isso! – disse para si mesmo, e escreveu aproximadamente o mesmo numa resposta que redigiu para Constanza.

Com a facilidade com que sempre levara a vida, decidiu que merecia esquecer tudo e celebrar com Katherine e as filhas os festejos do dia da espiga, o primeiro dia de Maio.

Sob o travesseiro de Katherine deixou um magnífico colar de pérolas com um bilhete de amor a convocá-la para um passeio de barco no Tamisa, pedindo-lhe que levasse com ela Elisabeth – que ainda não fora obrigada a coabitar com o marido – e Philippa.

Quem visse os londrinos nesse dia, de cordões de flores em redor do pescoço, a saudar a família real, que em embarcações cheias de panos coloridos e enfeites vinha ver o fogo-de-artifício sobre as águas do rio, não conseguiria prever a revolta que levedava naquela mesma cidade. Até naquelas mesmas cabeças.

John riu e bebeu como os outros, e sem qualquer pudor. Por muito que os conselheiros o tivessem avisado do «calor do momento político», encostava-se a Katherine perante os olhares de todos, fazendo questão em tratá-la como uma rainha, e em obrigar os outros a fazer o mesmo.

Philippa, angustiada com o que ouvira a Chaucer e frei John, sentia um nó na garganta insuportável: por que se comportavam como crianças, sabendo que atraíam sobre si o ódio da multidão e da corte, sabendo tão bem que qualquer coisa podia iniciar a revolta?

Jurou a si mesma que no dia seguinte partiria para mais uma estadia em Barking Abbey, a abadia em que a madre superiora era da família real e as meninas da nobreza eram bem-vindas. A abadia onde entre as paredes brancas e frias conseguia sossegar o espírito.

Queria esquecer a agitação deste último ano, pôr fim às dúvidas e angústias, e sobretudo àquela paixão que a consumia – e agora que Emma, a sua dama de companhia favorita tinha casado e partira com o marido para o norte, era o momento certo para fugir também.

Na festa do casamento da amiga voltara a ver Francis. Que aperto no coração, que dor na alma, que desgosto contido. Tinham-se correspondido durante um tempo, mas Philippa há uns meses pedira-lhe para parar. De cada vez que recebia uma nova carta, ficava tão agitada, tão dividida, tão insatisfeita com o seu destino, que continuava estagnado como a água de um charco, que acabara por concluir que aqueles momentos de ilusão não compensavam a tristeza e a melancolia que na ressaca se apoderavam dela. Além do mais, estava farta de amores impossíveis e clandestinos, e dava por si a ambicionar a serenidade da oração, a desejar uma abadia calma, onde pudesse vestir uma túnica de linho grosso e ser apenas mais uma como as outras...

Nem o pai nem Katherine se opuseram a que partisse. Aliás, John preparava-se para partir também: não podia ir para Castela, e estes londrinos detestáveis tratavam-no mal; então organizaria o seu exército e desenferrujaria os seus homens a patrulhar a fronteira com a Escócia. Estava decidido, pelo caminho, a visitar Constanza e Catalina e convenceu Elisabeth a seguir com ele até lá. A animação da corte espanhola sempre atraíra Elisabeth, a quem a aliança no dedo não privava nunca de flirtar com o primeiro cavaleiro bonito que lhe surgisse à frente...

Restava Katherine no imenso Savoy, que decidiu aproveitar o resto daquele dia, e os seguintes, para tentar pôr em ordem papéis e roupas, sabendo os filhos bem entregues às amas em Kenilworth. Enviara para lá a sua camareira de sempre, que se sentia mais segura quando aquela que lhe merecia uma confiança total estava perto dos seus filhos...

Os secretários de John tentaram persuadi-la a partir, dizendo-lhe que apesar dos soldados residentes no Savoy, era perigoso ficar em Londres sozinha.

Sabiam, melhor do que ela, o que se dizia sobre a «amásia» e como Katherine era personagem permanente nos discursos dos padres que a comparavam a uma serpente, manipuladora e diabólica, que ajudara a corromper a moral do homem a quem estava entregue o governo do país. Receavam que ao saberem que John of Gaunt partira com o seu exército, e a «preceptorazinha» ficava ali sozinha, se sentissem tentados a invadir o palácio e a fazer dela um caso exemplar.

Thomas, o secretário principal, tentou dizer-lhe tudo isto da forma menos ofensiva possível, mas Katherine era incapaz de acreditar que os seus amores ou desamores fossem de interesse para mais alguém senão ela própria, e quando muito os que lhe estavam próximos.

De facto os homens do campo daquela terra não entravam em ebulição por causa dela, o que não tirava em nada a sensatez das palavras de Thomas que sabia que qualquer faísca podia pôr a pira a arder. Os homens do campo estavam fartos de pagar impostos, que tinham triplicado nos últimos anos. Os registos deixavam os cobradores a coçar a cabeça: um terço dos pagadores tinha desaparecido naquele ano, e como não havia notícia de nenhuma doença, muito menos da peste, os mais argutos perceberam que a revolução tinha começado. A servidão, a que depois de um período de liberdade os senhores da terra os queriam remeter, tocava fundo num povo que tinha sido capaz de ser incorporado num Parlamento, e de fazer ouvir a sua voz.

✿

Katherine dobrava um vestido de Inverno de Elisabeth para o arrumar na arca, com as bolas de naftalina e os saquinhos de alfazema, quando ouviu uma barulheira imensa que parecia vir do portão. Chegou-se à janela, espreitou e o que viu deixou-a sem pinga de sangue: uma multidão de homens armados de paus, pedras e facas tentava deitar abaixo as grades de ferro, e a pequena guarnição dos guardas da casa pareciam apanhados completamente de surpresa: corriam de um lado para o outro à procura das suas armas, enquanto pedras zuniam por cima das suas cabeças. A multidão era imensa e não parecia disposta a deixar que um simples portão de ferro travasse os seus intentos.

Katherine gritou por um dos criados, que surgiu à porta do quarto, tão lívido como ela:

– Minha senhora, avançaram para Londres, de todo o país, assaltaram as prisões e os presos juntaram-se a eles, incendiaram as casas dos registos, e até palácios de arcebispos.

– E o rei, e o exército real? Como é que permitiram esta revolta, esta invasão? – perguntou Katherine, ofegante.

– O rei já fugiu – e o rapaz corou e emendou rapidamente –, o rei já se protegeu na Torre de Londres, e já recebeu uma comissão dos revoltosos...

– O rei recebeu estes bandidos, estes ladrões fugidos das prisões? – indignou-se Katherine, esquecida de com quem estava a falar. – Mas afinal o que é que querem? E porquê o Savoy, se o senhor da casa nem está?

O rapaz corou de novo, as bochechas da cor da túnica vermelha que vestia, da cor da rosa de Lancaster bordada sobre o seu ombro:

– Senhora, o rei não cedeu, porque eles querem a cabeça do senhor duque de Lancaster... e a sua – acrescentou, consciente de que perdido por cem, perdido por mil, e que de qualquer maneira quanto mais tempo durasse esta dolorosa conversa, menos possibilidades tinha de sobreviver, que os guardas não reteriam a multidão muito tempo.

Katherine recuou uns passos e deixou-se cair numa cadeira:

– Vai, vai, rapaz, põe-te a salvo...

– O melhor é a senhora vir comigo.

Mas Katherine sentia-se incapaz de sair dali, daquela cadeira, daquela sala, toda a sua habitual energia e determinação se tinham esvaído com o sangue que lhe descera da cabeça:

– Vai, vai, eu vou a seguir...

O rapaz achou que o melhor era obedecer-lhe, e apressando o passo pelo corredor foi tirando a túnica que o identificava como «um dos deles».

Katherine dobrou a cabeça sobre as mãos e sentiu as lágrimas caírem-lhe pela cara. Ainda bem que todos aqueles que lhe eram queridos estavam longe dali, ainda bem que John não estava em casa porque com aquela audácia enfrentaria os rebeldes de espada em punho, para acabar esmigalhado contra uma parede.

– Será possível que seja castigo de Deus? Será possível que Philippa tivesse razão e o pecado mortal em que vivemos seja cobrado ainda em vida?

Ajoelhando-se começou, pela primeira vez em meses, em anos, em décadas, a rezar:

– Desculpa a soberba, desculpa ter-me achado acima das tuas leis...

Os portões jaziam por terra e o barulho dos rebeldes mostrava que chegavam cada vez mais perto, as tapeçarias arrancadas das paredes, os quadros atirados pelas janelas, os pratos partidos. A palavra de ordem era destruir, e não roubar – «porque não somos iguais a eles», gritava um dos líderes – mas os bolsos dos menos convictos foram-se enchendo de tudo o que lá cabia.

O imenso Savoy estava vazio: toda a gente fugira ou, arrancando os símbolos do seu serviço à casa de Lancaster, misturava-se com os assaltantes, e assaltava também.

Thomas e o conselho particular de John tinham saído já há muito e a estas horas galopavam para norte para avisar o duque do que tinha acontecido ao seu glorioso palácio. De Katherine nunca mais ninguém se lembrou. Em transe, nem ela se mexera... nem quando o cheiro a queimado, o fumo cada vez mais intenso e o crepitar das labaredas se foi aproximando.

Da abadia de Barkley viam-se as imensas nuvens de fumo escuro que pairavam sobre Londres, e pequenas fagulhas caíam na horta, onde Philippa ajudava uma das irmãs a recolher alfaces para o jantar.

– Londres está a arder? – exclamou Philippa em terror. E atirando o cesto para o chão, correu direita à cela da madre superiora. Não a encontrou sozinha: um mensageiro com o capuz puxado de forma a tapar-lhe o rosto fazia o relato da rebelião.

A madre fez sinal a Philippa para que se sentasse, mas ela estava demasiado nervosa para ficar quieta, e mesmo a sua autodisciplina severa não a conseguia salvar do quase histerismo:

– O que está a arder, o que aconteceu? O meu pai está bem, o meu irmão Henry, e o rei?

Philippa falara o suficiente com Chaucer e frei John para agora intuir, quase sem saber como, o que acontecera.

O mensageiro levantou a cabeça, divertido, porque decididamente esta não era uma princesa de cabeça oca, nem deixara que as paredes grossas do convento a tivessem alheado da realidade. Porque nomeara, de um só folêgo, os principais protagonistas da matança que acontecia ali, mesmo à porta.

Mas foi a superiora que lhe respondeu:

– O seu pai está longe, na Escócia, embora seja de acreditar que quando souber da rebelião que marchou sobre a capital, venha vingá-la. Princesa, o fumo de Londres, que vemos ao longe, é o Savoy a arder.

Philippa estremeceu: queria lá saber do Savoy. O que entendia era que tinham posto fogo àquilo que pertencia a John of Gaunt, e sabia o que isso significava...

– Estava lá alguém dentro, morreu alguém? – perguntou numa voz subitamente controlada e fria.

– No Savoy? Ninguém que se saiba, por enquanto. O seu irmão Henry estava com o rei na Tower of London, mas acreditamos que tenha conseguido fugir com ele – sabemos também que Richard reuniu com os rebeldes.

– Que exigiam o quê?

E Philippa reparou que a madre e o mensageiro trocaram por segundos um olhar, mas a voz da Superiora continuou quase imediatamente, serena:

– Exigiam cartas de liberdade para os servos, exigiam que nesta terra, abençoada por Deus, todos os homens fossem livres de servir quem bem entendessem, e com um contrato firmado por acordo entre ambas as partes...

– E o rei? – perguntou Philippa, sentindo os dedos cruzar-se atrás das costas, no seu gesto de infância.

– O rei disse que sim, e chegou a dar, logo ali, algumas cartas de alforria e a concordar em que todos os ingleses eram iguais aos olhos da lei, sob as ordens do rei.

Philippa suspirou: se a revolução acabasse bem, e apenas com umas tapeçarias queimadas, podiam dar-se por contentes. Mas o rosto sério da madre tirou-lhe as ilusões:

– Nada está tão sereno como parece, porque há, bem, há outras exigências que os rebeldes fizeram e a que o rei ainda não deu resposta. E a violência da multidão é imprevisível...

– Quem foram as vítimas? – insistiu, de novo assustada, Philippa.

– O vosso médico, frei William Appleton, um homem tão bom e tão sábio... arrastaram-no pelas ruas só porque o encontraram no Savoy...

– E agora a sua cabeça está espetada num pau junto da London Bridge, para que todos possam ver o que acontece aos homens que servem o duque – continuou a voz grossa e firme do mensageiro, que falava pela primeira vez.

Philippa sentiu uma tontura: frei William fora sempre o salvador de todos eles. Lembrava-se muito bem de estar deitada numa cama, a cabeça a ferver, a mãe de um lado, segurando-lhe na mão, ansiosa, e frei William a chegar, os seus passinhos ligeiros em redor do seu leito, com chás feitos de ervas que só ele conhecia e que os mergulhavam num sono sereno, do qual se saía sem febre nem dores. Frei William… estava no Savoy? Porquê no Savoy, se o pai, os irmãos e Katherine se tinham ido todos embora? Por que não fora com Katherine para Kenilworth, de que ele gostava tanto, sobretudo das crianças, a quem contava histórias e ensinava os nomes das plantas?

Mas a madre superiora não a deixou mais tempo em meditações:

– Lady Philippa, o arcebispo Sudbury, tesoureiro-mor, conheceu o mesmo destino, que Deus lhe dê eterno descanso e castigo aos que o assassinaram…

– E o meu pai ainda não está preso na Tower of London é o que vai dizer a seguir, não é?

A Madre Superiora baixou ligeiramente a cabeça, mas o mensageiro deu-lhe a resposta directa:

– É isso mesmo que a madre quer dizer, lady Philippa.

Aquele homem não era decididamente um criado nem um mensageiro normal, apesar da capa de serapilheira – só um nobre ou um Cavaleiro teriam coragem de lhe dizer aquilo tão directamente, ainda por cima manifestamente contra a vontade da madre superiora. E a voz parecia-lhe estranhamente familiar e, no entanto, não suficientemente familiar para que lhe pudesse dar um nome. Olhou fixamente para o mensageiro, e este correspondeu ao olhar, deixando cair o capuz:

– Francis, não acredito! E apesar das circunstâncias Philippa estendeu-lhe as mãos num gesto impulsivo e caloroso.

Francis segurou-as entre as suas, e soltou uma gargalhada:

– Lady Philippa, a Emma disse-me que ia gostar de me ver – respondeu Francis com uma tal paixão nos olhos, que Philippa temeu que a tomasse nos braços ali mesmo em frente da madre.

Corou – nunca tinha havido um «caso» entre eles, um caso físico, como aqueles que tantas raparigas da corte já conheciam, mas tanto ela como ele sabiam o amor que os unia, a química que se libertava sempre que se encontravam frente a frente. As cartas que Francis lhe escrevera estavam amassadas de tanto serem lidas. E as suas?

Teria Francis voltado a lê-las? Mas não era a sua presença aqui mais do que a prova de que sim?

A madre superiora é que estava demasiado ansiosa por ver-se livre daquela «hóspede» excessivamente perigosa para a abadia: e se os rebeldes decidiam vingar-se, de uma assentada só, da primogénita do homem que não conseguiam apanhar, e as freiras da abadia real de Inglaterra, a mais rica de todas, onde a mesa era sempre farta, e as celas de um conforto invulgar? É verdade que davam de comer aos pobres e os tratavam na doença, mas os tempos da razão não eram, sem sombra de dúvida, aqueles...

– Fico contente que se conheçam – lançou com uma sombra de ironia, porque não escapava a ninguém o efeito que aquele homem provocava na rigidez de Philippa, rigidez que sinceramente sempre achara muito pouco atraente numa rapariga que acabara de fazer vinte e um anos...

– Mas acho que se devem pôr ao caminho o mais rapidamente possível... – e virou a cabeça no sentido das nuvens pretas de fumo.

– Vou para onde? – perguntou Philippa, inquieta. Emma estava casada e vivia no norte, mas duvidava de que se atrevesse a propor tê-la em casa, porque não teria qualquer forma de garantir a sua protecção...

Mas a madre tinha tudo planeado:

– Já trocámos mensagens com os conselheiros do seu pai e eles querem que vá directamente para Hertford, onde a rainha Constanza e as suas irmãs a esperam. Em Hertford terá uma escolta que as levará a todas ainda mais para norte, onde estarão a salvo num dos castelos do seu ducado. Será mais fácil asssegurar a vossa segurança, estando todas juntas.

Phillippa quis desesperadamente perguntar por Katherine, que parecia ter sido excluída de todo este programa de evacuação, mas depois pensou que se as ordens partiam do conselho do pai, era óbvio que não podiam incluir a amante de John... nem imaginar uma «excursão» em que ela e Constanza caminhariam juntas...

Francis já estava de pé:

– Dez minutos chegam para pôr tudo em ordem?

– Chegam, Sir Francis, e muito obrigada...

– Falamos pelo caminho – atalhou ele.

E Philippa sentiu-se estupidamente idiota: como é que era possível que neste momento de horror, mesmo a morte de frei William parecesse não ter importância?... Em vez de se achar infeliz e perdida, sentia-se repentinamente surpreendentemente eufórica. E encontrada.

Enquanto enchia a sua pequena arca dos livros de que era inseparável, pensava divertida: «Ainda bem que não tenho o amor que Elisabeth tem aos vestidinhos.» Ao proferir o seu nome benzeu-se pela protecção da sua querida irmã e do seu querido irmão, que ao serviço de um rei tão fraco como era Richard, corriam riscos imensos: se não fosse morto pelos rebeldes, que viam nele um John of Gaunt II, com mais hipóteses de ascender ao poder do que o pai, poderia ser assassinado pelo próprio primo, que nunca deixaria de o encarar como um rival perigoso.

Mas Philippa queria era voltar depressa para junto de Francis. Escoltados por dois soldados partiram naquele mesmo momento. Os três dias de viagem, em que reencontraram a cumplicidade em dois tempos, falou como nunca falara com ninguém, e foi ouvida com a atenção e a paixão com que nunca a tinham escutado. Foram os três dias mais felizes de que se lembrava alguma vez ter vivido.

Quando o castelo de Hertford surgiu no horizonte, o coração de Philippa ficou pesado como chumbo. Francis virava-lhe frequentemente as costas, temendo que lhe visse as lágrimas. Se ao menos ele as acompanhasse na corrida para o norte! Mas sir Francis explicou que não o podia fazer: o seu lugar era agora ao lado da família, do pai, que precisava dele...

Quis despedir-se com a solenidade e a distância com que diria adeus a qualquer outro cavaleiro que a escoltasse, mas deixou que ele prendesse o seu corpo contra o dele e o deixasse estar. Foram segundos, mas a memória do calor de Francis ficaria para sempre com ela.

31

Hertford Castle, 20 de Maio de 1381

Constanza estava eléctrica. Nascida e criada no meio de traições, batalhas e revoltas, ressuscitara para a vida com a notícia de uma rebelião. Ao contrário de todos os outros, a agitação popular parecia dar-lhe algum sentido à vida, e a ideia de uma fuga a meio da noite devolvia-lhe o sentido prático e libertava-a da letargia em que a vida fechada num palácio a tinha mergulhado.

Além do mais, os seus espiões haviam-lhe contado tudo: o povo queria-a a ela e indignava-se pela devassidão da «outra», que, não tinha dúvidas nenhumas, recorria a bruxarias e a poções mágicas do diabo para manter o seu Juan preso nas grilhetas do pecado. Ardera o Savoy, pois fingiria pena, mas não se ralava nem um bocadinho, e talvez, quem sabe, se os rebeles não marchariam sobre Kenilworth e deitariam fogo ao ninho daquela mulher e dos seus bastardos.

Constanza dava ordens a torto e a direito, sempre em espanhol, e os seus vassalos obedeciam, contentes por a ver sair do quarto de cortinas corridas onde se fechara há tanto, obrigando a sua corte a fazer, como ela, o luto por um marido infiel e um reino perdido.

As ordens dos conselheiros de John tinham sido claras: apenas as quatro Lancaster deveriam fugir dali, escoltadas por dez dos melhores homens do duque. Cada uma poderia levar a sua camareira, e Maud, a ama dedicada, ao saber que a sua menina ia para Hertford, apressara-se a chegar, ao palácio – Philippa iria precisar dela, tinha a certeza.

Estranhou o alheamento em que, no meio de toda aquela confusão, a sua menina se mantinha, e começou o interrogatório:

– Onde é que a menina esteve?

– Na abadia – respondeu Philippa, os olhos azuis brilhantes como Maud nunca vira brilhar.

– E foram aquelas freiras que lhe puseram os olhos a brilhar?

Philippa sentia uma vontade imensa de contar a sua história a Maud, mas como é que lhe podia dizer que se apaixonara por um homem de uma condição abaixo da sua?

Por isso, em lugar de falar, Philippa riu:

– Foi o ar fresco da viagem até cá; está tudo tão bonito, os castanheiros com a sua sombra, os cardos que enchem os campos...

Maud não queria acreditar. Philippa era demasiado literata para o seu gosto, preferia os livros às danças e conversas da corte, sempre mantivera à distância as suas damas de companhia, e excepto quando saía para a caça fugia de um aglomerado que tivesse mais de vinte pessoas... e agora perante a revolta dos homens da terra, não puxava das suas análises e dos seus saberes, e sorria, e dizia que os castanheiros estavam em flor?

– Quem é que a acompanhou nessa viagem? – perguntou a ama, perspicaz.

Philippa, que raiva, não conseguia controlar as cores que lhe subiam à cara, corava quer quisesse quer não. Corou e não respondeu. Maud fez um sorriso satisfeito, como quem diz, «Francis voltou!», e apesar da curiosidade decidiu que era melhor interrogar as criaditas que tinham assistido à chegada da princesa do que quebrar aquela aura de felicidade que tão raramente a rodeava.

Por isso encolheu os ombros e mandou-a preparar as bagagens, levando o menos possível, como aquela espanhola histérica, numa língua de trapos, a instruíra a fazer...

A pequena comitiva partiu já ao fim da tarde, mas os dias de Verão eram longos e o tempo quente ajudava a viagem. O cavaleiro que as tinha sob sua guarda explicou-lhes que as levava para Pontefract, uma das fortalezas mais seguras dos Lancaster.

Montada no seu cavalo, Philippa assustou-se com as caras frias e recolhidas que as viam passar. Nem ovações, nem gritos, nem estender de mãos para beijar. Inglaterra fechava o coração aos Lancaster, e mesmo os senhores das casas onde pediam abrigo tinham a desfaçatez de não lhes abrir a porta, mesmo quando a noite já caía.

Philippa e Elisabeth, criadas desde pequenas na ilusão de um poder sem prazo de validade, e firmemente crentes de que este nascia do amor incondicional do povo que a sua família real servia, estavam estupefactas e assustadas. Constanza e Catalina, ainda pequena, julgavam apenas que era a má educação de gente que gelara o coração à força de tanta chuva e nevoeiro.

O capitão da escolta tremia de raiva:

– Traidores – vociferava de punho erguido, quando do alto de uma muralha mais um soldado lhe dizia que tinha ordens para não abrir o portão a quatro mulheres cansadas. A quatro Lancaster, mulher e filhas do homem a que o povo atribuía todos os seus males.

Finalmente em Pontefract o marechal do castelo saiu à rua para as receber. Ora aqui estava um que sabia que a vingança do seu senhor, quando soubesse das portas fechadas, seria absolutamente terrível. Porque o comandante estava certo de que John of Gaunt venceria os seus inimigos. Tão convicto, que mesmo quando tudo parecia indicar o contrário, nunca escondera a rosa vermelha do seu manto de viagem.

32

Pontefract Castle, Verão de 1381

As cornetas soaram ainda o sol não se tinha levantado. Philippa e Elisabeth estavam aconchegadas na mesma cama neste castelo desconhecido, nunca tão próximas como agora.

Ambas reconheceram o toque dos Lancaster. Ambas perceberam que o pai finalmente chegava. E antes que os pés pudessem sair da cama, já tinham no quarto Maud e Heather com os vestidos prontos. Também elas sabiam que o senhor voltava a casa.

John viu-as a descer as escadas e correu a abraçá-las. Atirou-as ao ar, como se fossem meninas pequeninas, e encheu-as de beijos, as lágrimas molhadas a correrem-lhe pela cara. Philippa e Elisabeth nunca o tinham visto assim, e a uma só voz perguntaram:

– Katherine, o Henry?

Sabiam que só um daqueles dois teria a capacidade de deixar o pai tão frágil e derrotado.

Constanza, que vinha uns passos atrás, ouviu a pergunta e retraiu-se imediatamente, numa saudação meramente protocolar.

John nem a viu ou quis ver. Puxando as mãos das filhas, levou-as para uma sala, onde apesar de ser já Verão, a lareira ainda ardia quente. Sentou-se numa cadeira de braços e escondeu a cara entre as mãos:

– Pai, aconteceu alguma coisa ao Henry?

– Não – disse John –, o Henry esteve em perigo grave, mas conseguiu fugir da Torre e esconder-se. Está salvo.

– E a Katherine? A Katherine não estava em Kenilworth, longe daquilo tudo? – perguntou Philippa, um nó apertado na garganta.

– A Katherine, aquela tonta, estava no Savoy. O Thomas tentou convencê-la a partir quando os revoltosos chegaram à cidade, mas não sabe se ela partiu ou não. Em Kenilworth não está – e para onde iria Katherine senão para casa, para junto dos filhos, para onde iria Katherine se estivesse viva senão para junto de vocês as duas?

– Mas apareceu algum corpo? Ninguém viu uma mulher a correr pelas ruas? – perguntou Elisabeth, incrédula.

– Nada, ninguém viu nada. Henry e Thomas Swynford já correram os destroços do Savoy, nada, não resta nada. A intensidade do fogo era tal que... (e a voz embargou-se num soluço)... talvez não restasse nada dela, se se tivesse escondido dos rebeldes ou ficado presa entre dois corredores em chamas.

Philippa e Elisabeth ajoelharam-se junto ao pai, que lhes passava as mãos pelo cabelo.

«Deus não dorme», pensou Philippa, para depois se lembrar de Francis e rematar para si mesma, depressa, «mas é infinitamente misericordioso! Mas é infinitamente misericordioso».

John arrastava-se num dia-a-dia lento. Há dois meses que não saía do seu castelo de Pontefract, como se quisesse permanecer quieto no mesmo sítio, para que Katherine soubesse onde o encontrar. Setembro caía fresco, as folhas das árvores começavam a ficar encarnadas e a vista da sua janela mostrava-lhe uma paisagem que se preparava para entrar de braços abertos no Outono. Não saíra dali, mas a sua vingança já chegara longe, e a sua pressão sobre Richard fora suficiente para que o rei voltasse atrás com as suas promessas de libertação dos servos. Fizera-o desajeitadamente, e acicatando ainda mais os ódios, como se podia esperar de um miúdo de 14 anos, aconselhado por gente sem visão, suspirara John, que não tivera vontade nenhuma de voltar à corte. Henry e os seus conselheiros mantinham-no informado, e tremera com a inaptidão do sobrinho quando lera que Richard rasgara os papéis onde escrevera as suas promessas, e em público dissera, aos cidadãos reunidos à porta do Parlamento: «Rústicos vocês eram, e são. E serão mantidos na vossa servidão não como dantes, mas em condições piores!»

Mortos os chefes dos revoltosos, os outros capturados de novo pelos seus «senhores» e devolvidos à terra a que pertenciam, os rebeldes estavam, também eles, a preparar-se para o inverno das suas vidas.

John falava, reunia com os seus consultores, discutia a política nacional com os emissários que lhe chegavam da capital, mas o olhar ansioso com que saudava cada mensageiro que chegava, revelava que só tinha um pensamento: – «Onde estava Katherine? Onde raio poderia estar Katherine?»

Reforçara a segurança em Kenilworth, e pedira a Philippa e a Elisabeth para voltarem, porque não queria os seus quatro Beaufort entregues mais tempo a criados de lealdade sempre duvidosa, e não podia esquecer como se deveria sentir perdida Blanchet Swynford, abandonada por todos. John podia ter muitos defeitos, mas era um homem de família. Mandara uma Constanza amargurada e desiludida de volta para o seu castelo com a sua corte castelhana, e a mulher bem sabia que o fazia porque queria estar sozinho caso a «outra» lhe entrasse porta dentro.

John tornara-se mais melancólico e era frequente vê-lo a percorrer o caminho da muralha, os olhos fixos no horizonte. Como naquele dia. Só que naquele dia, um ponto negro no horizonte fez-lhe bater o coração mais depressa. Era um cavaleiro e vinha sozinho, mas não era um mensageiro: mesmo àquela distância percebia-se que o seu manto era o de um homem distinto. Encostado às ameias olhou com curiosidade para as palavras que trocava com o porteiro, e percebeu que era certamente bem conhecido porque o guarda baixara sem hesitações a ponte levadiça para o deixar passar.

Como que pressentindo que estava a ser vigiado, o cavaleiro levantou os olhos para as muralhas e John reconheceu-o de imediato. Era Geoffrey Chaucer, o seu diplomata, o seu poeta, o homem das missões discretas, a quem implorara que procurasse Katherine e que podia fazê-lo sem levantar suspeitas, ou não fosse seu cunhado.

Apressadamente desceu as escadinhas de pedra e chegou ao terreiro principal a tempo de ser ele mesmo a segurar as rédeas do cavalo suado de Chaucer. Abraçaram-se com força, mas o abraço foi suficiente para que John entendesse que as notícias que lhe trazia não eram boas.

Um pergaminho enrolado por debaixo do braço de Chaucer chamou-lhe a atenção: o que tinha a comunicar-lhe chegava por escrito.

Chaucer viu que John tinha visto e estendeu-lhe o canudo de folhas.

– Sir John, a Katherine está viva.

O rosto de John ficou transtornado, e Chaucer comoveu-se – aquele amor era como o dos livros que escrevia.

– Aí tem a carta que ela lhe escreveu – continuou. – Acho que a deve ler sozinho e sem ser incomodado, por isso vou levar o meu cavalo às cavalariças e já vou ter consigo.

John não precisava de mais pistas: Katherine estava viva, mas alguma coisa de grave mudara. Para já, Katherine não viera pessoalmente e mandara uma mensagem escrita, pelo cunhado...

– Vemo-nos então lá dentro – respondeu o duque, com toda a frieza de que foi capaz.

As mãos tremiam ao desatar a fita de seda que envolvia as quatro folhas. John começou a ler.

Katherine escrevia em francês e tratava-o por «meu amor», como sempre. Mas a história que se seguia era trágica. Contava como um criado fiel a tinha arrancado ao seu torpor e levado por caminhos que não conhecia para fora do Savoy, evitando sempre a multidão que partia e destruía tudo que ambos tinham construído e amado tanto. Pusera-lhe uma capa cinzenta de uma das empregadas, e tapara-lhe a cara com um cachecol para que o fumo não a fizesse perder os sentidos. Arrastara-a por vielas e caminhos, e ela seguira-o como uma sonâmbula entre os gritos dos rebeldes.

E John continuou a ler: «Meu amor, gritavam contra mim e contra ti. Diziam que tínhamos ofendido Deus, que a nossa luxúria era a causa do seu sofrimento. Chamavam-me serpente amaldiçoada, juravam que fora o diabo que me plantara no seio da família real para que desonrasses os teus compromissos com o povo e até com Constanza, e com a tua promessa de resgatares Castela. Quando o rapaz me deixou, meio morta, junto de uma taberna, sentei-me no chão por trás de umas pipas vazias, tentando esconder-me, e foi então que quando levantei os olhos o vi: frei William Appleton, o nosso grande amigo, o homem que vezes sem contas nos salvou os filhos, o padre que me ouviu ainda a semana passada em confissão e mais uma vez me implorou que renunciasse ao amor que te tinha para que não te perdesses comigo. Vi-o a olhar para mim, os olhos muito abertos. Julguei que estava a delirar, de frio e de medo, e foi só então que percebi que era apenas a sua cabeça cortada que baloiçava num pau, junto de muitas outras. John, percebi que ele morrera por nós! Recordei as penitências que me mandara fazer, e acho que desmaiei. Pelo menos, só acordei quando a noite já estava escura como breu, e os homens saíam da taberna. Mas o meu suplício não tinha acabado: um deles, olhando com total indiferença a cabeça de William, disse na sua voz alcoolizada: "Deus não perdoa aos homens que o desrespeitam e ainda se riem por cima. E aquela cabra até matou o marido, que servia o duque, só para ficar livre, quando Gaunt também estava. O pobre do marido era um empecilho a remover! E este frade morreu a protestar a inocência daquela mulher, quando a multidão o apanhou a tentar entrar no Savoy para a ir salvar... Gritava que ela estava lá dentro, e que o deixassem passar. Trespassaram-no com uma espada, e com a mesma espada separaram-lhe a cabeça do corpo. "Aquela mulher de inocente não tem nada, nem ela nem aqueles bastardos, que deviam estar aqui espetados em paus iguais a estes!", diziam. John, meu amor, percebi como o nosso amor, embora tão verdadeiro – que Deus sabe que nunca amei ninguém como te amo a ti – é proibido. Como os amigos que nos avisaram, nos procuravam defender de nós mesmos. De como o coração pode ficar cego e o ciúme e o sentimento de posse toldar-nos a razão. Foi nesse momento que decidi, numa promessa feita perante o homem que apesar de não concordar com o meu comportamento dera a vida por mim, que por muito que as vísceras se me desfizessem em dor, e não conhecesse mais um dia de luz e alegria, se saísse viva desta revolução teria a coragem de acabar tudo contigo. Tudo. O teu lugar, e sabe Deus o que me custa escrever isto, é junto de Constanza. A tua missão é honrar as promessas que lhe fizeste, a jura de fidelidade eterna; a tua missão é servir Richard, como aos seus pés prometeste fazer. Salva-te, John, por ti, por mim, e pelos nossos filhos.»

John soltou um uivo de dor, e o pergaminho escorregou-lhe das mãos. Viver sem Katherine, ficar sem Katherine, parecia-lhe uma dor maior do que qualquer outra que suportara até então.

John era um homem poderoso, habituado a ter o que queria. Servos em revolta e mulheres a tomarem a iniciativa de romperem com ele não faziam o seu género. Decidamente. Como criança que era, esqueceu o sofrimento de Katherine, a morte de frei William, esqueceu os filhos bastardos e os legítimos, e deixou que uma raiva lenta o invadisse – era vítima de tudo e de todos. O povo não reconhecia uma vida dedicada a servi-los, ingratos sem nome, prontos a deixarem-se emprenhar de orelha, seduzidos por um reizinho de tuta-e-meia, com caracóis de menina e falinhas mansas, que cedera de imediato aos seus caprichos, para agora os espezinhar, e era bem feito. E agora Katherine, que tratara como uma rainha, rejeitava-o? Tomava ela a decisão de romper uma relação com um homem como ele, sem o consultar, despedia-o por carta, como se fosse um vassalo dispensável? Quem julgava a mulher que era? Uma preceptora de duas adolescentes que se fartava do patrão?

Quando Chaucer bateu à porta, esperando encontrar um John of Gaunt cabisbaixo e triste, quem lhe abriu a porta foi um homem em fúria.

«E quem vai pagar é o mensageiro», pensou o poeta, levantando o sobrolho.

– Podes dizer à tua miserável cunhadinha que quem não quer nada com ela, sou eu. Talvez seja verdade, talvez tenha assassinado o marido só para me apanhar, talvez o povo não se engane quando lhe chama serpente, talvez eu esteja só a pagar a minha ingenuidade ao longo destes anos...

Chaucer estava estarrecido. Esperava que John o enviasse a Katherine para a convencer a mudar de ideias, esperava que John montasse no mesmo momento no seu cavalo e a fosse procurar à mais recôndita das abadias, mas nunca imaginara que a reacção fosse a de um adolescente despeitado, ansioso acima de tudo por preservar a sua imagem de macho. Fora ingénuo, porventura, pensou. Esperou o pior.

E o pior aconteceu. Na manhã seguinte, John, depois de uma noite de pesadelos e suores frios, mandou chamar o seu escrivão oficial e começou a ditar, perante o silêncio de Chaucer: «A 7 de Setembro, do ano de 1381, eu, John, Rei de Castela e Leão e duque de Lancaster...»

Chaucer foi recuando até ter as costas comprimidas contra a parede, enquanto o duque anunciava ao mundo que Katherine o tinha enfeitiçado com poderes diabólicos e o levara a pecar, perante Deus, a mulher e o seu povo. Mas liberto do feitiço, renegava-a para sempre, pedindo perdão ao Altíssimo e jurando emendar o seu caminho.

Chaucer permanecia colado às paredes húmidas, incapaz de imaginar o sofrimento que aquele papel, escrito para ser lido nos adros das igrejas, nas tabernas e nas vielas, iria provocar na sua querida cunhada.

Mas sabia que não podia, nem lhe cabia, dizer nada. John, porém, não estava totalmente despojado de sentimentos e chamou-o para que escrevesse:

– Geoffrey, escreva aí nas actas do dia de hoje que Katherine deverá receber uma pensão vitalícia pelos serviços prestados às princesas Philippa e Elisabeth ao longo destes anos, devendo no entanto sair rapidamente do meu castelo de Kenilworth e assinar um documento em que garanta prescindir, em seu nome e no dos seus quatro filhos, de quaisquer pretensões sobre mim ou a minha família.

Chaucer escreveu, obediente, e quando acabou de escrever, pousou a pena e olhando John directamente na cara, pediu-lhe licença para partir.

Preferia ser ele, pessoalmente, a dar as notícias a Katherine, antes que as línguas começassem a dar a dar.

John baixou os olhos, e puxando-o a um canto, num momento de sinceridade disse-lhe:

– Chaucer, homem, ela não me deu outra possibilidade. Tinha que agir como o representante mais velho da casa real dos Plantagenet, se não me quisesse tornar no mote principal de todas as anedotas do reino.

Chaucer não lhe deu a satisfação de uma resposta. Com uma vénia rápida, virou as costas e montou o seu cavalo, que um dos criados já tinha pela rédea.

33

Kenilworth Castle, Setembro de 1381

K atherine voltara para Kenilworth há apenas alguns dias, vestida com um manto de peregrina, os cabelos cortados, a cinza e o pó da estrada a cobrir-lhe a roupa. Vinha a pé e aproveitara a companhia de um grupo de homens e mulheres que subiam para norte em busca de trabalho nas colheitas.

O porteiro do castelo teve dificuldade em reconhecê-la, logo Katherine, que fazia gala nos seus vestidos e nas suas jóias, os dedos cheios de anéis – bem visível sempre o de brasão dos Lancaster, que certamente fora um presente de John.

Embaraçado, correu a segurá-la, sem saber como podia, ou devia, tocar nesta mulher, que agora se lhe apresentava como uma humilde pedinte, como tantas que ali batiam à porta. Mandou o rapazinho que o assistia chamar rapidamente lady Philippa, a dona da casa, e foi ajudando uma Katherine de pés cheios de feridas a atravessar a ponte.

– Trenton, que bem que me sabe a relva suave destes terreiros, nos meus pés magoados – disse, falando pela primeira vez.

Trenton sentiu os olhos marejarem-se de lágrimas – a senhora lembrava-se do seu nome, e se nunca fora altiva, agora tinha uma serenidade que tocava mesmo uma alma empedernida.

Respondendo ao apelo do rapazinho, Philippa cruzava o mais rapidamente que podia o espaço que a separava de Katherine, e ao chegar-se a ela, encostou-a a si silenciosamente. Sabia bem que as palavras não serviam para nada num momento como este.

– Vamos, lady Katherine, tem de tomar um banho e vestir-se, antes que a coitadinha da Blanchet e dos seus outros filhos morram de susto

– disse Philippa, sentindo que agora, antes de mais, eram necessárias medidas práticas urgentes.

Falando baixinho levou consigo Katherine para os seus aposentos. Maud ia caindo quando foi chamada ao quarto da menina, para encontrar Katherine sentada numa cadeira:

– Virgem Santíssima, lady Katherine, o susto que apanhámos, não a sabíamos nem viva nem morta – disse a ama, precipitando-se para ela, esquecida dos protocolos, abraçando aquela que reconhecia, de facto, como a madrasta das suas princesas.

– Um banho, Maud, um banho quente, e um dos vestidos do guarda-fatos de lady Katherine... o mais modesto e o mais estreito, porque lady Katherine está só pele e osso.

Katherine sentiu de repente um cansaço enorme abater-se sobre ela. Não lhe apetecia falar de nada do que acontecera – era como se depois de ter escrito a John a última carta de amor, e descrito nela os seus piores pesadelos, quisesse apagar para sempre de dentro de si todas aquelas memórias. Escrevera já há dias, de uma das abadias a que se tinha recolhido, e chamara ao convento o cunhado, a quem encarregara de entregar o pergaminho a John. Nada do que Chaucer lhe dissera a tinha demovido, e embora não lhe tivesse revelado o que escrevera, o cunhado saíra dali sem qualquer ilusão. Com a mesma determinação com que Katherine tinha suportado estes anos de má-língua e marginalidade por um amor em que acreditava, seguiria a sua decisão de se separar de John. Mas Katherine sentia que Philippa, sobretudo Philippa, merecia uma explicação – não se esquecia nunca da carinha de abandono que a aluna mais velha pusera no dia em que lhe dissera que a mãe morrera. Não podia, também ela, deixá-la sem se justificar.

Enquanto Philippa lhe passava a esponja pelo corpo dorido, que insistira que só ela lhe poderia dar banho dispensando camareiras e até a ama, Katherine contou-lhe como escapara ao fogo. E como só então entendera que o seu amor por John, embora o maior que pudesse existir à face do mundo, fazia mal aos outros – e ao próprio John. E que por isso lhe escrevera a pedir que aceitasse o rompimento da relação, prometendo retirar-se rapidamente daquele seu castelo e regressar à pequena quinta que herdara do marido, não muito longe dali.

– A Blanchet vai adorar, viveu lá em pequenina, lembra-lhe o pai, e...

– Ficará com a Katherine só para ela...

– Eu sei que ela e lady Philippa foram quem mais sofreu com esta minha ligação. Ela porque achou que era uma traição ao pai e sentiu que eu não via mais ninguém à frente quando o John aparecia (e tinha razão, coitadinha); e lady Philippa porque acredito que apesar de gostar de mim, se afligia...

– Afligia-me que as duas pessoas de quem mais gosto no mundo (e Philippa pensou que era infantil incluir Francis neste grupo!), viviam em pecado mortal...

Katherine estremeceu na tina de água, e Philippa pôs-lhe sobre os ombros uma manta quente:

– Não gosto de julgar ninguém, lady Katherine, mas acho que o meu pai tem que honrar os seus compromissos. Um homem com o poder e a posição que tem, não pode pôr o desejo pessoal à frente do exemplo que dá ao povo que o serve, mas a quem ele também tem a obrigação de servir... com a vida.

– Rezei muito nestes meses, percorri as abadias e os santuários do sul e em todos encontrei o eco das palavras que lady Philippa agora me diz. Acredite que estava cega de amor e não queria fazer mal a ninguém. Estava... e estou – suspirou.

Quando Chaucer chegou com as notícias da reacção de John of Gaunt, já Katherine tinha os filhos prontos para partir. Blanchet agarrara-se a soluçar às saias da mãe, tanta amargura, medo e tristeza acumulados, mas que a ideia de partirem dali vinha acalmar. John, o mais velho, e que se comportava como um príncipe que sabia ser, prometeu tomar conta da mãe e dos irmãos, levando a mãe, as meias-irmãs e até as amas às lágrimas. Henry e Tamkin subiram para o colo de Philippa e fizeram-na prometer que os visitaria, e Joan, um bebé que aprendia agora a dar os primeiros passos, sorria para todos, os dentes ainda novinhos em folha e brilhantes.

Quando Chaucer chegou e viu este retrato de família, todos sentados debaixo da enorme tília que crescia no terreiro principal, os cavalos aparelhados para partir, as carroças com as malas e os berços, não teve coragem de contar nada do que tinha vivido.

– Cunhado, que notícias? – perguntou Katherine, ansiosa. Os seus sonhos eram povoados por imagens de um John furioso decidido a vingar pela espada a renúncia, mas que quando se chegava perto dela, a amava apaixonadamente, tragava cada um dos bocadinhos do seu corpo, e acabava a segurá-la entre os seus braços fortes, jurando-lhe que tudo não passava de um pesadelo...

– Cunhada, notícias, poucas. O John leu a tua carta, ficou triste e calado, mandou que te fosse atribuída uma pensão vitalícia pelos teus serviços às princesas Philippa e Elisabeth, e pede só que, quando for tempo disso, já depois de instalada, assines um papel a renunciar aos direitos dos teus filhos...

– Não acredito que ele tenha renegado os filhos! – balbuciou Katherine, mas vendo que a conversa estava atentamente a ser seguida por todos, mudou de assunto.

– Sim, sim, tudo ficará tratado em devido tempo. Agora o importante é partir porque a viagem vai ser longa.

E subindo para o cavalo, sem virar a cara para os presentes, acenou um longo adeus até que a sua figura se perdeu de vista.

Philippa e Elisabeth ficaram a vê-la partir, o reflexo da pequena caravana no imenso lago que transformava o castelo numa ilha. Um capítulo longo e forte das suas vidas acabara de ser encerrado.

34

Kenilworth Castle, 30 de Setembro de 1384

Kenilworth já há alguns anos que estava tristemente silencioso. Há muito que não se ouviam os gritos guerreiros dos miúdos no pátio, e a casa parecia desprovida de vida: nem criados, nem vassalos, nem cavaleiros. Só Philippa e um vazio imenso.

Philippa percorreu pela milionésima vez o quarto de brinquedos, e um a um o quarto dos seus meios-irmãos. No de Tamkin olhou longamente a espada de madeira que ficara esquecida, e junto do berço de Joan uma bonequinha de trapos que ela própria tinha feito para a bebé da família e que guardava ali, como a anunciar uma chegada. Pegou na boneca e cheirou-a na tentativa de encontrar nela o cheiro daqueles bebés que tinha visto crescer.

Katherine escrevera. Depois da vergonha da renúncia pública que o pai fizera, e que ainda hoje deixavam um gosto amargo na garganta da filha, preferiria mil vezes que John não fosse dado aos gestos espectaculares, nem àquela maneira infantil e cobarde de tentar sempre lavar as mãos de todas as responsabilidades.

O pai vivia agora com Constanza, como marido e mulher, depois de uma cena teatral, que felizmente só lhe fora relatada, em que John se lançara aos pés da infeliz esposa, pedindo-lhe desculpa e prometendo compensá-la de sofrimentos passados. E sobretudo retomar, logo que possível, a sua promessa de lhe devolver o trono de Castela.

A cunhada Mary engravidara pouco depois do casamento, e apenas com dezasseis anos preparava-se para dar à luz dali a uns meses o seu segundo filho, e Philippa rezava todos os dias fervorosamente para que o bebé de Henry, o seu segundo sobrinho, nascesse saudável e forte, como era o primeiro. E que fosse rapaz, evidentemente...

Elisabeth era uma constante dor de cabeça. Afastara-se da vida pacata de Kenilworth a pretexto do seu estatuto de mulher casada, e mergulhara de cabeça na vida da corte de Richard, que era animada e cheia de gente nova, como convinha à corte de um rei de dezoito anos. Philippa desaprovava em absoluto os caminhos da irmã que, toda a gente sabia, estava loucamente apaixonada por John Holland, um perigoso destruidor de corações, meio-irmão do rei, cheio de convencimento, dinheiro e poder.

Maud, a quem o entorpecimento das pernas provocado pela idade não retirara nada nem da agilidade mental nem da sua rede de informadores, já lhe contara que por trás de cada leque da corte, havia alguém a chamar-lhe nomes menos próprios, e a afirmar que quem sai aos seus não degenera, numa clara menção à vida dissoluta do seu pai. Philippa vivia no horror da comparação, e no fundo tinha a certeza de que à fama de John of Gaunt devia em grande parte o facto de ter vinte e quatro anos e continuar solteira.

A família do marido de Elisabeth, agora com doze anos, já pedira ao Papa uma declaração da nulidade do casamento, com base no facto de que este nunca fora consumado... nem se via como pudesse vir a ser, atendendo à diferença de idade dos noivos.

A John, para indignação de Philippa, ainda lhe passara pela cabeça usar as suas influências em Roma para travar o processo, mas as histórias das aventuras amorosas da filha favorita aconselhavam cautela. Para dizer a verdade, achava que estavam reunidas todas as condições para que a família deixasse por uns tempos Inglaterra... até porque Katherine não saía dos seus sonhos...

Vivia agora em Lincoln, e John of Gaunt, mais generoso e apaixonado do que os votos de renúncia podiam dar a entender, fazia questão de conseguir as melhores escolas para os filhos, e de fazer chegar, constantemente, presentes para a família que renegara, mas que amava profundamente – Philippa estava tão certa disso, que quando pensava no assunto não conseguia deixar de sentir um imenso ciúme. Afinal os meios-irmãos tinham uma mãe serena e sensata, aquela que Philippa tinha tido a seguir à sua..., viviam numa mesma casa, sossegados, uns com os outros, e eram amados e apaparicados por um pai que, se estava longe da vista, não estava, nem por um momento, longe dos seus corações.

Philippa deu mais uma volta por aquela ala da casa, aquela de que mais gostava: da torre onde estava via-se o Salão Nobre que há apenas alguns anos o pai construíra, e o envidraçado daquelas janelas tão elegantes reluzia com a luz da manhã, dando-lhe um ar quase mágico.

No dia seguinte partia para Londres. Fora uma ordem do pai, que queria que Constanza, Catalina, Philippa e Elisabeth se reunissem numa cerimónia em Windsor. Desde que o Savoy ardera ficavam todos num outro palácio nos arredores da cidade, que o pai se limitara a alugar, enquanto procurava fundos para restaurar a casa original dos Lancaster.

Passava agora largas temporadas na abadia de Barkley, talvez porque a ela estivesse para sempre colada a imagem daquele dia em que o misterioso mensageiro revelara ser Francis, disposto a protegê-la contra tudo e contra todos. Emma continuava a escrever-lhe com frequência: já tinha quatro filhos e confessava que tinha engordado e nunca mais se atreveria a vestir um vestido com que se pudesse apresentar a duzentos quilómetros do paço real. Philippa ria imenso com as suas descrições dos lanchinhos da paróquia e da ocasional festa em casa de uns pacóvios de uns senhores cheios de títulos, mas desprovidos de qualquer polimento. De Francis, falava sempre, pressentindo que embora dolorosa, a informação era revelante: «Francis fala de si a todos os pretextos. Sempre que me visita, com a desculpa que vem ver os sobrinhos crescer, pergunta-me se recebi alguma nova carta sua. E depois pede-me sempre para a ler, e como lhe recuso obviamente a pretensão, tortura-me com tanta insistência que acabo por lhe contar o que me parece mais inocente – porque sabe que nunca, nem ao meu mais querido irmão, trairia a sua confiança. De qualquer maneira ordena-me sempre que lhe mande cumprimentos e lhe garanta que, sejam quais forem as circunstâncias, será sempre um seu obediente e leal criado. Tenho a certeza que é sincero, lady Philippa, e atrevo-me a acreditar que talvez noutro tempo, ou noutra vida, pudesse ter havido qualquer coisa de importante entre vocês. Mas não ligue, sou uma eterna romântica e aquilo que mais queria era que o meu irmão e a minha melhor amiga vivessem felizes, a duas portas da minha!» Philippa gostava deste jardim secreto, que era só seu, e um bocadinho de Emma, e acreditava cada vez com maior convicção que a sua vida estava destinada à oração e ao recato.

Mas o pai não a deixava isolar-se num convento, e nem queria ouvir falar em votos. Por isso a chamava de novo a Londres, e à corte. O que seria desta vez?

35

Londres, 18 de Outubro de 1384

Quando chegou ao palácio de Londres, em véspera da festa em Windsor, Philippa encontrou a casa iluminada e engalanada. Mal entrou pela porta percebeu que tinham visitas. Maud subiu para os quartos, mostrando o caminho a um formigueiro de criadas a quem pedia água quente, sabão e o unguento de cardos, para o banho da senhora que chegava ensopada pelos aguaceiros.

– Quem é que cá está? – perguntou ao criado que lhe abriu a porta.

– Dois senhores de uma comitiva portuguesa...

Philippa sabia onde era Portugal. Os seus dedos tinham percorrido muito as suas fronteiras nos últimos tempos, porque nas aulas que todas as manhãs continuava a ter com frei John e outros dos seus discípulos a agitação política daquele país a oeste de Castela era tema do dia.

Os senhores ficaram para jantar, e Philippa teve de esconder um ligeiro sorriso com o maneirismo que usavam para a cumprimentar, e que só a Constanza pareciam absolutamente normais.

– Fernando Afonso de Albuquerque, grão-mestre da Ordem de Santiago – disse um, enquanto, pondo um joelho em terra, lhe beijou a mão estendida.

– E permita-me que me apresente – disse num francês muito mais perfeito, o outro:

– Lourenço Annes Fogaça, chanceler do Reino, um criado ao seu serviço.

Constanza também estava com eles, e num jantar absolutamente informal nos aposentos privados de John, a conversa correu sobre política. John nunca afastara as filhas destas conversas, e Constanza fora educada a presenciá-las.

Lourenço saltava do francês para um inglês perfeito, enquanto Fernando Afonso se perdia na língua dos bretões, mas estavam tão entusiasmados com o que se passava em Portugal, que não eram as dificuldades linguísticas que os iam impedir de contar a sua história.

John estava fora de si de contente, como estava sempre que lhe punham em frente um projecto novo, um desafio ou uma conquista, e estava suficientemente desiludido e desgastado com a política interna do seu país para ambicionar voltar aos campos de batalha e às negociações.

E, evidentemente, regressar em força ao seu desejo de ser rei.

Os portugueses tinham vindo de Windsor, onde haviam apresentado as credenciais do novo rei de Portugal a Richard II. Chamava-se João – como o meu pai, pensou Philippa tentando pronunciar o nome em português – e era mestre da Ordem de Avis. Era filho bastardo do rei D. Pedro I, aliás filho bastardo de uma relação que sucedera a uma outra de contornos trágicos com Inês de Castro («os homens são todos iguais», pensara Philippa em silêncio), e lutara contra Castela que alegava ter direito ao trono português, porque o seu rei era casado com Beatriz de Portugal.

Philippa tomou nota para, na próxima aula com Chaucer ou frei John, lhes pedir que, de pergaminho e pena, lhe pusessem por escrito esta complicada genealogia real.

Fosse como fosse, o tal mestre tinha sido aclamado rei pelo povo numa revolução na capital, que se chamava Lisboa, e um dos seus conselheiros de Estado, um tal João das Regras, que os dois portugueses pareciam admirar muito, conseguiu que uma bula papal o reconhecesse como tal. Mesmo passando por cima dos filhos de Inês de Castro, bastardos como ele, mas de uma relação primeira.

Agora, fora o mestre que mandara os seus melhores homens pedir a Inglaterra uma ajuda poderosa para vencerem Castela, mantendo-se como um Estado independente que há muitos e muitos anos se orgulhavam de ser.

Os olhos de John brilhavam: um rei carismático, eleito pelo povo no reino de Portugal e em guerra aberta com Castela era o parceiro ideal para o ajudar na reconquista do trono. Nunca uma melhor oportunidade se voltaria a proporcionar, pensava enquanto mandava encher os copos com vinho, e levantava o seu em aclamação a D. João I. «Viva

El-Rei» disseram em uníssono os convidados, naquela língua disso-
nante e estranha, enquanto erguiam os cálices de vidro.

E o melhor de tudo é que Richard parecera ter ficado tão entusiasmado como John, entendendo que se o tio chegasse a concretizar
de facto a sua pretensão, Inglaterra ficaria mais poderosa. E percebendo bem, pensou Philippa com ironia, que se John of Gaunt estivesse entretido no outro canto da terra, o seu lugar no trono de Inglaterra estaria infinitamente mais seguro. Mas o caminho era longo.

36

Lisboa e Londres, do Outono de 1385 à Primavera de 1386

Philippa habituou-se a ver entrar pelo palácio os dois portugueses – durante um ano conspiraram na sala privada de John, e à medida que os dias passavam o pai estava cada vez mais convencido de que era preciso partir. Lisboa, a capital, estava cercada desde Março, e John já fora vezes sem conta ao Parlamento pedir dinheiro para financiar uma armada que partisse em seu auxílio.

– Burros, burros, não entendem que o tempo é tudo. Que se João cair, se os castelhanos invadirem Lisboa e depois o resto do país, vão pelo ar todas as nossas esperanças – gritava John, enquanto dava murros na mesa.

Lourenço e Fernando estavam felizes com o entusiasmo de John, que lhes parecia o menos fleumático dos ingleses que conheciam, talvez por influência do vinho da península, diziam a rir. Aliás, eles próprios já se tinham ambientado na corte inglesa, e para dizer com franqueza nem tinham muita pressa em voltar. Philippa atirara as mãos à cabeça quando a sua informadora de sempre, a fiel Maud, lhe dissera que o senhor Fernando (palavra que pronunciava com custo) já se amancebara com uma dama, que estava grávida, e que mais tarde tivera uma filha a que chamara Lora, mas que jurava pretender levar para Portugal quando regressasse. Lourenço parecia mais contido, e Philippa divertia-se imenso ao ouvir as suas histórias épicas, onde gabava os feitos do seu povo, sem ter consciência de que o homem que tinha à frente andava na guerra à frente dos exércitos mais poderosos desde os seus dez anos. Mas quando alguém lhe chamava a atenção para o despropósito da gabarolice, John, que o achava um homem genuíno, vinha sempre em seu auxílio para lembrar que «não sendo grande soldado, gostava sempre de ouvir uma boa história de armas». Lourenço, depois de uns segundos mais cabisbaixo, escapava-lhe a ironia do interlocutor, e lá se lançava em mais uma descrição de glória e cavalaria.

Finalmente a autorização chegou e John preparou a frota inglesa para partir. A 2 de Abril de 1385, dia de Páscoa, os lisboetas viram as naus inglesas subir o rio Tejo, as bandeiras vermelhas e brancas no mais alto dos mastros, os tiros dos canhões a afundar, um por um, os batelões espanhóis que há meses os mantinham fechados atrás das muralhas da cidade. Os generais de Gaunt, Nortbury, Mowbray e Hentzel comandavam as operações em nome daquele que vinha reclamar em breve o trono do país vizinho.

Philippa nunca se haveria de esquecer do dia em que o já mais do que *habitué* Lourenço Fogaça entrou pelos corredores do palácio a dançar com uma criança. Quando se cruzou com ela, fez-lhe uma vénia profunda e exclamou:

– Princesa, celebre esta data comigo: os ingleses libertaram Lisboa e o nosso rei está eternamente grato ao vosso. O nosso povo recebeu os vossos homens em ombros, e hoje será um dia que os soldados e marinheiros do meu país não poderão nunca esquecer...

Constanza ouviu a algazarra e, seguida das suas damas, veio ao seu encontro, ansiosa pelos pormenores.

Que coisa estranha, pensou com as suas pérolas a princesa Philippa: como as lealdades mudam conforme as conveniências. Se Constanza estivesse no trono que legitimamente lhe pertencia, estaria a esta hora a lutar contra os portugueses, ansiosa pela sua derrota.

– Eu conheço os espanhóis – exclamou Constanza –, eu conheço-os. Voltarão, depressa e com mais homens. Não aguentarão a humilhação e somarão dois mais dois: não lhes será difícil entender que a ajuda de Inglaterra só pode significar o renascer das minhas pretensões ao trono.

– E das de John of Gaunt – acrescentou apressadamente, cheia de medo que o marido percebesse que não tinha dúvidas de que só nas suas veias, e nas da sua filha, corria sangue real de Castela.

Lourenço e Fernando também tinham a certeza de que era assim. E em Portugal, D. João I, que sabia da política e da guerra tudo o que havia a saber, depois de anos de estratégia e batalha, sabia-o ainda melhor.

A ordem que chegou era clara: obrigado pelo apoio, mas precisamos de mais. E que John of Gaunt venha pessoalmente discutir com El-Rei os seus negócios.

Enquanto D. João tratava da política e das alianças, firmando com os ingleses o Tratado de Windsor, que estabelecia as regras da colaboração mútua, D. Nuno Álvares Pereira, aquele a que chamavam condestável do Reino, conferenciava com os generais de John of Gaunt e preparava Aljubarrota.

37

Londres, 28 de Maio de 1386

Naquela casa só se falava em partir. Philippa desconfiava que Constanza tinha as suas malas, as da sua filha e as de todas as damas e vassalos da sua corte, feitas há muito. Há anos que sonhava com esta aventura, há anos que imaginava o dia em que deixaria o bolor constante deste país, pelo sol da sua terra natal.

Mas Philippa, que estivera tão empenhada como os outros nos preparativos, hoje não conseguia pensar em viajar fosse para onde fosse: Elisabeth chegara a casa às três da manhã, completamente bêbada, e confessara a quem a quisera ouvir, apesar do esforço desesperado da irmã para lhe tapar a boca, que estava grávida!

Enquanto as amas e as camareiras a tentavam arrastar para o quarto, e Maud pedia chás de camomila reforçada para todos, Elisabeth declamava alto o seu amor por John Holland, e contava os pormenores de uma noite de amor tórrida, seguida de outra, e de mais outra. E agora, isto.

Os aposentos do pai eram ao fundo do corredor, mas a chinfrineira era tal que John acordou. E saiu para ver o que era.

– Elisabeth, cala-te já, ou mando-te para o convento! – vociferou, fora de si.

– Não basta acordares toda a gente como insistes em envergonhar-nos a todos? – continuou.

Mas Elisabeth, os seus olhos verdes ainda mais brilhantes à conta de tanta cerveja, só o olhava a rir e dizia:

– Pai, o pai vai ser avô. O Richard vai ser tio. A Philippa vai ser tia mais uma vez, e os filhos de Henry vão ter primos, muitos primos.

– E tu vais é estar calada. Quem é que te tem deixado à solta? Onde estão as tuas damas de companhia, quem é que te acompanhou a Windsor hoje? – mas mesmo enquanto somava perguntas John entendeu que o melhor era estar calado também. Por agora.

Com um gesto de impaciência ordenou às amas que a deitassem, e virando as costas voltou para o seu quarto.

Mas Philippa correu atrás dele, os pés descalços nas lajes frias, a memória da noite do nascimento de Elisabeth a voltar em *flash*, da noite em que ele a tinha apanhado e atirado ao ar, divertido com a sua ousadia de percorrer o castelo de Burford inteiro, sem uma vela para lhe alumiar o caminho. A memória da mãe, da força e da luz de Blanche, deram-lhe coragem para correr mais uns passos e pousar, num gesto único, a mão no ombro do pai.

Ao sentir o calor de uma mão no ombro, John virou-se e sentiu-se tão espantado como ela – era como se uma corrente os tivesse ligado e por segundos estivessem presos um ao outro.

Olhou a filha de vinte e cinco anos, como se nunca a tivesse visto antes, e numa voz anormalmente terna, perguntou:

– O que foi, Philippa?

– Pai, lembra-se de como a mãe gostava da Elisabeth. Como se ria com a forma disparatada com que ela subia para o colo das visitas e interrompia as conversas?

John lembrou-se: lembrou-se de Blanche, sobretudo lembrou-se de Katherine, lembrou-se de tanta coisa que tinha perdido e de que gostava tanto.

– Pai, a Elisabeth é desvairada, mas só quer a sua atenção. Não vale a pena castigá-la nem mandá-la para um convento. O casamento com o João pequenino não resultou (e Philippa teve o cuidado de não deixar que nenhum tom de acusação entrasse na conversa), e ela sem marido a sério, e sem poder casar, apaixonou-se loucamente.

– E o John Holland sabe-a toda – disse o pai, o sobrolho franzido.

– Talvez, mas agora só tem de conseguir a anulação do casamento anterior para que ela possa casar antes que a barriga se comece a notar.

John olhou para a filha e anuiu com a cabeça.

– Aquela criatura vai ter que honrar a minha filha. Vamos casá-los e depois partem connosco.

– Partem, pai? Eu também vou?

John sentiu-se surpreendido com a sua própria resposta:

– Claro que vais. Vou-te casar com esse tal João e vais ser rainha de Portugal!

E virando as costas, deixou Philippa a tremer no corredor. Partir? Com o pai? Num barco para Portugal? Casar, ter filhos, ser rainha?

Abanou a cabeça com força para afastar a confusão de ideias que de repente a deixavam tonta.

Lentamente, saltitando nas lajes brancas do corredor, e evitando as negras, Philippa sentiu que, afinal, talvez a sua vida só agora estivesse a começar.

38

Londres, 5 de Junho de 1386

Não conseguia dormir. De uma vida rotineira e monótona, passara a um dia-a-dia cheio de emoções. De um futuro triste e sem graça, a que já se conformara, passaram a acenar-lhe com um outro, com partidas e novos reinos. A esperança de um trono.

Daqui a semanas partia. Mal embarcasse com destino a Castela, a Portugal, fosse onde fosse que o seu pai a levava, comprava um bilhete de ida. Tomava consciência clara de que regressar a Inglaterra, para uma vida igual à que tinha, seria insuportável. Decididamente, esta viagem não teria volta, desse por onde desse.

Só tinha pena de deixar para trás uma mão cheia de pessoas. Francis era uma delas. Paradoxalmente, o desejo de largar de um porto em direc-ção ao desconhecido acicatava o seu amor recalcado por aquele homem.

Não resistiu a pegar na pena. Era da mínima decência escrever-lhe. Um bilhete frio, conciso, em que se limitasse a dizer-lhe adeus. Endi-reitou-se e escreveu.

Meu Querido Francis,

Desde que lhe escrevi a primeira carta que a chama que deveríamos extinguir cresceu. Perdi o controlo. Não consigo evitar sonhar con-sigo, não consigo evitar falar de si. Imagino-me de novo escoltada pelo mais corajoso cavaleiro de Inglaterra, a despedir-me de si nos degraus de casa da minha madrasta.

Acredito que todos me vêem com tal frieza de sentimentos que jul-gam que não os tenho. Só Emma e Maud adivinham o que não digo e mal me atrevo a pensar. Rezo por si constantemente e depois morro de angústia porque sei que não posso rezar por nós. Posso rezar para que seja muito feliz, mas não posso rezar para que seja feliz comigo, embora o faça às vezes.

Sabe tão bem como eu que rezar por essa união é rezar por um milagre, e temo que a minha fé vacile em relação a essa possibilidade.

Os meus pais tinham uma relação muito íntima e bastante rara nas relações comuns de casamento. Sempre esperei que talvez Deus também abençoasse o meu com a graça do amor. Depois de o conhecer, já só peço o contentamento.

Francis, independentemente do que o futuro me reservar, de ser escolhida ou não para rainha de Portugal, o que sinto por si nunca irá desaparecer, sei-o agora. Mas tenho que aprender a viver com esse sentimento. Vou aprender a viver com ele. Com ele e sem si.

Francis, não sou nova, e se soubesse que poderia viver consigo feliz e para sempre, talvez me angustiasse esta partida, mas na verdade partir parece-me a melhor solução. Porque a verdade é que se não posso estar consigo, então prefiro estar longe de si. Deus chama-me a cumprir a minha missão, e é cumprir a minha missão o que farei. Mas o meu querido amigo estará sempre nos meus pensamentos e no meu coração. Mesmo que esse coração fique um bocadinho português.

Despeço-me já porque não sei se ainda o vou poder ver pessoalmente antes de me ir embora. Não consigo evitar as lágrimas, não consigo evitar desejar tocar na sua mão por uma última vez. Tenho medo. Tenho medo de estar consigo porque receio que me falte a força para o deixar. E tenho medo de não o ver porque penso que não aguentaria sair desta minha terra sem olhar para os seus olhos mais uma vez.

Não lhe posso pedir que venha ter comigo, por isso lhe peço que reze por mim, e que seja feliz, muito feliz. Por mais egoísta que isto seja, imploro-lhe mais uma coisa: que me guarde para sempre num canto especial do seu coração.

Sempre sua,
Philippa of Lancaster

O criado entrou na sala com uma carta numa salva de prata. Com uma pequena vénia, dobrou o joelho e apresentou-a a Philippa. Uma carta? O coração da princesa acelerou. A letra era de Francis, indismentivelmente de Francis.

Agradeceu ao criado, que saiu depressa, e Philippa deu graças a Deus por estar ali sozinha.

As mãos tremiam tanto, que quase não conseguia concentrar o olhar nas letras desenhadas. Pousou-a novamente, respirou fundo, e tentou readquirir a compostura. Contou até dez, e leu:

Querida Philippa, futura Filipa,

Aprendi que em Portugal o seu nome se escreve assim, Filipa. Escrevê-lo magoa-me. Contra mim falo: tenho a certeza de que vai ser escolhida para rainha. Querida Philippa, não duvido que seja sua missão ocupar um trono. Tenho mesmo a certeza, por a conhecer tão bem, que vai ser a mais magnífica de todas as magníficas. Infelizmente sei também que toda essa gente vai olhar para os seus olhos curiosos e verdadeiros, e perceber a sua inteligência; sei que um segundo depois de lhes dirigir a palavra, entenderão que a rapidez do seu raciocínio, a sua vasta cultura, os seus conhecimentos geopolíticos, fazem de si uma mulher excepcional. Como outra não há. Ponho as mãos no fogo que o monarca português vai rapidamente tomar consciência da sorte que tem. Mas o que não sei, aquilo de que não tenho a certeza, é se aguento os ciúmes que essa ideia me provoca.

As imagens da minha princesa nos braços de outro homem, enlo-quecem-me. Deveria estar agora, como cavaleiro que sou, a oferecer--lhe palavras de segurança e de incentivo, mas não consigo dizer-lhe mais nada excepto que a adoro – mais do que esse tal João algum dia a vai adorar. E que acredito em si, como pessoa, como mãe (que gos-taria que fosse dos meus filhos) e como rainha.

Dói-me ouvir que espera ansiosamente que esse homem a escolha. Mas como posso culpá-la de desejar um destino que lhe deram no berço?

Se soubesse como luto contra o impulso de me precipitar para sua casa e cair aos seus pés! De lhe implorar que não vá. De pedir a sua mão em casamento ao seu pai, que sei conhecer a força do amor mesmo quando ele não é lícito nem fácil. Caso me recusasse, pediria então que me deixasse alistar nos seus exércitos para poder estar sem-pre perto de si, protegê-la dos perigos que pode correr. Temo que para si o ditado «longe da vista, longe do coração», seja verdadeiro. Pre-feria sofrer ao vê-la com João, preferia acompanhar os vossos futuros filhos, a perdê-la para sempre.

Querida Philippa, rezo por si todos os dias. E espero que o seu coração português ou inglês me pertença pelo menos um bocadinho, para sempre. O meu, é eternamente seu. Daquele que a ama mais do que a vida,

Francis Beacon

Philippa subiu as escadas a correr e fechou-se no quarto. Olhando para fora da janela para o rio que corria, mordeu o lábio. Fora a carta mais bonita que alguma vez recebera. Saber-se amada, era uma experiência nova, que vira acontecer sempre aos outros, mas que parecia iludi-la constantemente. Mas não podia brincar com os sentimentos de ninguém, muito menos de um homem tão admirável como Francis, alimentar aquela ligação, mantê-lo preso, enquanto corria a procurar o destino noutro homem, noutro reino. Não podia saltar de alegria uma noite, apenas porque o pai falara na possibilidade de ser ela a escolhida de João, e na outra chorar como uma criança mimada porque a opção que tomara livremente a privava do amor de um outro.

Ou podia?

39

A caminho do porto de Plymouth, 30 de Junho de 1386

A armada estava acostada no porto de Plymouth. Assinado o tratado e recolhidos os fundos, que Richard autorizara o Parlamento a conceder-lhe, John decidiu que era mais do que tempo de deixar os emissários e os generais de lado e partir ele próprio para as negociações com João I.

— Constanza, a lista de mulheres que vai nesta expedição é tão grande, que suspeito que não terei lugar para um único soldado a bordo — disse desesperado ao ver as arcas que se amontoavam no átrio do palácio de Londres.

— Mas as mulheres são a tua melhor companhia e o teu maior trunfo — respondeu Constanza, a quem a idade e a estabilidade do casamento trouxera um outro charme.

— Ficam todas na abadia mais próxima, porque não vou andar a subir e a descer dos meus navios com um punhado de galinhas atrás, aos gritos para saberem se as roupas cabem todas no convés.

Philippa vinha a descer as escadas, com um último saco, e desatou a rir, pela primeira vez há dias. Os olhos ainda estavam vermelhos de chorar, as cartas de Francis apertadas no bolso, mas a ideia de partir tinha-lhe feito bem. Estudara mapas e cartas, Chaucer e frei John deram-lhe aulas intensivas da história daquele pequeno país, e o poeta tinha insistido mesmo em pôr-lhe no saco o seu Tratado do Astrolábio, que entretanto concluíra.

— Princesa, sei que não o leu todo, nem vai ler, mas se calhar a atravessar o canal da Mancha, ou nesse país à beira-mar, vai olhar para este livro e perceber que contém os segredos de que precisa para vir a conquistar o mundo.

Philippa ficou-lhe grata: enquanto os outros a viam pronta para entrar no convento, sem grande talento ou beleza, Chaucer continuava a acreditar nela como alguém que ainda podia «conquistar o mundo». O pensamento era reconfortante.

Elisabeth vinha atrás de Philippa, com dois pobres criados dobrados sob o peso das suas «malas de viagem». Andava eufórica e feliz. Casara numa cerimónia simples, e agora em lugar de ter de ficar a ouvir os comentários das maldosas damas, o pai propunha-se levá-la com ele – como se fosse um rapaz! – e ainda por cima deixara que fosse John Holland a comandar o seu exército.

– Com o gosto que aquele rapaz tem por andar à luta, e de arranjar sarilhos em todo o lado, o melhor é que vá comigo e lute por uma guerra que valha a pena, em lugar de em duelos idiotas por dois rabos de saias – protestara John, perante o nariz franzido de fúria da filha.

Mas não eram as únicas a bordo: Catalina, é claro, tinha de ir – era uma miúda divertida, embora cheia de manias, mas Philippa e Elisabeth já a conheciam de ginjeira, e não conseguiam deixar de rir às gargalhadas com a pompa da irmã mais nova. Catalina encarava a viagem como um regresso à sua terra natal, e imaginava, como nos sonhos dos adolescentes, uma multidão a aclamá-la e a levá-la em ombros – a princesa perdida finalmente reencontrada. De tal forma tinha sido catequizada neste delírio, que acreditava firmemente que todos os castelhanos odiavam Juan, o filho do Usurpador, que agora se sentava no trono, e esperavam o regresso de uma família real que não punha os pés por aqueles lados há dezenas de anos. E que ainda por cima descendia de um rei de má fama, Pedro, o *Cruel*, que só a cegueira da filha e a ambição do genro (e mesmo esse mudara de ideias...) consideravam digno da sua defesa e homenagem.

Philippa e Elisabeth bem a tentavam chamar à razão, mas Catalina reagia sempre com lágrimas e fúrias, atirava-lhes à cabeça o que tivesse na mão. Rapidamente as irmãs Lancaster acharam que o melhor mesmo era não se meterem no assunto.

❈

Porto de Plymouth, 6 de Julho de 1386

Depois de umas noites mal dormidas na abadia de Plymouth, chegou a ordem de embarcar. O mar serenara e o vento, ao que parecia, estava de feição. John esperava-as no cais para lhes indicar quais as naus em que deviam embarcar. Eram mais de cem, porque à armada inglesa juntaram-se seis galeras de 300 remos cada, que o rei de Portugal enviara para transportar os reforços. Além disso, John, que tanto se queixara da corte de mulheres que Constanza queria embarcar consigo, não lhe ficara atrás, reforçando o seu exército de nobres e cavaleiros. Gente que tinha uma dupla função: primeiro lutarem como bravos, para depois se transformarem em cortesãos, mal o trono de Castela estivesse conquistado. Anunciara recompensas em terras e títulos, e eles responderam ao apelo, «alistando-se».

Philippa sentiu um aperto no estômago, e instintivamente procurou Francis entre os jovens que enchiam as docas. A mão do pai no seu braço fê-la voltar à realidade:

– Philippa, quero apresentar-te uma pessoa – disse, enquanto a arrastava ao encontro de um pequeno grupo.

Philippa viu uns metros à frente uma mulher que parecia da sua idade, cabelos cor de avelã, os olhos verdes como os do pai e de Elisabeth, e embora não soubesse quem era sentiu dentro de si qualquer coisa a partir:

– Philippa, esta é Blanche. Como tu, também ela é minha filha. E este é o marido dela, Thomas of Morieux, um dos meus generais.

Philippa não queria acreditar: que mais surpresas teria o pai? Sabia, desde que Maud deixara de a conseguir proteger das conversas das criadas e dos vassalos, que tinha uma meia-irmã, da sua exacta idade, chegara mesmo a vê-la nas exéquias da mãe Blanche, quando alguém lha apontara. Mas não gostava de pensar nisso.

Não porque ter meios-irmãos fosse qualquer coisa de novo na sua vida, mas simplesmente porque Blanche – como é que aquela mulher se atrevera a dar tal nome à filha! – era a prova de que o pai nem sequer tinha sido fiel à sua mãe, aquela que sempre o amara tão incondicionalmente e que ele, hipocritamente, dizia também ter amado. Maud lembrava-lhe sempre que Blanche de St. Hilaire fora fruto de uma relação anterior, que o pai não traíra a mãe, porque não tinha então nenhum compromisso com ela, mas Philippa não conseguia acreditar em nada disto.

Blanche percebeu o embaraço de Philippa, e tomou a iniciativa de lhe estender a mão. Mais sensível do que o pai, encolheu os ombros e disse-lhe:

– Lady Philippa, temos o pai que temos. Vamos olhar para o futuro e não para o passado.

Philippa gostou do sorriso franco de Blanche, e sorriu-lhe também. Devagarinho, como era seu jeito.

Subiram juntas as escadas para o barco, mas Philippa foi depressa encontrar um lugar isolado e protegido, para ver a largada.

Encostada à amurada, naquele dia 6 de Julho, via Plymouth transformar-se num ponto ao longe e pensou, com determinação: «A minha vida vai mesmo mudar, não quero ser o patinho feio desta família, não quero renunciar a viver e a mudar o mundo.» E lembrando-se de Chaucer e frei John, recordou-se que tinha um pedacinho de pergaminho que frei John lhe pedira para abrir só em mar alto. Estendeu a mão para a bolsinha que trazia à cintura, encontrou-a e abriu-a. Dizia apenas: «As estrelas não mentem. Deixa-nos Philippa, duquesa de Lancaster, voltará Filipa, Rainha de Portugal.»

II PARTE
FILIPA, RAINHA DE PORTUGAL

«Este país que agora é o meu.»
(1386 – 1415)

Dinastia de Avis

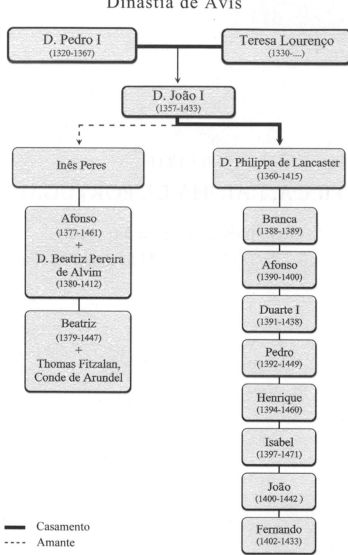

1

Oceano Atlântico, 17 de Julho de 1386

Philippa habituara-se depressa ao baloiçar da nau, e já passeava pelo convés sem a menor hesitação. Elisabeth e Catalina não saíam do porão, onde se lamentavam numa ladainha sem fim, em que Constanza e as suas damas faziam coro: do enjoo, dos ratos, do desconforto e da falta de uma tina de água quente para um banho decente. Maud, a sua fiel Maud, estava torcida e encolhida num canto, enrolada numa manta, pedindo à Virgem que lhe perdoasse o destemor de se aventurar, mesmo que atrás da sua menina, por mares nunca antes navegados. Philippa levava-lhe chazinhos de hora a hora, mas a pobre só lhe falava da casinha dos pais, e de como fora louco o dia em que decidira que o amor à sua princesa chegava para se atrever a tamanho disparate. A princesa ria, com um riso subitamente desprendido, como se a espuma que batia no casco do barco e o vento que enchia as velas, tivesse afastado de dentro de si todos os medos.

Philippa descobrira em si a vocação de marinheira, o gozo imenso do espaço sem limites, a liberdade que nunca conhecera de não ter paredes altas a cercá-la e protocolos a cumprir. Era filha do pai, sem dúvida nenhuma, e agora quando o via encostado à amurada com os olhos postos no horizonte, os ombros descontraídos e a palavra fácil, perdoava-lhe as ausências constantes. Perdoava-lhe, até, aquele derradeiro dia, aquele dia em que a mãe Blanche morrera sozinha, a chamar por ele. Quando olhava para o céu estrelado, com o astrolábio que Chaucer lhe fizera escorregar para as mãos à despedida, tinha a certeza de que uma daquelas luzes era a da mãe, que nunca deixara de olhar pelas filhas. E acreditava ver no caudal de luz dos astros, um presságio de que agora é que sua vida ia começar. Aos vinte e seis anos, isso mesmo, do outro lado do mar.

Durante o dia visitava a cabina do comandante e perdiam-se os dois em mapas estendidos na mesa de madeira, os dedos a percorrer percursos conhecidos, e a hesitar na extremidade de cada um, com a pergunta sempre presente: «E para lá daqui, o que será?»

Philippa sabia que o pai tinha os olhos nela. E que ao contrário do ligeiro desprezo que habitualmente pareciam conter sempre que se voltavam para si, brilhavam de orgulho.

– Miúda, onde é que aprendeste tudo isso? – indagava, e Philippa corava; que raiva, por que corava, denunciando o que queria tanto esconder?

A bordo de um barco, com dezenas de outras naus em redor, a caminho de um reino que acreditava poder fazer seu, John rejuvenescia. E revia-se na sua primogénita, que se não se destacava nos salões da corte, possuía estofo para ser rainha. Rainha de Portugal. Estava certo disso.

Philippa não pensava noutra coisa, de noite e de dia. Calada. Mas Elisabeth e a meia-irmã Blanche discutiam-no abertamente:

– Não sejas parva, é claro que te vai preferir a Catalina, que nem catorze anos tem... e ainda por cima é pretendente ao trono de Castela! Achas que o homem não teve sarilhos que cheguem com aquela gente?!? – exclamava Elisabeth.

– Cala-te, idiota. Não vês que nesta casca de noz toda a gente ouve tudo? – dizia-lhe Philippa, tentando tapar-lhe a boca com a mão, que Elisabeth mordeu sem hesitação:

– Mordeste-me!

– Pois mordi, a ver se acordas e deixas por momentos essas orações e esse astrolábio e tratas mas é da tua vida... Fala com o pai, diz-lhe que queres casar com esse tal John, será alguma coisa que preste?

Blanche ria a bandeiras despregadas. O encontro com estas meias-irmãs tinha sido uma surpresa especial. Criada sozinha com a mãe, filha, mas não legítima, de um homem tão poderoso que lhe metera sempre um bocadinho de medo; parte da grande família, porque John nunca a ignorara, mas sem conhecer nenhum dos seus numerosos irmãos; casada há cinco anos por determinação do pai com um homem que, graças a Deus, amara desde o primeiro minuto, sentia-se um pouco como Philippa: talvez esta viagem fosse o princípio de uma vida nova, num país onde a sombra da bastardia não a incomodaria mais.

Elisabeth não a deixou entregue a pensamentos nostálgicos. Porque Elisabeth, confirmou Blanche com um encolher de ombros, não suportava ser ignorada por um minuto que fosse:

– Blanche, és igualzinha à Philippa, não sabes que a pensar morreu um burro? Diz lá, o teu marido chefia os nossos exércitos, temos alguma possibilidade de ganhar? O pai vai recuperar o trono... que o pai de Constanza perdeu? – perguntou.

– Sei lá eu, Elisabeth. O Thomas não discute essas coisas comigo, faz o que Sir John lhe manda...

– Não lhe chamas pai? – perguntou logo Elisabeth

Blanche mudou de posição, para esconder o embaraço:

– Não, chamo-lhe sir John, para mim, chega.

Philippa deu uma cotovelada à irmã. Será que nada, nem dois casamentos e uma gravidez, lhe dariam um bocadinho que fosse de bom senso?

– Não me mandes calar, Phil, que irritante. Vocês andam sempre cheias de terrores escondidos e de perguntas por fazer; não é muito melhor perguntar directamente, e dar o assunto por arrumado? – protestou Elisabeth, o cabelo ainda mais ruivo à luz do sol que se punha no mar.

– Está bem, mas deixa a Blanche responder à pergunta. O Thomas já conheceu o rei João?

– Santíssima Virgem, com o pai John, o meu John, e o teu João, fora o Juan de Castela, a coisa vai ficar linda; será que não há mais nomes na terra? – interrompeu de novo Elisabeth.

– De facto – concordou Blanche – as conversas vão ficar confusas. Bem, pelo que o Thomas (ao menos o meu não é John!) me disse o rei de Portugal é um «João I», acho que não houve outro João antes dele.

– Mas o Thomas conheceu-o? – perguntaram-lhe em coro as duas irmãs.

– Conheceu! Esteve em Portugal em Aljubarrota com os homens de Sir John, e aliás foi por isso que Sir John lhe pediu que comandasse agora este exército. E... tenham calma, já conto, diz que ele é inteligente, um soldado corajoso, capaz de ouvir os outros...

– E é giro? – interrompeu Elisabeth

– Achas que o Thomas repara nessas coisas? Não disse que era feio nem falou de nenhuma deformidade, mas também não fez descrições de belezas, era o que mais faltava!

– É mais velho do que eu, tem 29 anos, o pai diz que faz 30 em Agosto. Talvez a Elisabeth tenha razão, talvez me escolha a mim, atreveu-se Philippa, embalada pelo calor da conversa, para logo se arrepender. Que vergonha, abrira demasiado os seus sentimentos, se agora o tal rei João preferisse Catalina ficava, mais uma vez, como a rejeitada, a solteirona em quem ninguém queria pegar. Deveria era fingir-se totalmente desinteressada. Se fosse como a irmã mais nova, a esta hora já tinha contado, a quem a quisesse ouvir, que não era assim, que Francis lhe pedira para ficar, que se quisera atirar aos pés do pai para lhe pedir a mão em casamento. Que era amada. Mas não podia trair os seus sentimentos, muito menos agora. Agora era importante que nada manchasse a sua reputação, sobretudo quando tinha a certeza de que já a olhariam com desconfiança, sendo filha de quem era...

Elisabeth, que ao contrário do que a irmã julgara ficara, sim senhora, mais sensível com a idade, abraçou-a, fazendo-a cair para trás para cima dos colchões empilhados, murmurando-lhe ao ouvido:

– Não te arrependas do que disseste, mana querida, é mais do que tempo de seres feliz, e aposto que vais ser a melhor rainha que esse tal país já teve. Faz o que te digo, deixa o pai perceber o teu interesse...

Philippa sentiu os olhos picarem e as lágrimas prontas a saltar, mas ao contrário do que seria seu hábito deixou-se ficar no abraço de Elisabeth, e adormeceram assim.

Por muito bem-intencionados que fossem os planos para a salvação da sua alma, Philippa não sonhou com João, mas com Francis.

Vira-o na última noite antes de embarcar. Sentira umas pedras contra a vidraça da cela do convento onde pernoitavam antes de embarcar. Levantara-se para tentar perceber o que era, e o seu coração disparara a mil à hora: Francis, o seu Francis, estava lá em baixo, e acenava-lhe em gestos silenciosos para que descesse. Teria coragem? Ainda hesitou, mas não conseguiu resistir. Vestiu o manto de viagem, puxou o capucho bem por cima da cara, saltou por cima do colchão onde Catalina dormia a sono solto, e abriu a porta. Não conhecia aquele convento, só lá estavam há uns dias, o mais certo era ir parar à cela da madre superiora, ou encontrar alguma em oração num dos oratórios espalhados pelos corredores. Mas com uma determinação que sabia que tinha desde que aos cinco anos percorrera os corredores escuros do Castelo de Burford na noite em que a irmã nascera, lá foi tacteando o caminho, seguindo a corrente de ar que estava certa a conduziria a uma porta para a rua.

– Francis, o que faz aqui, a esta hora? Não acredito, não acredito, queria tanto vê-lo, mas...

Francis não lhe respondeu e puxando-a para a sombra das árvores, abraçou-a e beijou-a na boca com força, um beijo, um primeiro beijo a que ela se rendeu com paixão. Tocara-lhe, como nunca ninguém lhe tinha tocado, e Philippa sentira o que nunca sentira antes. No sono gemeu, e procurou uma nova posição no colchão duro, embalado pelo mar.

Depois empurrara-o e fugira. Sem uma palavra. Não se voltara para trás uma única vez, mesmo quando sentia os seus passos mais próximos, e a sua voz ofegante a chamar por ela. «Philippa, Philippa», dissera ele, a voz trémula, tão cheia de desejo, desejo igual ao seu. Fechara atrás de si a porta por onde saíra, e deixara-o desesperado a bater com os punhos nas traves de madeira, indiferente ao que lhe poderia acontecer. Quando se deitara ofegante na sua cama, na sua cela, a respiração de Catalina tão serena como quando a deixara minutos antes, pensou em João de Portugal. Tapando a cabeça com a almofada, chorou amargamente, e no entanto, não era um choro de desespero. Philippa acreditara no que o pai lhe dissera no corredor da casa de Londres. Francis não tinha nada para lhe oferecer, mas talvez João – e tentava pronunciar a palavra como Lourenço lhe ensinara – tivesse. Com a Graça de Deus.

※

Catorze dias no mar não se esquecem por se pôr um pé em terra. Philippa, as irmãs e atrás delas as damas e camareiras, invadiram o convés do barco, ao grito de «Terra à Vista». Constanza já lá estava há muito, empertigada junto da amurada, vestida nos seus trajes mais ricos, o encarnado-escuro da realeza no manto que lhe cobria os ombros, mesmo naquela manhã de calor imenso. Tão elegante, que quem a visse esquecia que a rainha de Castela passara duas semanas no porão de um barco minúsculo. Mas Constanza ansiara por este momento acima de todos os outros, e fora a esperança neste dia que a mantivera viva na solidão dos longos anos fechada num castelo murado, num país que não era o seu, numa aldeia longe de tudo, invariavelmente rodeada de um detestável nevoeiro. Agarrara-se a ela durante quinze longuíssimos anos, e só a fé em Deus e na promessa que John lhe fizera de reconquistar o trono que fora usurpado ao seu adorado pai, a mantivera viva, mesmo quando o seu bebé varão lhe morrera nos braços e a doença a tornara estéril. Mas hoje começava um novo tempo: os usurpadores morreriam à espada dos ingleses e dos portugueses, bem como os traidores dos seus apoiantes, e seria aclamada pelo povo e reconduzida ao poder. Ela e John, claro. Desde que aquela horrível inglesa desaparecera da sua vida, o marido mostrara-se menos frio e distante e sobretudo, e era isso que importava, de novo apaixonado pela ideia de vir a ser, de facto, rei de Castela e Leão.

No pequeno porto de Finisterra, uma multidão reunira-se para ver chegar a frota imensa de barcos, mais de cem, a bandeira inglesa içada nos mastros mais altos. Mas não era a única: ao lado baloiçava à brisa fraca uma outra desconhecida, que reunia as insígnias inglesas com as de Castela. John insistira em mandá-la desenhar para este desembarque, para a reconquista, apesar do protesto de Constanza. Que o glorioso reino de Castela e Leão se bastava a si mesmo!

Sempre era verdade, então, que os ingleses chegavam para conquistar o país, para o devolver à princesa Constanza, comentavam.

– São mas é todos iguais como gotas de água, e vai a gente meter-se em guerras para trocar um Juan, por um John! Ainda por cima um homem daquela raça de gente que rouba adegas, se mete com as mulheres, deixando-as sozinhas e prenhes – dizia um dos pescadores.

– Aguentam mal o vinho, que lá na terra deles devem mamar o leite das vacas, para chegarem aqui tão tenrinhos que dois copos de tinto os deitam abaixo – refilava alto um outro, enquanto se dirigia para o seu barquinho aportado. Já agora talvez pudesse ajudar a transportar aquela soldadesca para terra, e ainda ganhar algum com a loucura dos outros!

Pelos vistos, a maioria daquela gente pensava o mesmo. O guardião da fortaleza do porto entregou-a sem resistência alguma, como lhes prestaram instantânea vassalagem o povo e os senhores da terra com que se foram cruzando até Santiago de Compostela para onde a comitiva de Gaunt se dirigia. Constanza rejubilava nos acenos que recebia, nos presentes que lhe traziam, e passava por entre os grupos que se juntavam montada num cavalo engalanado, respondendo aos cumprimentos com uma alegria contagiante. Catalina montava ao seu lado, como troféu, porque a sua beleza era de facto estonteante, e quando fazia por isso o seu sorriso era capaz de conquistar o coração dos rapazes da Galiza, e a simpatia de todas as mães que a imaginavam já como soberana dilecta.

Elisabeth animava o pequeno grupo em que seguia Philippa e Blanche, com os seus habituais comentários sarcásticos:

– Ai, ai a nossa Catalina, vai apanhar muito da vida.

– Não sei se ela é assim tão diferente de ti com aquela idade – comentava com um sorriso trocista Philippa, que recuperara Maud para dentro da sua carruagem. E Maud, apesar do enjoo que ainda sentia, sorriu pela primeira vez de há semanas para cá.

– Cala-te! Alguma vez tive aquela pose? Olha para ela a acenar a uma multidão que não faz a mínima ideia de quem ela é, como se fosse já rainha... – retorquia Elisabeth, aproveitando o pretexto para deitar a cabeça de fora da carruagem e sentir o prazer de atrair imediatamente sobre si o olhar da populaça. Era linda e queria mostrar-se. E as gentes galegas queriam ver.

Philippa olhava pela janela do lado oposto, escondida por detrás da cortina, e maravilhava-se, como sempre se maravilhara desde pequenina, com os pântanos, as árvores altas e sobretudo o céu azul, azul, de um azul como nunca tinha visto igual.

Marcharam sobre Santiago de Compostela, cidade santa, sem qualquer resistência, e quando Philippa e a sua pequena comitiva entraram na abadia frente ao terreiro principal da cidade, já o pai pusera fora o arcebispo leal ao Papa Clemente e o substituíra por outro fiel ao Papa Urbano, o único que John reconhecia como «verdadeiro».

Nessa noite a praça estava cheia de soldados que, sem alojamento, aproveitavam o calor de Verão para se deitarem como podiam, por ali, ou nas escadarias das igrejas e das casas de pedra.

Philippa estava fascinada pela abadia imensa como nunca vira nenhuma, e pela grandiosidade que a pedra concedia a cada casa, a cada monumento. Apesar da sujidade das ruas estreitas, havia uma alegria no ar que não conhecia – às vezes parecia reconhecer uma palavra ou outra, mas mesmo sem entender nada do que diziam, era possível seguir as conversas porque falavam muito alto e com gestos muito expressivos. A formalidade inglesa estava longe daquele canto do mundo, pensou.

E se João era assim, expansivo e barulhento, sem se preocupar nem muito nem pouco com o que os outros pensavam dele, e a achava uma desbotada insípida? Parecia tão branca e deslavada ao pé destas mulheres de pele escura, cabelos pretos muito sedosos, olhos enormes e bocas que faziam questão de pintar para tornar mais sensuais. Que raiva, era Philippa of Lancaster, da Casa Real dos Plantagenet, não podia importar-lhe a opinião de um bastardo que a força da espada, ou a inteligência de um conselheiro, tinham içado a rei. Mas importava-se. Queria ser a mulher muito amada de alguém. E ter filhos, de quem seria, por muitos e longos anos, uma mãe como a que tão cedo tinha perdido.

Estava a ficar sentimental – devia ser das vozes que cantavam pelas ruas, e a que se juntavam os vozeirões dos soldados do pai, já completamente bêbados. O calor fazia sede, e a sede pedia vinho... e vinho não faltava em Santiago.

A porta da cela abriu-se de repente, e Elisabeth entrou a rir, atirando-se para cima da esteira. A gravidez deixava-a ainda mais bem disposta, pensava com uma ponta de inveja a irmã. Atrás dela vinha uma Catalina de olhos faiscantes, visivelmente a reagir a um insulto da meia-irmã. Gritava em castelhano, porque desde que pusera pés no «seu» reino recusava-se a falar outra língua, e dizia, esbaforida:

– Aqui a princesa sou eu, ouviram? Vocês as duas é melhor habituarem-se a serem apenas as meias-irmãs da princesa Catalina. D. Filipa e D. Isabel, apenas isso.

Elisabeth soltou mais um bando de gargalhadas ao perceber que Catalina as queria converter nas gatas-borralheiras da história, mas Philippa olhou para fora da janela, e baixinho, tentou pronunciar: F I L I P A!

2

Castelo de Landim, 5 de Agosto de 1386

João já sabia da chegada dos ingleses. Depois de três anos e dois meses fora do reino, Lourenço Fogaça e Fernando Afonso de Albuquerque tinham desembarcado com John of Gaunt na Galiza, mandando dizer que vinham o mais depressa que os dois cavalos comprados no porto de Finisterra lhes permitissem.

Na pequena sala da torre de menagem, João estava rodeado dos seus homens, chegados com ele de patrulhar as fronteiras, eliminando as bolsas de resistência espanhola que ainda pudessem restar. O rei estava longe de ser ingénuo e sabia bem que uma batalha não decidia uma guerra, que os vizinhos eram de sangue quente, e não se deixariam ficar. Ainda menos agora, que corria o rumor da sua aliança com o pretendente ao trono de Castela.

As botas atiradas para um canto, João aquecia os pés a uma lareira que ardia apesar do ar abafado de Agosto, que parecia anunciar uma enorme trovoada.

Sentia-se inseguro e dividido, o que nele não era propriamente um traço de carácter, embora às vezes os mais próximos o acusassem de ouvir demasiadas vozes antes de tomar uma decisão. Mas o seu velho conselheiro João das Regras bem lhe dizia que mais valia ouvir antes, do que ouvi-las depois.

Não era dado a melancolias, mal seria se fosse, pensou rindo para dentro, filho bastardo como era de um rei que obrigava os nobres a beijar a mão da mulher morta e que jurava ter amado mais do que nenhuma outra, mas que esquecera pouco depois nos braços de uma galega. Teresa Lourenço, a sua mãe! Fora um bastardo, mais um no final de uma longa linha de meios-irmãos bastardos, e embora não se pudesse queixar de ter sido ignorado, também não tinha memórias de uma infância particularmente feliz.

Ficara a cargo do avô materno, que cuidara dele de uma forma distante, talvez porque soubesse que aos dez anos deveria entregar o neto à Ordem de Avis. Ser mestre, tão novo, por consequência única de ter nascido filho de um rei, dera-lhe um estatuto de menino mimado, a quem ninguém se atrevia a levantar obstáculos ou objecções.

Sempre adorara caçar, pensou, enquanto rodava os pés para que secassem do outro lado, como o javali que assava ali ao lado no espeto. Fora numa dessas montarias, em que rodeado pelos amigos corria as terras do Alentejo, usando e abusando da generosidade do povo que se sentia sempre estupidamente lisonjeado por ver passar um pobre bastardo de sangue real, que vira Inês Peres. Queria lá saber se a sua história com ela se assemelhava às que a ama lhe contava quando ainda era muito pequenino: vira-a a lavar roupa num rio em Veiros, e apaixonara-se. A rapariga levantara para ele um rosto lindo, mas cheio de raiva e fúria, porque os «idiotas», como chamara aos cavaleiros que atravessavam o rio a galope, sujavam os lençóis que secavam nas margens do ribeiro. Talvez fosse aquela expressão de fúria que o atraíra, ou a que achara graça, sabia lá ele, farto que estava de mulheres submissas de olhar casto, posto no chão.

Fosse como fosse, desmontara e pedira-lhe desculpa. A rapariga, de olhos muito azuis que o cabelo muito preto e a pele queimada tornavam ainda mais azuis, travara por instantes os insultos. Estava ali sozinha, bem lhe dizia e repetia o pai que os seus punhos constantemente cerrados e a sua fala fácil só lhe trariam sarilhos.

Os outros conheciam os hábitos deste mestre que aos dezassete anos partia corações, e roubava a viriginadade ao sabor do desejo, e apressaram as montadas para longe.

– Encontramo-nos na estalagem – gritara um, e a rapariga ficara em pânico, percebendo que desta vez o perigo era real.

Mas João não troçou da rapariga nem a tomou logo ali, até ele próprio estranhou. Beijou-lhe a mão num gesto cavalheiresco, ajudou-a a recolher a roupa, pediu-lhe de novo desculpa, passou-lhe para o bolso do avental umas moedas, e perguntou onde e como a podia voltar a ver. E que lhe dissesse o nome.

Que desespero, pensou, recolhendo as pernas do fogo e embrulhando-as numa manta. Que irritante que o nome dela fosse aquele.

«Inês», respondera ela. E até hoje, sabia que o seu povo dizia à boca calada que ele caíra no laço de uma Inês, porque a rapariga tinha o nome da outra, daquela que ensandecera o seu pai.

De repente levantou-se: decidamente não era hora de se perder em nostalgia. A história contava-se em duas palavras: amara ou desejara, sabia lá ele, Inês Peres, de Veiros, trouxera-a consigo para Lisboa, fizera dela sua amante, e ela em agradecimento dera-lhe dois filhos, logo o primeiro varão, um Afonso tão forte e corajoso como os ante-passados com o mesmo nome, e Beatriz, uma rapariga delicada e dócil, quando tudo ia a seu contento, mas com a mesma fúria fácil da mãe sempre que lhe pisavam os calos. O pai de Inês, um cristão-novo, deixara crescer a barba de vergonha, e nunca aceitara dele nenhuma compensação, nem terras, nem títulos, nem promoções.

E, quanto a isso, nada o punha mais fora de si do que ouvir Nuno Álvares Pereira, o condestável do Reino e aquele a quem devia vitó-rias após vitórias, dizer-lhe, naquele seu tom pausado e sério:

– João, esse homem é um exemplo, com quem bem podias apren-der alguma coisa!

Insuportavelmente arrogante o raio do Condestável. Até aqui, em Landim, onde todos o tratavam como o rei aclamado pelo povo que já há dois anos era, e aquela frase de Nuno ainda tinha o condão de o enervar. O raio do miúdo, mais novo do que ele, ainda por cima, a dar-se ao luxo de comentar o seu comportamento. De insinuar que o louco do Peres de Veiros era mais digno da atenção do Altíssimo do que ele, em cujas veias corria sangue azul.

Por que lhe dera para pensar nisto tudo?, pensou chegando-se à seteira virada a norte e procurando no lusco-fusco do dia vislumbrar dois cavaleiros solitários. Nada. Não era preciso ser vidente para per-ceber por que é que Inês lhe regressara com tanta força aos pensa-mentos. John of Gaunt vinha oferecer-lhe, em troca do seu auxílio contra Castela, uma das suas duas filhas em casamento. Já não lhe ser-via para nada, o pretexto que já várias vezes utilizara de que os votos de castidade a que ser mestre o obrigavam. Afonso e Beatriz eram a prova viva de que há muito os esquecera, se é que alguma vez os tinha lembrado!

Sabia mais, sabia que a aliança pela cama com a Casa Real inglesa era um passo de gigante para o seu reconhecimento pelas outras casas reais. Precisava, e queria, que lhe dobrassem o joelho como a qualquer outro soberano da terra inteira. Logo para começar não podia dar-se ao luxo de ser menos do que o rei de Castela e Leão – fosse ele Juan, ou Constanza e John of Gaunt!

Decididamente tinha que casar, e que lhe importava isso? Não havia mulher nenhuma no mundo que o impedisse o gozo das batalhas, o prazer das montarias, a liberdade de se mover pelo reino. Agora o importante era escolher a melhor das duas...

A noite caía sem sinais de Lourenço ou de Fernando. – Os portugueses passam três anos em Inglaterra e já nem aguentam um copo de bom vinho. Devem ter adormecido sobre a mesa da ceia e ainda lá estão a roncar – diziam os cavaleiros de João, divertidos.

Por aquele castelo de Landim, deitados em esteiras, ou lá fora no terreiro a céu aberto também eles acabaram todos por adormecer.

❁

João acordou com os gritos guerreiros de uma criança, e o som da lâmina de espadas que se batiam uma contra a outra. Levantou-se de um salto e olhou pela janela que dava para o terreiro central do castelo – e o que viu encheu-o de orgulho. O seu filho Afonso, cabelos aloirados por um Verão passado ao sol, alto para os seus nove anos, forte como um touro, esgrimia com uma agilidade espantosa contra a espada de Crespim, o seu mestre.

Era também ele bastardo, mas nunca tinha sofrido como o pai porque não havia concorrência, não existiam irmãos legítimos para lhe rirem na cara e lhe passarem na precedência no campo de batalha ou na mesa da sala grande. Aos seus olhos, aos da sua pequena corte, e aos do povo era o seu herdeiro, mesmo que a Igreja lhe torcesse o nariz. Mas a Igreja estava meio desorientada, João I também não fazia, certamente, parte dos planos de uma hierarquia constituída pelos segundos filhos de uma nobreza nacional mais próxima de D. Fernando e de Castela do que deste rei novinho em folha, rodeado de zés-ninguéns e com um desprezo constante por quem tinha linhagem e direitos adquiridos.

Afonso continuava a lição no paço que um dia havia de ser seu. Como reagiria a uma madrasta, a irmãos legítimos, depois de nove anos, uma vida inteira para uma criança, persuadido por toda a gente que o rodeava de que o trono estava ao alcance de uma legitimação papal?, perguntou-se João. Afinal ele próprio a recebera e estava aqui por isso.

Mas não podia deixar que o medo da reacção de um filho temperamental coagisse o destino de Portugal – era rei, o primeiro de uma nova dinastia, que precisava de herdeiros de sangue real tanto do lado da mãe como do pai. Filhos, varões, que continuassem a sua linha.

Os remorsos antecipados fizeram-no gritar, a voz forte chegou lá baixa com o eco das muralhas grossas por entre as quais passara:

– Afonso! Chega cá.

O rapaz olhou para cima, os olhos brilhavam-lhe. Não distinguia a seteira de onde viera o som, mas era o pai que o chamava, tinha a certeza.

Subiu os degraus das escadas da torre dois a dois e segundos depois, a cara afogueada, estava direito e sério frente a sua Majestade, que comia uma broa e bebia uma caneca de leite quente.

– Pai? – perguntou.

João puxou-o para os seus joelhos, sentou-o e abraçou-o, como se o quisesse proteger do que aí vinha. Mas não podia. E tinha razões para ter medo, porque Afonso era suficientemente ambicioso e seguro de si para arranjar maneira de virar a vida a seu favor. Custasse o que custasse, por cima de quem fosse preciso trilhar...

❁

João já descera para as cavalariças, quando ouviu o ruído de cascos num galope aberto. Lourenço e Fernando chegavam finalmente, que estava quase a despedi-los do posto. Conforto a mais fizera-os esquecer o selim de uma besta, desconfiava.

O estado lamentável em que os pobres homens chegaram revelava bem que não se enganara. Nem de pé se tinham, e os soldados de João tiveram que os apoiar até que se sentaram no banco corrido da sala grande.

Fernando limitava-se a acenar com a cabeça, porque a conversa ficava toda a cargo da língua rápida de Lourenço, que de vez em quando metia pelo meio palavras em francês, ou mesmo em inglês, que faziam rir o rei.

Lourenço contava tudo, o essencial e o acessório – falava de John of Gaunt com uma admiração desmedida, e desmentia a ideia que há muito chegara à corte portuguesa de que era um devasso, sempre pronto a correr atrás de um rabo de saias. Que não conhecera a tal Katherine, mas que as filhas de Gaunt falavam dela com admiração e imenso afecto, o que considerava sinal mais do que suficiente de que fora, pelo menos, uma preceptora muito amada. Quanto a Constanza e a Catalina torcia-lhes o nariz sem disfarçar o seu desprezo: umas

221

pomposas, que nem quinze anos em Inglaterra tinham levado a aprender o uso e os costumes. Convencidas de que o povo castelhano as esperava ansiosamente, cá para ele, estavam prontas a levar um merecido balde de água fria, embora se confessasse espantado com a total ausência de resistência que as praças-fortes galegas tinham demonstrado à chegada dos ingleses. O que, conhecendo o seu ódio a Castela e Leão, talvez não fosse afinal assim tão difícil de entender.

A certa altura, inebriado pelo álcool e pela adrenalina provocada pela sua própria voz, teve a desfaçatez de se voltar para El-Rei e dizer:

– Que me desculpe Vossa Majestade por me meter onde não sou chamado, mas não hesite. Quando lhe derem a escolher entre D. Filipa e D. Catalina, escolha D. Filipa. Garanto-lhe que fica mais bem servido.

Felizmente João ainda não tinha os tiques daqueles que desde criança são tratados com cega vassalagem, e soltou a cabeça numa longa gargalhada.

– Andava eu preocupado, sem saber por onde me decidir, e os conselheiros do reino a dizerem-me para escolher a mais nova, a mais bonita, aquela que me poderia dar um ascendente sobre Castela, e vens tu, ó Lourenço, com o assunto já resolvido!

Lourenço sentiu-se empalidecer, e a gargalhada dos outros homens reunidos na sala só serviu para o deixar ainda mais cabisbaixo. Mas a pergunta seguinte do rei, fê-lo esquecer a recente timidez:

– E é boa? Boa de carnes, de feições, de corpo? Dizem-me que é feia e anda sempre de terço na mão.

Lourenço recordou, como um relâmpago, todos os serões passados em Londres, como a princesa o recebia sempre com um meio sorriso discreto mas caloroso, como as conversas eram pertinentes e divertidas, como Philippa sabia tanto sobre a política e as guerras dos povos quanto sobre as rotas do comércio, os preço dos mercados, a situação das gentes que trabalhavam a terra, e do perigo das revoluções, que sofrera na pele.

– Então, homem, ficaste sem pio?

– Não, não é bonita. É pálida, é discreta, e piedosa, mas só por fora...

– Lourenço Anes Fogaça, vens-me desse reino distante um poeta! Mas alguém quer olhar para dentro de uma mulher que nos desgosta por fora? – disparou a rir João.

– É inteligente, lê e escreve fluentemente em latim, francês e inglês. Tem gosto pela aventura; Vossa Majestade havia de a ver de astrolábio a olhar os céus. É recta, leal, submissa, mas também determinada quando sente que as suas convicções estão em causa. É a rainha de que Portugal precisa...

– Se não lhe acrescentasses essa última frase, já te julgava a apartá--la para ti – disse, atrevido, um dos escudeiros.

Mas João ficara interessado. Mulheres brancas e pálidas, com ar enfermiço, não faziam o seu género, e aquela que Lourenço lhe trouxera numa miniatura, correspondia na perfeição a esse tipo, algo repelente. Pensou nos cabelos negros de Inês espalhados na almofada branca, o rosto ainda cheio do prazer que lhe tinha dado, e sentiu um aperto no peito: estava condenado para sempre a fazer comparações?

Fernando aproveitou o silêncio para falar:

– D. Filipa, como diz o Lourenço, não lhe saltará certamente ao pescoço como uma moça do campo (e pensava em Inês), mas saberá falar com os embaixadores como nenhuma outra, e discutirá preços e vantagens comerciais com os negociantes, tão bem ou melhor do que qualquer regedor da fazenda. O Lourenço tem razão quando lhe diz que é a mulher que faz falta ao reino.

João das Regras chegara, entretanto. Sempre discreto, subira com alguma dificuldade as escadas e encostara-se a um dos pilares de pedra, a ouvir a conversa. Viera logo que soubera do desembarque, e estava interessado nos conselhos dos dois embaixadores. Sabia que a sua relação com João era a de um pai com um filho adolescente. De um pai que sente sempre que os seus apelos à disciplina e ao trabalho caem em saco roto, por isso achava por bem deixar que outros dissessem o que ele pensava. Mas quando Fernando se calou, deu sinal da sua presença:

– El-Rei, aqui me tem!

João levantou-se de um salto para o cumprimentar:

– Que bom vê-lo por aqui, e obrigado porque sei que lhe custa vir de tão longe. Ouviu esta conversa?

– Ouvi e tenho pouco a acrescentar-lhe: D. Filipa é a primogénita do rei de Castela e Leão, mas mais importante do que isso, é uma princesa inglesa, prima direita do rei Ricardo II, com quem temos feito acordos tão proveitosos, e a que devemos em grande parte não estarmos aqui todos hoje sob o estandarte de Juan. Se aceita, ou o pai por ela, casar com um rei ainda recente, esse rei deve aceitar a proposta feita, a fim de se tornar mais rei.

João já estava impaciente: que cambada de casamenteiros. João das Regras dava-lhe, de facto, vontade de se tornar num miúdo malcriado e rebelde. Já percebia a quem saía Afonso! Mas voltou ao ataque:

– Por que há-de o vosso pobre soberano ser obrigado a desposar uma velha de 26 anos, quando pode escolher uma beldade de 14 anos? – disparou.

O silêncio foi total. Nem Lourenço se atrevia a dizer nada. E para espanto geral o comentário veio de um dos soldados que guardava a porta:

– De Castela nem bom vento, nem bom casamento! – murmurou.

Toda a gente riu, esquecida felizmente de que Sua Majestade era filho de uma dama daqueles lados...

– Com essa o assunto fica resolvido. Venha a tal Filipa, se as condições que o pai da princesa tiver para oferecer forem condignas – retorquiu o rei, o riso ainda nos lábios.

O pequenino Afonso que estivera, invisível, encostado na sombra de uma tapeçaria, deu de repente sinal de si. João ainda lhe estendeu uma mão, mas o filho virou-lhe ostensivamente as costas e desceu as escadas a correr, as botas cardadas a bater com propositado ruído pelos velhos degraus de carvalho abaixo.

João ficou por segundos perplexo:

– Birras de miúdo – justificou perante os outros.

Mas João das Regras não sorriu como os demais.

3

Mosteiro de San Rosendo, Celanova, um longo Verão, 1386

Philippa achava tudo estranho. O pai, agora esquecido da sua ascendência inglesa, recebia o tratamento de rei de Castela e Leão de súbditos aparentemente depressa esquecidos das suas antigas lealdades. Os soldados tinham tomado as principais praças-fortes da Galiza. Como é que não acontecia nada, ninguém se revoltava, Juan de Castela não mandava nem embaixadores nem exércitos, e João de Portugal, por seu lado, continuava sem aparecer?

Elisabeth bem dissera:

– Esta gente mais do que amar o pai, que não conhecem de lado nenhum, deve é odiar quem os governa.

Pelo que a velha ama Maud contava, que depressa se ambientara ao convívio com as criadas daquela terra distante, era de facto verdade que o povo galego não se considerava pertencente a Castela e levava a mal o seu domínio. Talvez em John e Constanza vissem a possibilidade de melhores dias, ou talvez quisessem somente provocar Juan. Qual das duas hipóteses era a certa, ninguém parecia saber dizer-lhe.

Catalina, felizmente, não ouvia as conversas das irmãs, entretida que andava junto da rainha sua mãe em entediantes cerimónias religiosas e recepções da nobreza local, num esforço para angariar aceitação e apoios. John acompanhava-as, e parecia entretido com todo aquele «social» que em Inglaterra detestava.

Quanto a Philippa rezava na igreja da abadia, uma igreja enorme e rica. E no meio das orações em latim que sabia de cor e salteado, não resistia a introduzir umas preces muito suas: afinal por que é que João de Portugal não dizia nada? Não vinha ao seu encontro?

Deus ouvira-a, como ouvia sempre, garantia Maud, e a prova estava na carta que finalmente chegou. Uma carta de João I, rei de Portugal. Proclamava que estava muito feliz com a chegada da família e dos exércitos de John of Gaunt, garantia que vinham ao encontro dos seus desejos, mas que retido pelos afazeres do reino só podia marcar as conversações lá para o Outono. Dava também conta de que escrevera ao Papa a pedir dispensa dos seus votos de castidade, e aguardava uma resposta breve. Quando o pai lhes lera alto essa parte, Elisabeth apertara com força o braço da irmã piedosa: havia aqui muito tema de conversa!

Foi Elisabeth que, nessa noite, depois de um encontro com o marido vindo directo da caserna, lhe contou o resto:

– Não metas na cabeça que o tal João anda a adiar o compromisso. Diz-me o John, o meu, que os soldados daqui lhe explicaram tudo.

– Soldados galegos a explicarem o que vai na cabeça do rei de Portugal? – perguntou Philippa num tom cínico.

– Deixa lá a porcaria do cinismo, Philippa, que além do mais te fica mal; para isso mais vale o Livro das Horas e o astrolábio!, e ouve-me mas é. É que os soldados ingleses pelos vistos não deixaram boa impressão das últimas vezes que entraram em Portugal.

– Mas ajudaram-nos a vencer em Aljubarrota e...

– E ajudaram-nos, sobretudo, a beber o vinho que é o sustento de muitos deles, e ajudaram-nos roubando-lhes a virgindade das filhas, e deixando-as grávidas de filhos seus, e ajudaram-nos tomando e arrasando as suas aldeias...

Philippa tapou a boca com a mão, um sentimento imenso de vergonha e horror:

– O pai não pediu desculpa?

– Sei lá se pediu! Ninguém se lhe deve ter queixado oficialmente. Achas que iam dizer «oh senhor John obrigadinha por estes rapazes que estão dispostos a morrer no fundo de uma lança castelhana, mas veja lá se os ensina a ficarem-se pela cidra quente e a guardarem as armas para si...»

– Chega, Elisabeth, não precisas de ser ordinária – rematou imediatamente Philippa. Só Maud riu escarninha enquanto puxava a coberta para abrir a cama.

– Mas então explica lá o que é que isso tem a ver com o atraso na chegada de João – disse a meia-irmã Blanche, que acabara de se juntar à tertúlia nocturna, que já se transformara num hábito.

– Porque as colheitas são em Setembro, e o vinho é tratado e arrumado em pipas em Outubro, e até estar tudo bem escondidinho dos nossos rapazes, João não vai abrir as suas fronteiras... Mas há mais...

– Mais o quê? – perguntaram as irmãs.

– Mais em relação ao João. O senhor está a juntar dinheiro para fazer fatinhos condignos para ele e para os soldados, de maneira a que quando te vier pedir a mão em casamento, possa chegar apresentadinho, e não com ar de rei-novo em folha...

– Pedir a mão é como quem diz! Pode aceitar ou não a mão que o nosso pai lhe quer dar... A ideia é toda do pai, que graças a Deus tem filhos que cheguem para andar por esse mundo fora a negociá-los – disse Philippa num arrojo de raiva.

– Bravo, irmã grande, estás a aprender. Mas eu consegui despachar o meu primeiro marido e ficar com o John Holland, aquele que amava. Contra a vontade do nosso querido pai, que o detestava e garantia que só trazia sarilhos.

Philippa respondeu-lhe na mesma moeda:

– Parabéns por isso, minha irmãzinha pequena, mas mesmo que quisesse, e a Virgem Santíssima e Santiago sabem que não, não podia engravidar de um homem que nunca vi.

Aí Maud interveio com a autoridade da mãe substituta que sempre fora, sobretudo quando Katherine não estava presente:

– Vá, menina Elisabeth, vá para a sua cama e deixe as meninas Philippa e Blanche dormir.

Elisabeth aproximou-se da porta, mas não resistiu a uma última provocação:

– Blanche, meia-irmã, como mulheres casadas que somos temos que dar umas aulas à Philippa, que o que precisa de aprender nem frei John, nem Chaucer, nem os apóstolos lhe ensinaram. E se ainda por cima o marido cumpriu aqueles votos de castidade...

Como resposta recebeu uma almofada, que acabou por chegar só a tempo de bater numa porta que já se fechara.

❀

John estava impaciente, e decidiu agir. Estava farto de estar quieto e não queria os seus homens a amolecerem ao sol. Se se aproximasse da fronteira portuguesa, decerto que os espiões de João lhe diriam que o rei de Castela e Leão não brincava em serviço, e avançava para terras suas.

Mandou vir aos seus aposentos um mapa, e estudou-o atentamente. Se descesse em direcção a Portugal, podia deixar Philippa, Catalina e Constanza, e as restantes mulheres, no mosteiro de San Rosendo, em Celanova, a norte de Monção, fortaleza bem portuguesa. A abadia beneditina era de frades, mas como todas as grandes abadias teria certamente uma parte convertida em estalagem para peregrinos. E pelo que lhe contavam das guerras internas com Juan, teriam todo o interesse em acolher os «novos» reis de Castela e a família real inglesa.

No dia seguinte anunciou a partida – tudo teria de estar pronto em seis dias, a que se somariam mais quatro ou cinco para chegar ao destino. Philippa estava excitadíssima. Catalina e Constanza não escondiam o nervosismo – desejavam despachar este assunto com o rei de Portugal, mas o que queriam mesmo era que as batalhas começassem... e o odioso Juan saltasse para a forca. Blanche tinha ordem de seguir com a comitiva, porque Thomas of Morieux era chefe dos exércitos e uma peça fundamental nas conversações, mas Elisabeth deveria ficar em Santiago porque com uma gravidez tão avançada era demasiado arriscado viajar. De qualquer forma, o marido ficaria responsável pelas guarnições inglesas na cidade.

– Que dois deixo a governar Santiago! – disse-lhes John, um sorriso de orgulho nos lábios. Elisabeth continuava a ser a favorita, a sua alegria e língua viperina divertiam-no imenso, e John Holland parecia ter amadurecido com a perspectiva de ser pai, ou talvez simplesmente estivesse quebrado pelos 40 graus que se sentiam naquela terra.

As irmãs separaram-se com um abraço apertado:

– Não te cases sem mim! – disse-lhe Elisabeth.

– Que o meu sobrinho não se atreva a nascer já! – respondeu Philippa.

E viraram as costas uma à outra, porque nunca na vida dariam a ninguém a satisfação de as ver chorar.

O pai insistira em dar-lhe uma égua nova e cheia de sangue na guelra, muito mais rápida do que a carruagem onde Catalina e Constanza seguiam, atabafadas de calor, mas com o prazer de terem pintadas nas portas as armas de Castela e Leão. Philippa queria ver tudo, sentir tudo, cheirar tudo, e o Outono descia sereno sobre as terras galegas, pintando as folhas de diferentes tons de amarelo.

– Não ficam encarnadas cor de sangue como as nossas? – perguntou Philippa ao escudeiro que a escoltava.

– Passam do verde ao amarelo, e depois ao castanho, excepto aquelas ali – disse apontando para uma casa de pedra coberta de vinha virgem, cujas folhas eram, de facto, da cor do fogo. As vossas ficam todas assim?

Philippa virou a cara na direcção do dedo e exclamou:

– Exactamente assim, mas estas são espantosamente bonitas, contra o granito. Muitos dos nossos castelos são imponentes, mas construídos em pedra de areia ou numa espécie de tijolo, e não têm este ar tão forte e tão firme como o das vossas casas e castelos...

Philippa nunca vira montanhas tão altas e tão azuis, os cumes sempre tapados por uma neblina suave que parecia permanecer mesmo quando o céu estava límpido. A sua égua subia e descia carreiros de terra batida, por vezes as ferraduras escorregavam nas pedras abauladas pelo tempo das pontes e estradas romanas. Iam pernoitando em conventos, conforme os planos do marechal-de-campo, mas Philippa andava sempre sozinha, longe da caravana e do exército, e só o pai de tempos a tempos vinha ao seu encontro. John falava-lhe dos Pirenéus, ainda mais altos do que estas serras, e das planícies castelhanas onde combatera. Mas esta parecia ser uma terra de contrastes, que até a John of Gaunt espantavam.

Foi no quarto dia, quando desciam para um vale magnífico e solitário, que ao dobrar de uma esquina o mosteiro surgiu, lá em baixo, imponente.

O escudeiro explicou-lhe que San Rosendo era um nobre castelhano, de famílias com dinheiro, que se refugiara na abadia que mandara construir, depois de se fartar dos cargos de bispo e de arcebispo de Santiago de Compostela, cargos que naqueles tempos – e talvez ainda nestes, atreveu-se a dizer o rapaz – eram acima de tudo lugares onde se prestava serviço ao poder político e não a Deus. San Rosendo tornara-se assim monge recluso, feliz porque as portas o fechavam de um mundo que não achava digno de Deus. O mosteiro continuara rico, a mãe e os irmãos sempre tinham velado para que assim fosse, e muitos outros nobres vieram aqui procurar refúgio.

Como Philippa os entendia. Os últimos meses tinham sido tão cheios de aventura e emoção, que se sentira fora da realidade, mas não se esquecera do consolo que encontrara nos claustros da abadia. Ainda bem que o pai as tinha trazido para ali, longe da agitação de Santiago, que a deixava sempre num cansativo estado de vigília, como se a qualquer momento pudesse acontecer uma tragédia. Decididamente, era como os duendes, e só se sentia feliz numa paisagem calma, entre as árvores e o verde dos campos.

Os bons monges não a desiludiram – receberam-nos no terreiro frente à capela principal, os seus hábitos impecáveis, as suas mãos estendidas para prenderem as dos recém-chegados entre as suas, num gesto de paz. Philippa rezou em silêncio para que Constanza e Catalina não impusessem a sua arrogância a estes santos homens, desejando vergá-los ao estatuto que acreditavam ter recebido à nascença.

Recuou de espanto quando percebeu que o cumprimento dos beneditinos não se alterava um milímetro que fosse, quer se dirigisse à rainha de Castela quer a Maud, que coitadinha saíra da carroça onde vinha, dobrada pelo reumático. Se Constanza ficou perturbada com o tratamento igualitário, felizmente teve a inteligência de não o demonstrar. Catalina amuou ligeiramente, mas a devoção genuína não lhe permitia qualquer movimento de irreverência. Quanto a Maud, essa, desfez-se em lágrimas perante o afecto do abade que insistiu em conduzi-la pessoalmente à porta da estalagem, granjeando para sempre a sua devoção.

– Vou lembrá-lo sempre nas minhas orações – murmurou ela em inglês, que Philippa se apressou a traduzir. O irmão respondeu num latim quase cantado: «Diga-lhe, por favor, que a terei sempre presente nas minhas!», e abençoando-as deixou a pobre ama convertida aos beneditinos.

– Menina, também há uma ordem feminina? – perguntou. Philippa riu e garantiu-lhe que se um dia pudesse prescindir dela, o que duvidava, pediria ao bom abade que lhe indicasse o melhor dos conventos para que Maud ali passasse a velhice. «Mas preferia mil vezes que tomasses conta dos meus filhos e morresses entre nós», disse-lhe com um sorriso, e Maud voltou a puxar do lenço.

❀

Instalados, depressa perceberam que nem no melhor dos paços receberiam tratamento assim. As celas eram austeras, mas não lhes faltava nada – a esteira da cama era de penas, a bacia e o jarro de água estavam à mão, e Philippa não se surpreendeu quando um monge bateu gentilmente à porta para lhe oferecer uma bebida. O líquido era de uma cor berrante e a princesa bebeu-o a princípio por educação, mas depois por pura gula! Deliciada, perguntou em latim:

– Que fruto é este que nunca provei antes?

O irmão respondeu em português:

– Laranja, D. Filipa. Já deve ter visto a árvore, pelo caminho por onde veio.

E foi assim que Philippa conheceu Bernardo, o monge português que a tomou como aluna. Professor de língua portuguesa, que era a sua pelo lado da mãe, e das espécie que cresciam nos jardins de buxos.

Uma vez apontara-lhe a porta para o «pátio secreto», como Philippa lhe chamava. Nunca a tinha tentado abrir, mesmo nos seus passeios exploratórios pela abadia, porque uma viga travava-a de um lado ao outro, para desencorajar a passagem. Bernando dissera-lhe então:

– Sei que a princesa não se sente bem na igreja principal, sempre cheia de gente na parte aberta ao povo, e fechada naquela que a poderia trazer mais perto do altar, por isso um dia destes vou mostrar-lhe uma outra. Feita ao seu tamanho, ao tamanho da sua fé e da sua magia.

A maneira de falar do irmão Bernardo lembrava-lhe a de Chaucer, e fazia-lhe bem aquela atenção só para si, a atenção de alguém que parecia olhá-la como os seus mestres: para lá do rosto, do estatuto, das roupas.

Adorou a ideia. Uma igreja mágica à sua medida, era mesmo aquilo de que precisava para pedir à Virgem Santíssima que acabasse com toda esta indecisão, que lhe roubava a paz de espírito e a levava a desejar que Constanza, e sobretudo Catalina, desaparecessem transformando-se em abóboras.

Todos os dias lhe perguntava:

– É hoje, irmão Bernardo? – E ficava feliz quando a frase lhe saía num português sem grandes engasganços.

– Talvez amanhã – respondia Bernardo, que andava a fugir de chamar sobre si a ira do abade que se queixava de que distraído com as aulas dadas a uma princesa, se esquecia de cortar a lenha e de a distribuir pelas lareiras das salas.

Mas uma manhã Bernardo chegou à salinha onde lhe dava as «explicações», numa excitação louca.

– Depressa, princesa, depressa que não temos muito tempo.

Philippa seguira-o imediatamente pelo corredor fora, pés de lã nas grandes lajes de pedra que cobriam o chão deste claustro, directos à porta de carvalho maciço. A viga estava encostada à ombreira, como uma árvore. O Irmão abriu a porta devagarinho, e acenou-lhe que passasse.

Philippa obedeceu-lhe e quando os olhos se habituaram à luz exterior, ficou sem fôlego: o terreiro era enorme, os canteiros rematados por salva, cada um com a sua erva aromática, e o perfume inebriava. Mas o que a fez abrir a boca de espanto verdadeiro, foi a pequena capelinha de linhas muito simples, como que um bloco inteiro, de tecto abobadado, e apenas pequenas seteiras abertas nas fachadas. A cobrir o lado virado a sul, onde o sol batia todas as manhãs, uma trepadeira de rosas encarnadas. As rosas de Lancaster à sua espera num lugar tão distante? Estavam à sua espera, sim. Sabiam. San Rosendo sabia, como sabiam, antes dele, os moçárabes que a haviam construído; todos eles sabiam, que ela, Philippa, um dia ia precisar de uma capelinha mágica para rezar!

Bernardo deixou a mão escorregar entre duas pedras da parede e tirou de lá uma chave pequeníssima, que fez rodar na fechadura de uma porta pequenina, que contrastava, como numa história de crian- ças, com o gigantismo da do claustro. Lá dentro apenas um pequeno altar, as paredes de pedra à vista, e as lajes no chão. Sobre o altar, tão sóbrio como tudo o resto, um crucifixo, iluminado por uma seteira que deixava entrar a claridade.

– Princesa, vire-se, olhe agora para trás das costas – implorou Ber- nardo.

Philippa obedeceu-lhe e lá estava, fazendo uma linha recta com a seteira do altar-mor, uma outra:

– No solstício de Verão e de Inverno, um raio entra por uma e sai por outra, atravessando a capelinha como uma viga de luz. São minu- tos, segundos talvez, mas quem é banhado por ela fica para sempre abençoado – sussurrou-lhe junto do ouvido.

Philippa estava profundamente feliz:

– Posso rezar aqui? Posso pedir ao abade que me deixe vir rezar aqui? – perguntou, os olhos azuis como o mar fixos, cheios de espe- rança, nos olhos azuis do irmão.

– Não me atrevo a perguntar, mas pergunte a princesa, a si o abade não recusa nada. Mas por favor diga que me obrigou a mostrar-lhe a capela. Diga-lhe que a viu quando passou no torreão dos copistas, no dia em que a levei ao *atelier* dos grandes livros. Agora, venha…

Philippa foi, mas não sem antes ter estendido a mão para a trepa- deira e cortado uma das rosas encarnadas-escuras, com um perfume intenso, colocando-a na lapela do seu manto, onde havia uma igual bordada a ouro.

Nesse fim de tarde, quando o pai a chamou à Sala do Capítulo para lhe ler uma carta que acabara de receber, foi a primeira coisa em que reparou:

– Uma rosa, como a dos Lancaster? – perguntou, intrigado.

– Uma rosa de Lancaster plantada para nós por San Rosendo – disse Philippa, enquanto se debruçava para o beijar na testa. Como nunca fizera antes.

John estremeceu. Como lhe lembrara Katherine, a única a beijá-lo assim, quando o via preocupado e angustiado. Só de Katherine a filha poderia ter aprendido aquele gesto tão especial de ternura. Estendeu-lhe a mão e puxou-a para si:

– Philippa, lembras-te de Katherine, pelo menos às vezes?

– Todos os dias – respondeu Philippa deixando a mão pousar-lhe no ombro.

– Também eu – disse John –, todos os dias, e a todas as horas. E Philippa sentiu o coração partir-se com a dor do pai, que acabara por ser afastado pela mulher que amara, mas que fora mais corajosa do que ele...

Rezou com todas as forças: «Senhor, faz com que eu ame como o meu pai e Katherine se amavam, mas legitimamente, no seio do casamento, abençoado por Deus.» Seria possível?

John já recuperara a compostura, perdida por segundos. Abriu o pergaminho que tinha na mão e explicou a Philippa que o rei português estava já no Porto – longe dali, mas não assim tão longe – e que marcara o primeiro encontro.

– Onde? Aqui? – perguntou Philippa, agitada.

– Não, em Ponte de Mouro – pronunciou o pai tropeçando nas palavras. É uma pequena ponte romana, estreita, entre as terras de Melgaço, que são nossas, e as de Monção, que pertencem a Portugal. João é um homem cauteloso, quer os exércitos ingleses seguros do lado de Castela. Promete ajudar-nos, mas não deseja repetir a experiência de ter os nossos homens a trotar pelas terras dele.

– Falou de mais alguma coisa? Pôs alguma condição, deu alguma resposta? – perguntou Philippa.

John reparou no nervosismo da filha – não era para menos, pensou. Se tudo dependesse dele, seria com Philippa que João casaria. Mas não dependia. E para dizer a verdade, nem sabia se era essa a sua vontade:

– Se João me disser que quer casar contigo, Philippa, a ideia repugna-te? – indagou com condescendência. A princesa teve vontade de responder com ironia, tendo em conta que na realidade nunca o pai prescindiria da sua própria vontade, para fazer a dela. Mas conteve-se a tempo:

– Não, pai. Se for essa a vontade de Deus – respondeu-lhe, os olhos postos no chão.

Ficava sempre possesso quando Philippa murmurava frases feitas, orações inteiras, preces, sabia lá ele, que temente a Deus como era na altura das batalhas, tinha arrumado a religião nas missas de domingo, a que já bastava as aparência não o deixarem faltar. Decidiu ingorar o comentário, e continuou:

– Amanhã volto para junto dos meus soldados em Melgaço – disse, e reparando que os olhos da miúda se enchiam de brilho, atalhou imeditamente:

– Volto sozinho. Já tomámos o castelo e tenho lá os meus homens acampados, mas não há aposentos para senhoras. Desta vez levo as tendas reais para as montar em Ponte de Mouro. Quero que estejam prontas e luxuosas, de forma a que João I de Portugal entenda quem está deste lado. Gente que há muitos, muitos anos, usa coroa e se senta em tronos.

O pai não tinha cura, pensou Philippa, e despedindo-se, foi a correr para a cela, onde encontrou uma Blanche lavada em lágrimas, porque Thomas ia partir de novo.

4

Ponte de Mouro, 1 de Novembro de 1386

João deixara há quase um mês a cidade do Porto. Nem João das Regras, nem o Condestável, nem Lourenço Fogaça sabiam ao certo o que havia decidido a respeito de com qual princesa iria aceitar casar. Naquele dia, em Landim, falara em Filipa, mas desde aí já dissera por várias vezes o contrário, e depois de uma conversa com Nuno Álvares parecia ter ficado ainda mais indeciso. Não havia outro remédio senão esperar, porque o conheciam bem de mais para sequer insistir na pergunta.

O que importava agora é que estava decidido a ir. Fora ele próprio a marcar o local e o dia em que pela primeira vez se encontraria face a face com o grande John of Gaunt, de quem tanto ouvira falar. Sentia-se satisfeito, sobretudo por ter uma missão e um objectivo. Entediava-se facilmente metido entre paredes de castelos e palácios rodeado de jurisconsultos, a ler e a assinar papéis, ou a ouvir as queixas e as petições de vassalos.

Passara a vida ao ar livre, e era a cavalo que se sentia bem. Entusiasmava-se com projectos novos, desafios complicados. As últimas semanas, passara-as a decidir com os conselheiros que terras de Castela haviam de pedir ao duque de Lancaster (verdade seja dita, que em privado nenhum deles lhe chamava rei) a troco do auxílio dos seus soldados na batalha da reconquista do trono. O resto do tempo fora ocupado a discutir com o Protocolo, quem vestia o quê, a encomendar e provar fardas e a definir como se dariam todos os passos do grande encontro de Rio de Mouro.

A comitiva atrás de si era imensa. Lanceiros, besteiros, soldados a pé e dois mil fidalgos, que tal como João achavam que todos os pre-

textos eram bons para arejar da rotina das suas vidas. Ricardo de Valença, o escudeiro que João aceitara há uns meses ao seu serviço, estava fascinado com tudo aquilo: nunca imaginara que um rei andasse por aí com tanta gente às costas, carroças a abarrotar de baús com roupas para todas as ocasiões, mulas albardadas com sacos e tendas para armar e desarmar todas as noites, potes e panelas, tachos e facas, e até meia dúzia de vacas para o leite da manhã. Fora as armas, e os escudos, e as armaduras, tudo lentamente puxado pelas ruas lamacentas, uns dias debaixo de chuva miudinha, outros de chuvas torrenciais, mas sempre com o frio do Outono a começar a morder-
-lhes os ossos.

Ricardo tinha treze anos, e o pai, um nobre do norte, pusera-o ao serviço de D. João I, na esperança de que o filho se tornasse um dos seus cavaleiros. E o miúdo recebera a honra que o rei fizera à sua família, tentando servi-lo como um duende que adivinha os desejos do mestre mesmo antes deste os ter formulado. Escovava-lhe o cavalo branco, encerava-lhe a sela, corria a buscar-lhe a caneca de vinho ainda nem o mestre a tinha pedido, e estava sempre atento ao menor gesto do seu senhor.

D. João I era fácil de servir, escrevera ainda há dias o miúdo aos pais. Isto é, quase sempre, porque Ricardo ainda tremia por dentro quando se lembrava da fúria que lhe vira quando há dias, no convento de S. Francisco, no Porto, assistira à cena entre o bastardinho Afonso e o pai. Ricardo limpava as botas do seu senhor num canto da sala, quando Afonso entrara a gritar que D. João não podia casar porque era mestre de uma ordem religiosa e jurara votos de castidade. D. João, habitualmente tão sereno, transformara-se em fogo e respondera, de cabeça perdida, que nem o seu muito amado filho pensasse que alguma vez lhe podia dizer o que fazer ou deixar de fazer. De castigo, proibira-o de seguir com a comitiva, para que aprendesse a não se meter onde não era chamado. Afonso não cedera à primeira, e com os punhos cerrados, respondera que o pai queria era mantê-lo longe da vista para que o duque de Lancaster não soubesse que tinha um filho bastardo, e mais, que era certo de que agora em diante o ia tentar esconder por todos os modos que pudesse. João quase vacilara perante esta acusação, mas estava demasiado zangado para ceder à chantagem:

– Se julgas que me dás a volta com conversas dessas, enganas-te. E nunca mais te atrevas a dirigir-te ao rei de Portugal dessa maneira!

Dizendo isto pegara-lhe pela cintura, e apesar dos gritos do miúdo, arrastara-o até à sala do lado, onde estava o seu mestre e devolvera--lho, dizendo:

– Mestre, mais vara neste miúdo, que se esquece que tem nove anos. Deixo-lho entregue até ao meu regresso, porque não o levo comigo.

Fechara a porta com estrondo, e Ricardo escondera-se uns longos dez minutos por trás de um dos reposteiros, na esperança de que o mestre de Avis não decidisse gastar nele o resto da fúria que lhe restava.

Agora, a atravessar as terras do Minho, o rei animadamente em conversa com Nuno Álvares Pereira e com os outros homens que o acompanhavam à cabeça desta imensa excursão, era impossível imaginá-lo absolutamente desvairado. Ricardo vira um lado de D. João que não queria voltar a ver. Mas que estava lá.

❀

O rei e os seus homens avançaram para Ponte de Mouro, depois de uma noite passada no castelo de Monção. Quando se aconchegou numa manta frente ao fogo na sala maior do castelo, o escudeiro Ricardo deu graças ao Bom Jesus que o seu lugar fosse junto do rei, porque o grosso da comitiva não tivera outro remédio senão lançar tendas fora das muralhas. O povo da terra pusera as suas casinhas à disposição dos fidalgos e deitara-se com os animais nas lojas e nos palheiros, mas mesmo esses não estavam tão bem instalados como Ricardo. Logo hoje, que o céu se abria numa trovoada imensa, e o escudeiro se encolhia a cada raio que entrava por uma das seteiras, iluminando a sala onde luziam apenas as achas da lareira.

A manhã acordara radiosa, o céu de um azul intenso, nem sombra de nuvens, com um sol que brilhava como se fosse Verão e que tudo parecia secar, até a alma...

– D. Nuno, Deus está a favor desta nossa expedição – comentou eufórico o rei, enquanto Ricardo lhe prendia o estribo para que se içasse para cima do cavalo, engalanado da cabeça à longa cauda entrançada, e em que nem as patas tinham sido esquecidas.

Nuno Álvares Pereira olhara para ele, com aquele cinismo que deixava João sempre nervoso. Sobranceria não lhe faltava, decididamente. Mas, desta vez, a voz do condestável saiu divertida e suave:

– Ou não fosse dia de Todos-os-Santos, o dia certo para se escolher uma esposa!

João, já em cima do cavalo, deitou-lhe a língua de fora:

– Vamos lá ver o que o senhor duque, rei de Castela e Leão, tem para nos oferecer.

Lourenço Fogaça, que os acompanhava de perto, resistiu à tentação de, mais uma vez, defender a sua princesa. Com um rei teimoso como aquele, o melhor mesmo era fingir-se o mais desinteressado possível, para que ele sentisse que escolhia livremente.

Ricardo estava fascinado. A comitiva portuguesa transformara-se da noite para o dia. Os quinhentos lanceiros vestiam fustões brancos, com cruzes vermelhas de S. Jorge bordadas nas costas das capas. Os cavaleiros do rei ostentavam as suas malhas brilhantes, as espadas à cintura, as botas até ao joelho com o couro a brilhar. O rei usava uma sobreveste igual à dos seus homens, mas de seda, a cabeça envolta num pano branco de tecido igual, e a luz intensa da manhã fazia-o sobressair de entre todos. Ricardo sentiu-se feliz até à medula: era o escudeiro de mão do rei mais glorioso do mundo, tal e qual como nas histórias que ouvira em noites de Inverno aos cavaleiros que se juntavam em redor da mesa de sua casa. O bispo do Porto e o arcebispo de Braga, com as mitras a anunciarem ao longe o seu estatuto, as suas vestes vermelhas, bordadas a ouro sobre os seus corpos roliços, de quem come mais do que luta, davam ao grupo um toque ainda mais magnífico.

«Até eu devo estar bonito», pensou o escudeiro, meio envergonhado com a vaidade, mas esticando os braços e as pernas para olhar para o magnífico fato com que o rei o tinha presenteado para a ocasião. Durante alguns segundos teve pena de D. Afonso, porque imaginava a raiva e a desilusão de uma criança a quem não deixavam participar na festa. Mas depois encolheu os ombros, na certeza de que se ninguém pusesse aquele miúdo na ordem enquanto era pequeno, muito haviam de sofrer às suas mãos. Pelo menos era o que dizia a mãe, e devia saber do que falava porque lá em casa eram oito, e nenhum se teria atrevido a dirigir-se aos pais daquela maneira.

A voz do rei trouxe-o de volta à terra. Um dos mensageiros enviados para saber onde paravam os ingleses voltava com notícias: já estavam em Ponte de Mouro desde a véspera, num imenso acampamento, com tendas magníficas, que segundo o rapaz, pareciam palácios com telhado de pano.

Ricardo aproximou o cavalo o mais que pôde, para ouvir o que mais dizia o mensageiro, e como era um miúdo aparentemente ninguém dava por ele. D. João perguntava como era o duque, e o mensageiro respondia:

– Veio receber-me. Estendeu-me uma mão forte e apertou-ma como seu eu fosse alguém – dizia o mensageiro, sem conseguir esconder a sua admiração. É um homem alto, forte, magro, mas não tem os cabelos ruços como a gente dele.

– Trataste-o por rei de Castela, rapaz?

– Tratei, sim senhor, D. João. E viu-se que ficou satisfeito. Depois perguntou quando chegava Sua Majestade, e eu disse-lhe que daqui a duas ou três horas. Ele assentiu com a cabeça. Fala um francês perfeito, e um pouco de castelhano também. Nuno Álvares estava pouco interessado na descrição física do duque, mas queria saber tudo sobre o seu exército. Desde o cerco de Lisboa, e depois com a estratégia que aprendera com eles e permitira a vitória em Aljubarrota, interessavam-lhe mais os generais. Aqueles que, como ele, preparavam e ganhavam as batalhas.

– Quem é que comanda o seu exército? – perguntou.

– Não parecem ser muitos, senhor Condestável, e no meio deles há alguns que são de certo gente da Galiza e de Castela. Os suficientes para terem tomado Melgaço, onde têm ficado nas últimas semanas.

– O nome, homem! Não ouviste o que perguntei? O nome do general.

O mensageiro ficou nervoso, custava-lhe pronunciar o nome ouvido apenas há pouco, tinha medo de dizer tudo mal e de fazer figura ridícula. Mas uma pergunta do condestável, sabia-o toda a gente, não ficava sem resposta.

– John Holland, meio-irmão do rei de Inglaterra – respondeu como pôde o rapaz, atalhando logo de seguida:

– É casado com a filha do meio do duque, do rei, um casamento recente. Comanda a par de Thomas of Morieux, um outro genro, esposo da filha mais velha, mas bastarda. Não sei mais, senhor.

– Nem tens nada que saber – atalhou o rei, e ordenou-lhe que fosse para Monção comer, beber e dormir. Virando-se para Nuno Álvares Pereira, disse-lhe:

– Poupa lá o rapaz às perguntas, e espora-me mas é esse cavalo para veres por ti. Estou ansioso por chegar.

O Outono transformara a paisagem. As folhas douradas dos plátanos que ladeavam a estrada de Monção cobriam a terra que os cavalos calcavam. Os castanheiros cobertos de ouriços acastanhados abriam-se de tempos a tempos, fazendo chover castanhas na cabeça de quem passava, para gozo dos outros soldados... O orvalho deixara a terra húmida, e as chaminés das casas que se espalhavam pelos campos fumegavam, deixando o ar com um cheiro suficiente para abrir o apetite a Ricardo.

O rei e os seus homens cortavam, aqui e ali, os arbustos que impediam a passagem, e evitavam as poças mais fundas do caminho, ansiosos por não sujar os cavalos nem deixar que os pingos espirrassem para cima das suas casacas de festa, logo estas tão divinamente brancas.

O caminho descia agora mais a pique. Ao longe já se ouvia o barulho das águas que corriam com uma força imensa. O rio Mouro, de percurso cavado no fundo do granito e margens quase a direito, servia como fronteira natural entre a Galiza e Portugal.

Nuno Álvares foi o primeiro a vê-los, com os seus olhos treinados:

– Ali, mestre, ali – e estendia o braço em direcção a um terreiro que os ingleses tinham aberto à força da enxada do lado de Melgaço.

A cena era de cortar a respiração: lá ao fundo do vale agrupavam-se cem tendas de riscas de cores garridas. Os picos das suas cúpulas – que a Ricardo lembravam as dos saltimbancos que iam ao solar dos pais –, exibiam bandeiras a esvoaçar à brisa. No terreiro, em redor de uma grande fogueira, conversavam uns homens com os outros muito altos, vestidos a rigor, com túnicas de sarja, cotas e brações bordados, os cabelos claros a reflectirem a luz do sol.

As trombetas soaram no silêncio. As dele, anunciando que os portugueses vinham aí, as dos portugueses anunciando a sua chegada, e Ricardo teve vontade de tapar os ouvidos, mas por outro lado desejava que aquele som, aquela cena, não acabasse nunca.

Os portugueses assentaram arraiais no terreiro natural que alastrava do seu lado do rio, e o rei apeou-se do cavalo, cujas rédeas foram imediatamente seguras por Ricardo, que já saltara da sua montada. Puxando o cavalo, o escudeiro levou-o lentamente para junto dos moços de estrebaria, sem querer perder uma migalhinha de tudo quanto acontecia.

O rei dirigiu-se para a ponte romana, que num arco de pedra unia as duas margens, com um murete de cada lado para proteger quem o cruzava de mergulhar nas águas revoltas que corriam muito, muito lá em baixo. Ao seu encontro veio o outro João, e perante os espectadores de ambas as partes, abraçaram-se calorosamente, como aliados que finalmente se encontram cara a cara.

Ricardo ia deixando o cavalo fugir para o bebedouro, de tal maneira estava distraído: «Viste que se abraçaram mesmo a meio, nem um bocadinho mais para cá nem um bocadinho mais para lá?», perguntou espantado ao moço que o veio ajudar.

O miúdo parou para olhar: «Ali mesmo a meio», anuiu com um acenar de cabeça, como para reforçar a constatação.

– E agora, e agora, vai D. João para lá ou vem o rei deles para cá? – perguntou num frenesim, como se Ricardo fosse o mais habilitado dos homens de João a responder.

– Sei lá eu!? E se soubesse, dizia-te? – retorquiu Ricardo, como quem deixa bem claro que os segredos que possuía estavam bem guardados.

– Que sabes tu? Se não sabes devias saber, se estás a dois passos de El-Rei e do condestável, podias ter ouvido alguma coisa…

– Mas não ouvi. Mas também não preciso de ouvir, basta-me pensar.

– Então pensa – respondeu o rapazinho que entretanto desapertava as fivelas da sela e tratava do cavalo.

– E já agora diz-me o que pensas – acrescentou…

Ricardo endireitou-se no seu fato novo, e com um ar ligeiramente altivo lá disse:

– Pois eu penso, mas olha que isto são coisas da minha cabeça, que agora D. João vai fazer sinal ao condestável e aos senhores arcebispos e dirigir-se para as tendas dos ingleses. Afinal são eles que têm uma proposta para fazer ao rei de Portugal, e El-Rei só cá está para os ouvir…

Do lado de lá, depois de ter chamado para junto de si Nuno Álvares Pereira, Lourenço Fogaça (que abraçara o duque com genuína satisfação por voltar a vê-lo!), e os representantes da Igreja, tal e qual Ricardo previa, marcharam a par e passo até à tenda maior. João tentava pensar como o seu escudeiro – «Eles é que me chamaram, eles que digam o que querem!» – mas não conseguia afastar a ansiedade de quem, pela primeira vez, é rei em frente de outro rei. Estava consciente de que lhe convinha mostrar gratidão, porque era à aliança com esta gente que devia, em grande parte, a independência do reino, mas também não queria adoptar nenhuma posição de subserviência. Fosse como fosse tinham um ódio em comum: Juan de Castela. Pela sua parte teria todo o gosto em ajudar a empurrá-lo do trono.

Gaunt deu-lhe direito de passagem. Entraram, e João olhou à volta, espantado: a tenda inglesa era magnífica, as tapeçarias pendiam da parede, o chão coberto de luxuosos tapetes, e uma longa mesa de carvalho – onde a teriam roubado? – tinha colocados em redor bancos corridos. À cabeceiras, duas cadeiras de braços, dignas de reis. «Que só eu sou de facto! E este duque, só o será com a minha ajuda», pensou João num instante de satisfação. Mas nem a sua cara, nem o seu sorriso, nem os elogios que trocava num francês quase perfeito, revelavam nada. Uma troca de olhares com o condestável confirmou-lhe que estava a pensar bem: a tenda de John of Gaunt era de facto extraordinária, mas amanhã, amanhã as conversações seriam, afinal, do lado português. Para que fosse ele o anfitrião e não a visita... E disse-o a um John que, amaciado pelo tempo e por anos de negociações semelhantes, acedeu imediatamente. Que levaria o vinho, acrescentou. Apanhados pela ironia, portugueses e ingleses desataram a rir. Pois que trouxesse o vinho, que seria muito bem-vindo, respondeu logo João.

À saída John murmurou em inglês ao genro Thomas:

– Só quando o provarem é que entenderão que é da colheita que os nossos homens armazenaram em Portugal o ano passado. – Os dois partiram-se numa imensa gargalhada, que cresceu em força e intensidade quando se sentiram repreendidos pelo sobrolho reprovador do bispo do Porto...

– Sir John, cuidado, que estes homens da Igreja falam com Deus, e Deus entende todas as línguas – disse Thomas fingindo-se nervoso. E ambos desataram à gargalhada, enquanto acenavam as despedidas à comitiva portuguesa. Tinha que contar esta à Philippa, pensou para si o duque, ainda a rir.

❁

O marechal-de-campo foi convocado. Teriam de armar ali a tenda maior.

– Aquela que apreendemos ao rei de Castela numa das nossas últimas batalhas? – perguntou o marechal.

– Essa mesmo – sorriu satisfeito João. E virando-se para Nuno Álvares, disse-lhe:

– Vamos mostrar-lhes que, mesmo antes de o acordo firmado, começámos a trabalhar para eles! Entregamos-lhes a tenda, no final destes dias, para selar as negociações. O homem é afável, gostei dele, mas é vaidoso e ambicioso: não vai resistir à lisonja de ser tratado como se já fosse rei de Castela...

Nuno sorriu:

– É a resposta possível, depois daqueles farsantes terem a lata de nos virem oferecer o nosso próprio vinho!

Lourenço Fogaça, que não se atrevera a traduzir o que ouvira, comentou:

– Ó Nuno, não admira que sejas Condestável do reino. Bem o mereces.

Fizeram caminho de regresso ao castelo de Monção, deixando os seus homens a montar um acampamento digno daquele que os vizinhos da outra margem exibiam.

O folclore desaparecera aos poucos. A importância de impressionar o aliado desconhecido fora-se atenuando, passando ao longo de sete longos dias, pontuados de almoços e ceias opíparas. Mas o vinho que corria das pipas ameaçava tornar as conversações numa festa desbragada se não se pusesse um fim, rapidamente, ao que se discutia.

Nuno Álvares e Thomas of Morieux estavam já íntimos, perante o olhar ligeiramente enciumado de John Holland. Thomas era um homem menos solene do que Nuno, mas igualmente honrado e devoto, e um excelente estratego militar, que era o que por agora importava ao condestável. Fugiam sempre que podiam da tenda real, e de mãos atrás das costas andavam pelo carreiro que ladeava o rio, trocando histórias antigas e imaginando as novas batalhas que teriam de travar para reaver Castela e Leão.

Naquela tarde de Novembro, as cornetas tocaram de súbito, e Thomas e Nuno voltaram em passo de corrida, a tempo apenas de verem John e João a trocarem um abraço caloroso e o arcebispo de Braga, com o semblante divertido de quem ganhou na vida por ter sido baptizado com o nome de Lançarote Vicente, soprava cuidadosamente num pergaminho em que a tinta ainda estava fresca. Só no caminho de regresso a Monção é que Nuno finalmente perguntou:

– E El-Rei decidiu? – O tom formal revelava que estava ligeiramente magoado por D. João não o ter chamado para uma leitura do documento final antes de o ter assinado.

Mas João estava bem disposto e pareceu não dar por nada:

Já te ia dizer tudo, até porque é a ti que vai caber boa parte do trabalho. Prometi que nunca daria tréguas ao usurpador de Castela, nem faria com ele acordos de paz.

– E eles em troca...

– Eles comprometeram-se em vir em nosso auxílio se alguém ameaçar o nosso reino.

– Muito bonito, mas isso já está no Tratado de Windsor – disparou Nuno.

– Pois... mas não faz mal nenhum que vá sendo reescrito, que a quem não quer saber, esquece muito. Quanto ao resto, o duque pediu-me para colocar ao seu serviço, e é aqui que tu entras, dois mil lanceiros, quatro mil besteiros e dois mil homens a pé, para uma campanha de oito meses...

– São parcos no pedir, os senhores! A começar quando?

– De Janeiro a Agosto do próximo ano – respondeu João.

– Quem paga?

– Pagamos nós, mas fizemos uma longa lista de terras castelhanas que o duque nos terá de entregar, todas na raia entre Portugal e Castela, entre elas Melgaço. E ainda há o dote simpático que John me vai entregar quando casar com a sua filha.

Ricardo nem respirava, tal o medo de que dessem por ele. Queria ouvir tudo até ao fim, e trotava ao lado dos dois homens que mais admirava, esperando que não reparassem nele. Ricardo sabia que o rei tinha de escolher uma de duas princesas, e desejava muito saber qual. Quase tanto como Lourenço Fogaça, que ia um pouco atrás, mantendo a distância como mandava a educação quando os dois grandes do reino visivelmente falavam em confidência.

Mas para desespero de Ricardo, a conversa acabou por aqui. Nuno não se interessara, nem muito nem pouco, por saber qual das duas João escolhera para casar, ou então fizera gala em não se interessar.

Marcharam o resto do caminho em silêncio. E quando o rei não fala, os que o acompanham também não, por isso a entrada em Monção foi solene. Naquela noite Ricardo adormeceu no seu lugar frente ao fogo sem saber mais nada. Lourenço torceu-se na cama até de madrugada:

– Que Deus o tenha iluminado, pensou antes de adormecer.

5

Mosteiro de San Rosendo, Celanova, 9 de Novembro de 1386

Philippa começara a roer as unhas. Maud repreendera-a, dissera-lhe que era sinal da sua falta de fé naquele a quem a sua vida estava entregue, agora e na hora da morte. Philippa procurou ocupar as mãos com o terço, mas não conseguia afastar aquela imensa ansiedade. Nem era capaz de ter uma conversa com pés e cabeça com o irmão Bernardo, que queria tanto compreender todas as potencialidades do astrolábio que lhe mostrara. É que se o rei de Portugal preferisse Catalina, então estava ali apenas a perder tempo, quando o seu lugar era em Santiago, perto da irmã e do novo sobrinho.

Dois dias antes chegara um mensageiro. Mal pegou na carta que lhe trazia, viu que a letra não era a do pai. Mas não ficou menos apreensiva quando percebeu que quem lha enviava era Elisabeth – se o bebé tivesse nascido bem, seria o cunhado a escrever-lhe, estava certa. Tomada pelos nervos, gritara pela ama:

– Chega aqui, que não abro esta carta sem te ter por perto.

Maud largara as meias que passajava e dobrada já pelos anos, que a humidade destas abadias e conventos mal aquecidos lhe atacavam as articulações, e acelerara como podia o passo, até à cela da princesa.

Quando a viu chegar, benzendo-se, partiu o lacre que selava o pergaminho e os olhos atravessaram a toda a velocidade o encadeado de letras. Suspirou de alívio quando se certificou de que a irmã estava bem e o sobrinho vivo. Com lágrimas nos olhos, estendeu a mão para Maud:

– Menina, diga, desembuche, credo, que morro já aqui.

– É um rapaz, Maud. A Elisabeth está óptima, louca como de costume, mas bem.

Maud benzeu-se também:

– Ai a menina Elisabeth, mãe, Virgem Santíssima. Será que a Heather dá conta do recado, é que aquela sua irmã vai querer saltar da cama antes de ser benzida, ai meu Deus, ai meu Deus, menina, leia, leia tudo.

Com uma letra um pouco trémula Elisabeth contava à irmã e ao pai, com aquele entusiasmo que até na escrita transparecia, que Richard Plantagenet Holland nascera na abadia de Santiago, «e é desbotado como tu... branquinho, branquinho, sem cabelo nenhum, o nariz dos Lancaster e o temperamento do pai, que berra (um e outro) que nem um bezerro desmamado sempre que é contrariado».

Maud e Philippa deram uma gargalhada, e a princesa continuou a ler alto:

«Felizmente, a ama Heather nunca me deixou um minuto, e o médico e a parteira que a irmã Rochetta me arranjaram, eram fantásticos. Falam aquela língua que ninguém entende, mas acredito que o entoar daquela lengalenga e das orações das irmãs que me rodearam num excitamento porque nunca tinham visto um bebé nascer (esquecidas que eu também não!) me distraíram das dores, que são horríveis. Ai Philippa, quero muito que encontres o teu João e te cases e tenham filhos, mas não consigo desejar-te partos, que são uma invenção completamente idiota de Deus Nosso Senhor, que a blasfémia me seja perdoada. Mas agora não importa. Importa é que o pai é novamente avô, de um matulão varão e tudo, que o John anda doido por ser pai (e a festejar noites a fio com os seus homens, em vez de ser comigo...), e que já escrevi ao nosso irmão Henry a contar tudo, e ao nosso primo Richard, a dizer-lhe que o baptizei com o nome dele, como prova da nossa lealdade ao rei. Acham bem?»

Despedia-se efusivamente e pedia notícias urgentes, porque nem o nascimento do bebé Richard a fazia esquecer a angústia da irmã. Queria notícias. Pois! Toda a gente queria notícias, suspirou enervada Philippa. O pior é que também ela.

Tudo isso fora já há dois dias. Agora roía as unhas, e nem a companhia de Blanche a sossegava. Não conseguia dar nome àquela agitação, à incapacidade de se sentir bem onde quer que estivesse, aquela vontade de fugir sem saber para onde, como um animal encurralado. Seria medo, vergonha antecipada? Não sabia dar-lhe nome. Pior do que isso não sabia como combater esta sombra que a perseguia. Talvez não fosse muito diferente do que sentiam os presos na Torre de Londres, à espera de um veredicto: futuro ou não futuro, vida ou morte!

Incapaz de ficar mais um segundo quieta, levantou-se de um salto do banco onde bordava e decidiu ir dar uma volta pelo claustro, porque estava demasiado húmido e frio para ir lá para fora para o bosque. Não andara mais de dois passos, quando estacou: Constanza, Catalina e as suas aias saíam da porta do refeitório e vinham em sentido contrário. Olhou em redor, desesperada, à procura de um buraco onde se pudesse esconder e foi aí que percebeu que estava aberta a porta de carvalho pesada que dava para a sua capelinha. Antes mesmo de ter tempo de pensar, escapuliu-se enquanto podia. E se a seguissem? Correu para a igrejinha, meteu a mão na frincha onde o irmão Bernardo escondia a chave pequenina, e em dois segundos fechava-se entre as paredes despidas e protectoras da Capelinha das Rosas, como agora lhe chamava. Deixou-se cair no banco corrido de madeira que há muito não via cera, o coração a bater-lhe no peito, as lágrimas a correrem-lhe pela cara.

– Patética, sou uma triste e uma patética. Uma velha de vinte e seis anos, que em lugar de se fechar num convento anda aqui como uma criança à espera de uma surpresa, à espera de um milagre que lhe dê sentido à vida e a transforme.

Estendeu-se ao comprido no banco, tapada pela capa, e nunca soube se foi a dormir ou acordada que viu o raio de sol entrar por uma seteira e sair pela outra, atravessando-a de luz.

Não sabia dizer quanto tempo passara, quando ouviu ao longe a voz de Maud a chamar o seu nome, mas podia jurar que se sentia infinitamente tranquila. Iluminada.

Arrumou de novo a chave entre as pedras, no lusco-fusco de Inverno que caía. No terraço sobranceiro ao pátio viu o pai, e John, surpreendido por a ver na rua, gritou-lhe:

– Philippa, que fazes aí fora? Preciso de falar contigo!

E ela foi a correr ter com ele, porque na sua voz havia toda a esperança do mundo.

❁

Na pequena sala que Constanza e Catalina tinham arranjado com o maior conforto possível, na imensa lareira ardia um fogo crepitante – como o que ardia sempre nas lareiras do seu Savoy, lembrou-se de repente Philippa, como num *flash* que a transportou à sua infância.

John estava de costas voltadas para o fogão, as mãos atrás das costas para as descongelar do frio que apanhara no regresso de Ponte de Mouro. Viera à frente, quase sempre num galope cerrado, porque o tempo era pouco: D. João I dissera-lhe que queria o casamento realizado já. Por procuração, é certo, que ainda não recebera dispensa de Roma, mas para que tudo ficasse tratado imediatamente, aproveitando a presença do arcebispo de Braga e dos seus homens naquela parte tão a norte do país. A pequena comitiva destinada a presenciar a cerimónia estaria em Celanova no dia 11, dissera o rei de Portugal.

O duque de Lancaster ficara quase sem fala – parecia ter encontrado pela frente alguém ainda mais precipitado do que ele. Encolhera os ombros e acordara: afinal, quanto mais depressa se despachassem estes protocolos enfadonhos, mais depressa o rei e os seus exércitos podiam tratar da invasão de Castela!

– Depois de amanhã – disse ele a Philippa, quando ela entrou na sala.

– Depois de amanhã o quê, pai?

– Depois de amanhã casas, por procuração, com El-Rei de Portugal.

Philippa sentiu-se desfalecer. Constanza, olhando exasperada para o marido, apressou-se a levantar-se e a estender os braços para a enteada.

– Ai, John, que falta de jeito, ela ainda nem se sentou e tu dás-lhe uma notícia dessas, logo a esta tua filha, frágil como um passarinho – disse-lhe irritada.

Sentou-a na cadeira mais chegada ao fogo:

– Philippa, o que o pai quer dizer é que D. João te escolheu a ti para rainha de Portugal.

E apesar de terem praticamente a mesma idade, inclinou-se sobre ela e beijou-a na testa.

– Sei que é tudo muito precipitado, que pelos vistos esse João não é melhor do que o teu pai, mas vai correr tudo bem. E é só um casamento por procuração. Depois teremos tempo para preparar tudo como os costumes pedem.

Philippa sentiu que tinha sido muito ingrata com Constanza nos últimos tempos, sempre a evitá-la, quando afinal ela a tratava agora com tanto mimo...

– Obrigada, Constanza. E não ficou zangada por não ser a Catalina a... casar? – Ia dizer «a escolhida», mas achou que soava mesquinho, como se houvesse uma vencida e uma vencedora. Sobretudo partindo daquela que, nem queria acreditar, tinha vencido.

Constanza afagou-lhe o cabelo:

– Não, Philippa, acho que a Catalina ainda é demasiado nova… terá outras oportunidades igualmente boas. Casei aos dezassete anos, lembras-te, mas tenho a certeza de que foi cedo de mais, era tão sensível, tão pouco preparada… Tu tens vinte e seis, fazes vinte e sete em Abril, é o tempo certo para ti.

As lágrimas começaram a picar os olhos da princesa, tão pouco habituada a ser o centro das atenções naquela família. Mas mordeu o lábio e olhou para o pai que, estranhamente, se mantinha calado, a observar tudo aquilo com uma passividade que era certamente sinal do cansaço e da idade… A choradeira que se avizinhava, no entanto, levou-o a comentar friamente:

– Parem lá com isso, que tarda nada estou a chorar. Philippa, nasceste e foste criada para isto, não há razões para comoções. João de Portugal escolheu-te. E manda o Lourenço e uma dúzia de outros homens, bispos e arcebispos para vos casar…

– E depois vou para onde? Fico com quem? Vocês vêm comigo? – perguntou Philippa repentinamente angustiada, apesar da segurança que lhe dava ouvir o nome Lourenço.

– Depois ficas à guarda pessoal do arcebispo de Braga, um tipo patusco, imagina que se chama Lançarote, que te vai levar para o paço do bispo do Porto; o Porto é uma das principais cidades de Portugal, a capital do norte do país. Mal cheguem os papéis do Papa Urbano, então, sim, terás um casamento a sério, com toda a pompa do casamento de um rei e de uma princesa de Inglaterra.

– Mas vão comigo para o tal Porto? – repetiu.

– Não, a Catalina, a Constanza e eu não vamos. Não podemos deixar este reino que é o nosso. É demasiado perigoso, poderia dar esperanças a Juan, o usurpador…

Catalina, que se tinha mantido calada, refilou:

– O quê? Não só fui rejeitada como ainda por cima tenho de ficar aqui neste mosteiro bolorento à espera?

John riu-se abertamente pela primeira vez desde que chegara.

– Tu e a tua irmã Elisabeth têm cá um feitiozinho… Podem ser bonitas, mas abençoado o homem que vos tenha que aturar. Cá para mim, o senhor de Portugal deve ter tirado informações a vosso respeito e preteriu a minha filha mais sossegadinha – disse com um sorriso aberto e confiante para Philippa. Mas mesmo naquele momento, Philippa sentiu que se tivesse sido ele o noivo indeciso, não teria sido ela a sua opção.

A porta da sala bateu com força. Catalina que era de facto filha do pai, saíra dali com uma fúria que não queria que passasse despercebida. Não passou, mas a verdade é que serviu para desanuviar o ambiente.

Constanza virou-se para a enteada e disse-lhe:

– Philippa, tenho a certeza que queres estar um bocadinho sozinha, falar com a Blanche e com a Maud, escrever à Elisabeth. Não te preocupes com nada, eu e o pai vamos tratar dos preparativos para o banquete... Estamos na minha terra, aqui sei eu organizar festas, e já mandei mensagem ao nosso cozinheiro, que ficou em Santiago para vir a correr...

– Obrigada, mas ainda queria fazer umas perguntas. Como é que é um casamento por procuração em Portugal? E é tão estranho casar com um homem que nunca vi, com quem nunca falei! Pai, ele é temente a Deus como nós?

– Como tu, filha? Ai isso duvido! – disse o pai com ironia – mas sim, sim, é fiel ao Papa Urbano, reza a Deus, tem uma devoção muito grande à Virgem, e até está a construir um mosteiro enorme que lhe será dedicado no local onde a batalha de Aljubarrota foi ganha. Com a ajuda dos meus homens, claro!

– Philippa, não lhe ligues, por favor. Vais ser rainha de Portugal, vais ter poder, vais mandar, vais ditar as regras do teu país, e ainda por cima o teu marido vai ter muito que aprender contigo. Foste criada numa das cortes mais importantes do mundo, sabes como tudo se passa e acontece. Portugal, como Castela, sempre foram reinos tementes a Deus; as pessoas são calorosas, vão-te receber com entusiasmo. E todos me dizem que o rei é bom homem, generoso.

– É bonito, é um homem bonito – disse John, coçando a barba, para espanto das duas mulheres. E é simpático, fala razoavelmente bem francês, é educado e culto.

– E como me escolheu? Disse o meu nome? – perguntou Philippa com um nó na garganta.

– Vocês, mulheres, são todas iguais, só querem é ouvir elogios – riu-se John. – Disse-lhe que podia tomar a mão de uma das minhas filhas. Preparava-me para vos descrever sumariamente, mas ele vinha nitidamente com a decisão tomada; se fosse a ti agradecia ao teu amigo Lourenço, que desconfio lhe deve ter enchido os ouvidos com as tuas virtudes, que bem vi como vocês se davam naquelas noites em Londres. Quando comecei a falar, calou-me logo. Num tom muito formal, o homem é formal, mas deves gostar de homens formais, bem diferentes do teu querido pai!, disse-me: Senhor duque, peço-lhe autorização para desposar a sua filha Filipa.

– Ele disse Filipa?

– Claro, não te vai tratar por Philippa... eu disse que o rei falava francês, não inglês, de que não pesca uma palavra... podes dizer mal dele à vontade com as tuas damas, que não me parece dialecto que aquele povo domine.

– Pai, e depois?

– A seguir lá continuou naquela lenga-lenga: «Se autorizar que me case com a sua filha primogénita, farei dela minha mulher e rainha de Portugal, até que a morte nos separe!»

Philippa levantou-se devagarinho, fez uma pequena vénia aos dois e saiu da sala. Deambulou pelos corredores gelados, com as palavras a ecoarem-lhe na cabeça «minha esposa e rainha de Portugal, até que a morte nos separe». Ai, se ao menos Chaucer e frei John estivessem ali! E Katherine, Katherine (que Constanza lhe perdoasse) saberia tão bem o que lhe dizer para a sossegar – e ficaria muito orgulhosa dela. E Francis? Francis?!? Abanou a cabeça com força como para tirar de lá todas as memórias do passado. À medida que ia tomando consciência de tudo o que acontecera na última hora, começou a correr:

– Maud, Blanche, Maud, onde é que estão? Venham ouvir a notícia. Vou casar, vou casar. Depois de amanhã.

As palavras ecoaram pelo claustro e perderam-se nas montanhas que rodeavam o mosteiro.

6

Igreja de San Rosendo, Celanova, 11 de Novembro de 1386

O vestido era de seda, branco. Simples, que recusara todas as jóias pomposas e pesadas que Constanza desencantara para lhe emprestar. O *hennin*, aquele chapéu cónico que lhe lembrava as fadas das iluminuras, era branco também, mas insistira que o véu fosse de um azul-suave, perante os protestos de Maud.

– Não sou uma noiva a sério, é só um *pro forma*, um protocolo. Não me quero iludir, nem quero gastar hoje toda a felicidade do dia que há-de vir. Quando João me olhar na cara pode desatar a fugir e romper todos os contratos – protestara, angustiada. E se aquilo que tanto pedira a Deus se revelasse um logro? Se casar fosse pior do que ficar para tia, se o marido a trasse mal, a ignorasse, tivesse amantes, casasse por casar, para depois a pôr de lado? Tantas vezes vira o mesmo acontecer a outras, por que não lhe havia de calhar a ela?

Blanche, que desde que soubera a notícia não a largara um minuto, deu-lhe um pequeno safanão no braço:

– Philippa Plantagenet, e se deixasses de falar de ti mesma como se fosses uma miúda qualquer encontrada na sarjeta? O rei de Portugal nasceu mas foi virado para a lua!

Os irmãos beneditinos viraram o mosteiro do avesso, mas um mosteiro rico estava habituado a que damas da corte escolhessem a sua igreja, de traços muito sóbrios, e vitrais únicos na Galiza, para casar. Os cozinheiros de Constanza rivalizavam com os irmãos cozinheiros, e as mesas espalhadas pelo claustro estavam já cheias dos pratos mais sofisticados. Philippa, habituada como estava ao luxo gastronómico, mesmo assim espantou-se com os faisões estufados: cozida a carne, os artistas voltavam a «montar» o pássaro para ficar tão inteiro e de ar tão vivo como se estivesse a passear nos campos de Bolingbroke, o castelo da sua querida mãe – onde a vira pela última vez, há tantos, tantos anos.

Os sinos do mosteiro começaram a tocar pelo meio dia. John e Constanza estavam à porta para receber a comitiva portuguesa. Philippa viu-os chegar da janela da cela que dava para o terreiro da entrada, no primeiro andar. Viu sem ser vista, e o pulso acelerou quando reparou no pequeno grupo liderado por um arcebispo de mitra, muito novo para o cargo que tinha, e um cavaleiro de cada lado. Não podia ser. Mas Lourenço Fogaça era inesquecível, que bom revê-lo, que atencioso tinha sido o rei em enviar-lhe o seu amigo. O outro era bonito, alto, magro, o cabelo muito preto, e mais não via – mas devia ser ele. O noivo. O que vinha fazer as vezes do noivo, pensou, e teve muita pena de não ter ali ao lado Elisabeth, com a sua língua afiada. Só ela seria capaz de a fazer rir, apagando, nem que fosse por momentos, aquele nervoso miudinho.

Atrás vinham outros nobres, uma ou duas mulheres, ladeados por soldados. Os senhores vestiam a rigor e deviam ter pernoitado numa outra abadia próxima porque não mostravam nem cansaço nem sujidade, que uma viagem pelas estradas lamacentas de Novembro lhes teriam certamente provocado.

Maud surgiu naquele momento:

– Menina, onde estava que a procurei por todo o lado?

– O irmão Bernardo mostrou-me esta cela de onde se vê tudo...

– Menina, venha cá – disse Maud com a voz a tremer.

Philippa virou-se, assustada:

– O que foi, Maud?

– Nada, menina, nada. Quero só que se sente neste banquinho, que está tão alta que não lhe chego ao pescoço.

Philippa sentou-se no banquinho que a ama lhe apontava.

E Maud ajoelhou-se ao lado, com uma rosa encarnada numa mão:

– Peguei-lhe no momento em que nasceu, criei-a e vi-a crescer e a menina recompensou-me sempre por tudo o que de bom grado lhe dei. Sinto-me sua mãe, sem desrespeito pela sua que está a ver-nos lá de cima e sei que não leva este arroubo a mal. Estou muito contente por ir casar, e desejo lhe toda a felicidade nessa terra, para onde irei consigo. Mas não tenho nada para lhe dar, a não ser esta rosa dos Lancaster, a rosa da capelinha. Quero que a menina a leve consigo. Para que nunca nos esqueça, para que nunca me esqueça.

– Maud, pára, pára! – implorou Philippa, abraçando-a. – Não posso estragar a pintura, inchar os olhos, não posso amarrotar estas roupas.

Fazendo uso de toda a sua disciplina e compostura, Philippa levantou-se, e puxando a mão da ama obrigou-a a levantar-se também. Naquele momento Blanche entrou pela porta, esbaforida:

– São as duas loucas, escondem-se aqui no primeiro andar deste imenso mosteiro. Philippa, vem, o teu pai está farto de perguntar onde te meteste... chegaram, estão cá... e D. Lourenço está ainda mais desesperado por te ver do que todos os outros. Desconfio que o rei não o indigitou noivo por procuração com medo de que ele nunca mais te entregasse...

– Tonta – disse Philippa –; e deu-lhe a mão e seguiu-a para o andar de baixo, onde uma multidão se apertava na sala do capítulo.

– Viva a Rainha de Portugal – exclamou do seu canto Lourenço Fogaça, e todos os presentes repetiram a exclamação.

«Não posso corar, não posso», dizia Philippa, desesperada, mas a cor subia-lhe às maçãs do rosto. Fez uma pequena vénia a Lourenço, e aproximou-se do pai, que a levou ao arcebispo de Braga:

– Eminência, apresento-lhe Philippa of Lancaster, a minha filha primogénita.

D. Lançarote Vicente, que recebera o arcebispado pelos serviços prestados no campo de batalha ao rei João, e que era pouco mais velho do que ele, estendeu-lhe a mão para que a beijasse. Philippa ficou ligeiramente surpreendida, mas dobrou o joelho e beijou-a, para mais surpreendida ficar quando de seguida o senhor a tomou nos braços, como a uma velha amiga. Philippa gostou dele, do seu ar bonacheirão, do seu sorriso pronto, dos seus olhos verdes transparentes, e fez-lhe um largo sorriso, conquistando-o como aliado.

Foi D. Lançarote que a apresentou a D. João Rodrigues de Sá, explicando:

– Alteza, este é o cavaleiro que El-Rei D. João escolheu para hoje aqui o representar.

Philippa olhou-o directamente, e o homem respondeu-lhe com um trejeito da boca tímido. Visivelmente estava tão embaraçado como ela. Ou mais.

A partir daí tudo se seguiu numa sequência de passos decididos pelo protocolo, e Philippa escreveu depois a Elisabeth jurando que não se lembrava de nada, mas de absolutamente nada do que acontecera ao longo daquele dia, nem dos votos, nem do seu sim, nem da estranheza que lhe causara ouvir um sim de um homem que não era o seu. Escreveu:

«Só o episódio final, querida irmã, me deixou absolutamente sem fala. É que não tinha percebido – sim, sou uma idiota e faltavas cá tu para me abrires os olhos – que teria de passar a noite com D. João Rodrigues de Sá, lado a lado na mesma cama nupcial, com a espada da castidade colocada entre nós pelo senhor arcebispo. Elisabeth, imagina a cena: depois de cerimónias e orações, que repeti sem saber o que dizia, depois de comida e bebida até todos os convidados parecerem prestes a rebentar, a Constanza veio perguntar-me se estava preparada para subir à cela nupcial. À cela nupcial?, perguntei eu, horrorizada. E ela nem queria acreditar que ninguém me tinha dito, nem explicado, que teria de me deitar junto do meu marido por procuração. Felizmente tinha bebido uns golos de um vinho fantástico que aqui há e me adormeceu os reflexos. Não esbofeteei ninguém, não fiz cenas. Subi de braço dado com o falso João, como eu e a Blanche lhe chamámos, à frente um pajem com uma candeia, atrás o arcebispo, o nosso pai, e toda a restante gente. Vinham ver-nos deitar. E abençoar? Mas abençoar o quê? Para quê esta fantochada se este não é o meu marido?, perguntava-me a todo o momento. Durante o dia inteirinho troquei vinte toscas palavras com ele, que não domina fluentemente nem o latim, nem o francês, e a partir daí ficámos os dois positivamente mudos – quer dizer, disse-lhe «Boa Noite» que já aprendi em português, mas ou pronunciei aquilo muito mal ou o homem é ainda mais atado do que eu, porque nem me respondeu. Não, Elisabeth, não rias da desgraça alheia. E não, não me despi. Nem ele. Ficámos com a mesma roupa, uma manta por cima, num quarto felizmente com uma lareira para nos aquecer. Não dormi nada, e no escuro da cela percebi que também ele não pregou olho, porque a sua respiração se manteve sempre ligeiramente ofegante e alerta. Coitado, tive pena dele, espero que seja bem recompensado. De manhã, quando as empregadas e as camareiras que vinham na comitiva nos vieram despertar, fiz-lhe o meu melhor sorriso de gratidão. Afinal ele é que faz o sacrifício maior, eu pelo menos sei que este é um primeiro passo para um futuro que acredito que vai ser feliz. Mana, tens que vir ter comigo ao Porto, com o Richard pequenino. Falei só dois minutos com Lourenço, mas ele diz que o casamento não será antes de Janeiro ou Fevereiro, por causa dos papéis. Já não percebo nada – por que é que se pode fazer *este e não o outro? O pai diz que este não será talvez a mais legal das uniões aos olhos da Igreja, mas que como o arcebispo de Braga é grande amigo do rei facilitou tudo... Só espero que o Santo Padre não fique desagradado e não se recuse a apor o seu selo ao levantamento dos votos do rei. Mas nada disso interessa, e não posso escrever mais, tenho que partir. O que importa é que venhas passar o Natal ao Porto. Foi tudo o que pedi ao pai. Agora só a Blanche, a Maud, algumas damas e camareiras, o Thomas e cem lanceiros do pai vão connosco. Elisabeth, reza por mim e vem depressa.*

E assim se despede a tua irmã recém-casada-por-procuração

Philippa of Lancaster D'Avis.

PS – Já terei direito a usar o Avis?»

Philippa teve de limpar as lágrimas que lhe caíam pela cara quando acabou de fechar e selar a carta que escrevera a Elisabeth. A vida que tanto ambicionara chegara, e não estava arrependida de nada, mas deixar o pai, de quem se tinha aproximado tanto nos últimos meses, até de Constanza e Catalina, e da sua gente, custava-lhe imenso. Suspirou. Lembrou-se da morte da mãe, dos meses que passaram entregues a si mesmas, da separação de Katherine, do medo que sentira ao fugir da revolta dos camponeses e do seu palácio que ardia em chamas. Nada do que viesse seria pior do que os momentos maus que ficavam para trás. Não podia esquecer que além do mais tinha do seu lado o milagre da capelinha, o raio que atravessara de janela a janela e a iluminara, aquilo que lera no rasto das estrelas na viagem para cá, e o bilhetinho de frei John, anunciando que nunca mais seria Philippa...

Pôs-se de pé, determinada. Não verteria nem uma lágrima. O que tinha pela frente, valia todo o esforço de deixar o passado.

A seguir à refeição do dia, despediu-se de cada um dos seus e partiu na égua que o pai lhe dera, com os arreios de gala e as palmas e os gritos das gentes galegas que tinham vindo de todos os cantos para dizer adeus à nova rainha do país vizinho.

Na carroça que levava os seus baús e o seu dote, Maud encontrara um canto confortável, coberta de mantas de pele. Acenando aos que ficavam, murmurou entre dentes:

– Que vida de saltimbanco a minha. Há vinte e seis anos que ando nisto, de malas às costas, estradas deste mundo e qualquer dia do outro. Que Deus seja louvado.

Loira, de olhos azuis brilhantes, mas longe de ser bonita, Philippa of Lancaster sentiu-se sempre uma criança diferente. Sobretudo quando a cor da sua pele e a rigidez da sua educação contrastavam com a do povo que a acolhia como rainha de Portugal.

The most renowmed Prince John of:
Gaunt. D of Lancaster Earle of Richmont
Leicefter, Lincolne and Darbye .Liue:
tenant of Aquitanie He died 1399·

Poderoso, rico e bonito, John of Gaunt, pai de Philippa, era, no entanto, um eterno descontente. Mas se nunca conseguiu para si a coroa, teve a satisfação de ver três dos seus filhos, entre eles Philippa, ascender ao trono.
(National Portrait Gallery, London)

Blanche of Lancaster era a mulher mais bonita de Inglaterra. Do seu casamento com John of Gaunt, na catedral de Reading, nasceram três filhos, sendo Philippa a primogénita.

O avô Edward era um homem generoso
e amável, que puxava a neta para o colo
sempre que a via. Com o título de
Edward III de Inglaterra, foi admirado
pela sua coragem.
(National Portrait Gallery, London)

Elisabeth, a irmã mais nova de Philippa está sepultada na igreja de St. Mary's, em Burford,
local onde também nasceu. A sua efígie pintada faz justiça à sua beleza e ao seu
temperamento de fogo.
(Fotografia da autora)

HENRICVS IIII

Henry é o tão ansiado filho varão pelo qual os pais de Philippa esperavam. O irmão mais novo da rainha portuguesa usurpou mais tarde o trono ao seu primo Richard II, sendo coroado como Henry IV.
(National Portrait Gallery, London)

Geoffrey Chaucer, poeta e «diplomata» da
Casa de Lancaster, era o tutor favorito de
Philippa. Deu-lhe a ler o seu *Tratado do
Astrolábio* e ensinou-a a entender o
mundo e a ciência de uma forma
muito revolucionária para a época.

O Castelo de Kenilworth, a norte de Londres, foi reconstruído por John of Gaunt, para lá
instalar a amante e os filhos legítimos e ilegítimos. No tempo de Philippa era rodeado por
um fosso imenso.

Hoje só restam ruínas da ala de John of Gaunt, mas as janelas góticas do Grande Salão mantêm-se intactas. A visita está de tal forma bem preparada com um guia-audio, que nos sentimos a reviver aqueles tempos.
(Fotografia da autora)

O Castelo de Bolingbroke era o favorito da mãe Blanche, distante de tudo, rodeado de campos verdes, onde a caça era abundante. Foi lá que nasceu o irmão mais novo de Philippa, que ficou sempre conhecido por Henry of Bolingbroke.
(© English Heritage Photo Library)

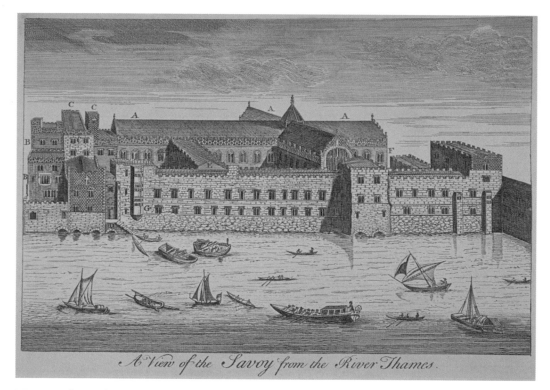

A View of the Savoy from the River Thames.

Nos arredores de Londres, o Palácio Savoy era uma verdadeira cidade dentro da cidade, com cerca de três mil habitantes. Era o bastião da família Lancaster. Na Revolta dos Camponeses, o povo, em fúria contra John of Gaunt, incendiou-o.
(Guildhall Library, Corporation of London)

Igreja Matriz de Melgaço, a vila que John of Gaunt ocupou com o seu exército enquanto esperava a chegada do rei D. João I. Rei que mais tarde a conquistou definitivamente a Castela.
(Fotografia da autora)

Foi em Ponte de Mouro, no concelho de Monção, que, no dia 1 de Novembro, o duque de Lancaster, pai de Philippa, e D. João I se encontraram para negociar o apoio de Portugal à invasão de Castela.
(Fotografia da autora)

Nuno Álvares Pereira, o Condestável do reino, era o homem que D. João I mais admirava. Graças a ele e ao exército inglês, foi ganha a Batalha de Aljubarrota. Era mais novo do que o rei, e graças à generosidade deste, tornou-se um dos homens mais ricos do reino.
(Dias dos Reis)

Esta iluminura de Jean de Wavrin retrata o encontro entre o duque de Lancaster e o rei de Portugal, na magnífica tenda que os ingleses montaram no terreiro de Rio de Mouro. Estão também na cena John Holland, general dos exércitos ingleses, o arcebispo de Braga, e os bispos do Porto, Douro e Lisboa.

Filho bastardo do rei D. Pedro I, D. João I tornou-se rei, por aclamação das cortes, contra todas as probabilidades. Sendo Mestre da Ordem de Aviz teve de pedir ao Papa que lhe levantasse os votos para poder casar com a princesa inglesa.
(Atlântico Press / AKG)

O casamento de D. Philippa e D. João, na Sé do Porto, em Fevereiro de 1387, imortalizado numa iluminura de Jean de Wavrin. Philippa passaria a ser chamada D. Filipa de Portugal.

Depois de Filipa o ter escolhido como um dos seus palácios favoritos, o Palácio de Sintra passou a ser conhecido por Paço da Rainha. A rainha remodelou-o e foi responsável pela construção das suas famosas chaminés gémeas.
(Interfoto/Fotobanco)

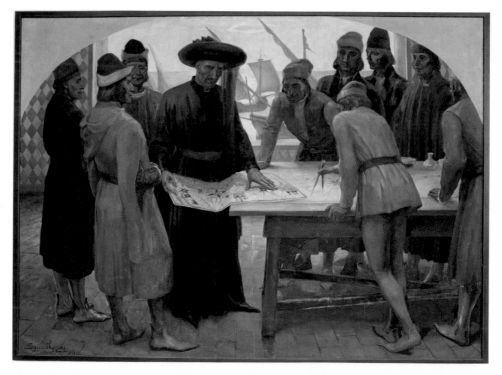

O infante D. Henrique, terceiro filho de D. Filipa e D. João, cresceu alimentado pelas histórias fantásticas dos feitos dos seus antepassados ingleses e pelas vitórias do pai. D. Filipa achava que ele herdara o espírito ambicioso do avô John of Gaunt, e não se enganou.
(Atlântico Press / AKG)

O desafio é descobrir o infante D. Henrique, D. Pedro, D. Duarte
e D. João, os mais velhos da Ínclita Geração, nos painéis de S. Vicente
de Fora. Nesta imagem o Painel do Infante.
(Museu Nacional de Arte Antiga, Fotografia de José Pessoa. Divisão de
Documentação Fotográfica – Instituto Portugês de Museus)

A personalidade de D. Duarte é
fascinante e os livros que escreveu
permitem perceber com clareza o seu
carácter. Rei apenas por morte do
seu irmão mais velho D. Afonso,
foi sempre muito sensível e
dependente da mãe.
(Pintura de Henrique Ferreira,
Casa Pia de Lisboa)

D. Filipa insistiu com o arquitecto
Huget que construísse uma capela
funerária para a família Aviz, no
Mosteiro da Batalha. Os túmulos
centrais são de D. Filipa e D. João,
de mãos dadas. Em seu redor estão
sepultados quatro dos seus filhos,
entre eles o rei D. Duarte.
(Dias dos Reis)

Philippa sentia-se de novo livre. Enfiada num espesso casaco de pele de urso, tinha os olhos presos às montanhas imensas e aos vales profundos que subiam e desciam por caminhos íngremes e escorregadios – Lourenço e João Sá tinham decidido levar a rainha de Portugal através da serra do Gerês, um trajecto impossível para as carroças e para o exército, mas que faria poupar tempo e daria a possibilidade de descansarem na abadia de S. Bento, já do lado de lá, enquanto esperavam pelos outros. As árvores enormes que ladeavam a estrada e as escarpas eram o leito de cascatas que caíam de centenas de metros de altura, levantando uma espuma tão forte que às vezes formava um nevoeiro que cobria a estrada. Lourenço estava sempre por perto, falador incansável, a explicar-lhe o nome dos sítios, a ensinar-lhe o nome das árvores e das plantas, dos lobos e das raposas que de vez em quando surgiam numa corrida, assustados pelos cascos dos cavalos a quem os cavaleiros pediam um passo rápido. A noite caía cedo e tinham partido tarde, mas Philippa sentia-se protegida e contente. Blanche vinha com Thomas um pouco atrás, muito próximos – que estranha vida a dos homens e das mulheres como nós, em que todos os minutos a sós são tão dificilmente roubados, e o risco de uma separação para sempre no campo de uma batalha, ou na cerca de um torneio, se somam aos da doença, que parece levar sempre os mais queridos. Mas agora não queria pensar nisso. Levantou os olhos para mais uma cascata e desta vez foi o seu «falso João» que lhe explicou que no fundo do vale havia um imenso lago, que veriam no dia seguinte, ao nascer do Sol. Mas Philippa não tinha pressa. A ansiedade dos meses de indecisão deixara-lhe as unhas roídas e sentia uma enorme curiosidade em conhecer o rei de Portugal, mas achava que merecia uns dias de descanso. O seu novo Livro das Horas, de iluminuras e letras pintadas pelos monges beneditinos e oferecida como presente de casamento, ia na malinha de couro atada à sela, com as suas jóias mais queridas, mas não precisava dele – sabia-as de cor, e nada, nem antes nem depois deste dia, a levou a esquecer o momento de as rezar. Instintivamente levou a mão ao pescoço. Segundos antes da partida, o pai puxara-a a um canto, abraçara-a com força e entregara-lhe o medalhão de ouro que sempre vira ao pescoço da sua mãe. Ao abri-lo, como tantas vezes fizera em pequenina, aconchegada no seu colo quente, voltou a ver do lado direito o retrato de Blanche, e do esquerdo a iluminura de John. Retirando da bolsinha as pétalas da rosa que Maud lhe dera, colocou uma delas lá dentro e fechou-o de novo. Virando-se para o pai, pediu-lhe que fosse ele a colocá-lo em redor do seu pescoço «para nunca mais o tirar». E quando, com uma suavidade invulgar, John o fez, a promessa de que em circunstância alguma choraria, quebrou-se.

Olhando os rios de água que corriam pensou que talvez a sua querida Maud tivesse razão. As lágrimas não faziam mal a nada, e só os grandes senhores é que tinham medo delas.

❁

A comitiva já estava de novo reunida e formada, segundo protocolos que era importante conhecer. À frente o arcebispo, à direita e à esquerda os seus cavaleiros, atrás as damas e ladeando-os a todos, os lanceiros ingleses, com os estandartes com as armas dos Plantagenet, intercalados com os estandartes com as armas portuguesas.

Lourenço parecia uma criança excitada, desesperada por chegar perto de um presente por abrir. Já falara do Porto a Philippa. Explicara-lhe que era uma cidade especial, ou não fosse a sua de nascença, em que o rio Douro corria largo, para abrir numa foz imensa onde, no Inverno, o mar entrava com toda a sua fúria. Dissera-lhe que o senhor da cidade era o bispo, e o paço episcopal o palácio mais importante. Ali, mesmo os reis pediam licença à Igreja para pernoitar.

– Veja, princesa, desculpe, Alteza, veja, veja, que daqui já se vê. Philippa, divertida com o seu entusiasmo, olhou:

Num morro alto via-se uma muralha ao longe, e a sombra de edifícios de pedra escura, imponentes contra a linha do céu. A serpentear ao longe o – D. Lourenço, é o Douro não é? –, e ele disse que sim.

A estrada descia para um aglomerado de casas, de ruas estreitas, varandas longas, as janelas enfeitadas de panos coloridos. Viam-se caras e mais caras, e mais caras.

– O povo saiu à rua para ver a nova rainha – disse João Rodrigues de Sá, abrindo a boca pela primeira vez naquele dia, juraria Philippa.

E depois não disse mais nada. Numa vertigem a rainha de Portugal voltou a Londres, à coroação de Richard, às gentes que gritavam na rua o seu nome. Seria possível que agora o nome fosse o seu?

– Dona Filipa, é o que dizem? – perguntou a João Rodrigues de Sá.

– Sim, Alteza, Filipa é agora o seu nome.

– Mas dizem «Lencastre», pronunciou ela com dificuldade e surpresa.

– É mais fácil de dizer – explicou João Rodrigues de Sá.

– Filipa de Lencastre… vou ter de me habituar – comentou a rainha, pensativa. Como que conformada à sua nova identidade, endireitou-se no cavalo, sorriu e acenou àquela gente que tinha a gentileza de a receber assim. Sob o céu claro daquele dia de Novembro, encheu o peito de ar, e virando-se para Blanche que vinha mesmo a seu lado, disse alto:

– Blanche, vou fazer tudo para merecer esta recepção.

Blanche devolveu-lhe o sorriso. Ninguém tinha dúvidas de que quando Philippa se decidia a qualquer coisa, possuía toda a força e determinação para a cumprir.

Mas Philippa estava agora demasiado nervosa com a perspectiva do seu primeiro encontro com João. Quando subiram a ladeira para o Paço Episcopal, gente de todos os lados, viu-o pela primeira vez: direito, com um ar grave, uma capa de veludo vermelho em redor dos ombros, a cabeça destapada com o cabelo castanho-escuro solto ao ar, os olhos postos no caminho. Esperando, como ela esperava. Muito próximo do rei, estava um outro homem, mais alto, mais magro, mais louro, mais novo, mas com um olhar que mesmo dali Philippa percebia que se destinava a marcar distância dos outros.

– Quem é aquele, D. Lourenço? –, perguntou numa voz que tremia ligeiramente.

– D. Nuno Álvares Pereira, o condestável do reino que…

– Eu sei, eu sei quem é, só não o conhecia pela cara – rematou apressadamente Philippa, que tinha estudado tudo o que dizia respeito à política portuguesa, para lá das horas perdidas, como frei John lhe ensinara, a cotejar o mapa do seu novo reino.

O barulho dos cascos dos cavalos mudou quando chegaram ao terreiro de laje que rodeava o paço episcopal, uma autêntica fortaleza no topo de um morro, circundada pela cidade, com uma vista deslumbrante sobre o rio, onde baloiçavam dezenas de pequenos barcos.

Mas a princesa-rainha só via João, que chegara próximo da sua montada, e mal a viu no chão debruçou-se sobre a sua mão, beijando-a demoradamente. Philippa estremeceu: este era o homem a quem prometera, perante Deus, amar e servir até que a morte os separasse. Queria agradecer-lhe, dizer qualquer coisa simpática, talvez até em português, mas não conseguia encontrar as palavras, pronunciar uma das frases que ensaiara tantas e tantas vezes. Ai, Virgem Santíssima, o rei ia pensar que era uma provinciana qualquer, deslumbrada e estarre-

259

cida por aquela pequena recepção, por um punhado de gente, como se fosse uma menina a chegar à corte pela primeira vez.

Philippa sentiu a maldita cor subir-lhe à cara, e teve vontade de bater o pé de fúria contra si mesma. Felizmente João parecia não dar por absolutamente nada, indiferente ao seu embaraço (boa educação ou total desinteresse?, perguntou-se), falava pelos cotovelos em francês. Do clima, do encontro com o pai, da viagem, fazendo as perguntas e dando as respostas, interrompendo as histórias para a apresentar a este e àquela, pronunciando nomes que a princesa tentava desesperadamente reter, mas que não colavam. O pior eram os olhos daquele homem, daquele Nuno (que nome tão impossível de pronunciar...), que a seguiam sempre, avaliando-a, deixando-a ainda mais insegura. «Quem se julgava ele para sentir que tinha o poder de aprovar ou vetar a rainha de Portugal?», pensou, habituada que estava desde a infância a procurar entender, de uma só vez, as correntes de poder que tecia cada grupo. Para se poder defender delas, e se necessário contra--atacar no tempo certo.

Nesse momento sentiu a mão de Blanche no braço, e um beliscão que quase a fez gritar. «Repete», disse-lhe baixinho, e em inglês. «Repito o quê?», respondeu Philippa, assustada. «Repete baixinho: "Eu sou Philippa de Plantagenet..."» Curiosamente, a frase teve o condão de a devolver à normalidade. Respirando mais devagar e profundamente, libertou-se do olhar do condestável e concentrou-se naquilo que João lhe dizia, respondendo aos cumprimentos de todos aqueles fidalgos e fidalgas, que a recebiam com sorrisos abertos e discursos efusivos.

O amigo Lourenço Fogaça vinha uns passos atrás e olhava para tudo aquilo como alguém que observa uma cena de fora. E teve medo; como se tem medo quando desejamos muito que alguém de quem gostamos cause boa impressão e tememos que tal não aconteça; medo de que a frieza protocolar da nova rainha pudesse parecer arrogante aos senhores e senhoras daquela cidade, tão sensível à forma como eram tratados.

Blanche sentiu o mesmo. A distância que a princesa tinha sido ensinada a colocar entre si e os outros, e que em Inglaterra era a regra, aqui parecia-lhe ligeiramente descabida. Deu por si a pensar, preocupada: «Quem mudaria quem, e a que custo?»

7

Paço Episcopal, Porto, 23 de Dezembro de 1386

Estava há mais de um mês na cidade do Porto. E a ansiedade vol-tara. Não tinha culpa, tudo acontecera de forma muito diferente daquela que esperara e sonhara. Ainda hoje nem queria acreditar: nunca mais voltara a ver, ou a falar, com João, depois daquela desastrosa recepção. O rei continuara a apresentá-la a pessoas sem fim, até que a deixara no sopé de uma enorme escadaria, onde pajens e camareiras a esperavam. Despedira-se com um piscar de olho a Blanche e a duas das suas damas, que tinham desatado num risinho histérico, umas idiotas que teve vontade de devolver logo ali à procedência. Desejou-lhe uma alegre estadia e anunciou que agora só se voltariam a ver quando voltasse das campanhas que teria de fazer pelas fronteiras.

Philippa ficou com a nítida impressão de que se assemelhava a um peixe: os olhos muito abertos, o cansaço todo da viagem e da expectativa a tomarem-lhe de novo conta da língua. Lembrava-se mal do que dissera, mas supunha que não fora mais do que desejar-lhe uma boa viagem, a que o rei respondera assegurando-lhe que naquele paço seria tratada como uma rainha, porque assim o ordenara.

Antes de subir para os seus aposentos, Philippa vira o marido por procuração virar-lhe as costas e partir com os seus homens em direcção à porta como se tivesse uma vontade imensa de se pôr a andar dali. Não se enganava.

Nos dias que se lhe seguiram agiu como um boneca congelada por dentro e por fora, que o palácio do bispo do Porto era austero, e só na sala principal ardia uma lareira. Blanche e Maud tentaram mimá-la como podiam, mas a princesa agia como hipnotizada, presa num terror imenso de que o seu destino não fosse diferente do de Constanza, que o Senhor Jesus Cristo se vingasse em si da crueldade com que o pai John tratara a sua rainha castelhana. Sempre pronto a usar o título que era seu por casamento, mas igualmente rápido a dormir e a gerar filhos a uma amante, a quem dera o seu melhor castelo e, para cúmulo dos cúmulos, entregara a educação dos filhos legítimos.

Adormecia afogada nas lágrimas que, com a mudança da paisagem e do clima, pareciam agora tão prontas a correr. Adorara Katherine, adorava Katherine, e sempre sentira que não fora por acaso que ela ali estivera no momento da morte da mãe, à sua cabeceira, pronta a receber dela a responsabilidade de cuidar dos seus queridos filhos. Philippa recordava-se, como se fosse hoje, de como Katherine não arredara pé daquela casa quando todos fugiam, como tomara incondicionalmente conta deles, apesar de ter os seus próprios filhos... Mas talvez Deus a castigasse por, de alma e coração, ter estado sempre do lado da amante...

Amante! Era obrigada a confessar que a informação de que El-Rei já era pai de dois filhos de uma morena que «caçara» numa aldeia e trouxera para a corte, a deixara de rastos. Ainda por cima um grupinho de damas portuguesas muito bem-intencionadas – em todas as cortes havia víboras – tinham-lhe descrito a tal Inês como uma mulher linda, contribuindo para esta melancolia, misturada com acessos de raiva interior. Não era difícil reavivar em Philippa o passado e a certeza do castigo...

Blanche e Maud começaram a ficar preocupadas – a princesa passava horas na capela, ou no genuflexório do quarto, agarrada ao seu livro de orações, para além da missa diária, para a qual arrastava todas as outras senhoras da casa. Os efeitos da sua aparente falta de jeito para fazer sala faziam sentir-se nos olhares e nas conversas das damas pelos cantos, e era de calcular que nada do que se dizia a lisonjeava. Afinal ninguém sentia qualquer lealdade perante esta estranha, translúcida, que se não impressionava pela beleza, não parecia capaz de vencer pela inteligência da conversa.

Decididamente, Blanche e Maud não precisavam de ser bruxas para entender que diziam que «esta tal Filipa» era velha e feia, que o pai arranjara finalmente forma de a «despachar», e que o rei João decididamente não se sentira minimamente atraído por ela e se pusera logo a milhas dali.

Lourenço, que ficara encarregado pelo rei de organizar a casa da futura rainha, estava igualmente estarrecido. Era preciso devolver Philippa à normalidade, a bem do reino e da sua felicidade. E para repor a sua própria credibilidade, bem entendido, que fizera tanta questão em recomendá-la a

João! Era preciso restituí-la à normalidade antes do casamento oficial, das festas, de que fosse correr o país e estar com o povo. Prepará-la para a presença constante junto do rei de Afonso e Beatriz, explicar-lhe que as pessoas interpretavam a sua timidez como pura má criação...

Não podia passar de hoje, antes que o Natal, a Missa do Galo, a ceia onde se juntariam os nobres da cidade, aumentasse ainda mais o fosso entre D. Filipa, como agora se esforçava por lhe chamar, e a gente que a podia destruir num dia de má-língua.

– D. Blanche, posso falar com a rainha? –, perguntara, ao meter a cabeça pela porta da salinha a que Philippa chamara sua.

– D. Lourenço, entre, entre – suspirou Blanche, feliz por encontrar um aliado em quem sabia poder confiar, e o único capaz de ter alguma influência sobre a sua irmã.

Philippa levantou-se e atravessou a sala de mãos estendidas para o receber. Também ela sentia o mesmo que Blanche.

– D. Lourenço, que feliz fico de o ver...

Mas nem acabou a frase. Com ar decidido, Lourenço pegou-lhe por baixo do braço e puxou-a em direcção à porta:

– D. Filipa, está um dia lindo de sol, que nunca veria se estivesse trancada lá na sua terra. E um frio desgraçado, é verdade, por isso peça que lhe dêem o seu manto mais quente, porque vamos passear.

Philippa obedecia-lhe, sem pensar. Blanche sentiu pena dela: tudo o que precisava era de atenção.

D. Lourenço é que não estava para introspecções nem para deixar escapar esta oportunidade. Saíram de casa pela porta do jardim, sem escolta nem damas, num gesto ousado que certamente incendiou as desconfianças das aias que espreitavam curiosas pelas janelas. Mas ele queria lá saber o que diziam essas mulheres roídas de inveja por uma inglesa lhes ter roubado a oportunidade de, quem sabe, subirem ao trono.

– Alteza – disse respirando fundo.

– D. Lourenço não me diga que me tenho portado mal, que devia falar mais, que esta melancolia não me fica bem, que é altura de fazer conversa bonitinha com as damas desta corte que vai ser a minha, em lugar de passar os dias com os olhos no meu Livro de Horas – disse de um fôlego a princesa.

D. Lourenço respirou de alívio: a verdadeira Philippa continuava ali, firme e sólida, só era preciso afastar-lhe do caminho as sombras que lhe tiravam a alegria.

– Se sabe tudo isso, princesa, por que é que faz o contrário, se me permite perguntar-lho?

– Por causa do rei...

– Posso falar-lhe um bocadinho de D. João?

Philippa virou para ele o olhar, de novo vivo e brilhante:

– Não me atrevia a pedir-lhe tanto, mas sim, por favor, explique--me por que é que João se foi logo embora, diga-me se ele ainda ama a tal Inês, a mãe dos filhos, e corrija-me se me engano, mas o meu português já chega para entender que as damas desta corte acham que não fui capaz de o atrair – disse de um fôlego; nunca falara assim com um homem, meu Deus, para o que lhe dera!

Lourenço também ficou por uns segundos sem fala, mas depois percebeu que a princesa lhe entregava de mão-beijada a deixa de que precisava para entrar em assuntos de uma intimidade que por iniciativa própria nunca se atreveria a abordar.

– Vamos por partes, D. Philippa, D. Filipa, quero dizer. Primeiro, El-Rei já não tem nada com essa senhora, que entrou há tempos para o Mosteiro de Santos, onde se mantém em clausura.

Philippa suspirou de alívio – pela primeira vez na vida sentira ciúmes e entendera ao que os ciúmes podem levar. Se a dita criatura não tivesse entrado por seu próprio pé no convento, teria sido ela a empurrá-la para lá, disso não tinha dúvidas.

Lourenço esperou que Philippa voltasse a dar-lhe a sua atenção:

– Em segundo lugar é verdade que El-Rei é pai de dois filhos dessa ligação.

Que fúria que Philippa sentia. Era típico de John of Gaunt ter-lhe ocultado tudo isto, com medo de que a sua piedade a levasse a levantar obstáculos a casar com um rei bastardo, já com descendência, conhecendo de antemão as dores de cabeça que essa descendência ilegítima criava sempre aos legítimos descendentes, sobretudo se houvesse varões...

– O mais velho chama-se Afonso, faz por agora dez anos, e é companhia frequente de El-Rei; tem um mestre, e aprende para cavaleiro.

– Imagino que tenha ficado perturbado com o casamento do pai.

– Não lhe escondo que ficou, é uma criança mimada, com todo o respeito, habituada a ser o centro das atenções, porque em consequência dos votos de castidade que o pai tomou enquanto mestre acreditava talvez que não casasse...

Philippa sentiu uma picada no peito, como se tivesse ficado sem ar por segundos: e havia mais essa, o homem com quem casara, era –

ainda neste momento – mestre de uma ordem religiosa, a quem o Papa não tinha levantado os votos...

– Depois há a Beatriz. Aos oito anos, é uma rapariga muito mais tímida do que o irmão, que tem vivido num certo esquecimento entre as damas da corte – continuou Lourenço.

O coração de Philippa ficou imediatamente conquistado pela ideia de uma criança a quem o irmão fazia sombra, perdida entre senhoras que não lhe diziam nada – talvez, pelo menos, tivesse uma ama como a sua Maud.

– A Beatriz está aqui, no Porto, no paço? – perguntou Philippa, ignorando por agora Afonso, não se sentindo suficientemente segura nem detentora de estatuto bastante para enfrentar um rapazinho que a odiava à partida...

– A Beatriz está no convento de S. Francisco – e Lourenço esticou o dedo para lhe apontar onde ficava –, onde El-Rei se aloja sempre que vem ao Porto. Uma cidade que pertence ao bispo, e onde o rei não tem, por deferência e respeito, palácio.

Philippa percebeu que nem isso sabia da vida do marido, onde ficara naquela noite em que a recebera, para onde fora, nada.

– Era possível trazê-la para ao pé de nós? A Maud adorava ter uma criança por perto, e assim podia conhecê-la melhor. D. Lourenço, toda a vida vivi entre irmãos bastardos, toda a vida tomei conta de irmãos mais pequeninos do que eu e impressiona-me a confusão que os pecados dos pais provocam na vida destas crianças. Não me sinto preparada para o Afonso, mas gostava de estar com a Beatriz.

Lourenço anuiu que sim com a cabeça, e fez-lhe um sorriso aberto:

– Gosto de a ver de novo a pensar com a inteligência que lhe conheço – disse.

E Philippa olhou para as folhas espalhadas no chão dos caminhos de terra entre os buxos que formavam os canteiros, como fazia sempre que a elogiavam...

– D. Lourenço, esta gente não gosta de mim, pois não? Sentem-me como uma intrusa, nem castelhana sou, e acham-me feia e pálida, como já as ouvi dizer.

Foi a vez de Lourenço contemplar a terra do caminho. Mas respondeu:

– D. Filipa, sabe como são as línguas, aqui, em Londres, em Paris, ou em qualquer outro lado do mundo. Então as línguas de mulher, que falam por falar, e a quem a inveja move sempre a imaginação. Mas estas senhoras não são o povo, e o povo aclamou-a com entusiasmo. O povo quer que o rei case e tenha muitos filhos, para que o trono passe em linha directa, sem as agitações dos últimos anos.

– Mas, D. Lourenço, não é estranho que D. João nem um dia tenha ficado?

– Talvez seja, princesa, mas vai ser preciso que se habitue. D. João não foi educado na corte, nem entre meneios de senhoras. Andou sempre com os seus homens, em montadas, caçadas e batalhas. É rei há pouco tempo, num país ainda agitado e não teve tempo, nem inclinação, para se habituar a uma vida mais doméstica, mais de família. Além do mais a paz é instável, sobretudo agora que o seu pai lhe pediu aliança para disputar o reino vizinho. D. Juan não estará, com certeza, muito feliz, e pode decidir avançar, em lugar de esperar...

Philippa sentia-se mais aliviada. Talvez a culpa não fosse toda sua, talvez se tratasse apenas de dar tempo ao tempo, de esperar oportunidades para mostrar a João como era bom estar em casa, investir na construção e no melhoramento de um paço, como Katherine fizera com o pai em Kenilworth... Não podia, a esse respeito, seguir o exemplo da sua querida mãe, demasiado dominada pelas convenções, a quem tinham ensinado a aceitar tudo ao marido, sem lutar por ele e por aquilo que desejava...

– O que é que posso fazer para ajudar a que me aceitem? – perguntou, humilde.

– Quem sou eu para lho dizer? Mas ajudaria se abrisse a sua sala às damas que El-Rei indicou para sua Casa, e não era pior se as consultasse e lhes pedisse conselhos; sabe como as pessoas são, quando se sentem especiais depressa se nos tornam leais.

Tinham caminhado até ao miradouro, virado sobre o rio e o sol já descia sobre os montes na margem sul. A vista era deslumbrante, de quase 360 graus, e Philippa ia-se virando para a captar por todos os ângulos. Foi num desses instantes que viu chegar ao Terreiro do Paço uma pequena carruagem, e ficou sem ar quando reparou nas armas das bandeiras da escolta: os leões vermelhos e amarelos de Inglaterra, conjugados com o azul-forte que rodeava as flores-de-lis.

– D. Lourenço, chegou alguém de casa! – disse, quase sem fôlego, as saudades torcendo-se num nó na garganta.

Lourenço virou-se e ficou igualmente espantado:

– Algum recado do seu pai...

Philippa já desatara a correr, como uma louca, em direcção à porta do palácio. Quando olhou melhor, Lourenço percebeu porquê: da car-

266

ruagem saía uma mulher alta, de cabelos ruivos, e ao colo trazia uma criança enrolada numa pele de urso. Do cavalo que a escoltava, desceu um homem igualmente inconfundível.

– Elisabeth – disse D. Lourenço, e ele próprio teve vontade de correr. Não era imune ao fascínio daquela caprichosa princesa, que agora era mãe. Nem tão-pouco à irritação que lhe provocava aquele John Holland, sempre desejoso de uma rixa; uma dia ainda acabava mal.

Philippa já estava nos braços da irmã. As duas cabeças, de cores tão diferentes, juntavam-se numa só. Elisabeth estendeu os braços e mostrou-lhe, pela primeira vez, o sobrinho Richard.

A «missão» correra decididamente bem, pensou satisfeito Lourenço. O Natal ia ser muito menos triste do que acreditara. Com Elisabeth no paço, até o próprio bispo do Porto iria saltar e dançar em redor do presépio!

Philippa virou-se no último degrau da escada, procurando-o. Quando viu que entendera tudo, fez-lhe o seu mais magnífico sorriso. E Lourenço pensou:

– É esse, esse mesmo, o sorriso que tens de fazer para o rei!

Philippa olhava orgulhosa para a irmã. Elisabeth tinha esse condão: mudava tudo à sua volta, suscitava amores e ódios, mas ninguém lhe ficava indiferente. Desde que chegara, Philippa sentia-se outra, como se os papéis agora se invertessem e a irmã de quem sempre tomara conta, tomava agora conta dela. Quando à noite as três irmãs se sentavam na enorme cama de dossel de Philippa, embrulhada em mantas quentes que não havia outra forma de aquecimento, e Maud arranjava pretextos para ficar mais um bocadinho ao pé das suas meninas, riam às gargalhadas como antigamente. Elisabeth conquistara as aias de Philippa, e fizera um charme indecente aos fidalgos que vinham visitar a princesa-rainha, ganhando o ódio das suas dilectas esposas. Na tertúlia da noite troçava sem dó nem piedade de tudo e de todos, só pelo prazer de ouvir as irmãs rir.

– Já viram o nariz do bispo? E como funga toda a missa? – dizia. Para acrescentar logo a seguir «Hi, hi, e a fúria de uma gorda enrolada em sedas, quando passei dez minutos em conversa com o marido?»

Philippa tentava pregar-lhe um sermão, mas acabava às gargalhadas, de tal forma se sentia aliviada da melancolia que a assaltara. Era como se Elisabeth, sozinha, fizesse a catarse de todo o mal-estar que sentira, lhe abrisse as portas para os outros, mas com um aviso prévio: «Se fazem mal à minha irmã, garanto-vos que se arrependem!»

A pequenina corte, formada em volta da princesa-ainda-não-bem-rainha percebeu imediatamente a diferença, porque Philippa abriu-se em sorrisos fáceis, e embora fosse muito mais tímida e serena do que a irmã, ganhou dela o balanço para se interessar pelas pessoas à sua volta, e até para as espantar com o seu português. E as aias e camareiras mais generosas diziam entre si: «Pobrezinha, aquilo eram saudades que ela tinha.»

Blanche, por seu lado, não conseguia sentir inveja dos poderes-maravilha da sua meia-irmã ruiva, até porque com Philippa mais acompanhada, podia escapulir-se para ir ter com o seu querido Tom, cansado de marcar passo naquela cidade, mas consciente de que até ter Philippa oficialmente casada não podia mesmo voltar para os seus exércitos.

De um segundo para o outro tudo se tornara diferente. Fora naquela manhã que o mensageiro chegara com uma carta para Philippa. O rei mandava dizer que acreditava que a dispensa do Papa Urbano estava já a caminho, e que não podiam adiar nem mais um dia o casamento.

Elisabeth, que espreitava por cima do ombro da irmã, exclamou: «É preciso lata, como se não fosse ele que te tem feito esperar a ti! Meses neste paço gelado, na companhia de um bispo – o meu cunhado vai ter que me ouvir!»

– Deixa-me acabar de ler. Diz que não podemos adiar mais o casamento porque senão entramos na Quaresma, e a Igreja não permite casamentos nos quarenta dias anteriores à Páscoa...

– Marca a data? – perguntou Elisabeth.

– Este homem é de facto parecido com o nosso pai; diz que chega depois de amanhã, dia 2 de Fevereiro, e espera por mim à porta da Sé do Porto, a fim de recebermos uma primeira bênção do arcebispo de Braga, aquele simpático que me trouxe até cá, o Lancelot, como lhe chamo.

– Não faço ideia de quem é que estás a falar, mas também não importa – esse teu marido, ou futuro marido, é doido. Como é que vais ter tempo de arranjar vestido? Esquece, mana, já sei, tens vinte vestidos brancos dobrados na arca, ou não fosses Philippa of Lancaster e a tua ama Maud de Leicester. Mas ouve lá, isto não é o casamento a sério, pois não? É que eu, o John e o pequenino Richard queremos uma festa a sério...

– O rei diz que hoje mesmo vai anunciar ao reino a «boda», e marca a data para dia 14 de Fevereiro, está descansada, Elisabeth, que vai haver festa. Quanto ao resto, não explica nada. O Lourenço há-de saber os detalhes todos, e as aias que o rei nomeou devem perceber os protocolos portugueses para estas ocasiões – comentou Philippa.

– De protocolos sempre soube pouco – respondeu Elisabeth a rir, mas pelo que tenho visto por aqui duram mais do dobro do tempo do que os nossos, por isso prepara-te que vais levar uma seca...

– Cala-te, Elisabeth, é o meu casamento. Finalmente. E João não voltou atrás com a palavra, não fugiu...

– Era o que mais faltava. Claro que não fugiu! Tenho que ir ver o Richard, que a criança com uma ama a falar-lhe em galego aos ouvidos todo o santo dia vai ficar ainda mais perturbada da cabeça do que a mãe... e o pai, e o avô, etc., etc. Mas! Mas antes de me ir embora, promete-me: deixas-me ir ao teu lado, tanto nessa tal bênção, como no casamento frente ao bom povo?

– Ao lado de Philippa para onde? – perguntou Blanche que acabava de entrar, os pés gelados depois de mais um passeio às cavalariças à procura de Tom.

– No meu casamento – disse Philippa baixinho, e Blanche veio abraçá-la de contentamento, enquanto Elisabeth fugia para o filho.

Na véspera da cerimónia, Philippa notou que Elisabeth passou metade da ceia a falar entusiasticamente com Lourenço. O pobre, ora corava ora soltava uma gargalhada, e Philippa nem queria imaginar o que lhe perguntava. Decidiu ir salvar o amigo:

– D. Lourenço, a minha irmã decidiu martirizá-lo um jantar inteiro?

Elisabeth aproveitou a chegada da irmã para dar a mão a beijar a Lourenço, que mesmo num paço de um bispo conseguia flirtar como se estivesse na corte de Windsor.

– Deixem-se desses salamaleques e digam-me de que é que falam – insistiu a princesa.

– Philippa, estou a fazer aquelas perguntas que tu nunca terás a coragem de fazer, à tua camareira-mor, que não parece grande especialista nas artes de que aqui falamos, e piscou o olho a um Lourenço vermelho que nem um pimento. Por isso não te metas, que hoje à noite vou ao teu quarto explicar-te como é que a noite de núpcias acontece neste reino...

Philippa já se afastara apressadamente. Aquela sua irmã não tinha limites. Precisava de dar a impressão à corte inteira de que era uma debochada? Logo ali, onde já percebera que todos contavam histórias mirabolantes dos amores e das amantes do pai John, e havia mesmo quem achasse que ela, logo ela, talvez não passasse de uma sonsa, cheia de armadilhas por detrás dos «seus inocentes olhos azuis».

Maud esperava-a no quarto, já com um chá de camomila feito, a camisa de noite aquecida em tijolos, e a escova de tartaruga que Philippa herdara da mãe, e a mãe da mãe dela. Depois de a vestir, deixou-a sentar-se debaixo das mantas quentes dentro da cama e sentou-se na beirinha, para a pentear. Suavemente, uma madeixa de cada vez, com um cuidado especial para não lhe apanhar os nós, e cantarolando as cantigas de embalar, que lhe cantara em pequenina.

– Maud – chamou baixinho, sem querer quebrar o encanto...

– Sim, menina?

– Achas que ele vai gostar de mim? Que vou ser capaz, capaz... de lhe agradar?

– Vai, princesinha, vai, mas agora durma que amanhã o dia será comprido.

Ouvindo os passos inconfundíveis de Elisabeth no corredor, apressou-se a soprar a vela e a ir ao seu encontro:

– Menina, a mana já dorme, não entre – pediu-lhe assustada, sabendo que Elisabeth era capaz de despertar um morto se lhe desse para isso.

– Maud, vinha explicar-lhe que amanhã não se passa nada, que amanhã o meu querido cunhado recebe a bênção e coisa e tal, mas depois vai devolvê-la aqui ao paço. Se não a avisarmos de que é assim, vai entrar em histeria, sentir-se outra vez rejeitada – vociferou de um fôlego.

– Ela sabe, menina, ela sabe isso tudo. A camareira-mor explicou-lhe. Traduziu-lhe para francês o pergaminho que o rei mandou que fosse lido em todas as aldeias e vilas deste reino e em que convida os fidalgos e o povo para virem à boda, no dia 14..., explicou Maud.

– Bem, se temos mais oito dias, então explico-lhe o resto depois, mas agora deixa-me entrar, prometo que não lhe falo sequer, só quero vê-la...

– Se jura que não a acorda, menina, olhe pela sua saúde...

– Juro pelo Richard que não faço mesmo barulho. É só um segundo. Fica aqui com a tua vela, para eu entrar e sair sem tropeçar.

Entrou pelo quarto da irmã. E Philippa sonhou, mas com um realismo tal que podia jurar que era verdade, que a mãe viera durante a noite e lhe fizera uma pequenina cruz na testa e lhe aconchegara as mantas, como em Bolingbroke.

8

Porto, 2 a 14 de Fevereiro de 1387

João esfregou os olhos, estremunhado. Cavalgara todo o caminho de Chaves até ao Porto, para poder estar na cidade na manhã deste segundo dia de Fevereiro. O arcebispo de Braga mandara-o regressar – era preciso realizar a bênção oito dias antes do casamento, era preciso organizar a boda e a «apresentação da casa», preparar a festa. Tudo antes de dia 14, véspera do início da Quaresma.

Todos os seus enviados diplomáticos garantiam que a autorização papal vinha a caminho, mas a verdade é que o arcebispo decidira avançar apenas com base nessa convicção. «Só espero que os mensageiros de Sua Majestade não se tenham enganado!», escrevia Lançarote Vicente na mensagem que lhe enviara. Porque caso se enganassem, podia ser excomungado por abençoar o casamento do rei de Portugal, preso a votos de castidade.

João chegara exausto, mas as cinco horas que dormira de seguida naquele bendito convento, já o tinham posto como novo. O pior era o resto do dia: estivera com Filipa apenas uns minutos, percebera-a tímida, e sinceramente não a achara nada bonita – as morenas faziam decididamente mais o seu género. Troçara de Lourenço, que a descrevera como a mulher mais inteligente e informada que conhecia, porque a infeliz não abrira a boca, em língua nenhuma, nem sequer comentara fosse o que fosse que lhe dissera. Mas João era um homem condescendente, e de qualquer forma nesta altura do campeonato sabia que o melhor mesmo era tratar do inevitável, para reconquistar o sossego e preparar-se para a batalha.

Enquanto os camareiros o vestiam, ritual que em dia de gala durava e durava, mandou chamar Afonso. Sabia que a pequenina Bea-

271

triz tinha sido levada para o Paço, onde se dizia que Filipa passava longos bocados a conversar com ela. Contaram-lhe até que a princesa – rainha! – fizera com a criança um pacto: se ela lhe ensinasse português, Filipa ensinar-lhe-ia francês.

João ficou contente. Muito sinceramente temia que alguém tivesse contado à rapariga que já tinha dois filhos e que a criatura fosse acometida de um acesso de histerismo perante a notícia e decidisse rejeitá--lo logo ali. Porque, não esquecia, embora fingisse nem lhe ocorrer tal coisa, que nesta história era um filho bastardo, de um reino secundário, que casava com a primogénita da casa de Inglaterra. Se afinal Filipa era suficientemente generosa ou esperta, ou ambas as coisas, para tomar a iniciativa de se aproximar de Beatriz, talvez Lourenço e Fernando tivessem razão e fosse esta a mulher ideal para ele.

Afonso entrou pela porta, com o espalhafato do costume. João acenou-lhe, porque estava preso nas mãos de alfaiates que lhe apertavam a túnica, enquanto outros lhe faziam a bainha:

– Afonso, filho, conto contigo para estares entre os meus homens no dia em que o pai casar! Hoje é a cerimónia da bênção na Sé, queres vir?

Mas Afonso já lhe tinha virado as costas, voltando a sair pela porta por onde entrara.

Os costureiros entreolharam-se, mas João limitou-se a comentar um «Crianças!», dito bem alto. Os homens que o rodeavam repetiram «Crianças». E não se falou mais nisso.

❁

O pintor retratou-os. Esteve com eles na Sé, viu tudo, e transformou o que viu num quadro que Philippa defenderia com a vida. A imagem do momento em que o seu sonho se tinha concretizado, apesar do dia cinzento e chuvoso. Era como um retrato de família, onde figuravam muitos daqueles de quem ela mais gostava. Apenas um grupo pequeno, do lado dela quatro damas, Elisabeth, Blanche, a camareira-mor e uma das aias, a que tinha tomado maior gosto. Do lado de João, três dos seus amigos apenas. Nuno Álvares, com os seus olhos que a seguiam sempre, João de Sá, o seu «marido por procuração» e, claro, Lourenço Fogaça que não perderia por nada aquele momento. João já a esperava à porta quando chegou, a coroa de pedras preciosas a domarem o seu cabelo escuro, comprido até aos ombros, o manto de veludo vermelho até aos pés. Philippa preferira um *hennin* azul, com um véu branco, um vestido branco, brocado de ouro, e debruado com fio de seda em redor do decote, suficientemente baixo para deixar ver o medalhão da mãe, que o pai lhe pendurara ao pescoço em Celanova. A cintura fina, como lhe recomendara a costureira que a vestira naquela manhã, bem marcada por uma faixa de seda azul-clarinho, que lhe levantava o peito – dizia a mulher – para a tornar mais sedutora. Elisabeth, com um vestido de um encarnado igual ao do manto do cunhado, insistira em ser ela a levar-lhe a cauda do vestido, que qualquer desculpa era boa para estar bem próxima e ouvir tudo.

João não a conhecia, e quando lhe foi apresentado, Philippa jurara que reagira exactamente da mesma maneira que todos os homens reagiam na primeira vez que a viam: abriu os olhos de espanto, mas depressa os baixou, no gesto protocolar de lhe beijar a mão. Mas Elisabeth desta vez não usou nenhum dos seus truques de sedução, praticamente automáticos, dando logo dois passos atrás, e colocando-se ao lado da irmã olhando o cunhado com ar ameaçador. Os seus olhos diziam: «Se te atreves a olhar para mim em lugar de olhar para ela, hoje, neste dia de todos os dias, estás morto!» João andara trinta anos à solta, e o significado do «recado» que a recém-cunhada lhe dava não passou despercebido.

Philippa é bem mais ingénua do que ele, mas o sujeito tem bom coração e é sensato, pensou Elisabeth enquanto levantava a cauda do vestido, remetendo-se, pela primeira vez na vida, e de absoluta livre vontade, à sombra que ela projectava.

Mas Philippa não era ingénua, ou tão ingénua como a faziam. O que dominava, melhor do que ninguém, era a arte de mascarar o que sentia, num rosto impávido, quando por dentro tudo borbulhava numa emoção difícil de conter.

O arcebispo recebeu-a a meio da ala principal, e estendeu-lhe as mãos, prendendo-as nas dela – tão frias que estão!, comentou –, levando-a carinhosamente até ao altar-mor.

João subiu as escadinhas uns segundos depois, e olhando Philippa bem de frente, com aquele ar franco que tão depressa a conquistou, estendeu-lhe a mão, e chegando-se próximo, murmurou:

– D. Filipa, não fique nervosa. Vou segurar-lhe a mão para sempre!

Elisabeth e Blanche ouviram-no e acenaram discretamente uma à outra: o rei sabia fazer uso das palavras. Oxalá não fossem só galanteios de um solteirão, e soubesse honrá-las.

D. Lançarote ouviu a troca de votos, perguntou-lhes se os trocavam livremente, e abençoou-os.

Tudo tão rápido, tudo tão depressa, um toque de uma mão, uma frase que ecoava nos ouvidos – «Filipa, vou segurar-lhe a mão para sempre!» – e Philippa estava de novo na carruagem, pronta a voltar para o Paço. Partiu. Casada por duas vezes... e, uma vez mais, sem marido.

✦

Felizmente os mensageiros de João não o tinham enganado – a autorização papal chegara no dia cinco, três dias depois da bênção-noivado, para alívio visível do arcebispo, que já via o posto escorregar-lhe debaixo dos pés.

Quando pensava nessa possibilidade, Philippa também estremecia. Não imaginava qualquer possibilidade de retrocesso, e no entanto sabia que havia casos em que tal acontecia. O povo então não admitiria nunca adiar os festejos em que tanto se empenhara por causa de um papel qualquer – Filipa já era rainha, pouco lhes interessava o que pensava um tal Urbano, lá longe em Roma.

De cada vez que Philippa ia passear o sobrinho Richard, a quem se aliara como ama de apoio a pequena enteada Beatriz, chegava-se ao miradouro e via a cidade engalanar-se. Apesar do frio, os homens trabalhavam nas ruas, enchendo as janelas de colchas e enfeites, e durante todo o dia ouviam-se martelos. Construíam-se palanques nas praças, onde as gentes dançariam, edificavam-se anfiteatros para torneiros, e reforçavam-se os coretos, que festa sem música não podia ser.

Tinham celebrado a vitória sobre Castela, mas essas festas já iam longe. Além do mais, se iam ser taxados para apoiar as pretensões do pai de D. Filipa, que usufruíssem primeiro de alguma coisa, que sempre era um dia para tirar a barriga de misérias. O rei estava consciente de tudo isto, e mais ainda. Queria continuar a ser tão popular como até aqui, a retribuir a generosidade com que o povo apoiava as suas causas, e este casamento marcava uma união com um dos povos mais importantes do mundo e uma nova dinastia. Os seus filhos Avis iriam dar que falar, tinha a certeza.

O dia do casamento nasceu sem chuva. Maud oferecera uma vela à santinha que velava pelo bom tempo, a conselho das criadas do Paço. E, pelos vistos, a santinha cumpria a sua parte do acordo.

Philippa não pregara olho, mas mantinha-se quente entre as mantas, a ver o dia nascer. Subitamente sentiu o peso da irmã cair-lhe em cima, e uma exclamação: «Que nunca te oiça condenar-me por ter casado duas vezes, que tu já vais no terceiro!» Elisabeth no seu melhor.

– Já pensaste que hoje vais dormir com ele? – perguntou de chofre, enquanto se enfiava entre os cobertores.

Philippa estremeceu ligeiramente.

– Tremes de medo ou de desejo? – continuou, atrevida. E a resposta da irmã surpreendeu-a:

– Das duas coisas!

Elisabeth ergueu o sobrolho, espantada:

– Ena, mana, afinal não estás tão a dormir como eu pensava; o que é que andaste a fazer nas minhas costas?

Philippa lembrou-se de Francis, que raiva, por que se lembrava dele num dia que deveria ser inteiramente dedicado a João? Lembrava-se das vezes que o seu corpo se aproximara do dele, e daquela sensação desconhecida, daquele impulso irresistível, que a fizera entrar em pânico e fugir. Elisabeth olhava-a, perspicaz, mas não fez mais perguntas – então sempre tinha havido mais alguma coisa além de um amor platónico entre a piedosa princesa e aquele Francis Beacon, que a cortejara com tanta insistência.

Philippa percebeu que a irmã seguia a pista certa, e rematou o assunto:

– Tudo o que sei aprendi contigo! E não sei se já não é de mais!

Elisabeth riu, mas ficou curiosa: havia de perguntar a Maud o que se passara de facto...

– Então já estás mais do que preparada, até porque tiveste aquele sinistro ensaio geral em Celanova, com bispo à mistura e tudo! Mas a sério, Philippa, deixa-te ir, deixa-te guiar pelo teu instinto e pelas tuas emoções. Recorda-te sempre de que a nossa mãe, que tanto admiras, o fez. Lembras-te da Linda, a camareira querida da mãe? Jurava que a mãe e o pai se amavam até de madrugada, sem medo de pecados nem de recriminações divinas. E quantas vezes a Katherine dizia que só Deus podia ter inventado uma coisa tão boa como o amor entre um homem e uma mulher, e que por isso quando o sentíamos a sério, não o devíamos negar. Estás casada, mulher, casada vezes sem conta por todos os bispos e arcebispos desta terra, podes fazer o que quiseres...

– Por agora, chega, menina, que põe a sua irmã nervosa – disse Maud que acabara de entrar com um tabuleiro com o pequeno-almoço que tirara das mãos da criadita que o viera trazer.

Elisabeth passou a mão pelo cabelo da irmã e pediu:

– Posso dizer-te só mais uma coisa?

– Podes, claro.

– O meu John era dez anos mais velho do que eu. Sei que não era a primeira mulher que teve, embora o mate se não for a última!, mas nunca deixei que isso me moesse a cabeça. Não deixes, também, que moa a tua: ele vai gostar de ti como és, mas aprende. Deixa que ele te ensine. E por favor, não leves o teu Livro das Horas para a cama, que já te chega ter dormido com a Espada da Castidade!

Desta vez foi João que a veio buscar. Philippa gostou da sensação de descer a escadaria e de o ver, sorridente, à sua espera. Beatriz descia também pela sua mão, porque prometera deixá-la levar-lhe a cauda do vestido e acompanhá-la no cortejo principal.

Já quase num dos últimos degraus, reparou que João também não vinha sozinho: de um lado estava o escudeiro Ricardo, que já vira várias vezes, e do outro um rapazinho de dez anos, alto e aloirado, muito bonito, mas com um ar de casmurro obstinado.

Beatriz puxou-lhe com força a mão: – D. Filipa. D. Filipa, aquele ali é o meu irmão Afonso.

Philippa entendera-o logo, mas decidiu que o melhor era cumprimentá-lo apenas com um sorriso, ignorando a visível birra: a sua longa experiência com Elisabeth dizia-lhe que era fatal prestar atenção a um menino mimado em crise, porque a criança não resistiria a levar o teatro até ao fim. Era preciso esperar o momento certo.

Quando João lhe estendeu a mão, prendeu a sua na dele com força, apertou-a em sinal de reconhecimento e só então aceitou ser apresentada.

– Filipa, este é o meu filho Afonso – disse João.

– Olá, Afonso – respondeu Filipa, insistindo em usar o francês, para não lhe dar oportunidade de troçar da sua pronúncia.

Mas Beatriz não resistiu a interromper:

– D. Filipa, pode dizer-lhe Olá, que ele percebe melhor.

Filipa e João trocaram um olhar divertido, talvez o primeiro genuinamente espontâneo e cúmplice, mas Filipa não disse nada.

E foi Afonso que se viu obrigado a falar, num tom gelado, mas impecavelmente educado:

– Bom dia, D. Filipa, agora tenho de ir com Ricardo preparar o cavalo do meu pai.

– Claro, Afonso, vemo-nos lá fora – disse ela, divertida pela ideia de que estes rapazinhos eram todos iguais. Por segundos regressou ao terreiro de Kenilworth, àquele dia em que o seu irmão Henry e Thomas, o filho de Katherine, tinham caído ao lago, em luta por uma espada.

João chamou-a:

– Percebi que era agradável o sítio onde foi, mas agora terá mesmo que voltar – disse-lhe, num tom tão suave como nunca ouvira.

Sentiu-se tocada. Ele olhara para ela. Mas mais, entendera-a. Fez--lhe um dos seus sorrisos radiosos, e Lourenço, que chegava naquele momento, sentiu-se um vencedor. Era exactamente aquele o sorriso que descrevera ao rei, e o rei entendeu-o imediatamente.

Philippa e John saíram do Paço ao mesmo tempo. João montado no seu cavalo branco, que o escudeiro Ricardo escovara até o pobre do animal ter ficado quase sem pêlo, e as roupas e as jóias que os seus camareiros lhe tinham posto em cima davam-lhe o ar do rei mais rei que alguém tinha visto, diziam as velhinhas que se juntavam aos pares nas janelas para gritar «Viva». A coroa na cabeça ainda lhe fazia alguma confusão, usara-a até agora em apenas algumas ocasiões, e habituado ao elmo que não saía do lugar, tinha de confessar o tique de levantar a mão à cabeça para se certificar de que ainda lá estava – e se esta campanha com Castela não correr bem, talvez não esteja durante muito tempo, disse alto para si mesmo.

O arcebispo de Braga insistiu em levar a égua da rainha pela rédea, descendo lentamente as ruelas para que todos a pudessem ver e acla-mar. De todo o lado só chegavam «Viva D. Filipa». Como quando chegara à cidade, só que de muitas mais vozes, que estava ali gente de todo o reino.

A multidão era tal que não ficava mal dar graças ao Divino Espí-rito Santo por Lançarote ter sido soldado antes de homem da Igreja, porque senão provavelmente fugiria dali a sete pés.

Philippa não podia dizer que estranhava a confusão – desde que se lembrava de si participara em cerimónias importantes, atravessara Londres em comitivas, assistira às exéquias da mãe, à coroação do seu primo Richard, a tanta coisa. Mas nunca o povo se aproximara desta forma dos reis ou da família real, nem os soldados permitiam que o caos se instalasse nas ruas, evitando aquilo que acontecia agora: não podiam andar para a frente nem voltar para trás, total-mente encurralados.

«Isto é mais parecido com uma revolta do que com um cortejo», diria o seu pai se ali estivesse, mas não estava. Philippa não queria fazer mais comparações! Esta gente era única, pensou, enquanto se entregava totalmente às mulheres que lhe estendiam flores e lhe davam os filhos a beijar, em gestos cheios de alegria e emoção.

– Princesa, que confusão é esta? – ouviu em inglês, mesmo à sua beira, e percebeu que os seus cunhados, Thomas e John, estavam um de cada lado da sua montada, as mãos nas espadas.

– Thomas, John, calma, ninguém me vai fazer mal, deixem-se estar – disse aflita, com medo sobretudo de John Holland, que dava tudo por uma boa discussão.

Mas os generais do exército de John of Gaunt não faziam concessões e mandaram rapidamente os seus homens abrir alas, para que a rainha passasse. E passou.

❀

À porta da entrada da Sé estava agora o bispo do Porto, o anfitrião destes longos meses, mas por quem Philippa não conseguia sentir grande simpatia.

Juntos e de mãos dadas, Philippa e John foram aspergidos com água benta. O bispo pediu-lhes que o seguissem pela ala principal, e Philippa percebeu que há oito dias estivera ali no ensaio geral, mas que agora a «peça» era a sério, e os espectadores exigentes.

Os bancos estavam já todos ocupados pelos fidalgos do reino, tanto eles como elas vestidos a rigor, algumas senhoras corriam mesmo o risco de sucumbir ao peso de tanto ouro – pensou por segundos Philippa, e sentiu os cantos dos lábios dobrarem-se numa ameaça de sorriso.

A missa correu longa, que o bispo do Porto tinha de fazer render aquele momento em que, destacado no altar-mor, ratificava o casamento por procuração que o arcebispo de Braga celebrara meses antes na Galiza. Queria deixar bem claro que quem casava os reis, de facto, era ele, e só ele...

João tentou concentrar-se, mas não resistiu a trocar uns olhares trocistas com Nuno Álvares Pereira, um homem inflexível e santo, mas que felizmente preservava algum sentido de humor!

Afonso ficou de pé, junto do pai, a cerimónia inteirinha, exactamente pelos mesmos motivos que levavam o bispo a fazer a homília mais comprida do século, comentou Philippa com os seus botões. Não seria nada fácil dar-lhe a volta, e até compreendia a sua desilusão, mas se Deus Nosso Senhor os abençoasse com filhos, com muitos filhos, previa uma rivalidade, como aquela a que assistira sempre entre o irmão Henry e o primo Richard, luta que acreditava estar ainda longe do fim. Teria de proteger os filhos, não deixando que Afonso os privasse dos seus direitos – afinal era o seu casamento que Deus abençoava e não a ligação entre João e Inês! Simplesmente, para os proteger, precisava de ser capaz de destilar a raiva que sentia dentro daquela criança...

O bispo fazia-lhe uma pergunta – como fora capaz de se distrair, bem dizia Elisabeth que os sermões demasiado compridos são tentações do diabo, armadilhas de pecado. Perguntava-lhe se aceitava aquele homem como seu marido, e Philippa disse um «Sim, Aceito», num português quase sem sotaque, que fez correr um murmúrio de admiração por entre os convidados, e romper em aplausos o povo que entrara por onde podia e ocupava todos os espaços livres, deixando a Sé apinhada.

João olhou-a, orgulhoso, e respondeu também em português, ignorando o latim com que o bispo do Porto se debatia por conseguir. Abençoou-os por fim. Marido e Mulher finalmente. As palmas ecoaram pela ala principal e pelas ruas afora e os sinos de todas as dezenas de igrejas da cidade do Porto tocaram em simultâneo, mal os carrilhões da Sé deram o sinal.

João e Philippa saíram entre aplausos e gritos de contentamento, e Philippa sentiu-se a mulher mais feliz do mundo. Por momentos conseguiu pairar acima das preocupações, o que em si era uma coisa mais do que rara: não pensar em mais nada, nem em ninguém, senão em si, e na sua felicidade.

Se na «festa» que se seguira ao casamento por procuração, em Celanova, Philippa tinha sentido dificuldade em dar sentido a tudo o que lhe acontecia à volta, hoje o caso era bem mais grave. Trovadores declamavam poemas, jograis tocavam canções de amor, e em qualquer um dos pontos da sala grande do paço, engalanada para receber apenas os fidalgos, parecia estar a acontecer qualquer coisa. Sentada de onde podia ser vista por todos, o marido ao lado, tinha dificuldade em atender a todos os chamamentos, a responder a todas as perguntas que lhe faziam. A mistura de língua era tal, que procurava com esforço acertar no dialecto em que falava com cada uma das pessoas, e já não conseguia lembrar-se de mais frases simpáticas para distribuir por aqueles que lhe vinham dar os parabéns, nem comentários inteligentes para impressionar os conselheiros do rei que a conheciam pela primeira vez.

A certa altura, João exclamou:

– D. Filipa, olhe ali para aqueles cuspidores de fogo.

Mas em lugar de se entusiasmar com a cena, sentiu a mulher gelar por dentro e por fora.

– Incomoda-a? – perguntou, preocupado.

Philippa tentou disfarçar a náusea que a percorrera, mas nem tentou explicar. Só quem tivesse estado com ela, menina de cinco anos, no castelo de Bolingbroke na noite em que os saltimbancos faziam as suas habilidades no pátio, é que a poderiam entender. «Não posso pensar na morte da minha mãe, no dia do meu casamento», disse zangada a si mesma, e respondeu a João com um sorriso:

– Lembra-me um momento triste da minha vida, infantilidades – dissera, para rematar com «um dia explico-lhe». Queria muito que aquele casamento fosse «desses», daqueles em que marido e mulher partilham o seu passado, os seus desgostos e alegrias.

João passou-lhe o braço atrás das costas:

– Vou exigir que cumpra esta promessa. Sei tão pouco de si...

Philippa, comovida, acenou que sim com a cabeça. Também ela conhecia mal o homem com quem neste dia 14 de Fevereiro aceitara casar.

A rainha sentia já o peso do chapéu, o desconforto do cabelo apanhado, do vestido que pesava toneladas, dos pés enfiados naqueles sapatinhos de festa. Quando é que tudo isto acabaria?

Já estava escuro lá fora há muito tempo, quando um enorme gongo tocou. O rei levantou-se para agradecer a presença de todos e garantir aos fidalgos e ao povo que este era o primeiro dia de uma nova fase do seu reinado.

Um dos seus cavaleiros levantou a caneca a uma saúde, e a multidão sentada acompanhou-o. João declarou-os livre para dançarem e cantarem, mas pediu escusa para si e para a sua mulher. Os seus homens riram quando, divertido, pediu que o dispensassem de dançar, sob risco de pisar os pés delicados da sua mulher, e Philippa corou até à raiz dos cabelos quando um dos seus homens mais ousados (ou bebidos), gritou: «Tem melhor com que se ocupar esta noite!» Até Elisabeth, no outro canto da mesa, deu um salto, e John Holland sentiu a mão fugir-lhe para a espada: lá na sua terra, ninguém se atreveria a falar assim ao rei, muito menos na presença da rainha. Mas mais ninguém pareceu sentir o comentário como ofensivo, e um novo brinde correu a sala: «A D. João e D. Filipa, que nos dêem muitos príncipes e sejam felizes para sempre.»

Philippa começava a desesperar. Afinal o gongo que julgara de libertação, só tinha iniciado uma «nova parte» daquela boda sem fim. Mas nada denunciava a sua impaciência.

Philippa tentou distrair-se a imaginar a pobre da sua ama Maud a entrar, por estas horas, na alcova real às escondidas para queimar incensos e perfumar os lençóis com uma água de rosas de Lancaster que trouxera do seu país para o dia em que a menina casasse. Procurava assim evitar entrar em pânico, com a ideia de que aquela gente toda a ia ver de camisa de noite, enfiada entre os lençóis, pela primeira vez na cama com um homem. Nem queria imaginar os comentários, que pelo que via aqui nem seriam murmurados por detrás de leques, ou mais tarde num encontro só de homens.

Mas João reservava-lhe uma surpresa. O rei pressentira o seu horror e tencionava poupá-la a ele. Não fora criado desde o berço nestes rituais, e estava por isso perfeitamente à vontade para os mandar às urtigas, quando não concordava com eles. E para o mestre era excesso tudo o que fosse intromissão na sua vida privada.

Philippa tentou ouvir o que o marido dizia ao bispo, mas não teve dificuldade nenhuma em entender que fosse o que fosse lhe provocara uma fúria, que mascarava com dificuldade. Quando o bispo do Porto se pôs de pé, a rainha entendeu tudo: explicava que apenas ele abençoaria o leito real, sem os noivos lá dentro, e que neste casamento a «comitiva», composta pelos nobres mais acreditados da corte e que tinham o direito de acompanhar os noivos à cama, seria dispensada. Porque, terminou num tom visivelmente sarcástico: D. João I de Portugal não pretendia partilhar com eles nem a cama nem o quarto.

As palmas de Elisabeth ouviram-se primeiro sozinhas, e depois acompanhadas – Lourenço, Nuno Álvares e os cunhados Thomas e John foram os primeiros a juntar-se-lhe, seguidos de todos os outros que julgaram certamente que Sua Majestade se limitava a seguir o protocolo da Casa Inglesa.

Elisabeth e Blanche escondiam-se por detrás de um grosso cortinado, e quando Philippa subiu as escadas com o rei e o bispo, passaram-lhe para as mãos uma fita azul – «Ata-a a um calcanhar e dá-te sorte», disseram-lhe num murmúrio. A rainha desapareceu então para um pequeno quarto, onde as camareiras a ajudaram a despir toda aquela roupa de festa. Mas foi Maud, que não aceitara ser deixada de fora, que a banhou numa tina de água de rosas, lhe escovou o cabelo e por fim a mandou na paz do Senhor para o leito nupcial. João já lá estava, confortavelmente instalado entre um monte de almofadas. Estendeu-lhe a mão, entre o divertido e o emocionado com a sua rainha, que não parecia mais do que uma miúda, magricela, pálida, envergonhada e desajeitada. Philippa aceitou o convite, meteu-se debaixo das colchas, agradecida pelo vinho que bebera, pelo banho de Maud, pelo medalhão da mãe e sobretudo pela fitinha azul das irmãs. Porque ao senti-la roçar na perna lembrava-se de tudo o que Elisabeth lhe tinha dito, de como lhe ordenara que aceitasse o que o amor lhe tinha para dar, sem hesitações, nem sombras de pecado. E aceitou.

9

Paço Episcopal do Porto, 15 de Fevereiro de 1387

João admirou-se a si próprio; em lugar de ter saltado da cama ao primeiro raio de sol, como prometera aos amigos que faria mal tivesse cumprido os seus deveres conjugais, deixara-se ficar. Percebeu que Filipa lhe suscitava um sentimento de protecção, e estranhamente não queria que a mulher acordasse sem ele e mergulhasse na angústia de não saber se o tinha deixado satisfeito, sem saber se a relação não passava de uma fachada, em que era apenas um peão. Contemplou-a a dormir, a pele tão branca, a respiração suave de quem encontrou finalmente o cantinho onde pertencia. Passou-lhe uma mão pelos cabelos incrivelmente finos e pensou, pela primeira vez, como seriam os filhos que um dia ela lhe daria. Philippa estremeceu ao toque e abriu os olhos. E quando viu João ao seu lado, teve a certeza de que o raio que a iluminara na capelinha de Celanova era mesmo milagroso. Os seus melhores anos já tinham começado.

Nunca falou a ninguém naquela noite. Na doçura do toque do marido, que venceu todas as suas resistências, naquele momento em que a razão deu lugar à paixão, e percebeu que aquilo que sentira com Francis era apenas o rastilho de qualquer coisa de tão extraordinária, que nem sabia, nem queria, traduzir por palavras.

Katherine, quando lhe escrevera a desejar todas as felicidades, soubera explicar-lhe aquilo que os discursos atabalhoados de Elisabeth não conseguiam: dissera-lhe que habitualmente a primeira noite era uma desilusão, uma confusão de gestos desencontrados, entre duas pessoas que não sabiam nada do corpo uma da outra («Nem eu conheço o meu», suspirara então lucidamente Philippa). Sublinhara mesmo que por vezes o casamento não se consumava sequer, mas que se assim fosse por favor não se preocupasse: havia tempo, muito tempo, para o acto final, e que mais importante do que isso era cultivar a intimidade.

Tivera sorte. Apesar do embaraço acabaram por acertar o passo, estava certa disso. João tinha-lhe dito baixinho, quando exausto descansava ao seu lado, que esta era a primeira de muitas noites de amor. Corara, é claro que corara, outra coisa não seria de esperar, mas agarrara-se àquelas palavras que nos dias de desencontro lhe serviam de tocha de esperança.

Quando se levantou para tomar o pequeno-almoço com o marido, a mão rodando no dedo o anel recebido na véspera, encarou-o com um sorriso tímido. Apetecia-lhe gritar ao mundo que agora já era casada de facto. Para sempre.

João despedira-se dias depois do casamento, alegando que tinha de ir a correr reunir-se ao exército do sogro que entretanto mandara seguir para o Mosteiro de Castro de Avelãs, lá para os lados de Bragança.

Para trás ficavam três dias em que Philippa se tinha sentido nas nuvens: o marido levara-a para um solarzinho nos arredores do Porto, nem ela sabia onde, rodeada de uma imensa mata, e tinham passado o tempo em passeios a cavalo, sem mais ninguém que os incomodasse. João levara apenas o seu escudeiro Ricardo, e dois ou três guardas, recusando veementemente que Thomas ou John Holland viessem escoltar a cunhada. «Era o que me faltava, ter uns ingleses à perna como se não fosse capaz de proteger uma mulher!», protestara. «A sua mulher», corrigiu Philippa, com um sorriso tímido, e ele desatou a rir: «Sim, isso. Ainda não estou muito habituado à ideia.» Mas Philippa não ficara nem um bocadinho magoada, porque ele lhe pousara imediatamente a mão no seu braço, conciliador. Decididamente, deste lado do mundo, o toque era tão mais fácil do que na terra de onde vinha, pensou Philippa. E a verdade é que resolvia muita coisa. Tanta coisa ou tão pouca, que os cunhados recuaram imediatamente: visivelmente a rainha não estava em perigo. Nem Elisabeth nem Blanche tinham feito menção de a seguir, e até Maud recebeu ordem de ficar a tomar conta da pequenina Beatriz. Philippa levou apenas uma camareira de quem gostava, uma miúda calada e metida consigo, mas doce e cuidadosa, e viveu aqueles dias com uma sensação de despreocupação absolutamente nova. Havia alguém para tomar conta dela, que assumira fazê-lo aparentemente com a melhor das disposições.

O João que viu naquelas horas era um homem falador, animado, interessado em ouvir, e que conseguia tirar das coisas mais pequenas um prazer enorme. Prazer. Philippa percebeu que olhava o mundo de fora: tão presa às obrigações, tinha uma dificuldade imensa em sair da sua rotina e em entregar-se à satisfação das pequenas coisas, como se os sentimentos fossem proibidos e todas as sensações necessitassem que lhes fossem aplanados os picos e os vales, para se tornarem planaltos áridos. Prazer a comer, prazer a beber, prazer em ficar na cama até mais tarde, ou mesmo em fazer amor com João. Percebera, e bastaram-lhe 48 horas, que nem João era como ela nem ela como João, e que não sendo crianças, não ia ser fácil adaptarem-se um ao outro. Talvez fosse por isso que não se importou quando, ao terceiro dia, o rei anunciou que se fazia tarde, e já recebera mensageiros sem fim a recordar-lhe que o sogro batia o pé de impaciência.

– Antes da primeira batalha ainda terei de assinar um último tratado com o seu pai – dissera João.

Philippa franzira o sobrolho, levemente assustada, será que o marido já a ia devolver à procedência? Com um meio-sorriso perguntou:

– Um novo tratado? Já está farto de mim, o rei...

João riu, divertido:

– Não, não, minha querida D. Filipa. Estes foram dias felizes e tranquilos. Quero é que o seu pai assine um documento a renunciar a todos os direitos sobre a coroa portuguesa, não vá lembrar-se, daqui a uns anos, de entrar por aqui dentro a dizer que o trono é dele...

– Como está a fazer em Castela?

– Mais coisa menos coisa, mas não me apetece falar disso num dia tão bonito. – Philippa percebeu que os conselheiros do rei não dormiam. Se não fosse fértil, não lhe desse um varão, ou se morresse no parto e João voltasse a casar, quem garantia que John of Gaunt não viria reclamar direitos adquiridos, alegando que a rainha era sua filha?

Acenou com a cabeça, dando a entender que nada lhe escapava. Mas não voltou ao assunto – estava demasiado feliz para querer esconjurar a felicidade em cenários dramáticos para o futuro.

João aproveitou para mudar rapidamente a conversa. Não queria deixá-la com a ideia de que tramava maquiavélicos esquemas, iguais ou semelhantes àqueles em que o duque de Lancaster era mestre. Passou-lhe o braço à volta do pescoço e convidou-a para uma última volta ao jardim...

Philippa estava habituada a partidas e chegadas, e depois da intensidade das últimas semanas, mentiria se dissesse a si própria que não estava ansiosa por regressar a uma certa normalidade. Mas enganou-se. No dia em que regressaram ao Porto, João explicou-lhe que marcara um encontro no Paço com Lourenço Fogaça: era preciso nomear as senhoras da Casa da Rainha, e que Filipa partisse com elas para Coimbra, dando-lhe carta branca para que se ocupasse dos seus assuntos internos como se fosse ele.

– Está a brincar comigo? Como é que posso despachar com os seus súbditos ou tomar decisões, conhecendo tão pouco de si, e sobretudo deste reino? – soltara em genuíno pânico.

– Calma, calma, mulher, que não fica sozinha. Deixo-lhe como chefe da Casa um homem excelente, D. Lopo Dias de Sousa, cavaleiro da Ordem de Cristo, vai gostar dele, sinceramente que vai. O Lourenço fica como tesoureiro, o que quer dizer que o pode ver todos os dias... E para a ajudar a gerir aquele mulherio todo de aias que anda necessariamente à sua volta, uma senhora que fala francês fluentemente e a pode ajudar a aprender melhor o português.

– Que se chama? – disse Philippa, num tom absolutamente frio, que marcava o regresso da Philippa que, face a uma dificuldade, cerrava os dentes e andava para a frente.

João reparou na mudança e franziu o sobrolho: conhecera um lado da rainha que surgia apenas em momentos especiais, e estranhava, numa mulher, este tom glacial e ligeiramente autoritário. Encolheu os ombros. Depois logo se via, agora era bem melhor que fosse feita de gelo do que lhe desatasse a chorar ao pescoço, a pedir-lhe que não fosse, ou mergulhasse em melancolias que abominava. O melhor mesmo era fingir que não dera por nada e responder-lhe a direito:

– Chama-se D. Brites Gonçalves de Moura, pertence a uma família da Beira, que é...

Novamente a tomarem-na por uma idiota! Philippa disparou:

– Sei perfeitamente onde é... no mapa.

João assobiou:

– A rainha estudou a lição, sim senhora! E sabe onde é Babe?

Philippa acenou que sim com a cabeça.

– Óptimo, então digo-lhe em segredo que será aí o nosso ponto de encontro. Mas não repita o nome a ninguém, deve ser avisada de que nesta corte, como em qualquer outra suponho, há espiões, prontos a informar Juan de Castela de tudo o que dizemos, fazemos, ou tencionamos fazer. Entendido?

Pela primeira vez sentiu-lhe ódio. Seria sempre assim, uma montanha-russa de emoções? Estaria a tornar-se como Elisabeth, que se parecia com o tempo em Abril, ora sol ora chuva? Podia ter-lhe respondido que sabia tudo isso e muito mais, que fora criada com todas essas regras e mais algumas, que vivera numa Inglaterra em constantes guerras com os vizinhos, deste e daquele lado do canal da Mancha, que era filha de um homem que vivia entre o aplauso e o risco de lhe cortarem a cabeça, mas não disse nada. Nem sabia sequer se ele merecia ouvi-lo. Virou-lhe ostensivamente as costas e subiu as escadas para os seus aposentos.

10

Paço Real de Coimbra, 6 de Abril de 1387

Agora tudo isso lhe parecia muito distante. Mudara-se, por ordens de João, para Coimbra, para um paço com uma vista imensa sobre uma planície muito parecida com as de Kenilworth, o Mondego lá em baixo, e os arrozais verdes, verdes, que o sol tornava ainda mais verdes, sol que de dia para dia se tornava mais quente. Mas se olhar para fora deste castelo lhe dava um imenso prazer, olhar para dentro era um verdadeiro pesadelo, de tão primitivo e desconfortável. As damas inglesas que se vira obrigada a trazer consigo passavam o tempo de dedos tão gelados que lhes era impossível sentarem-se numa sala a coser, Maud chorava-se do reumático e Elisabeth gritava que voltaria para Inglaterra no primeiro barco, porque a sua roupa estava ensopada e húmida, e o seu filho – «que curiosamente é a tua segunda prioridade!», comentou logo Philippa – ainda apanhava uma doença qualquer. Os portugueses pareciam não estranhar o desconforto, o que deixava Philippa meio embaraçada: não queria fazer o papel da menina caprichosa que vem de um lugar mais rico, mas também não podia suportar a situação de braços cruzados.

No dia em que o jantar chegou gelado à sala grande, Philippa decidiu-se. Era amanhã que reunia com D. Lopo, D. Brites e D. Lourenço, e começava a revolução. Estava feliz com a sua «equipa». De D. Lopo gostara à primeira vista, um homem culto e educado, mas sem salamaleques desmedidos e com a compostura do cavaleiro de uma ordem religiosa, decidido a levar a sério o seu compromisso, que a rainha nunca suportaria a traição aos seus princípios. D. Brites, fora outra agradável surpresa – era sem sombra de dúvida uma senhora, que se

288

vestia com imenso bom gosto, mas sem o nariz empinado que vira a tantas outras, e supremo dos alívios, falava francês fluentemente e explicava-lhe todos os protocolos da corte sem a procurar fazer sentir-se uma «estrangeira» idiota.

Explicou bem o que pretendia, foi razoável, ou simplesmente queriam conceder-lhe o primeiro pedido, nunca o saberia, mas a verdade é que os encarregados da sua Casa acompanharam as suas pretensões: os tempos não eram de vacas gordas, mas o dote da rainha permitia e tornava a permitir que a própria tivesse a legitimidade de transformar o primeiro paço que lhe calhara em sorte, num sítio mais agradável.

– D. Filipa, tem que entender que com as guerras com Castela tivemos que virar armas para outras necessidades mais prementes, e aqui o paço de Coimbra foi dos que ficou mais abandonado... – explicava-lhe D. Lopo.

E Philippa acenava que sim com a cabeça e dizia:

– D. Lopo, acredite que não sou uma desvairada e não quero gastar rios de dinheiro a tornar esta casa num palácio opulento, que como acontece consigo até me agrada mais a simplicidade conventual, mas é preciso que os quartos sejam aquecidos, a higiene preservada. E se pudermos comer uma ceia quente, acho que ficamos todos agradecidos!

Com o aval do tesoureiro Lourenço, Philippa encontrou um objectivo para os seus dias. A ideia de surpreender João com uma casa confortável, de onde não quisesse fugir, davam ao projecto um lado romântico que lhe sabia bem... Tentou que Blanche entrasse em tudo aquilo, escolhesse os tecidos, pusesse as aias a cortar e a coser as almofadas, porque a irmã estava desesperada com a ausência do marido. Thomas partira com João para a guerra com Castela, e as notícias, tanto de um como de outro, eram esparsas. E Blanche jurava que sentia um peso imenso no peito, um pressentimento de que alguma coisa não ia correr bem.

Philippa procurava consolá-la:

– Blanche, vê-se bem que vivias só com a tua mãe, sem um pai em casa, constantemente a partir para guerras sinistras, ainda por cima no caso do nosso, sempre longe, tão longe que quando a minha mãe morreu levou dois meses a regressar... Eles estão aqui ao lado, provavelmente nem sequer ainda em luta. Lembras-te como estávamos preocupadas, e afinal a 26 de Março estavam ainda os exércitos portugueses e ingleses em Babe. A terra engalanada, e John of Gaunt e D. João I

289

a assinarem com pompa o tal tratado que prevê, imagina, Blanche, que o pai renuncia a quaisquer direitos sobe Portugal! Para te dizer a verdade, preocupa-me mais saber onde é que João andou metido este tempo todo. Saiu do Porto dias depois do casamento e mais de um mês depois ainda anda a fazer festas em terras portuguesas!

Mas Blanche emagrecia de dia para dia e parecia ter substituído Philippa no banco da frente da capela do paço. Nem Elisabeth a demovia, por muito que lhe pedisse que olhasse por Richard, que já gatinhava e era um miúdo irresistível. Nem mesmo quando Philippa lhe solicitara que desse aulas de francês a Beatriz, que tinha insistido em trazer consigo.

Foi por isso que quando o rapaz chegou a galope com uma mensagem de D. João para a rainha, Philippa não se espantou que Blanche lhe entrasse pela sala de trabalho antes dele.

– Vi o mensageiro da janela, posso ficar? – perguntou Blanche, aflita.

– Claro que sim, mas tem calma, pede a Maud um chá de ervas para os nervos – disse-lhe Philippa preocupada, enquanto se levantava para ir receber o mensageiro ao cimo das escadas... Por dentro o coração saltava-lhe no peito: que raio de guerra esta, em que estavam envolvidos todos aqueles que mais amava, do pai ao marido, passando pelos cunhados...

O mensageiro subia a escadaria a passo lento, de quem ainda não recuperou o equilíbrio depois de horas montado, mas quando viu a rainha no patamar, apressou-se:

– Trago carta de El-Rei – e a sua cara era de tal triunfo que Philippa e Blanche suspiraram de alívio.

– Ganhámos, e eles vão voltar para casa – disparou Blanche.

– Vamos mas é ver o que diz a carta – disse Philippa, que de repente se ressentiu ligeiramente por não poder lê-la sozinha, a primeira carta a sério que João mandava à mulher.

Mas bem se podia desencantar, porque a nota era curta e tudo menos sentimental. Dizia apenas que a Aliança saíra triunfante da primeira batalha, tendo ocupado mais terras e afastado a correr os castelhanos.

O mensageiro já devia ter dado a boa nova no resto do palácio porque se ouviam risos e palmas vindos de todos os lados. Philippa e Blanche foram até à capela dar graças a Deus por nenhum dos seus homens ter caído no campo de batalha.

As últimas semanas tinham sido passadas num sobressalto constante. Depois daquela primeira vitória estrondosa, o rei de Castela
pedira ajuda a França, e recebera-a. Como se isso não chegasse, a
peste atacara os soldados da aliança dizimando-os e desmoralizando-
-os. Decididamente as notícias da frente não eram de maneira
nenhuma famosas, mas Philippa, apesar disso, conseguira animar a
sua pequena corte, e até tinham celebrado há dias os seus vinte e sete
anos, os primeiros que festejava em Portugal.

Aos poucos introduzira mudanças. Primeiro à cautela e depois cada
vez mais abertamente. As damas que herdava, explicaram-lhe, tinham
sido escolhidas pela controversa D. Leonor Teles, mulher de Fernando,
o meio-irmão do seu marido. As suas aias mais próximas tinham sido
escolhidas por João, muitas delas de alguma maneira ligadas a Nuno
Álvares Pereira, o que retirava a Philippa qualquer dúvida sobre o
imenso poder do condestável, mas as outras tinham conhecido um dia-
-a-dia, que D. Brites classificava de «escabroso». Segundo lhe contava,
a dita mulher (Brites recusava-se a tratá-la por «senhora»), era linda e
perigosa como uma serpente, seduzira o monarca com a sua volúpia, e
encorajava entre as que a serviam a mesma sensualidade. Nos salões dos
paços, comia-se de mais, bebia-se de mais e faziam-se muito mais coisas que, se Sua Majestade não levasse a mal, preferia não mencionar.

A rainha só falava abertamente no quarto, com Blanche e Elisabeth
em cima da cama, que três dias de mulher casada não tinham sido
suficientes para mudar esse hábito de família:

– Não quero dar corda à má-língua nem armar-me em mais vir-
tuosa do que aquelas que vieram antes de mim, mas a Brites tem
razão, estas mulheres não rezam, não vão à missa, não cosem camisas para os pobres, não estudam, não fazem absolutamente nada todo
o dia senão trocar risinhos, comparar vestidos e esperar pela refeição
seguinte para comerem e beberem como se fosse a última...

Elisabeth desatara a rir:

– Vivem bem e felizes, como se vivia na corte de Richard, de que eu
tanto gostava e tu odiavas... Agora a minha maninha vai estragar a boa
vida a que estas senhoras se dedicam, tornar esta corte na ala de um convento, e fazer o papel de madre superiora, já que como o marido anda
sempre fora, também não vai ser difícil cumprir votos de castidade...

Philippa lançou-lhe um ar de desprezo:

– Não sei onde é que a tua alma vai parar, Elisabeth Plantagenet Holland, mas ao Céu é que não é de certeza!

– E quem é que disse que eu queria ir para tal sítio, sobretudo se as pessoas que tu admiras tanto lá estiverem? Vá, não te enerves, Phil, só te estou a prevenir, não podes transformar os hábitos desta pequena corte de um momento para o outro, sobretudo sem que o rei esteja presente. Tarda nada dizem que és tu que governas o país.

Philippa encolheu os ombros, como quem lhe apetece dizer «e sou», mas não foi capaz. Blanche veio em seu auxílio:

– Elisabeth, pelo menos é preciso acabar com este costume da Idade da Pedra, de os homens cearem numa sala e as mulheres separadas noutra, e nós, ainda, numa outra. Se Philippa quer ser respeitada por todos e ter alguma influência tem que decidir já hoje que a ceia é conjunta, e é ela que na ausência de João preside. É meio caminho andado para se perceberem os arranjinhos entre eles e evitar que achem muito excitante encontrarem-se pelos cantos...

– Obrigada, Blanche, pela defesa e pela ideia. Vou falar amanhã dela ao conselho. Não te importas que diga que é minha, para não tornar tudo ainda mais complicado? – respondeu Philippa.

– De maneira nenhuma, Philippa. Acho muito mais sensato que sejas tu a assumir a decisão, até porque a coitada da D. Brites já se sente um bocado excluída destas nossas conferências. Por vontade dela estávamos proibidas de aqui entrar, depois da camareira já te ter vestido a camisa de noite.

Philippa estendeu uma mão a cada uma delas e disse:

– Por favor, não me deixem. Já me custa tanto estar neste lugar! Quero as coisas feitas como acho que devem ser numa casa temente de Deus, mas tenho medo de ser odiada. Se não forem vocês a ajudar-me não faço nada, e detesto-me por isso, ou faço, e não consigo viver com a ideia de que conspiram contra mim.

– Os nossos Joões vão voltar depressa. O Thomas também, Blanche, claro que sim. Depois será tudo mais fácil, porque falas com o teu marido e ele consulta os conselheiros e as coisas mudam sem que tenhas que assumir o ónus. Mas olha, essa Leonor Teles devia ser de se lhe tirar o chapéu, e tem cá uma sobrinha, a Beatriz, que a avaliar pela beleza faz justiça à tia – acrescentou Elisabeth, deitada já sobre as almofadas imensas da cama régia como se tencionasse lá passar a noite.

– Elisabeth, acho que era igualzinha à Alice de Parres, que seduziu o avô, o fez esquecer e tratar tão mal a avó quando ela ainda por cima estava doente – vociferou Philippa, que bem se lembrava das histórias que ouvira a mãe contar, quando era uma criança pequenina. Memórias que a presença dessa tal Beatriz, ali infiltrada entre as suas damas, tornavam mais vivas!

– Desculpa, a Alice estava a desrespeitar a avó, agora este tal meio--irmão do João não tinha mulher...

– Mas tinha ela marido! – retorquiu Blanche.

– Tinha marido, mas era um palonço qualquer, que ainda por cima fugiu logo para Castela, a chorar-se ao rei de lá. A Leonor era uma mulher ambiciosa, mas nas mulheres lindas, a ambição é compreensível – disse a rir.

– Elisabeth, se um raio te fulminasse por tanta vaidade, nem eu nem Blanche nos admirávamos nem um bocadinho – respondeu-lhe Philippa, não resistindo a desfazer-se em gargalhadas.

– E a humanidade ficava a perder uma beldade como eu, que ainda por cima, tan, tan, tan...

– O quê? – perguntaram as irmãs em coro, sentando-se mais direitas.

– Estou à espera de outro bebé! Desta vez quero uma rapariga...

Philippa percebeu que de facto não confiava na irmã, porque deu por si, durante umas fracções de segundo, a pensar em que novos sarilhos se teria Elisabeth metido...

– Por amor de Deus, Philippa! Agora nao te vais pôr a imaginar que vou ter um bastardinho qualquer de um destes cavaleiros portugueses, sobretudo destes mais enjeitadinhos que nem sequer partiram para a guerra? Por favor, poupa-me. Lembras-te? Sou casada, durmo com o meu marido, ou melhor, dormi enquanto ele esteve por perto...

Blanche já tinha os braços em redor do pescoço dela, e Philippa juntou-se-lhe. Mas tanto uma como outra sentiram os olhos encher--se de lágrimas: também tinham dormido com os seus, e nem uma nem outra estava grávida.

No dia seguinte, Philippa acordou cheia de dores de cabeça. Andava a dormir mal. Dava voltas e voltas na cama para adormecer, e os acontecimentos da véspera ficavam aos saltos dentro de si. Não havia sono que não fugisse quando procurava resposta para tanta pergunta, saída para tantos problemas. Queria muito que João notasse que fora capaz de marcar a diferença, mas temia que essas diferenças não lhe agradassem, ou que nem sequer desse por elas.

De que é que falara com as irmãs ontem? Ah, já sabia, da ceia conjunta, isso mesmo. E é verdade, de Elisabeth estar de novo à espera de um bebé, recapitulou.

Pediu à criada que lhe viera trazer um copo de cidra aquecida, que chamasse Maud. Maud chegou aflita, com medo de que a sua menina estivesse doente.

– Não, Maud, não estou doente, só não tenho nem um bocadinho de vontade de me levantar daqui. Já sabes as notícias?

Maud virou-se para ela, radiante:

– Mais um bebé para a nossa família. Sabe que o menino Richard já se põe em pé? Abençoado seja, que é tão parecido consigo, loirinho, loirinho com aqueles olhos azuis...

– Achas que os meus filhos vão ser loiros, sendo o João de cabelo e pele bem mais escura do que a minha? Se é que vou conseguir ter filhos, sou muito mais velha do que a minha irmã, o dobro da idade quase da minha mãe quando me teve a mim...

– Ai que disparate, menina. Então queria engravidar em três noi-tes, era? Olhe que aqui a Maud levou seis meses a ficar prenha.

– Pois é, que estupidez. Rezo tanto, e afinal tenho tão pouca fé na Virgem, que como tu me lembras é sempre quem decide estas coisas. A coitadinha da Blanche tem mais razões de queixa, já é casada há mais tempo e queria muito ter um filho. Sinto-a tão assombrada, que até tenho medo; lembras-te como me animou em Celanova? Meteu na cabeça que Thomas corre perigo, sabe Deus que é a mais lúcida de todas nós, porque com os franceses no exército de Castela a recon-quista do trono não vai ser tão fácil como o meu pai e João pareciam acreditar... Mas isto não é conversa para se ter numa manhã de sol, Maud. O arcebispo de Braga, D. Lançarote, vai dizer a missa das sete e eu tenho de lá estar...

Quando chegou à capela, D. Lançarote não estava paramentado nem parecia fazer tenções de se ir paramentar.

Um frio gelado percorreu-lhe a espinha. Lançarote esperava niti-damente por ela, encostado à ombreira da porta da sacristia, e pare-cia petrificado pelo que tinha na mão.

Philippa via mal e não conseguia perceber se era um pergaminho, por isso acelerou o passo em sua direcção. Ao ouvir o claque claque dos seus tamancos, o arcepispo levantou os olhos e pareceu num primeiro momento ter vontade de fugir, mas obrigou-se a ir ao seu encontro.

– O que foi, senhor?

Lançarote deixou-a chegar mais perto, recebeu o seu beija-mão, e murmurou:

– Más notícias.

Philippa sentiu picos na cabeça, como se estivesse a perder os sentidos, mas como acontecia sempre nestas ocasiões, respondeu com frieza e disciplina:

– Não nos serve de nada esse seu ar assustado, senhor arcebispo. Faça o favor de me dizer o que contém essa carta.

Lançarote sentiu que lhe tinham deitado um balde de água fria na cabeça – o raio da inglesa, de nervos de ferro, que era capaz de ser mais homem do que ele, que tremia por dentro e por fora só com a notícia que tinha para dar, como se não tivesse lutado corpo-a-corpo num campo de batalha, como se...

– Vai ler-me o que aí vem escrito, ou vai estender-me o pergaminho, para que o leia eu? – perguntou de novo a rainha.

– Alteza, desculpe, estou estarrecido e dormi pouco. Tem razão, não vale a pena adiar a verdade, sobretudo porque ela é sempre a vontade de Deus.

– Diga, por favor, que se mata a si e a mim...

– O seu cunhado, Thomas of Morieux, morreu no campo de batalha, numa batalha terrível, em que fomos redondamente derrotados.

Philippa estava à espera que a má notícia fosse para ela, e quando percebeu que era o pesadelo de Blanche que se transformava em realidade, o pesadelo de que tanta troça tinham feito ficou absolutamente sem fala. Como, como seria capaz de dar uma notícia destas à irmã?

Mas não precisou de a dar. Blanche, que chegava ligeiramente atrasada para a missa, veio devagarinho ao encontro dos dois. E numa voz muito arrastada, de quem recita uma lição já ensaiada, disse:

– Já percebi, Philippa, não te aflijas. O Thomas morreu?

O arcebispo nunca tinha presenciado uma cena assim. «Como era possível que só pelas suas caras, a senhora tivesse entendido tudo?», pensou aterrorizado. Que estranhas eram estas mulheres vindas de fora, tão controladas, tão fechadas sobre si mesmas, nem um grito nem um choro quando recebiam uma nova destas, e no entanto, via-se que não era por falta de não sentir...

– Os outros estão bem? – foi ainda capaz de perguntar.

Numa voz embargada pela comoção, Lançarote respondeu:

– Tanto quanto a mensagem diz, parece que sim. Houve muitos mortos, muitos feridos, mas Sua Alteza não sofreu nada, e o vosso pai também não. Regressam agora, mais ainda vão levar algumas semanas a chegar cá.

Philippa acenou com a cabeça um agradecimento e pegando na mão de Blanche preparava-se para levá-la de volta para os seus aposentos. Mas Blanche, num gesto inesperado, soltou-se e virando-se para o pobre arcebispo, implorou:

– D. Lançarote, posso-lhe pedir que diga, agora mesmo, missa pela alma do meu marido?

Lançarote pôs-lhe a mão no ombro e empurrou-a gentilmente pela porta da sacristia, esquecendo-se até de dar precedência à rainha, e levando-a por dentro para o primeiro banco da capela, sentou-a. Philippa, silenciosa, sentou-se ao seu lado. D. Lançarote vestiu as vestes e no altar-mor disse a missa mais sentida que alguma vez dissera até então.

❁

Blanche continuava fechada no seu quarto, deixando apenas que Maud, Philippa, Elisabeth e o pequenino Richard lá entrassem. Os olhos inchados, e no entanto nenhuma delas lhe perguntava se tinha chorado. Não sabiam como agir nem que palavras dizer, e era só com chás, bolachas, e mantinhas que eram capazes de manifestar a sua imensa pena. Todas gostavam muito de Thomas, com os seus gestos calmos e seguros, mas nem isso se atreviam a dizer: como podiam comparar o amor de Blanche por ele, com o delas?

Não havia mais detalhes nem pormenores. A mensagem que chegara de John para Blanche dizia exactamente o mesmo que a do arcebispo: que o general do exército inglês caíra em batalha, com a coragem de leão que sempre demonstrara. Mas tinha uma diferença: assinava «o teu pai que muito te ama, John of Gaunt». Blanche não largava a carta, como se o único amor que lhe sobrava na vida, agora que a mãe e o marido tinham partido, fosse o do pai, aquele amor que sempre quisera e até agora nunca lhe fora traduzido de maneira tão explícita.

Elisabeth tentava consolá-la deixando-lhe Richard uns bocadinhos, que uma criança tem por vezes o condão de ajudar a lavar a alma, e Blanche agradecia-lhe a oportunidade de se fingir ocupada e de, ao dobrar-se para o ajudar com os seus brinquedos, poder assim esconder o rosto.

Maud talvez fosse a mais preocupada:

– Princesa (como nunca lhe deixaria de chamar), a menina Blanche tem que comer. E se já não comia, agora nem bebe, e percebe-se que quer morrer como o menino Thomas, e isso é pecado, menina...

Philippa angustiava-se também, que deixar-se morrer aos bocadinhos ia contra todos os mandamentos da Madre Igreja, mas Elisabeth vociferava de fúria quando lhe falava nisso:

– Nem te atrevas, nem te atrevas a ir assustá-la com ameaças de chamas de Inferno, que no Inferno está ela agora. Deixem-na, deixem-na em paz, que quando o corpo do Thomas chegar e ela o puder enterrar, vai voltar a viver...

A ama acenava que não com a cabeça. A idade ensinara-lhe muita coisa, e sabia que um corpo fraco e uma alma mortalmente ferida atraíam a doença. E devagarinho entrava-lhe no quarto com um caldo e obrigava-a, entre canções de embalar, a comer um bocadinho...

Lourenço ficara de cabeça perdida. Thomas fizera-lhe companhia durante toda a viagem de barco, e era impossível não se gostar dele, com o seu sentido de humor rápido e a humildade com que se apresentava sempre. Na sala grande, sentado ao lado de Philippa, contara-lhe como John e o genro tinham troçado dos portugueses, prometendo levar o vinho para a ceia principal, e ambos riram apesar da tristeza.

– É assim que ele quer com certeza ser lembrado – dissera D. Lopo metendo-se na conversa. – Porque os mortos continuam vivos, se nos recordarmos do que faziam e diziam, dos seus gestos bons e até dos maus. Não é nada dessa coisa de os colocar em altares distantes, como santos que nada tinham a ver connosco, continuou.

Philippa sorriu-lhe:

– Que forma tão bonita de explicar as coisas. Não quer dizê-lo à minha irmã, que apesar da fé, e de o saber junto de Deus pela certa, não sai do quarto?

D. Lopo acenou que não com a cabeça:

– Que alguém que nos é querido morra longe de nós, em condições que desconhecemos, é o pior que nos pode acontecer. É preciso que seja alguém que esteve lá com Sir Thomas a falar com ela... e D. Filipa, às vezes os outros não são tão fortes como nós, e não é por isso que devemos pensar pior deles.

Philippa fugiu-lhe ao olhar, e mudou a conversa. A sala grande tinha agora mesas corridas, onde homens e mulheres ceavam juntos. João ia ficar surpreendido.

– Acha que D. João não se vai importar com estas mudanças? – perguntou a Lourenço, pela milionésima vez.

E ele fingindo que era a primeira, respondeu:

– De forma alguma, D. Filipa. Sobretudo quando a ceia lhe chegar quente à mesa...

– Mas como é que o rei suportava comer tudo sempre frio?

E Lourenço, rindo agora abertamente, incitou:

– Pergunte a D. Lopo, que nestes últimos dois anos jantava eu opiparamente no seu palácio em Londres.

D. Lopo riu também:

– Alteza, D. João nunca comeu nada frio, pela simples razão de que sempre que pode come na cozinha.

O «ah» de Philippa foi tão distinto e claro que as dezenas de comensais pararam de comer para olhar para ela. E a rainha virou-se para chamar um dos criados, porque não tinha outra forma de esconder a cara em fogo.

Apesar de toda a agitação causada pela notícia da derrota, e da morte de Thomas, ninguém fazia tenções de deixar que a vida de Philippa se transformasse na de uma rainha que passava os dias fechada com as suas aias ou em intrigas de corte. Acima de tudo, ela. Para supremo desgosto daquelas que ainda se lembravam da vida airada de D. Leonor Teles, e para enfado das que não a tinham servido mas levavam um dia-a-dia leve em casa dos pais. De facto, a rotina que a rainha instituiu era dura: missa às sete da manhã, sem atrasos permitidos, orações de hora a hora, ou quase, manhãs dedicadas ao francês e à leitura (descobrira, com espanto, que a maioria das suas mulheres não sabia ler nem escrever), as tardes a passajar a roupa dos pobres (imagine-se!), ou a fazer camisas para entregar aos menos afortunados. Só não podiam queixar-se das caçadas, que Philippa mantinha para seu imenso prazer (e de que a gravidez de Elisabeth a tinha excluído – «ai quem é que terá a estas horas o meu falcão», murmurava a pobre que morria de tédio), e consequentemente a qualidade da ceia, em que o menu todos os dias era diferente.

Mas Philippa não se esquecera de que o marido a mandara governar, e era governar que se dispunha a fazer. D. João das Regras era visita frequente, e entendiam-se os dois maravilhosamente: a disciplina e a cultura de D. Filipa assombravam-no a cada encontro de trabalho, a sua sensatez deslumbrava-o, e acreditava, com certeza crescente, que tinha capacidade para tirar Portugal do marasmo em que estava, dinamizar o comércio e impedir que a nobreza antiga, de que sinceramente não gostava, voltasse a ocupar com a sua incompetência os cargos mais poderosos do país. Sentira nela um certo mal-estar em relação a Nuno Álvares, o que ainda melhor lhe caíra, porque achava o condestável francamente vaidoso, mas esperto o suficiente para manipular o rei para dar-lhe terras, lugares e cargos, para si e para os seus.

– Porque, D. Filipa, a riqueza deste país fá-la quem trabalha a terra, e quem vende e compra – dizia-lhe muitas vezes D. João das Regras. Philippa concordava que as conversas de Chaucer surtiam efeito na aluna, e não desprezava os comerciantes, como tantos nobres faziam.

Com uma habilidade imensa, e o mapa na ponta dos dedos, Philippa e João das Regras traçavam rotas novas e faziam uso de todas as garantias do tratado de Windsor, que abria o comércio entre os dois países. A rainha fornecia-lhe o nome de negociantes, escrevia cartas, e ao contrário do marido, incapaz de ficar fechado num quarto por muito tempo, não mostrava a menor fadiga, nem desinteresse, quando as reuniões se prolongavam.

Por outro lado o seu português, que estudava afincadamente, estava cada vez mais perfeito, o que permitia alargar os encontros a outras gentes, defendia Lourenço. D. Lopo e D. João das Regras concordavam. O rei estava fora há meses, mas eram necessários sinais de que à coroa não eram indiferentes os problemas do seu povo.

Por isso ficou decidido: no dia 12 de Maio, a rainha D. Filipa presidiria à corte. Prelados, governadores de província, presidentes dos municípios todos se reuniriam sob a sua autoridade.

– Para discutir o quê? – exclamara, quase descontroladamente, quando a convocaram.

– O preço dos produtos nos mercados – disse suavemente D. João das Regras.

– Mas não me deixem sozinha! Preparam tudo comigo, tudo? – quis saber a rainha.

Mal sabiam eles o que significava trabalhar e preparar uma reunião com a rainha, bufara exausto Lourenço, depois de cinco horas encarcerado na Biblioteca, com uma mulher que por essa altura sabia mais do assunto do que ele.

D. Lopo e D. João das Regras, que vinham atrás, soltaram uma gargalhada em coro: «Que ninguém oiça falar nestas tardes de trabalho, porque se El-Rei sabe em que é que se meteu, não volta!»

11

Paço Real de Guimarães, 30 de Maio de 1387

Philippa nem queria voltar a pensar no que sentira, quando desta vez a mensagem fora para si. Já não pensava em batalhas nem em mortes, porque as notícias que recebera de João eram claras: a aventura da reconquista de Castela tinha chegado ao fim. Os soldados estavam demasiado fracos e doentes para continuarem a lutar, e de qualquer forma não valia a pena continuar a dizimar os mais novos em combates sem sentido, contra um inimigo dez vezes mais forte. Restava-lhe então esperar que o pai e o marido, os seus generais e homens, regressassem. Blanche, fechada no quarto, já não esperava nada...

Mas naquele fim de tarde quente a carta tinha sido para si. João, o homem com quem dormira apenas três vezes em quatro meses de casamento, encontrava-se no paço de Guimarães gravemente doente, talvez às portas da morte, dizia laconicamente Nuno Álvares Pereira, que assinava a missiva. Philippa não queria acreditar que a sorte a traísse agora, agora que encontrara finalmente, estava certa disso, o seu destino. Mas por que se achava mais merecedora das atenções de Deus do que a pobre da sua meia-irmã?, pensava zangada consigo mesma, os joelhos no chão frio da capela, aonde correra sem saber o que fazer.

Ia partir, já, hoje à noite mesmo. Se o marido estava doente, era ela, e só ela, que o devia velar à cabeceira. Rezara todo o caminho e ordenara que os padres, os bispos e o arcebispo pusessem o país inteiro em oração. E o país rezou ferverosamente pelo seu mestre. Também eles não podiam perder o seu recentíssimo rei, aclamado há pouco mais de dois anos.

Quando chegara a Guimarães, apesar das febres altíssimas, João reconheceu-a. Estendeu-lhe a mão, aquela mão que tanta segurança lhe dava, em agradecimento. John estava ao lado do genro, e parecia ter envelhecido anos: perdera o trono, a guerra, gastara o dinheiro dos contribuintes portugueses e ingleses, não estava sequer em condições de honrar a sua parte do tratado, que nem Melgaço tinha ficado nas suas mãos. Pior do que tudo o resto, perdera o general dos seus exércitos, um dos seus melhores homens, o genro de que tanta gostava e que deixava uma das suas filhas viúva aos 27 anos.

Nada disto era novidade na vida de um homem como John of Gaunt, mas como comentava à cabeceira de João, que agora parecia querer seguir o destino do cunhado: «Um homem fica mais frágil com a idade, filha, entende que há coisas de que se abrirmos mão nunca mais as voltamos a ter.» Philippa sabia que o pai falava de Katherine.

Mas João tinha 30 anos passados ao sol e à chuva, e resistiu. Mal se pôs em pé, voltou a ser mordido pelo bicho-carpinteiro, e só queria sair dali:

– D. Filipa, é claro que estou em condições de fazer o caminho! Quero ir ver a minha corte, Lourenço, Lopo, João das Regras, o meu filho Afonso, a minha filha Beatriz, quero ir para casa...

Da sua lista estavam excluídos todos os nomes daqueles que lhe eram queridos a ela, pensou Philippa, mas que poderia esperar? Não passara mais do que uns minutos com Blanche e Elisabeth, não conhecia o pequenino Richard, trocara uns «bons dias» com Maud, e do sogro e dos seus soldados ingleses já devia estar farto até à medula. Hipotecara o dinheiro do seu povo e não trazia mais do que uma ou outra vila conquistada para amostra. Era ela, Philippa, tudo o que restava daquele acordo! E não se atrevia a perguntar-lhe se achava que ela, só por si, valia a pena.

⁂

Constanza continuara em Santiago com Catalina, ambas fartas e cansadas dos rituais daquela cidade, que lhes parecia agora demasiado pequena. Ao contrário de Philippa, haviam seguido a par e passo as campanhas de John e João em terras catalãs, mas após os primeiros triunfos, vieram derrotas sobre derrotas, e a fúria de ambas crescia de dia para dia.

Para falar com franqueza, John estava com vontade de tudo menos de as convocar a irem ter consigo a Coimbra, porque sem o trono de

Castela como isco, Constanza e companhia pareciam-lhe totalmente desinteressantes. Philippa sabia mais: o pai daria tudo para não ter de passar pela humilhação de se justificar junto de uma mulher sem papas na língua. Mas não tinha outro remédio: disse-lhes que viessem e trouxessem toda a corte que as acompanhava, porque muito em breve zarpariam de novo para Inglaterra. Não resistira a um contorcer dos cantos da boca, naquilo que visto de fora pareceria certamente um sorriso – era o primeiro a lamentar o desastre da sua campanha, mas confessava que esperava calar os protestos da mulher e da filha com a ameaça do regresso a um castelo distante de Londres... rodeado de ingleses. Cruel, mas eficaz, murmurou.

12

Sé de Coimbra, 16 de Junho de 1387

A cerimónia das exéquias de Thomas of Morieux aconteceu num dia de calor imenso, na Sé de Coimbra. No altar, o arcebispo de Braga, que ficara muito ligado a Blanche, o bispo de Coimbra, o bispo do Porto, e muitos outros senhores da Igreja concelebraram uma missa pedindo pela alma do general inglês. Blanche, magra como um osso, vestida de branco, segundo o costume da sua terra natal, estava na primeira fila, ladeada pelo pai, John, e por Elisabeth e John Holland, regressado são e salvo de Castela. Philippa e João ocupavam os lugares de honra, no banco do outro lado, e era esta a primeira cerimónia a que assistiam juntos desde o seu próprio casamento. A Sé estava cheia – os seus «camaradas de armas», as damas e os senhores da corte, e as gentes de Coimbra, que vinham na ânsia, acima de tudo, de verem tanta gente fidalga. E o rei e a rainha.

Nuno Álvares Pereira pedira para ajudar à missa, como quando era miúdo e escudeiro do rei D. Fernando. Blanche via, sóbrio no seu uniforme, o condestável do reino ajoelhando-se perante os bispos, levando a água e o vinho ao altar.

À saída, Blanche olhou para a multidão que se aproximava dela, e quase gritou de terror. Não queria os pêsames desta gente toda, muita dela nem sequer conhecia o seu querido Tom. O pai, John, mais alto, estava por trás dela, segurando-a por ambos os cotovelos, num gesto protector, mas nunca lhe passaria pela cabeça dispensar a filha deste cerimonial. E foi nesse momento que ouviu, forte, a voz de Nuno Álvares:

– Sir John, permita-me que escolte a sua filha de regresso ao Paço, por uma porta lateral.

Se fosse outro a fazer a sugestão, John of Gaunt ter-lhe-ia respondido que uma filha dele enfrentava a morte e a dor de frente, mas vindo o pedido de Nuno Álvares Pereira, que admirava, e vendo o corpo gelado e trémulo da filha que tinha entre os braços, limitou-se a passar-lhe Blanche para as mãos.

Elisabeth, a barriga já visível, viu tudo e assumiu imediatamente o comando das operações «na frente»: sorriu gentilmente aos que chegavam e jurou-lhes transmitir os seus votos à irmã, que com a comoção se tinha sentido mal e fora levada apressadamente para o paço, para ser vista por um médico.

Apesar da situação dramática, e de se sentir genuinamente emocionado, John quase desatou a rir. Não havia dinheiro nenhum no mundo que pagasse o teatro que esta sua filha era capaz de fazer. Desta vez, pelo menos, era por uma boa causa!

❧

Blanche subia a ladeira pelo lado oposto da multidão, suportada pelo braço de Nuno Álvares. E era ele que falava. Nuno contou-lhe como fora a batalha, a estratégia utilizada, como tudo tinha sido planeado entre ele e Thomas, de quem se tinha tornado um verdadeiro admirador. Blanche deixava-se embalar pela voz do condestável, e sentia o alívio imenso de encontrar finalmente alguém que lhe contava como tudo se tinha realmente passado. Queria saber mais, queria saber o que Tom fizera na noite antes de morrer, queria saber se se lembrara dela, queria saber se sofrera, no final. Nuno Álvares foi-lhe respondendo a todas as perguntas, garantindo-lhe que a lança que trespassara o marido fora de tal forma certeira que, podia garantir-lhe com toda a verdade, não, não tivera sequer um momento de sofrimento.

– Quanto a lembrar-se de si – disse o Condestável – também lhe posso assegurar de que lembrava. Na noite anterior à sua morte, ficámos os dois até muito tarde em volta da fogueira que ardia. Talvez ele tivesse bebido um bocadinho de mais, admito que sim, que como já terá percebido, não sou um homem que atraia confidências, mas quando se despediu para regressar à tenda, disse com uma das suas gargalhadas (que conhece melhor do que eu...): «Nuno, vou dormir, porque sonhar com a minha Blanche, é a melhor parte do meu dia.»

Blanche soltou um soluço imenso, e pela primeira vez desde a morte de Thomas sentiu que um peso lhe saía do peito. Não queria embaraçar este homem tão generoso com o seu choro, nem molhar-

304

-lhe a farda com as suas lágrimas. Fez-lhe uma pequena vénia, e numa voz que tremia, sussurrou: «Que Deus o abençoe, D. Nuno, pela paz e a felicidade que me trouxe.» E virando-lhe costas correu para dentro do paço, pelas escadas de caracol acima, até ao seu pequeno quarto, lançando-se sobre a cama num pranto inconsolável.

Maud esperava-a, sentada num pequeno banquinho junto da janela, a passajar meias, o seu chá de ervas numa caneca por cima de um tijolo quente. Despercebida, silenciosa, e sempre presente.

❀

Ainda muito frágil da doença, João estava meigo e disponível. Para imenso contentamento de Philippa reparou em tudo: transmitira-lhe, orgulhoso, os elogios de D. Lopo e D. João das Regras («Que os elogios de Lourenço são suspeitos!», dissera a rir, e ela sentira-se feliz por esta imitação de ciúme), congratulara-se com o facto de ter reunido homens e mulheres para uma mesma refeição, mas reparara também nos quartos aquecidos, nas grandes almofadas de cores garridas que tornavam mais confortáveis os bancos da sala grande, da porta que a rainha mandara abrir para tornar o caminho da cozinha para a sala mais rápido, e a ceia mais quente e apetecível. Mas mais do que isso, não quisera um quarto separado e adormecia com a cabeça no seu ombro. Nunca Philippa imaginara o conforto daqueles momentos, em que John a procurava e esquecia tudo o resto. Desejava muito que melhorasse depressa da doença, mas por outro lado sabia que este João, tão sereno e dócil, fechado em casa uma semana de seguida, aparentemente desinteressado de todas as outras mulheres, não era D. João I, rei de Portugal.

❀

Philippa não tinha conseguido estar sozinha com o pai, mas naquela tarde de calor subira para a pequena varanda na torre mais alta, e descobrira que John também lá estava. Nunca mais tinham falado de Castela, nem tão-pouco de Constanza ou Catalina, embora a tivesse informado de que «elas» vinham aí.

João dissera-lhe que autorizara o pai a reunir a corte de Santiago, aqui na cidade, para depois partirem. Percebia-se que queria esquecer esta campanha, pelo menos por agora, e sobretudo tirar de cima dos seus ombros, e dos do país, a presença dos aliados, que se batiam de facto com a força dos leões dos estandartes que erguiam, mas não eram grande companhia para os tempos de paz.

305

Sentaram-se os dois à sombra, a paisagem tão diferente daquela que a rainha encontrara quando ali tinha chegado há meses, o verde transmutado em terra queimada pelo sol.

– Este país é fantástico, vou ter imensa pena de o deixar – murmurou John.

– E agora o pai vai voltar com Constanza e Catalina para Londres? Não querem ficar cá, talvez João o permitisse... – disse Philippa, preocupada.

– Era mesmo aquilo de que o teu marido e o teu reino precisavam: albergar os pretendentes ao trono de Castela, para que o Juan tivesse uma desculpa para entrar por aqui dentro de dez em dez minutos – disse John, espreguiçando-se.

– Pai, e aquela proposta – mesmo que sob a forma de rumor – que o Juan fez?

– De casar o filho com Catalina?

– Essa mesmo. Era uma solução, não era? O pai ficava com duas filhas rainhas, era uma vitória, de certa forma...

– Era uma vitória, e uma maneira fantástica de calar Constanza, que até podia ficar na corte da filha, e as lamúrias da tua irmã Catalina, que só de pensar em ouvi-las daqui a uns dias já me dói a cabeça – retorquiu John, sentando-se direito na cadeira e puxando da garrafa de vinho branco para voltar a encher a caneca e assim combater a «secura» do ar, como dizia.

A conversa ficara por ali, mas Philippa não estranhara nada quando uma semana depois João lhe dissera que Juan pedia autorização para mandar os seus embaixadores ao paço, com o objectivo de falarem com John of Gaunt.

– O seu pai e Constanza não param de mexer os cordelinhos – comentou.

De facto, no exacto dia em que chegaram Constanza e a sua corte, chegaram também os embaixadores de Castela. Philippa e D. Brites não pararam de organizar refeições, preparar quartos e tratar de tudo para instalar esta multidão.

Philippa, como não podia deixar de ser, lá encontrou forma de estar na sala quando o pai recebeu os enviados de D. Juan, embora com o cuidado de se encostar a um dos reposteiros da sala para passar o mais despercebida possível. Quando olhou para a janela em frente constatou, com um sorriso, que o marido fazia exactamente o mesmo, discretamente de costas viradas para a sala, como se estivesse a observar o que se passava lá fora. John e Constanza ocupavam as cadeiras principais, frente a uma mesa, onde estavam igualmente sentados dois homens magros e altos, de bigodinho, divertidos, que lhes estendiam para ler um pergaminho escrito em castelhano. Constanza, que era a única a dominar a língua, traduziu rapidamente o que dizia para que John entendesse.

Philippa reparou que o pai assumia, mesmo frente ao inimigo, uma postura demasiado desinteressada. Os embaixadores de Castela diriam certamente ao seu rei que o inimigo estava derrotado e pronto a render-se. E não se enganariam.

A proposta era muito clara: Catalina, agora com 14 anos, casaria com Henrique (e Constanza estremeceu ao ler o nome, que era igual ao do avô que assassinara o seu querido pai!), agora com nove anos, e com o título de Príncipe das Astúrias. Henrique assumiria o trono por ocasião da morte do seu pai, Juan, ou quando tivesse catorze anos se o rei de Castela falecesse antes. Catalina seria então rainha de Castela e Leão. Como se o seu pai e a sua mãe o tivessem sido, terminava o documento com uma bicada que surtiu efeito. Constanza atirou o pergaminho de novo para cima da mesa, e preparava-se para responder no mesmo tom, quando John a interrompeu:

— Parece-me muito sensata a proposta do vosso rei, sobretudo tendo em conta que já estamos velhos (Constanza olhou-o de lado, furiosa), e aquilo que queremos é assegurar o futuro dos nossos filhos. Catalina será rainha de Castela e Leão, como os seus pais antes dela, e tudo isso me parece muito bem. A única condição que ponho é que o casamento seja contratado imediatamente e a princesa seja aceite na vossa corte já este mês, porque vamos partir de novo para Inglaterra, onde o meu sobrinho, o rei Richard II, precisa do meu apoio...

Philippa teve vontade de dizer ao pai que por muito irritantezinha que fosse, a pobre da Catalina poderia ficar com eles até que Henrique fosse um pouco mais velho, e apeteceu-lhe recordar a John o insucesso do primeiro casamento de Elisabeth com o pobrezinho que não era maior do que este, mas João fez-lhe um discreto sinal do outro lado da sala, e ela calou-se. De facto, não deveria meter-se onde não era chamada. Catalina preferia certamente dominar o esposo, a ser dominada por ele, e o melhor mesmo é que se integrassse na corte que iria ser a sua o mais cedo possível.

Catalina ficou eufórica. Ia ser rainha de Castela e Leão e certamente muito mais cedo do que alguma vez esperara, porque Juan já não era novo. Mais ainda, seria rainha longe das garras da mãe e do pai, numa corte «que se veja», como dissera com desprezo a Philippa. A mulher de um rapazinho de nove anos, que bem ensinado saberia a quem devia obedecer, que Catalina não fazia nada pela medida pequena.

– Duas irmãs, rainhas de reinos vizinhos – dissera Philippa, decidida a separar-se da meia-irmã em termos o mais amigáveis possível. Sabia bem que da sua relação iria depender, em muito, a paz entre os dois estados, e decididamente não queria que João morresse trespassado por uma lança, como acontecera a Thomas...

Catalina teve o bom senso de deixar por instantes a sua arrogância, e abraçou Philippa:

– És boa pessoa mesmo, depois de tudo o que te tenho dito, e das birras que faço. Preciso de aprender contigo a ser mais calma, a pensar antes de falar, mas o que queres, herdei de um lado o espírito dos castelhanos e do outro os genes do meu pai... Tu, pelo que me dizem, sais mais à tua mãe.

Elisabeth, que assistia à conversa, sentiu a pimenta subir-lhe ao nariz:

– Ó miúda, também tenho os genes do meu pai e não sou malcriada, nem insuportável, ou pelo menos não tanto como tu. Por isso deixa-te lá de te desculpares com a tua ascendência, e vê se aprendes a ser uma rainha como a Philippa, que senão mandamos cá o nosso irmão Henry of Bolingbroke (mais meu do que teu, como se vê!) para te pôr na ordem.

Catalina virou-lhe as costas, e Elisabeth e Philippa desataram a rir. Blanche, sentada numa cadeira que Philippa almofadara só para ela, fez apenas um sorriso triste, e virando-se para Philippa, disse:

– Devia aprender contigo, esta Catalina. Coitadinho do tal Henrique.

E depois remetera-se de novo ao silêncio. A conversa com Nuno Álvares aliviara-lhe a alma, mas Maud tivera mais uma vez razão quando profetizara que um corpo demasiado frágil tem depois dificuldade em recuperar. E Blanche parecera perder a vontade de viver sem Tom.

– Que amor tão disparatado, Blanche. Há mais homens no mundo, rapariga – disse-lhe em desespero Elisabeth, que por muito que amasse John e esperasse o seu segundo filho, não se via sinceramente a morrer por ele...

– Cala-te, Elisabeth. Mas Blanche, ela tem um bocadinho de razão quando diz que o amor não deve levar a desistir de viver. O Thomas não desejava que fosse assim. E Deus também não – acrescentou Philippa.

Blanche sentou-se mais direita na cadeira:

– Eu sei, eu sei. É só mais um tempo, só até me sentir mais forte... Se ao menos tivesse um filho dele!

Philippa, que continuava sem engravidar, sentiu de novo um nó na garganta. «Um filho dele», não era esse o sonho de todas elas?

13

Porto, 16 de Agosto de 1387

A cidade estava num rebuliço total. As catorze galeras que iam levar os ingleses de volta ao seu país estavam alinhadas no cais e iam recebendo os carregamentos de baús dos fidalgos e as arcas carregadas de armas dos soldados.

Não era o regresso que John imaginara, mas confessara a Philippa que embora Portugal e Castela o deslumbrassem, tinha saudades de Inglaterra, de Henry, dos seus filhos Beaufort e, acima de tudo e de todos, de Katherine. Philippa não ficara com a mais pequena dúvida de que o pai faria tudo para reatar a ligação com a amante, que concluíra ser a única coisa que realmente valia a pena na sua vida.

– Não me leves a mal, sabes que amei a tua mãe com todo o amor que um adolescente de dezanove anos dedica a uma mulher tão bonita e tão espantosa como ela era. Uma mulher que ainda por cima lhe realiza todos os sonhos, lhe dá um título e um lugar no mundo, mas...

– Espere aí. O pai era filho do rei de Inglaterra – respondeu Philippa, ligeiramente magoada com a conversa.

– Era o terceiro, ou seja, não tinha lugar nenhum... Ser duque de Lancaster e dono de toda a riqueza e terras que a tua mãe me trouxe pelo casamento, deram-me outro poder.

– Para confrontar o seu irmão mais velho, o herdeiro.

– É mentira, servi-o sempre com lealdade, não tenho culpa que tenha morrido e que o meu sobrinho Richard, que ninguém nos oiça, seja tão fraco.

– Por favor, Sir John of Gaunt, não volte para Inglaterra com ideias dessas. As decisões de quem reina, cabem a Deus e não aos homens.

O seu pescoço já esteve próximo da corda da forca muitas vezes, não acho que esteja em idade de o pôr de novo à disposição de Richard. Não se esqueça que se se mete em sarilhos, o meu irmão Henry vai atrás de si, e desde que é criança que o rei o inveja terrivelmente e sonha tirá-lo de vez do caminho...

– Tem calma, Philippa. Aprendi alguma coisa na vida. Estou sossegado, não fui rei, mas tenho duas filhas rainhas, e...

– E nada, pai! Não vai convencer Henry a correr riscos, para poder dizer que não foi rei de Inglaterra, como sempre quis, mas que é pai de um...

John piscou-lhe o olho:

– Não vou fazer nenhum desses disparates. Vou é empenhar-me a resolver outros problemas, que sei que beata como és não podes abençoar. Amei a tua mãe como um adolescente, amei Katherine como nunca amei ninguém. Deu-me quatro filhos, três deles varões, que precisam de orientação, de quem vele por eles, porque já sofreram de mais, numa casinha em Lincoln, como se fossem iguais às outras crianças da terra.

– Pai, e Constanza? Se o pai tenciona voltar para Katherine, por que é que não deixa Constanza com Catalina, na terra dela, onde pode falar a única língua de que realmente gosta, que Deus me perdoe.

– Porque Constanza recusa a humilhação.

– Humilhação? Ficar em Castela como mãe da rainha?

– Mas não rainha-mãe, percebes a diferença? De qualquer maneira, o Juan não aceitou que ficasse. Podia criar alianças, suscitar apoios. Aceitam Catalina porque é uma criança, no fundo. A Constanza era demasiado perigosa – concluiu, com um encolher de ombros.

Philippa não disse mais nada. «Que a Virgem os levasse a bom porto, e o pai que tomasse conta de si próprio, que tinha boa idade para isso», recomendara-lhe João quando na véspera à noite lhe falara das suas preocupações. A obrigação de uma mulher, mesmo rainha, era seguir os conselhos do marido, não era? Por isso trataria de lhe obedecer, agora que toda a sua família, até o pequenino Richard e a sua querida Elisabeth, tinham partido. Agora era preciso governar Portugal.

14

Mosteiro de Fiães, Melgaço, 26 de Novembro de 1387

João já recuperara totalmente, e como Philippa previra, os últimos meses tinham sido agitados. Mal voltara a si, não parava. Saía em montarias, para as quais não a convidava, voltava tarde e aquecia os pés e as botas no fogão sempre aceso da cozinha, jantando com os seus homens, entre piadas e gargalhadas que nenhuma senhora, muito menos uma rainha, podia escutar. Philippa habituara-se a adormecer sozinha, tanto mais que se levantava sempre de madrugada para assistir à missa, estivesse onde estivesse, e a sentir o corpo de João, suado e sujo, entrar-lhe na cama a altas horas da madrugada, um cheiro a vinho que a nauseava.

Não era, por regra, malcriado, mas a rainha desprezava aquela lassidão, e dava por si a fazer-lhe sermões sobre as obrigações para com o povo, a necessidade de reunir com os seus conselheiros, dinamizar a economia do país, criar mais riqueza para distribuir pelos mais pobres, cuidar de ver que os nobres e os senhores da terra não abusavam do seu poder. A lista de obrigações era invariavelmente tão extensa e detalhada, que João não resistia a abrir a boca num bocejo propositadamente marcado, para que não restasse à rainha qualquer dúvida do que pensava daquilo tudo. Um dia perdeu mesmo a cabeça, e Philippa viu, pela primeira vez, a fúria que o escudeiro Ricardo também vira por detrás do reposteiro, quando o menino Afonso o fizera perder as estribeiras. E fora cruel:

– Quem é que a senhora se julga? D. João das Regras? O Condestável do Reino? E se me servisse na cama, e no cuidado das suas aias, e deixasse estes assuntos para quem tem competência para deles tratar?

Batendo com a porta, saíra a correr. Minutos depois, Philippa, ainda de pé, como que fulminada por um raio, ouviu os cascos de cavalos a sair a galope. O rei partira para mais uma montaria.

Desde que desembarcara em Finisterra, nunca Philippa se sentira tão abandonada, como se todos os abandonos e desentendimentos que vivera até hoje se juntassem num só e a deixassem presa de um buraco negro de desespero e solidão. Fechou-se no quarto, e mandou Maud dizer a D. Brites que a desculpasse mas que tratasse de tudo para aquele dia, porque estava demasiado indisposta para sair dos seus aposentos. D. Brites ouvira os gritos do rei, e não a admirava nada que a delicada Philippa, que nunca levantava a voz, tivesse reagido com espanto e horror à cena. Respondera que dormisse e descansasse que tudo estava entregue.

Blanche entrou devagarinho e sentou-se no fundo da cama. Nunca mais voltara a atrever-se ao ritual de entrar no quarto da rainha, agora que o rei regressara, mas Maud descrevera-lhe tudo com detalhes tão crus, que sentira que talvez fosse a única com quem Philippa pudesse desabafar.

Philippa virou a cabeça e fez-lhe um sorriso triste. A mera presença de Blanche recordava-a de como era fútil o seu sofrimento. Sentou-se e olhou-a:

– Desculpa, Blanche. – E benzendo-se pediu desculpa também a Deus Nosso Senhor.

Depois pediu-lhe ajuda para se pentear e arranjar, e para espanto de D. Brites desceu para a sala onde as suas aias bordavam como se nada tivesse acontecido. Quando João regressou, pronto a pedir-lhe desculpa, que nem a caçada o tinha feito esquecer os remorsos, pronto a «comprá-la» com presentes ou uma jóia nova, encontrou-a a presidir à ceia, em amena conversa com D. Lourenço e D. Lopo, que lhe faziam companhia na mesa principal.

Saudou-a à entrada, com uma vénia de verdadeira admiração, e ela respondeu-lhe com um sorriso largo, que fez erguer de espanto o sobrolho de todos quantos tinham ouvido ressoar pelo paço os gritos do rei, e mais ainda naqueles que haviam conseguido escutar a conversa em si. Quando subiram para o quarto, e João pensou «é agora, é agora que ela me vai moer a cabeça!», Philippa não disse nada. Pelo contrário, continuou a falar disto e daquilo, como se tivesse esquecido aquela manhã. Não fossem os olhos vermelhos, que pós alguns conseguiam disfarçar, e João acreditaria que sonhara. Mas como não sonhara, prendeu-a nos braços e murmurou-lhe um «desculpe!» ao ouvido. Nessa noite fizeram amor, como em nenhuma outra.

❁

Sentada de novo numa cela, desta vez no mosteiro de Fiães, próximo de Monção, meses passados sobre toda aquela cena, Philippa pôs a mão na barriga: tudo tinha acontecido naquela noite, de certezinha absoluta. A criança que trazia no ventre fora concebida naquela mistura de risos e lágrimas, de dor e solidão, e de reencontro. Seria especial este bebé.

Ainda não dissera nada a João. Queria deixar passar um tempo, ter a certeza absoluta de que a criança tinha pegado; podia, como a sua própria mãe, «desmanchar» as gravidezes nos primeiros meses.

Mas era este seu novo estado que explicava como encarara os mais recentes projectos de João: sem reprimendas nem chamadas de atenção. Quando o rei lhe dissera que estava decidido a conquistar Melgaço, que não fazia sentido que continuasse a pertencer a Castela, tivera medo, achara insensato, mas não fizera qualquer comentário. Limitara-se a pedir: «Posso ir consigo?» Estava decidida a não ser uma rainha que fica para trás, que só pensa em trapos e em penteados, em cantigas de trovantes e alaúdes de jograis.

João hesitara uns segundos, para logo de seguida, para seu espanto, fazê-la rodopiar sobre os seus pés. Com a sua voz grave e bem-disposta, exclamara: «E por que não? Mas deixo-a, com as suas aias, no convento de Fiães, que a quero por perto, mas não em risco, rainha de Portugal.»

Os dois tinham rido divertidos, e Philippa garantira que não precisava de aias, que só iam maçar as pobres irmãs, espantando-o no dia da partida, apenas com dois baús, Maud e uma camareira. D. Brites, explicou, ficava encarregada de aturar as damas, as aias e as camareiras que ficavam para trás, a discutir a última moda chegada da corte francesa – umas bolsas de veludo embutidas de pedras preciosas que ela mesmo encomendara directamente para entreter e educar o gosto das mulheres da corte, um pouco como rebuçados que se dão a crianças.

Agora aqui estava, em Fiães, onde as freiras a tinham acolhido com mimos e simpatia, e preparava-se para celebrar o seu segundo Natal em Portugal. Entre soldados e guarnições.

15

Monção, 24 de Dezembro de 1387

Na noite de Natal, João pediu a Philippa que ficasse com ele em Monção. Não fazia sentido tê-la tão perto, e tão longe. Passara a tratá-la por tu, com uma familiaridade crescente, e o português era com frequência a língua que usavam entre eles.

«Minha querida esposa, sei que adoravas ter entrado para o convento em vez de casar comigo, mas agora que fizeste tamanho disparate, o melhor mesmo é vires passar a Monção a noite do dia 25. Temos missa, não te enerves, e todos os serviços religiosos e mais alguns, que já se ofereceram para a dizer mais abades, priores e bispos do que podes imaginar. Fico à tua espera.»

Quando lera o bilhete, Philippa desatara a rir. Sentia umas saudades imensas de dormir com ele, de sentir o calor do seu corpo uma noite inteira junto ao seu. Ainda para mais agora que tinha para lhe oferecer o melhor presente de Natal do mundo...

Estavam os dois deitados, depois de duas horas de igreja gelada, seguidas de uma ceia igualmente demorada:

– Como é que vocês são capazes de comer tanto à noite?

– Vocês, quem? – perguntara divertido João, enquanto enrolava um dedo no seu cabelo loiro.

Philippa estacou. De facto, sendo rainha de Portugal, tinha de aprender a falar de «nós» e «eles» como sempre fizera. Mudou de assunto:

– A que horas se dão os presentes?

– A tradição portuguesa manda colocar um sapato junto da lareira, que o Menino Jesus deixa lá um presente. Quando pode.

Apeteceu a Philippa comentar a tradição. Não lhe parecia bem que se atribuísse ao «Bom Jesus», um presente que apenas os mais abastados recebiam, como gostava muito de ouvir o povo português chamar a Nosso Senhor, Jesus Cristo.

– Ou seja, o Menino Jesus é suposto preferir os ricos aos pobres, dando presentes a uns e não a outros? – perguntou procurando manter num tom sereno.

– Claro, como em tudo o resto, rainha D. Filipa.

– Não, não, a nós deu-nos obrigações e não presentes. Tudo o que possuímos, possuímos apenas para servir melhor aqueles que nos confiam os seus destinos – refilou ela, já preparada para um discurso inflamado.

– Ámen! – respondeu João, aconchegando as almofadas.

– Em Inglaterra dizemos às crianças que são os duendes e as fadas que lhes dão presentes, porque se não receberem nada e ficarem zangados com duendes e fadas, não é importante. E uma criança sentir-se injustiçada pelo Menino Jesus, é mau, muito mau...

João puxou-a para si:

– Fica-te bem pensar assim, e com os nossos filhos vais fazer como te der na cabeça.

Philippa corou, e na escuridão João não teria reparado se não estivesse a passar-lhe a mão pela cara.

– Coraste porque falei em filhos nossos?

Por instantes foi apanhada de surpresa. «Como é que se dava uma notícia destas? Seria demasiado cedo? Se depois perdesse a criança e João não acreditasse nela...» Mas respirou fundo e disse:

– João, estou à espera de um filho. De um filho nosso.

O rei deu um salto na cama:

– Tens a certeza, a certeza absoluta?

– Tenho, claro que tenho, já estou grávida de dois meses, e se tudo correr bem...

– Nasce em Julho! Temos que preparar tudo. Tens que voltar já para o Porto, não podes andar aqui em campanha, nestas condições, a viajar por caminhos de lama...

Philippa puxou a roupa da cama para cima, e aconchegou-se:

– Que disparate, João, não é nenhuma doença... Vi a minha mãe à espera de muitos – e calou-se por uns segundos, enquanto desejou com todas as forças que nenhum dos seus bebés morresse –, e Katherine grávida de quatro. A gravidez, e mesmo o parto, não têm muitos segredos para mim. Olha para a Elisabeth, que não parou, e até atravessou o mar, à vinda e à ida, à espera de bebé.

João estava tão excitado que lhe custou a adormecer.

– E que nomes lhes vamos dar? perguntava, a cabeça levantada sobre um braço.

– «Lhes» vamos dar? João, por amor de Deus, só vou ter um...

– Um de cada vez! – respondeu ele, divertido.

– Está bem, um de cada vez, mas os nomes? Tenho uma proposta...

– Uma proposta?

– Fazemos assim: alternamos um nome da tua família com um da minha, um português e um inglês...

– Independentemente de ser um rapaz ou uma rapariga? – perguntou Philippa, espantada com tanta generosidade. – Em Inglaterra ninguém deixaria que um filho varão tivesse um nome vindo do lado da mãe, a não ser, claro, que o nome da mãe fosse mais bem cotado do que o do pai.

– Tanto faz ser rapaz ou rapariga, mas com uma condição: se o nosso primeiro filho for rapaz – e estendeu a mão para a barriga dela – começamos com um nome português, afinal é o princípio de uma Dinastia, da Dinastia de Avis; e se for uma rapariga, começamos pelo teu lado, pode ser?

Philippa encostou a cabeça ao seu ombro, e suspirou, feliz: – Claro que pode ser. E vou chamar-lhe Blanche, como a minha mãe...

– Branca – respondeu aconchegando-a melhor o rei – diz-se Branca.

– Branca de Portugal, acedeu Philippa, deixando-se escorregar para dentro do sono.

16

Melgaço, 3 de Março de 1388

Ricardo, o escudeiro do rei, estava à porta do castelo porque D. João lhe ordenara que ficasse ali a ver chegar a rainha e lhe indicasse para onde devia seguir.

Os archotes ardiam nas muralhas e em todas as casas rodeadas por elas, e apesar do frio da noite, ouvia-se o canto dos soldados vitoriosos: Melgaço tinha sido conquistada, e era agora portuguesa. João desforrava-se simbolicamente de Juan de Castela e de John of Gaunt, como se ao primeiro mandasse a mensagem de que faria incursões no seu território sempre que o entendesse, e ao outro que não precisava dos exércitos ingleses para nada.

Philippa pensou lembrar-lhe que fora ali que o pai estivera alojado, quando os habitantes e os soldados lhe tinham entregado a fortaleza de mão beijada, mas depois pensou que não fazia sentido defender o pai contra João. Partiu do mosteiro de Fiães para onde regressara passadas as festas natalícias, feliz e contente, a mão na barriga que continuava a crescer, e que os cinco meses de gravidez já não tornavam possível esconder.

O banquete era servido na torre principal, mas as mesas estendiam-se pelo terreiro e até pelas ruas, que a população galega que naquele dia passara a portuguesa, achava por bem começar já a homenagear o seu novo rei, que o outro também lhes servira de pouco.

Quando Philippa, no seu vestido verde-escuro, uma tiara de ouro na cabeça, entrou na sala, todos lhe ergueram a caneca de vinho. O rei chamou-a para junto de si e pediu ao escudeiro Ricardo que lhe contasse a primeira batalha a que assistira. Logo uma em que tinham acabado vencedores.

Philippa esforçou-se por não rir, porque a descrição do miúdo, que tinha crescido centímetros sobre centímetros no último ano e a quem a puberdade esganiçara a voz, era no mínimo hilariante. O miúdo lembrava-lhe Henry, quando chegava dos torneios, e tropeçava nas próprias palavras, tal a vontade de num segundo resumir tudo o que acontecera em dias inteiros.

Mas os olhos perderam imediatamente o brilho de felicidade quando percebeu que Afonso estava do outro lado do pai, furioso pela sua presença.

– O que faz uma mulher na celebração de uma batalha? – perguntara o infante entre dentes. À fúria da chegada de Philippa, somava-se o desespero de El-Rei seu pai ter tido o desplante de pedir a um mero escudeiro o relato da conquista, quando tinha o filho à sua esquerda.

Fingindo não ter ouvido o comentário, Philippa estendeu a mão a Afonso, que a beijou de má vontade. Nada incomodada, a rainha perguntou:

– Já sei, Afonso, que a tua coragem na tomada deste castelo foi digna da do teu pai.

O miúdo ficou petrificado. Não podia responder torto a quem lhe falava tão bem, e por outro lado a lisonja, como Philippa depressa descobriria, era uma arma que o vencia sempre. Olhou-a desconfiado, mas o pai, apanhando a «deixa», confirmou:

– Apesar de ter apenas onze anos, o Afonso lutou sozinho com um soldado castelhano (omitindo que Nuno Álvares estava ao seu lado para o que desse e viesse) e acabou por lhe fazer saltar a espada da mão...

– Que voou pelos ares... e foi bater numa das ameias – continuou Afonso, excitado, esquecido da raiva e do ódio.

Philippa tinha um talento imenso para lidar com crianças, porque não esquecera ainda como era sentir-se mais pequeno, desprotegido e ignorado pelos adultos. Por isso foi encontrando formas de ir prolongando a conversa, até que o enteado se mudou para o seu lado e falou com ela a noite inteira. Esquecido, mas por momentos apenas, de que a criança que crescia dentro dela poderia ser o seu mais poderoso rival.

❁

Melgaço era finalmente portuguesa e a comandá-la, o rei deixara João Rodrigues de Sá, aquele que mandara em seu lugar casar por procuração com Philippa. Quando se despediram, a rainha não resistiu a dizer-lhe que esperava que esta tarefa fosse mais fácil do que a outra, e ele com o seu sorriso tímido e reservado, dobrara ligeiramente o joelho para lhe beijar a mão.

– Agora vou dar-te a lua-de-mel que não te dei há um ano, e mostrar-te o teu presente de casamento que ainda nem sequer viste, e já estás com uma barriga dessas – murmurou-lhe ao ouvido João quando faziam o caminho de regresso ao Porto, os soldados e os fidalgos a formarem uma longa comitiva.

Philippa sorriu-lhe, divertida:

– Muito romântico se for com toda esta gente atrás...

João olhou por cima do ombro, surpreendido:

– Habituamo-nos de tal forma a esta multidão, que já nem damos por ela, mas de facto não te posso mostrar tudo o que quero antes de o bebé nascer, se andarmos a percorrer o país com esta matilha. E pensativo, acrescentou:

– A partir de Coimbra dividimo-nos em dois grupos: o nosso mais pequeno, e o outro, o maior, que vá andando para Lisboa, para preparar a Alcáçova e para o Paço de A-par de S. Martinho, que de tanto tempo abandonado e vazio bem deve precisar que o arranjem para ti... e para ele.

– Para ele? – disse Philippa, com um arrepio de susto, a memória do desgosto do pai sempre que nascia uma rapariga...

João atirou para trás a cabeça, numa gargalhada muito típica:

– Vamos ter muitos filhos, não te preocupes, não preciso de ter já um rapaz...

Mas Philippa sabia, porque toda a vida vivera neste mundo, que o reino inteiro esperaria um varão, um herdeiro, um infante. Será que a generosidade de João resultava do medo de enfrentar o seu filho Afonso, tarefa que o nascimento de uma rapariga pelo menos adiaria? A rainha voltou os olhos para a paisagem e concentrou-se num pássaro de peito encarnado que pousara num arbusto mesmo ao lado da estrada:

– Um robin – disse ela alto, num tom de excitação imenso.

O passarinho esvoaçou para longe, assustado, e João virou-se a tempo apenas de o ver já em voo:

– Um pintaroxo?

A rainha tentou, com dificuldade, pronunciar a palavra em português, e a certa altura desistiu.

– São uns pássaros lindos, e em Bolingbroke eu passava horas a olhar pela janela nos dias de chuva a ver se finalmente aparecia um... Quando um robin... pinta... roxo... canta, é porque vem aí bom tempo.

João riu-se:

– Então chega mesmo a calhar, porque quero levar-te a Leiria, Santarém e a Óbidos...

– E à Batalha? – perguntou a rainha, entusiasmada. – Estava farta de ouvir João e Nuno Álvares a discutir os projectos do convento monumental que iam construir em homenagem à Virgem, a quem deviam a vitória na batalha de Aljubarrota, e desejava a todo o custo «meter o nariz» na obra...

– A avaliar pelos melhoramentos que fizeste no paço de Coimbra, acho que deves ter uma veia de pedreira...

– Ou de arquitecta – retorquiu Philippa, ligeiramente ofendida...

– Ou de arquitecta, concedo, mas lamento informar-te que já temos um arquitecto brilhante, o Afonso Domingues, responsável pela obra...

– Mas se for mesmo brilhante, vai gostar das minhas ideias! – lançou a rainha enquanto encolhia os ombros de uma forma que João, espantado, reconheceu como sedutor... Era ele que começava a ficar enfeitiçado ou era ela que amolecia e aprendia a soltar o corpo, sempre tão direito e rígido, abandonando quando estava distraída aquele ar tão piedoso e hirto mais indicado para um pedestal do que para abraçar, apertar e levar para a cama?

Philippa ficou ligeiramente desiludida com a obra da Batalha, que julgava mais avançada. Mas quando mestre Domingues lhe mostrou o projecto, entusiasmou-se tanto que as frases lhe saíam numa mistura de português, inglês e francês, como se o cérebro procurasse em cada uma das línguas a palavra certa para descrever o que sentia. Mestre Domingues deixou-se contagiar, e retorquiu-lhe da mesma forma, apontando para aqui e para ali, desenhando com os dedos as torres e cúpulas a construir. O rei divertia-se ao ver a cumplicidade rápida que por vezes a mulher era capaz de conseguir, sobretudo quando dominava bem o tema da conversa.

Philippa tinha veia de arquitecta, bem o dizia o pai John, e uma hora depois estava já a imaginar alterações e acrescentos, discutindo-os animadamente com o marido e os encarregados da obra. A certa altura, não resistiu:

– Se El-Rei quisesse, podia pedir ao meu primo Richard que me enviasse o arquitecto Huguet, um dos homens mais brilhantes que já conheci, capaz de edificar o impossível, criar o impensável. Dos seus dedos saem os mais magníficos desenhos...

João franziu o sobrolho, perturbado, mas felizmente mestre Domingues não estava por perto. Philippa tapou a boca com a mão, aflita:

– Falei de mais? Mas não estava de maneira nenhuma a denegrir o trabalho dos mestres que trabalharam neste magnífico mosteiro. Era só mais um génio para se juntar aos outros, para construírem o mais fantástico mosteiro do mundo, aquele que sei que queres dedicar a Nossa Senhora – acrescentou preocupada com medo de o ter ofendido.

– Assim será, mas tudo a seu tempo – respondeu secamente João, que no entanto se sentia dividido. Não podia levar a mal que a mulher quisesse trazer para Portugal a melhor mão-de-obra de Inglaterra, nem sequer duvidar de que sabia o que fazia e dizia, mas também não podia fazer figura de provinciano, que precisava de uma inglesa para lhe explicar o que era a ogiva de uma janela.

Philippa despediu-se de mestre Domingues com a maior deferência. E prometeu voltar. Ao contrário do que o rei poderia supor, o velho arquitecto ficara tudo menos magoado com a sabedoria da rainha. Se D. Filipa soubesse apreciar o seu trabalho, melhor para todos!

Durante muito tempo a rainha e o rei cavalgaram em silêncio, mas João não era de amuos e depressa se entusiasmava, sobretudo se fosse a falar de alguma coisa de que gostava apaixonadamente. «Tal e qual o filho», pensou Philippa, com um ligeiro encolher de ombros. E a paixão, era a paragem que se seguia: o paço real de Santarém, rodeado de histórias e de História, que ouvia avidamente.

Ao olhar o castelo imponente no cimo de um monte, sobranceiro a um vale onde corria o rio Tejo, Philippa percebeu por que razão o marido considerava que este era um lugar abençoado por Deus. Ao entrar no paço, e conduzida aos seus aposentos, teve vontade de começar a protestar, mas conteve-se. Não iria passar aqui mais do que uns dias, e não queria avançar já com propostas de remodelação e melhoramentos, nem fazer o papel de menina de um reino rico que torce o nariz à casa dos outros.

Também depressa deixou de pensar na decoração de interiores do seu paço, mal a «apresentaram» à espantosa coutada, onde as caçadas se sucediam todos os dias.

No jantar do primeiro dia, teve outra surpresa: a companhia. Os senhores deste lugar tinham, nitidamente, uma pose mais segura e sofisticada do que a de todos aqueles que já conhecera até aqui em Portugal, mas que Philippa confessou a Blanche ser mais próxima da corte de que se vira sempre rodeada. Além do mais, eram senhores de uma snobeira que a divertia. Faziam questão em visitá-la todas as tardes, falando alguns deles um inglês fluente, e a maioria um francês razoável, e não escondiam o seu orgulho por lhes ter calhado em sorte uma rainha vinda de uma casa real que veneravam. Ou não estivessem, diziam uns aos outros, na ressaca de fazer vénias hipócritas àquela outra, a Leonor Teles, que em sua opinião D. Fernando deveria ter conservado como amante, em lugar de a levar ao altar.

João torcia o nariz, ligeiramente enjoado:

– Esta cidade está cheia de nobres, um debaixo de cada pedra, e acham-se muito mais alguém do que todos os outros. Concentraram-se nestas margens, há mais fidalgos aqui do que em Lisboa e no Porto, mas podes crer que não é por causa deles que sou rei. Mas agora que sou, não têm outro remédio senão prestar-me vassalagem! Mas estão felizes por te terem como rainha: nem devem lavar a mão depois de terem tocado na tua...

Philippa, que nunca gostara de uma vida social agitada, reconhecia, sem nunca o admitir ao marido, que não lhe sabiam nada mal uma caçada e um almoço servido com requinte, mesmo que o estado adiantado da gravidez não lhe permitisse galopar atrás dos veados e das raposas com os outros. Ficava numa sombra a conversar com damas que confessava com satisfação apenas a Lourenço e Blanche, não soltavam tantos gritos histéricos nem se comportavam como moçoilas do campo num baile na eira lá do sítio.

– Estás a ser mau, João – disse a rainha, que começava a conseguir dizer frases inteiras em português e se esforçava agora para aprender o tratamento por «tu» (por que raio havia tantas formas de tratamento nesta terra?). Se calhar gostam do verde das lezírias.

Mas não foram só os nobres a delirar com a estadia da rainha no seu paço, a bandeira içada no castelo em sinal da sua presença, os soldados nas portas principais, fardados a rigor. A verdade é que sempre que Philippa saía à rua a população saía também para a ver passar, e acenava-lhe com o maior dos entusiasmos, procurando tocar-lhe nos vestidos, gritando preces de protecção à «infantazinha» por nascer. Philippa tinha que admitir que estava a ficar enebriada por estes banhos de multidão:

– Sempre achei que o meu pai levava estas coisas demasiado a sério, que não percebia que esta gente um dia sai à rua para gritar «viva o rei», para no seguinte pedirem a sua morte, mas talvez não seja bem assim... São tão genuínas estas mulheres que se chegam a mim, com raminhos de flores.

– E ervas – acrescentou Maud. Estão sempre a dar-lhe ervas para infusões que fazem bem ao bebé, e garanto à menina que são coisa boa, porque há muitas que são tal e qual as que usamos em «casa» nestas alturas.

Até Blanche, que nunca mais recuperara a frescura nem a saúde, e se arrastava numa suave melancolia pontuada por uma tosse constante que o físico da corte não conseguia curar, se desatou a rir:

– Maud, deixa de falar de Inglaterra como «casa». A tua casa agora é aqui, e a da Philippa também.

Maud ficava por segundos silenciosa:

– A menina tem razão, a minha casa é onde estiver a princesa, e agora, que Deus seja louvado, está à espera de uma filha…

Philippa e Blanche entreolharam-se:

– Filha?

– Pois sim. Vai ser uma menina, loira e branca como a mãe e a avó. Que o sei eu. E sabem-nos essas mulheres do povo que a acalmam, menina. Não ouve que chamam pela «infantazinha»?

– Como sabem? – perguntou Philippa, perturbada…

– Sabem e pronto. Não pergunte mais, que já descobri que a sabedoria do povo não precisa de letras e livros. Só os senhores é que ligam a essas coisas, porque a gente simples, como eu, sabe muito, porque vive a vida como ela é.

As duas irmãs desistiram. Que falta lhes fazia Elisabeth, que devia estar, também ela, quase a dar à luz, segundo dizia na última carta, enviada de um castelo da Escócia para onde o marido fora destacado. E que falta lhe fazia Katherine, suspirou Philippa. Consolavam-na as cartas que trocavam constantemente, e que deixavam entender, sem nunca o dizer abertamente, que John voltara para ela.

17

Óbidos, Junho de 1388

João apontou-lhe as muralhas de um pequeno castelo, no cimo de um montinho, rodeado por uma planície verde, com o mar ao longe.

– Philippa, aquele castelo é teu, só teu. O meu avô, D. Dinis, deu--o de presente a sua mulher, a rainha Santa Isabel, e desde esse dia o o castelo de Óbidos é o presente de casamento de todas as rainhas de Portugal.

Do ponto onde estava viam-se as casinhas brancas aconchegadas entre os muros de pedra, a torre mais alta a sobressair de tudo o resto. Philippa estava demasiado comovida para falar. Tivera sempre tudo, e não era um castelo como este que a iria impressionar, por muito fantástico que fosse, mas a ideia de que lhe pertencia porque João casara com ela e a transformara, para sempre, na rainha de Portugal, deixavam-na, ainda hoje, com a voz embargada.

Um pontapé do bebé obrigou-a a mudar de posição, e o esgar dorido que fez chamou a atenção de um João atento, que acelerou a entrada na pequenina vila. Nunca vira vielas tão estreitas, e conseguia tocar nas mãos das mulheres que lhas estendiam das suas janelas, enfeitadas com uma flor de um cheiro intenso que descobriu chamar--se «manjerico». No ponto mais alto estava um paço real pequenino, mas elegante, e Philippa subiu os degraus cheios de pétalas de rosa para tomar posse da sua vila e do seu palácio.

Blanche vinha mesmo ao seu lado, e estranhamente parecia tão comovida como ela, como se as rosas tivessem reacendido as saudades imensas de tudo quanto deixara para trás, do Tom que não esquecia nem por um minuto e que lhe nublava o olhar que só Nuno Álvares parecia capaz de deixar mais transparente.

Ao entrar na galeria longa, de bancos de pedra junto à janela, a sobriedade da rainha desmoronou-se:

– Bancos de pedra! Banquinhos de pedra junto das janelas, Blanche – murmurou, procurando a mão, sempre gelada, da irmã. Blanche não conhecera nem o Savoy nem Kenilworth e muito menos Bolingbroke, mas já conhecia o suficiente da história de vida da rainha para saber que estes banquinhos eram a Terra do Nunca de Philippa, o local onde se deixava escorregar para a sua infância, para o colo quente da mãe.

D. Brites, a senhora da sua casa, as aias e as camareiras, sabiam o mesmo, e deixaram as irmãs sentadas frente a frente, o calor de Junho a aquecer-lhes os ossos, os olhos postos no horizonte, onde o mar começava... para acabar em «casa», ou mais além.

– Blanche, gostava que a minha filha nascesse aqui. Num paço pequeno, protegido por esta vila, e fosse baptizada naquela pequenina capelinha por D. Lancelot, e depois crescesse entre o meu colo e estas ruelas, sem a responsabilidade de uma coroa nem de um estatuto, sem o peso da responsabilidade de velar por tanta gente e manter a paz, livre, muito mais livre do que eu fui... disse-lhe Philippa em inglês, permitindo a si mesma a transgresssão de falar com fluência, sem ponderar as palavras nem temer as ofensas que o seu idioma natal provocavam sempre em damas susceptíveis. Blanche estendeu-lhe a mão:

– Ainda vai acontecer tanta coisa na tua vida, Philippa. E vezes sem conta vai-te apetecer fugir para estes bancos de pedra, mas no que tens que acreditar é que podes mandar fazer estes bancos em todos os sítios por onde passares, em todos os paços onde quiseres viver, em todos os lugares que te toquem o coração. E o João vai permitir-te que deixes a tua marca. Nos bancos, nos filhos que vão ter, naquilo em que te vais transformar, e naqueles que, por sua vez, transformarás. Às vezes vais-te sentir sozinha, tão sozinha que a alma parece que rebenta, e nem sempre vais sequer entender porquê, mas, irmã, sabes o que queres, e tens toda a determinação para o conseguir...

– Desde que tu e a Maud fiquem perto de mim... e o João não me troque por outra... – suspirou Philippa.

– Não troca nada, que tu não deixas. Todos os dias consegues que ele fique mais enfeitiçado, mais preso à tua inteligência, à tua capacidade, aos teus contactos. Por que é que te equiparas sempre à Constanza, se és muito mais parecida com a Katherine?

– Achas? A Katherine é tão bonita e tão sensata. Olha as figuras que faço, ainda no outro dia na Batalha falar ao rei do arquitecto Huguet, como se mestre Domingues não fosse suficientemente bom. Mas não resisto a abrir a boca, e este é o projecto que o João mais considera. Quero tanto que seja graças a mim que o mosteiro fique tão espantoso graças à minha ajuda, que ele não tenha outro remédio senão ficar orgulhoso de mim.

Blanche encolheu os ombros:

– Tens que ter cuidado Philippa, mas aprendes. Podes, às vezes, parecer arrogante, com as respostas todas na ponta da língua. Ninguém gosta que lhe digam que de onde vens há melhor ou mais competente, mas se for dito com jeitinho, não te levarão a mal; afinal falas do teu país natal. Lembras-te da cara dos embaixadores franceses sempre que John of Gaunt...

– Diz «o pai», Blanche, agora já podes dizer o pai, por favor!

Blanche sorriu, e recomeçou:

– Sempre que o pai, lá em Windsor, começava a dizer que ia a França ensiná-los a fazer isto e aquilo, como se tivessem nascido ontem.

Philippa corou e tapou a cara com vergonha:

– Blanche, que horror, achas que sou como ele? Eu não queria...

– Não, não és, como é que te hei de dizer isto, completamente, completamente igual a ele, porque estás atenta aos sentimentos dos outros, e o pai nunca está. Mas é fácil que te tornes mais parecida ainda. Quando as saudades de casa apertam, tendemos a imaginar aquilo que deixámos para trás como perfeito, e podes começar a sentir que precisas de a importar para Portugal. Podes correr o risco de querer que estes paços e estas gentes se pareçam com as nossas...

– Mas eu nem gosto da corte inglesa! Sabes que odiava aquela pouca-vergonha entre as damas e os cavaleiros, que detestava aquela ostentação, sabes que nunca me esqueci que Katherine ia morrendo queimada no Savoy na grande revolta, porque o rei só pensava em festas, em lugar de servir o seu povo – vociferou Philippa, já de pé, a andar de trás para a frente sobre as grandes lajes de pedra da varanda.

– Calma, Philippa, calma, que o bebé nasce mesmo aqui. Estou só a dizer-te para estares atenta, para teres cuidado, porque posso não poder estar ao pé de ti para te proteger, para te lembrar.

Philippa estacou, horrorizada:

– Blanche, não vais voltar para Inglaterra pois não? O bebé vai nascer, vais ser madrinha, será teu e meu, para criarmos juntas...

Os olhos de Blanche encheram-se de lágrimas redondas, enormes, e caíam na pedra como gotas de uma chuvada intensa. Blanche estava cada dia mais pálida, mais fraca, mais doente. E ela, parva, tão ocupada com a sua própria vidinha, com a tentativa de dominar a arte de ser rainha, não via que a irmã definhava a olhos vistos. De repente, aquele «posso não poder estar ao pé de ti» funcionara como uma bofetada. Philippa correu a ajoelhar-se ao lado dela, as mãos no seu regaço, a cara frente à sua:

– Blanche, onde é que vais? Que ideias são essas? – perguntou em pânico.

– Vou ter com o Tom, mana, só isso. Vou ter com o Tom – disse para se afogar num ataque de tosse que parecia capaz de a matar ali mesmo.

Philippa desapertou-lhe o vestido, tentou sentá-la direita no banco, mas o corpo da irmã escorregou para o chão. Deu um grito que ecoou na pedra do paço, e alguém correu a avisar Maud e o rei. João surgiu a correr, com os conselheiros próximos, e segurando a cunhada com todo o cuidado do mundo, levou-a para o quarto real e deitou-a na sua própria cama, enquanto Maud, entre preces e orações, cobria o corpo trémulo de cobertores, mesmo naquele dia quente.

Philippa estava aturdida, e só falava em D. Lançarote e em Nuno Álvares Pereira, que João mandou chamar com urgência sem fazer mais perguntas.

A rainha, quando soube que o chamamento estava feito, fechou-se na capelinha onde tantas rainhas haviam rezado antes dela. Quando as damas se lhe juntaram, aceitou a sua presença, mas mal começaram a acender velas para que Blanche melhorasse, perdeu a cabeça:

– A Deus só se pede que faça a Sua vontade, quem somos nós para lhe querer impor a nossa? – gritou, exaltada.

Dois longos dias e duas longas noites depois, Blanche recebeu a extrema-unção de D. Lançarote, e morreu com uma das mãos bem presa na do homem que lhe dera a notícia da morte do seu marido, e a outra entrelaçada na do condestável, aquele que lhe devolvera o seu Tom, ao revelar-lhe que na derradeira noite o marido se deitara mais cedo para sonhar com ela...

No banco de pedra da varanda do seu pequeno palácio, naquele que era só seu, Philippa mordia o lábio para não chorar, e João encostava-se à ombreira da porta a observá-la. Sabia que era a segunda Blanche que a mulher perdia. E que no seu coração despedaçado, neste preciso momento, as duas Blanches se fundiam em apenas uma.

João não a tinha deixado, nem por um momento. Renunciara a partir para a caça com os seus homens, e insistia em que Philippa assistisse a todas as reuniões e «despachos» que fazia com os seus executivos. Lourenço garantia-lhe que a rainha não sucumbiria nem a histerismos nem a tristezas doentias, que nem o seu temperamento nem a sua religião lho permitiam, no que era secundado por Nuno Álvares e João das Regras. Mas todos eles achavam por bem que o rei afastasse D. Filipa das damas e das aias, com receio de que os «nervos» que lhe provocavam afectassem o bebé por nascer.

Philippa não suportava nem mais um minuto daquilo que apelidava de hipocrisia destas mulheres que acusava de medirem o amor e o desgosto pelo número de ais e uis pronunciados, e por discursos de comiseração pela «coitadinha», que ainda por cima não lhes era nada.

Lourenço ouvira as queixas de D. Brites, e sinceramente não sabia se devia receber as suas palavras com um sorriso ou um sobrolho franzido.

– Tenha calma, dona Brites, conte-me lá então o que se passou – dissera-lhe tentando manter uma expressão o mais neutra possível.

– D. Lourenço, a senhora dona Filipa entrou pela copa onde eu combinava as refeições do dia, puxou-me para um canto à parte, e num tom gelado, perguntou-me: «Dona Brites, esta gente para além de hipócrita é pagã?» E como eu não entendesse à primeira, contou-me que vinha de pregar um sermão às suas mulheres, que versava a falta de Fé que o seu comportamento choroso indicava.

– E a senhora? – perguntou Lourenço, cheio de curiosidade.

– Fiquei preplexa, D. Lourenço. Não duvido dos sentimentos de D. Filipa, nem ninguém que visse aquelas irmãs juntas podia fazê-lo, mas tanta frieza? Nem uma lágrima, um choro, um luto?

– E disse-lhe isso?

– Disse agora, D. Lourenço! Mas nem foi preciso, porque a rainha deu-me a resposta, sem que lhe fizesse a pergunta. Disse-me, e ai que zangada estava, que se a D. Blanche estava com Deus Nosso Senhor, quem era ela, ou eu, ou ainda menos as damas da corte para desejar que continuasse entre nós. Mas D. Lourenço, não é isso que uma irmã deseja?

Lourenço percebeu que nem a incondicional D. Brites conseguia entender a rainha, e preocupado com a «conspiração» das alcoviteiras, decidiu continuar a tirar nabos da púcara.

– E elas, as mulheres?

– Benzem-se quando a rainha passa, mas quando vira as costas não se calam. Que é estranha, gelada por dentro e por fora, que não podem ser costumes ingleses ignorar os mortos...

– A rainha não veste de preto, porque ninguém veste de preto no país dela, no luto vestem branco. E queriam as damas que uma mulher no oitavo mês da gravidez se enrolasse aí a chorar pelos cantos, ainda para mais uma rainha?

– Pois eu explico isso tudo, D. Lourenço. Explico que as altezas são diferentes, que aquilo é resultado de uma educação, mas...

– Mas nada, D. Brites, nem parece seu. Se essas damas abrirem uma vez mais a boca em crítica a D. Filipa vão disparadas de volta para suas casas, era o que faltava! Vivi entre eles três anos e sei que aquela gente sofre para dentro, em lugar de encher as salas de lágrimas de crocodilo. E D. Brites, não se iluda. A Maud está velha e a senhora é a única que D. Filipa aceitará como protectora, e bem precisará de si com o que a vida certamente lhe trará pela frente, longe da família, este e talvez outros partos... Pobre D. Filipa, resta-lhe a fé, que é forte, deixem-na ao menos ficar com ela.

Lourenço sabia que tinha dito as palavras certas. D. Brites sentiu o coração apertar-se. Olhando pela janela e vendo a rainha sozinha, a regressar da capelinha, benzeu-se:

– Que a Virgem vele por ela, que D. Lourenço pode estar certo que vou fazer o mesmo.

Nessa noite, quando as mulheres já tinham saído da sala grande, e o rei estava a beber um copo de vinho quente com os seus homens, Lourenço aproveitou para lhe dizer:

– D. João, julgo que a rainha precisava de sair daqui e partir para Lisboa. Não queremos que dê à luz longe dos médicos, dos confortos da Alcáçova.

Nessa noite, João bateu devagarinho à porta do quarto onde Filipa dormia, grávida de mais para uma cama de casal. E sem que ela acordasse, meteu-se entre os seus lençóis, abraçando aquela barriga grande e todo o corpo delgado da rainha. Philippa gemeu baixinho, e quando João subiu a mão para uma festa no rosto, encontrou-o molhado de lágrimas. Era, decididamente, tempo de partir.

18

Paço de A-par de São Martinho, Lisboa, 3 de Julho de 1388

Se os aplausos e os gritos que a multidão reunida nas ruas lhes dirigia não eram já surpresa, se se habituara às mãos calorosas que se estendiam para si – e até uma ou outra vez um beijo lambuzado que a deixara preplexa e os guardas em alerta –, a verdade é que em Lisboa o que lhe tirou o fôlego foi a luz da cidade. Um azul tão forte que lhe magoava os olhos claros e a obrigava a cobri-los com a mão. E havia o rio e as colinas, que os cavalos subiam e desciam, em cada ângulo, permitiam uma vista diferente. João insistira que ficassem no Paço de A-par de São Martinho, mesmo em frente da igreja com o mesmo nome, e tinha-a fascinado pelo conforto quando comparado com aqueles em que estivera desde que chegara a Portugal. Mas o que tornava aquele paço ímpar era a vista magnífica sobre aquele Tejo imenso, que naquele lugar quase parecia o mar. E a Sé, imensa e sólida, tão simples como ela gostava, mesmo a dois passos.

Philippa sentiu que a luz lhe lavava a alma da dor imensa da morte de Blanche, e a enchia de uma energia nova. A barriga pesava-lhe cada vez mais, e agora só saía pela hora fresca da manhã para assistir à missa na igreja de S. Martinho, ali ao lado, e de novo ao fim do dia, acompanhada pelas suas damas que começavam a dominar o francês e lhe explicavam o que era isto e aquilo, e até trocavam com ela uma graça ou um bocadinho (muito não se atreviam) de má-língua.

Teresa era a dama de quem mais gostava, talvez porque lhe lembrasse muito Emma: também ela vinha de uma família só de rapazes, também ela de longe de Lisboa, e também ela se sentia um pouco deslocada nesta pequena corte, tão diferente da sua vida em família. Aprendera francês rapidamente, tal a ânsia de dar à língua, mas era um dar à língua mais inteligente e bem humorado do que o das demais, e Philippa constatou que se não gostava de insolência, abominava ainda mais a lisonja...

Naquele fim de tarde ainda quente, era Teresa que vinha mais perto, e que a olhou divertida e carinhosa, enquanto a rainha se encostava à muralha do castelo que circundavam.

– D. Teresa, preciso de respirar fundo. Aqui é tudo a subir, a subir...

– Mas depois também é tudo a descer – riu-se Teresa.

Philippa deu uma gargalhada, enquanto se virava para apreciar a vista fabulosa, de que tinha a certeza nunca se cansaria. Mas os olhos, hoje, correram para o lado da barra, como uma repentina ânsia infantil de que um barco inglês entrasse pelo rio, como acontecera no dia em que os homens do pai tinham libertado Lisboa do cerco de Castela. Se Elisabeth surgisse de nada, como um anjo da guarda, ou o irmão Henry e a sua mulher Mary, que não via há tanto tempo? E Katherine, se Katherine aqui pudesse estar.

Abanou a cabeça, zangada com a sua infantilidade. Portugal era agora o seu reino, e era aqui que tinha de fortalecer amizades e criar laços – se ao menos João tivesse mãe e irmãs fosse mais fácil, mas não tinha, e a corte era decididamente uma corte de um homem que até há muito pouco tempo vivera rodeado apenas de outros homens.

Teresa era esperta e sensível. Percebeu que o humor da rainha repentinamente mudara, e pensou que era pena que deixasse tanta vez aquele ar sisudo descer sobre o rosto. «Quando sorri e se diverte é tão mais bonita», pensou. Sabia que Philippa não lhe admitiria perguntas sobre o porquê da sua súbita tristeza, mas que não a impediria de falar de si mesma:

– Tenho tantas saudades de casa – suspirou, contagiada...

Philippa virou-se para ela, assustada, e depois zangada: como é que a miúda conseguira ler os seus pensamentos, ela que sempre soubera guardar tudo para si?

– A D. Teresa é pior do que as ciganas. Como é que sabia que pensava o mesmo? – disse-lhe recuperando a compostura.

– Porque qualquer mulher em vésperas de ter o seu primeiro filho, gostaria de ver a mãe e as suas mulheres de família por perto – retorquiu rapidamente a dama.

Philippa retribuiu o comentário com um sorriso comovido:

– Mas uma rainha não devia estar ligada assim ao país que deixa para trás. Deve aceitar o seu reino, como a sua única casa.

– D. Filipa, isso talvez venha escrito na vida das santas, mas essas raramente estavam prenhes e prestes a dar à luz – retorquiu Teresa descaradamente, com um encolher de ombros.

Sentiu o impulso de mudar a conversa, antes que as duas mergulhassem na melancolia. Mas a troca de assunto não podia ter sido mais desastrosa:

– D. Filipa, por que é que não nos mudamos para a Alcáçova? – perguntou.

– Porque o rei quer fazer obras, torná-la mais confrotável, antes de fazer dela a nossa residência. E além disso o Paço de S. Martinho é confortável, e tem aquela vista deslumbrante. E as freiras mesmo ao lado, o que neste momento me serve de consolação.

«Ai os homens!», pensou Teresa, «sempre tão insensíveis e estúpidos, mesmo se lhes corria nas veias sangue real!» Acreditava sinceramente que D. João não tivesse medido as consequências da escolha da casa onde albergava a rainha, mas pelos vistos não tinha comentado mais nada com ela. Como era possível? Devia dizer-lhe, ou não dizer? Mas se não dissesse, outras diriam, e ela gostava genuinamente de D. Filipa e talvez lhe conseguisse dar a notícia de uma forma mais suave... Meu Deus, onde andava D. Brites com a cabeça? E D. Lopo e D. Lourenço, aqueles que mais intimidade tinham com a rainha, que até falavam em inglês nos cantos da sala como dois amigos de longa data.

– D. Teresa, o gato comeu-lhe a língua? – perguntou Philippa, subitamente esquecida do parto, de Inglaterra e de tudo, no pressentimento do embaraço repentino que tinha descido sobre aquela «amiga» – uma reacção muito parecida com a de Emma quando chegara ao Savoy e temera que Philippa não soubesse nada da relação do pai com Katherine.

Teresa puxou-a para um dos bancos de pedra, e sentou-a. Com os olhos verdes e francos, perguntou:

– D. Filipa, não me ache insolente, sei que o sou às vezes, a minha mãe bem me mandou ter tento na língua, mas Vossa Majestade fala das Comendadeiras de Santos como se não soubesse de nada.

– Nada de quê? – perguntou Philippa, e o seu tom impunha distância e era frio.

– De quem é a madre superiora – gaguejou a pobre Teresa.

– E quem é? – retorquiu Philippa, num tom que não admitia que lhe fugissem à pergunta.

– Inês Peres – respondeu a dama, e escondeu a cara nas mãos, aflita, sem saber o que viria a seguir.

Philippa sentiu o coração apertar-se num nó – teria João escolhido São Martinho para ficar próximo da amante? Seria capaz de lhe fazer uma coisa dessas? Expô-la ao falatório desta gente que mal conhecia, logo na primeira visita à cidade vital do reino? Abanou a cabeça assustada, e instintivamente levou a mão ao ventre, a imagem de Constanza de novo. Mas João tinha sido tão amável estes meses, tão próximo, tão preocupado...

– D. Filipa, por favor perdoe-me, não queria fazer intrigas, era só avisá-la para que não fosse apanhada por algum comentário maldoso, quando menos esperasse. Não tem importância nenhuma.

Philippa assistiu à atrapalhação de Teresa durante minutos sem ser capaz de dizer nada, mas depois recuperou a sua presença de espírito. A dama era genuína e a conversa surgira naturalmente, não fora ela sequer que falara primeiro nas freiras.

– Não se preocupe, D. Teresa, não sabia, certamente porque o meu marido já nem se lembra desse facto... já passou tanto tempo...

Teresa sentiu ganas de lhe dizer que El-Rei tinha era muito mau gosto em instalar a sua rainha no paço onde tinham crescido os seus irmãos, tão ilegítimos quanto ele, filhos da tal Inês de Castro, o paço onde D. Fernando e D. Leonor Teles tinham dado asas ao seu amor pecaminoso, o paço onde o próprio D. João matara o tal Andeiro, o amante espanhol da rainha, e tudo há tão pouco tempo que ainda não dera para que ninguém o esquecesse. Mas calou-se. Não seria ela que inquietaria D. Filipa com mais histórias, pobre senhora.

⁂

O quarto tinha a janela bem aberta para o rio.

– Se ao menos a nortada da tarde nos tivesse trazido a sua brisa, mas nada. Vai ser uma noite quente – dissera João, quando viera vê-la antes de se deitar.

Não dormiam agora juntos. Nem as parteiras que já tinham sido chamadas para pernoitar nestes dias pelo Paço o permitiam, e aliás se João ainda entrava nos aposentos da mulher, era apenas porque Maud mantinha uma mão de ferro na organização da vida da sua menina, e nem D. Brites se atrevia a meter o nariz.

Philippa fingia dormir e não lhe respondeu sequer, os olhos postos nas luzes que se acendiam lá longe nos barquinhos dos pescadores, que aproveitavam a acalmia da noite para tentar o seu isco. João estranhou o seu silêncio. Philippa parecia acolher as suas visitas ao fim do dia com um entusiasmo sempre grande, como se tivesse esperado por elas todo o dia...

Sentou-se na borda da cama e passou-lhe suavemente a mão pelos cabelos:

— Filipa, estás mesmo a dormir?

Philippa sentia os olhos picar de dor e fúria. E finalmente não se conteve. Sem se virar, imóvel como uma estátua, disse-lhe:

— Com que então escolheste colocar-me paredes meias com a tua amante!

João deu um salto para o lado de lá da cama, segurou-a pelos ombros e abanou-a com tanta força – que Philippa se assustou:

— Estás louca? Minha amante? Mas qual amante – vociferou.

— Inês Peres, a mais perigosa de todas, a mãe dos teus dois únicos filhos, aquela que sonhou certamente ser mãe do futuro rei de Portugal.

João estacou, siderado:

— Inês Peres?

— Sim, a madre superiora, não é? Uma madre superiora com dois filhos bastardos do rei... por que é que o mundo é tão horrivelmente igual em todo o lado... por que é que ninguém vive no temor de Deus e depois fazem sofrer aqueles que mais deviam proteger e amar? – disse já a soluçar.

João não era rancoroso, e mais do que isso não tinha os constrangimentos ingleses às manifestações de afecto:

— Filipa, quem é que te andou a meter veneno na cabeça? Isso já acabou há muito tempo... A Inês é agora freira, não importa se aqui ao lado, se na outra ponta do país. Não a voltei a ver e muito menos a estar com ela e se queres que te diga, passo tão pouco tempo em Lisboa que já nem me lembrava que estava aqui...

Philippa corou, irritada:

— Não leves isto longe de mais, João.

E sentando-se na cama, foi tomada por uma fúria que nunca tinha conhecido:

— Quero-as fora daqui, a essa madre superiora e a essas comendadeiras. Arranja-lhes um outro poiso, mas aqui não ficam! Queres que toda a gente troce na minha cara? Que passeie o nosso filho, ou filha, nos jardins, perante o seu olhar complacente? Não basta o ódio de Afonso? E Beatriz, coitadinha, a criança que tenho educado e criado

335

comigo, vai ficar aqui dividida entre a mãe e a mulher do pai? Se não tirares essa gente daqui, mando eu que D. Lopo trate disso.

João ficou lívido. Nunca vira Philippa tão zangada. E não estava habituado a receber ordens de mulheres. Nem a mãe mandara nele. Mas admitia, fora estúpido. Por que raio não instalara Filipa na Alcáçova, mesmo que estivesse deteriorada?...

Estendeu-lhe uma mão, apaziguador, mas ela recusou-a.

Orgulhoso, retirou-a e meteu-a num bolso, e virando costas, retorquiu:

– Vou ver o que posso fazer.

Philippa atirou-lhe com uma almofada – se Elisabeth a visse não a reconheceria – e gritou:

– Pois acho bem que alguma coisa faças, porque acredita que não vou ficar a ver...

A porta bateu com estrondo, a rainha caiu sobre as suas almofadas e largou num pranto incontrolável. Sentia pela primeira vez, mas sentia mesmo, na carne e no coração, aquilo que até agora só conhecia dos livros. A rainha de Portugal perdera pela primeira vez a cabeça. Por ciúmes.

19

Paço de A-par de São Martinho, 13 de Julho de 1388

M aud insistia em dormir no quartinho ao lado da sua senhora, e todos os fins de tarde queimar naquele espaço as ervas que trouxera da sua terra. D. Brites entregara-lhe uma outra, alecrim, que insistia em que afastava os maus espíritos e as doenças e limpava o ar. Maud aderira-lhe ao princípio com desconfiança, mas rapidamente com entusiasmo, porque aquele aroma deixava a cama e os lençóis da rainha com um cheiro maravilhoso.

Apesar do reumático lhe ter encarquilhado as mãos, insistia também que ao banho da rainha só ela podia assistir, e se deixava que as criadas enchessem de água morna (quase fria, tal o calor), mandava-as embora quando a sua menina se preparava para despir a túnica de seda. No meio da sala reluzia, novinha em folha, a enorme tina que João lhe oferecera – talvez para apaziguar o facto de as Comendadeiras de Santos só poderem mudar para o novo convento que lhes adjudicara dali a umas semanas, e de obviamente a ordem real ter suscitado um sururu imparável de má-língua e intrigas que, se envergonhavam Philippa, tão orgulhosa do seu juízo isento e frio, tinham contribuído para humanizar a rainha aos olhos da sua corte. Finalmente.

Philippa tinha aproveitado a sua barriga já enorme, para se fechar nos seus aposentos, fugindo assim a ter de enfrentar aquelas senhoras ciosas de lhe lerem a expressão, de efabularem sobre os seus gestos e de interpretarem como lhes convinha cada uma das suas palavras. Lourenço e D. Lopo visitavam-na para as reuniões da manhã, e ambos a fizeram sentir que a sua fúria era justificada, e que era fundamental que desde estes primeiros anos, o rei aprendesse que a moralidade deveria imperar nesta corte.

337

«Que já chega do que se viu até aqui», vociferou entre dentes, D. Lopo, menos rápido a solidariedades com o mestre, que considerava um menino ainda em tudo necessitado de crescer.

Maud ficara encantada com o retiro da sua senhora, com a companhia e com a sensação de a ter de novo sob os seus cuidados. E nessa noite repetiu o ritual que preparava a rainha para o jantar:

– Maud, sinto umas dores fortes nas costas, acho que não me devia ter sentado tanto tempo naquele banquinho pequeno, que me obriga a dobrar sobre mim mesma para ver os pontos que dou...

– A menina não aprende? Se o seu pai aqui estivesse, obrigava-a a ficar deitada e quieta, que a criança já pesa mais do que as suas pernas delicadas podem suportar. E a cavalo, meu Deus, quando vi que vinha para aqui de Óbidos montada na sua sela, nem queria acreditar. Olhe que esse seu marido parece um miúdo, a deixá-la correr tantos riscos...

– E entre dentes acrescentou: «Se não tivesse já filhos, talvez fosse mais cuidadoso.»

Philippa mordeu o lábio quando ouviu o comentário, mesmo que sussurrado, da velha ama. João era sempre atencioso, mas Philippa suspeitava que Maud tinha alguma razão: conformara-se a mandar embora Inês, para mais longe... mas dentro da mesma cidade, e não era a primeira vez que era pai. Ainda por cima de um varão de que tanto se orgulhava.

Maud, zangada consigo mesma por ter perturbado a sua querida menina, procurou emendar a mão:

– Para um pai cada filho é um filho, menina. Olhe para o que sentia o seu, sempre que lhe nascia filho ou filha, que o senhor duque nunca foi desses de recusar as raparigas. A menina lembra-se de não ter mais de quatro aninhos e correr aqueles corredores gelados de Burford quando a sua mãe teve a menina Elisabeth? E de como o senhor duque rejubilou com o pequenino John, de lady Katherine?

Philippa deixou-se escorregar mais um pouco para dentro de água, sem se ralar nem um bocadinho com as pontas molhadas do cabelo que mergulhava com ela, e suspirou:

– O meu pai foi sempre um bom pai, mas gostava que João fosse melhor... fosse um exemplo, estivesse mais perto, mais próximo, que os meus filhos não tivessem de estar em luta pelo seu lugar...

– Em luta por um lugar? Mas como, menina? Os seus filhos são os únicos legítimos. Não viu como o povo a aclamava nas ruas? Filipa, rainha, diziam. A menina tem o respeito das gentes, e é só esse que lhe deve importar! E El-Rei aprende, ele tem boa vontade, aprende...

– E a forma como lida com Afonso e Beatriz mostram que se empenha...

– Cá para mim até se empenha de mais, mas vamos lá sair desse banho que quero passar-lhe leite de limão, que a camareira de D. Brites me diz que dá um brilho imenso ao cabelo.

E ajudando-a a sair dali, cobriu-a com um lençol de linho, mas quando lhe trazia o resto da roupa, Philippa deu um grito de dor, e água começou a correr-lhe pelas pernas...

Maud julgou que morria, e gritou também.

D. Brites estava dentro da sala segundos depois, e do resto Philippa lembrava-se mal. Via gente a entrar e a sair, e as parteiras gémeas, Perpétua e Maria da Luz, a gritarem ordens. De repente tudo ficou escuro, porque os grandes reposteiros taparam toda a entrada de luz, como se o que viesse de fora pudesse ser perigoso, e em seu redor viu acender centenas de velas que ardiam «para chamar a bênção do Senhor e afastar os espíritos do Diabo», disse-lhe Perpétua.

O suor caía-lhe pelo rosto e respirava com dificuldade, apesar dos pachos que lhe colocavam sobre o peito, com o seu cheiro quase sufocante a malvas. Nos picos das contracções soltava um gemido, e uma das criadas limpava-lhe a testa com um pano embebido em água fresca, ou chegava-lhe o cálice de vinho branco aos lábios – «Senhora, acalma as dores, beba, beba!», dizia-lhe suavemente a rapariga, que não podia ter mais de quinze anos.

Depois foi a vez de D. Brites se aproximar, e sentiu um conforto enorme quando ela lhe apertou a mão:

– D. Brites, não se vá embora, a minha mãe gostava que ficasse – disse-lhe num fio de voz, e a senhora ficou paralisada, comovida pelas palavras desta mulher, que os mais distantes achavam tão fria, mas que ela sabia não passar, tantas vezes, de uma menina assustada e mal amada.

– Fico aqui, D. Filipa, e trouxe-lhe esta estatuazinha que o seu marido acabou de aqui trazer à porta.

E entregou-lhe uma estatuetazinha de uma Nossa Senhora grávida...

– Uma Nossa Senhora grávida? – perguntou, ofegante, a rainha.

– Nossa Senhora do Ó, Majestade, a Senhora que protege as mulheres grávidas e no momento em que dão à luz...

– E foi o próprio rei que ma trouxe?

– Foi, sim, D. Filipa, respondeu D. Brites, e num gesto ousado estendeu a mão e passou-a pelo cabelo da rainha, a quem queria cada dia mais...

Mas as parteiras estavam preocupadas, a cabecinha do bebé tinha ficado presa, e pediam mais compressas quentes e ungentos.

– D. Filipa, precisamos que preste atenção, vá, vá, faça força. Está quase, está quase, já vejo a cabecinha, vem aí, vem aí, vem aí...

E Philippa agarrada à estatueta, espetando as unhas na madeira, rezava ao seu Senhor, que o bebé nascesse. Saudável, saudável, que venha bem, pedia ela num murmúrio.

– Já cá está, já cá está, gritaram as duas «comadres» triunfantes, que um parto real era uma responsabilidade imensa, e a criança chorou bem alto, enquanto a viravam de cabeça para baixo e lhe davam o açoite de praxe.

Os pulmões do bebé abriram-se e sugaram o primeiro ar, e o seu choro intensificou-se e passou as portas do quarto, e chegou aos ouvidos do rei, que ajoelhado com Nuno Álvares, e os homens e as mulheres da corte, esperava notícias.

– Está viva, gritou, e «é uma menina» – disse alguém para lá da porta, e o coração de toda a gente no Paço de S. Martinho, naquele dia de Verão, se apertou de comoção.

– É uma menina – disse Maud ao ouvido de uma Philippa encharcada em suor e que tinha sucumbido na pilha de almofadas que lhe suportavam as costas.

– É uma menina, disse D. Brites, a voz ligeiramente trémula, de quem teme o desapontamento do soberano.

– Blanche – disse alto Philippa, estendendo os braços para o infinito. – Dêem-me a minha Blanche. A minha filha.

E Perpétua trouxe a recém-nascida envolta numa manta para a colocar nos braços da mãe. Philippa olhou a filha, a primeira filha, e o bebé retribuiu-lhe o olhar, sereno e calmo. Com a mão trémula, a rainha percorreu-lhe as feições com a ponta do dedo, como se a quisesse decorar e acolher dentro de si para sempre, pelo olhar, pelo cheiro, pelo tacto.

As comadres levaram-lhe segundos depois a criança: era preciso lavá-la, vesti-la, e pô-la ao peito de Técia, a ama-de-leite. Técia, que Philippa insistira, para desespero de D. Brites, que fosse Maud a escolher: «A melhor das amas para escolher a melhor ama», dissera, indiferente a protocolos e ofensas.

Philippa seguiu o chorinho da sua filha, os braços vazios e o coração a transbordar de uma felicidade que nunca, mas nunca, sentira: «Sou mãe», repetiu baixinho, «sou mãe», repetiu enquanto bebia um líquido doce que Maria da Luz lhe estendeu e que a mergulhou no mais profundo dos sonos.

20

Paço da Rainha, Vila de Sintra, Setembro de 1388

Philippa estava sentada à sua secretária de trabalho, uma janela aberta de par em par para a serra, uma mistura de verde e rochas imponentes. Quando os olhos subiam um pouco mais encontravam as muralhas de um castelo, as ameias e os torreões rodeados de uma neblina que tapava também os cumes dos outros picos mais altos. Há semanas que se mudara para o paço de Sintra, a quem toda a gente já chamava da rainha, porque se «agarrara» à pequena alcáçova árabe, às neblinas e aos nevoeiros com um entusiasmo de quem descobria aqui um ar mais leve, mais parecido com o de Bolingbroke, sobretudo depois do calor sufocante que sofrera em Lisboa.

Pedira encarecidamente a João que a deixasse fazer desta casa a residência de Verão da família – depois da morte da sua irmã Blanche em Óbidos não lhe apetecia nada voltar para lá tão cedo. E mostrara-lhe esquiços das obras que pretendia fazer, e João, e ela, com Branca (baptizada horas depois de nascer pelo cónego da Sé, que Deus a abençoasse) deitada no berço que ia embalando com o pé, haviam passado horas a planear as grandes mudanças.

– Não te chega teres mandado vir Huguet e os seus discípulos para a Batalha, de te teres metido até ao pescoço nas obras de Leiria e de Santarém? Se o povo sabe que paga impostos para isto...

Philippa ficara muito branca com o comentário:

– Não é uma questão de muito dinheiro, mas de modernidade, de tornar os sítios onde vivemos mais dignos para todos, para quem nos visita, mas para quem trabalha aqui, também. Mas se achares mal...

Mas João levantava-se e passava-lhe um braço pela cintura:

341

– Não, mestra Filipa, desenha à vontade que os cofres do Estado chegam para as tuas despesas…

Sentia-se tão feliz, tão mulher e tão mãe. Branca passava a maior parte do dia consigo, e só a entregava enciumada à ama-de-leite muito contra vontade.

– Que coisa estúpida, não ser a mãe a dar o seu leite à sua própria filha, refilava sem cessar. Que justificação haveria para que as senhoras não alimentassem os seus bebés, enquanto as mulheres do povo o faziam, como podia ser o leite da plebe melhor do que o de uma mulher com berço? E a Virgem, contratara ela uma ama-de-leite para dar peito ao menino Jesus?

João encolhera os ombros às suas interrogações: para ele era-lhe absolutamente indiferente que Philippa desse ou não de mamar, mas já o médico da corte se perdera em justificações infinitas, que a rainha achara pouco convincentes. Decididamente, era a Chaucer que devia escrever, era um homem, mas era um homem de ciência.

A corte mudara-se com ela para ali, e o facto de ter uma filha não a tinha afastado dos assuntos do país. Os conselheiros de João estavam já habituados a vê-la surgir nas reuniões, e não eram raras as vezes em que o marido a enviava só a ela, sobretudo se havia alguma possibilidade de o tema do encontro versar assuntos de comércio. As cartas que Philippa escrevia ao seu primo Richard e aos grandes de Inglaterra tornavam os negócios sempre mais fáceis.

E se os políticos do reino, e da sua casa, estavam felizes com a rainha que tinham, e se o marido continuava a procurá-la na cama, e se a princesinha crescia e engordava, e se D. Brites se afeiçoava cada vez mais ao estilo de D. Filipa, já as damas da corte se queixavam, a quem as quisesse ouvir, que nunca fora tão enfadonho viver entre missas e conversas de cueiros. Os homens protestavam com o rei, dizendo-lhe que estava a ficar tenso e pesado, que para o arrancar das mil e uma obras que supervisionava era mais complicado do que o tirar do leito matrimonial, o que também parecia por si só uma triste impossibilidade.

❀

Quando o mensageiro com as armas de Castela pediu entrada no Paço, animaram-se. Um novo ataque do inimigo? A necessidade de reunir as tropas, partir de novo, que o Verão a ouvir as fontes mouras e a humidade a crescer-lhes nos pés já chegava.

O mensageiro pediu para falar ao rei. Não estava. Indagou então pela rainha – que a carta lhe vinha igualmente endereçada. Encontraram Philippa à secretária de janela aberta para a serra. Lourenço segurava a carta, e foi ele que lha estendeu.

A faixa negra que cruzava o envelope não deixava dúvidas: uma morte. Philippa olhou para a expressão inquieta dos que fixavam o pergaminho, e abriu-a lentamente. Leu-a, e suspirou de alívio, nada acontecera a Catalina.

Entregou-a a Lourenço, que a leu alto. A nota era curta e anunciava que D. Juan de Castela, o inimigo de tantos anos, o bode expiatório de tudo o que corria mal no país, da seca à preguiça, morrera. Sucedia-lhe o filho Henrique, agora com dez anos, e evidentemente Catalina, com 17.

Philippa virou-se de costas para os homens que tinham invadido a sua sala e sorriu: Catalina, rainha de Castela. Rainha de facto. Com toda a capacidade para mandar que a meia-irmã possuía, somada à certeza de que por esta hora a mimada da princesa já teria tecido a sua teia em redor do reizinho, que estaria de pés e mãos atados, Castela estava decididamente bem entregue. Sorriu com a satisfação que o pai sentiria. E a consolação que a pobre Constanza, relegada de novo para o gueto de um palácio perdido, recolheria deste momento.

Ninguém esperara que fosse tão cedo, mas a verdade é que para Portugal – declarava Lourenço aos homens presentes – este era o princípio de um longo período de paz: «Duas irmãs no trono de dois países vizinhos, não é D. Filipa?» Philippa riu-se: «Duas irmãs muito, muito diferentes, mas filhas do mesmo pai, sem dúvida nenhuma. Desde que Catalina possa exercer o seu poder em Castela, tenho a certeza de que lhe bastará. Pelo menos para já.»

21

Alcáçova de Lisboa, Fevereiro de 1389

No princípio do Outono tinham regressado por dias a Lisboa. João estava eufórico, e muito orgulhoso dela, porque as cartas que escrevera insistentemente a Catalina, os cordelinhos que movera junto da meia-irmã, nomeadamente através do pai, tinham surtido o efeito esperado: a paz com Castela estava assinada, e Henrique reconhecia a soberania de Portugal. Prometia não voltar a cobiçar-lhe o trono, o que para Philippa não era grande coisa vinda de um cunhado tão miúdo, e que, segundo a irmã se queixava, estava perpetuamente doente.

Mas o entusiasmo de João e a facilidade com que acolhia, sem ciúmes nem rivalidades, a sua participação na governação do reino, deixavam Philippa verdadeiramente comovida. «O João ouve-me, como o meu pai ouvia a Katherine», pensava com satisfação, e uma pontinha de angústia: tinha perfeita consciência de que o seu modelo de mulher, e agora o de rainha, era muito mais inspirado na amante do pai do que no exemplo mais passivo da mãe. «Talvez eu fosse pequenina de mais para ter entendido realmente bem a forma subtil como a minha mãe exercia o poder, enquanto que passei com Katherine toda a minha adolescência, quando já estava bem acordada para estas teias, intrigas e pressões que fazem parte de gerir um povo», pensava para si.

Fosse como fosse, a atitude de João mudara radicalmente. Agora que não tinha, para já, a guerra com Castela para lhe ocupar o espírito, transformara-se num «mestre-de-obras»: o mosteiro da Batalha, os paços de Leiria, Santarém e Sintra, estavam todos em obras, e João corria de um para o outro, metendo sempre uma caçada pelo meio.

Naquele dia insistira com Philippa para que fossem a Lisboa ver as obras da Alcáçova, e Philippa não o quis desiludir. Além do mais tinha consciência de que as suas damas estavam fartas da monotonia de Sintra, e ambicionavam voltar à capital, aos seus costureiros e cabeleireiros, aos encontros com os embaixadores que traziam, além de cartas de comércio e negócios a tratar, sempre alguma surpresa que ofereciam à dama que mais lhes agradasse.

A Alcáçova estava imponente, os quartos enormes, os quadros e os tapetes dando-lhe um ar acolhedor e confortável, e a sala grande tinha sido coberta de magníficos azulejos que Philippa não se cansava de admirar.

João mostrou-lhe os seus aposentos, quartos contíguos para o casal, uma pequena sala, e o quarto e a sala de brinquedos (Philippa insistira!) para Branca, «e para os que vierem a seguir».

Branca tinha sete meses, já se sentava encostada em almofadas, e estimulada pela meia-irmã Beatriz sorria e fazia gracinhas que derretiam o coração da mãe. Até Afonso, aliviado por a concorrência afinal ser apenas mais uma mulher, espreitava de vez em quando, e Philippa sentia o coração adoçar-se para ele, quando o via – sem ser visto – a brincar com a mana mais pequena.

– D. Filipa, D. Filipa – gritou uma tarde Beatriz. E Philippa, que escrevia cartas na sua salinha, saltou da cadeira e correu ao quarto de brinquedos.

À porta Beatriz esperava por ela com impaciência:

– Venha ver, venha ver o que a Branca já faz.

Philippa viu, pela primeira vez, a filha a gatinhar. Blanche arqueava as costas, movia um joelho para a frente do outro, e avançava no tapete, incitada por Beatriz, que parecia uma treinadora de circo, encantada com as habilidades do seu animal de estimação.

Philippa ficou tão entusiasmada como a enteada e precipitou-se para Branca, estreitou-a no colo e atirou-a depois ao ar para a apanhar num abraço apertado. As gargalhadas da princesinha enchiam o quarto, e pareciam invadir a cidade inteira. A infanta gatinhava!

❀

Seria capaz de perdoar a Deus o que lhe fizera? Seria capaz de voltar a olhar para a imagem da Virgem com devoção? Como era aquilo possível, como podia ser que as gargalhadas da sua princesinha ressoassem por toda a Alcáçova, e agora estivesse morta? Morta, murmurou Philippa, as mãos nervosamente puxando os cabelos, os olhos inchados de chorar, já há dias sem dormir.

Fora durante a noite que a ama a chamara. Batera-lhe à porta e dissera-lhe que a menina ardia em febre. Philippa saltara da cama sem sequer vestir um manto ou uns chinelos e correra ao quartinho da sua filha.

– Chamem o médico – gritara.

E as criadas, acordadas há minutos pela ama, deram o recado aos criados, que correram a chamar o médico da corte, um homem tido como um sábio, mas que, pensava Philippa com rancor, não fora capaz de lhe explicar por que razão o seu leite devia ser substituído por o de uma mulher qualquer.

O médico chegara. Purgara a criança, dera-lhe a beber medicamentos tirados de frasquinhos presos na sua mala, mandara dar-lhe um banho de água fria para tentar baixar a febre, mas abanara a cabeça, pessimista.

Philippa estava fria, absolutamente hirta, e só lhe fazia perguntas: «mas o que é que ela tem, o que é que lhe está a dar, que mais se pode fazer»? E perante o ar assustado do homem, que temia a morte da criança, mas mais do que tudo a ira real, vociferou:

– Diga-me, é uma ordem, há alguém na cidade mais competente do que o senhor?

Mas antes que o pobre pudesse responder, Philippa ouviu os gemidos de Maud e o soluçar de Beatriz, e percebeu que gritava em vão. Blanche, a sua Branca, a menina com o nome da sua mãe, a primeira infanta da Dinastia de Avis acabava de morrer.

Mandou que toda a gente saísse do quarto do seu bebé, pegou nela e embrulhou-a num cobertor. Sentou-se no banquinho de pedra virado para o Tejo, e embalou-a. Suavemente, muito muito devagarinho, enquanto lhe cantava «rock a by baby on the tree top». Só a sua língua natal lhe servia de consolo, só ela lhe permitia chegar a Deus e à mãe e pedir-lhes ajuda na mais dura prova da sua vida.

O enterro fora solene, João estivera sempre ao seu lado e Beatriz não lhe largara a mão, olhando-a como que a pedir desculpa por não ser sua filha a sério. Philippa agarrava a mão da enteadinha com toda a força, o seu amor a Branca tornara-a para sempre uma aliada inseparável. A infanta D. Branca recebia as honras do altar-mor da Sé de Lisboa.

22

Paço de Santarém, 28 de Julho de 1390

Mais uma carta de Katherine. Ansiava por elas todos os dias, sempre a perguntar a alguém se chegavam novas de Inglaterra. Se nunca se tinham deixado de corresponder, desde que a notícia da morte da pequenina Branca chegara Katherine escrevia-lhe com um zelo desmedido. Cartas cheias de ânimo, com histórias de Tamkin, de Henry, John e Joan, cartas que sem puxarem ao sentimento, tinham sempre uma palavra de consolo. A sua segunda mãe conhecia-a como ninguém, e não tinha dúvidas nenhumas de que Philippa não recorreria facilmente ao apoio das pessoas próximas, que acreditariam até que aceitara a morte da sua primogénita com uma frieza desconcertante. Por isso escrevia-lhe aquilo que sabia que ela não ouviria de mais ninguém. Consolava-a com a certeza de que a pequenina Blanche estava com a querida duquesa na companhia dos anjos, e que se é evidente que Philippa nunca a poderia esquecer, muitos outros filhos lhe encheriam o regaço, tornando a dor mais fácil de suportar.

Ao abrir esta que hoje lhe chegava, Philippa lembrou-se da que recebera semanas depois da morte da infanta e em que Katherine escrevia:

«Lady Philippa, minha querida, estive com frei John, que está velhinho, muito velhinho, mas como se estivesse absolutamente certo de que eu lhe escreveria (e tinha todas as razões para o estar) disse-me, como quem dita uma ordem: "Diga por favor à rainha que li o seu futuro nos astros, e a sua nursery estará em breve cheia de crianças saudáveis, quase todos eles rapazes, que vão honrar a mãe que têm". Minha querida, sabemos as duas que ele nunca mentiria.»

Que saudades, de Katherine, Elisabeth, frei John, Chaucer, e até do pai. Já há quatro anos que estava em Portugal, mas à excepção daquele Verão feliz em que a sua filha tornara Portugal na sua pátria, ainda se sentia uma estrangeira, a maior parte das vezes. Talvez agora, pensou deixando a mão escorregar até à barriga de novo prenhe de nove meses. Talvez agora tivesse mais sorte, mas como se aguenta a ânsia imensa do parto, e do medo da morte do bebé que nove meses viveu dentro de nós, depois de se saber que os piores pesadelos não são uma possibilidade remota, mas uma realidade tão imprevisível como incontornável?

Desta vez o bebé iria nascer no paço de Santarém – evitava Lisboa, evitava Óbidos, e até evitava, por agora, Sintra, pela tristeza que as memórias lhe causavam. Se continuasse assim, daqui a pouco não teria para onde ir, pensou, com um trejeito dos lábios que quase parecia um sorriso.

Teresa e Beatriz bateram à porta, e entraram sem cerimónia, os bordados na mão, como quem se preparava para se instalar, quer a rainha lhes pedisse que o fizessem quer não. Beatriz estava tão adolescente com os seus doze anos, os seus olhos verdes e o cabelo preto farto e ondulado (sentiu uma repentina pontada de ciúmes; de cada vez que olhava para a filha, João devia ver Inês…), sempre tão prestável e cuidadosa, sobretudo agora que o tempo chegava ao fim, e Philippa estava pronta a dar à luz.

– A cigana disse que era um rapaz, que ia ser muito saudável, que ia correr tudo bem – disse-lhe de chofre a miúda, sem conseguir conter as boas notícias que trazia. Philippa sorriu-lhe, agradecida:

– Obrigada, Beatriz, se Deus e a Virgem assim o quiserem.

– Claro que querem – disse logo Teresa, que vinha um bocadinho mais perturbada do que Beatriz, como se não fosse apenas aquilo que a cigana tivesse dito. Philippa captou a sua ansiedade e perguntou, tentando mascarar um tom leve:

– E disse mais alguma coisa, essa pagã, a quem vocês, está bom de ver, deram dinheiro para se armar em profetisa?

Beatriz e Teresa trocaram um olhar rápido:

– Nada, nada. Disse que era um rapaz, e que se ia chamar Afonso.

A rainha estremeceu, como podia ela saber que ainda na noite anterior João lhe dissera que era exactamente esse o nome que queria para o filho? Mas depois sacudiu a cabeça, indignada consigo mesma: olha que realmente eram poderes sobrenaturais para saber que o primeiro varão legítimo da família de Avis se chamaria Afonso!

Talvez fosse por isso que Teresa e Beatriz trocavam olhares, talvez temessem, como ela, a reacção do Afonso existente.

Olhou para Beatriz, cheia de pena da rapariguinha apanhada entre dois fogos, duas lealdades, ao irmão e à madrasta. Mas se mesmo João não via qualquer possibilidade de cedência, quem era ela para levantar a questão? Aliás Afonso Peres bem precisava de aprender um pouco de humildade.

Mas teria sido só isso que a cigana dissera?, pensou aflita, e benzendo-se discretamente, jurou a si mesma não se entregar a mais presságios e tristezas.

❁

As gémeas parteiras viajavam há já dois meses com a corte. Philippa pensara escolher outras, mas que culpa tinham as mulheres de que a pequenina Branca tivesse morrido tão subitamente de uma doença que até hoje era desconhecida? Tinham-lhe enviado um pequeno cartão de pêsames, e Blanche desconfiava que Lourenço ou D. Lopo as ajudara a escrevê-lo, porque a ortografia era muito correcta, e as palavras muito bem escolhidas. Mas a verdade é que aquilo que diziam lhe parecia muito convincente: «Não queremos, Majestade, comparar a nossa dor com a sua, mas acredite que os laços que nos ligam a todos os anjinhos que ajudamos a ver a luz são fortes, e os da princesinha, por ser tão branca e frágil como a mãe, permanecem para sempre únicos na nossa memória.» Decididamente, Perpétua e Maria da Luz voltariam a ser necessárias.

Philippa acordava com suores frios à medida que o tempo passava, e a data se aproximava inevitavelmente. A estatueta de Nossa Senhora do Ó estava no seu quarto, com uma vela sempre acesa, de dia e de noite. Maud insistia em colocar-lhe todos os dias uma rosa vermelha fresca do jardim, como se apelasse a todo o poder da senhora duquesa para interceder pela sua pobre filha, que esperara tanto para ser mãe.

Trinta anos, Philippa festejara trinta anos em Abril e as gémeas pareciam ficar nervosas sempre que se lembravam da idade da sua «doente». E também elas rezavam afincadamente.

E Deus terá ouvido tanta oração. Afonso nasceu no dia 30 de Julho, com a cidade de Santarém a seus pés, e a nobreza toda engalanada e pronta a vir prestar-lhe vassalagem. João estava eufórico. A sala grande do paço abarrotava de gente e as cozinhas não paravam de assar a caça que os senhores tinham trazido nos últimos dias. As pipas subiam da adega e desapareciam em canecas, que o calor intenso e a emoção puxavam à bebida.

No quarto do torreão, as cortinas corridas, e a vela da Senhora do Ò a iluminar o silêncio. Philippa suspirava, feliz. Quando lhe disseram que era um rapaz e estava bem, quando ouvira o seu grito de vida, largara num pranto. Um pranto que incluía todos os sentimentos juntos, como num arco-íris: chorava de tristeza pela sua Branca perdida, chorava de alegria pelo seu Afonso, chorava de saudades pela família distante, e de felicidade por se sentir tão amada. João dissera-lhe, na noite anterior, que queria muito ter filhos, mas que se alguma vez tivesse que decidir entre salvá-la a ela ou à criança não hesitaria um segundo: era Filipa quem, mais uma vez, escolheria.

D. Afonso de Portugal mamou pela primeira vez ao fim daquela quinta-feira, e adormeceu num berço de rendas ao lado da cama da sua mãe, que passou a noite a velá-lo, sem se cansar de adorar o seu nariz arrebitado, a sua cabecinha redonda, sem um pêlo, as sobrancelhas inexistentes. Uma Branca reencarnada, suspirou a mãe.

❀

Beatriz saíra há momentos das aulas de D. Lopo, que aceitara, perante a insistência da rainha, ser o tutor da pequena princesa bastarda, e de Lora, a filha inglesa do embaixador Fernando Afonso. Philippa, na sua vocação de mestre-escola, insistira que ambas aprendessem também inglês, além obviamente do latim e do francês, que o futuro a Deus pertence... e sabe-se lá em que país acabariam por casar. Deixara Afonso ao colo da ama e preparava-se para vir dar a sua lição diária, mas a palidez da enteada fê-la estacar assustada.

– O que foi, Beatriz?

– Nada, nada, D. Filipa, não me sinto assim muito bem hoje, posso-me ir deitar?

– Não queres que peça ao médico para te ir ver?

– Não, não, D. Filipa, fique a dar a aula a Lora, que ela vai ver a mãe a Inglaterra para o ano que vem...

E desatou a chorar e a correr pelas escadas de caracol abaixo:

Lora mantinha-se encostada à ombreira da porta, uma criança de seis anos assustada, o dedo na boca porque não perdera o hábito de o chuchar sempre que se sentia preocupada e julgava que ninguém via.

Philippa puxou-a para o colo. Lora aconchegou-se – meninas criadas e educadas por aias mais ou menos meigas, mas sem nenhum regaço que fosse só seu, pensou com tristeza a rainha. E perguntou:

– O que é que aconteceu à Beatriz, Lora?

A miúda hesitou antes de responder, mas depois pensou que preferia as sevícias da amiga do que perder este colinho que lhe estava a
saber tão bem:

– O irmão dela, o Afonso...

– Qual Afonso? – perguntou Philippa, dando pela imensa confusão
que aquela situação de nomes idênticos iria causar.

– O Afonso irmão grande – disse Lora decidida.

– Sim, então o Afonso-irmão-grande veio ver a Beatriz, foi isso?

– E zangou-se muito com ela, e mostrou-lhe a espada e tudo...

Philippa tentou manter a voz calma, para não assustar a pequenina:

– E?

– E disse-lhe que ele é que era o filho mais velho do rei, que ele é
que era o verdadeiro Afonso, e que se a Beatriz passasse o dia na *nursery* a brincar com o Afonso-pequenino, ele ia ficar muito, muito zangado. E disse que me cortava a cabeça também a mim, como no país
da minha mãe faziam todos os dias aos traidores... mas eu não me
ralei nada, porque sei que o meu pai não deixava.

– Claro que o teu pai não deixava, nem eu nem o rei.

– Mas D. Filipa não diga à Beatriz que eu lhe contei isto, está bem?

Philippa suspirou fundo. Conhecia como ninguém este jogo entre
irmãos e meios-irmãos, mas a ideia de que aquele estafermo mimado
pudesse perturbar daquela maneira Beatriz, e pior ainda constituir uma
ameaça ao seu Afonso, herdeiro legítimo do trono, punha-a fora de si.

Apetecia-lhe dizer à pequenina Lora que se Afonso a ameaçasse de
novo lhe devia responder que era melhor não esquecer que a rainha
de Portugal era do país onde se cortavam cabeças por uma traição!

Mas disse-lhe apenas:

– Vai procurar a Beatriz e diz-lhe que não se preocupe, que tudo se
vai resolver, que vamos ser capazes de viver todos em paz.

Dois minutos depois tinha D. Lopo e D. Lourenço na mesma sala:

– O que fazemos? – perguntou.

– Esse miúdo foi mimado de mais, viveu demasiado iludido, mas é
tempo que alguém o faça descer à terra – berrou D. Lopo, que como
educador que era suportava mal a ideia de um rapazinho toleirão a
ameaçar irmãs com facas e bebés de berço com a morte.

– É uma vítima dos pais... – murmurou Philippa.

– Mas que não ganha nada em ter sonhos loucos, em lugar de ser
feliz com o muito que tem. É preciso falar com João – disse Lourenço.

– Eu não falo, não posso, vai julgar que quero meter veneno, que me sinto muito segura por ser mãe de um varão e que agora quero empurrar Afonso para longe. Mas não é isso...

– Eu sei que não é isso, D. Filipa, e toda a gente que a tenha visto com a sua meia-irmã Blanche ou com Catalina sabe que não pode ser nada disso, mas também sei que uma mãe se transforma numa leoa para proteger os filhos e é assim que deve ser – acalmou-a Lourenço.

– Mas nem é essa a questão! A questão é a do reino. A dinastia de Avis nasce de um bastardo, Vossa Majestade que me desculpe, e tem de ser legitimada rapidamente. O casamento com uma princesa inglesa foi um primeiro passo, mas não chega, não chega para garantir alianças no mundo, não chega quando surgir novamente a altura de enfrentar Castela. Vou falar com D. João e com D. João das Regras – disse exaltado D. Lopo.

– E Nuno Álvares? – perguntou Lourenço.

– Com Nuno Álvares por agora, não – suspirou o homem e Philippa pressentiu que ele sabia alguma coisa que não lhes queria dizer.

Dias depois, João disse-lhe casualmente que mandara Afonso para Guimarães. Estava a pensar dar-lhe aquelas terras e queria que as reconhecesse. Colocara a operação como um desafio, ao estilo «tens que merecer o que te vou dar» e Afonso mordera o isco, como qualquer miúdo cheio de energia e ambição.

Beatriz recebeu-a à porta da sala de aulas com um enorme sorriso, e entraram na sala de mãos dadas.

– Pelo menos esta miúda não percebeu nada, e está infinitamente aliviada – pensou, piscando o olho a Lora, que lhe retribuiu o gesto com um sorriso de orelha a orelha. Agora eram cúmplices na protecção de Beatriz, elas as duas que vinham do país onde se cortam cabeças, como a miúda passou a dizer desde aí.

23

Paço de Viseu, 28 de Outubro de 1391

Estava grávida de novo, de nove meses quase completos, a braços com um Afonso de um ano e meio, cheio de força e energia, que Deus o protegesse de noite e de dia. Engravidara nem cinco meses depois do nascimento do herdeiro do trono, e percebera-o no dia em que recebera, por coincidência, uma carta do seu querido Chaucer.

Eram sempre cartas poéticas e cheias de força, e Chaucer, pensava rindo Philippa, era de facto um trovador por excelência. Os elogios que lhe fazia, linha sim linha não, eram suficientes para em segundos tornar as maçãs do rosto da rainha numa bola de fogo. «Idiota», pensou, mas sentiu o coração apertar-se porque sentia muito a falta das suas conversas, do seu apoio, da sua visão.

E mais uma vez não a desiludia: «Pergunta-me por que não amamentam as mães da nobreza, deixando os seus filhos crescer sustentados pelo leite de uma outra mulher. A resposta é muito simples: apenas porque o objectivo dessas mulheres é, tradicionalmente, quase exclusivamente o de procriarem, e a fertilidade da mulher é inexistente ou grandemente reduzida pela amamentação. Por outras palavras, princesa (e para mim será sempre a minha princesa), não se querem entraves ao crescimento da família: varões, que garantam a continuação da Casa, filhas, também, para que se façam alianças com outras famílias ou reinos. Imagino que apesar da tristeza que lhe provocará entregar o seu bebé aos braços de outra mulher, encarara estas formas de fazer as coisas como sensatas e destinadas a garantir que o máximo de crianças vinguem, sobretudo desde que perdeu a pequenina Branca, que como imagina, por ser filha e neta de quem era, e trazer o seu nome era e será sempre especial para mim... Mas console-se Lady Philippa, porque, e desculpe a ousadia, a sua fertilidade é certamente abençoada por Deus: dois filhos, e quem sabe se quando esta carta aí chegar um terceiro não virá já a caminho.»

Philippa, recordava ainda com o lábio trémulo, como sentira esta revelação de um professor e um amigo, que embora tão distante, parecia continuar a vê-la por dentro e por fora, como se estivessem no quartinho de estudo do Savoy em Londres, ou no grande salão de Kenilworth.

Olhou pela janela: o tempo estava húmido e frio, mas a vegetação desta serra sabia-lhe bem depois da paisagem mais árida do sul, depois de um Verão que fora tórrido. Não a deixavam sair para o jardim, mas em cima da sua secretária estavam as bolotas que apanhara dos carvalhos que florestavam o parque do paço: carvalhos que lhe lembrariam sempre Kenilworth e os manos Beaufort, John a trepar-lhe pelas pernas, Tamkin e Henry sempre tão prontos a segui-la como pintainhos seguem a galinha mãe. O quarto onde deveria dar à luz já estava pronto, e as gémeas parteiras a postos. Há dias que as via da sua janela a entrarem pela porta com cestos cheios de ervas. Estavam encantadas com as espécies encontradas e separavam-nas e etiquetavam-nas, arrumando-as em cima da mesa coberta por um lençol branco na «sala de partos», ao lado das enormes tinas, e das ligaduras e pedaços de pano de que precisavam para o seu trabalho.

Maud estava agora quase sempre na cadeira de baloiço do quarto de brinquedos de Afonso. Que saudades do seu bebé, pensou Philippa enquanto sorrateiramente se escapava do quarto a que a queriam confinada, e onde só D. Brites e Teresa, por especial excepção, entravam, e sem fazer barulho correu como foi capaz até aos aposentos do principezinho.

Entreabriu a porta e surpreendeu Maud a pendurar ao pescoço da criança um fio e uma imagem pesada de S. Jorge...

– Maud, enlouqueceste, o Afonso ainda se magoa com isso, ou prende o fio e fica sem ar – disse, enquanto se precipitava para tirar a jóia.

Afonso subiu para o seu colo, encostou a cabeça à barriga imensa da mãe, e balbuciou umas palavras, na voz suave que era a sua.

Mas Maud não estava disposta a deixar-se vencer:

– Ó menina, S. Jorge é o padroeiro de Inglaterra e de Portugal, deixe lá o Afonsinho andar com a medalha do santinho ao peito, que o queremos protegido e abençoado, Deus seja louvado.

Engoliu em seco e aconchegou Afonso mais perto: – Vamos então combinar uma coisa, Maud. Ao pescoço, não, que é perigoso, mas pendura-lhe a medalha por cima da caminha ou prega-a no seu manto de viagem. Deus há-de velar por ele, com ou sem medalha, acredita.

Nesse momento uma contracção mais forte apertou-lhe os rins, e endireitando-se repentinamente fez com que Afonso escorregasse do colo, desatando num pranto:

– Ama, ama – chamou aflita, e logo apareceu a mulher que com um desvelo imenso, em quem só os ciúmes de Maud encontravam algum defeito, tomava conta do príncipe herdeiro. Vendo a rainha presa por dores, pegou no menino ao colo e distraiu-o com o cavalinho de baloiço, enquanto Maud chamava as gémeas parteiras com toda a força quanta podia.

O mensageiro partiu no mesmo segundo a galope: João caçava com os seus homens, aproveitando para que a sua paragem por estes lados não passasse despercebida. Mas era preciso que voltasse, ou se abrigasse nalgum santuário pelo caminho, e de joelhos, rezasse pela protecção da mulher e do bebé a nascer.

– Vai ser outro rapaz – segredou ao ouvido do rei, Lourenço, que se juntara aos caçadores, agradecido por um pretexto para deixar por momentos os livros das contas da Casa da Rainha.

– E que nome lhe vão dar? – perguntou a gémea Perpétua, quando lhe entregou nos braços um rapagão enorme, uma penugem escura a cobrir-lhe a cabecinha, enorme a avaliar pelo esforço que a pobre mãe fizera para o empurrar para o mundo.

Philippa tinha dificuldade em conter as lágrimas, ela que tinha tão pouca paciência para tremeliques e hesitações nos outros. Mas não conseguia. Um terceiro filho, dera à luz um terceiro filho. O milagre do nascimento não deixava de a fascinar, como não podia deixar de se espantar com os planos que Deus fizera para a sua vida: como um *flash* voltava-lhe à memória uma Philippa de vinte e tal anos, guardada numa prateleira dourada para tia dos filhos dos outros. Nem Katherine acreditara nunca, e já lho confessara directamente por escrito, que o seu futuro fosse o de ser rainha e mãe...

Perpétua deixou-a sossegada com o filho. Fora um parto longo e complicado, a rainha tinha trinta e um anos, os riscos cresciam com a idade, mas o seu sangue inglês – não podia ser outra coisa! – levava-a a suportar as dores imensas, sem um grito.

Maria da Luz incitara-a a gritar, «que alivia», garantira, mas a rainha, ensopada em suor, limitava-se a prender com força nas mãos a estatueta de Nossa Senhora do Ó, e a murmurar orações.

– Mas podemos saber como se vai chamar o menino? – perguntou uma rapariga com um ar doce, a ama de leite que escolhera ainda em Sintra.

Philippa estendeu-lhe o novelo enfaixado, e conseguiu um leve sorriso:

– Duarte, Edward, como o meu avô.

E debruçando-se para lhe beijar a testa, continuou:

– Vais ser corajoso e generoso como o teu avô, não vais, bebé?

E o bebé estremeceu nervosamente. A ama riu:

– Deixe-o ser criança, sem responsabilidades, nem missões, senhora. Este menino vai ser especial. Veja como abre os olhos, admirado com tudo, e ao mesmo tempo treme os lábios num gesto assustado. Coitadinho do meu menino, vai ser um grande homem. Mas não lhe ponha a espada na mão, Majestade...

Philippa olhou para a ama com ar preocupado:

– Agora és vidente?

– Por Deus, não, minha Senhora. Mas já tive muitos recém-nascidos ao colo, somos doze irmãos em minha casa, e aprendi a conhecer o significado destes gestos... e não me engano muito, senhora, que os meus irmãos foram tudo o que naquele momento do nascimento vi que iam ser.

Philippa fechou os olhos e imaginou os seus dois filhos, vestidos de cavaleiros, elmos reluzentes, a malha a proteger-lhes o corpo. A ama do filho tinha razão: Eduarte, seria Eduarte, o seu Eduarte, inteligente como a mãe, sem o gosto guerreiro do pai...

Mas agora o mais importante era baptizá-lo, lembrou-se, aflita.

– D. Brites, o bispo de Viseu está preparado?

– Já o avisámos, Majestade. E os sinos tocam por toda a cidade. D. João está a chegar, mandou o escudeiro Ricardo à frente com este ramo de flores silvestres para si – disse entregando-lho.

A rainha olhou-as: João era, decididamente, um bom homem, mas flores? Ou muito se enganava ou Ricardo, o escudeiro que se tornava num adolescente espigado de dia para dia, mas mantinha a doçura de uma criança, inventara esta das flores! Sorriu, divertida. Agradecer-lhe-ia quando o visse!

Nesse mesmo dia na Sé de Viseu, ao colo de D. Brites por madrinha, com Lourenço Fogaça por padrinho, e o pai, com um manto majestoso gloriosamente atirado por cima da lama da sua roupa de caça que não tivera tempo de vestir, Eduarte Lancastre de Avis foi baptizado.

24

Paço da Rainha, Vila de Sintra, 30 de Julho de 1392

O barulho da água a correr das fontes do paço de Sintra tinham o condão de a apaziguar. Nem o barulho das obras lhe tiravam hoje a quietude. De manhã, o céu invulgarmente descoberto para esta terra de nevoeiros, estivera com João a ver as obras.

Quando mostrara ao rei o esquiço que ela e Huguet tinham feito das duas chaminés da cozinha, cónicas, o rei abrira a boca de espanto:

– E onde é que foram buscar uma ideia mais louca? A altura dessas chaminés? Quem as vai construir, e se não se sustentam?

Philippa sorria-lhe, divertida:

– A ideia? Fomos buscá-la aos chapéus das senhoras da corte – não é quase igual a um *hennin*? E deu meia volta para que João pudesse ver a forma do chapéu azul-clarinho que usava sobre o cabelo louro, preso num carrapito.

– Chaminés inspiradas em chapéus, Philippa, onde é que isto vai acabar – respondeu o rei, a quem mesmo cinco anos de casamento ainda não tinham habituado ao sentido de humor da mulher.

– Não, a sério, não foi em chapéus! O Huguet diz que há uma abadia em Abbott, em Inglaterra, que tem umas chaminés parecidas, e que são ideais para deixar sair o fumo. Olha para os desenhos: a cozinha é enorme, tem de ser, é aqui que vais receber os embaixadores e fazer as tuas caçadas, e precisas de espaço para assar os veados e os javalis. Vês o desenho das mesas de pedra ao centro e os fogões de lado, para não atrapalhar?

– Senhora arquitecta, e em que obra anterior é que a senhora arquitecta já usou este desenho? – disse a rir João, que adormecia muitas noites a ouvir a descrição dos palácios onde Philippa vivera, e que o enchiam de vontade de visitar Inglaterra.

Philippa não queria, por nada deste mundo, dar-lhe ideia de que o que se fazia «lá» era melhor do que o que se fazia «cá», por isso tentou diplomaticamente fugir à questão, argumentando:

– Não há nenhum outro sítio como o Paço de Sintra. Não temos azulejos em Inglaterra, muito menos estes cheios de relevo e cor que ainda aqui ficaram da alcáçova moura... mas a esta casa falta um sentido prático, e já temos dois filhos...

– E dentro de meses teremos um terceiro – disse João com ternura, estendendo-lhe a mão.

Philippa olhou orgulhosa para a sua barriga. Podiam chamar-lhe fria, como sabia que lhe chamavam, podiam acusá-la de ser uma beata piedosa, sempre a caminho da Igreja, e havia mesmo quem inventasse histórias – que generosamente lhe faziam chegar aos ouvidos! – de que o marido cortejava as damas, e teria até beijado uma na sala das pegas, mas a verdade é que ninguém podia dizer que João não a procurava. Ninguém podia dizer – embora até corasse ao pensar nisso – que não lhe agradava na cama, e que as suas noites não eram tão quentes como as dos verões neste país ocidental. E se haviam troçado da sua idade, se pelos corredores murmuraram em tempos que o rei nunca a acharia desejável, nem tão bonita como a tal Inês – e que frio fora aquele primeiro natal no Porto, rodeado por aqueles olhares cortantes que não deixavam dúvida de que não era bem-vinda –, tinham agora certamente que engolir as suas palavras. Quatro gravidezes em cinco anos, dois filhos rapazes que cresciam fortes e saudáveis, e um bebé a caminho... se ao menos fosse rapariga, pensou...

Mas João não gostava de a ver melancólica e puxou-a de novo para os esquiços pousados na grande mesa de carvalho:

– Filipa, diz então? Como vai funcionar a cozinha...

– O modelo é de Kenilworth, quando lá fores comigo mostro-te, mas já em Kenilworth era uma cópia de Windsor. É o mesmo que quis para Leiria, só que em maior, aqui temos mais gente a quem dar de comer... A cozinha fica em baixo, ao lado da adega, e sobem-se as escadas para a sala grande...

– Subir escadas, com travessas nas mãos?

– Perguntei o mesmo ao meu pai quando ele projectou a nossa cozinha, mas ele respondeu, com razão, que os cheiros e os fumos ficavam longe do salão...

– Estou aqui a ver no desenho de Huguet uma quantidade de larei-ras... para uma sala só, e uma sala de Verão ainda por cima – disse o rei, coçando a cabeça, que ficava mais careca de dia para dia.

– Mas em Sintra faz frio à noite, e a comida arrefece depressa, se a sala grande estiver gelada – retorquiu ela.

João desatou a rir, com aquele riso tão descontraído que ela amava agora profundamente, e puxando-a pela mão, levantou-a da cadeira:

– Já pesas! Até tu, um «pau de virar tripas!»

– Um pau de quê? – perguntou Phillippa, que nem se atreveu a tes-tar o seu português numa frase tão estranha...

– Magricelas, é só isso.

Beatriz entrou a correr e avançou cerimoniosamente para os bra-ços do pai, muito consciente da adolescente que já era. Mas João estava bem disposto e fê-la rodopiar sobre si mesma:

– O Afonso está a brincar no pátio? – perguntou.

– Vinha agora chamar-vos, a ama diz que ele está pronto a soprar as velas.

– Dois anos, João, o Afonso faz hoje dois anos, que Deus o con-serve sempre tão saudável e feliz.

Beatriz subitamente baixou a cabeça, os olhos no chão. Mas nin-guém deu por nada.

❦

«Querida Elisabeth,
precisava muito de ti aqui hoje. Tenho mais jeito para falar com homens do que para lidar com mulheres, e tu que o digas, que se calhar fui muito brusca contigo, e não passavas de uma miúda. Agora temos filhos, tu e eu, e isso muda tudo. Não há certamente nenhum amor tão forte e incon-dicional, e sabes que a poesia é com o Chaucer e que eu não sei passar sentimentos ao papel. Mas não é para te falar de crianças que te escrevo. Precisava dos teus conselhos directos, desses sentimentos de mulher de que nunca percebi muito. Sinto-me gorda e pouco atraente, sempre à espera de um filho, enquanto as damas da corte estão lindas, de corpos sensuais, e têm todo o tempo do mundo para se pentearem e arranjarem, e todo o meu dinheiro, e até o costureiro que o primo Richard me man-dou, para pagar as contas dos seus vestidos. E estão livres e disponíveis, e por muito que as mande rezar as Horas e levar uma vida de piedade (não te rias, que nunca levaste a religião suficientemente a sério e isso preocupa-me), a verdade é que percebo bem que só estão felizes quando

acompanham os homens nas caçadas e à noite fazem charme a todo o bicho que se mexa, ao som de trovadores românticos, e alaúdes que rangem, ou jogam às cartas, entre risinhos e jogos de leques – não me digas que é também aquilo de que mais gostas, que já sei!

Mas também sabes, tão bem como eu, que é difícil manter a fidelidade de um marido. E tenho medo que ele se canse de mim, sucessivamente grávida, e procure prazer junto de uma destas beldades, que me parecem ter muito poucos escrúpulos. Lembras-te que em Windsor as senhoras mais velhas apressavam-se a casar as mais novas da corte, para que não representassem um perigo tão grande, e as suas próprias almas não caíssem em pecado? Lembras-te como a Katherine, por ser bonita, foi despachada com o Hugh em dois tempos? Não foi feliz, é claro que o sei, mas muitas outras foram. Olha a mãe e o pai! É que por aqui não vejo, nem eles nem elas com a mínima intenção de casar, como se estes arranjinhos fossem mais divertidos... Deveria instaurar aqui a lei de Windsor? Tratar eu, com o meu marido, de lhes encontrar par, a ver se assentam?

Por favor Elisabeth, não digas que são só ciúmes, porque não são. O comportamento de uma corte é um exemplo para as gentes de cada reino. Lembras-te como ficou Inglaterra quando o avô abandonou a avó pela ambiciosa da Alice? E o pai? Por que é que a vida do pai andou sempre na corda bamba e os homens do povo gritavam o seu nome com ódio?

Responde-me depressa. Não tenho mais ninguém a quem falar disto.
Um abraço afectuoso,
da tua querida irmã Philippa.»

Decidiu enviar a carta imediatamente, antes que se arrependesse. Selou e lacou-a em vinte lugares diferentes, e escreveu Privado e Particular a tinta bem grossa para que ninguém pudesse dizer que não via o aviso. E esperou pela resposta. Sempre à cabeceira da enorme mesa da sala grande do paço, atenta a todas as palavras e gestos, sobretudo aos de Beatriz de Castro, a sobrinha de Leonor, a tal que as más-línguas garantiam ter recebido, a uma hora da sesta, o beijo de João.

«Querida mana,
se falas em gordura, então imagina a vaidosa da tua irmã – traço de personalidade que aliás nunca escondeu de ninguém! – transformada numa imensa baleia, que quase não chega com a mão ao papel, tão grande é a distância que a separa da mesa. Então a mana descobriu que afinal a vontade de Deus não chega? Que se calhar é preciso fazer qualquer

360

coisa para proteger o que é nosso? O nosso homem, por outras pala-
vras. Fico feliz de o saber, quer dizer que já sentiste realmente o que é
amar, e desejar. E que percebes também que as rezas e as velas não che-
gam, por vezes, para prender junto de nós aqueles por quem perdida-
mente nos apaixonámos. Não sei, sinceramente, o que te diga. Odiei
que o pai me tivesse casado com um rapazinho de nove anos, e acabei
por casar já grávida, se bem te recordas, com o homem que escolhi, con-
tra a vontade dele. Não sou por isso um grande exemplo de virtude, e
não me deves convidar a ir novamente a Portugal, porque apesar de
estar muito contente com os meus meninos, morro de saudades dos
flirts da corte, das graças picantes, das insinuações e do prazer da con-
quista. Mas percebo o teu ponto de vista – devo estar a ficar velha – e
sei que dizes a verdade quando falas nos efeitos da imoralidade da corte
no respeito que os seus governantes merecem ao seu povo. Por isso,
irmã, faz o que te apetece, que felizmente não me explicaste o que era
porque suspeito que não poderia concordar com o teu plano. Quanto
às virtudes de um casamento combinado, suspeito que dado o sucesso
do teu, nada te poderá convencer de que talvez não seja a melhor solu-
ção para toda a gente. Escreve-me depressa a contar o que aconteceu...
e como não dizes, mas suspeito, que há uma mulher em particular que
te preocupa não hesites em despachá-la para o convento ou para Cas-
tela. Por que não uma carta de recomendação para a corte da vaidosa
da nossa mana Catalina? Essa é que não escreve a ninguém antes de
mandar para a fogueira uma rival, podes ter a certeza,

afectuosamente tua,
Elisabeth
PS – Viste que o John foi feito duque of Exter? Podes-me tratar por
duquesa na próxima carta, porque como imaginas já me subiu o título
à cabeça. Aqui para nós, não confio nem uma migalhinha nas gene-
rosidades do nosso primo Richard, sobretudo enquanto o nosso mano
Henry anda com certeza a fazer das suas, mas isto é que não é con-
versa para pôr por escrito!»

Philippa estava sentada na varanda, feliz. Sempre a água das fontes, e o riso de Afonso, as gargalhadas de Beatriz, a visita de Lourenço
que aparecia para tomar um chá, e que suspeitava estar mais do que
interessado em Teresa, a sua amiga favorita. Por que é que não havia
de começar por eles?, pensou de repente, e sentiu a adrenalina subir-
-lhe rapidamente à cabeça, dando-lhe um suplemento de energia.

Levantou-se com uma ligeireza que não sentia há muito tempo e foi procurar João, que a essa hora estava quase sempre na sala de despacho. Bateu devagarinho à porta, e João virou a cabeça e ao vê-la fez um sorriso convidativo, mas usou como fazia sempre em público o tratamento mais formal:

– D. Filipa, venha dar-nos uns conselhos…

Philippa cumprimentou com a cabeça os presentes, que se tinham levantado imediatamente, e mandou-os sentar com um gesto da mão. Mas Philippa, queria o marido só para si, por isso limitou-se a pedir:

– Vou agora para o meu quarto, se El-Rei me mandar chamar quando tiver um bocadinho para me ouvir, agradecia – disse num francês rápido, porque a excitação não era consentânea com um português sempre menos fluente.

João olhou-a preocupado, mas o seu ar saudável e bem-disposto não pareciam indicar problemas, por isso limitou-se a responder:

– Chamarei com certeza, assim que tiver tratado dos nossos assuntos com estes senhores.

❀

Enterrada num cadeirão confortável que o pai lhe enviara de Inglaterra, a rainha passava com a pena suavemente pela cara, enquanto pensava, o pergaminho ainda branco pousado no colo! Era para a sua salinha que fugia quando a confusão do palácio lhe complicava os nervos, e não podia procurar refúgio no quarto dos infantes.

Com um risco decidido dividiu o papel branco que tinha em frente, em duas colunas. De um lado começou a preencher o espaço com o nome das damas solteiras da sua corte, do outro com o dos homens na mesma situação. À cabeça de todos constava, claro, o de Teresa e Lourenço Fogaça.

«Vais deixar de ser o solteirão que sempre foste», pensou divertida, enquanto desenhava um pequeno coração à frente dos dois. Para contentamento de alguns, e descontentamento de muitos, a rainha tinha descoberto a sua vocação casamenteira.

Na lista, misturada a meio com tantos outros nomes, figurava o de Beatriz Castro. Essa, seguindo os conselhos de Elisabeth, talvez fosse mesmo melhor despachá-la para Castela, porque era tão bonita e fresca, tão ágil e divertida, que não seria um casamento de conveniência que a manteria presa à alcova matrimonial. Era preciso pensar melhor e resistir a pedir o conselho de João. Se o fizesse poderia trair uma segunda intenção, que o poria de pé atrás contra o seu grande projecto, e por outro lado... se ele insistisse em que essa dama em particular devia ser «poupada» a um casamento arranjado, incendiaria os seus ciúmes, e aí era impossível dizer se a sua calma habitual resistiria à provocação.

Quando João entrou e a viu tão concentrada, chamou-a:

– Cheguei! Não me digas que estás a fazer mais alterações à obra.

Mas Philippa, como uma miúda apanhada a meio de uma asneira, acenou que não com a cabeça:

– Tive uma ideia. Queria oferecer às nossas damas e aos teus homens uma boda! Aqui em Sintra, o casamento na Igreja de S. Martinho, a festa aqui...

– Uma boda? Mas alguém veio pedir autorização para casar? – perguntou, estupefacto.

– Não, desta vez é diferente, como muitas vezes se faz em Windsor... O rei escolhe quem casa com quem, porque tem a informação necessária para fazer a melhor escolha... que famílias interessa unir, que terras ficavam mais prósperas se se juntassem às do vizinho...

João ouvia, os braços atrás das costas, meio embaraçado.

– Porque uma corte é o exemplo da moral de um reino – continuava a rainha entusiasmada. – Não podemos continuar a ter estas poucas-vergonhas que me contam, de cavaleiros e camareiros que buscam as alcovas das minhas damas, de relações fora do casamento que a Igreja não sanciona...

A cruzada tinha começado, pressentiu João, para quem nenhum dos comportamentos anteriores era imoral, nem tão pouco condenável, que se condenasse os outros, teria que se condenar a si mesmo, embora tivesse de reconhecer que devia ser da idade - já lá iam 36 anos – mas perdera grande parte do entusiasmo por essas aventuras. Só talvez Beatriz Castro, pensou para si, ainda o tentasse, como o tentara naquele dia em que estupidamente lhe dera um beijo, e mais estupidamente ainda fora «apanhado» por duas damas linguareiras que não tinham feito mais do que a sua obrigação, ou seja, espalhado a notícia – que negara sempre!

Mas fazer frente à mulher não lhe era uma coisa fácil, pelo menos não agora, passados estes anos, em que sem um ai nem um ui, o seguira pelo país, engravidara dos seus filhos e os dera à luz sem queixumes nem neuras, colaborava nos assuntos do reino com entusiasmo e dedicação e até partilhavam a paixão pelas «obras», transformando casas e alcáçovas sem conforto em palácios que ficariam para os seus descendentes, e para os descendentes dos seus descendentes... Para não falar na devoção ao mesmo Deus e à Virgem, que o protegera em Aljubarrota, na devoção que o levava a escrever, ele próprio, um livro, e a traduzir tantos outros a que a mulher o apresentara. Dizer um Não claro e directo a Filipa não era decididamente possível, admitiu. E quem sabe, talvez tivesse razão – a verdade é que a dissolução de costumes da corte do seu meio-irmão Fernando tinha deixado muito a desejar, e quanto às complicações que o seu pai criara com filhos e bastardos, não as desejava ele para os seus.

– Mas o que é que pretendes fazer?

– Decidirmos, com a ajuda de D. Brites e D. João das Regras, e até do Condestável, quem deve ficar com quem e depois mandamo-los apresentarem-se na igreja para que o padre abençoe a sua união. Podíamos começar por Lourenço e Teresa, estão tão apaixonados, esses tenho a certeza que levarão a bem esta nossa surpresa...

– Mas se estivessem assim tão apaixonados, certamente que Lourenço, que como sabes é um artista com as palavras, já lho tinha dito, e vinham pedir a nossa bênção, que sabiam certa – comentou João hesitante.

– Mas não, o Lourenço não sabe por onde se decidir... tem medo de me desiludir...

– De te desiludir? – perguntou João, ligeiramente enciumado. De facto o homem conhecera Filipa antes dele e fora o primeiro a realçar as suas virtudes..

– Pois! Tem sido o mais dedicado dos amigos, e é natural que depois de casado não tenha a disponibilidade que tem para mim... – respondeu Philippa, um sorriso ao canto da boca, espantada com a sua recém--descoberta capacidade de manipulação, arte que tanto desprezara no pai e na irmã e se orgulhara de nunca praticar. Mas resultou, de facto.

– Vamos então casá-los – disse João impulsivamente.

E redigiu a primeira das muitas «cartas-ordem» que nos meses seguintes seriam distribuídas pela corte, para alegria de alguns e horror de outros, que passaram a temer o «tuc-tuc» com que os mensageiros anunciavam a sua chegada, aos seus quartos e alcovas.

«Manda-vos dizer el-rei que vos façais prestes para desposar, depois de amanhã!», dizia invariavelmente o bilhete que o pajem entregava solenemente a homens e mulheres, que só no dia aprazado, à entrada da igreja, percebiam com quem Suas Majestadas haviam achado por bem «unir os seus destinos». E as terras e os presentes que os reis lhes ofereciam para saudar a aliança, pensada sempre com o desejo de juntar «caracteres», mas também terras e famílias.

Teresa e Lourenço tinham beijado as mãos do rei e da rainha em genuína gratidão, comovidos por Philippa ter entendido o seu amor e o desejasse apadrinhar, nomeadamente com um dote de terras considerável, que sabia que a família da noiva nunca lhe poderia oferecer porque não tinha. Tornaram-se defensores ainda mais acérrimos da rainha, mas mesmo eles começaram a duvidar do método quando perceberam as inimizades que Philippa criava entre as suas damas e os cavaleiros de João, sobretudo quando a «lotaria» separava casais que namoravam em silêncio ou mantinham ligações fortes, e que não pretendiam oficializar.

D. Brites deitara as mãos à cabeça, D. Lopo abstivera-se de fazer comentários, D. João das Regras viera ao paço aconselhar cautela, mas o grande entusiasta da decisão real fora, pela primeira vez, Nuno Álvares Pereira. Cada vez mais místico e obcecado com o serviço a Deus e à Virgem, batendo a rainha em missas ouvidas por dia, apoiava com vigor este impor de uma moralidade, que como Philippa, sentia absolutamente em falta na vida dissoluta destes nobres sem nada com que ocupar o seu tempo senão em ligações escabrosas que só ofendiam os Céus.

Grávida de novo, já de cinco meses, passados sem dramas nem alaridos, Philippa mantinha-se impassível, tanto mais fria quanto mais se sentia acossada, tanto mais fechada em redor dos seus meninos, quanto mais ferviam os olhares de repreensão e raiva que à ceia os outros comensais lhe lançavam.

João, por seu lado, ressentia-se muito mais do que ela, da aparente quebra de popularidade, ele que se habituara a receber vivas por onde passava, e cujo grande prazer era sentar-se com os seus homens na cozinha, a aquecer as roupas ensopadas nos fogões ainda acesos, e a trocar histórias de caça com os demais, sempre de gargalhada pronta. E quanto a mulheres, sentia a sua posição demasiado frágil – nunca fora homem para condenar ninguém por dormir fosse com quem fosse, nem se sentia com legitimidade para tal. O apoio de Nuno Álvares, também ele bastardo, parecia dar-lhe algum sossego à alma, mas a verdade é que sabia que os seus amigos murmuravam que se tornara um chato, um beato, e perdera metade da graça que tinha e essa ideia, em lugar de lhe elevar o espírito, deprimia-o francamente.

Fernando Afonso, seu camareiro e amigo do peito, ria-se-lhe na cara:
– Mestre, estas ordens são uma brincadeira de mau gosto não são? – perguntava descaradamente, soltando logo uma gargalhada que contagiava os outros.

João respondia a contragosto, mas sem querer quebrar a lealdade para com a rainha, disse-lhe que consistia numa ideia estrangeira, era certo, mas que iria trazer paz e sossego àquelas damas histéricas, que precisavam de ser postas com dono em lugar de perturbarem a tranquilidade do dia-a-dia com tentativas de levarem para a cama o homem que imaginavam amar perdidamente.

Fernando Afonso respondia então, num tom mais grave:

– Se é isso que dá graça à vida? Então El-Rei vive para a caça, tenta prender aquilo que lhe foge, e quer outras regras para a nossa vida? Não sabe, tão bem como eu, que fazer a corte a uma mulher, e conseguir, no final, concretizar os seus intentos é tão viciante como partir a cavalo para trazer de volta um veado pelas hastes?

E de novo todos se riam, enquanto os criados lhes matavam a fome com nacos de javali que acabara ali mesmo de ser assado, apanhado ainda na véspera nas encostas da serra.

Toda a gente sabia por que é que Fernando Afonso insistia na conversa. Não era segredo para ninguém – muito menos para Philippa – que «andava de amores» com Beatriz de Castro. A tal! A tal que João beijara ao de leve naquele mesmo paço, a tal que era tão bonita e encantadora que nenhum homem lhe resistia, a tal sobrinha de Inês de Castro que tantas dores de cabeça dera ao reino, aquela que Elisabeth aconselhava a que fosse enviada, com um laço na cabeça, de presente para a corte de Catalina. Se a tia fora capaz de dar a volta à cabeça do pai do rei, quem garantia que a sobrinha não seria capaz do mesmo?

João também sabia. E mentiria se não dissesse que a liberdade do camareiro, aliada ao bom gosto da sua escolha, lhe provocavam um imenso desconforto. Tinha que o admitir, invejava-o em todos os sentidos. E a rainha lia-lhe os pensamentos e as reacções, e ficava mais determinada do que nunca a impedir que a sua honra e o código de conduta da corte se manchassem por uma única infidelidade que fosse de João. Sentia que preservar-se a si de tamanha dor, e simultaneamente o rei de tamanho pecado, era uma missão. Grávida do seu quarto filho, tinha por certo a legitimidade de impor as suas condições. Elisabeth, que depois de uma Constança, já tinha Alice, a terceira filha nos braços, quando leu a carta em que a irmã lhe fazia o ponto da situação, estremeceu. Teria a irmã, sempre tão desejosa de ser aceite, estaleca para esta guerra santa? Sabia perfeitamente que se fosse uma dama na corte portuguesa seria a primeira a fazer-lhe frente.

25

Paço de A-par de S. Martinho, Lisboa, 20 de Novembro de 1392

Philippa acordou com os gritos de João. Dormia a sesta no quarto do Paço de A-par de S. Martinho, onde tinha pedido para ficar: se o marido insistia que este bebé nascesse na capital, então sobrava-lhe o direito de pelo menos escolher onde, e este paço ligado por um passadiço à igreja de onde recebia o nome, e com aquela vista deslumbrante sobre o Tejo parecia-lhe muito mais apetecível do que a Alcáçova, por muitas obras que tivesse tido. Nunca poderia esquecer que fora ali, entre aquelas paredes, que Branca tinha morrido – não eram memórias para uma mulher que em breve daria à luz.

Maud entrou no quarto, assustada, mas com notícias: Fernando Afonso não fora afinal prestar homenagem à Senhora de Guadalupe. Pior ainda, não só mentira ao seu monarca e senhor, como estivera estes dias escondido na alcova da dita dama, com a sua cumplicidade e assento.

Uma má-língua generosa descobrira o arranjinho, e tão segura estava de que a informação valia ouro, que se atrevera a interromper a sesta do rei para lha dar. João saltara da cama em fúria, e nem se dera ao trabalho de vestir a sobrecasaca ou de se arranjar, fora assim mesmo, meio nu, pelos corredores do paço afora para arrancar o culpado ao canto onde se escondia. Maud dizia que a discussão tinha estalado entre os dois, e que apesar das desculpas que o camareiro apresentara por ter enganado o monarca nas suas barbas, D. João mandara chamar o chefe da guarda e ordenara que o levasse para os calabouços.

D. Brites, que entrara nos aposentos de Philippa há minutos, trazia novas ainda mais frescas. Pálida e aflita, contava que Fernando Afonso saíra para a rua de braço dado com o Intendente, julgando sempre que o seu amigo e senhor não estava mais do que a encenar uma cena de teatro para benefício da rainha, mas sem qualquer convicção, e muito menos intenção de mandar de facto para a prisão um dos seus homens mais dedicados. O silêncio que caíra entre os cortesãos que o viram sair mostrava bem que a maioria achava que o ingénuo era ele, que apesar de ter servido directamente o mestre, nunca o vira realmente enfurecido.

Philippa já estava arranjada e pronta a ir ter com o rei, o coração a bater a cem à hora, a raiva a torcer-lhe um nó na garganta que só lhe permitiu dizer a Maud e Brites:

– Esquece-se esse senhor Fernando Afonso de quem D. João de Avis é filho, e engana-se redondamente quando acredita que a sua rainha não herdou nada do seu próprio pai!

Maud e Brites benzeram-se. Mas quando Philippa chegou ao salão, João já saíra para a rua. Ricardo, o seu escudeiro adolescente, viera contar-lhe o que acabara de acontecer: ao perceber que o carcereiro o tencionava realmente levar para o cárcere, Fernando Afonso fugira e entrara a correr na igreja de Santo Elói, pedindo aos padres que o acolhessem. E quando alguém pedia refúgio junto de Deus, nem o rei podia nada.

Mas Philippa tinha razão. O marido era um homem sereno, mas fora criado nas histórias de um pai que mandara arrancar a sangue frio o coração aos homens que lhe mataram a amante, um homem sereno, mas capaz de perder a cabeça, e com ela a razão, quando lhe pisavam os calos e mostravam um absoluto desprezo pelo seu poder, e se calhar o que magoava ainda mais, pela sua amizade. O escudeiro Ricardo já o vira de cabeça virada contra o próprio filho, e Philippa, na retaguarda, já entendera que enfrentar o marido directamente podia acabar mal. Fernando Afonso, pelos vistos, lembrara-se de repente dessa faceta do seu senhor, e achara por bem precipitar-se nos braços dos monges.

A multidão já estava reunida à porta de Santo Elói quando o rei ali chegou, vermelho de fúria, um manto atirado sobre os ombros sem conseguir esconder a descompustura do seu vestuário. Trazia consigo a guarda do palácio e mandou-os partir a porta e forçar a entrada. Os pobres rapazes tremiam: quem os salvaria depois da excomunhão que os padres sobre eles profeririam? Mas entre a cabeça cortada hoje ou uma pena a pagar algures no futuro, optaram por obedecer ao poder terreno, e com maços e martelos deitaram abaixo a porta. Fernando

Afonso correra para o altar, e agarrara-se à Virgem, incapaz de acreditar, mesmo no seu terror, que o Mestre o arrancasse dali. Mas João já não via nada senão um inimigo que se dispunha a ridicularizá-lo perante a sua corte e o seu povo, e apesar dos gritos da multidão, arrastou-o com as suas próprias mãos, trazendo atrás pedaços do altar, e entregou-o aos seus guardas:

– Levem-no a queimar ao Rossio – declarou em voz alta, e a gente ali reunida caiu num silêncio sepulcral. Afinal, ali mesmo em S. Martinho, e pouco mais que um miúdo, matara o conde de Andeiro. O que o impedia de ser implacável de novo? Mas se o castelhano era um inimigo, Fernando Afonso era, e toda a gente o sabia, seu amigo. A diferença era tão abismal que as gentes seguiram um Fernando Afonso agrilhoado até ao terreiro. Nem a morte de um nobre D. João lhe concedia, que os senhores tinham direito a que lhes cortassem a cabeça em vez do lume, murmurava a populaça. Esperava-se a revogação da pena, uma mensagem do rei com o seu perdão, mas em vão. O rei deixava-o morrer sobre as chamas da lenha crepitante, a morte escolhida para castigar o povo.

– Isto é ciúme e raiva – falavam entre eles os homens.

– Isto é obra de uma mulher – ouviu-se uma varina dizer na sua voz estridente.

– De uma ou de duas – murmurou entre dente o Intendente. E mais não disse, porque a lição estava aprendida: Com El-Rei ninguém brinca.

Philippa entendeu rapidamente que a situação era explosiva. Beatriz de Castro, que via o seu verdadeiro amor condenado à fogueira, explodira em pranto incontido. De luto, mas também de raiva. O sangue azul corria-lhe nas veias, recusava-se a que uma estrangeira, fosse ela rainha ou não, ditasse o seu destino. E tudo, murmurava, porque D. João a beijara sem que ela sequer o tivesse incitado a tal... E as outras damas, que se sentiam cúmplices daquele amor verdadeiro que tinham ajudado a esconder, enraiveciam-se com ela. Morto estava, também, o seu ideal de príncipe encantado, que o bem-parecido Fernando Afonso representara, o homem capaz de desafiar o próprio rei por amor de uma mulher.

– Morreu por ti – murmuravam, enquanto a enchiam de mimos, a serviam de chás de camomila, a esfregavam com perfumes e montavam com ela uma barreira contra a rainha.

369

– A culpa só pode ser da piedosa da D. Filipa, que reza as suas Horas com devoção mas nos intervalos deixa homens cujo único pecado foi amar irem a queimar ao Rossio. Ainda por cima por ciúmes e despeito – murmuravam outras.

D. Brites dourava o cenário nos seus relatos à rainha, mas Philippa vivera demasiado tempo entre estas mulheres e outras como elas, para saber que nestes momentos a solidariedade feminina se torna acéfala e a multidão deseja apenas uma coisa: ver sangue a correr pela calçada.

Era preciso agir e agir depressa, antes que os fumos do corpo queimado chegassem ao paço e incendiassem ainda mais os humores. Era preciso proteger João, pondo um ponto final a tudo isto, impedindo-o a sua natureza afável de o obrigar, no dia seguinte, a decidir-se por um pedido de perdão à pretensa viúva, ao turbilhão que os remorsos lhe iriam provocar, a ele que até as mortes dos castelhanos envergonhavam porque, como dizia, bem vistas as coisas matara irmãos em Cristo.

Philippa vestiu o seu melhor vestido, pediu a Maud que lhe entransasse o cabelo e o enchesse de brilhantes e pérolas, tirasse do cofre as suas jóias e aplicasse na pele do rosto, ainda mais pálida do que o costume pelos últimos horrores, aquele pó comprado aos mouros, que lhe dava uma cor mais saudável. Depois ordenou a uma D. Brites, trémula e perdida, que convocasse imediatamente Beatriz Castro à sua salinha de trabalho – que lhe dissesse que a receberia lá.

Quando viu a miúda entrar, os olhos encarnados de choro, sentiu um aperto no coração. Mas com a disciplina a que se habituara de criança, escondeu por trás de uma expressão impávida a agitação que sentia por dentro, e numa voz monocórdica ordenou a uma Beatriz que ao contrário da rainha ostentava na postura do corpo e nas linhas do rosto todo o seu desprezo por quem tinha à frente, sem sombra de um vénia ou de uma cabeça ligeiramente dobrada:

– Soube agora tudo o que aconteceu. Tens uma hora para juntares as tuas coisas e depois vais partir.

– E para onde, posso ao menos isso saber? – perguntou Beatriz num tom abertamente provocador.

– Não sou juiz de causa nenhuma, e nem sequer falei com o meu marido sobre esta questão, mas espero que reconheças que não podes ficar aqui nem mais dez minutos... Vou escrever uma carta à minha irmã Catalina enquanto arrumas a tua arca, e peço-te que lha entre-

gues. Não falará destes tristes acontecimentos, e dirá apenas que deci-
diste juntar-te aos teus familiares que estão em Castela... E que decida
ela se te quer, e onde te quer... Mais nada.

Beatriz manteve um sorriso cínico, mas para dentro suspirou de alívio – pelo menos não era o convento. E com essa segurança, arriscou
levar a provocação mais longe:

– Longe de Portugal, longe de El-Rei, é isso, não é? Quando eu
amava Fernando Afonso, a rainha age por um ciúme imaginado, e tem
agora medo que desaparecido o homem que ocupava a minha cama,
o próprio D. João se candidate a ela!

D. Brites levantou-se da cadeira que ocupava num canto mais
escuro do quarto:

– Cala-te, Beatriz, parece que ainda não entendeste que o assunto
é sério, e que D. Filipa te dá a possibilidade de saíres dele por cima...
Mexe-te, menina, que te falta crescer em juízo e sabedoria – e agar-
rando-a por um braço arrastou-a dali, sem que Philippa tivesse deixado que um dos músculos da sua cara desse a mais pequena indicação do que sentia.

Quando Beatriz Castro saiu ainda a vociferar contra a rainha de
gelo, a rainha de gelo derreteu-se, e correndo apressadamente para o
quarto, fechou a porta com força e atirando-se para cima da cama
chorou até adormecer.

26

Paço de A-par de São Martinho, Lisboa, 9 de Dezembro de 1392

As últimas semanas tinham passado lenta e dolorosamente. João, acabrunhado por ter deixado que um dos seus homens fosse queimado vivo, ajoelhava-se longas horas em oração, confessava-se repetidamente ao seu director espiritual e visitava na Sé, ali a dois passos, o túmulo da pequenina Branca. Não podia fugir de Lisboa, quando o parto da mulher estava iminente, mas movia-se numa agitação constante, um lenço sempre a assoar-lhe o nariz, como se quisesse afastar o cheiro de um corpo dilacerado pelo fogo. Se ao menos o deixassem ir à caça ou ver as suas obras, mas os seus conselheiros insistiam em que ficasse: era preciso desfazer a imagem que dera perante o povo, era preciso que fizesse o papel do pai e marido extremoso, era preciso que não saísse da corte a correr, para que as línguas viperinas insinuassem logo que fora atrás da amada, e que afinal sempre era verdade que mandara matar o amigo por ciúmes.

João das Regras estava francamente assustado: fizera sempre assentar a causa do Mestre na sua popularidade, e este assomo de violência era de resultados imprevisíveis. Talvez contribuíssem para dar do rei a imagem de um homem que não aceita que desafiem o seu poder, o que não era mau de todo, mas também era possível que dessem a impressão de que se tratava de um impulsivo, capaz de resolver assuntos de alcova e coração da forma mais brutal, queimando um rival, que ainda por cima era seu servo. O melhor era que passeasse pela cidade com Afonso e Duarte, fosse visto com os infantes e a rainha em passeios até aos campos da Ajuda ou do Lumiar, uma família unida e popular, temente a Deus.

Afonso e Duarte deliraram com a companhia do pai, e João encontrou nos seus filhos uma forma de afastar os pensamentos mórbidos que o acometiam. A serenidade de Philippa, que nunca lhe dissera uma palavra sobre o assunto, e a alegria da filha Beatriz, que mantinha a doçura apesar da sua adolescência, deram-lhe pela primeira vez a sensação de pertencer a uma família...

– Fui educado pelo meu avô, a minha mãe morreu cedo, e era ele que até aos cinco anos passeava comigo, me ensinava o nome das coisas, me explicou como se pegava numa espada... Os rapazes precisam de um homem por perto, Filipa, e quero acompanhar estes meninos todos os dias... – dizia entusiasmado, enquanto passava uma mão carinhosa pelo cabelo de Beatriz:

– E quanto a esta menina, tarda nada temos que a casar...

Mas Philippa atalhava sempre, sossegando a miúda que pela primeira vez na sua longa infância gozava de alguma estabilidade:

– A Beatriz ainda tem muito para aprender, mas quando falar inglês tão bem como já fala francês, arranjo-lhe um conde inglês: rico e lindo de morrer!

Riam todos, como naquelas tardes quentes de Kenilworth, em que a agitação política londrina retinha o pai entre as muralhas do castelo, e Katherine – como Philippa – agarrava com unhas e dentes a oportunidade de vincular John à sua nova família.

Foi com a imagem bem presente destes tempos de bonança que se tinham seguido à tempestade, que no dia 9 de Dezembro a rainha deu à luz o seu quarto filho, mais um rapaz.

– É a minha vez de lhe pôr um nome – dissera o pai babado, quando o foi buscar para o baptizado.

– Como lhe vai chamar, senhor D. João? – perguntaram em coro as duas gémeas parteiras, radiantes com a fertilidade real que lhes garantia um emprego quase exclusivo.

– D. Pedro, como o avô – respondeu João, orgulhoso.

E foi assim que Pedro, um bebé sossegado e com um temperamento meigo e sensível, se juntou aos irmãos no quarto de brinquedos.

A notícia chegou depressa a Barcelos, para onde Afonso bastardo tinha sido remetido com os seus tutores. O mensageiro trazia uma carta do pai, que lhe pedia para ir a Lisboa conhecer o benjamim da família. «Afonso, Duarte, Pedro... já lá vão três. Mas não são três crianças que me vão assustar! Que cresçam e depois falamos!», dissera alto e bom som o primogénito, enquanto para escândalo contido dos seus homens lançava ao fogo da lareira o pergaminho timbrado com as armas de Portugal.

27

Paço de El-Rei, Atouguia da Baleia, Outubro de 1393

Philippa descobrira há pouco mais um paço real abandonado, e mais uma vez se apaixonara por ele. João mostrara-lho a caminho de Óbidos. Fizera um desvio para a Serra d'El-Rei, depois virara em direcção a Peniche, e numa paisagem de verde, com o mar ao fundo, apontara-lhe o Paço de D. Pedro. A fachada era discreta, como a de um solar senhorial, o portão a meio, estreito, as portas pequenas mas com a cantaria de pedra que a rainha não se cansava de admirar, uma coroa de mármore sobre uma delas. A meio do pátio interior uma araucária gigante marcava a sua presença imponente, e dali partia um jardim a perder de vista, e que agora estava coberto de silvas, de laranjeiras mal tratadas e de cameleiras que tentavam chegar ao sol por entre o matagal que lhe crescia à volta. O espaço era murado todo à volta, mas na ala que corria paralela à costa, o arquitecto abrira na própria muralha umas enormes janelas góticas, de onde se via o mar, que de tão azul se unia ao céu. E no meio desse mar, duas ilhas, uma maior e outra mais pequena, que João lhe explicara terem o nome de Berlenga e Farilhões.

Lembrava-se de ter exclamado de contentamento a cada passo que dava, quando João lhe mostrara o paçozinho construído pelo seu pai, D. Pedro, mas quando lhe perguntou por que escolhera o senhor seu pai um sítio tão isolado, tendo ainda por cima o paço de Óbidos ali tão próximo, viu-o franzir as sobrancelhas num reflexo zangado e entendeu que deviam ser assuntos de saias, e não insistiu. Logo perguntaria a D. Brites, que o importante agora era assegurar que o marido a deixasse tomar posse desta casa pequena e prática, ainda por cima com um espaço protegido para que os filhos pudessem brincar, e até montar, sem que corressem perigo, ou alguém invadisse a sua privacidade. «Exactamente como em Kenilworth, em que os manos podiam correr por todos os lados, porque a única saída era guardada», pensou satisfeita.

Quando, meses depois, o médico lhe recomendou descanso e ar do mar depois de um Inverno em que ela e as crianças tinham passado o tempo entre constipações, tosses e febres, pedindo-lhe que evitasse mais um Verão em Sintra, que ainda por cima naquele ano prometia ser especialmente húmido, Philippa não hesitou: queria ir para o paço de El-Rei, próximo de Atouguia da Baleia, o que lhe permitia obedecer ao físico e simultaneamente garantir que o marido continuasse a vigiar as suas obras na Batalha, e nos outros paços, caçasse na serra próxima, e estivesse suficientemente próximo de cidades como Santarém e Lisboa para poder reunir facilmente com os seus conselheiros. Ao escutar o pedido, João sorriu e comentou:

– Imagina que fui tão estúpido que acreditei que te ias esquecer dele... mas a minha arquitectazinha não pode ver duas pedras em cima uma da outra que não se imagine logo a fazer obras e a ocupar o lugar.

Philippa rira com ele, até porque sabia que o rei não lhe recusaria aquele lugar sossegado, onde vantagem das vantagens, conseguia ficar sozinha com a sua família e apenas os mais chegados, mandando a corte instalar-se no castelo mais próximo... mas suficientemente longe para não ter de suportar diariamente protocolos, rituais e sobretudo a canseira da má-língua constante. João fazia troça deste seu constante desejo de reclusão e acusava-a de, no fundo, não passar de uma freira com um rancho de filhos! A rainha corava até às orelhas, mas pensando bem, achava que talvez o marido tivesse toda a razão: Elisabeth nascera para brilhar na corte, mas ela sempre preferira, como a mãe, os palácios mais remotos, os claustros mais solitários e até os conventos mais sossegados. Ainda hoje sonhava muitas vezes com os passeios que dava nos campos de Bolingbroke, os faisões, as raposas e as codornizes a cruzarem o seu caminho, e como o pai a mandava apanhar dentes-de-leão, e lhe jurava que cada uma daquelas partículas que se soltavam ao primeiro sopro, eram fadas que lhe garantiriam todos os seus desejos. Queria repeti-los ali, naquele paço rodeado de terra fresca e por lavrar, o único de todos os que possuíam perdido no meio de nada, sem casas nem casinhas em redor, sem ruas e vielas, sem gente... Campo aberto, onde correria com os filhos, apanharia urtigas para fazer chás e urze para encher as jarras da casa com o perfume da natureza, onde plantaria um canteiro inteiro de papoilas, que eram a flor favorita de João.

❀

Estavam já há mais de dois meses instalados no paço. Logo que as chuvas tinham parado, Philippa tinha abandonado Lisboa, instalado filhos e amas no Castelo de Óbidos, e mergulhado no seu passatempo preferido: era preciso mobilar a casa que quase não tinha móveis, a tinta soltara-se com o passar do tempo das paredes, havia telhas partidas no telhado e tudo precisara de ser caiado e arranjado de novo, para que estivesse pronto em Junho, quando tencionava mudar-se para lá.

Lourenço acompanhava-a muitas vezes, decidido a controlar os gastos ou usando os gastos como pretexto para um longo passeio a cavalo, que o enchia sempre de vitalidade. Numa das visitas às obras, Philippa perguntou-lhe abertamente:

– Por que é que o rei D. Pedro deixou este sítio tão ao abandono e ninguém pareceu interessar-se por ele?

Vendo Lourenço hesitar, percebendo bem que se lho perguntava a ele era porque já João fugira à pergunta, a rainha insistiu:

– Já João franziu o sobrolho e D. Brites corou e disse que não sabia, por isso, por favor, Lourenço, não comece agora a tratar-me também como uma criança pequena.

Lourenço não precisava de mais incentivo e contara-lhe a história toda: D. Pedro construíra o paço para ali passar os dias e as noites com a sua amante, D. Inês de Castro, e mais tarde com os seus filhos, aproveitando o isolamento para manter a ligação clandestina longe dos olhares e das intrigas. Além disso, acrescentara Lourenço como para dar um ar mais sério às decisões daquele que, afinal, era o sogro defunto de Philippa, ao que se dizia o rei gostava do descampado da Atouguia para ver melhor as estrelas do firmamento que estudava com afinco.

Philippa encolhera os ombros: – Não quero saber nada do passado daquele paço, nem tão-pouco do pai de El-Rei que não me parece que fosse um homem temente a Deus. E digo-lhe, Lourenço, vou fazer tudo para que o rei se esqueça que ali viveram os meios-irmãos com que se digladiou. D. João veio depois de tudo isso, a mãe dele é posterior a essa tal Inês de Castro, vou fingir que não sei de nada e tornar aquele paço tão nosso que o rei o considere seu. Como na realidade é.

Lourenço sorrira: era típico da rainha não deixar que os fantasmas do passado lhe estragassem os planos. Pragmática até dizer basta, era capaz de arrumar as preocupações e a angústia num baú no sótão da sua cabeça e avançar para o futuro.

A verdade, pensara ele meses mais tarde, quando se instalara com D. Teresa no quartinho que lhe tinha sido destinado, na cama de dossel de colchão confortável de penas, as cobertas da melhor seda, o quadro de uma Virgem Maria de tirar o fôlego, é que já ali estavam todos acomodados, e o paço de D. Pedro já não tinha, por esta altura, muito mais que o lembrasse para lá do nome.

❁

João já fora deitar-se e ambos olhavam, abraçados, um céu cheio de estrelas que a janela aberta de par em par deixava entrever, e os ouvidos enchiam-se do grasnar das gaivotas que naquela noite fugiam do mar.

Philippa perguntou-lhe, na sua voz mais terna:

– Estás a dormir?

– Quase...

– O teu pai tinha bom gosto. Os teus antepassados tinham bom gosto. Estes paços são sempre nos melhores sítios... Este é pequenino, longe de tudo, não cabe aqui nem metade dessa maldita corte, e as gentes das povoações são gente séria, temente a Deus, com as suas capelinhas espalhadas pelos outeiros. Mas do que gosto mais é da vista: a ilha da Berlenga ao longe, esta voz das gaivotas, os campos ainda tão virgens... Hoje D. Lopo esteve a ensinar aos bebés os nomes das estrelas. E quando fomos a Peniche, o Afonso não parou de chorar até um dos pescadores o ter içado para o seu bote. A ama não o queria largar, mas ordenei-lhe que o deixasse ir... Talvez os nossos filhos venham a ser marinheiros...

João estava a deixar-se embalar pela voz da mulher, com aquele sotaque de que tanto gostava, tantas vezes os femininos trocados pelos masculinos, e uma forma de falar muito mais pausada, de quem ouvira contar muitas histórias e aprendera a reter a atenção do ouvinte.

– Estás a dormir...

– Estou-te a ouvir, a tua voz cada vez mais distante, como o barulho do mar, enquanto mergulho nos sonhos. Vou sonhar com filhos marinheiros.

377

E pousando a mão na barriga da mulher, ainda abriu um olho para lho piscar:

– E pelo andar da carruagem, não vão precisar de mais ninguém na equipagem. Rapaz ou rapariga, já sabes?

– A Maud diz que é rapaz! Eu queria muito que fosse rapariga, respondeu, com uma voz subitamente nostálgica: tantos anos vira a mãe sonhar com varões e a ver sobreviver apenas as raparigas, e agora com ela o jogo acontecia exactamente ao contrário.

– Temos é que ter cuidado, espaçar estas gravidezes...

– Não estás contente?

– Claro que estou, mas o médico disse, e as parteiras insistem: tens 34 anos, este é o teu quinto filho em seis anos, não és nova, é perigoso. Mandaram-te para perto do mar por causa dos ares, porque não tens a saúde que tinhas.

– Serão os que Deus nos enviar... – retorquiu Philippa soltando-se do seus braços, zangada, como se lesse nas suas palavras o desejo de se afastar dela, de deixarem de fazer amor, de abandonarem a descoberta do prazer que os seus corpos lhes podiam dar.

João deu uma gargalhada, sem abrir os olhos. Esta mulher já ele a conhecia de ginjeira:

– Não é nada disso, Filipa. É preocupação genuína. A tua mãe morreu cedo, a minha também, não quero um rancho de filhos órfãos, sem mãe para os educar...

Ao ouvir a franqueza com que lhe dizia tudo isto, deixou-se novamente escorregar ao encontro do seu corpo quente:

– Vamos ter cuidado, prometo. Mas por enquanto estamos seguros... de cada vez que estou grávida de um, não posso ficar grávida de outro.

E à luz da lua, fizeram amor.

28

Paço de Leiria, 7 de Fevereiro de 1394

Quando se deitara na sua cama no paço de Leiria, depois de uma viagem extenuante, a barriga de oito meses, enorme, ficara a advinhar formas no adamascado do dossel que lhe servia de tecto, e rebobinara na cabeça os últimos tempos. Ficara meses a fio no paço de Atouguia, agarrando-se ao pretexto que os médicos e as gémeas parteiras lhe davam de que precisava de uma vida mais sedentária, sem tanto fazer e desfazer de malas. Passara uns tempos mágicos rodeada apenas por um pequenino grupo de fiéis, sem os alvoroços e as intrigas das damas, ainda para mais azedadas com o que acontecera a Beatriz Castro, e sempre perto dos seus infantes, que cresciam com os pulmões saudáveis e espaço para correr e brincar, dentro e fora de casa. De tudo o que lhe tinham dito, a frase que mais contribuíra para a sua decisão de ali assentar arraiais, fora a recomendação de D. Aurélio, o médico de Lisboa, que lhe garantira que era preciso resguardar os filhos «que a peste espreita sempre, e se não for a peste outra é por ela». E da peste, e do seu poder, tinha Philippa todas as razões do mundo para temer.

«A morte nunca está longe!», respondera Philippa, a quem a morte recente de Maud abalara profundamente. Acontecera em finais de Setembro: estranhando a sua ausência, D. Brites foi ver o que retinha a velhinha que lhe servia de braço direito, e de quem aprendera a gostar como quem gosta de uma tia, e encontrara-a morta, os olhos fechados para sempre, a cama sem nenhum sinal de desalinho e agitação. Chamara imediatamente a rainha, porque queria que ela a visse assim, tão serena, e que essa serenidade lhe servisse de prova de que

Deus Nosso Senhor lhe dera uma morte santa, aquela que só dá àqueles que mais ama. Philippa, contendo o choro, ajoelhara-se junto da cama, pondo a sua mão entre as mãos já frias da ama, ajustando-lhe a cruz que prendia nos dedos, e saiu do pequenino quarto, despedindo-se com um beijo na testa. Muito do que era, devia-o a esta mulher que deixara a terra e a família para a amamentar com o seu leite a seguir e servir por todos os anos da sua vida. João ordenou que lhe fosse feito um funeral com pompa e Philippa, Beatriz e os três príncipes, mesmo tão pequeninos, marcaram presença ao lado da cova que se abria no cemitério, de onde se via o mar.

– *Mummy*, disse Afonso, num inglês fluente que usava apenas com ela –, *mummy*, a Maud foi para o céu, o céu das estrelas que D. Lopo nos ensinou? Mas ela não nos disse adeus...

Philippa lembrou-se de que Elisabeth não era maior quando a mãe morrera em Bolingbroke, e como protestara por ela ter partido sem se despedir. A história repetia-se, mas felizmente ela estava por perto. Segurando-o ao colo, apesar de a barriga já o tornar difícil, murmurou-lhe ao ouvido:

– A Maud pediu-me para te dizer que não teve tempo de ir ao quarto de brinquedos explicar-te que se ia embora para ao pé de Deus, mas deixou-te este presente que era dela porque gostava muito, muito, de ti. E estendeu-lhe o pequeno crucifixo que a ama tinha entre as mãos ao morrer, e que decidira guardar como recordação.

Afonso olhou o objecto com reverência, e pegando nele enfiou-o no bolso do manto.

– Agora é meu. Agora a Maud é minha!

E virando-se para a mãe, sorriu-lhe. A mãe respondeu com um sorriso idêntico:

– Sim, Afonso, a Maud continua nossa. Como sempre foi.

Recordava-se da cena com ternura, e sem querer, umas lágrimas teimosas correram-lhe pela cara: Maud fazia-lhe falta todos os dias, a todas as horas, mas não podia deixar de estar grata que o Senhor a tivesse levado no sono, sem sofrimento. Escrevera ao abade do mosteiro de Celanova, aquele que tanto tinha impressionado a pobre ama, e pedira-lhe que rezasse dez missas por ela. Mandava também um «dote» para que no mosteiro beneditino fosse aberto um pequenino altar para Maud – a ama dissera sempre que se um dia deixasse a sua menina, era ali que queria descansar em paz, e Philippa sentia-se bem em, de certa forma, tornar possível aquele desejo.

Recebera também cartas de Elisabeth e Henry, os seus outros «meninos», recebera cartas de Katherine, e até do pai John, que aproveitava, naquela sua maneira prática, para a informar de que devia rapidamente falar com Catalina e oferecer-lhe todo o seu apoio, porque Constanza também acabara de morrer. «Na solidão de um castelo perdido, sem que eu, seu marido, estivesse perto», esquecera-se de acrescentar, mas era fácil depreender pelo pouco que contava. A felicidade de John of Gaunt em se ver livre de um laço criado num momento de ambição era patente, mesmo no tom formal da carta, e Philippa imaginava que Katherine encarasse este «desaparecimento» com um imenso alívio. Curiosamente, Philippa sentia-o também assim: conhecera e reconhecera na relação entre o pai e a amante um amor completamente diferente daquele que parecia unir a maioria dos casais que a rodeavam, e magoava-a que para o viverem tivessem de pisar a dignidade da pobre Constanza, que não fizera nada para merecer aquele destino. Agora estavam todos livres, pensou, enquanto pegava numa caneta para mandar uma mensagem rápida a Catalina. Não se esquecia de que a rainha de Castela não tinha agora mais ninguém no mundo excepto esta batelada de meios-irmãos, os Beaufort de Katherine incluídos, que lhe diziam pouco, e um pai a quem se recusaria a dirigir a palavra quando percebesse (se ainda não tinha percebido) que estava novamente ligado à mulher que involuntariamente tanto fizera sofrer a mãe.

Esquecia-se de que Catalina era uma menina mimada, demasiado concentrada no reino que tinha para governar, e no menino-marido que era preciso vergar às suas vontades, para se dar ao luxo de perder demasiado tempo em lutos. Mesmo com o da sua mãe.

29

Casa do Infante, Porto, 20 de Fevereiro de 1394

Voltar ao Porto provocava-lhe uma comoção enorme, sete anos depois de ali ter casado, naquele mesmo mês. Olhava para o paço episcopal, para o convento de S. Francisco, para a Sé Catedral, para a Ribeira, os barcos no rio, as pessoas que saíam novamente à rua para a saudar, e sentia uma imensa confusão de sentimentos. Aqueles longos e intensos anos deixavam-na segura do seu lugar como rainha de Portugal, e atravessava as portas da cidade com um imenso orgulho na sua fertilidade e, sobretudo, nos varões que dela resultavam e que faziam virar os olhos do povo enquanto lhes acenavam, direitos nos seus pequenos poldros. Por outro, reconhecia que era como se ali estivesse pela primeira vez, porque já pouco restava em si da Philippa insegura e nervosa, com medo de não ser amada e aceite, que ali estivera há tantos anos. Essa tinha sido Philippa, esta era decididamente Filipa. Mas por outro, era impossível escapar à nostalgia que aquele tempo lhe causava – ganhara muito, mas perdera outro tanto, Elisabeth, Blanche, Thomas, John, Maud e até Constanza... para não falar na pequenina Branca.

A sua barriga proeminente recebia palmas e flores das mulheres que enchiam os passeios, gente bem mais forte e efusiva, mais convicta do que aquela que acorria às vielas de Lisboa. Uma mulher que tinha dado à luz quatro filhos e esperava o quinto era uma heroína, independentemente de usar ou não coroa, pensou a rir.

João decidira comprar-lhe uma casa, uma casa mesmo, e Philippa ficou feliz com a ideia de que iria ser dona de um território só seu, livre dos rituais enfadonhos da corte, agora que a única coisa que queria era ver este bebé nascer com saúde... e olhar para os outros brincar e aprender no sossego de um quarto de brinquedos.

Deu um grito de felicidade, quando viu à porta da casa D. Lançarote, o seu Lancelot como sempre insistira em chamar-lhe. O primaz de Braga retribiu-lhe o sorriso rasgado, mas apontou discretamente – com a sua graça costumeira – para um homem gordinho e rechonchudo, com uma mitra tão ricamente decorada que encadeava os olhos. Era como se lhe dissesse: «Já falamos, mas não se esqueça do protocolo, e este senhor é o novo bispo do Porto, e convém pelo menos fingir uma profunda satisfação em conhecê-lo.» Philippa, divertida, obedeceu-lhe o melhor que soube, e conquistou logo ali o coração do príncipe da cidade, com histórias do maravilhoso acolhimento que tivera no seu não menos espantoso paço, digno de rivalizar com todos os paços que conhecera desde aí. Puxado o lustro ao senhor, estendeu então a mão para um caloroso encontro com Lançarote, que depois de a beijar, pediu para conhecer e abençoar os seus filhos. Philippa adorou o pretexto e arrastou-o para aquele que D. Brites – que preparara tudo para a sua chegada – lhe indicou como sendo o quarto de brinquedos.

D. Lançarote ajoelhou-se para ficar à altura dos três infantes, e pediu, com toda a solenidade, que cada um dissesse o seu nome e idade.

– Eu sou Afonso – disse-lhe o mais velho, estendo-lhe a mão e olhando-o nos olhos, os olhos azuis da mãe, francos e abertos.

Lançarote tomou-se de amores por ele, e perguntou-lhe divertido:

– Prazer em conhecê-lo D. Afonso. E que idade tem?

– Tenho quatro anos e meio, D. Lancelot – respondeu e o bispo deu um salto, porque pensando bem nunca se apresentara...

– Como é que sabes o meu nome? – perguntou, ao ouvir o nome que só Philippa gostava de lhe chamar como se fosse o cavaleiro da Távola Redonda.

– Porque o reconheci das histórias que a senhora minha mãe me contou, e lembrei-me que o meu pai me disse que tinha combatido com ele em Aljubarrota e era um grande soldado...

D. Lançarote baixou a cabeça, comovido:

– Deus deu-vos bons pais, D. Afonso...

Mas Duarte não aguentava tanto tempo de anonimato, e lançou-se para os joelhos do bispo, que se sentara numa cadeira que as amas tinham puxado para junto de si:

– Eu sou D. Eduarte, podes-me chamar Duarte, disse o mais pequenino.

– Prazer, D. Duarte – disse o bispo estendendo-lhe também a ele a mão, que a criança beijou com imensa dignidade.

– Tenho três anos e meio – acrescentou o infante, antes que lho perguntassem. E numa voz ofegante pela vontade de dizer tudo antes que o irmão mais velho o interrompesse acrescentou «e este é o infante D. Pedro, mas só vai fazer dois anos no Natal, e por isso não sabe dizer muita coisa...»

Mas o bebé da família não queria ficar de fora da cena, e numa algaraviada incompreensível quis também ele trepar para cima do bispo, apesar dos esforços da ama para o impedir.

Philippa assistia a tudo, encostada à ombreira da porta, num daqueles momentos de felicidade pura em que todos os elementos do cosmo se pareciam juntar num único momento que a fazia sentir a mulher mais sortuda e realizada do universo.

※

A estatueta de Nossa Senhora do Ó, que nunca saía dos aposentos da rainha, vinha embrulhada em palha e guardada numa caixa de madeira, para que não se estragasse ou partisse. Mas ninguém parecia saber em que arca fora colocada, e Philippa andava de sala em sala da nova casa, a vasculhar tudo. Nervosa, a barriga quase não a deixando mexer-se, falava num tom invulgarmente ríspido com as criadas que, assustadas, se esforçavam por a ajudar.

Quando viu entrar Ricardo, o escudeiro, Philippa nem hesitou:

– D. Ricardo – disse-lhe, e o adolescente corou até à raiz dos cabelos.

– Sim, Majestade.

– Ajudar uma dama aflita é missão para um cavaleiro, não é? – perguntou a rainha.

– Ainda não fui armado tal – respondeu-lhe timidamente o rapaz que a admirava há tantos anos em silêncio –, mas se a puder ajudar – acrescentou imediatamente.

– Ninguém sabe onde está empacotada a estátua da Senhora do Ó que o meu marido me deu, e a minha última esperança reside naquela arca imensa que está ali por cima daquele armário. Chegas lá?

Ricardo sorriu e Philippa, esquecida do seu mau humor, correspondeu ao sorriso:

– Se passares estas provas, depois vais ajudar D. Lopo a educar os meus rapazes, que bem podem aprender com a tua lealdade e dedicação, que te vejo sempre discreto e disponível desde que nos encontrámos pela primeira vez em Monção, lembras-te?

Ricardo, inflamado de orgulho, conseguiu apenas baixar ligeiramente a cabeça, para segundos depois saltar ágil pelas prateleiras acima e com a ajuda das duas criaditas fazer baixar a enorme arca que alguém tinha deixado naquele lugar inatingível.

Philippa precipitou-se sobre a tampa, ansiosa, e a primeira coisa que viu quando a abriu, foi a caixinha de madeira da «sua» Nossa Senhora, protectora de todos os partos que tivera até hoje. E hoje era Quarta-feira de Cinzas, o que, segundo a criada de quarto lhe tinha dito era um dia agoirento para nascer uma criança. Philippa benzeu-se mal a mulher virou costas, e talvez tivessem sido aquelas palavras que desencadearam aquele ataque de ansiedade: o bebé estava a nascer, e só a Senhora do Ó lhe podia dar as forças de que precisava para mais um parto longo e penoso.

Philippa agradeceu efusivamente ao escudeiro-cavaleiro:

– Quero ser a tua madrinha, não te esqueças de me dizer quando a cerimónia estiver marcada – disse-lhe com um afago nos cabelos, que fizeram corar do mais profundo vermelho o pobre do miúdo.

E desapareceu lenta e pesada pela porta, deixando um Ricardo a sonhar com Guinevere, a heroína da Távola Redonda.

Se o bebé nasceu naquele dia de 4 de Março de 1394, em consequência da busca pela Virgem perdida, ou porque Philippa pressentia que o momento chegara, ninguém pode dizer, mas depois de uma gravidez agitada, o parto foi longo e complicado. O bebé estava numa posição difícil e era maior e mais pesado do que os seus irmãos mais velhos. As gémeas suaram em bica e decidiram a certa altura deitar para trás das costas o seu orgulho e mandar chamar a comadre Angelina, conhecida na cidade como tendo mãos de ouro. Mulher de um pescador, era ela que assistia as senhoras nobres da cidade, mas nunca recusara por isso ajudar a vir ao mundo o filho fosse de quem fosse, e até as mulheres que ganhavam a vida com o corpo lhe vinham pedir os seus favores. Com ela trouxe ungentos novos e uns óleos que facilitavam a descida da criança, e a verdade é que a partir do momento em que entrou na sala tudo se desenrolou mais depressa e com mais calma. Angelina era uma personagem, conseguiu ainda pensar a rainha, enquanto se esforçava por obedecer às suas ordens.

Quando D. Brites insistia que a mulher usasse um trato mais reverencial para falar com a rainha, Angelina apenas respondia com um

«Se ando aqui com majestades, nunca mais faço o serviço, e mãe e filho ainda vão desta para melhor». Philippa acabara por, entre duas contracções, ordenar às suas mulheres que se deixassem de protocolos, que como Angelina dizia, o importante mesmo era fazer nascer a criança.

A comadre olhou-a com outro respeito depois daquelas palavras, para logo a seguir ordenar:

– E a senhora, não grita? Como quer que a criança nasça se não grita? Não vê que o menino precisa de ouvir a voz da mãe para nascer? Ó mulher, grite lá, que se não grita daqui a pouco estoura.

Philippa, para espanto de D. Brites, de Teresa e das damas a quem era permitida a estadia no quarto, gritou. E sentiu um alívio imenso naquele gemido, que parecia encher-lhe a cabeça, adormecendo-a e levando-a para longe dali, para as suas conversas com Chaucer, para as mãos de Maud no seu cabelo, para os passos da mãe que lhe vinha dizer boa noite.

– É um rapaz, é um rapaz – anunciou Perpétua, e os olhares de todos viraram-se admirativos para a rainha. A idade não só não lhe roubara a fertilidade, como ainda a fizera mãe de quatro rapazes de seguida, todos robustos e saudáveis, tudo o que uma casa real podia desejar.

– Dêem-me o Henry, dêem-me o bebé Henry – disse Philippa em soluços, estendendo as mãos para a parteira. Este podia, finalmente, receber o nome que sempre quisera dar a um filho, Henry, como o do seu irmão, como lhe prometera em Leicester, naquele Dezembro de há tantos anos, em que a neve cobria o jardim do paço e os dois se tinham encontrado junto ao rio.

– Henrique? Henrique será! – dissera João, quando D. Mécia Lourenço, a ama-de-leite escolhida por D. Brites, que na ausência de Maud ficara responsável pela selecção, lhe transmitira o nome que a mãe lhe dera.

Era a vez de D. Filipa escolher o nome, isso sabia ele, mas Henrique? Agora já percebia por que é que a rainha se esquivara sempre a responder-lhe quando perguntava se já sabia o nome que ia dar ao bebé se fosse rapaz. Por medo do seu protesto, está bom de ver. Richard, que era o rei de Inglaterra, e as lutas e intrigas constantes com Henry of Bolingbroke, o irmão querido da sua mulher, indicavam que o monarca inglês ficaria tudo menos satisfeito ao saber que mesmo lá longe, em Portugal, um infante fora baptizado com o nome do tio, o seu mais perigoso rival.

João encolheu os ombros. É verdade que o auxílio de Richard, que assinara com ele o Tratado de Windsor, era precioso, e não queria parecer-lhe ingrato, mas talvez estivesse a imaginar coisas e o rei inglês achasse mais que natural aquela escolha – afinal, Filipa podia sempre alegar que lhe chamava assim em homenagem ao seu avô, Henry of Lancaster, o primeiro daquela casa. De qualquer maneira, talvez Richard já nem sequer desse por mais este nascimento, cansado que estava com certeza de receber de Portugal mensagem a dizer que nascera... mais um.

Henrique seria, e nascido nesta cidade do Porto, era preciso que o seu baptizado fosse uma cerimónia oficial e servisse para colmatar todas as ausências do rei, que há sete anos não voltara a homenageá-la. João chamou Lourenço, o sempre prestável Lourenço, e nomeou-o, com a parceria da mulher, D. Teresa, organizadores da festa. Que não se olhasse a gastos, as tréguas com Castela garantiam alguma folga aos cofres. Mas o dinheiro não era o maior dos obstáculos – antes dele estava a data, 8 de Março, apenas três dias para todos os preparos. Mas Philippa, horrorizada com a ideia de que o seu filho pudesse morrer sem o santo baptismo pairando para sempre num limbo sinistro, tivera já dificuldade em aceitar que a cerimónia não fosse imediata, quanto mais adiamentos.

Deitada ainda na cama, os reposteiros puxados para não deixar entrar a luz, Philippa fechava os olhos com força para ouvir com mais intensidade todos os sinos da cidade que repicavam simultaneamente. Tocavam pelo seu filho, Henry. Henrique, que Deus seja louvado, estava finalmente a receber o Santo Baptismo na Sé Catedral, onde os pais tinham casado, rodeado por todos os «grandes» de Portugal, que dobravam o joelho em sua homenagem. E ao pensar no seu bebé, que ainda há poucas horas estava aninhado no seu colo, vestido no fato de renda de Bruxelas em que já os seus irmãos tinham sido levados à igreja, sentiu uma certeza, que nada tinha de superstição: nascera numa Quarta-feira de Cinzas, era verdade, mas bastava olhar para aquele bebé robusto, pronto a gritar mal tinha fome, os olhos escuros mas com uma força imensa, para perceber que o infante tinha uma vontade de ferro.

«Pode não ser ruivo como o meu irmão, mas vais ver que terá a sua determinação. E o encanto. Vai fazer grandes coisas», dissera Philippa a João, quando o rei lhe viera contar os pormenores da festa.

– Antes dele ter idade para provar a tua profecia as grandes revoluções vão ficar por conta do tio, pelo que leio – dissera-lhe João estendendo-lhe a carta com o selo dos Lancaster. Philippa respirou fundo. A carta era do pai, mas dirigida ao seu marido, o que raramente acontecia. John of Gaunt pedia ao genro que, dado o estado de gravidez da mulher, lhe desse o documento a ver apenas depois do parto, e se tudo tivesse corrido bem. De facto o relato era perturbador: o rei Richard considerara que Henry, o seu irmão, tinha conspirado contra ele e mandara-o partir para um exílio de dez anos, deixando a mulher e os filhos em Inglaterra. Henry partira, mas só depois de o rei inglês ter prometido não lhe confiscar os bens, que ficariam à guarda do seu pai e da sua mulher... promessa que John confessava ao genro ter muito medo que o monarca depressa esquecesse.

Philippa conhecia Richard desde criança, aquela insegurança de um segundo filho subitamente promovido a herdeiro, e depois a rei ainda menino, e também teve medo. Teria de escrever ao irmão a recomendar-lhe todo o cuidado. Mas sabia que a aflição do pai não era, na realidade, mais do que um desejo escondido de que o seu filho muito amado tivesse a coragem de um dia levantar a espada e lutar por um trono que se não lhe pertencia por direito, era seu por mérito.

– O meu pai não se contenta com duas filhas rainhas... precisa que o filho seja coroado para colmatar o vazio imenso que sentiu sempre sobre a sua própria cabeça – suspirou preocupada Philippa.

João passou-lhe a mão pelos cabelos e Philippa deixou-se embalar por aquela mão desfiando-lhe os cabelos, e adormeceu. Agora, ao recordar tudo isto, os sinos ainda ao longe, voltou a fechar os olhos – daqui a pouco voltariam todos e teriam muito para lhe contar.

30

Alcáçova de Lisboa, 16 de Janeiro de 1396

Quando Philippa recebeu a carta, nem queria acreditar: Katherine dava-lhe a notícia com que sonhava há mais de vinte anos, que nunca acreditara vir a realizar-se: John casara com ela! Casara pela Igreja, com a bênção de Deus, com a mulher que amava perdidamente há décadas. Calara com um gesto corajoso e decisivo toda a maledicência contra a «amante», fazendo dela a sua mulher legítima. Indiferente à sua origem inferior, indiferente ao facto de já estarem os dois velhos, indiferente ao que diriam dele. Juntos tinham ultrapassado a longa separação, os desentendimentos e as feridas profundas abertas no coração um do outro, provando que o amor que Chaucer cantava nos seus poemas era verdadeiro. Existia. Como o seu e o de João. Finalmente, podia chamar-lhe mãe, deixando para trás pesadelos de almas penadas em purgatórios ou a caminho do inferno. O pai e Katherine, eram marido e mulher. Comovida, precipitou-se para a sua mesa de trabalho, e escreveu:

Minha muito querida Katherine of Lancaster
Nem imagina a felicidade que me deu poder endereçar assim a carta, querida Katherine. Katherine of Lancaster, a minha melhor amiga, finalmente aos olhos de Deus, mulher legítima do meu pai. Katherine, hoje posso-lhe chamar madrasta, mas madrasta boa, exemplo de uma mulher que soube renunciar ao amor quando assim foi preciso, para fielmente o retomar de consciência tranquila, como prémio da sua virtude.
Sei que não me reconhece nesta carta. Confesso que habitualmente não me é nada fácil abrir o coração e contar o que me vai na alma.

Mas, Katherine, quantos anos de sofrimento, seu e meu, que temia a cada minuto vê-la arder nas chamas do Inferno sem conseguir acreditar, no entanto, que por muito que transgredissem as leis da Igreja, Deus alguma vez vos pudesse remeter para tal sítio.

De certa maneira achava que a Katherine tinha recebido a bênção da minha mãe, e a minha mãe só tinha um grande desejo na vida – ver o meu pai feliz. Tenho a certeza que nesse dia 13, na catedral de Lincoln, ela também esteve presente.

Aproveitem bem os anos que têm pela frente, e obrigue o meu pai a tratar de si, do John, do Henry, do Tamkin e da Joan, como vocês merecem.

Confesso que me dá um gozo enorme, e uma vontade de rir imensa, pensar no que essas presunçosas damas inglesas vão sentir quando tiverem de lhe beijar a mão como a mulher mais importante de Inglaterra, agora que Richard ficou viúvo. Mantenha, por favor, o seu sorriso trocista ao canto da boca!

Já não sou a Philippa que conheceu, já aprendi com a corte portuguesa, que apesar de tudo é bem mais benigna do que essa, que não podemos agradar a todos. É por isso que o mote que escolhi e sigo todos os dias, é «Talant de bien faire».

Katherine, gostava tanto que agora pudessem cá vir os dois! A Elisabeth diz-me que o pai está mais fraco, mais frágil, é difícil imaginá-lo assim, mas os anos passaram e as desilusões apresentam sempre a conta. Mas se pudessem, Katherine, se pudessem...

Como gostava que ficassem connosco no paço de Sintra, que remodelámos e tanto me lembra os tempos que passámos de volta dos arquitectos e dos artesãos em Kenilworth, que tem a vista mais deslumbrante que alguma vez vi para uma serra cujo topo está marcado por um imponente castelo mouro. Quando o céu está azul, de um azul que não existe em mais lugar nenhum, vemos lá ao fundo o mar...

Dava tudo para que entrasse na nursery dos meus rapazes. Ia recuar no tempo: Afonso, Duarte, Pedro e Henrique, tão parecidos com os «nossos», inseparáveis, mas sempre à luta. No outro dia, num acesso de nostalgia, fui com eles para o jardim e ordenei aos moços das cavalariças que os ajudassem a fazer uma casa na árvore, num carvalho imenso, muito parecido com aquele em que os manos fizeram a deles, lembra-se? Conto-lhe imensas histórias da minha infância, encho-lhes a cabeça com os feitos do pai e dos avôs Edward e Henry. Explico-lhes como o nosso coração se apertava de medo ao vê-los partir, o pó da estrada a levantar-se à passagem dos seus exércitos, mas como sentíamos orgulho na coragem de defenderem uma causa com a sua espada, e tantas vezes a sua vida... Falo-lhe das nossas aulas, Katherine, de como me ensinou a ler, de como aprendi a reconhecer as estrelas e as constelações, e Friar John e Chaucer me encheram os ouvidos de ciências, matemáticas e astrologia. O astrolábio que o seu cunhado Chaucer me deu viaja sempre connosco e é solenemente colocado em cima da pedra da lareira, como sinal de que Deus é patrono do conhecimento, e que um infante só é digno desse nome se puser a sua inteligência ao serviço da sabedoria. Felizmente, D. Lopo é um digno sucessor dos meus próprios mestres, e apesar de a princípio ter ficado um pouco aflito por ser a rainha a definir com ele o conteúdo das lições dos infantes, e o seu ritmo de trabalho, julgo que se sintonizou com a minha maneira de pensar. Noto que já não o preocupa que eu entre e saia durante as suas aulas, e vá dando uns palpites.

Tenho que confessar que tive imensa sorte, porque o meu marido João é um pai excelente – diverte-se com os filhos, deixa-os montar-lhe às cavalitas, ensina-os a manejar a espada, e nunca se esquece de lhes incutir o amor por Deus e pela Virgem, que muito venera. É um pai muito mais afectuoso e presente do que o pai John alguma vez foi para algum de nós, mas os modos portugueses de mostrar afecto e atenção são infinitamente mais efusivos do que os nossos. Para lhe dizer a verdade não me sinto ainda totalmente à vontade com estas demonstrações, nem sei se alguma vez me sentirei, excepto no que diz respeito aos meus filhos, que beijo e ponho ao colo com uma facilidade que talvez tenha aprendido consigo.

Tente por favor convencer o pai a vir até cá... senão terei eu que ir aí – às vezes sonho com isso, mas por agora sou incapaz de deixar os meus meninos ao cuidado seja de quem for. E a Maud faz-me uma falta...

Da sua enteada,

Philippa of Portugal

31

Convento de S. Francisco, Évora, 8 de Janeiro de 1397

Philippa gostava do Alentejo. Já de há alguns anos para cá que João insistia que a família passasse os invernos por aqueles lados, e apesar do rigor do frio durante a noite, a rainha achava a vista desafogada e o céu azul, mesmo quando era de um azul de gelo, repousante. O povo dali era firme e fino, dizia o rei, e era àquela gente que devia a coroa. Sem a fanfarronice dos nobres do norte, presos a Castela e ao poder, os alentejanos – jurava o rei – estavam dispostos a lutar junto de quem defendesse princípios que consideravam justos, independentemente de se ter nascido, ou não, em berço de ouro. Não lhes fizera a menor confusão aclamá-lo Mestre de Avis, e o mestre, por seu lado, trouxera para aquelas terras a sua corte e os seus homens de mão. Em agradecimento a Nuno Álvares doara-lhe propriedades sem fim, e o Condestável instalara a sua base na Flor da Rosa, mas mandara construir ou reconstruir muitos outros conventos, ermidas e casas senhoriais, distribuindo ele próprio benesses. A tal ponto que João sentira mesmo uma ponta de inveja e Philippa lembrava-se bem de o ouvir murmurar vezes sem conta, entre dentes, que já não se sabia quem era o senhor e quem era o vassalo. Recordava-se também que fora ela, incitada pela conversa do velhinho João das Regras, que o aconselhara a travar a generosidade de Nuno Álvares, que no final das contas trocava estas benfeitorias por um compromisso de vassalagem.

Recordava-se de uma conversa que tinham tido, já aqui em Évora, dois dias depois do Natal:

– Não tenho dúvidas nenhumas que o Nuno é ímpar a recrutar homens para as suas guerras, e que se não fosse ele Portugal não seria um reino independente, mas..., dissera João, as botas assentes na cerca de metal que rodeava o grande fogão de sala da ala do convento de S. Francisco que a família real tomava sempre que descia à cidade.

– Mas... a verdade é que já o recompensaste de mil maneiras – a tua parte do acordo está cumprida. O que te incomoda é que em lugar de parecer grato, ele empina aquele seu nariz, como se respondesse apenas directamente a Deus, e age como um rei.

João moveu-se inconfortável na cadeira. Philippa não era uma mulher de intrigas, mas o rei, desde o espisódio de Fernando Afonso, temia voltar a perder a cabeça. E sabia que Philippa, de forma sempre aberta e directa, mas por isso mesmo poderosa, era capaz de lhe plantar na cabeça a semente da desconfiança. Não queria, de maneira nenhuma, virar-se contra Nuno Álvares.

– Nuno Álvares só serve Deus! Aliás como tu! – atirou-lhe o rei com uma ponta de irritação pela plena consciência de que Filipa objectivamente mandava nele.

Philippa estava bem-disposta, e disse com ar trocista:

– Senhor meu amo, de mim não tendes nada a temer.

– Mas do Nuno tenho, é o que queres dizer?

– João, eu vivi num país de víboras, em que a política e a luta pelo poder eram uma constante, e as cabeças rolavam dos corpos mais insuspeitos. Longe de mim se quero um clima assim para Portugal. Mas o rei és tu, e mesmo que não o faça por mal, Nuno Álvares coloca-se, ostensivamente, como um poder paralelo... Age segundo as suas próprias regras, construindo um pequeno Estado, dentro do Estado, e até te digo que é de louvar a justiça com que trata quem o serve. Mas não pode ter vassalos, só os reis os podem ter, nem pode distribuir as terras que lhe deste em troca dessa vassalagem. É só isso que, com toda a calma, lhe deves dizer.

João prometera a si mesmo que o faria já no dia seguinte, antes do ano novo. A conversa entre os dois não foi simpática, mas o rei, sabendo que «perder» a discussão aqui lhe ganharia outra em casa, foi firme. Confiscaria todas as terras que Nuno Álvares oferecesse e proibia-o expressamente de ter vassalos. Por sentir que João tinha razão, por não desejar conflitos ou porque tinha outros planos para a sua vida, a verdade é que o condestável concordou. E João suspirou de alívio.

As mulheres da sua casa já tinham há muito desistido de insistir com a rainha para que ficasse quieta e sossegada. Uma mulher de trinta e sete anos, grávida pela sexta vez, devia estar deitada, dizia o médico da Universidade de Évora que D. Brites achara por bem chamar para acompanhar estes últimos meses da gestação. As gémeas parteiras, presentes na sala quando o ilustre físico viera examinar a senhora, deitavam olhares furibundos a uma D. Brites que acusavam de desconfiar da sua competência. E foram elas que, com o desplante com que a natureza as baptizara e os anos passados a exercer um cargo como este tratara de afinar, fizeram frente ao clínico:

– Esta senhora não é dessas. Monta a cavalo, caça, pega nos meninos ao colo, sai com eles para a rua... e não quer nada com a cama, que só amolece as carnes e rouba a energia no momento de dar à luz. Por isso, o doutor que não recomende nada disso, que Sua Majestade em partos já tem mais ensinamentos do que o senhor alguma vez vai ter...

Philippa, cheia de vontade de rir, teve de esconder o divertimento, franzir o sobrolho e mandar calar as raparigas, para logo depois se voltar educadamente para o médico, sossegando-o:

– O senhor desculpe a má educação destas comadres, mas a verdade é mesmo essa: gosto de andar a pé enquanto posso. O corpo mexe-se e a cabeça não se entrega a melancolias...

O homem da ciência não estava, decididamente, disposto a discutir com a rainha, e tinha que reconhecer que a senhora não parecia nada perturbada, apesar do adiantado do seu tempo. E de facto, aquelas megeras atrevidas tinham alguma razão: se se desenvencilhara com sucesso de cinco partos anteriores devia, de facto, estar bem entregue.

Philippa, estimulada pela conversa, decidiu que não era tarde nem era cedo. O dia de Inverno estava frio, mas lindo, e os campos enchiam-se de verde, entremeado de «azedas», aquelas flores amarelas que vira os miúdos do campo a chupar, e João lhe dissera que protegiam das constipações e das doenças. Da janela do seu quarto no torreão conseguia olhar por cima das muralhas da cidade – gostava da dimensão de Évora, toda branca e caiada, muito mais limpa do que Lisboa ou o Porto – e divertia-se a observar os rebanhos a pastar alegremente.

Ordenou a uma D. Brites, ligeiramente amuada pela falta de apreço demonstrado pela vinda do ilustre clínico, que recomendasse às amas dos meninos que os agasalhassem bem, porque iam passear. Queria que o cavaleiro Ricardo (de quem fora madrinha, como prometido!) os acompanhasse e a carruagem maior estivesse pronta.

Quando desceu para a porta da entrada, ouviu soluços e gritos. Uma cena daquelas só podia ser da autoria do seu primogénito, que habitualmente terno e sossegado, era acometido de fúrias quando contrariado, tal e qual o seu meio-irmão com o mesmo nome. E talvez fossse por fazer essa associação, e por saber que estava a educar o príncipe herdeiro, que era muito mais firme com ele do que com os outros.

– Afonso, que gritaria é esta? – disse numa voz alterada.

Ao vê-la descer as escadas, Afonso precipitou-se para ela e agarrando-se às saias, choramingou:

– O Ricardo não me deixa levar o meu cavalo, diz que a *mummy* nos obriga a ir todos juntos na carruagem.

– E diz bem – respondeu Philippa, afastando-o de si, e sacudindo-o ligeiramente:

– Afonso, és um infante de Portugal, não um menino da rua, a chorar porque não pode fazer o que quer.

As palavras surtiram efeito, sobretudo porque aquele tom da mãe já ele o conhecia de sobejo e não dava grande espaço de manobra. Com os seus sete anos sabia bem que era o herdeiro, e era esse peso constante que às vezes o tornava tão nervoso e irritadiço, alternando entre o medo e o desejo de um dia vir a ocupar o lugar do pai, que tanto admirava.

– Mas *mummy*, eu já tenho sete anos, não posso andar de carruagem, com os bebés dos manos todos...

E curiosamente, constatou Philippa, não foi Duarte que saiu à liça, como lhe competia, ou não fosse o segundo, só um ano mais novo, mas sim Pedro, sempre pronto a dar o corpo ao manifesto:

– Nós não somos assim tão mais pequenos do que tu, e eu até monto melhor – disse o Pedro...

Duarte apressou-se então, finalmente, a sair do seu canto junto à porta, e a pedir paz:

– Olhem para a *Mummy*. Acham que ela com aquela barriga toda está para os ouvir a discutir à volta dela? Vocês não sabem que os cavaleiros devem defender as senhoras, não matá-las com perguntas cretinas?

E dizendo isto chegou-se mais próximo da mãe e beijou-lhe a mão.

Querido Duarte, sempre tão suave e desejoso de agradar. Odiava conflitos e via-se que ficava mais pálido quando era apanhado a meio de uma briga. Ainda bem que não era o herdeiro, pensou Philippa, porque tomar decisões a favor de uns e contra outros, trucidar-lhe-ia a alma sensível e, no entanto, um rei tinha de passar o tempo a dividir para reinar...

Quem não podia ser mais diferente, era Henrique, preso pela mão da meia-irmã Beatriz, que apesar de adolescente continuava a adorar fazer de segunda mãe deste bando de rapazinhos irmãos. Se os três anos não lhe permitiam competir com discursos, Henrique não se coibia um segundo de entrar em conflito usando os dentes e os pés. Pressentindo que o inimigo da mãe, naquele momento, era Afonso, escapou-se da guarda da irmã e tentou dar uns pontapés bem dados ao irmão mais velho, que furioso o levantou e o virou de cabeça para baixo!

Ricardo veio salvar a situação. Os seus olhos sempre cheios de admiração por Philippa, por quem faria tudo para lhe evitar qualquer dor ou sofrimento. E por isso lançou o desafio:

– Se puserem os carapuços e as samarras, levo-os na carruagem descoberta, que é quase o mesmo que ir a cavalo... e Sua Alteza pode ir sossegada numa outra, aquecida com o braseiro, e leva consigo o pequenino Henrique.

Mas nem Henrique queria um tratamento menor, mesmo que mais confortável, nem sequer Philippa o desejava, pois estava ansiosa por respirar o ar frio cortante, que sempre fora, para ela, sinónimo de liberdade.

Partiram todos juntos, passaram por baixo do arco norte, e entre acenos dos homens que trabalhavam os campos e das mulheres que recolhiam lenha, foram passeando pelos caminhos que levavam ao rebanho que Duarte fora o primeiro a ver lá ao longe. Mas quando chegaram mais perto, o que os atraiu foi um acampamento de ciganos, que ao som da caravana real, saíram das tendas e das carroças, para rodear a comitiva da rainha, mão estendida, na esperança de umas moedas...

Uma mulher nova, envolta em panos pretos, nos braços um bebé loiro com uns olhos azuis que sobressaíam como faróis na sua pele tisnada, aproximou-se da rainha jurando, numa voz estridente, que tinha uma boa nova para lhe anunciar. Philippa estava fascinada, e pediu aos soldados que a deixassem passar.

A mulher fez-lhe uma pequena vénia e pediu-lhe numa língua que Philippa não reconhecia como português corrente para lhe estender a mão. E para seu espanto, a piedosa Philippa, por momentos esquecida do seu Livro de Horas e das ameaças de excomunhão para aqueles que fossem levados pela superstição, estendeu-lha. A mulher abriu-lhe um sorriso, que mostrava uns dentes podres, mas não era por isso menos mágico, e lentamente – para que se fizesse entender – proclamou: «Amanhã mesmo dará à luz uma menina!»– E Philippa, sem se conter, o lábio a tremer, com a memória da sua pequenina Branca, perguntou: «E nascerá com saúde?» Duarte, apesar dos seus seis anos, ia dizer à mãe que o futuro a Deus pertencia, como ela lhe tinha ensinado, mas Afonso deu-lhe uma cotovelada forte: «Cala-te, deixa a mãe fazer as perguntas que quiser, sossegada.» A cigana duplicou o seu sorriso encantador, e pronunciou alto: «Saúde e beleza terá a princesinha!» Mas o alívio da rainha, aquela sensação de felicidade suprema, foi de repente tingido. A pacata da Beatriz, sempre disposta a colocar a felicidade dos outros antes da sua, abraçou com força um Afonso perplexo e disse à madrasta:

– Já chega, D. Filipa, vamos embora daqui!

Philippa reconheceu-lhe no olhar o medo que lhe vira pela primeira vez em Santarém, quando lhe tinha vindo dizer que uma cigana da vila lhes dissera que esperava um varão. Lembrava-se que a irmã Blanche e a enteada Beatriz tinham parecido ligeiramente perturbadas, mas não dera grande importância ao assunto. Recordava-se, agora, fora no exacto dia em que nascera Afonso, o mesmo que a enteada agora prendia nos braços com força, com se tivesse medo de o perder...

Maquinalmente fechou a mão que ainda deixara na da cigana, estendeu-lhe uma moeda reluzente, conseguiu fazer-lhe um ligeiro sorriso de gratidão, mas sentia a alma pesada e mandou o cocheiro apressar os cavalos. Sentia-a a rainha e sentia-a a cigana, que em lugar de tentar regatear mais um pouco de generosidade real, se benzeu e se afastou devagarinho.

– Desculpe, D. Filipa – murmurou numa voz trémula uma Beatriz cabisbaixa.

– Não tens nada que pedir desculpa, Beatriz, pelo contrário. Não sei o que me deu para estender a mão a uma cigana, como se o futuro não fosse pertença de Deus, e eu uma menina atrevida a tentar competir com ele – respondeu a rainha.

– Vêem como eu tinha razão? O futuro a Deus pertence não é, mãe? – aproveitou logo para dizer, ufano, o leal conselheiro da família. Duarte, ele mesmo.

Philippa e Beatriz trocaram um último olhar de dor, e depois deixaram-se levar pelo riso das crianças que troçavam do tom pomposo do irmão e se distraíam já com as ovelhas a pastar.

A rainha pediu ao cocheiro que parasse de novo e disse alto: «Saiam todos e corram até estarem cansados e prontos para ir para a cama dormir.»

João viera a galope quando lhe disseram que nascera uma rapariga. Perguntara ansiosamente se estava bem, se era forte, e garantiram-lhe que sim, por isso galopava animado, o vento frio a trazer-lhe lágrimas aos olhos – ou seriam lágrimas de felicidade? Uma rapariga, que era tudo o que Philippa queria, e ele que poderia mais desejar, depois de quatro varões a eito?

Quando entrou em Évora naquele dia 11 de Fevereiro de 1397, os sinos da Sé tocavam furiosamente, e de samarras, capas e agasalhos quentes o povo descia à praça em frente do convento, ansioso por saber notícias. João escolheu entrar discretamente por uma porta de trás, mas depois não resistiu a precipitar-se para a janela que dava para o terreiro e dar ele próprio a novidade: «Nasceu uma princesa. A princesa D. Isabel.» O povo aclamou-o e ele foi-se deixando ficar, a olhar aquela gente que gritava o seu nome e o da sua família, gente que dependia dele, e a quem devia – como Filipa lhe repetia todos os dias – protecção, de quem devia cuidar como um pai. Porque só para esse efeito é que detinha riqueza e poder.

Acenou mais umas tantas vezes, e depois fechou devagarinho a janela e as portadas. Na ânsia de aparecer e de se consolar com as vozes do aplauso, nem sequer passara pelos aposentos da rainha, na ala sul do convento. Sabia que mãe e filha estavam bem, mas era imperdoável que cedesse à tentação da vaidade, antes sequer de ter abraçado Filipa. Encolheu os ombros – não lhe apetecia nada naquele dia autopenitenciar-se.

Ouviu os gritos excitados dos filhos, que ensaiavam mais um torneio no enorme quarto de brinquedos, e decidiu que os ia levar consigo nesta primeira visita: Philippa adoraria mostrar a infantazinha a estes matulões.

As crianças precipitaram-se sobre ele, excitadas. Afonso media o pai com os olhos, e o cheiro a suor e a cavalo, as botas de montar cheias de lama, só o tornavam mais adorável.

– Quem é que quer ir ver a princesinha Isabel?

E os rapazes agarraram-se a ele ainda com mais força, apesar dos protestos das amas.

– Então vamos combinar uma coisa. Eu vou lavar-me e mudar de roupa («ao menos isso», murmurou a ama de D. Henrique), e vocês vão lavar as mãos e a cara porque não podemos levar doenças ao bebé, e já volto para os vir buscar.

Philippa, empilhada sobre as almofadas, menos exausta do que nos últimos partos, porque o bebé era pequenino, sentia-se triunfante: uma filha, finalmente. João sempre dissera que se chamaria Isabel, em homenagem à Rainha Santa, mas para Philippa a sua pequenina era uma Elisabeth, que esperava crescesse com a beleza e a garra da tia! Mas se já se sentia eufórica, mais eufórica ficou quando, para seu espanto, viu entrar pela porta – apesar dos protestes da dedicada D. Brites – João, com os quatro infantes, de capas azuis-clarinhas e túnicas azuis-escuras, todos tão diferentes, mas todos tão seus, tão especiais, tão infinitamente amados, como nunca julgara que fosse possível amar.

Na presença do pai, e conscientes de que qualquer passo em falso implicaria o seu regresso imediato ao quarto de brinquedos, estacaram muito direitos, por alturas, junto do leito real. O pai dissera-lhes que não podiam tocar na mãe nem na irmã, e por isso não se lançaram em correrias loucas, nem tentaram saltar para cima da cama, nem sequer o tentou o pequenino Henrique – tão direito e digno como os seus irmãos mais velhos, que copiava pelo canto do olho.

A ama trouxe-lhes para lhes mostrar a pequenina Isabel, e Philippa desatou a rir:

– Pois é, meninos, os bebés são todos assim um bocado feios, não é? E não fazem nada, só choram e comem... Mas esta é a vossa irmã Isabel e como sabem...

– Um verdadeiro cavaleiro dá a sua vida por uma mulher, sobretudo se ela for sua mãe ou sua irmã – proferiu sentenciosamente Afonso, secundado por Duarte.

João riu-se:

– Afonso, a tua mãe enche-te a cabeça com os Cavaleiros da Távola Redonda, e D. Lopo não lhe deve ficar atrás, mas sim, claro, todos vocês têm de tomar conta da vossa irmã pequenina.

– Eu não faço o que ela mandar – disse Henrique, na sua voz ainda tão bebé.

– Isso é que vamos ver! – respondeu João, pegando-lhe ao colo. «Olha aqui o pai, que é rei de Portugal... só obedece à mãe.»

E rindo de satisfação levou de volta o seu pequeno exército, que entregou rapidamente às amas preocupadas, apressando-se a ir para o salão onde pretendia celebrar o nascimento da filha em condições com os seus homens. Até porque a esta hora, as codornizes já deviam estar a assar...

Paço de A-par de São Martinho, Lisboa, 10 de Fevereiro de 1399

A cara do mensageiro não deixava dúvidas de que o conteúdo da mesma não era feliz. Philippa tomou-a com mãos trémulas, e mandou sair o homem, as damas, os jograis e os tocadores de alaúde. Pressentia que não queria que ali estivesse ninguém quando lesse o que tinha que ler.

Quando a sala estava vazia, partiu o lacre com as armas dos Lancaster e percorreu as linhas com os olhos, que se foram tornando húmidos:

«Minha querida lady Philippa,
o seu pai morreu no dia 3 de Fevereiro, em Leiscester. Estive sempre ao seu lado. Recebeu os Santos Sacramentos e adormeceu. Não voltou a acordar. O corpo segue para Londres, onde dentro de um mês decorrerão as exéquias do melhor homem que Inglaterra já conheceu, e como era sua vontade será enterrado ao lado da sua mãe, na basílica de St. Paul. Lady Philippa, sei que é difícil pedir-lhe isto – mas se fosse possível cá estar nessa altura, eu seria uma viúva mais feliz. Temo que Elisabeth não possa estar, porque o seu marido John está incompatibilizado com o rei Richard, e quanto ao seu irmão Henry, só rezo para que não cometa a loucura de quebrar o exílio e aparecer... Escreva depressa, por favor, da sua sempre dedicada e leal,
Katherine of Lancaster.»

Philippa levantou-se devagar, lançou a carta à lareira para que ficasse para sempre só sua, e dirigiu-se para um dos banquinhos de pedra junto da janela do Paço de A-par de S. Martinho, um dos seus banquinhos de pedra, santuários de tantos desgostos, posto de meditação e oração. John of Gaunt, Duke of Lancaster morrera. Sem o título de Rei de Inglaterra, nem sequer o de Castela e Leão, que tanto ambicionara. Mas morrera junto da mulher que mais amara, e embora o exílio do filho predilecto tivesse sido uma machadada profunda na sua auto-estima, a verdade é que se mantivera fiel ao sobrinho, a quem jurara lealdade. Era mais fácil dizer que morrera John of Gaunt do que proclamar-se órfã de pai, de um pai que admirara e odiara, amara e desprezara, que fora sempre fonte de sentimentos contraditórios. Mas Philippa, aos trinta e nove anos, não se iludia, acima de tudo o que tinha buscado era a sua admiração, aquela que parecia ir sempre para outra mulher. Mas naquele ano em que tudo acontecera, naquele ano em que deixara Inglaterra e viera para Portugal, conseguira, por momentos, conquistar. E eram esses os momentos que queria guardar. Só esses, em que John of Gaunt fora profundamente seu pai.

❧

Primeiro fora a hesitação. Mas João insistira que devia partir – era fundamental para ela, mas também para Portugal, que a rainha estivesse presente naquela cerimónia que iria reunir todos os importantes da Europa. «Mesmo sendo o funeral do teu pai, é preciso que quem lá esteja seja D. Filipa de Portugal, note-se, e não D. Philippa», dizia-lhe vezes sem conta. Ou não o ouvisse vezes sem conta também aos seus conselheiros e embaixadores. Quando Lourenço se ofereceu para a acompanhar, Philippa aceitou a missão. Depois foi a ansiedade. Acordava noites a fio alagada em suor: sonhara que um dos seus filhos precisava dela, a chamava à noite, a febre a queimar-lhe a testa, e ela não podia responder porque estava longe de mais. Voltou a sonhar com Branca e aquela terrível noite na Alcáçova, e os olhos angustiados de Beatriz voltavam-lhe à memória: o que sabia de tão terrível a miúda, que nem ela podia revelar, nem Philippa conseguia escutar? Mas D. Brites, Beatriz e as amas prometiam velar por eles, incansáveis, e D. Lopo garantia que não se ausentaria de casa nem um dia. Até Nuno Álvares, admirador de John of Gaunt, a surpreendeu com uma visita e um conselho: que fosse, que a Virgem velaria pela sua viagem e pela segurança da sua família. E a rainha baixou ligeiramente a cabeça na sua presença, porque sabia que havia no Condestável um traço de santidade que dava às suas palavras o peso de uma mensagem celeste.

No barco sentiu-se invadida por aquela sensação de paz e liberdade, sentida quando atravessara pela primeira vez o mar.

– Lourenço, é pecado, certamente que é pecado, deixei o meu marido e os meus filhos, vou ao funeral do meu pai e no entanto este vento nos cabelos, este mar a perder de vista, esta sensação de aventura, de tanto que ainda há para descobrir, embebedam-me e deixam-me feliz.

– Não sou seu confessor, D. Filipa, mas acho que é aqui, em alto mar, que se encontra a si mesma e ao espírito do seu pai e dos seus antepassados.

– Lourenço, o Lourenço é o homem mais espantoso que conheço... lembro-me de tudo isto, mas você, como é que reparou naquilo que eu achava invisível? E como é que com tanta coisa que aconteceu entretanto, com o seu casamento, o nascimento dos seus filhos, com tanta coisa, ainda tem espaço para guardar essas memórias...?

– Há coisas que não se esquecem, Alteza. E também eu me sinto subitamente livre, longe dos constrangimentos da corte, das expectativas, de tudo...

– Talvez devesse ter trazido o Afonso e o Duarte comigo... para que se deixassem contagiar por este gosto pelo mar.

– Quanto a isso, não há perigo, senhora. O contágio já está feito, e o mar que banha as nossas costas fará o resto.

33

Londres, St. Paul's Cathedral, 3 de Março de 1399

O caixão coberto com as bandeiras de Inglaterra e a dos Lancaster seguia pelas ruas, transportado em ombros pelos homens da Casa de Lancaster, os mantos escuros, com a rosa vermelha bordada no ombro. As ruas estavam cheias de gente, que rezavam alto e proferiam o nome de John of Gaunt – o mesmo para quem há uns anos pediam a forca, pensou com um nó na garganta a mulher e as filhas.

Philippa, com o manto com as armas portuguesas bordado nas costas e a coroa na cabeça, seguia no cortejo, de braço dado com Katherine, que era apoiada, do outro lado, por John Beaufort, a que acrescentara o Lancaster depois de o rei o ter legitimado, a ele e aos seus três irmãos. Elisabeth seguia atrás com os filhos, mas Henry, o herdeiro do título, felizmente decidira não aparecer. Escrevera uma carta sofrida às irmãs e a Katherine. Sentia-se muito zangado, muito dividido. O mesmo rei que o exilava, por uma alegada conspiração, que contribuíra para matar o pai com o desgosto do seu afastamento, que o mantinha longe da sua mulher e filhos, era o mesmo que nem agora, nem para as exéquias, o autorizava a pôr os pés na sua própria pátria. A ele, neto de um rei, o sangue real a correr-lhe nas veias, filho de um homem a quem «esse miserável país deve tudo», escrevia.

Katherine, Philippa e Elisabeth tinham voltado na véspera, pela primeira vez em décadas, a sentar-se juntas na mesma cama, como faziam quando eram pequeninas, e impunha-se tomar decisões. E as três tinham concluído que Henry estava como um caldeirão a ferver, que qualquer gota de água poderia fazer explodir.

– O Henry vai voltar e vingar-se do Richard, vai roubar-lhe o trono e faz ele muito bem – protestou Elisabeth, e para seu espanto recebeu como resposta um abraço imenso da sua irmã mais velha.

– Ai, Beth, Beth, que saudades tuas eu tinha. Quando estás é tudo preto e branco, não há hesitações nem atalhos. Fazes-me tanta falta, lá em Portugal onde ninguém diz o que pensa, muito menos a uma rainha.

Elisabeth deixou-se estar nos braços da irmã:

– Já aprendi alguma coisa, agora a minha impulsividade é mais da boca para fora. O Richard, depois de ter promovido o meu marido a duque, já se está a arrepender do que fez, e apesar de o meu John ir nos sessenta anos, ou muito me engano ou mais dia menos dia, vai-se a ele, tal o grau de suspeição que criou em relação a todos. E eu, irmã do seu maior rival e casada com o seu meio-irmão, ainda acabo também frita e assada...

– Ai, Elisabeth, não sejas agoirenta – respondeu Katherine. – Esqueceste que o que não te faltam são irmãos para te defenderem.

– Talvez depois de o pai ter morrido, que era o grande fantasma dele, o Richard acalme – sugeriu Philippa.

– E tu também não mudaste nada – dissera a rir Elisabeth, empurrando-a para dentro da cama.

– Vê lá é se dormes, que deves vir estoirada da viagem...

Tudo isso fora ontem, hoje estavam aqui para prestar uma última homenagem a John of Gaunt. O caixão desceu para a urna que o próprio mandara construir ao lado do da primeira mulher, no altar-mor da catedral mais moderna e imponente da capital inglesa. Uma urna tal e qual aquela que Philippa encomendara a Huguet, para si e para os seus, numa capela funerária no mosteiro da Batalha, onde desejava ser sepultada.

Por momentos distraída, Philippa voltou à terra, e cheia de remorsos por ter o espírito tão longe dali, olhou para Katherine de soslaio:

Como se sentiria ela, Philippa, se tivesse um dia que enterrar o seu João, o seu rei, numa urna geminada com a tal Inês Peres? O coração acelerou mil pulsações, e Philippa instintivamente apertou a mão de Katherine. Katherine percebeu e respondeu naquela sua forma directa e terna:

– Nem pense nisso nem por um momento, lady Philippa. Admirava a sua mãe mais do que qualquer outra mulher, e de qualquer forma vocês os três nunca me deixaram esquecer nem a sua presença nem o lugar que ela ocupava no coração de John. Acho que John nos pertenceu inteiramente às duas, e eu tive mais sorte do que ela porque pude usufruir da presença dele até à hora da morte.

– Como jurou no dia em que o conheceu – respondeu Philippa. E ambas sabiam que ela não falava da cerimónia passada apenas há três anos em Lincoln.

34

Windsor, 15 de Março de 1399

Lourenço bateu à porta dos seus aposentos uma manhã muito cedo. Disse à camareira que era urgente, e quase entrou no quarto de dormir de D. Filipa, se ela sobressaltada não viesse já ao seu encontro, enrolada à pressa no primeiro manto que apanhara sobre a cadeira.

– Lourenço, o que aconteceu? – perguntou, pálida, tentando manter a voz firme.

– Com os nossos, nada, nada, senhora, as notícias são todas boas, os infantes de óptima saúde... El-Rei a fazer as suas vezes, não se preocupe.

Aliviada – nada poderia ser então muito grave –, sentou-se na cadeira mais próxima da lareira e pediu-lhe que se sentasse também. Mas Lourenço continuava de pé, andava de um lado para o outro da sala, sem conseguir ficar quieto.

– Temos que partir hoje, D. Filipa.

– Por mim, óptimo, mas porquê?

– O rei Richard anunciou ontem que vai confiscar todos os bens do seu pai, ao contrário do que lhe prometeu a ele, em vida, e do que jurou ao seu irmão, o seu legítimo herdeiro. Pior ainda, se possível, com os bens do seu pai, e da casa de Lancaster, vão obviamente todos aqueles que já pertenciam por direito ao seu irmão...

– E o meu irmão, ao saber desta enormidade, desta injustiça sem limites, regressa neste momento a Inglaterra, decidido a recuperar o que lhe pertence, a bem ou a mal – terminou Philippa.

– Exactamente – suspirou Lourenço, lançando-se então para uma cadeira.

Guerras políticas e intrigas da corte, cabeças a caminho do cada-falso e golpes que viravam tudo do avesso, e tornavam os vitoriosos perdedores, e os de causa aparentemente perdida vencedores, eram o Pai-Nosso da vida que Philippa vivera neste país. Aqui, estava nas suas águas, conhecia os amigos e os inimigos, e sobretudo como agir depressa e bem para proteger os seus interesses e os da sua família.

Que agora, e disso não tinha dúvida, eram os de Portugal.

– D. Lourenço, o Richard já sabe que o Henry vem a caminho?

– Julgo que não – suspirou o conselheiro.

– Óptimo – disse, enquanto fazia soar a campainha e dizia, com o ar mais contristado possível, à camareira que acorreu:

– Por favor, preciso de um mensageiro que me leve uma nota ao rei. Um dos meus filhos pode estar gravemente doente (e ao dizê-lo pediu, para dentro, que Deus lhe perdoasse a ofensa...) e tenho de partir já.

No seu tom mais delicado e reverencial, de súbdita leal – que era – Philippa despediu-se de Richard por escrito, e escapulindo-se até aos aposentos de Katherine contou-lhe tudo e separaram-se com um imenso abraço:

– Katherine, hoje mesmo, não, que parece estranho desaparecer-mos as duas, mas amanhã tem que desaparecer daqui! Se o Henry ganhar estamos seguros, mas se o Richard vencer a revolta seremos proscritos, e a Katherine sabe que o que não faltam na corte são mulheres prontas a fazerem-lhe mal, sobretudo porque os maridos dariam tudo para a salvar – comentou. E conseguiu sorrir.

– Menina Philippa, não sei o que é que anda a aprender nesse Portugal, mas não lhe ensinei a dizer essas coisas – disse logo Katherine, a rir, com uma serenidade que não sentia. Henry era seu enteado, mas onde estava Henry estava o seu filho Thomas Swynford, desde pequeno disposto a atirar-se ao lago para salvar o amigo. O desaire de um já seria mau, mas dos dois...

– Katherine, e de dinheiro, fica bem? Tenho a certeza que o Richard responderá aos seus apelos, se forem rápidos. Tem que o convencer, hoje mesmo, que uma parte dos bens da Casa de Lancaster é sua...

– Descanse, lady Philippa, que o seu pai era John of Gaunt.

E Philippa bateu com a mão na testa:

– Desculpe, Katherine, vivi tanto tempo longe dele que me esqueci que o meu pai era um homem previdente, desconfiado dos outros homens, que preferia sempre jogar pelo seguro. Fico contente por não depender da generosidade do Richard.

– Mas dependo para sempre da sua, Philippa – disse Katherine, tratando-a pela primeira vez na vida apenas pelo nome próprio. Philippa entendeu o significado desse pequeno gesto, e choraram nos braços uma da outra. Nunca mais se voltariam a ver. E sabiam-no.

35

Porto, 21 de Março de 1399

A ida a Inglaterra era já uma memória que se começava a esfumar. Fugira, sim, era essa a palavra, o mais rapidamente que pudera, e ficaria sempre grata a Lourenço por a ter resgatado de uma situação que, como ambos tinham previsto, seria dramática.

Exactamente quando embarcaram apressadamente para Portugal, no barco que já os esperava pronto para zarpar, Henry e os seus homens entravam em Inglaterra pelo norte, reunindo homens ao longo do caminho, alguns genuinamente indignados com o quebrar da promessa do rei Richard, outros por motivos particulares, que encontravam na revolta do Bolingbroke disfarce para se apresentarem.

Desta vez nem o vento, nem os salpicos do mar salgado, mesmo quando passava horas debruçada na amurada, conseguiram sossegar o seu coração apertado: ia correr sangue, ou do seu irmão ou o do seu primo, e embora a traição de Richard a indignasse, o seu profundo amor à verdade e à justiça obrigavam-na a admitir a si mesma que Henry estava apenas à espera de um bom pretexto para lhe roubar o trono. Usurpar, não havia outra palavra, um lugar que não lhe pertencia, e a que nem a desnorteada governação de Richard justificava aos olhos de Deus. Um rei coroado, é rei por mandato divino, e não cabe aos homens decidirem de outra forma – era essa a sua convicção profunda, embora o convívio de uma vida inteira com a ambição desmedida do pai, lhe dissesse que havia muitas formas de tentar enganar as consciências.

Ia correr sangue, sabia-o, e quanto menos os reis de Portugal tivessem a ver com a guerra civil que se sucederia, melhor.

Caíra nos braços de João, que a fora receber ao Porto, com um alívio imenso. O seu rosto sereno, o seu afecto, a sua descontracção – e a ginástica mental que permitia encontrar soluções rapidamente, mesmo que Philippa desconfiasse que não eram sempre as mais éticas –, davam-lhe uma segurança enorme. Agora que estava de novo no seu reino, e junto dos seus cinco filhos, os problemas dos ingleses – mesmo dizendo respeito ao seu irmão – pareciam-lhe mais distantes. Eles que os resolvessem, lembrava-se de ter pensado quando entrou no quarto dos brinquedos da Casa do Infante e os meninos a rodearam e abraçaram com um entusiasmo que tornava tudo o resto absolutamente insignificante. Isabel tinha feito, há semanas, dois anos, e ela nem sequer estivera com a filha para os celebrar – pegou na criança rechonchuda e de olhos muito verdes, como os da tia, e atirando-a ao ar apanhou-a de novo como uma dádiva caída do céu. Durante umas horas esqueceu-se de tudo o resto. Mãe, era só isso que queria ser, educar a sua filha e os seus infantes para que tivessem a coragem dos seus antepassados, combatessem os infiéis, protegessem os pobres, defendessem o reino, mas nunca, mas nunca mesmo, se digladiassem uns aos outros. E de repente a imagem do seu enteado Afonso pareceu por momentos lançar uma sombra sobre aquele quarto, e teve de abanar vigorosamente a cabeça para afastar a ideia de que um dia podia ser ele – como agora fazia o seu próprio irmão – a tentar destronar o irmão com o mesmo nome. Pedro subia naquele momento para o seu colo. Deixou-o subir, e sem saber porquê, apertou-lhe os braços em redor, numa vontade imensa de o proteger.

36

Paço de Santarém, 10 de Outubro de 1399

O reencontro com João, depois de um mês de separação, fora tão
forte e intenso que Philippa ainda corava quando pensava
naquela noite. Todos os temores de que a ausência tivesse deixado
espaço para que o marido encontrasse consolo entre as damas da
corte, se dissiparam, e talvez, talvez pela primeira vez, teve a certeza
absoluta de que ele a amava. É claro que se davam bem, é claro que
ela o devia satisfazer na cama, é claro que o seu casamento era abençoado por Deus, ou não tivesse a prová-lo um rancho de filhos saudáveis, mas era diferente esta sensação – a sensação de que João a
amava como mulher. Que a olhava como mulher.

Passou a mão pela barriga novamente cheia. Aquela noite fora de
facto mágica: engravidara naquele dia, estava certa disso, que contando
as luas, não podia ter sido de outra maneira. Estava de seis meses, juravam as gémeas, felizes com a fertilidade incansável da rainha. O sétimo
parto, pensou olhando para a estatueta da Senhora do Ó, religiosamente
colocada em cima da sua mesinha de trabalho, haveria de correr tão bem
como os anteriores... apesar da agitação destes últimos meses.

D. Brites andava sempre preocupada e trazia-lhe tanto chá de camomila e tília, que a rainha, a rir, lhe garantia que a culpa seria sua se se
transformasse repentinamente numa árvore. Mas sabia que Brites tinha
razão, porque passara estes últimos meses a receber e a enviar mensagens de Inglaterra e reunida horas em conselho com Lourenço e
D. Lopo, e até com embaixadores e consultores do rei.

Tudo se passara como previsto, suspirava, enquanto bebia mais um
golo de infusão calmante. Henry confrontara Richard, as batalhas

entre os apoiantes de um e de outro tinham-se sucedido, mas o irmão acabara por conseguir prender o próprio rei no castelo de Pontefract, um castelo da Casa de Lancaster, onde o pobre Richard acabara por morrer. À fome, garantiam uns, enforcado na própria cela, diziam outros, com uma faca espetada pelas costas, certificavam terceiros. Philippa não quisera saber pormenores. Todos os que lhe escreviam eram parte interessada. Katherine queria a todo o custo defender o seu filho Thomas e o seu querido enteado. Elisabeth, a quem Richard mandara executar o marido, estava tão furiosa de raiva que Philippa até temia que tivesse sido ela a aproveitar o encarceramento do rei para o mandar matar, e o próprio Henry, esse, escrevia cartas comoventes, como só ele sabia escrever, a jurar que só quisera dar-lhe uma lição, que acabara tragicamente.

Tudo dito e concluído, pensou a rainha enquanto deixava os olhos repousar no verde dos prados da lezíria, que via daquela sua janela favorita, o que importava era que dentro de três dias, a 13 de Outubro de 1399, o seu irmão, o seu único irmão verdadeiro de pai e mãe, seria coroado na abadia de Westminster. Henry, o quarto, da dinastia dos Plantagenet, que assim recuperava não só o seu património, como o acrescentava até ao infinito.

Bastava-lhe fechar os olhos para imaginar a cena, que não seria muito diferente daquela que vira quando Richard recebera a coroa: as bandeiras, a espada de Inglaterra desembainhada para a ocasião, os bispos e arcebispos, um altar repleto de representantes da Igreja que sabiam, como o sabiam os nobres seus partidários, como tinha consciência disso o povo que acorria a ver, que rei morto, rei posto, e agora era preciso era garantir os favores de Henry IV. Todos ávidos por recomeçar de novo o jogo, ansiosos por beijar a mão ao irmão, por lhe adularem os filhos, por casarem com eles as suas filhas ainda crianças, por garantirem um lugar, um posto, um título, uma propriedade no novo reino que renascia das cinzas.

Nunca lhe custara tanto pegar numa caneta para escrever as cartas que sabia que devia escrever: à mulher de Richard, lamentando a morte do rei, na esperança de que ela aceitasse a carta como vinda da rainha de Portugal e não de Philippa of Lancaster: à mãe de Richard, que deveria estar absolutamente destroçada, e depois, mais difícil, mas mais urgente, ao seu próprio irmão para o felicitar.

João não tivera nenhuma das suas hesitações – a esta hora estavam certamente na catedral londrina os embaixadores portugueses que o rei fizera questão que o representassem na coroação do cunhado. Philippa sabia que ele se sentia como um homem que joga *poker* e lhe sai o trunfo mais alto: casara a medo com aquela inglesa, aos seus olhos já velha, e ganhara em toda a linha: uma mulher que apesar da idade lhe dera um rol de filhos, uma política e diplomata que o ajudara a cimentar as suas relações comerciais, irmã da rainha de Castela e Leão, e agora irmã de sangue do rei do país mais poderoso do mundo. Quanto à morte de Richard, encarava-a como encarara a do conde de Andeiro que ele próprio trespassara: males necessários, mas infinitamente preferíveis a heróis encarcerados, símbolos de uma revolta possível. Aqui a linha da sucessão estava fechada: não havia mais varões na geração de Henry de Bolingbroke, e afinal ele tomava aquilo que por talento deveria já ter pertencido ao pai. Agora era só preciso saber usar a situação em proveito do reino de Portugal – e Philippa saberia aconselhá-lo quanto a isso.

❁

«E como está hoje a rainha?», perguntou João ao entrar-lhe pelo quarto dentro, sem sequer bater à porta, totalmente artilhado para mais um dia de caça. Pela mão trazia o «seu» Afonso, que achara que aos nove anos estava pronto para uma primeira caçada, e os olhos azuis do infante brilhavam de tal maneira que a mãe até se riu:

– Afonso, não abras tanto os olhos, que a caça foge ou morre encandeada pela luz – dissera, estendendo a mão para o filho que correra a beijá-la.

– E não levas o Pedro? – perguntou logo, sempre ansiosa por um tratamento igual que não levasse os irmãos a rivalizarem entre si.

– Não pode ser, o Pedro só tem oito anos, *mummy*, e eu também não ia aos oito anos! – gemeu um Afonso enraivecido.

– Afonso, acaba já com essa voz de bebé mimado, senão peço ao pai que não te leve. Quem vai mais, João?

– O Afonso mais velho, claro, que bem pode ensinar ao irmão mais novo algumas coisas que ele não sabe, pois ninguém domina como o teu irmão a arte da espada e da caça – acrescentou virando-se para o filho presente.

Philippa apertou os lábios com força. Não podia dizer ao pai do seu enteado que preferia ver o seu primogénito entregue a alguém de mais confiança, que João teria com ela uma das suas fúrias imensas. Já bastava a culpabilidade que arrastava sempre consigo, e que o Natal e o

Ano Novo, e todas as festas importantes, tinham o condão de acicatar. Era sempre a mesma coisa: solicitava a presença do seu bastardo, que vinha imediatamente, mas se comportava todo o tempo e a toda a hora como um adolescente casmurro, apesar de os vinte e três anos que tinha já não justificarem tanto capricho e amuo. Só na caça, longe do paço e de Philippa, o filho se transformava de novo naquele miúdo entusiasmado e cheio de energia e coragem que o pai tanto admirava. Mas hoje já percebera que o caldo estava entornado, porque ao vê-lo mandar aparelhar um cavalinho para o Afonso pequeno, o Afonso grande perdera o sorriso com que recebera o rei e virara-lhe ostensivamente as costas.

Ricardo, que assistia à cena do lado oposto da cavalariça, sentira ganas de intervir, mas não dissera nada: mesmo sendo já cavaleiro do rei, como podia dizer-lhe que o seu filho precisava era de um tabefe e dois berros, em lugar de mais terras e mais títulos? Mas prometeu a si mesmo olhar pelo Afonso pequeno com toda a atenção, porque não confiava nem um bocadinho no Afonso maior.

Quando pai e filho deixaram o quarto, Philippa decidiu sentar-se mais direita na cama e aproveitar para escrever a Katherine, de quem tinha recebido carta há poucos dias. Lembrava-se que se o pai fosse vivo, estariam hoje a celebrar anos de casados, e queria dizer-lhe que não esquecera a data apesar de John já ter partido. Mas ao estender o braço para a mesinha de apoio, sentiu a cama inundar-se de água, e uma contracção forte obrigou-a a gritar de dor. Atirou a caneta para o chão e agarrou, a respiração ofegante, na pequena campainha que as gémeas parteiras lhe tinham deixado à mão e tocou-a freneticamente.

Sentia o bebé a descer, sentia que se não chegassem depressa o teria ali sozinha, e a criança sufocaria por baixo dos cobertores de papa que lhe cobriam o leito. Mas D. Brites, Perpétua e Maria da Luz estavam a postos. Os reposteiros foram corridos, as velas acesas, as tinas de água quente e as toalhas lavadas e passadas apareciam miraculosamente pela porta, e D. Brites entregara-lhe já para as mãos suadas pela dor a estátua da Senhora do Ó – quantas vezes já assistira a tudo isto?, pensou entre contracções. Quantas vezes a Virgem já assistira aos seus partos e fora bondosa e misericordiosa com mãe e filhos? Sete vezes. E desta vez a parturiente era uma mulher de cabelos já brancos, que faria quarenta anos em breve, cansada mas determinada: com a ajuda de Deus nasceria mais uma criança forte para encher a vida daquela família.

Podiam ter sido sete vezes, podia ser tudo conhecido, previsível até, mas de cada vez que aquele primeiro grito de um recém-nascido cortava o silêncio, Philippa sentia-se a mulher mais feliz do mundo. E a felicidade até doía, apertando-lhe o coração numa gratidão que só conseguia exprimir pelas lágrimas que lhe corriam sem cessar pela cara abaixo.

O seu João nascia simbolicamente no dia em que o avô John casara finalmente com a mulher por quem esperara tantos anos. Seria como ele, não como o avô fora em novo, que o carácter impulsivo e aventureiro reencarnara sem dúvida nenhuma no Henrique que aos seis anos levava tudo à frente, mas o avô de cinquenta e muitos anos, sábio, ponderado, com um sentido de humor rápido e subtil. O infante João, pensou enquanto lhe destapava o rosto para o ver bem, seria uma mistura do pai João e do avô John, os dois homens que mais amara e amava no mundo.

– É tão calmo este bebé – dissera a ama de leite que o viera buscar ao seu colo, para o lavar e vestir.

Philippa sorriu de encantamento:

– Era exactamente o que eu estava a pensar...

– E depois da agitação que a senhora sofreu nesta gravidez, muito me admira que o menino venha assim tão sereno – murmurou D. Brites, ligeiramente preocupada.

Mas inesperadamente a rainha segurou-a afectuosamente por um braço, obrigou-a a sentar-se na bordinha da cama e dando-lhe a mão – num gesto inédito – disse-lhe a rir:

– O infante João recebeu uma dose tão forte de camomila e tília que D. Brites lhe deu, que vai ser o mais calmo desta casa. A este ninguém fará tremer os nervos. E quando disserem que herdou a fleuma britânica, D. Brites, a senhora responde que não é nada disso, que o menino caiu mas foi numa poção mágica, mesmo antes de ter nascido!

D. Brites, comovida, perdeu a compostura e desatou num pranto, enquanto murmurava: – Senhora, senhora, que Deus o abençoe.

E Philippa, sentindo-se imensamente feliz, disse com toda a segurança:

– Deus vai abençoá-lo, mas a D. Brites vai ser madrinha deste infante e vai velar por ele na terra, que a Maud e os meus pais velam por ele no céu.

A pobre mulher saiu da sala, o rosto contraído pelo esforço de não perder a compostura: abençoada rainha Filipa. De joelhos junto do Oratório que tinha no quarto, rezou por aquela família que servia como se fosse a sua.

37

Paço da Rainha, Vila de Sintra, Agosto de 1400

Felizmente as obras já iam avançadas, porque com uma família deste tamanho e uma corte crescente, os empregados também tinham duplicado e todo o espaço era pouco para caber tanta gente.

Mas para os infantes, o Verão em Sintra era especial – o pátio imenso e animado em frente do paço, as escadarias grandes e pequenas, os cantos e os recantos, os poços e os tanques tornavam-no num imenso quarto de brinquedos, onde a agitação era permanente.

– Vamos jogar às escondidas; temos o palácio todo por nossa conta! – propusera Henrique, aquele que nunca conseguia ficar quieto e que precisava de se sentir sempre no comando da situação.

Além do mais era um pretexto para distrair os irmãos mais velhos da conversa do costume. Afonso e Duarte tinham acabado de ter uma das suas discussões habituais: pareciam quase gémeos, o que enfurecia o primogénito, que achava que o seu estatuto de herdeiro deveria ser mais evidente, entendido num só olhar, e não descoberto pelos interlocutores senão depois de perguntado o nome e a idade. E era por isso que Afonso tinha uma especial predilecção pelo mês de Agosto, porque durante dois meses sentia-se muito mais velho do que o irmão:

– Fiz dez anos em Julho e tu só tens oito, na, na na, na na, era a cantilena com que tentava irritar Duarte. Mas Duarte encolhia os ombros, indiferente:

– E que me importa isso? Para já é só durante dois meses, porque em Outubro faço nove, e depois, quem nasce mais cedo, morre mais cedo.

E a estas palavras Afonso precipitava-se sobre ele, tentando vencer ao murro o que não conseguia resolver por palavras. Henrique estava sempre disposto a entrar na guerra e a acicatá-la, quanto pudesse:

– Nenhum de vocês é digno de governar coisa nenhuma, têm medo de um corredor escuro, como se fossem umas meninas. Eu é que sou, ou não tivesse o nome do nosso avô que conquistou Algeciras aos mouros, e o nome do rei de Inglaterra...

E a discussão estava para continuar, agora entre ele e Afonso, quando, como era já hábito, Pedro saltou para o «palco»: – Parecem moços de estrebaria! Deixem-se lá de parvoíces e vamos mas é aproveitar a mãe e as damas estarem na missa para jogarmos em todo o paço...

Beatriz, que ficara a velar por eles com uma meia dúzia de outras damas tão adolescentes como ela, riam-se da discussão, mas não faziam a menor tenção de se desligarem da má-língua em que se entretinham para evitar que os infantes brincassem ao que bem entendessem.

– Mas eu também quero ir com vocês – disse com a sua voz sempre firme, a princesa Isabel.

– Era o que faltava – resmungaram os irmãos, mas Pedro acabou por assentir, dando a mão à mais pequenina: – Não digas nada, tu escondes-te comigo, mas não podes fazer nem um barulhinho, senão eles descobrem-nos e perdemos o jogo.

Isabel, com os seus caracóis escuros e os seus olhos cada dia mais verdes, assentiu com a cabeça.

Vendaram os olhos a Henrique, mandaram-no contar até dez e partiram. Pedro correu para a sala dos cofres, que surpreendentemente não estava guardada, e trepou a uma das arcas vazias. Conhecia-a bem, porque passara horas a observar os seus desenhos esculpidos de cenas de países distantes, com homens com ossos atravessados no nariz, e orelhas em bico – sentia um misto de medo e atracção, e talvez ao saltar lá para dentro sonhasse viajar até esses sítios que as criaditas mouras lhe juravam existir.

Isabel gritou quando ele a puxou atrás de si, mas depois aconchegou-se ao irmão favorito e pensou que onde ele estivesse, ela estava bem. Pedro encaixou o canivete próximo das dobradiças para que não ficassem sem ar, e esperaram...

Ouviam as vozes dos irmãos mais próximas, mais próximas, mas estranhamente afastavam-se logo em seguida. – «Por que será que não procuram nas arcas? Era onde eu procurava logo!», pensou Pedro, perplexo. Mas depressa percebeu porquê quando levantando ligeiramente a tampa olhou à volta: o guarda da sala voltara e estava plantado à entrada, como era sua obrigação.

417

– Isabel, nunca nos vão encontrar, porque o guarda está aqui à porta – sussurrou feliz. Mas a miúda tinha adormecido ferrada, encostada a uma das suas pernas, no enorme baú. Pedro achou que esperaria só mais um bocadinho, e quando Henrique, Afonso e Duarte já estivessem desesperados – e furiosos! – apareceria a deitar-lhes a língua de fora e a acusá-los de incompetentes. Esperou quieto e silencioso, e adormeceu também.

Sobressaltado, acordou já estava escuro lá fora, com a voz estridente das amas a gritar o seu nome e o da irmã. Dentro da arca o calor era insuportável, e Pedro sentiu que o coração lhe parava de bater quando Isabel parecia não acordar apesar dos abanões que lhe dava. Indiferente ao guarda, atirou a tampa com força para trás e saltou para fora. O soldado ia morrendo de susto, mas quando viu atrás de si um infante ofegante, correu a ajudá-lo:

– A minha irmã, a minha irmã – chorava o miúdo, de repente os seus sete anos bem visíveis. O soldado tirou a princesinha da arca e chegou a mão ao nariz para ver se respirava. O seu suspiro de alívio foi tão profundo, que Pedro percebeu que Isabel só dormia. Com o movimento, a criança esfregou os olhos e choramingou ao ver uma cara estranha.

– Está a arder em febre, senhor D. Pedro – disse o soldado.

E Pedro, de novo lívido:

– Mas porquê? Só estávamos aqui escondidos, adormecemos, foi só isso.

Mas o soldado já o arrastava pela mão, com a mais pequenina no outro braço, e num passo rápido, as botas contra a pedra a um ritmo tão acelerado como o do seu coração. Quando entrou na Sala dos Infantes, a rainha veio ao seu encontro:

– Onde é que estavam, meu Deus, meu Deus, estão bem?

Pedro agarrou-se às saias da mãe, lavado em lágrimas:

– A culpa foi minha, *mummy*, a culpa foi minha. Escondi-me com a Isabel numa arca, adormecemos e ela agora está a arder em febre.

Philippa tremeu. Que Deus não lhe levasse a sua única filha, era tudo o que pedia, mas tinha memórias suficientes da sua infância para não castigar Pedro por um simples jogo que tinha corrido mal. Afagando-lhe a cabeça com a mão, disse-lhe:

– Não faz mal, Pedro, vai correr tudo bem. – E entregando o rapazinho a Beatriz, pegou na sua menina e levou-a a correr para o seu quarto, gritando pelo caminho que chamassem o médico. O físico

Forjaz era reputado por ser um homem da ciência, muito à frente dos médicos do seu tempo, a que somava um trato humano e uma serenidade que eram invariavelmente meio caminho andado para a cura. Quando viu a princesa, ordenou que lhe dessem um banho frio, porque, explicou, o corpo ficara sobre-aquecido com as horas passadas fechada numa arca, com outra pessoa ao lado. Aos poucos Isabel pareceu sair do sono em que tinha mergulhado e à medida que a temperatura baixava. Quando finalmente abriu os olhos, viu debruçada sobre si a cara do médico (aquele que tinha sempre rebuçados nos bolsos, lembrou-se!) e que a recebeu de regresso ao estado consciente com um enorme sorriso:

– A Isabelinha escondeu-se, marota, mas a Isabelinha ganhou aos manos!

A criança retribuiu-lhe a ternura, que só ele tinha, com um sorriso triunfante.

Philippa sentiu que voltara, também ela, à vida.

Nesse dia os infantes cearam no quarto de brinquedos. Nem Afonso refilou por ser obrigado a ficar com as «crianças». Isabel estava na cama, tapada apenas por um lençol, que apesar da frescura que descera com a nortada a noite estava quente, e o médico recomendara vigilância e cuidado.

Philippa pedira a João que jantassem juntos na sua sala privada, que não se sentia com a menor disposição de descer ao salão e ouvir as perguntas das damas, que aproveitariam a ocasião para mostrarem o seu interesse nos principezinhos.

Além disso, tremia ainda por dentro, e queria sentir o marido atento aos seus problemas. João, desde que estivera também doente – mordido por um cão com raiva, diagnosticara o clínico sintrense –, acolhia com entusiasmo noites mais pacatas, o que levava os seus homens a garantir que a idade (ou não passasse já dos quarenta!), a responsabilidade por nove filhos, somada à piedade com que a rainha o tinha contagiado, tinham feito dele um homem mais calmo. Mas também muito mais maçador, murmuravam à boca calada os mais ousados.

Bebiam um vinho de Colares, as velas a iluminar a sala, quando lá fora no paço se ouviu o ruído do portão a abrir-se e de dois cavalos a galopar. Philippa correu à janela, que hoje o dia parecia avesso:

– João, os cavaleiros trazem o estandarte de Inglaterra – gritou, aflita.

– E depois? Devem ser notícias do teu irmão Henry, que ainda há pouco mandei que os meus embaixadores o reconhecessem como rei legítimo em todas as cortes da Europa...

Philippa mordeu o lábio, como era seu hábito. Sabia bem que a maioria dos monarcas se tinha recusado a aceitar a morte inexplicada de Richard, e a tomada do poder de Henry – aceitar a usurpação do trono no país do lado era, afinal, legitimar que lhes tirassem a cadeira também a eles... Mas João estava suficientemente longe para poder assumir estes gestos cavalheirescos, e Catalina e Henrique de Castela, pelas mesmíssimas razões, tinham seguido o seu exemplo. Catalina sabia bem o que queria dizer ter um irmão, mesmo que só meio, a reinar em Inglaterra.

O mensageiro já subia as escadas, ouviam-se os passos e a respiração ofegante. O soldado que guardava a porta, a um sinal do rei, abriu-lha, e o pobre homem quase caiu dentro da sala.

Entregou o pergaminho a João, a quem estava dirigido, que o foi ler para junto da vela mais forte, e trocou em inglês umas palavras com a rainha.

– É uma imensa honra – disse João em francês para a mulher. – O teu irmão manda dizer-me que fui eleito cavaleiro da Ordem do Garter, em substituição de Sir William Arundel. Sou, diz o rei Henry, o primeiro monarca estrangeiro a receber uma homenagem como esta. Quando for a cerimónia terei de estar presente.

– Vais a Inglaterra? – perguntou Philippa em absoluta surpresa. Visitar o seu país com João, mostrar-lhe tudo aquilo de que falava, se calhar levar consigo alguns dos filhos, pelo menos os mais velhos para os ligar aos seus primos e familiares ingleses, subitamente o futuro parecia cheio de promessas novas.

Quando ficaram de novo sozinhos, saltou-lhe ao pescoço:

– João, vamos até lá, vamos?

E João, içando-a, desatou a rir:

– Que Deus nos abençoe, Philippa, e nos faça sempre assim tão felizes. João das Regras deve sentir-se muito satisfeito: a aposta que fez em mim, no nosso casamento, resultou melhor do que até ele poderia esperar. Sou rei de Portugal, e agora o cavaleiro da mais prestigiada ordem do mundo!

Nuno Álvares, quando soube a notícia, recebeu-a com um sorriso trocista, e batendo-lhe afectuosamente nas costas, não resistiu:

– O que tu és, João, é o oportunista mais inteligente que já conheci! Parabéns, foste feito para reinar.

38

Paço de Leiria, 10 de Outubro de 1400

Quando o rei e a rainha anunciaram uma peregrinação a Santiago de Compostela, com passagem pelo mosteiro de Celanova para celebrar o décimo ano do seu filho Afonso, o príncipe herdeiro, Beatriz largou num choro compulsivo. João aproximou-se dela, assustado:

– O que é que te deu, filha? – perguntou preocupado. E Philippa perguntou o mesmo.

Beatriz limitou-se a implorar que não fossem. Que estava frio, era Inverno, que sentido fazia porem-se a caminho nesta altura, com estas condições? Mas Philippa lembrava-se que fizera o exacto caminho, só que de lá para cá, na mesma altura, no ano em que chegara a Portugal, e sentia uma vontade imensa de voltar a ver as cascatas do Gerês, e o mosteiro, e sobretudo a igrejinha moçárabe onde o raio de luz entre ambas as flechas lhe assegurara que era ela a escolhida. E levar o primogénito ao seu santo padroeiro era uma obrigação religiosa, que só o parto do pequenino João tinha levado a adiar.

A cena de Beatriz foi rapidamente esquecida, atribuída aos humores de meninas de dezanove anos, e os preparativos intensificados. No entanto, Philippa dava por si a acordar à noite com suores frios, o choro de Beatriz nos ouvidos. Que dissera a cigana à sua enteada naquela tarde em Santarém, a tarde em que Afonso nascera, e que tanto a assustara? Desde o berço que Beatriz estendia sobre o infante o seu braço protector, e mesmo agora parecia defendê-lo sempre, mesmo quando ele se entregava a uma das suas discussões sem sombra de razão.

Respirava fundo, rezava uma oração e tentava adormecer. O destino estava nas mãos de Deus, e não nas palavras de uma mulher do povo, fossem elas quais fossem, repetiu pela milionésima vez. Beatriz velava pelo irmão, porque fora o primeiro, o bebé de quem cuidara como mãe, e talvez porque o sentisse, isso sim, ameaçado pelos ciúmes do seu irmão de sangue, Afonso, o Bastardo.

O percurso foi traçado por um João entusiasmado, como sempre, por tudo o que fosse movimento e acção. Passariam o Natal em Braga, para retomarem o caminho das pedras em Janeiro. Philippa entusiasmou-se com a ideia de voltar a ver o seu querido D. Lancelot, e João insistia que era fundamental mostrar presença por aqueles lados, onde a importância dos nobres mais virados a Castela era forte.

– Em casa onde não há pão todos ralham e ninguém tem razão – dizia-lhe constantemente João, quando se sentavam juntos na sua salinha de trabalho.

Philippa abanava a cabeça, preocupada – sempre que saía a cavalo, mais a norte ou mais a sul do reino, percebia que a pobreza crescia. Os recursos que tinham sido gastos naquela insuportável e interminável guerra com Castela, mesmo que resumida a situações cada vez mais episódicas, não permitiam que os comerciantes se sentissem seguros nos seus investimentos e que o país retomasse um caminho de riqueza. Os cofres do Estado, garantia-lhe o marido, e Lourenço Fogaça confirmava em todas as reuniões de orçamento da sua Casa, estavam vazios e não havia onde ir procurar riqueza extra para os encher, porque aumentar impostos ou pedir mais doações era impossível.

João era, no entanto, um homem de angústias momentâneas, que depois pareciam passar com uma caçada com os seus homens, mas Philippa não conseguia dissipar as angústias e remoía incansavelmente os problemas. Escrevia então mais uma carta a Catalina, chamava os embaixadores, consultava os «políticos» que rodeavam João. Nuno Álvares, estranhamente, reaproximara-se dela, à medida que João das Regras se afastava dos assuntos do reino. Era frequente encontrá-los em conversa, ao fim do dia.

– É preciso que o povo não se sinta desesperado, que perceba que o rei procura soluções para os seus problemas, e que sente a responsabilidade de velar por ele – insistia Philippa, e Nuno acenava que sim com a cabeça, cheio de vontade de dizer que fizera a sua parte, criando protectorados nas terras que o monarca lhe oferecera, mas João nunca achara por bem seguir o seu exemplo.

Filho e neto de homens da Igreja, o Condestável, apesar da sua devoção e da sua existência solitária e isolada, não vivia nas nuvens, e insistia:

– D. Filipa, dediquem a peregrinação aos pobres deste reino, anunciem que partem a pedir a Santiago que lhes traga chuva na hora da chuva, e sol na hora do sol. E se ficam em Braga, convoquem os bispos e os padres, e não esqueçam a nobreza antiga. Todos eles se sentem esquecidos pelo mestre, os seus postos de conselheiros ocupados por novos-ricos, os homens que João escolheu e que agora assumem a pompa de uma linhagem que não têm.

Philippa bebeu cada uma das suas palavras. Para ser sincera consigo mesma, tinha de confessar que sentia algum desprezo pela maioria dos amigos do rei, gente que há meia dúzia de anos não sabia o que era comer com pratos e talheres, grossseiros e sem cultura, sem dúvida hábeis com a espada mas analfabetos e que se orgulhavam de nunca terem lido um livro.

D. Lopo, o preceptor dos seus filhos, era uma excepção, como o eram Nuno, Lourenço, Lançarote e uns tantos outros, mas era preciso exigir mais de João – pedir-lhe que mandasse traduzir obras, que insistisse na leitura, e que, como Nuno lhe recomendava, não virasse as costas à nobreza e ao clero. Philippa vira o que acontecera ao pai e ao avô, quando tinham decidido governar sem olhar a quem, fechados sobre si mesmos, os seus amigos e os seus caprichos pessoais. Ainda sentia o cheiro dos palácios queimados, e recordaria para sempre a descrição que Katherine lhe fizera da cabeça decapitada do seu querido frei William Appleton espetada num pau, para que o povo lhe cuspisse em cima.

Nuno calara-se, para deixar a rainha pensar, fazia-o sempre, sem pressas de passar as suas razões. E foi Philippa que recomeçou a conversa:

– D. Nuno, é preciso que a minha linhagem sirva de contrapeso, é isso que me quer dizer? E não nos quer ajudar com a sua?

Nuno baixou a cabeça, em sinal de consideração pela inteligência da rainha. Embora fosse um rebelde – o resto da sua família alinhara com Castela –, sabia que os laços de sangue prevaleciam e que a velha nobreza o continuava a considerar «um deles». Sabia também que a marca da bastardia, quando era entre gente da Igreja e de sangue azul, se esquecia mais depressa e que o seu papel nas guerras com os vizinhos castelhanos, a sua aura de santidade (que não tinha o menor embaraço em reconhecer), e a sua pose sobranceira poderiam servir a causa do mestre, desta vez não nos campos de batalha, mas nos salões. Não gostava deles, isso era outra história, mas poderia aceitar, pela rainha e pelos infantes, o sacrifício de uma peregrinação destinada a pacificar ânimos. Estava cansado de guerras. Queria seguir uma vida religiosa, entrar para um convento...

Disse-o a Philippa, que embora tivesse sempre vontade de sorrir com o tom pedante que Nuno Álvares conseguia dar ao seu discurso, admirava os seus propósitos:

– Está combinado então, D. Nuno. Depois desta peregrinação, serei a primeira a apoiar a sua vocação.

Naquela noite, como em muitas outras, contou a João a conversa que tinha tido. E com um arrepio que lhe percorreu o corpo, perguntou:

– Achas que o condestável se decidiu por uma vida de santidade para redimir os pecados do pai? Dá-me voltas ao estômago pensar que um representante da Igreja viole as mais sagradas leis da religião que representa, gerando mais de vinte bastardos, e muitos de mães diferentes...

Há alguns anos, não tantos como isso, João teria atirado para trás a cabeça e soltado uma das suas sonoras gargalhadas, mas agora não tinha vontade nenhuma de o fazer. A verdade é que, cada dia que passava, via mais o mundo pelos olhos da mulher. E de um rei, pai de sete filhos legítimos e dois que não eram, o primeiro rei de uma nova dinastia, à qual era fundamental dar credibilidade e honra. Não conseguia, no entanto, deixar sempre de ver o lado humano de todas as histórias, que a rigidez da mulher era um apêndice na sua vida, mas não uma marca de nascença...

– Não cheguei a conhecer o prior do Hospital, mas concordo que serviu mal a Igreja. Terei de falar a D. Lançarote na moralização do comportamento dos padres; mas sozinhos por essas paróquias, em vales perdidos, é mais do que natural que procurem o colo de uma mulher...

– Vinte e três colos, ripostou Philippa – virando-lhe as costas, amuada.

E mais amuada ficou quando João lhe disse, dias depois, que acabara de combinar o casamento de Afonso com Beatriz Alvim, a filha de Nuno Álvares:

– O meu embaixador em Roma garante que a legitimação de Afonso será passada em breve, e depois disso o casamento já se pode realizar. Foi a única condição que Nuno Álvares colocou...

– De estúpido não tem nada – respondeu, furiosa.

Afonso, filho legítimo do seu marido, concorrente perigoso do seu primogénito, onde é que João tinha a cabeça, em que mundo vivia?

– É o teu remorso por não teres casado com essa Inês, por o teu Afonsinho querido não ter o estatuto dos meus filhos que te leva a uma loucura destas? Não te chega o que viste acontecer entre o meu irmão e o meu primo? Não sabes que a esta hora Richard, o rei legítimo, está fechado num sarcófago, morto e bem morto?

João estremeceu. Já nem se lembrava da última crise de ciúmes da mulher, e acreditava sinceramente nunca a ter visto tão zangada, os olhos azuis pequeninos dilatados com a fúria...

– Mulher, acalma-te, por Deus. Foi o teu próprio pai que me aconselhou a casá-lo bem, a dar-lhe um ducado, até. Distribuí todas as terras que tinha pelos homens que me ajudaram a garantir a independência deste reino, o património da Coroa como sabes é curto, se quero guardar alguma coisa para os nossos sete filhos... e sabe a Virgem como será arranjar-lhes uma Casa digna; não posso esbanjar no «bastardo», como tu insistes em chamá-lo. Esqueces que ao ofenderes o meu filho, me ofendes também a mim...

Esta última frase do marido teve o efeito de um balde de água fria. Estava a ser orgulhosa, sobranceira, vaidosa, em relação ao homem que amava, ao pai dos seus filhos, ao rei do reino que era agora também responsabilidade sua.

Deixou-se escorregar por uma cadeira abaixo e murmurou um «desculpa», o rosto escondido entre as mãos.

– Percebo que o passado, e muito recente, te traga medos, mas acredita que se o Afonso estiver bem casado, se se sentir respeitado, se tiver dinheiro, as suas terras, os seus homens, vai competir menos com os irmãos. Vai ser menos perigoso – admitiu por fim, procurando também ele a segurança de uma cadeira.

– Que Deus te oiça, e que o oitavo conde de Barcelos, porque é esse o estatuto que Beatriz lhe trará, não use todo esse poder que agora lhe dás para usurpar o lugar aos teus filhos legítimos...

– Deixa o futuro a Deus – ripostou João, subitamente cansado.

Paço Episcopal de Braga, 12 de Dezembro de 1400

A viagem até Braga tinha sido cansativa e fria, apesar dos braseiros colocados nas carruagens dos senhores e das peles de lobo e urso que cobriam as damas dos pés à cabeça. Quem não se queixava, nem um bocadinho, eram os infantes. Afonso montava o seu próprio cavalo – e Philippa, ao olhá-lo, lembrava-se como se tivesse sido ontem do entusiasmo que sentira quando o pai a deixara viajar no seu, em lugar de a obrigar a estar fechada com amas e damas numa carroça comum – e João levava à garupa alternadamente um dos seus filhos, o que os deixava loucos de excitação. Mas tantos eram os protestos dos que ficavam apeados – «Você andou muito mais tempo do que eu», era a frase que ressoava constantemente no ar – que a certa altura o rei pediu a Ricardo que o coadjuvasse na tarefa de dar montada aos infantes.

Philippa ia olhando pela janela, os olhos a dançarem de um para o outro dos seus meninos, Isabel aconchegada nos seus joelhos e o bebé João ao colo da ama na mesma carruagem. Agora era Pedro que ia à garupa de Ricardo, e a rainha entreteve-se a observá-los. Viu Beatriz, a enteada querida, aproximar-se para aconselhar cuidado ao meio-irmão, e de repente percebeu que o miúdo era apenas um pretexto: os olhos da adolescente não mentiam na sua adoração pelo mais novo cavaleiro do rei. Era com Ricardo que Beatriz queria estar, a atenção de Ricardo que procurava. E agora?

O rapaz era de boas famílias, feito cavaleiro pelo rei, com a rainha por madrinha; poderia resultar? Mas Beatriz era inteligente, bebera as lições que D. Lopo lhe dera com uma avidez imensa, falava e escrevia fluentemente francês e latim, e nitidamente para dar satisfação à madrastra, fizera questão em aprender inglês na perfeição. Podia deixá-la casar com D. Ricardo de Valença? Nem pensar. Beatriz faria o percurso contrário ao seu: escreveria ao seu irmão Henry e encontrariam juntos um nobre inglês, um homem rico e de posição que lhe pudesse dar a vida que merecia, que aceitasse a filha bastarda de um rei, sem dote que se visse, mas que soubesse apreciar a sua inteligência e beleza. Seria fácil convencer João, que veria na aliança uma forma de encontrar para a filha um lugar digno no mundo e reforçar os laços com Inglaterra, o país aliado...

Nem por um minuto se lembrou Philippa de mais um coração que alegremente partia. Como diziam as pegas pintadas no tecto do Paço de Sintra «Por bem», e quando era por bem, não havia contas a prestar...

Dobrada sobre as costas de João, como uma segunda pele, ria com os protestos do marido de que os seus pés estavam horrorosamente frios. O colchão era fofo e os cobertores de papa e as peles que os tapavam começavam agora a aquecê-los, mas a verdade é que o paço episcopal não vira, decididamente, obras há muito tempo.

– Tenho de ficar aqui uns tempos a ajudar D. Lancelot a renovar esta casa – murmurou Philippa, com os lábios roxos de frio.

– Já há muito tempo que não brincavas aos arquitectos, agora que Santarém, Leiria, Lisboa, Sintra, etc., etc., etc., já estão mais ao teu gosto – respondeu João, divertido.

– Por acaso dá-me um prazer imenso transformar casas em sítios mais agradáveis de viver; assim os maridos não têm tantos pretextos para andar por fora – disse ela, fazendo-lhe cócegas nas costas.

E de repente lembrou-se do plano que fizera na viagem:

– João, vamos casar Beatriz com um duque inglês; estava a pensar em Thomas Arundel, de quem sempre gostei...

João virou-se para a olhar de frente, espantado:

– Não é má ideia. Consegue-se? O dote não pode ser grande, e embora ela seja linda (Philippa sentiu uma ponta de ciúme), é filha natural... mesmo que do rei de Portugal.

– E cavaleiro da Ordem do Garter – insistiu Philippa.

– Pois, talvez em Inglaterra isso sirva para alguma coisa, mas achas que o teu irmão dá uma ajuda? E esse Arundel é boa pessoa, trata-a bem, merece-a?

– És mesmo um pai babado! Mas acredita que só quero mesmo o melhor para a Beatriz, é uma miúda adorável e muito mais culta do que a maioria das raparigas, mesmo as da corte inglesa. E é frontal, honesta, sabe cativar corações...

– Sabe? – perguntou João, desconfiado de que havia qualquer coisa por trás do plano da mulher. Mas Philippa não lhe disse mais nada: João podia reagir em fúria, correndo com o pobre Ricardo, ou dar-lhe para se comover com a história e apoiar a filha na sua pretensão a um casamento que acreditava ser por amor. Quanto menos soubesse, melhor.

Julgando que Philippa adormecera, João fechou também os olhos, mas nem uns segundos se tinham passado quando a voz de Beatriz, logo de Beatriz, ressoou pelo quarto:

– D. Filipa, D. Filipa, venha depressa.

«Chama-me como me chamou quando a Branca morreu», pensou em sobressalto a rainha, e de um pulo pôs-se no chão:

– Beatriz, o que aconteceu? É o Joãozinho?

– Não, não – respondeu a enteada em lágrimas: – É o Afonso, é o Afonso, como a cigana disse, é o Afonso, como a cigana disse. – E o pai teve de a apanhar nos braços, porque desfalecia naquele chão gelado.

Philippa já ia a meio caminho do corredor, o manto sobre os ombros, os pés descalços, a rainha disciplinada e rigorosa, esquecida de todos os protocolos, uma mãe cega pelo pânico, que as palavras de Beatriz tinham inflamado à loucura.

Quando chegou ao quarto dos infantes, já lá estava o médico e D. Lançarote. Afonso ardia em febre e ninguém sabia o que tinha. Ao ver o filho deitado, os olhos azuis fixos, como se já nada vissem, a pele macilenta e suada, julgou que tinha morrido, mas ele reconheceu-a e estendendo-lhe as mãos choramingou numa voz rouca: «Mummy, mummy». E Philippa percebeu que tinha de afastar aquele medo que não a deixava pensar, para não contagiar com ele o filho. Respirou fundo e sentou-se ao lado dele na cama:

– Afonso, a mummy está aqui

– Tenho frio, mummy, tenho medo...

– Frio? Mandam-se já vir cobertores, e medo? Medo de quê, meu filho? Deus está contigo, a mãe e o pai também, e olha, ali, D. Lançarote, um guerreiro e um patriarca, para te proteger.

Durante dez dias Philippa não abandonou a cabeceira do seu filho mais velho. Ordenou que todos os outros infantes fossem retirados de casa e enviados para o Porto – se a doença de Afonso se pegasse, não queria mais ninguém em risco. Obrigou o rei a seguir com os filhos: «Quem vela por eles, se ambos morrermos?», argumentara, e João acedera.

Só Beatriz ficara. Por muito que lhe tivesse suplicado para partir, Beatriz recusava-se a sair da capelinha, onde rezava horas a fio. Philippa não tinha já forças para lutar contra a sua determinação e desistiu. Talvez não quisesse que partisse: no silêncio das noites longas, em que Afonso se debatia com uma falta de ar desesperante, que o deixava completamente exaurido, Beatriz fazia-lhe companhia e dava-lhe um imenso conforto. Trazia-lhe um chá, passava-lhe gentilmente a mão pelo cabelo, num gesto muito breve mas que a tocava profundamente. Contara-lhe finalmente o segredo que lhe pesava há dez anos, como a cigana profetizara que o menino que naquele dia nascera, morreria ainda criança, mas acrescentara à história a profecia de que partiria em paz e teria Jesus Cristo e a Virgem à espera dele do outro lado.

Philippa sorria ligeiramente quando a enteada lhe repetia incansavelmente o último bocadinho da «sina» que certamente inventara agora para seu benefício, mas depois dava por si mais consolada. Maud e a sua mãe, que já tinham à sua guarda a pequenina Branca, receberiam Afonso com o mesmo amor.

Foram dez dias de sofrimento e de espera, mas também de preparação, como lhe dizia D. Lançarote, que não arredara pé.

– Dê por favor os Últimos Sacramentos a D. Afonso Lancaster de Avis, pediu-lhe, num fim de tarde escuro e triste. Afonso respirava com cada vez mais dificuldade, mas estava lúcido, uma mão presa na da mãe, que de vez em quando levava à boca seca para beijar, a outra entrelaçada na de Beatriz.

D. Lançarote recitou-lhe as orações, e ungiu-o com os óleos santos:

– D. Afonso, estas preces e estes óleos são os que se aplicam aos grandes cavaleiros, antes de partirem nas suas demandas. Os teus avós e o teu pai foram ungidos com eles, e venceram todas as batalhas. A tua vai ser de vitória certa, és um menino bom, e Deus vai-te acolher como quem volta a ver um velho amigo guerreiro.

Afonso, o seu cabelo loiro e os olhos da cor dos da mãe, sorriu-lhe, sereno:

– Se é D. Lançarote quem mo diz, acredito.

E fechando os olhos, morreu.

Philippa uniu-lhe as mãos sobre o peito, beijou-o na testa e fugiu para o seu quarto. Não conseguia chorar. Sentou-se no banco de pedra junto da janela, e assistiu de olhos muito abertos à imensa tempestade que se abatia sobre a cidade.

❀

De mão dada com Beatriz e o braço de João em redor dos ombros, Philippa entrou na Sé de Braga apinhada de gente, mas não viu ninguém. Os olhos estavam presos no caixão pequeno que seguia à sua frente. Ajoelhou-se junto da urna, onde estava inscrito «Afonso de Avis, 30 de Julho de 1390 – 22 de Dezembro de 1400», e manteve-se de joelhos, os olhos desfocados fingindo ler a lápide.

Quando a missa acabou, disse a João:

– O Afonso está bem entregue. Leva-me agora para junto dos nossos outros filhos, que precisam mais do que nunca da mãe.

Paço da Serra d'El-Rei, Atouguia da Baleia, 20 de Março de 1401

Consolava-a o som distante do mar, os gritos das gaivotas e aquelas ilhas ao fundo, sinal de terra para além da terra, de vida, para além da morte. Tinha 41 anos e dois filhos mortos, mas seis vivos e bem vivos, exigindo constantemente a sua atenção, um marido que amava, um reino para governar, e uma fé inquebrantável.

Os ingredientes não eram os da depressão, decididamente, nem Philippa aceitaria em si própria tal sinal de fraqueza. Se a Virgem Maria perdera o filho numa cruz, que podia dizer ela? E no entanto, nem a oração nem a gritaria que povoava o quarto de brinquedos e os aposentos dos infantes apagavam aquela sensação de tristeza que considerava indigna de si.

Elisabeth escrevera-lhe uma carta sentida. Também ela acabara de perder Richard, o bebé nascido em Santiago, o único sobrinho que Philippa tivera nos braços. Unidas, estranhamente no mesmo exacto momento, por uma perda tão grande, a irmã tinha a facilidade da revolta, enquanto ela estava presa num colete de forças de rigidez que tornava mais difícil libertar a mente da sombra escura da morte. Elisabeth conhecia-a como ninguém e avisava-a:

«*Minha muito querida irmã,*
procura consolo na religião, que sempre te consolou, mas por favor grita, chora, protesta, deita para fora essa (esta) dor imensa que é ver um filho nosso, inerte, num caixão. O Chaucer vai escrever-te. Teme, diz ele, que não tenhas aí com quem falar, ninguém com um espírito aberto como o dele, que te autorize a fazer o luto verdadeiro de

Afonso. Conheço-te, e sei que por medo de dares um mau exemplo, por receio de que alguém encare a tua raiva como ausência de Fé, vais fazer de conta que nada se passou. Mas fazias bem em ser mais portuguesa, que essa gente, e vi-a com os meus próprios olhos, chora quando tem que chorar, grita quando tem que gritar, tocando-se em consolo, abraçando-se com força. Philippa, o teu povo não gostará mais de ti por te manteres hirta e fria quando te morre um filho, e certamente acenará que sim com a cabeça quando lhes disseres que a única coisa que te importa é que se faça a vontade de Deus, mesmo que seja levar-te o primogénito, mas não entenderá por que é que sendo tudo isso verdade, não choras na mesma. Chora, Philippa, chora em frente do teu marido e dos teus filhos, de D. Brites, de Teresa, de Lourenço, mas chora, irmã.»

Philippa lera e relera este pedaço da carta vezes sem conta, e guardava-a religiosamente na sua caixa de correspondência, na sua secretária de trabalho, e que viajava sempre consigo. Mas não chorava. Não conseguia chorar.

※

– Mãe, *mummy*! – ouvira a voz de Henrique, alterada e furiosa, a gritar. Chegara-se à janela para ver o que o filho queria, e a boca abriu-se num sorriso largo quando o viu esfarrapado e sujo, uma espada de madeira partida ao meio, a cara afogueada.

Quando percebeu que a mãe viera à janela e fazia já parte do seu público, incendiou o discurso:

– Os infantes D. Pedro e D. Duarte chamaram-me mentiroso, quando lhes jurei que ia ter muitos barcos e descobrir o que estava para lá da Berlenga.

– E tu fizeste-os pagar a calúnia? – disse a rir, lá de cima, Philippa.

– Pois fiz – disse o príncipe levantando orgulhoso a espada partida...

– Partiste-a na cabeça de qual deles? – perguntou a mãe, divertida...

– Na de D. Duarte, é um medriquinhas, sempre de pena na mão, o menino querido de D. Lopo, claro, mas não é feito para ser rei!

O rosto de Philippa perdeu qualquer sombra de alegria e o filho pressentiu que tinha feito asneira, levara o seu acto teatral longe de mais.

– D. Henrique, vai para os teus aposentos de castigo, já! Passo lá à noite para falar contigo – vociferou a rainha, e Henrique dobrou a cabeça, murmurou um «desculpe» e fez o que a mãe lhe mandara.

Virando as costas para a janela, e para o mar, Philippa atravessou o salão com passos rápidos, direita ao pequeno escritório onde João estava reunido com Lourenço, chegado das obras no Mosteiro da Batalha, que fora fiscalizar.

Ambos se voltaram para ver quem abria a porta sem bater, e perceberam imediatamente que a rainha estava fora de si. Lourenço apressou-se a encher-lhe um copo de vinho quente e a apontar-lhe o lugar em frente da lareira, mas João só conseguiu perguntar:

— Os infantes estão bem?

— Bem? Bem de mais. Se não mimasses tanto o Henrique, se não lhe desses a entender tão claramente que é o teu favorito, talvez tudo estivesse melhor — disse Philippa numa voz gelada.

— Eu? Que culpa tenho eu que ele tenha aquele feitio impetuoso, aquele sangue quente a correr-lhe nas veias? Sai mas é ao teu pai, e quem lhe enche os ouvidos com histórias de cavaleiros, batalhas e torneios és tu!

Lourenço não sabia se havia de ficar ou de sair, o rei e a rainha numa discussão doméstica, a tratarem-se por tu à frente de um vassalo, mas Philippa fez-lhe um sinal:

— Deixe-se estar, D. Lourenço, o senhor melhor do que ninguém conhece a terra de onde venho, e esta onde vivo. Pode ajudar-nos a perceber o que fazer com o Henrique?

— Mas o que é que fez desencadear esta crise? — perguntou o conselheiro.

— O Henrique bateu no Duarte, partiu-lhe uma espada de madeira na cabeça...

— E depois? — perguntou João, que não acreditava por um minuto que a mulher se enervasse por uma luta campal entre os filhos...

— Depois é que foi o pior. Disse que lhe batera porque ele não era digno de ser rei, porque era um medricas, sempre agarrado às penas, aos tinteiros e aos pergaminhos...

João e Lourenço entreolharam-se, silenciosos. Philippa calou-se também, como que hipnotizada pelas labaredas. Lourenço foi o primeiro a retomar a palavra:

— D. Filipa, quando a oiço falar do infante D. Henrique não posso deixar de me lembrar das histórias que me contou sobre o seu pai. Também ele era o terceiro filho, mas com uma personalidade tão forte e tão vincada que lhe parecia insuportável aceitar um lugar menor, quando acreditava ter tudo para reinar...

João pegou no fio da meada, e continuou:

– E o pior foi aquela tonta daquela ama, a D. Mécia, que lhe foi dizer o que continha a sua carta astral, aquela que Guilhopares insistiu em fazer no dia em que ele nasceu, lembras-te?

Philippa assentiu com a cabeça. Ficara furiosa na altura. Chaucer e frei John tinham-lhe ensinado o nome e os segredos das estrelas e dos planetas, mas nunca lhe permitiram acreditar que o destino estava traçado – para que fôssemos livres era preciso que pudéssemos escolher, e Deus tinha-nos feito livres, portanto capazes de optar pelo bem e pelo mal, de receber o prémio ou o respectivo castigo. E no entanto não se recusara a ler a carta astral do filho acabado de nascer, talvez porque se lembrara do bilhete que frei John lhe mandara entregar, minutos antes de zarpar para a Catalunha, e que afirmava, sem dúvidas, que partia para ser rainha de Portugal.

– Philippa, esqueceste-te do que aqui estamos a discutir?

– Não, não, pensava só no que dizia a carta.

– Que nasceu sob a influência de Marte e Saturno, o que o predispunha a «grandes e nobres conquistas e descobrir segredos escondidos dos outros homens» – recitou Lourenço.

– E agora o rapazinho com apenas sete anos acha que os astros o empurram na conquista da Berlenga, e que ninguém é mais digno do que ele para se sentar no trono – suspirou, exasperada, Philippa.

João andava agora de um lado para o outro, e passando perto da cadeira da mulher, sossegou-a com uma mão no ombro:

– Confesso que a energia do Henrique me diverte e me contagia. Está sempre pronto para partir, para entrar numa briga, para querer saber mais...

– Saber mais do que aquilo que lhe apetece... de estrelas e planetas, de ilhas e mapas, mas D. Lopo não consegue que fique quieto nem que leia um texto até ao fim, e os exercícios escritos que faz são um borrão pegado – comentou Philippa.

– Talvez me identifique com ele, o que é que queres? Talvez exactamente por isso, por não conseguir ficar quieto, por ser impulsivo, por não ter paciência para melhorar a minha caligrafia – disse já a rir, João.

– D. Filipa, não deve ser fácil para o infante competir com dois alunos exemplares, como o infante D. Duarte e D. Pedro; ambos adoram as aulas de D. Lopo, ambos escrevem e falam fluentemente várias línguas... é natural que ele se tenha moldado no pai João, que lutou contra Castela, no avô John, que andou a vida toda em batalhas, no bisavô Henry, que ainda por cima lutou contra os mouros...

– Mas não pode, nem em pensamentos, ambicionar o lugar do irmão mais velho, nem deixar que a morte de Afonso lhe dê a ideia de que talvez um dia... os outros também desapareçam – sussurrou Philippa.

– Ai Virgem Santíssima, Filipa, que por cá a gente não corta cabeças nem entra em guerras fratricidas assim por dá cá aquela palha, e o miúdo só tem sete anos – interveio João...

– Ah, pois não, vocês nem se lembrariam de uma coisa dessas, por isso é que andas há anos a combater o teu meio-irmão, João de Castro – soltou a rainha, com uma gargalhada sarcástica.

E João e Lourenço remeteram-se ao silêncio. Philippa voltou de novo os olhos para a lareira. Tinha de ter cuidado, era preciso desviar a atenção de Henrique para fora de Portugal, era preciso fazer crescer o país para que houvesse um lugar para cada um dos seus cinco rapazes...

41

Paço de Leiria, 8 de Novembro de 1401

Philippa insistira em que Afonso, o futuro conde de Barcelos, tinha de casar em Leiria. Estava orgulhosa do que fizera àquele paço – a fachada principal virada para a cidade, erguendo-se sobre o muro da fortaleza, e aquela varanda de vista deslumbrante. Philippa mandara que se colocassem lareiras em cinco dos aposentos, e seguira também aqui o modelo de Windsor e Kenilworth, com as cozinhas no piso de baixo e o salão grande no de cima, bem iluminado e aquecido, como este dia do princípio de Novembro exigia.

O arquitecto Huguet prestara-lhe todo o apoio, deixando as obras da Batalha de quinze em quinze dias para fiscalizar Leiria, e o resultado era espantoso. O casamento de Afonso servia assim para o mostrar à corte e aos nobres que acorreram em massa à primeira grande festa dos últimos vinte anos.

João concordara com a escolha do local. Philippa resistira a princípio, a legitimação de Afonso parecia-lhe uma ameaça séria, e a aliança com a filha do condestável não lhe aliviava em nada os medos. Mas depois decidiu que o futuro a Deus pertencia, e que tinha era de colaborar na organização da festa. Os três infantes mais velhos andavam numa excitação, porque apesar de pressentirem as hesitações da mãe tinham uma enorme admiração pelo «irmão grande», sempre vestido a rigor, a espada à cintura e um ar altivo que atraía sobretudo Henrique. O pai até insistira em que aprendessem a esgrimir com ele, e curiosamente Afonso, amolecido pela morte do irmão do mesmo nome, acedera ao papel de instrutor, e os infantes tinham agarrado a oportunidade única de pegarem em espadas a sério. Pedro era de todos o mais sóbrio nas suas adulações, e entre ele e Afonso havia uma antipatia latente, que Philippa não conseguia explicar. Talvez porque Duarte fosse demasiado metido consigo e com os seus livros, para o assustar, e Henrique um admirador demasiado incondicional para ser recusado, restando a serenidade de Pedro, que unia a capacidade intelectual que lhe merecia as melhores notas de D. Lopo com uma capacidade invulgar para o manejo das armas. Sim, Lourenço e D. Lopo concordavam com ela: D. Pedro era o que maiores ciúmes provocava ao meio-irmão mais velho.

Mas talvez este casamento, abençoado por um céu límpido que acompanhava o Verão de S. Martinho, sossegasse a competitividade de Afonso, que afinal aos 31 anos bem precisava de assentar. Beatriz Pereira Alvim, filha do condestável e de Teresa Alvim, era um miúda serena, que apesar de ser filha única, a austeridade do pai nunca tinha deixado estragar com mimos. Philippa gostava francamente dela – e achava que D. Teresa, por aturar D. Nuno, tinha, pela certa, um lugar já garantido no céu – e esperava que o título de conde de Barcelos e as extensas terras que trazia ao marido, somadas à sua beleza e serenidade, dessem ao filho bastardo de João um sentido de valor próprio.

– Quando tiver filhos seus, tudo será diferente – profetizava João, e Philippa tendia a concordar.

Quando ao fim do dia os noivos foram conduzidos aos aposentos onde passariam a primeira noite, Philippa com toda a sinceridade desejou-lhes as maiores felicidades.

42

Alcáçova de Lisboa, 22 de Março de 1402

Não tinha dito nada a ninguém. Nem a Teresa, nem a D. Brites, nem tão-pouco a João. Mas há umas semanas que tinha a certeza de que estava grávida de novo. Dera uma casinha em Sintra às gémeas parteiras, como presente de despedida e agradecimento – tinham-na servido bem em sete partos, e aquando da morte de Afonso enviaram-lhe um raminho de flores da serra e um cartão exprimindo a tristeza de que um dos seus bebés tivesse deixado este mundo que a comovera sinceramente pela sua simplicidade. A gravidez de João tinha sido mais complicada do que as anteriores, e João já era um rapazinho de dois anos. Quarenta e dois anos e grávida do seu oitavo filho, que possibilidades teria de que tudo corresse bem? Será que Deus lhe daria mais um menino saudável, ou seria pedir de mais, quando tantas outras mulheres tinham muito menos?

Mas naquela manhã sentia-se tão mal que nem conseguira levantar-se para a missa das oito. Uma agonia imensa invadia-a, a ela que sempre se orgulhara de não sucumbir às maleitas da gravidez – que suspeitava até serem fraquezas de espírito –, e as contracções nos rins deixavam-na quase sem respirar. Não podia continuar a jogar ao gato e ao rato com as camareiras e as damas que lhe eram mais próximas. Mandou chamar D. Brites, e abrindo muito os olhos para não se permitir chorar, contou-lhe que esperava um novo filho. D. Brites benzeu-se, mas controlou-se: não lhe cabia comentar a vontade de Deus, mas sim chamar o médico. «E as gémeas», pediu Philippa numa voz fraca.

As camareiras espalharam rapidamente a notícia às damas, e as damas coscuvilharam entre elas, que há muito tempo não havia notícias destas: Philippa mantinha a sua fertilidade, e a sua fertilidade era prova de que ela e João continuavam a «fazer aquilo» como sussurravam, entre risinhos, as mais novas. E como a intenção não era já certamente procriar, cometiam o pecado da luxúria, comentavam as mais azedas, entre benzeduras tingidas de inveja.

O médico da corte chegou o mais depressa que pôde, foi só acordá-lo, que ainda dormia. O recato impedia-o de examinar a doente, sobretudo uma rainha, por isso tinha de esperar pela chegada das «comadres» que, no fundo, esperava fizessem a observação e o diagnóstico.

Vindas de Sintra, entraram pelos aposentos de Philippa com uma flor de cameleira na mão e as suas caras de moçoilas do campo tingidas pelo vermelho do frio que tinham apanhado pelo caminho.

– D. Filipa, que boas novas nos trazem aqui – disseram em coro, correndo a beijar-lhe as mãos.

Mandaram sair toda a gente da sala, destaparam a rainha e deram um grito discreto de susto: os lençóis estavam ensopados de sangue, as contracções frequentes. Perpétua deu-lhe uma poção calmante, Maria da Luz esfregou-lhe a barriga e a zona dos rins com cânfora, que imediatamente lhe aliviou as dores nas costas.

– Podem dizer a verdade – incitou a rainha.

– Nem outra coisa podia ser – respondeu Perpétua.

– O bebé pode não querer nascer – explicou Maria da Luz –, e de qualquer forma Vossa Alteza sabe que quarenta e dois anos são quarenta e dois anos, e o seu corpo já foi consumido por dentro por muitas gravidezes...

– Mas já perdi o bebé? – perguntou pálida a rainha.

– Não, não perdeu. Mas o sangramento e as dores indicam que o pode estar a expulsar de dentro de si – explicou Perpétua.

– Não é a senhora, é a Natureza, entende, é Deus Nosso Senhor que assim o deseja, talvez porque o menino ou menina não esteja bem... – acrescentou Maria da Luz.

– E se continuar a sangrar assim, morre o menino afogado, e Vossa Alteza vai morrendo à medida que a seiva se perde...

Philippa virou os olhos para a Senhora do Ó, que nunca deixava longe da sua beira e murmurou:

– Façam tudo para o salvar, quero este meu filho.

As parteiras baixaram a cabeça, e juraram que sim. O médico, que entrou depois, limitou-se a repetir o diagnóstico das comadres, e a dizer-lhe que talvez fosse preciso interromper a gravidez.

Mais ainda, garantia-lhe que o cónego da Sé, que consultara já várias vezes sobre casos semelhantes, lhe dizia que se a vida da mãe corresse risco, não havia pecado nisso.

Philippa olhou-o entre o escândalo e o espanto:

– O senhor não sabe o que diz. Este filho vai nascer, ou morremos os dois – disse com veemência.

Mas o físico insistia, pedia-lhe pelo menos que considerasse. E quanto mais insistia mais zangada Philippa ficava, até que perdendo a cabeça de fúria, lhe indicou a porta do quarto:

– Qual foi a parte do que lhe disse que não entendeu? – vociferou, e as gémeas e D. Brites encolheram-se, porque era raro a rainha deixar-se levar pela ira.

O clínico saiu, mas não se conformou. Falaria com o rei, talvez ele fizesse a mulher ver a razão – afinal havia mais seis infantes de quem cuidar.

Quando tentou abordar a questão com João, este encolheu os ombros:

– Julgo que a rainha já lhe deu a sua opinião, não foi? Só ela pode decidir uma coisa destas. A Senhora do Ó protegê-la-á, como sempre protegeu.

E nessa noite ajoelhou-se frente ao oratório e rezou com um fervor desconhecido:

– Senhor, não a leves para junto de ti, que precisamos muito dela aqui.

E tapando a cara com as mãos, soltou um pranto incontrolável.

❧

João entrou no quarto com Duarte, Pedro, Henrique e João, o «meu exército», como comentava a rir. Isabel vinha atrás, porque se ficara a ver no espelho do corredor – estava tão bonita a sua princesa, crescida para os seus cinco anos, cada vez mais parecida com Elisabeth. Nos olhos verdes, nos caracóis castanhos-arruivados, no seu gosto por «trapinhos», na sua frontalidade e também nas suas birras. E tinha perfeita consciência de tudo isso – as amas mimavam-na e penteavam-na e punham-lhe lacinhos no cabelo, e as damas da corte falavam-lhe de todos os príncipes disponíveis nas cortes europeias, cheias de inveja porque sabiam que à única rapariga da família real, e ainda por cima tão bonita, nunca lhe faltariam pretendentes.

E como que para merecer tudo o que a mãe pensava dela, foi a primeira a sair da fila indiana e a saltar-lhe para cima da cama. O pai apanhou-a no ar:

– E onde é que a menina pensa que vai?

– Para dentro da cama da minha mãe!

– Não vai, não senhora, que a mãe precisa de ficar quieta e sossegada...

– Mas eu não quero mais manos, mãe! – protestava, enquanto esperneava entre os braços do pai.

– Então, reza a Deus que desta vez seja uma rapariga – sugeriu, a rir, Philippa.

– Mas eu também não quero mais manas! Quero ser a única princesa.

Os mais velhos sabiam bem os riscos que a mãe corria nesta gravidez, mas estavam catequizados também para a certeza de que um infante não mostra medo nem chora como um bebé – e por isso falavam de tudo e de nada nestas visitas diárias, contando-lhe o que ela mais gostava de saber.

Duarte falava invariavelmente dos livros que lera e daquele que ia começar a escrever. Chegando-se à beira da mãe, mostrava-lhe, timidamente, os pergaminhos que enchera de frases e desenhos. Descrevia as salas do palácio, os pássaros que vinham beber ao tanque, e fazia longas descrições de como se deveria comportar um rei. Philippa passava-lhe a mão pelo cabelo loiro, e incitava-o a continuar:

– Deixa aqui o que escreveste, Duarte, que a mãe vai ler tudo e depois dá-te uma opinião, queres?

Duarte acenou que sim, entusiasmado. Era mesmo só isso que ele queria: a aprovação da mãe. Tornar-se de um dia para o outro o herdeiro, ver virar sobre ele as atenções dos professores e da gente da corte, perceber que as vénias que os homens do seu pai lhe faziam eram mais vincadas, enchia-o de um terror imenso. Perder Afonso, tinha sido um golpe rude, tinham nascido e crescido quase como gémeos, e Duarte deixara-se sempre guiar pela personalidade muito mais vincada do irmão. Mais ainda, percebera sempre que Afonso fazia franzir o sobrolho materno em desaprovação, quando era rude ou demasiado ambicioso, e moldara-se suavemente àquele que pressentia ser o ideal da mãe: um rato de biblioteca, como agora lhe chamava Henrique sempre que o queria irritar. A sua imensa sensibilidade dizia-lhe outras coisas, como por exemplo que o pai e D. Ricardo, que tinham intensificado o tempo que passavam a ensinar-lhe as artes da guerra, prefeririam exactamente o contrário do que ele era, um miúdo que não gostava particularmente de caçar nem de andar à pancada. Se Deus lhe tinha dado uma cabeça para pensar e uma alma para sentir, eram essas que devia usar em lugar da espada, pensava secretamente. Todos os dias rezava na capela do paço para que o Altíssimo o tornasse mais corajoso e aventureiro, digno de um dia ocupar o lugar do pai. O lugar do pai? A morte de Afonso trouxera-lhe a consciência de que as pessoas que nos são queridas também morrem... Estava farto de ouvir a todos que a mãe podia morrer a qualquer momento. O que faria sem ela? A mão, mesmo agora, apertava-lhe constantemente o estômago, e sentia uma náusea a tirar-lhe a força das pernas.

Philippa lia-lhe os pensamentos e angustiava-se. Estaria a ser egoísta deixando que a sua vida corresse risco, recusando o aborto que lhe propunham insistentemente os médicos, e aparentemente com a bênção da Igreja, quando tinha seis meninos sobre quem velar, todos tão diferentes mas todos tão dependentes de si?

Felizmente o humor de Pedro, as graças novas do bebé João e as descrições sempre entusiasmadas e vívidas de Henrique, que estava sempre em luta com o mundo para dele retirar a adrenalina de que precisava para viver, não a deixavam cair em nostalgias e depressões.

Far-se-ia a vontade de Deus, era esse o único caminho que podia e devia seguir.

E chamando-os a todos, pediu-lhes que não a esquecessem, nem a ela nem ao bebé, nas suas orações da noite. Os três mais velhos acenaram que sim com a cabeça, mas Isabel protestou:

– Vou dizer à minha ama que depois do banho me traga ao seu quarto, para a mãe me fazer as tranças antes de dormir, está bem?

Philippa olhou-a com todo o amor do mundo. Faria as tranças de Isabel, como todas as noites sonhara que a mãe Blanche lhe faria as dela. A sua filha nunca conheceria a desilusão de esperar, esperar, esperar pelos passos no corredor, pelo movimento do reposteiro, para adormecer entre lágrimas porque naquele dia a mãe não viera...

❁

A decisão de se mudarem para Sintra surgira no início da Primavera. Philippa não suportava a ideia de passar mais tempo em Lisboa, o calor da cidade cortava-lhe a respiração e receava que as epidemias e as doenças que surgiam sempre aliadas às gentes e à sujidade das ruas contagiassem algum dos seus infantes. Mil vezes os nevoeiros limpos da serra de Sintra, onde os meninos podiam montar todos os dias a cavalo, e andar ao ar livre.

A hemorragia não estancara, como as gémeas tinham esperado. Ia e vinha, mas as comadres garantiam que o coração do bebé batia, e ela própria já sentia os seus movimentos dentro de si. A viagem tinha sido lenta, evitando os solavancos do caminho, mas felizmente não tivera efeitos secundários: instalara-se no seu paço querido e pedira que lhe mudassem a cama de forma a que, mesmo deitada, pudesse ver o Castelo dos Mouros lá em cima.

João não conseguia sossegar. A rainha estava pálida de morte – frágil e branca já ela era, mas esta sangria lenta, que não cedia às poções que bebia e aos unguentos que lhe eram aplicados, retirava-lhe todos os dias um bocadinho mais das suas forças. O clínico sintrense tinha sido novamente chamado, pois Philippa nunca mais quisera ver a cara do lisboeta que lhe recomendara que deixasse matar o filho que trazia no ventre. Miguel Forjaz passou a ir vê-la duas vezes ao dia. Combatia a fraqueza com fruta e hortaliça, caldos de galinha e vinho tinto quente, que acreditava fortalecer-lhe o sangue e restituir-lhe a energia anímica de que precisava... para sobreviver ao parto.

Philippa tinha dificuldade em manter-se presa a uma cama, ela que nem nas gravidezes deixara de ir caçar, assistir à missa com o povo nas capelinhas de cada uma das regiões onde ficavam, entrar em casa das pessoas e falar com elas, com uma simplicidade que lhe dava uma popularidade crescente entre as gentes, mesmo que não seduzisse a corte.

Teresa e D. Brites contavam-lhe, agora, que todos os dias iam ali ao paço mulheres do povo entregar cestos de fruta ou verduras destinados à rainha, acompanhando a oferta sempre com uma palavra de esperança. Ainda na véspera lá fora uma, no seu burrinho, os alforges cheios de morangos, que entregara ao guarda do portão, implorando-lhe que dissesse a D. Filipa que esta gravidez complicada só significava que o infante a nascer seria um santo.

Philippa comovera-se com a mensagem que lhe chegara direitinha, que o guarda da porta sentira que havia naquela velhinha uma qualquer magia que aconselhava a dar o recado, mas começou a assustar--se quando lhe relatavam que nas missas de todo o país os padres pediam pela sua saúde e tratavam o bebé a nascer como uma criança profeta, um «santinho» com uma missão na terra. A vida ensinara-lhe que eram precipitadas as profecias – ainda faltava o parto, faltava saber se o seu filho (ou filha!) que insistira contra todos em trazer ao mundo seria saudável ou marcado por estes meses de luta. Acreditava que todos temos uma missão, e que não pisamos a terra senão para a cumprir, mas não queria filhos vaidosos, convencidos por amas e aias de que eram os escolhidos, e sobretudo temia que uma criança criada na convicção da santidade, se entregasse a martírios desnecessários...

Mas não podia, nem devia, entregar-se a comiserações próprias ou a lutos antecipados. E decidiu que «para não morrer estúpida», como dizia a rir, fazendo empalidecer D. Lopo e Lourenço, reuniria com os seus conselheiros uma vez por semana, e na mesa de trabalho que ordenou que lhe fosse colocada no quarto espalhou os seus mapas, os contratos e as cartas a que tinha que responder. Na mesinha-de-cabeceira, a Senhora do Ó, na mesa de carvalho, o astrolábio de Chaucer!

43

Paço de Santarém, 29 de Setembro de 1402

João não podia manter-se mais tempo no Paço da Rainha, e Philippa insistia em que a família não podia separar-se, nem por dias, como se o seu equilíbrio e as suas forças dependessem totalmente do marido e dos filhos. As gémeas já a deixavam levantar-se por períodos curtos, e as hemorragias tinham cessado no último mês, por isso consentiram que partisse para Santarém, rodeada de todos os cuidados.

A rainha achara que a viagem fizera maravilhas, como se depois de tantos meses enclausurada, olhar a paisagem que corria na janela da sua carruagem lhe restituísse o sabor da vida e determinação de viver.

Mas nunca levara tanto a mão à barriga, sempre à espera de um movimento, de um pontapé, de um pé espetado sob as suas costelas, obrigando-a, com um sorriso e um gemido, a endireitar-se:

– Esta criança não pára quieta. É um resistente! Vai nascer, e vai nascer bem, e gozar todos os minutos de vida que tiver, porque é a prova de que a vontade de Deus não se contraria.

As comadres entreolhavam-se. D. Filipa, que tivera o primeiro filho aos 28 anos, e agora se preparava para um parto treze anos depois, mostrara até hoje uma resistência invulgar, e surpreendera sempre.

Naquele mesmo dia rebentaram as águas e Philippa entrou em trabalho de parto. O bebé estava sentado, o pesadelo foi longo e duro, e em todas as igrejas do país se rezava por ela. Quem olhasse pelas janelas do castelo, via as capelinhas daquela lezíria fora iluminadas, e nos terreiros das igrejas ardiam velas, pontinhos de luz na noite escura. Aqui e ali a luz era mais intensa: fogueiras ardiam nos rossios das aldeias vizinhas. O país sabia que o infante estava para nascer. E fazia o que podia para que o poder divino o protegesse.

– Força, D. Filipa, força... só mais um bocadinho – pedia Perpétua.

– Grite, D. Filipa, lembra-se como a aliviou no parto de D. Henrique? Grite, D. Filipa – incitava-a Maria da Luz.

Mas a rainha mordia a mão, a imagem da virgem caída nas almofadas, que já nem força tinha para a segurar.

– Estou a conseguir, estou a conseguir, toalhas, água quente, mulheres, para onde estão a olhar? – gritavam as comadres para as criaditas estarrecidas.

– Já cá está, já cá está! – berrou Perpétua triunfante, esquecida de todos os protocolos.

E pendurando o menino pelos pés, para que a irmã cortasse o cordão, o grito daquele bebé soou alto pelo paço de Santarém. Na sala do lado, João e os filhos saltaram ao pescoço uns dos outros, numa felicidade imensa.

– Mas a mãe, a mãe estará bem? – perguntou Pedro, assustado.

Henrique encostara a orelha à porta e declarou, feliz:

– Estou a ouvir a voz da *mummy*, estou a ouvi-la pedir que lhe dêem o bebé.

– Bebé, não, D. Fernando – disse para surpresa de todos a infanta Isabel.

João olhou-a, estupefacto. Era a sua vez de lhe pôr nome, e pensara em Dinis, não gostava das memórias que lhe vinham associadas ao nome do seu meio-irmão Fernando, e muito menos ao da sua mulher, Leonor Teles... e do conde de Andeiro, mas a filha parecia determinada.

– Fernando, porquê? – perguntou João.

– Porque uma cigana hoje à tarde, quando fui com a ama passear, chamou-me e disse-me que o mano ia nascer bem e se ia chamar Fernando – disse a miúda, os olhos muito abertos, como se se limitasse a transmitir uma mensagem.

João estremeceu, e virando-se para ela pegou-lhe ao colo, os olhos ao nível dos seus, e disse-lhe suficientemente alto para que todos ouvissem:

– Fernando será, filha, mas nunca, nunca, dirão à mãe que foi uma cigana, na terra de Santarém, que pronunciou primeiro este nome, ouviram? Juram?

E os infantes juraram, enquanto Beatriz, que se sentara silenciosa no banco de pedra junto da janela – num hábito copiado inconscientemente da madrasta –, olhou para as velas que ardiam em redor do paço e benzeu-se.

44

Convento de Benfica, 5 de Maio de 1404

Todos eles já tinham visitado o convento dominicano que João das Regras mandara construir em terras que o rei lhe dera para os lados de Benfica. Albergara-se numa das celas, e saía apenas em dias de conselho maior. João visitava-o muitas vezes, parava para ouvir missa na sua capela, a caminho das caçadas, bem pela manhã-zinha. Sentava-se silencioso junto daquele homem, que para todos os efeitos era como se fosse seu pai. «Tão mais próximo de mim do que o rei que me deu a vida, ou mesmo o avô, que cuidou de mim», pensava sempre D. João, quando se ajoelhava junto do homem que lhe dera o trono.

Mas neste dia de Primavera, a família real estava ali para o chorar. Ou melhor, como dizia a voz forte de D. Lançarote, que viera de Braga para oficiar a missa de corpo presente do grande João das Regras, morto dois dias antes, num ensolarado dia 3 de Maio, «para enaltecer a sua vida e aprender com ela». Os infantes no banco da frente da capela, sentados por idades e formando uma escadinha, enchiam Philippa de orgulho. Direitos, sérios, com a consciência plena de que se despediam do maior conselheiro do reino. Philippa olhou-os com orgulho indisfarçável, a sua Isabel encostada ao ombro do pai a procurar consolá-lo, Duarte esforçando-se por não chorar, Pedro, Henrique, muito direitos, e João, sempre de mão dada com o bebé Fernando, que apesar de ser uma criança pequena a rainha tinha insistido em que estivesse presente. A morte fazia parte da vida, era mesmo o momento glorioso em que os homens de bem, como o conselheiro fora, se encontravam com Deus Nosso Senhor, na paz eterna. A morte fazia parte da vida, repetia Philippa, que já tinha perdido tantos dos seus grandes amores, e quanto mais cedo os filhos aprendessem a não temer este rito de passagem, mais fortes e corajosos ficariam.

Tinha a certeza de que João das Regras, lá de cima, olharia os seus «netos» com o mesmo orgulho que ela.

45

Lisboa, Setembro de 1405

Quando Philippa lhe anunciara a intenção de a casar com Sir Thomas FitzAlan, conde de Arundel, e de a mandar para Inglaterra, Beatriz ficara espantada com a sua própria reacção. Depois de uns segundos de surpresa, sorrira para a madrasta, consciente da felicidade que lhe dava a ideia de que Philippa a tinha considerado suficientemente digna para a casar com um seu primo de sangue real. Mas o que mais a surpreendera fora a sensação de aventura e liberdade que lhe tomara conta da alma.

Philippa ia-lhe fazendo descrições de Sir Thomas, e entusiasmada, dizia:

– Já viste, Beatriz, vais fazer exactamente o mesmo que eu, só que ao contrário? Nasceste e viveste em Portugal e agora com vinte e seis anos, tal como eu, vais deixar este país e casar em Inglaterra. E vais ser tão feliz como eu.

– E o meu enxoval, e o meu dote? – respondera ligeiramente preocupada Beatriz, a imaginar-se já a entrar na sofisticada corte inglesa como uma prima da província que aceitavam apenas por caridade para com a «tia» Philippa.

– Não te preocupes com isso, o pai vai encontrar o dote que pediram, e tratei de tudo o resto com o rei Henry...

Beatriz não queria saber os pormenores. Não lhe passara despercebido o sobrolho franzido com que a rainha nos últimos meses, ou talvez já fosse mesmo mais do que isso, recebia e abria as cartas que o irmão e outros senhores ingleses lhe escreviam. Entendera que a negociação não tinha sido fácil, e que Sir Thomas não era, certamente, o noivo expectante como Philippa o fazia, mas que aceitava a ligação com a filha bastarda de um rei – se bem que legitimada pelo Papa, como o seu irmão – com alguma relutância. Só esperava que tudo acontecesse como acontecera com o pai, que também casara muito contrariado e agora parecia tão feliz.

E de qualquer maneira, sabia que no fundo de si mesma estava ansiosa por se libertar desta corte pequena, de um grupo de meios-irmãos, que nunca a veriam como uma dos deles, e sobretudo da guerra latente entre o irmão de sangue e a nova família do pai, que nem as terras nem os títulos tinham realmente acalmado.

Philippa leu-lhe os pensamentos:

– Sabes que quando saí de Inglaterra com a tua idade, só queria respirar ar novo? Começar do princípio, onde ninguém me rotulasse de nada, onde me pudesse ver livre das intrigas e das loucuras do meu pai, que tanto me embaraçavam...

– Vocês não me embaraçam! – murmurou Beatriz, que não conseguiu acrescentar «eu é que tenho medo de vos embaraçar...».

Mas Philippa insistiu:

– Viste como o embaixador inglês te beijou a mão, os olhos com que te olhou? És muito bonita, és educada, sabes línguas, és mais culta do que a maioria das mulheres, muito mais do que as damas que vais encontrar na corte, e sir Thomas FitzAlan é de uma óptima família, vão-te acolher como uma princesa que és...

– Sem a marca da bastardia? – sussurrou Beatriz.

E Philippa sentiu um nó na garganta. «Se os homens e mulheres soubessem como o seu pecado faz sofrer os filhos que geram no adultério, entenderiam por que a Igreja o condena tão veementemente», pensou para si. Mas limitou-se a responder:

– Beatriz, és uma princesa de Avis, filha do rei de Portugal, endireita os ombros, levanta a cabeça, olha em frente e orgulha-te de quem és. Os outros só te verão como tu te mostrares!

– E lady Elisabeth, estará lá? – perguntou de repente assustada com a ideia de ficar sozinha num país estranho...

– Para além das tuas damas pessoais, que vão daqui e ficarão contigo, podes contar com Elisabeth, a quem já escrevi. Vai estar à tua espera em Windsor, e também vais gostar do meu irmão e da minha cunhada Mary, que é mesmo meiguinha. E depois há a viagem, já pensaste...

– O meu pai vai comigo? – perguntou Beatriz.

– Não, o pai não vai, estas escaramuças constantes com Castela não deixam que o rei vá a lado nenhum – disse Philippa com um encolher de ombros de quem já está pelos cabelos com as batalhas ocasionais com os vizinhos, que nem os seus esforços, nem os da irmã, do outro lado da fronteira, pareciam suficientes para acabar de vez.

– Mas vai o teu irmão Afonso levar-te. E ele está feliz por ir, e por viajar pela primeira vez para fora de Portugal – continuou.

– D. Filipa, posso fazer vestidos novos? – perguntou Beatriz, animada com a ideia; o seu irmão estaria de bom humor pela certa se o pai o mandava como seu filho e representante à corte inglesa e sentiria a homenagem como uma prova de que o rei o olhava com orgulho.

– Podes fazer todos os vestidos que quiseres. Já mandei vir tecidos da Flandres e tens as costureiras às tuas ordens – disse Philippa a rir, encantada por ver a enteada muito feliz com a proposta que lhe fizera. Até ver entrar no paço de Lisboa os embaixadores ingleses com o propósito de ultimar as negociações, Philippa desconfiara de que o seu «projecto» se desfizesse. Porque Thomas Arundel pedira uma contrapartida monetária para obedecer ao pedido do rei Henry, e o rei inglês queria recusar-se a dá-la. Tantas e tantas cartas escrevera Philippa no seu tom mais delicodoce, começadas sempre da forma mais reverente e protocolar com um «Poderoso príncipe, meu soberano, melhor amigo e irmão», de que se assinava sempre «a sua leal irmã Philippa de Portugal (P. de P.)», para tentar convencê-lo de que era preciso, a todo o custo, honrar o compromisso. E Henry, mais uma vez, fizera a vontade à irmã: pagara, e prometera ser ele próprio a levar a noiva ao altar.

⚜

O céu de Lisboa estava límpido, com aquela limpidez que Philippa não se cansava de admirar. No cais, ela e os seus filhos vinham despedir-se de Beatriz, que finalmente partia.

A miúda chorara a noite inteira, agarrada a João e ao bebé Fernando, Isabel enrolada num dos seus braços. Os irmãos assistiram à cena, passada na salinha particular da família, com reacções tão absolutamente diferentes que ao observá-los Philippa perguntou-se de onde viriam temperamentos tão radicalmente opostos, se afinal eram todos da mesma «ninhada». Duarte soluçava, sempre facilmente contagiado pela emoção, Pedro trouxera à meia-irmã uma rosa do jardim e prometia-lhe o sucesso da missão com todo o seu encanto de mulherengo, Henrique escondia a inveja por não ser ele a viajar. Com um enfado imenso que esta lamechice toda lhe provocava, mas sentindo que esperavam que mostrasse a sua preocupação, lá disse:

– D. Beatriz, estive a observar os céus e a viagem vai ser calma e segura!

Isabel permanecera calada, mas mantivera-se sempre perto. Philippa sabia que mesmo aos oito anos a sua filha sabia que um dia o seu destino seria igual ao de Beatriz: também ela teria, um dia, de deixar os pais, os irmãos e os amigos, e partir ao encontro de um noivo que nunca vira antes, obrigada a viver num país diferente, o futuro absolutamente desconhecido...

Mas hoje de manhã, o humor e a boa disposição tinham voltado, como se a luz do sol enchesse os corações de optimismo. Com aquele céu por cima, ninguém podia acreditar que o amanhã não trouxesse apenas felicidade.

Philippa abraçou Beatriz e prometeu visitá-la em breve. Beatriz despediu-se deles, um a um, até que caiu por longos minutos nos braços do pai. João, que se comovia com facilidade («A quem é que Duarte sairá?», pensou a rainha a rir...), esfregou o rosto com força, numa tentativa de não fazer tristes figuras em público, que a mulher nunca lhe perdoaria. E bastou um olhar de esguelha para o rosto altivo e sereno de Philippa para engolir o nó que lhe apertava a garganta.

Acenaram durante horas, enquanto o barco se transformava num ponto cada vez mais pequeno. Num canto, Beatriz Alvim, a mulher de Afonso, com o seu bebé Afonso de dois anos estreitado nos braços, acenava também. Mas o conde de Barcelos estava demasiado enebriado pelo entusiasmo da viagem, para se voltar. Comandava um barco, que navegava sob a bandeira portuguesa, e partia à aventura.

Henrique puxou, zangado, a manga do vestido da mãe:

– O pai devia ter-me confiado a viagem a mim! Era eu que devia ter levado Beatriz a Inglaterra. Eu é que sou um Plantagenet, eu é que tenho o nome do rei inglês, eu é que sei ler as estrelas...

Philippa olhou-o com alguma preocupação: não havia nada que mais desesperasse aquele seu filho, que não tinha mais de onze anos, do que não ser o centro de todas as atenções. «O avô John of Gaunt está de facto em ti, mas agora pára lá com essa birra e vamos para casa», respondera, na voz firme que utilizava invariavelmente para se lhe dirigir. Henrique marchou de volta para a Alcáçova, o amuo desaparecendo à medida que, subindo a ladeira, o rio Tejo, com os barcos que chegavam e partiam, lhe enchia o olhar.

46

Winchester, 26 de Novembro de 1405

Elisabeth não a largou um minuto. Recebeu-a em Windsor à chegada, apresentou-a a todos e levou-a para os seus aposentos, onde Beatriz se sentiu imediatamente em casa, rodeada pelos seus vários primos. Constança era a filha mais velha de Elisabeth, e herdara da mãe os cabelos ruivos, os olhos verdes e o humor fácil: era irresistível deixar-se adoptar por esta miúda de quinze anos, que conhecia os cantos à casa.

O pai fora enforcado pelo rei Richard há alguns anos, e o rei Henry, e Thomas FitzAlan, o noivo de Beatriz, eram os dois heróis da miúda, porque tinham vingado a sua morte. Beatriz estremeceu ligeiramente com aquelas descrições de cabeças a rolar na calçada, como se nada passasse de um jogo, mas Constança não deixava ninguém mergulhar na depressão.

Descreveu-lhe Thomas com muita admiração, elogiou o seu cabelo loiro encaracolado, sempre diligentemente despenteado, os seus olhos azuis, a sua altura e a sua habilidade a manejar uma espada, que ao fim de três dias daquela conversa – e mesmo sem o conhecer – Beatriz já estava mais do que convencida de que ia ter direito ao nobre mais cobiçado de Inglaterra.

Elisabeth escreveu nesse mesmo dia à irmã:

«Mana Philippa,
Desculpa começar de forma tão abrupta, mas doem-me os pés,
depois de um casamento longo, mas em que o nosso irmão Henry deu
à tua enteada a honra de a levar ao altar. Durante todo o dia só pen-

sei: «Espero que a escolha da minha maninha mais velha seja acer-
tada.» Thomas é um homem endurecido pela guerra, e ao que me
dizem queria casar com uma mulher burguesa que a família desapro-
vava. Convenceram-no de que o conde de Arundel não podia ter uma
ligação oficial com uma senhora que não sabia sequer como se comia
à mesa num salão da corte, mas tu e eu sabemos bem que há amores
que passam por cima de tudo isso, e não tornam a vida nada fácil à
mulher legítima. Mas a tua Beatriz é bonita, sensata e serena, aqueles
cabelos escuros fizeram sensação por esta terra de gente desbotada e
pálida, e acredito que acabará por encontrar o seu caminho para a
felicidade. Mas prometo-te que te irei dando notícias: não toleraria
que ficasse presa num castelo distante, como o nosso próprio pai fez
à pobre da Constanza. Se esse for o caso, podes ter a certeza que
ignoro os protocolos, mando dizer ao arrogante, mas determinado, do
maninho Afonso para vir cá resgatá-la! E tu, por que é que não vol-
tas a Inglaterra com o teu marido? – o Henry insiste que João tem de
cá vir receber pessoalmente o Garter. Pensa nisso, e seduz o rei com a
perspectiva de voltar a ver a filha.

Só mais uma coisa, que de propósito deixei aqui para o fim, porque
sei que vais ficar histérica: vou voltar a casar. O cavaleiro chama-se,
advinha? John, claro. John Cornwall. Vi-o num torneio, foi o mais
corajoso, olhei para ele duas vezes e ele apaixonou-se. Pediu-me em
casamento. Achei que não queria passar o resto da minha vida sozinha,
com esta ninhada toda à perna. O John é meigo – vem cá conhecê-lo
e conto-te tudo. As duas deitadas na cama, como antigamente.

Da tua irmã que te aguarda ansiosamente,
Elisabeth Holland»

Philippa ficara pensativa e ligeiramente angustiada. Já tivera mais fé
nas suas capacidades de casamenteira: Teresa e Lourenço Fogaça continuavam felizes, e rodeados de filhos, mas se fosse sincera consigo
mesma, teria de reconhecer que muitas das outras alianças que «obri-
gara» a sua corte a assumir, resultavam tudo menos bem… Guardando
a carta na sua caixa de madeira, rodou a chave e suspirou, como fazia
quando se sentia incomodada: «Que se faça a Sua vontade.»

47

Paço de Coimbra, Maio de 1408

João não podia continuar a recusar a intimação do cunhado Henry para ir a Inglaterra receber a Ordem do Garter, e Elisabeth fora inteligente quando aconselhara Philippa a fazer grande alarido com a possibilidade de voltar a ver a sua filha Beatriz, que lhe parecia apenas medianamente feliz.

A paz com Castela estava para já garantida, com um tratado de tréguas assinado com o outro cunhado, Henrique III de Castela, e em que se tinham devolvido mutuamente muitas das terras conquistadas e libertado presos feitos durante a guerra. Para as escaramuças ocasionais de fronteira, ficava o condestável, que embora cada vez mais metido consigo, era sempre de fiar – não queria ser rei, disso João estava certo, mas nunca obedeceria a mais ninguém senão ao Bom Jesus e à Virgem, a Santiago e a São Jorge, as quatro figuras que orgulhosamente ostentava, uma em cada canto, na sua bandeira. Bandeira que içava nas terras alentejanas que João lhe oferecera, nas igrejinhas e pequenos conventos que financiava, como uma marca sua que deixava por onde passava.

Felizmente João não era minimamente rancoroso, e apesar das intrigas ventiladas em cada reunião do seu conselho de Estado – de que Nuno Álvares era o mordomo-mor, mas que fazia gala em nunca comparecer –, não conseguia esquecer que tudo o que tinha devia-o ao amigo. Descartava o resto como excentricidades de um rapaz que, como dizia aos seus homens a rir: «Leu demasiados romances da Távola Redonda, e está determinado a ser o nosso Galaaz, até porque já temos um Lancelote em Braga.»

Mas com o reino arrumado e uma viagem longa à vista, era preciso começar a pensar em estabelecer Casas para garantir a independência dos seus filhos mais velhos. Era por isso que estava em Coimbra: convocara as Cortes para debater este assunto, que sabia não ser simples. As despesas extra de três novas Casas Reais teriam de ser retiradas aos impostos, e o dinheiro dos cofres do Estado já chegava para pouco... Mas pior do que isso era encontrar terrenos disponíveis e em quantidade suficiente para que cada Senhoria fosse dotada do seu território.

Sentado na cadeira forrada que presidia à mesa longa na biblioteca do paço, naquele canto que planeava em breve conceder à universidade, D. João coçava a cabeça. Estava metido num sarilho a sério, pensava. Os seus príncipes adormeciam ao som de histórias dos seus antepassados Plantagenet, bebiam os relatos das conquistas que o pai fizera a Castela, e de como conquistara o trono, viviam inspirados por um ideal de cavalaria, que assentava nos seus congéneres europeus, senhores ingleses, franceses e até castelhanos, que afinal deviam muito do seu poder à riqueza que lhes aquecia as costas. Educados para serem como eles, pensava João angustiado, mas príncipes de um reino pobre e pequeno. Onde arranjaria ele dinheiro e terra para cinco casas, como os seus cinco filhos lhes exigiriam, com o apoio absoluto da mulher, que parecia perder um bocadinho da sua racionalidade e simplicidade quando o assunto eram os herdeiros?

A porta abriu-se e os conselheiros entraram. Eram homens que o conheciam de há muito, representantes dos mais diversos saberes, gente letrada e com conhecimentos, satisfeitos com o seu rei e com a família de varões que D. João lhes dera, mas igualmente preocupados: o reino não recuperara ainda das suas lutas com Castela, uma nova nobreza que ganhara a vida nos campos de batalha, não sabia o que fazer nem ao tempo nem à espada, sem outro modo de ganhar o seu sustento que não a guerra, e a agricultura e o comércio mantinham-se mortiços, porque negociar com Castela, ou através dela, era ainda um risco considerável. Apesar das tréguas de dez anos negociadas, tréguas eram tréguas, que a qualquer minuto se podiam quebrar...

Como o rei previa, torceram o nariz à sua ideia de constituir já Casas para os príncipes. Que D. Duarte, príncipe herdeiro do reino, quase com 17 anos, tivesse direito à sua autonomia e independência, parecia-lhes justo. Não havia outro remédio senão reunir um conjunto de terras e financiar os custos da operação. Compreendiam, também, que D. Pedro, apenas um ano mais novo, e com a possibilidade sem-

pre presente de um dia – que Deus não o permitisse – se ver na necessidade de substituir o irmão, precisasse de começar a contar com os
seus homens e o seu espaço?

D. Henrique tinha apenas 14 anos, era um terceiro filho, que necessidade havia de apressar já o que poderia ser feito daqui a três anos
com mais folga de bolsa?

Puseram as suas dúvidas na mesa, e alguns até exprimiram a sua
oposição clara, mas o rei não cedeu. Três casas para os três irmãos, e
as cortes, resmungando, cederam. D. Duarte receberia a sua o mais
breve que fosse possível, mas os outros dois teriam de ter paciência.
Era preciso primeiro negociar, comprar e trocar terrenos, de forma a
«construir-lhe» um condado. João aceitou, mas insistiu em que se
nomeasse ali mesmo um jurista encarregado das transacções: «Que se
compre tudo o que for possível comprar na Beira, em redor de Viseu,
para D. Henrique, e em redor de Coimbra, para D. Pedro», ordenou
o rei. E embora todos os presentes reparassem que D. João falara primeiro no filho mais novo e só depois no outro, nem um músculo das
suas caras traiu o facto de terem tido consciência do lapso do rei. Mas
nas costas do rei, a conversa seria outra.

48

Windsor, St. Georges Day, 23 de Abril de 1409

Se ao menos os pudesse ter trazido todos, pensava Philippa a trans-bordar de alegria enquanto olhava para o seu marido vestido nos trajes luxuosos que cabiam aos cavaleiros da Ordem do Garter, numa sala do castelo de Windsor, no seu castelo de Windsor. Seguro de si e compenetrado, D. João recebia do cunhado, Henry IV, rei de Ingla-terra, as mais altas insígnias do reino e que nunca antes tinham sido concedidas a um estrangeiro.

Ao seu lado os filhos, bonitos e admirados pelas damas a quem era autorizada a presença nesta parte da cerimónia. Duarte, orgulhoso dos seus dezoito anos, conseguia manter-se absolutamente direito, a expres-são de uma concentração total como se estivesse a procurar registar cada detalhe para mais tarde o transcrever nos seus caderninhos. Pedro, um ano mais novo, tinha sido nesta viagem o encanto das raparigas mais novas, e até das senhoras, com aquela arte que só ele tinha de as lisonjear. Era lindo, este seu filho, e ainda ia partir muitos corações, embora fosse suficientemente inteligente, acreditava ela, para optar no final por um verdadeiro amor. Henrique também fora com eles, que era impossível deixá-lo para trás. E o rapaz, apesar de só ter 15 anos, trans-pirava vaidade, na sua capa com as armas de Portugal bordadas, alto e composto, de sorriso raro num primeiro momento, mas pronto a entrar rapidamente na conversa se o tema lhe interessasse. Agora, não tirava os olhos do pai e dos cavaleiros que o rodeavam, todos igualmente ape-raltados, a cabeça ligeiramente baixa em sinal de reverência por este ritual que lhe parecia absolutamente sagrado.

De todos eles fora o que mais vibrara com a viagem de barco até aqui – finalmente deixavam-no pisar o convés de um navio, finalmente deixavam-no ir até à cabine do comandante e trocar com ele palpites sobre ventos e rumos, finalmente vira com os seus olhos todas as costas a que a mãe se referia nas suas descrições, e sentia na primeira pessoa o sabor dos salpicos de sal na boca e a força das ondas no casco da nau.

E fora aquele que mais se entusiasmara com a ideia de conhecer os astrónomos da corte, com que se reunia todas as noites, num terraço alto do palácio de Windsor onde estavam hospedados.

Mas ninguém conseguia competir com o entusiamo de Elisabeth, que se precipitara a pedir guarida ao seu irmão, e senhor seu rei, como clamava alto e bom som com o sorriso trocista de uma irmã mais velha, para poder estar todos os minutos possíveis com a sua «família portuguesa», como dizia. Adoptara imediatamente Duarte, em quem via o reflexo absoluto da sua mana Philippa, rira às gargalhadas com Pedro, cujo humor e fluência de inglês a espantaram, mas reagira com alguma irritação a Henrique, que achou um mimado. «Igual ao pai, não achas?», dissera-lhe a rainha portuguesa, e Elisabeth protestara: «Sei lá eu, só o conheço há uma mão-cheia de dias, mas lá que ele é de altos e baixos, é. Ou está exuberante porque a vida lhe correu bem ou no mais profundo dos amuos, porque não se sentiu suficientemente considerado, ou o céu se nublou sobre as suas queridas estrelas ou expectativas... Sim, talvez tenhas razão, ou sai a mim, ou ao pai.»

Philippa estendeu-lhe uma pequenina moldura com um retrato de rapariga de cabelo arruivado, os olhos verdes sorridentes, os cantos da boca levantados num ligeiro sorriso trocista: «Se queres uma sósia, aqui tens!» Elisabeth olhou e desatou a rir: «É mais parecida comigo do que as minhas próprias filhas, esta Isabel! E também tem a minha força de carácter, a minha inteligência, a minha capacidade de persuasão, a minha...»

– Pára, pára, por favor, Elisabeth, que já me dói a barriga de tanto rir; querida irmã, nunca ninguém me consegue fazer rir como tu. Sim, a Isabel é uma pestezinha mimada como a Elisabeth, mas dou graças a Deus, todos os dias, por ser parecida contigo...

– Que Deus seja louvado, a mãe, o pai e a Maud devem ter dado um salto no céu quando disseste uma coisa dessas. A minha irmã piedosa, que sempre se envergonhou da loucura da sua mana mais nova, «da loucura que não conhece idade», como me disseste quando voltei a casar, agora na velhice deu-lhe para achar que afinal o desvario era qualidade...

Philippa estendeu-lhe a mão, e subitamente séria, perguntou:

– És feliz com o John?

– Sou feliz com o John; olha que três maridos com o mesmo primeiro nome é uma prova enorme de fidelidade e bom senso, não digas que não!

– Lá isso... tu com três Johns, eu com um, fora o pai, podemos dizer que os Lancaster são, de facto, muito afeiçoados ao nome. Mas responde a sério, és feliz?

– Este John é completamente diferente do Holland, que o maldito Richard enforcou. Enquanto o Holland, mais velho do que eu, era um doidivanas, que nunca parava quieto e alimentava o meu gosto de aventura, o John Cornwall é um homem pacato, de feitio sereno, sem necessidade de provar nada a ninguém...

– E deve ter ficado radiante quando lhe deste um herdeiro, que ele tanto queria...

Pelo rosto de Elisabeth passou uma sombra:

– Perdi a primeira criança, lembras-te? Uma rapariga... e acho sinceramente que apesar de não ter herdeiro para os seus mil e não sei quantos títulos, ele queria uma menina. Mas pronto, depois consegui engravidar outra vez e o Little John está óptimo, benza-o Deus – já não me lembrava da canseira que era ter um filho de um ano... E o Edward só tem cinco anos. O que não faltam ao miúdo são irmãos, o John, a Alice e a Constance, por isso sei que mesmo que me aconteça alguma coisa, fica com tutores para tomar conta dele. E se tomarem conta de mim, tão bem como tu tomaste...

Philippa apertou-lhe com força a mão:

– O importante é que te sintas bem, e gosto de saber que estás rodeada de um bando de miúdos que te fazem companhia...

– A Constance está é caidinha pelo teu filho Pedro, e a Alice, com o histerismo dos seus 14 anos, não consegue tirar a mão da frente da boca, tantos os risinhos, e como cora por tudo e por nada, como tu, parece uma tontinha completa, mas deixa lá. Já lhes lembrei ontem à noite que é primo direito, mas não me parece que tenha conseguido convencê-las de qualquer grau de parentesco...

– O Pedro tem um encanto enorme, não tem? – perguntou a mãezinha babada.

– Um encanto imenso. Talvez saia ao Henry... ou mesmo ao lado mulherengo do pai.

– Está calada, não vai fazer os disparates do pai. Tem uma educação esmerada, adora ler, escreve lindamente, tem outros interesses para lá das damas. É um cavaleiro, ponto final.

– E o João e o Fernando, como são?

Philippa olhou-a, embevecida: o Fernando é um bebé querido, rechonchudo, cheio de caracóis loiros, se calhar o mais parecido comigo de todos eles, mas o João... Tenho de confessar que o João é uma criança especial. É como se ao quarto rapaz tivéssemos conseguido a mistura perfeita: tem a sensibilidade do Duarte, mas sem a rigidez do filho mais velho, com o peso do reino nos ombros, a simpatia do Pedro, a vivacidade do Henrique, tudo isto numa mistura muito suave. É capaz de fazer frente aos irmãos, argumentar com eles, e apesar de ficar desesperado em alturas como estas, em que os três mais velhos parecem gémeos e vão juntos para todo o lado, por outro acho que goza a liberdade de não ter de concorrer directamente com eles. O João é o João. Acho que é único.

– E Beatriz, não a achas triste? – perguntou de repente Philippa. A enteada viera a Londres ver o pai ser recebido na ordem de cavalaria a que o marido também pertencia, e fora difícil conseguir secar-lhe as lágrimas nos primeiros dias. João tinha ficado muito perturbado e perguntara insistentemente se a filha queria que arranjasse um pretexto para anular o casamento, de que ainda não havia filhos, mas Beatriz prometia-lhe que estava bem, gostava da corte, de ter uma casa só sua. Philippa conseguira extorquir-lhe mais algumas confidências, a consciência roída pelo facto de ter sido ela a desenhar-lhe o destino, mas não muitas mais: basicamente a enteada sonhara com o príncipe das histórias que a madrasta lhe contara, e acabara por lhe sair em sorte um homem frio e austero, que a procurava pouco. «Se ao menos tivesse um filho, para me encher os dias», sussurrara Beatriz, mas Philippa garantia-lhe que ainda tinha tempo, que tudo se ia resolver. Beatriz animara-se e acabara por falar com entusiasmo genuíno nos passeios a cavalo, nas caçadas, nos bailes da corte, no prazer de mandar fazer os vestidos da última moda, porque o marido felizmente não era avaro. Philippa sentiu a consciência apaziguar-se: a infanta bastarda encontrara aqui uma corte que a tratava com uma consideração muito maior do que a portuguesa, e ela estava consciente disso. Decididamente, o resto viria com o tempo.

Na noite antes de partirem, Beatriz adormeceu junto da lareira da salinha que lhes tinha sido emprestada para a sua estadia, a cabeça no colo de Philippa, que lhe passava suavemente as mãos pelos cabelos. Nas mãos da agora condessa de Arundel, o retrato a óleo do pequenino Fernando, que a madrasta lhe trouxera.

49

Paço de Santarém, Verão de 1410

Philippa tinha passado a manhã na sala de aulas, com D. Lopo, já muito velhinho, e os novos preceptores dos filhos. Escolhera-os entre os melhores da universidade de Lisboa, e trouxera consigo de Londres a antiga governanta dos sobrinhos, filhos de Henry, que lhe parecera uma mulher alegre mas firme – os mais novos teriam de falar tão fluentemente o inglês como os mais velhos, e quanto a isso, estava determinada.

Com anos de prática de reger uma escola em casa, Philippa dava ordens precisas e claras aos professores, e o que lhes exigia era muito: «Um infante tem de sentir-se à vontade em todas as áreas», insistia. E se a teologia e a literatura ocupavam um lugar importante, Philippa tinha igualmente uma consideração imensa pela ciência, e insistia em que os infantes dominassem a Matemática e a Física como dominavam as línguas.

Isabel tinha feito uma birra essa manhã. Com 14 anos já se sentia com idade de deixar o «quarto de estudo», e insistia com a mãe que queria apenas aprender a tocar piano e bordar...

– E, claro, passar horas na costureira a escolher mais um vestido, como se fossem os veludos e as sedas que te fossem dar felicidade – resmungava Philippa, que ficava vermelha de fúria quando revia na filha a frivolidade de Elisabeth e de todas as mulheres fúteis e inúteis que enchiam os corredores da sua corte, e de todas as outras.

– Quero passar as tardes a conversar com as minhas amigas, que não são obrigadas a andar todo o dia de cabeça enfiada nos livros, e tenho a certeza de que o pai me dava razão, rematou a princesa com igual firmeza, e um bater do pé.

Philippa reagiu imediatamente:

– Nem levantas o assunto ao teu pai, ouviste? Vais aprender e estudar, porque quando casares com um príncipe francês, castelhano ou inglês, vais querer entender o que ele te diz, perceber o porquê da política que segue. Ou preferias ser remetida para a sala com os jograis e as harpas?

Mas Isabel estava demasiado zangada para lhe reconhecer o menor pingo de razão:

– O que vou querer é ser a mais bem vestida na corte, e que toda a gente tente imitar os meus vestidos, que mudarei de imediato, para que nunca se possam vestir como eu... – e virando as costas fugiu pela escada em caracol para o seu quarto.

Philippa encolheu os ombros. Tinha de reconhecer que Elisabeth nunca precisara de saber nada para vencer na vida. E o pobre do frei John, que lá do céu o atestasse.

❀

Naquela tarde dormia a sesta no seu quarto quando ouviu as trombetas tocarem mais alto. Sentou-se na cama e chamou uma das suas camareiras. Queria que descobrissem quem chegava, e porquê tanto alarido.

Mas foi João que voltou, em lugar da mensageira. Trazia na mão uma carta, e deu rapidamente a notícia:

– Morreu Henrique de Castela, o teu cunhado...

Philippa pouco lhe importava que Henrique vivesse ou morresse, vira-o apenas uma vez, não lhe causara sequer boa impressão, e a fraqueza da sua vontade nunca lhe tinha suscitado grande admiração. Tinha de lhe reconhecer paciência para aturar a determinada e casmurra da sua meia-irmã, mas desse peso libertava-o a morte. Mas o que aconteceria agora a Catalina e aos sobrinhos, duas raparigas e o príncipe herdeiro, João, que não podia ter mais de cinco anos? Mais guerras de sucessão, não, pensou.

João leu-lhe os pensamentos e respondeu:

– Catalina foi nomeada regente, em conjunto com o tio da criança, D. Fernando, que ao que me dizem é um homem sério, sem ambições de poder.

– Ai disso podes ter a certeza que nunca Catalina deixaria que o pobre do «doliente» do Henrique nomeasse um co-regedor com mais

463

ambição do que ela – riu Philippa. – Mas será que a respeitam? Será que a deixarão governar dez anos a fio? – perguntou ao marido.

– Habituados a ser governados por ela já os castelhanos estão, e não parecem ter-se dado mal com isso, portanto talvez estejam tão cansados de guerras de sucessão como nós e deixem que a rainha fique até que o filho seja maior. Mas temos é de aproveitar a situação.

– Aproveitar a situação, como?

– Conseguindo que uses a tua influência sobre a tua irmã mais nova, que ainda por cima, coisa rara, te respeita, para estabelecermos um acordo de paz duradouro, retendo as terras que o teu pai te ofereceu como dote... e que continuam na posse de Castela.

– Conseguir que Catalina assine um acordo de paz em nome do filho, talvez não seja difícil, porque não lhe interessa nada somar à sua instabilidade como regente, uma guerra com os vizinhos do lado... A minha irmã, dizem-me os meus informadores, tende a favorecer os amigos, e não se pode gabar de não ter inimigos... Mais do que fazer um acordo de paz, suspeito que quererá exigir que Portugal a apoie – pensou alto Philippa.

– Antes de aqui vir, já mandei resposta nesse sentido pelo mensageiro que me trouxe esta carta – disse João.

– Sem me consultar? – começou Philippa indignada, para logo assumir um tom mais humilde: – Fizeste bem, não ligues, mas o que é que mandaste dizer?

– Enviei os nossos pêsames, prometi mandar de imediato os nossos melhores embaixadores, disse-lhe que reconhecia o seu lugar como regente pelo seu filho, e que quem disputasse tal decisão teria de se haver com a ira de Portugal. E ou bem conheço a tua irmã ou ela vai pedir-te...

– Pedir-me o quê?

– Pedir-te que combinemos o casamento da nossa filha Isabel com o Joãozinho de Castela. Seria uma forma de nos levar a cumprirmos a nossa promessa de protecção!

Philippa, que ia abrir a janela, parou, estarrecida:

– Nem pensar. O povo português já conhece essa história, e não foi assim há tanto tempo! Para ficarmos novamente presos a Castela? Tu, que tiveste o bom senso de preferir uma princesa inglesa a Catalina, ou já te arrependeste?

João, divertido, abraçou-a pela cintura e apertou-a a si. Estavam casados há vinte e três anos e não se arrependera nem por um minuto. E beijando-a, disse-lhe isso mesmo.

O reino entrou em festa de norte a sul do país: a paz com Castela estava assinada. Agora que as irmãs estavam livres de negociar entre elas, a paz transformara-se numa realidade.

O condestável, com o seu rigor, oferecera-se para comandar a restituição de terras, e a ocupação daquelas que pertenciam originalmente a Portugal, e D. João não confiava em mais ninguém para o fazer com um sentimento de justiça, que não inflamasse novas escaramuças.

João sentia-se livre, finalmente livre. E com muita vontade de celebrar com o seu povo. Porque, como só dissera ao seu confessor, guerrear e matar castelhanos, cristãos como ele, enchera-lhe sempre o coração de uma mágoa profunda. Em certas noites, acordava alagado em suor, a imagem da espada a trespassar o corpo de um outro homem. Levantava-se, bebia um copo de água e ficava numa cadeira a rever o passado. Martirizava-se sem razão, dissera-lhe o padre, mas João nunca se sentia completamente absolvido, por muito que cumprisse a penitência que o clérigo lhe estipulava. Os seus antepassados tinham lutado contra os infiéis, era sangue mouro que devia ser derramado ao serviço de Deus, e não sangue de outros cristãos. Estava certo de que «o não matarás» se aplicava aos irmãos de fé, mas não àqueles que desafiavam o Bom Jesus e oravam a outros deuses. A penitência que teria de cumprir, agora conquistada a paz, era dar a sua vida na luta contra esses infiéis, pensou. Mas onde, se só restavam na península do reino de Granada, e esse estava desde há muito na mira dos castelhanos?

50

Paço da Rainha, Vila de Sintra, Verão de 1412

O rei, num dos seus impulsos, chamou Duarte, e depois de um longo discurso, pediu-lhe que ocupasse as suas funções e o substituísse nos conselhos, nas reuniões, no despacho de papéis, ou mais precisamente na governação do-dia-a dia. O Conselho de Estado a princípio torceu o nariz – que desconsideração lhes fazia D. João mandando--lhes um miúdo de vinte e poucos anos – mas à medida que o tempo passava a satisfação era crescente: o príncipe era pontual, responsável, um trabalhador incansável, com um humor suave e um bom senso considerável. Não tinha a gargalhada fácil do pai, e a sua formalidade por vezes deixava toda a gente sem saber muito bem o que dizer, mas o outro lado da moeda é que procurava consensos e punha a razão à frente dos desejos. Coisa que o pai, estava à vista de todos, não fazia. Mas os mais velhos, que o conheciam de menino, temiam que levasse a sua tarefa tão a sério, tão a sério, que adoecesse dos nervos.

Philippa fazia parte desse grupo. O filho herdara de si a forma compenetrada e rigorosa de enfrentar e dissecar os problemas, a capacidade de pôr de lado a recompensa pessoal pelo bem comum, para colocar o dever sempre antes do prazer, mas Duarte parecia somar tudo isto a uma melancolia que, sinceramente, a rainha temia que lhe tivesse vindo do pai.

Vezes sem conta, a rainha foi encontrá-lo de volta dos seus papéis, sem jantar, os olhos esforçados à luz de uma vela tosca. Quando via que o filho não surgia no paço há um ou dois dias, e que nenhum dos seus irmãos ou irmã lhe tinha posto a vista em cima, quando sabia que faltara à caçada que o pai organizara, descia aos aposentos onde D. Duarte trabalhava, levando com ela um piquenique que o obrigava a comer.

– Duarte, não pode ser. Não foi isto que o teu pai te pediu... queria que o ajudasses, não queria que fizesses tudo sozinho. Tens de aprender a delegar tarefas, a pedir ajuda, não podes fechar-te aqui sozinho, precisas de aquecer os pés no fogo, comer e beber como deve ser, precisas de brincar com os teus irmãos mais novos, falar com a tua irmã, que está de uma insolência insuportável, diga-se em abono da verdade. E precisas de conhecer as damas da corte da tua idade e de fazer mais exercício físico.

E Duarte beijava-lhe as mãos, e abraçava-a, mas acabava sempre a conversa com a mesma frase:

– *Mummy*, não se preocupe, o seu filho vai ser digno da mãe que tem.

Philippa sentia então um aperto no coração:

– Duarte, tu já me mereces e tornas a merecer. Pára com isso, vais ficar doente.

Mas Duarte não parava.

⁂

Isabel fazia 15 anos. O paço iluminara-se com velas e archotes, e os tapetes cobriam a laje do terreiro, formando um corredor de vermelho-vivo que conduzia ao salão grande.

A camareira andava atrás dela, desesperada, porque Isabel saltava de um aposento para outro, aqui procurando as tintas de pintura do rosto de uma dama, ali o colar da mãe, no outro uma escova que não a magoasse. O vestido de veludo *bordeaux* – a primeira vez que a deixavam usar esta cor – estava colocado sobre a sua cama, assim como os corpetes e saiotes, os sapatos e a tiara de diamantes que os pais lhe tinham dado de presente e que já experimentara nos seus cabelos ondulados.

Philippa olhava-a, orgulhosa, e Pedro, o irmão babado, fizera-lhe um poema longo, que iria incumbir um trovador de cantar. João, com os seus doze anos, trouxera-lhe um ramo de flores do jardim, mas agora, rebolando sobre a cama, cantarolava na voz mais provocadora possível: – Vaidosa, vaidosa! Quem é que vai olhar para ti? Só se for um zarolho, ou um pobre escudeiro que ambicione ser cavaleiro do pai!

Isabel estava habituada ao sarcasmo de João, que a via como uma barreira que o separava dos três irmãos mais velhos, que tanto invejava. «Por que raio não nasci eu em vez de ti, e tu passavas para quinta, para perto do menino Fernando, que era onde estavas bem?», dizia-lhe quando a queria pôr fora de si. Philippa ria sempre com a aritmética do filho, que lhe parecia ser o mais equilibrado de todos. Lamentava não fazer parte do «esquadrão da frente», como dizia, quando estava zangado, mas por outro lado tinha um espaço só seu onde podia crescer sossegado, sem que professores e pais puxassem por ele ou incitassem nele a obsessão pela concorrência. Além do mais tinha um vassalo sempre disponível, um D. Fernando dois anos mais novo, submisso e dócil, que de tal maneira fora rodeado por criadas e amas convencidas de que era um «milagre» do Altíssimo, que até a mãe achava aquela devoção – sobretudo num rapaz – excessiva. «Uma missa por dia, chega», já lhe dissera, ao que ele argumentara que o condestável, o seu ídolo, ia a duas, fora aos domingos, em que ouvia três.

Lá em baixo o salão enchia-se de gente, ansiosa por mais uma festa, que a castidade e a sobriedade deste reinado não criavam muitas oportunidades de arejar os trapinhos e as jóias, e era preciso aproveitar as que havia.

Isabel desceu as escadas e foi acolhida por uma salva de palmas dos seus convidados. Estava linda, e teria todos os pretendentes que quisesse, e mesmo os que não quisesse. Um retrato seu circulava já pelas cortes europeias e dizia-se que alguns dos melhores pintores se tinham oferecido para a vir pintar. Mas Isabel era mais do que bonita, era inteligente e divertida, e depressa entrou na sua festa, dançando com uns e com outros, feliz por se ver, como gostava, tão admirada.

Philippa e João faziam as honras da casa e contavam instintivamente as cabeças dos filhos:

– Estão cá todos – disse-lhe João, quando percebeu que fazia o mesmo exercício que ele.

– Não estão, não – disse Philippa, num tom angustiado. Mais uma vez falta o Duarte, deve-se ter esquecido de tudo, e está para aí a trabalhar...

– Manda alguém chamá-lo – disse João, enquanto se afastava para cumprimentar mais um recém-chegado.

Mas Philippa decidiu que iria ela. Vestiu a capa, puxou o capuz para tapar o rosto, e desceu por entre a multidão, para o escritório de trabalho do filho mais velho. As escadinhas estavam escorregadias porque chovera todo o dia, e o caminho escuro, iluminado só pela sua tocha, não deixava ver nada.

Mas a luz que fugia por baixo da porta do escritório de Duarte indicava que ele lá estava. Bateu, mas ninguém abriu, chamou, e ninguém respondeu, meu Deus, meu Deus protege o meu menino, rezou para dentro, enquanto empurrava com força a porta, temendo o pior.

A sala estava vazia e só a lanterna de vidro fechada tinha ainda o coto de uma vela acesa. Philippa abriu as portas para os quartos adjacentes, mas de Duarte nem sombra. O coração a bater a cem à hora, picos na cabeça que lhe davam a sensação de que o sangue se esvaía do cérebro, sentou-se na cadeira do filho. E os olhos, lentamente ganhando foco, pousaram num caderno grande que dizia na primeira página «Leal Conselheiro».

Conhecia o título, era o diário do filho, o lugar em que ele apontava coisas tão diversas como a descrição das obras no paço de Sintra, a sequência das salas de uma casa nobre ou pequenas notas sobre o que sentia e pensava, sobre Deus, a Fé, mas também os irmãos e os sentimentos.

Por várias vezes mostrara-lhe o que escrevera – quando tinha mais tempo para ela, suspirou! – e fora ela que o incitara a deixar que o que lhe ia na alma corresse pela pena para o pergaminho: «É como um veneno que sai do corpo e te deixa depois mais livre para seres o que és», dissera-lhe muitas vezes. Duarte levara a recomendação a sério, e contava-lhe sempre que escrever o libertava realmente.

Mas Duarte não estava na sala e não a autorizara a ler o que escrevera, e no entanto Philippa sentia-se absolutamente compungida a fazê-lo: precisava de saber o que lhe ia na cabeça para o poder ajudar, justificava-se, enquanto puxava a sua tocha para mais perto dos apontamentos e esforçava os olhos, já tão pitosgas, para decifrar a caligrafia do filho.

Era nitidamente o início de um novo capítulo ou de um texto que só há pouco começara. O coração acelerava a cada palavra que lia: «Muitos adoecem de tristeza, que sempre reina em seus corações e, por a não poderem suportar se desesperam de saúde e se matam ou se vão a perder, nunca aparecendo depois, uns por perdas que houveram, outros por causa das vergonhas que lhes aconteceram, por desgosto ou pelo medo que muito e continuadamente sentem.»

Philippa olhou em redor, assustada, como se esperasse ver o corpo do filho enforcado numa das traves do tecto. Benzeu-se e respirou fundo, «Duarte nunca cometeria um pecado contra Deus, nunca usaria a vida que lhe foi dada como se fosse sua», murmurou para si mesma.

E os olhos viraram-se de novo para o que estava escrito. Duarte contava que tudo começara, ou se agravara, não sabia bem, desde que o pai lhe confiara a missão de governar. E explicava – e Philippa entendia-o bem – que nunca acreditara que o trabalho incansável que fazia de tão boa vontade lhe pudesse fazer mal. Mas a verdade, escrevia, é que o pecado da tristeza se tinha instalado em si, «quebrando tanto a minha vontade que já não sinto prazer nenhum chegar-me ao coração».

Philippa soluçou assustada: coitado do seu filho querido, sobre quem o contacto tão precoce com a morte do seu irmão tão próximo lançara uma sombra que deve estar longe do coração das crianças, coitado do seu menino que subitamente se sentira aos nove anos inundado de responsabilidade, obrigado a merecer um lugar a que só ascendia porque a doença levara o verdadeiro herdeiro.

Duarte não parecia, no entanto, atribuir ao passado a razão da sua tristeza profunda. Philippa espantava-se com a forma clara como o seu filho conseguia transmitir os sentimentos, sem lamechices nem auto-comiseração, mas mesmo assim com uma transparência de que ela nunca seria capaz. «Sai ao pai, tem o coração ao pé da boca, não é como o meu, colocado lá no fundo do meu corpo, incapaz de contar aos outros o que sente», pensou enquanto as lágrimas lhe caíam pela cara.

Duarte dizia que, para além do trabalho, fora a peste que lhe incutira na alma este medo imenso, porque de cada vez que morria mais um amigo, mais uma pessoa querida, entendia que não podemos proteger aqueles que amamos, que não podemos impedir que a morte os leve, por muitas espadas que tiremos da bainha.

Como Philippa o entendia – e o pensamento recuou anos e anos, e viu-se menina de apenas nove, os olhos postos nos campos verdes que rodeavam o castelo de Bolingbroke, enquanto Katherine lhe dizia que a peste lhe roubara a mãe. Antes que tanta coisa que havia para ser dita entre elas fosse dita, cedo de mais para uma menina pequenina que vivia na esperança de uma festa no cabelo e de um beijo na testa.

A tinta do pergaminho já desbotava, com as lágrimas que Philippa tantos anos depois finalmente derramava. Duarte ia descobrir que a mãe lera o seu diário, teria de lhe explicar como não resistira, e como nele se encontrara, como era preciso que o filho arranjasse força para lavar a alma e deixar entrar de novo a luz.

Mas o príncipe herdeiro parecia longe dessa redenção. Contava que a consciência da morte, da sua e dos seus entes queridos, se fixara no seu coração, não deixando nem um pequeno espaço para mais nada, sem que o conseguisse afastar, de dia ou de noite. Mas garantia que não se ia deixar vencer por este medo, não sabia como, mas ia, porque desejava acima de tudo voltar a sentir alegria, genuína alegria, aquela que nos invade sem pedir licença e nos enche e preenche, deixando-nos mais fortes e optimistas. E que seria naquele Leal Conselheiro mesmo que havia de escrever a doença e a cura, quando a houvesse, porque sabia que muitos sentiam esta tristeza, e poucos falavam nela, o que só contribuía para que se sentissem mais tristes ainda, mais sozinhos, como se a enfermidade só os tocasse a eles.

Philippa mergulhou de novo em lágrimas. Era mesmo coisa do Duarte, pensar de que forma a sua tristeza podia ajudar os outros um dia. O pó de rosas com que tentara trazer cores às suas feições estava desbotado, e a rainha não se sentia em condições de voltar à festa, pelo menos não agora, não já.

Deixou-se ficar, trémula e gelada na cadeira de Duarte, como se o facto de estar rodeada das suas coisas o aproximasse de si. E ia morrendo de susto, quando sentiu uma mão forte no ombro:

– *Mummy*, o que faz aqui? – perguntava Duarte, vestido a rigor, num tom duro e zangado.

– Duarte, meu filho, Duarte, tive muito medo que tivesses feito algum disparate – soluçou Philippa como o filho nunca a vira soluçar, nem no enterro do irmão.

Toda a irritação desapareceu, e Duarte segurou a mãe contra si, enquanto ela chorava todo o seu medo e murmurava: «Filho, não devia ter lido, mas li. Filho, tens de ir ao médico, esta tristeza é fraqueza, é falta de sol e de sopas e caldos, é o teu corpo que pede um tempo de recreio da opressão em que o colocaste. Não é isto que Deus quer de ti!»

Duarte sentou-a de novo na cadeira, e de cócoras olhou-a nos olhos:

– Já fui aos médicos, e sabe o que me disseram, quase o mesmo que a mãe, que precisava de beber vinho menos aguado, dormir com mulheres e deixar de me preocupar.

Philippa soltou um «ah» de horror e tapou a boca com a mão: que médicos da corte eram estes que recomendavam ao seu filho o álcool e o sexo como forma de vencer a sombra que lhe caíra na alma?

– Filho, mas o caminho não é esse...

Duarte riu-se.

– Suspeitei que a mãe não ia ser muito favorável às prescrições dos melhores físicos da capital. Mas descanse, mãe, não faço a menor tensão de ir por aí...

– Filho, mas todos morremos, e vamos para junto de Deus, e ele acolhe-nos...

– Mãe, talvez isso lhe chegue a si, mas para mim não chega... por enquanto. Não consigo ter a sua fé, a sua força, não quero ser enterrado numa urna, nem que seja de ouro, temo a morte, temo que ela me leve a mim, mas sobretudo que a leve a si, ou ao pai, ou aos manos... Mas não vamos discutir isso agora, que o rei e Isabel andam doidos à sua procura. Vou levá-la pelas escadas do fundo aos seus aposentos, e vai arranjar-se de novo...

– Duarte, é preciso acreditar que essa tristeza vai desaparecer como veio, filho. É sinal de que cresces, de que deixas a infância...

– E as saias da mãe...

– Nunca te prendi às minhas saias, filho...

– Pois não, mãe, mas prendi-me eu!

E sem lhe dar mais uma oportunidade de abrir a boca, pegou-lhe no corpo frágil e leve como uma pena, e levou-a ao colo até ao seu quarto. D. Brites procurava-a ansiosa, e ao vê-la chegar assim, julgou--a doente, ou morta. Mas Duarte estendeu-a sobre a cama, e com a sua voz doce, pediu:

– D. Brites, a minha mãe apanhou um susto, mas já está tudo bem. Faz a bondade de lhe dar um chá, de a fazer cheirar uns sais, e devolve--a ao salão onde o meu pai a espera?

D. Brites fez-lhe uma pequena vénia – o infante D. Duarte era o seu favorito, e sabia que aquele sorriso de circunstância escondia uma mágoa mais profunda. Sabia, sem saber por que o sabia, que só a morte da mãe o libertaria do medo de a perder. Benzendo-se depressa para afastar estes pensamentos tão negros, empurrou o infante do quarto, com um sorriso que não sentia:

– Vá, vá, menino Duarte, sossegue o pai e a mana, que D. Filipa já desce...

E estranhamente Duarte sentiu pela primeira vez há meses um nó na garganta e as lágrimas a saltarem-lhe aos olhos.

«Estarei a sair do bloco de gelo em que me enfiei?», murmurou enquanto descia as escadas, dois degraus de cada vez...

51

Paço da Rainha, Vila de Sintra, 16 de Agosto de 1414

Tudo tinha começado dois anos antes, numa noite, tão quente como a de hoje, pensou Philippa, enquanto folheava o livro de folhas brancas que lhe servia de diário, em busca da página certa.

Desde que Katherine morrera, sobrava-lhe Elisabeth com quem desabafar, mas havia coisas que sentia que ela nunca poderia entender. E talvez tivesse sido por isso que a rainha decidira seguir os seus próprios conselhos e imitar o seu filho Duarte, passando a despejar as suas angústias mais secretas, os detalhes mais impressivos do que sentia, via e ouvia, num «caderno» fechado com um cadeado, cuja chave andava sempre pendurada com o precioso medalhão. E a mão correu instintivamente para aquela marca viva da sua história – tanto tempo passara desde então, e até o seu irmão mais novo, Henry, rei de Inglaterra, já partira do mundo dos vivos há pouco mais de um ano, sucedido no trono pelo seu sobrinho do mesmo nome.

E com os cabelos louros a embranquecerem, fizera em Abril 54 anos, era também uma forma de guardar o seu passado, sempre à mão, sempre pronto a ser consultado, quando a memória lhe falhasse.

Ah, aqui estava a página certa, aquela em que descrevia, para que registado ficasse, como «numa noite quente de Agosto, no Paço de Sintra, na sala da família, João anunciara aos filhos mais velhos que se preparava para organizar um grande torneio internacional, para o qual chamaria os cavaleiros mais destemidos e poderosos de todos os reinos, para que contra eles os infantes pudessem provar a sua coragem e galhardia e ganhar o direito a serem armados cavaleiros».

Philippa parou de ler e deixou que as imagens daquele dia regressassem lentamente. O marido tinha sido surpreendido pelo protesto dos filhos. Como sempre, Henrique fora o mais veemente, mas daquela vez nem Pedro lhe ficara muito atrás, e mesmo Duarte não parecia conformado. Que «festas, não eram empresas» e que queriam ganhar o título numa guerra a sério, e não num torneio de trazer por casa, por muito magnífico que fosse.

Philippa lembrava-se bem do orgulho que sentira nos seus meninos. Não fora em vão que lhes enchera a cabeça dos feitos dos seus antepassados e os fizera ensinar pelos melhores preceptores: não queriam brincar aos cavaleiros, como tantas vezes o tinham feito nos jardins dos paços por onde passavam, mas num campo de batalha, apenas com Deus por testemunha.

E recordou como João ficara a olhá-la, à espera que o apoiasse, que tirasse aquelas ideias loucas da cabeça dos filhos, mas ela fizera exactamente o contrário, dando-lhes toda a razão.

Aí o rei levantara-se da mesa, atirando para trás com a cadeira e perguntara alto:

– Endoideceram todos? Acabámos de assinar paz com Castela, depois de anos de guerra, e agora querem partir noutra demanda? E para onde, senhores? Para Granada, expulsar os infiéis, e obrigar assim Catalina de Castela a avançar de novo sobre nós? Ou preferem ir até à Holanda, abrir frente com os de lá, porque os seus piratas nos atacam as galés?

Mas ao contrário do que esperava, nenhum dos filhos recuou face aos seus argumentos. Confuso, voltou-se para a mulher e indagou:

– E a senhora quer ver os seus filhos mortos pela lança de um inimigo, só para ganharem um grau de cavalaria, quando o podiam fazer de forma igualmente honrada num torneio leal?

A sua resposta deixara-o prostrado. Dissera-lhe que concordava com os infantes, que era preciso deixar que o país crescesse para lá dos Algarves, que havia certamente muito mundo por descobrir, e ficaria orgulhosa se fosse Portugal, e os infantes seus filhos, a encontrar essas terras distantes...

Recordava-se bem como, naquela noite, todos se tinham deitado com a cabeça a fervilhar de ideias. Que o inimigo tinha de ser o infiel, ninguém duvidava, que o caminho teria de ser feito por mar era uma certeza, mas orgulhava-se de ter sido ela mesma, Philippa of Lancaster de Avis, a lembrar-se (fora certamente o Bom Jesus que a inspirara) da oportunidade de tomar Ceuta, a cidade moura, a porta do Mediterrâneo que deixava entrar em terras da Ibéria os conquistadores infiéis. Passagem, pensou no escuro da noite, que controlada por portugueses, tornava possível barricar a entrada dessa gente – merecendo a gratidão e a recompensa de todos os Estados que faziam a sua vida no mar Mediterrâneo – , mas porta que, também, podia ranger nas dobradiças, abrindo-se para o outro lado: para esse Oriente desconhecido, é certo, mas cheio de promessas, terra onde Portugal levaria a Fé e a única religião que podia salvar os homens das chamas do inferno, e de onde poderia trazer, mais rapidamente, ouro, tecidos e especiarias, sem intermediários pelo meio.

Sentia-se contente por não se ter esquecido de assinalar no seu diário o momento seguinte, aquela estranha coincidência que fizera com que Henrique a tivesse ido procurar à missa das oito, na capela do paço: mãe e filho tinham tido o mesmíssimo sonho, e partilharam-no com um entusiasmo crescente. Talvez não fosse uma coincidência assim tão forte, lembrara-se de ter raciocinado, porque na véspera um mensageiro chegara com um pedido da rainha viúva da Sicília, que mandava indagar se o infante D. Pedro estava disponível para casar. Todos tinham feito chacota do «recado» à noite, tinha-se discutido a posição geográfica da ilha, e tanto Philippa como Henrique se recordavam bem de que um dos conselheiros do rei lembrara que uma viagem até lá implicaria sempre uma passagem pelo porto-franco de Ceuta, e João Pequeno quisera saber mais sobre aquela terra. A palavra, pelos vistos, ficara e germinara.

João «apanhara-os» já a meio da discussão, a calcorrearem de trás para a frente os caminhos de terra batida, ladeados de laranjeiras e limoeiros, do pequeno horto de ervas aromáticas, que a rainha mandara plantar no pátio interior do palácio. A medo, mãe e filho contaram-lhe o que discutiam, e depois de uma noite bem dormida, João estranhamente pareceu aderir com entusiasmo à ideia. Prometera apresentá-la ao Conselho de Estado, que já mandara reunir, e pedir a opinião de Nuno Álvares e dos seus mais próximos conselheiros, sem o assentimento dos quais nada se poderia fazer.

☸

Philippa voltou a olhar o que tinha escrito então. Ali estava, na sua caligrafia certa, como tudo se passara: como o condestável tinha considerado a ideia viável. A maioria dos conselheiros torcera o nariz, mas percebendo que afinal o que havia a decidir era se o dinheiro se gastava numa festa de nobres, sem proveito para ninguém, ou numa expedição que porventura poderia representar um filão para uma nação pobre e empobrecida, optaram pela segunda.

Puseram, no entanto, condições: era preciso que o dinheiro não viesse do bolso dos contribuintes, e os três infantes – que estavam pela primeira vez presentes juntos numa reunião de Estado – tinham assegurado que negociariam empréstimos com comerciantes interessados na aventura, e que escreveriam cartas a arrolar todos os que quisessem partir com eles, sabendo, tão bem como os conselheiros, que muitos fidalgos, novos e velhos, estariam desejosos de arejar as armaduras e as espadas...

E depois havia o exército fixo, uma inovação do rei, aprovada pelo condestável, e que resultara da ameaça que nas últimas décadas fora constante de marchar para um ponto da fronteira com Castela, sem pré-avisos nem tempo de reunir forças. Também esses quatro mil homens estariam desejosos de deixar os seus aquartelamentos para se lançarem numa conquista que os encheria da adrenalina que tanto lhes faltava.

O que Philippa saberia, dois anos depois, era que a partir daquela noite tudo rolara como uma bola de neve, num crescendo assustador e contagiante. O marido, os filhos, os conselheiros, os fidalgos, o reino inteiro fervilhava de entusiasmo. Afonso Furtado, o almirante que a fora buscar a Inglaterra e que a Inglaterra levara de volta John of Gaunt e o seu exército, foi chamado a comandar as operações, cabendo-lhe fretar galés e fustas entre os comerciantes que todos os dias chegavam aos portos do reino – os barcos e os seus tripulantes, bem entendido, que todos os braços eram poucos.

Henrique deixara crescer a barba porque nem tempo sobrava para a fazer: estava encarregado de velar pela construção de barcos nos estaleiros do Porto e de recrutar homens no território correspondente ao da sua Casa, ou seja, na Beira e Trás-os-Montes. Infelizmente, na opinião da mãe tornara-se ainda mais determinado e infexível do que nunca. «Teimoso e de ideias fixas, igual ao meu pai», não se cansava de repetir a Lourenço, não lhe escondendo a preocupação de que os seus impulsos tivessem as mesmas consequências do «antepassado», que o neto também não gostava nem de avisos nem de conselhos, e raramente aprendia com os erros.

Lourenço lembrava-lhe que fosse como fosse, era sem dúvida o infante D. Henrique o mais capaz de inflamar o rei, que parecia rejuvenescido desde que entregara o governo do reino ao pobre do D. Duarte, terminara por dizer com um suspiro.

Duarte! Duarte que nem então, nem agora 24 meses depois, parecia ter vencido totalmente nem a melancolia nem a tristeza, preso à sua rotina, angustiado com os resultados deste clima de loucura que parecia ter-se apoderado de toda a gente, constantemente preocupado com as coisas pequenas e as grandes, como se fossem de igual importância, «tão parecido comigo!», acabava sempre por concluir Philippa. E Lourenço, discretamente, concordava.

Mas quando recuava no tempo, a rainha tinha de admitir que este objectivo comum conseguira até o milagre de aproximar Afonso «Bastardo», conde de Barcelos, aos seus meios-irmãos, com quem continuamente rivalizara até aqui. As cortes tinham-no encarregado de arrolar homens Entre-Douro e Minho, e o recém-viúvo – Beatriz, a filha do condestável, morrera há pouco de parto, coitadinha – encarava a perspectiva de se lançar ao mar como uma forma de esquecer o desgosto que genuinamente sentia.

Depois havia Pedro. No meio de tudo isto, fazia bom uso da educação que recebera: queria perceber a razão de ser das coisas, desenhar estratégias com pés e cabeça, «porque já agora não dava jeito que em lugar de armados cavaleiros, viéssemos armados num caixão», dizia, sobretudo se a mãe estivesse por perto, porque adorava ver os olhos da rainha marejarem-se de lágrimas, mas sem que deixasse uma única cair!

Quando estava demasiado angustiada com a ideia de ver os seus homens partir, Philippa escondia-se no quarto de brinquedos que pertencia agora exclusivamente a Fernando, ou o pequeno escritório/ /escola onde agora João era o único aluno. Isabel vinha, muitas vezes, desencantá-la ali, assim como Duarte. E curiosamente era naquele espaço da sua infância que o pretendente ao trono parecia mais feliz, como se entre o cavalo de baloiço e a lousa e o giz, se sentisse liberto da responsabilidade que o esperava «lá fora».

João Pequeno gabava-se destas visitas, como forma de confrontar os irmãos mais velhos que o excluíam de tudo. Henrique e Pedro encolhiam os ombros e riam, mas a verdade é que Duarte procurava, com cada vez mais frequência, os conselhos do irmão mais novo – ou quase, porque Fernandinho ainda era bebé.

Philippa tinha no seu diário a prova da clareza de raciocínio de João, e da admiração que provocava em Duarte. Olhou de novo para as páginas, e voltou a ler: «*Hoje fiquei a pensar no que aconteceu num dos nos-*

sos «piqueniques» no quarto de estudo do João. Estávamos lá «os do costume», o João, a Isabel, o Lourenço, e eu, quando por ali entrou, pálido e nervoso, o meu primogénito Duarte. Vinha angustiado com o dinheiro que não há para pagar as contas, e envolveu-se numa conversa animada com Lourenço sobre os efeitos desta campanha no povo. Concordava que a ideia desta guerra – que ninguém, excepto alguns escolhidos, sabiam contra quem era, e em que terreno se disputará – animava a economia e tirava as gentes da modorra em que tinham caído. «Enquanto enchem barris de vinho e matam porcos e vacas para lhes secar a carne e embalar em batéis, fazem circular riqueza, mas... e se a operação correr mal, e não for mais do que uma brincadeira para encher o ego dos meus irmãos? O dinheiro gasto, as gentes mortas, que será deste reino?», perguntou, na sua voz pousada, Duarte.

«Cala-te já com esse teu pessimismo! Vamos ter riqueza e glória, vamos derrotar o Infiel, que não reza ao nosso Deus, obrigá-lo a recuar para longe das nossas terras, cortar-lhe a possibilidade de voltar a invadir os nossos algarves, não é mummy?», interrompera veemente Isabel, mesmo antes que Lourenço tivesse sequer tido tempo de abrir a boca. Mas se a abriu, fechou-a de novo, porque foi João que tomou a palavra:

«Concordo com o Duarte, mas o pai, com todo o respeito, passa a vida a dizer que só pode «lavar o sangue dos cristãos de Castela com o sangue dos mouros, mas não somos todos filhos do mesmo Deus? Quererá o Altíssimo Senhor Jesus Cristo que andemos a matar-nos uns aos outros, seja por que motivo for, mas muito menos sem que seja em autodefesa?». Todos se calaram, e eu também com o que disse o meu filho João Pequeno. Fiquei chocada e faço tensões de apurar qual é o tutor deste rapaz que lhe anda a inculcar estas ideias – e daí, tenho a certeza que Chaucer me diria o mesmo! Que distante estou das nossas tertúlias... será que deixei que esta piedade e este rigor, que tive de assumir para ajudar o meu marido a reinar, me afastassem da sabedoria que os meus mestres me transmitiram? Ou sou, afinal, mais parecida com o Henrique do que queria ser, com o meu próprio pai do que queria ser, e é a aventura, a memória do vento e da água salgada do mar a bater-me na cara, que me leva a querer incitar os meus filhos a ir mais longe? Disfarço a minha curiosidade científica de Fé? Terá João razão? Percebi que Lourenço não conseguiu concordar com ele, mas que Duarte ficou feliz. Levantou-se, passou-lhe a mão pela cabeça, e antes de se despedir disse-lhe, olhos nos olhos: «João

Pequeno, vais ser o meu mais próximo conselheiro! Não contei nada disto ao meu marido, acho que só a Chaucer ou frei John o poderia ter contado.»

❀

Philippa regressou ao presente, à noite quente de dia 16 de Agosto de 1412, quando lhe bateram à porta. Pedro entrou afogueado, e disparou:

– *Mummy*, o prior do Hospital voltou da sua missão à Sicília…

A rainha levantou-se da cadeira, a perna dormente por ter ali estado tanto tempo sentada, lançou sobre os ombros o manto e preparou-se para o seguir.

Desceram a escada de caracol e entraram para a antecâmara, onde João, Duarte, Henrique, e dois outros conselheiros próximos do rei, rodeavam um homem alto de olhos muito azuis, o prior do Hospital, o embaixador encarregado de «fingir» negociar com a rainha da ilha siciliana uma possibilidade de aliança pelo casamento com o infante D. Pedro.

Todos se dobraram numa vénia à chegada da rainha, para logo voltarem à discussão:

– Senhor embaixador, insisto, peço-lhe que nos conte, no segredo desta câmara, o que viu… que opinião formou sobre a possibilidade de a nossa empresa poder ter sucesso.

Mas pelos vistos o embaixador recusava-se a fazê-lo, sem antes ter obtido o que pedira. Philippa meteu-se imediatamente na conversa:

– Senhor embaixador, de que precisa para revelar o que descobriu?

– Já o disse repetidamente, Alteza, mas ninguém me ouve: duas cargas de areia, um novelo de fita, meio alqueire de favas e uma escudela, como ficará escrito por aqueles que virão depois de nós.

Philippa olhou para o marido e filhos, perplexa: teria o sol da viagem enlouquecido o bom homem? Mas foi João, com o seu bom humor, que decidiu que era tempo de fazer a vontade ao embaixador, e despachou um dos criados com a ordem.

Duas criaditas vieram pouco depois trazer à sala o que lhes fora encomendado, mas o embaixador pedia mais, pedia que o deixassem sozinho na pequena câmara de vestir do rei, para que preparasse o material para então, sim, entrar em explicações.

João, cada vez mais convencido de que o senhor estava apanhado da moleirinha levou-o até lá, abriu a porta, ordenou ao pajem que segurasse bem alto a tocha, e deixou-o sentado no chão com a matéria-prima:

– Alteza, só mais uma coisa... – chamou do chão a criatura.

O rei virou-se, espantado. Não estava propriamente habituado a ser tratado como um moço de fretes, mas também nunca fora dado a vaidades e orgulhos, por isso olhou o embaixador de frente, e divertido, perguntou:

– Que mais ordenais?

Aparentemente nada perturbado pela postura humilde de D. João I de Portugal, o embaixador emitiu a ordem:

– Que mandem acordar o almirante e Nuno Álvares, que sei que cá estão.

– Que assim seja – respondeu El-Rei, a boca aberta do pajem que segurava a luz a confirmar-lhe que nada daquilo era normal.

Esperaram. O almirante, estremunhado, juntara-se a eles, e Nuno Álvares fora encontrado na capela já nas orações da noite. Olhou para João, como sempre fizera: como um tio que suspeita ter estragado o sobrinho com mimo.

Mas foi Philippa a primeira a ver a cortina tremer. O prior do Hospital abria-a de facto naquele momento, e mandou que a pequena comitiva entrasse, mas com cuidado, para não estragar o que estava à vista.

Henrique precipitou-se para a sala, e só não estragou a obra-prima porque a mão firme do pai no seu ombro o impediu de pisar o que o embaixador construíra no chão de tijoleira vermelha, o tapete lançado para o lado, displicentemente. A princípio ninguém percebeu nada, mas de repente Pedro exclamou: «É um mapa, um mapa de Ceuta!»

O embaixador acenou que sim com a cabeça, orgulhoso. Ali estava, em relevo, o estreito de Gibraltar, a baía de Algeciras, as serras e os promontórios.

– As favas são as casas, não são? – perguntou, a voz cheia de admiração, a rainha.

– São sim, D. Filipa – respondeu o embaixador.

– E a fita representa os muros e a areia a praia e o porto? – acrescentou, fascinado, Henrique, que como a mãe sempre adorara mapas.

Ceuta estava ali à vista. Agora era só preciso que o almirante e o condestável preparassem a estratégia. «À sabedoria dos mais velhos, juntava-se a energia e o destemor dos seus filhos», pensou sorridente e feliz, Philippa.

52

Alcáçova de Lisboa, Abril de 1415

Todos os dias uma embaixada diferente pedia para ser recebida pelo rei. Vinham de Castela, das Astúrias, da Holanda e até de França. Queriam saber quem se preparavam os portugueses para atacar, que bastava entrar a fronteira para perceber que alguma coisa se preparava. D. João era, de facto, um dos homens mais generosos e diplomatas que conhecia, pensara, com orgulho, Philippa, enquanto do seu lugar junto do reposteiro ia ouvindo o rei contar as maiores patranhas aos visitantes. Que se limitava a fazer barcos novos para a sua esquadra, que os outros corriam já o risco de naufragar, que não queria guerra com ninguém, mas sabia que o seu reino, à beira-mar plantado, podia sempre ser alvo da cobiça alheia (nunca especificava mais do que isto). E depois, conforme a comitiva recebida, lançava as pistas que os pudessem levar para o mais longe possível da verdade. A Castela insinuava que era o rei das Astúrias que o preocupava, ao das Astúrias contava-lhe a história do possível enlace de D. Pedro com a viúva, aos sicilianos relatava em detalhe que quem lhe metia medo eram os holandeses, e aos holandeses decidiu mesmo surpreender com uma contra-embaixada que foi a Amesterdão queixar-se da selvajaria dos seus piratas. A outros contava, ainda, que armava um exército para levar a sua filha Isabel a Inglaterra, terra da sua mãe, onde casaria com um primo...

Mas o rei ficou preocupado a sério quando a visita foi a de uma embaixada do rei mouro de Granada. Preocupados com uma eventual guerra com os portugueses, vinham pedir-lhe que assinasse com eles um tratado de paz que faria desvalorizar a influência de Castela e permitiria um comércio próspero e rico. D. João I recebeu-os com pompa de Estado, os soldados perfilados no paço, as galés que havia reunidas frente à Alcáçova de Lisboa, de onde os visitantes as pudessem ver com clareza, todos os «sinais exteriores de força» o mais patentes possível, contou as histórias do costume, mas entendeu bem que não conseguira afastar a desconfiança. E a sua recusa de assinar um tratado de paz fez o resto.

⚜

Philippa estava com as suas mulheres na sala grande, entretidas em conversas e bordados, o som dos alaúdes a abafar o constante ruído das ruas que em Lisboa enchia sempre o paço.

Mostrava o seu Livro de Horas a uma das suas damas mais novas, encantada com as iluminuras dos frades beneditinos de Celanova, quando um pajem lhe entregou uma mensagem, com o selo do reino de Granada.

Estremeceu. Sabia que o marido recebera os embaixadores mouros ainda ontem, mas que lhe podiam querer a ela?

Sem abrir o documento na presença das aias, caminhou a passos firmes para o gabinete de Lourenço, o seu confidente e conselheiro de sempre. O rei estava fora, fora inspeccionar uns estaleiros e passava a noite no paço de Óbidos para matar saudades da caça, que ultimamente passara para segundo plano. Lourenço era, pois, a pessoa certa.

Se os cabelos tinham embranquecido por inteiro, o sorriso e a empatia do eterno tesoureiro da sua Casa continuavam iguais:

– Lourenço, esse seu sorriso deve ter partido muitos corações, nem sei como é que D. Teresa não o amordaçou em casa... que se fosse ela era o que eu faria!

Lourenço soltou uma gargalhada:

– D. Filipa, obrigado – disse, fazendo uma vénia até ao chão.

– Veio até aqui para me fazer elogios? – perguntou em seguida, a mão nas costas e a promessa de não voltar a dobrar-se daquela maneira fosse quem fosse a dama que pretendia homenagear, que a idade já não lhe permitia tamanhas galhardias.

Philippa, já muito séria, acenou-lhe com o pergaminho lacado:

– Abre-o comigo?

– De Granada?

– De Granada – acenou que sim a rainha.

Debruçaram-se sobre o documento: os embaixadores estavam à porta e pediam uma audiência.

482

– Uma audiência comigo, quando já estiveram reunidos com o rei? – perguntou espantada...

– E terá de os receber. Seria demasiado insultuoso dizer-lhes que não, estando eles já aqui no paço. Vamos ouvir o que têm para dizer...

– El-Rei achará o mesmo? – perguntou invulgarmente insegura a rainha.

– Senhora, preside a conselhos de Estado há mais de vinte anos e agora está com dúvidas, que subam os senhores, que os recebemos aqui mesmo...

Os enviados mouros vinham carregados. E depuseram aos pés de Philippa caixotes e caixotes forrados como embrulhos com os mais ricos tecidos. Nada poderia ter incendidado mais a fúria da rainha, obrigando-a a adoptar o seu tom mais frio e cortante. «Quem se julgavam estes infiéis?», praguejou para si mesma, ela, que desprezava a afabilidade com que o marido lidava com aquela gente... embora depois jurasse que queria lavar os seus remorsos no seu sangue.

– O que é isto? – perguntou, a voz gelada.

– Presentes para o enxoval de D. Isabel, enviados por Ricafforna, rainha de Granada – murmurou o único dos homens que não ficara petrificado pela fúria que se lia na expressão e nos olhos de D. Filipa.

– E a que propósito? Como se a minha filha precisasse que os infiéis lhe tratassem do dote...

Até Lourenço se sentiu estremecer com a palavra «infiéis» usada na cara destes senhores, mas a rainha já estava demasiado zangada para medir o que dizia:

– São presentes! Ofertas – exclamava estarrecido o embaixador...

– E a troco de quê? – perguntou Philippa, decidida de repente a tirar o máximo de informações destes mouros.

– Queremos assinar um tratado de paz com Portugal, mas o senhor seu marido não pareceu interessado em tal... Talvez D. Filipa nos pudesse ajudar a convencê-lo da necessidade desse acordo, para bem de ambos os nossos reinos, que uma guerra entre nós só poderia servir Castela...

Philippa respirou fundo e respondeu, tentando manter um timbre mais sereno:

– Batem à porta errada, senhores. Não sei nada acerca dos métodos a que a vossa rainha recorre para se meter nos assuntos que só ao seu marido dizem respeito, mas garanto-vos que em Portugal nenhuma mulher, muito menos uma rainha, se meteria nos negócios do reino ou iria contra a vontade do seu marido. Quanto aos cumprimentos da vossa soberana, peço-vos que lhe digam que foram aceites, mas por favor levem daqui os seus presentes, porque quando chegar ao tempo de casar a minha filha, nada lhe faltará.

Com um sinal para os carregadores, os embaixadores deram meia volta e partiram. Quando a porta se fechou, Philippa deixou-se escorregar para uma cadeira de espaldar do escritório de Lourenço e escondeu a cara entre as mãos. As maçãs do rosto ardiam, de tão vermelhas: há muito que a rainha não corava de fúria!

Quando levantou a cabeça, Lourenço limitou-se a dizer-lhe:

– Já mandei a El-Rei notícia deste encontro.

Ao receber a nota de Lourenço, João percebeu que não podiam continuar indefinidamente em preparativos: era preciso marcar uma data e partir, sob risco de o inimigo estar avisado ou de alguém roubar a ideia e chegar lá primeiro. Mandou reunir as cortes em Sacavém, e o dia foi escolhido: se o vento estivesse de feição partiriam na festa de S. Tiago, a 23 de Julho, de Lisboa.

Seguiram ordens para carregar os barcos, de pessoas, alimentos e munições. Os barcos escondidos em Sacavém, onde davam menos nas vistas, deviam descer o rio até ao Restelo, comandados por D. Pedro e aí se encontrariam com a esquadra que D. Henrique e D. Afonso, conde de Barcelos, trariam do Porto.

A excitação atingia o seu pico mais alto. E D. João não se admirou nada quando um frade dominicano anunciou ao povo uma visão: A Virgem aparecera-lhe, para lhe dizer que o rei ia lutar com os mouros, conquistar as suas cidades e plantar a sua bandeira em terras nunca antes vistas.

Deitado na cama ao lado de Philippa, abraçou-a com força e disse-lhe: – Princesa de pele branca, sardas e tranças loiras, só espero não ter sido cego e surdo ao deixar que tu e os nossos filhos fizessem de mim um pau-mandado! Ou em breve o frade estará a ouvir de Nossa Senhora a notícia de que os nossos barcos estão no fundo, ou que recomeçaram os ataques mouros aos nossos algarves!

Philippa virou-se para o olhar, estreitou o abraço e beijou-o na boca com ardor:

– Deus está contigo! E eu não conseguiria viver sem ti, por isso livra-te de deixares afundar a galé que te leva, e sabes que nunca te perdoaria se não trouxesses vivos e de saúde os nossos três filhos, para que no Terreiro do Paço eu possa chorar de alegria ao vê-los ser armados cavaleiros.

E adormeceram assim.

53

Alcáçova de Lisboa, 9 de Julho de 1415

O Verão estava particularmente quente, como se a brisa que refrescava Lisboa tivesse cruzado os braços ou partido para outras paragens. O cheiro que chegava das ruas era insuportável, e Philippa pedira às criadas que colocassem pequenas malgas de barro com alfazema e ervas aromáticas pelas salas e corredores, deixando incenso a arder junto das janelas.

– Este tempo mete-me medo – confessara a rainha a D. Brites, ainda ontem à noite, quando uma das criadas aparecera lavada em lágrimas porque a irmã morrera de peste, mesmo ali a dois passos. D. Brites mandara imediatamente a rapariguinha embora, uma moeda na mão e a ordem de que não voltasse tão cedo, mas a rainha já estava assustada. Dera ordens às amas para que levassem imediatamente Isabel, João e Fernando para Sintra, mas acabara por os deixar ficar, porque a filha chorara baba e ranho, agarrada a ela: «Não é justo, amanhã vou ver os manos chegar ao Restelo, não quero ir para Sintra e perder tudo… a mãe não pode fazer-me isto, já tenho 17 anos.» E Philippa aconchegara-a nos braços, fizera-lhe o sinal da cruz na testa e murmurara: «Só espero nunca me arrepender de não vos ter obrigado a partir.»

Mas à medida que o dia foi correndo e as notícias da Grande Excursão chegavam de hora a hora de todos os pontos do país, até Philippa esqueceu a irmã da criada e ignorou o repicar dos sinos que anunciava mais mortes.

Duarte apareceu no paço para jantar, olheiras longas e pesadas, mas cheio de novidades: a esquadra de Henrique e do meio-irmão Afonso, composta, imagine-se, por 39 barcos, imponentes barcos de vários mastros e naus de carga, tinha sido vista a passar na Nazaré, e esperava-se que atracassem ao escurecer no porto de Peniche. E vira Pedro, à hora do almoço, exultante por ter já as galés carregadas, e dissera-lhe que o povo tinha sido generoso nas suas ofertas. «Comida não nos vai faltar», comentara o herdeiro do trono, com um sorriso um pouco forçado.

Nuno Álvares aparecera também, já noite escura, para beber um copo de vinho quente:

– Uma infusão de camomila, que hoje neste paço não autorizo que ninguém beba nada a não ser infusões calmantes, que dá-me a impressão que os nervos da gente deste reino, os meus incluídos, vão explodir...

Nuno aceitara a infusão, porque também ele achava que toda esta expedição assumira proporções ensandecedoras. Afinal, nem sequer se sabia o que se ia fazer à Praça, caso fosse possível conquistá-la, e muito menos como os seus proventos chegariam para pagar tantos custos. Mas o que o trazia ao paço, e mais propriamente ao rei e à rainha, era um pedido. No seu tom formal, pediu autorização para falar. O rei levantou-se para abrir um pouco mais a janela, que o calor era insuportável, mas a rainha ficou sentada olhando-o francamente nos olhos, e pedindo-lhe que dissesse tudo o que lhe ia na alma:

– Venho fazer um pedido!

– Que certamente te será garantido – disse o rei...

– Bem gostaria de acreditar que assim fosse... Só hoje entendi claramente que D. Duarte também tenciona embarcar nesta expedição... assim como o rei. Parece-me um acto absolutamente irreflectido, infantil até.

Virando-se para Philippa tentou usar o máximo de persuasão:

– D. Filipa, nove meses vezes oito a carregar no seu ventre descendentes para o reino, paz à alma da infanta Branca e do pequenino Afonso!, para agora colocar o futuro desta dinastia em risco? Embarca o rei, embarca o herdeiro, embarcam os irmãos mais velhos e mais preparados? Se o pior acontecer, que Deus o proíba, será D. Filipa a reger o reino, e muito bem, mas...

– Pela Virgem, condestável, não diga uma coisa dessas...

Mas o condestável continuava, a voz a assumir um tom mais informal e mais enraivecido:

– D. Filipa fará certamente bem o seu papel, mas o reino não pode esperar pela maioridade do infante D. João. A rainha de Castela não hesitará em aproveitar-se da fraqueza vizinha, sim, eu sei que é sua irmã, Alteza, mas há laços que se esquecem depressa...

Philippa virou-se para o marido, os olhos a implorarem sensatez:

– D. João, rogo-vos que deixem Duarte!

– Ou que não embarque o rei! Cinquenta e seis anos e muitas batalhas ganhas, um reino construído, uma dinastia criada, é tempo de ficar!

João não se virava. De costas para a mulher e para o seu mais fiel amigo, disse alto:

– Vamos e vamos todos! Quero estar com os meus três filhos neste momento de glória, que já o dominicano a previu. A Virgem está connosco e pecávamos por falta de fé, se um de nós ficasse. E Duarte não pode ser excepção, além do mais anda consumido pela tristeza, transformado num bicho do papel, tanto tempo passa entre documentos, tem direito a fazer parte deste momento. A receber, como os outros, a glória de uma luta contra os infiéis, a ser armado cavaleiro nas mesmas condições que os irmãos mais novos, para que nunca ninguém diga que é algo menos do que eles.

Nuno pediu licença para partir. Dobrou a cabeça em sinal de respeito e pediu ao soldado que guardava a porta, que lha abrisse. Philippa ficou a vê-lo sair, o coração pesado e dividido.

❁

«Tenho tanto frio», murmurou Philippa, procurando no corpo de João o calor que lhe faltava. João debatia-se para se soltar do dela, naquela noite tão quente e abafada de Lisboa. Mas Philippa gemia, a mão agarrada à cabeça, e pedia cobertores e mantas. Chamava pela mãe, depois por Katherine, chorava pela pequenina Branca.

João acendeu a vela e quando a viu transida, tentou acordá-la do que julgava ser um pesadelo. Mas quando lhe tocou e sentiu a pele suada e gélida, deu um grito. E correu a chamar D. Brites, que ao ver a rainha a arder em febre, começou a chorar compulsivamente.

– Por favor, D. Brites, precisamos de um médico, um médico depressa.

D. Brites, chamada ao dever pela voz do próprio rei, saiu a procurar o clínico, o boticário, a mandar fazer chás, a ordenar cobertores e tijolos quentes.

O diagnóstico chegou pouco depois: talvez não fosse nada, talvez apenas os nervos, a ansiedade do marido e dos filhos que partiam, mas talvez, talvez, fosse a peste que invadia a cidade...

As ordens do rei foram rápidas. Era preciso levar D. Filipa para fora de Lisboa, para longe da corte, onde o ar fosse mais puro e as orações à Virgem e ao Bom Jesus a livrassem da morte.

488

– Odivelas, senhor – murmurou D. Brites, a mão entrelaçada na da rainha.

Quando João se virou, Philippa assentia que sim com a cabeça. E entre tremores, pensava: «As irmãs do mosteiro velariam por ela, sentir-se-ia melhor entre claustros e celas, como se a austeridade da pedra e da arquitectura que lhe lembrava Celanova, onde toda esta aventura começara, lhe dessem a segurança de um retorno às raízes.» Mas agora o que lhe importava eram os filhos.

Tentou endireitar-se nas almofadas, e com a voz embargada e trémula implorou ao marido que mandasse «os pequeninos» embora, para Sintra de preferência, que não os queria numa Lisboa infestada. O rei, tão nervoso e trémulo como nunca até àquele dia alguém o vira, percorria o quarto de trás para a frente, numa ansiedade que o impedia de decidir fosse o que fosse. «Que faria sem Filipa, sem a mulher que há tantos anos o guiava, com a sua voz doce e a sua determinação admirável?», pensava, mais consciente do que nunca da absoluta dependência que criara em relação a esta mulher, aquela que hesitara tanto em levar ao altar.

Felizmente Isabel estava por perto, e com a autoridade herdada da mãe, assumiu ela o comando das operações. A Lourenço ordenou que levasse o pai a dar uma volta e o instalasse num paço nos arredores da capital, e apesar dos protestos furiosos do infante João, que espernava por ser tratado como uma criança apesar dos seus catorze anos, e das lágrimas do infante Fernando, apenas um ano mais novo, mandou que os preceptores saíssem com eles nesse mesmo dia para Sintra, assim como o resto da corte. «Só se me deixares ver primeiro a mãe», acabara por soltar João Pequeno, o último trunfo que lhe sobrava na manga, e a irmã cedeu.

Ainda há pouco quando estivera a mudar os pachos de água fria na testa da rainha, se lembrara de quantas vezes ela lhe contara como estava grata a Katherine por a ter deixado despedir-se da avó Blanche quando – e Isabel teve que morder o lábio para não chorar – a avó morria de peste em Bolingbroke.

O infante percebeu a emoção da irmã, e com aquele maldito talento que tinha para ler os pensamentos mais secretos dos outros, percebeu que o tempo não era para birras. Num tom de voz já mais baixo e meigo, perguntou:

– Mana, a mãe vai morrer como a avó?

– Só Deus sabe, João, só Deus sabe. E agora vamos vê-la, despacha-te, mas pela Virgem, mano, não te chegues perto.

Passando-lhe a mão pelos caracóis, suavizou o temor que se tinha instalado naquela sala de estudo, dizendo-lhe:

– Lembra-te que tens de ter saúde, que a mãe quer que estejas pronto e preparado, porque quando o pai e os mais velhos partirem na Grande Expedição só tu é que ficas para governar o reino...

Se Fernando fosse outro, teria protestado, mas estava habituado a ser o escudeiro fiel de João, e não lhe passava pela cabeça contestar a sua supremacia. Ia para onde ele fosse, e agora a única coisa que desejava era ver a *mummy*.

Quando Isabel entrou com os dois irmãos mais velhos no quarto da rainha, D. Brites deu um grito de horror, «Os príncipes, não, menina, leve-me daqui os príncipes», mas Philippa encorajou-a:

– Obrigada, minha querida filha. Não queria que João e Fernando partissem sem me ver, mas não tinha coragem de pedir que mos trouxessem...

Estendendo as mãos para os filhos, recebeu os seus beijos sôfregos, para logo os mandar recuar vinte passos:

– Ai, meninos, não passem daí, que isto que a *mummy* tem pode pegar-se...

Os dois infantes, muito direitos e dignos, conscientes de que a mãe nunca aceitaria que desatassem para ali em prantos e lamúrias, disseram, quase em coro:

– Vamos para Sintra, rezar na capela para que Jesus a ponha boa depressa, mãe!

Philippa fez-lhes um imenso sorriso, e mandou-os partir, acenando-lhes até que a grande porta de carvalho se fechou. Estreitando com força a mão de D. Brites, murmurou baixinho: – Porque fui incapaz de lhes dizer quanto lhes queria, porque fui incapaz de lhes dizer quanto me orgulho deles.

D. Brites, percebendo o seu enorme sofrimento, respondeu apenas:

– Descanse, D. Filipa, os seus filhos, todos eles, não duvidam por um instante do seu amor.

E viu duas lágrimas grossas deslizarem pelo rosto já macilento da rainha que tanto amava.

❀

Isabel sabia que não podia perder um minuto em comiserações nem em pensamentos mórbidos. Agora o importante era mandar a mãe para as irmãs de Odivelas, e fazer com que a viagem neste dia tórrido não a matasse.

Apesar da força do sol nos telhados que desciam até ao rio, apesar do calor que fazia suar em bica os criados que traziam em ombros a liteira onde D. Brites aconchegara a rainha, Philippa sentia o queixo a tremer, os dentes a baterem como varas verdes.

Agarrou-se com força à sua estatueta da Senhora do Ó, e rezou. Não podia fraquejar agora, não podia temer a morte que sentia próxima, não podia trair a sua fé, que sempre a guiara. Teve vontade de gritar um «Senhor por que me abandonaste?», mas conteve-se a tempo. Philippa Lancaster de Avis não ia trair o seu Deus no momento da verdade.

Os olhos magoados pela luz percorreram o Terreiro do Paço como numa despedida, e pararam por segundos na imagem da sua Elisabeth, a sua Isabel, que se portava como o mais corajoso dos soldados:

– Filha, o meu Livro de Horas, e o meu medalhão. O medalhão que o médico me tirou do pescoço – sussurrou, a voz um fio.

– Onde é que os deixou, mãe? – perguntou Isabel.

– Na mesinha do meu quarto. Desculpa, filha, tanto trabalho que te dou, mas queria tanto partir com estas duas coisas comigo...

Mas já D. Brites vinha a correr com elas – sabia que a sua Senhora nunca ia a lado nenhum sem os levar, muito menos agora que precisava de todas as forças que o Senhor lhe pudesse dar. Isabel agradeceu-lhe com uma pequena vénia e aconchegaram as duas a rainha na carruagem. D. Brites entrou para o lugar vago, impedindo Isabel de o fazer:

– Princesa, lembre-se que não há mais nenhuma mulher nesta família para substituir a sua mãe, se a vontade de Deus for levá-la para junto de Si. Tome um banho de ervas, vista uma roupa lavada e parta para Sintra com os manos...

Isabel deixou-se empurrar devagarinho, lentamente, para fora da carruagem. A única mulher, numa casa de seis homens. Talvez D. Brites tivesse razão...

54

Mosteiro de Odivelas, 15 de Julho de 1415

Teriam passado dois ou três dias desde que aqui estava, nesta cama branca e imaculada, lençóis de linho com cheiro a alfazema? A febre deixava-a por períodos curtos, quando os medicamentos faziam efeito, e as poções mágicas da Irmã Enfermeira conseguiam milagres, e nesses períodos sentia-se bem. Mas a noção do tempo, entre delírios e febrões, perdera-a há muito, e de cada vez que acordava mais serena, perguntava à irmã sentada num banquinho junto da cama, o dia e a hora. «Já partiram para Ceuta, o rei e os meus filhos?» – insistia. E a irmã dizia-lhe que não, que a tinham vindo ver muitas vezes, e voltariam de novo, mais logo.

O diagnóstico medroso do físico da corte já tinha sido confirmado e tornado a confirmar: fora contagiada pela peste, as bolhas vermelhas e cheias de água, dolorosas, debaixo dos braços e nas virilhas, e o corpo cobria-se aos poucos de manchas escuras de sangue pisado.

Philippa sentia-se em paz. Sabia perfeitamente que ia morrer, e a única preocupação que tinha agora era deixar o melhor que pudesse a sua família. Angustiava-a pensar na solidão de Duarte, nas paixões de Pedro sem a mão da mãe para o segurar, e nos ímpetos de Henrique sobre quem só ela possuía algum controlo, agora que D. Lopo já morrera. Com um esgar, imitou um sorriso quando se lembrou da incapacidade que o marido tinha para controlar o terceiro filho, com quem se identificava totalmente. E Isabel. Preocupava-a Isabel – a única rapariga entre tantos homens: será que lhe dariam a oportunidade de ter marido e filhos, ou a prenderiam, mesmo sem querer, à obrigação de substituir a mãe velando pelo pai e pelos irmãos mais novos? Precisava de falar com D. Brites, pedir-lhe que apesar da sua idade nunca deixasse de velar pela «menina», e tinha de recordar a Duarte que a irmã de quem ele era tão próximo devia casar à altura do seu estatuto de Plantagenet. De Avis, claro está.

E que lugar haveria no mundo para o seu equilibrado e sensato João? Seria capaz de manter a fidelidade de Fernando, de lhe dar a estabilidade de que precisava, porque um último filho numa família real, logo deste tamanho, tem sempre dificuldade em encontrar o seu lugar?... Talvez a Igreja, talvez Fernando encontrasse uma forma de se realizar servindo a Santa Madre Igreja, ele que nascera por inter-cepção directa da Virgem, estava certa disso.

Suspirou tão alto, que a madre superiora que entrava para visitar a doente mais importante do seu mosteiro, correu até ela e pousou--lhe a mão na testa, para lhe sentir a febre. Mas a rainha não ardia como nos outros dias, parecia mesmo melhor, e a madre substituiu a irmã no banquinho à cabeceira de Philippa:

– O que a preocupa, D. Filipa? – quis saber, numa voz doce.

Philippa respondeu, tranquila:

– Pensava nas espadas!

– Nas espadas, D. Filipa? – indagou a santa mulher, ligeiramente escandalizada...

– Nas espadas que mandei fazer para cada um dos meus filhos. Queria vê-los armados cavaleiros com elas quando viessem da Grande Expedição, mas talvez seja mais sensato oferecer-lhas antes...

A madre manteve o silêncio. A palavra «Antes» poderia querer dizer tanta coisa... Mas Philippa continuou, no mesmo tom sereno:

– Antes de morrer, antes de partirem...

– Que será quando Deus assim o desejar – lembrou a freira.

– Que será muito em breve, hoje mesmo talvez, que acredito que o Altíssimo me deu este momento de lucidez e quietude para que acabasse de fazer aquilo que aqui tenho que fazer – respondeu a rainha, tentando levantar-se um pouco mais alto nas almofadas, para logo escorregar para baixo, os pulmões numa contracção que lhe tirava o ar...

A madre superiora benzeu-se discretamente, mas não a desmentiu. Uma senhora com uma vida de piedade tão adiantada, não podia ser iludida com promessas que não se podiam cumprir. E em lugar de com-bater ou contrariar a rainha, pegou-lhe na mão gelada e respondeu:

– Posso fazer alguma coisa para tornar essa tarefa mais leve?

Philippa deixou a mão permanecer na dela:

– Precisava que pedisse a D. Lourenço que trouxesse as espadas, precisava que solicitasse a um mensageiro que dissesse ao rei e aos meus filhos mais velhos que viessem para cá... e precisava... que rezasse por mim.

A madre levantou-se, baixou ligeiramente a cabeça em assentimento, mas quando virava as costas, percebeu que Philippa ainda não tinha acabado.

– Sabe, madre, foi na capelinha moçárabe do mosteiro de Celanova que o Senhor me revelou que iria casar com D. João, que me tornaria rainha de Portugal. Fiz tudo para merecer essa honra, mas deixe que lhe agradeça ter-me recebido aqui em sua casa, neste mosteiro de que tanto gosto; deixe que lhe diga obrigado por não ter tido medo da minha doença, que a põe também a si em risco. Entre estas paredes sinto-me em casa...

Mesmo que quisesse, a freira não lhe poderia ter respondido, a voz embargada pelas lágrimas. Limitou-se a fazer de novo uma vénia e a sair, apressada. Exausta, Philippa deixou-se cair nos travesseiros e abriu a boca para a colher de xarope que a irmã enfermeira lhe estendia, solícita. Em seguida adormeceu.

☙

Pela frincha maior da cela da enfermaria viu que o sol se punha. Deixou que os olhos se abrissem lentamente, e o olhar estacou de alegria quando caiu sobre três espadas reluzentes, pousadas num banco corrido junto à parede.

Virou a cabeça com dificuldade, a respiração ofegante, e percebeu que ajoelhados junto à cama estavam o rei, Duarte, Pedro e Henrique. Isabel também ali estava, sentada no banco da enfermeira, com um pacho na mão pronto a colocar na testa da mãe, e mais ao longe, por detrás das grades que franqueavam a entrada para este espaço de doença, muita gente. Silenciosa e expectante.

Duarte foi o primeiro a perceber que a mãe acordara. Levantou-se depressa e abraçou-a, e os outros, alertados pelo seu movimento, ergueram-se também.

Philippa sorriu-lhes, os olhos cheios de lágrimas:

– Que bom é ver-vos todos juntos... há muito tempo que andava um para cada lado – sussurrou.

Os filhos entenderam imediatamente, como os mais novos tinham entendido, que o registo daquele encontro tinha de ser o de um qualquer dia: sem choros de carpideiras nem gritos de saudade. A disciplina de uma vida inteira era agora mais necessária do que nunca.

Henrique entrou no jogo imediatamente, e com o egocentrismo que o caracterizava, ao fim de uns segundos já mergulhava nas descrições dos pormenores da viagem. A rainha divertia-se a vê-lo, tão igual a si mesmo. Duarte bem o tentava calar, mas Philippa segurou a mão do seu primogénito e apertou-a junto do coração:

– Deixa-o, Duarte, este é o momento de pensar em viagens.

O rei, com os olhos inchados, tentou em vão entrar na conversa, mas a voz tremia-lhe e não saíam mais de duas palavras. Pedro sentou-o no banco e pôs-lhe um braço protector em redor dos ombros, e Isabel ajoelhou-se junto dele e pousou a cabeça nos seus joelhos. Duarte, ao olhá-los, pensou: «Enganei-me, o meu pai é ainda mais frágil do que eu, mas tem tal amor à vida que facilmente o fará apaixonar-se de novo por ela, por muito grande que seja a perda. Se eu fosse assim...» Mas mais ninguém teve tempo para nostalgias, porque Henrique parara de tagarelar quando, de repente, vira as espadas:

– *Mummy*, são para nós?

A mãe riu abertamente, apesar da dor que rir lhe provocava na boca, no peito, no corpo inteiro:

– Quem te ouvisse, filho, diria que tens a idade do Fernando, e não vinte anos, um cavaleiro pronto para a sua primeira batalha.

Henrique, em lugar de se ofender, desatou a rir também, com aquela confiança cega de que aquilo que desejava se realizaria, e como não desejava que a mãe morresse nunca, tal nunca aconteceria.

Em dois passos atravessou a enfermaria e trouxe, cautelosamente, as espadas pousando-as em cima da cama:

– Mas, *mummy*, é por ser um cavaleiro, quer dizer, quase um cavaleiro, que preciso de uma espada como esta! Qual é a minha?

Isabel ainda o tentou mandar calar, vermelha de fúria com aquele egoistazinho que mesmo ali, mesmo com a mãe pálida num leito de morte, se preocupava com guerras e conquistas:

– A tua não é nenhuma, que devias mas era ter ido para Sintra com o João e o Fernando – ripostou, endireitando-se de um salto.

A discussão entre os filhos teve o efeito de afastar o rei da sua auto-comiseração, e devolvê-lo ao seu papel:

– Se se calassem os dois?

Pegando na mão da mulher, perguntou-lhe numa voz ainda trémula, mas mais segura:

– D. Filipa, que destino quer dar a estas espadas?

– Esperava vê-los armados cavaleiros, mas como vou partir também, pedia ao rei autorização para fazer aqui e agora cumprir a cerimónia de entrega das espadas...

– El-Rei consente – disse o rei, rapidamente a perder de novo a compostura.

Ao ouvirem os pais, Duarte e Pedro, os olhos cheios de lágrimas e os punhos cerrados como se quisessem derrotar a morte, e Henrique, subitamente compenetrado, ajoelharam-se junto da cama. Philippa, com a ajuda de João, ergueu a primeira espada, maior do que as outras duas, e disse:

– Duarte, meu filho, foste escolhido por Deus para governar este reino. Sei, melhor do que ninguém, que não tem sido fácil, que não será fácil. Mas lembra-te que a maior qualidade de um governante é a justiça. Usa esta espada, quando tiveres esgotado todos os meios de a implementares de outra maneira. Esta é a espada da Justiça, com a força que vem dos teus antepassados, e que espero passe das tuas mãos para as do meu neto mais velho, e das dele para as do seu filho, e assim para todo o sempre.

A irmã enfermeira trouxe-lhe aos lábios feridos um pouco de água, e a rainha molhou-os apenas, e respirando fundo, continuou:

– Pedro, meu querido filho, aquele que sempre me trouxe uma flor de um passeio no campo, aquele que me galanteou o coração com um elogio sempre pronto, mas sincero, Pedro, meu filho, dou-te esta espada para que defendas as damas e as mulheres de Portugal. Que imponhas sempre o respeito que lhes é devido, e as sirvas também tu, para que possam viver em honra e felicidade.

Henrique não conseguia tirar os olhos da terceira espada, daquela que seria a sua: o punho dourado, a lâmina que reluzia à luz das velas que iluminavam a cela. «Tão afiada», pensava, radiante, quando ouviu a voz da mãe a chamá-lo:

– Henrique?

– Minha mãe?

– Pega na espada, filho, vês como é pesada?

Henrique lançou as mãos habilmente ao punho da espada, e levantou-a triunfante:

– É pesada, mãe, mas eu sou capaz de a brandir como se fosse um canivete.

Até o pai João sorriu. A emoção e a alegria que o seu filho punha em tudo aquilo em que se envolvia era contagiante – ainda hoje estivera

496

a ler os «argumentários» que os conselheiros de Estado haviam pedido a cada um dos infantes que escrevesse, dizendo da validade da Grande Expedição. Os escritos de Duarte e Pedro eram impecáveis, rigorosos, fundamentados, e o de Henrique, hilariantes. Basicamente, pensou o pai por segundos distraído da agonia de Philippa, argumentava que era bom partir, porque sim, porque era preciso não dar tréguas aos infiéis, e porque ele queria e porque ele acreditava e ponto final. O certo era que, na verdade, transformava a sua fé em actos, e os barcos lá estavam no Tejo, a balouçar à nortada que naquela tarde se levantara.

– A ti, Henrique, peço-te que protejas os nobres deste reino, porque são eles a força de um país, são eles os que respondem quando é preciso partir em conquista de outros lugares, ou salvaguardar os que temos. Mas deixo-te mais, Henrique, deixo-te o astrolábio do meu mestre e amigo Chaucer, para que sigas os teus impulsos, e o vento, e tornes Portugal ainda maior do que é, sem esqueceres que o teu nome é o dos reis de Inglaterra.

– Deixa-me? – disse de repente Henrique, assustado, como se pela primeira vez tivesse entendido, tão embrenhado estava na excitação da sua própria partida, na paixão pelos seus barcos, no entusiasmo dos seus homens... no projecto de Ceuta.

– Deixa-me? Mas onde é que a *mummy* vai? – insistiu, desesperado.

Isabel já não continha a fúria:

– Achas que vai na Expedição contigo, meu idiota? – disparou.

Pedro abraçou-a com força, e contra o seu ombro a princezinha de dezassete anos chorou as lágrimas todas que há dias prendia, no seu desejo de ser a mãe, de imitar a mãe, de proteger tudo e todos como a mãe protegia.

Philippa puxou-a para si e murmurou, já sem conseguir levantar a cabeça:

– Querida filha, os teus irmãos tomarão conta de ti, e acredita que parto para o sítio para onde sempre quis ir, para perto da minha mãe, do meu pai, de Branca e de Afonso. Quero que D. Brites te apoie sempre, e já sabes que te deixo as minhas jóias e as minhas terras, e sei que vais encontrar um homem que te vai fazer tão feliz como o teu pai me fez a mim. Não te esqueças de pedir ao pai que te pendure ao pescoço este medalhão sagrado, que tem a imagem dos teus avós, e me foi dado quando casei.

Uma mão apertou a do marido e a outra segurou com força o medalhão que a enfermeira lhe voltara a colocar ao pescoço – a mãe, o pai, e a rosa de Lancaster, o segredo de tudo aquilo que era, de tudo aquilo que fora, preso entre os seus dedos. E suspirando, sorriu e fechou os olhos.

※

À sua frente, Elisabeth gritava: «A última a chegar é uma mariquinhas», e ela punha esporas ao cavalo e com os cabelos ao vento galopava atrás dela, sentindo-se livre, tão livre como quando o sal e o vento do barco em que viajara para Portugal lhe enchiam os olhos e o cabelo. E a voz de Elisabeth, quente e provocadora, chamava-a: «Vou chegar primeiro do que tu. Vou ganhar, vou ganhar!»
«Primeiras a ver a mãe», berrou Philippa. E de repente perdendo o medo, incitou o seu alazão a correr, e ultrapassou a irmã, o chapéu a fugir-lhe da cabeça, os olhos azuis mais brilhantes do que nunca.
Ao longe um castelo de quatro torreões, e cada vez mais próximo, mais próximo, mais próximo, o imenso portão de carvalho do castelo de Bolingbroke, que se abria para si. Philippa voltava a casa.

EPÍLOGO

Philippa morreu aos 55 anos, vinte e nove anos depois de ter chegado a Portugal. Foi enterrada naquela mesma noite no cemitério do mosteiro de Odivelas, para minimizar o risco de contágio com a peste. E nessa mesma noite o «vento Aquilão, do Norte» soprou forte. Era o vento certo para partir, e os infantes faziam honra à sua educação: morder o lábio para que não trema e caminhar em frente. Acima de tudo sabiam que desistir, deixar cair aqueles que deles dependiam, era a pior forma de honrar a memória da mãe. A trasladação para a capela mortuária no Mosteiro da Batalha, que a própria Philippa mandara construir, ficou marcada para o regresso da Grande Expedição. E a 25 de Julho partiam de Lisboa, sem que, teoricamente, ninguém soubesse qual era o destino. Uma esquadra de 240 naus e galés, um exército de 20 mil homens, entre eles a maioria dos cavaleiros do reino, e de 30 mil remadores. Em Lagos, dias depois, o bispo que os acompanhava rezou missa pelo sucesso da viagem, afirmando que só esta vitória permitiria ao rei resgatar a culpa de por suas mãos ter corrido sangue cristão, o dos seus irmãos de Castela. Aos infiéis, portanto... A praça de Ceuta caiu a 22 de Agosto. Philippa não esperaria outra coisa dos seus filhos.

DRAMATIS PERSONAE

A

AFONSO, CONDE DE BARCELOS, filho bastardo de D. João, Mestre de Avis, e de Inês Peres, de Veiros. Mais tarde conde de Barcelos por casamento com a filha de Nuno Álvares Pereira, e já depois da morte do pai, feito duque de Bragança – o primeiro da Casa de Bragança.

AFONSO, INFANTE, segundo filho de Philippa e João, morreu aos dez anos e foi sepultado na Sé de Braga, onde se encontra hoje numa urna de chumbo e ouro que vinte anos depois a sua irmã Isabel enviou de Bruges para o efeito.

ALICE PARRERS, amante do avô de Philippa, Edward III.

B

BEATRIZ DE CASTRO, sobrinha de Inês de Castro e dama da corte de Avis. Diz a lenda que foi ela a dama que a rainha apanhou a ser beijada pelo marido, dando origem aos frescos da Sala das Pegas. Mais tarde João I mandou matar o seu amante, o camareiro Fernando Afonso, e terá sido enviada como castigo para a corte de Castela.

BEATRIZ PEREIRA ALVIM, única filha de Nuno Álvares Pereira, casa com Afonso, o filho bastardo de João I, entretanto legitimado pelo Papa.

BEATRIZ PERES, filha bastarda de João I e de Inês Peres, tinha oito anos quando Philippa chegou a Portugal e foi educada junto de si. Mais tarde a rainha negoceia o seu casamento com um conde inglês, Thomas FitzAlan, Conde de Arundel.

BEAUFORT – Nome de uma terra francesa que pertencia a John of Gaunt, que o pai de Philippa escolheu para os seus filhos bastardos, filhos de Katherine Roet Swynford. Não punha assim em risco a herança dos seus filhos legítimos. Foram eles, John, Henry, Thomas e Joan.

BLANCHE OF LANCASTER, mãe de Philippa, Elisabeth e Henry. Detentora do título de duquesa que passa ao marido, John, por casamento.

BLANCHE ST HILAIRE MORIEUX, filha bastarda de John of Gaunt, meia-irmã de Philippa, casada com um militar do exército inglês, Thomas of Morieux. Veio para Portugal com Philippa, e recebeu aqui a notícia da morte do marido em Castela.

BLANCHET SWYNFORD, filha de Katherine e do seu primeiro marido, Hugh. Criada com Philippa.

BRANCA, INFANTA, primeira filha de Philippa e João, morreu um ano depois de ter nascido. Sepultada na Sé de Lisboa.

BRITES GONÇALVES DE MOURA, nomeada pelo rei chefe da Casa da Rainha, logo após o casamento de Philippa; falava francês fluentemente e foi um precioso auxílio na tentativa que esta fez de impor novas regras na sua corte.

C

CATALINA PLANTAGENET, filha de Constanza de Castela e de John of Gaunt, meia-irmã de Philippa. Mais tarde rainha de Castela.

CHAUCER, Geoffrey, poeta, embaixador e astrónomo da corte inglesa, ao serviço da família Lancaster. Tutor e amigo de Philippa. Trovador do seu amor pela mãe da princesa, Blanche, sobre quem escreveu um livro (*The Death of Blanche the Duchess*), ficou também conhecido pelo seu *Tratado Sobre o Astrolábio*.

CONSTANZA DE CASTELA, segunda mulher de John of Gaunt, madrasta de Philippa. Filha de Pedro, *o Cruel*, rei de Castela e Leão, considerava-se a legítima pretendente ao trono, ocupado pelo «usurpador» Henrique de Trastâmara.

E

EDWARD III, rei de Inglaterra e avô de Philippa.

EDWARD, THE BLACK PRINCE – Irmão mais velho de John of Gaunt e pretendente ao trono. Grande soldado, ficou doente novo, e morreu cedo. O seu herdeiro também morreu, vindo o filho mais novo a suceder ao avô.

ELISABETH, a irmã mais nova de Philippa. Casou primeiro com John Hastings, de apenas nove anos, em seguida com John Holland, meio-irmão do rei Richard de Inglaterra. Acompanhou Philippa até Portugal, porque o seu recém-marido lutava nos exércitos do pai John of Gaunt. Teve um filho, a quem pôs o nome Richard, em Santiago de Compostela, e cinco outros depois de ter voltado para Inglaterra com o pai. Teve ainda um terceiro casamento, John Cornwall.

EMMA, uma das damas mais queridas de Philippa. O seu «vencimento» anual vem descrito em facturas pagas por John of Gaunt.

ENRIQUE III DE CASTELA, casou ainda criança com Catalina, meia-irmã de Philippa, e foi coroado rei muito cedo, por morte do seu pai.

F

FERNANDO AFONSO ALBUQUERQUE, grão-mestre da Ordem de Santiago, embaixador de João I na corte inglesa, para negociar o Tratado de Windsor e o apoio a Portugal contra Castela. Teve uma filha, Lora, de uma dama inglesa e trouxe-a consigo quando regressou com John of Gaunt e a sua comitiva.

FERNANDO AFONSO, camareiro favorito de João I, que quando foi encontrado na alcova de Beatriz de Castro, foi condenado por traição a ser qucimado no Rossio.

FERNANDO I, rei de Portugal, e meio-irmão de João I.

FRANCIS BEACON, personagem de ficção. No livro é irmão de Emma e está apaixonado por Philippa.

G

GAUNT, JOHN, pai de Philippa. Terceiro filho sobrevivo do rei de Inglaterra, Edward III, da Casa dos Plantagenet. Foi baptizado pelo povo com o segundo nome, «Gaunt», porque nasceu em Ghent, na Flandres, de onde a mãe era natural. Tornou-se duque de Lancaster pelo primeiro casamento, e apelidava-se rei de Castela e Leão, depois do casamento com Constanza de Castela. Contando apenas os que chegaram à idade adulta, teve nove filhos, duas das raparigas coroadas rainhas, e Henry of Bolingbroke, rei de Inglaterra, embora já depois da sua morte.

H

HEATHER, nome de ficção para a ama de leite de Elisabeth, irmã de Philippa.

HENRIQUE DE TRASTÂMARA, o «usurpador» do trono de Castela, contra quem John of Gaunt lutou.

HENRY OF BOLINGBROKE, o irmão mais novo de Philippa, nascido no castelo de Bolingbroke, de onde lhe ficou o título. Mais tarde rei de Inglaterra, com o nome de Henry IV.

HUGH SWYNFORD, cavaleiro ao serviço da Casa Lancaster, com quem Katherine foi obrigada a casar. Pai dos seus dois filhos mais velhos, Blanchet e Thomas. Morreu em Bruges, onde lutou pelo exército inglês.

I

INÊS PERES, de Veiros (no Alentejo), amante do Mestre de Avis e mãe dos seus dois primeiros filhos, Afonso e Beatriz. Foi feita Comendadeira do Mosteiro de Santos, mas pouco se sabe da sua vida. O pai era um cristão-novo, o Barbadão, que se diz ter deixado crescer a barba até morrer, em sinal de vergonha pela violação e rapto da filha pelo mestre, de quem nunca quis receber nada.

J

JOAN BEAUFORT PLANTAGENET, a filha bastarda de John of Gaunt e Katherine, mais tarde legitimada. É dos seus descendentes que irá partir depois uma nova linha real inglesa. Enterrada na Catedral de Lincoln com a sua mãe.

JOAN OF KENT, mãe do rei Richard II de Inglaterra e tia de Philippa por casamento com Edward, o Príncipe Negro, que morreu novo.

JOÃO DAS REGRAS, jurisconsulto e um dos principais conselheiros de D. João I. O autor das alegações ao Papa que permitiram a «eleição» do Mestre de Avis pelas cortes portuguesas.

JOÃO I, MESTRE DE AVIS, filho de Pedro I e de Teresa Lourenço, galega, meio-irmão de Fernando I e dos filhos de Inês de Castro. Feito mestre da ordem de Avis aos dez anos, tinha até aí vivido com o seu avô materno. Coroado rei por vontade do povo, e graças à argumentação de João das Regras junto do Papa, pediu ajuda a Inglaterra (Tratado de Windsor) para defender o reino contra Castela. Pai de dois filhos bastardos. Casou tarde com Philippa, de quem teve oito filhos.

JOÃO RODRIGUES DE SÁ, um dos cavaleiros de João I, nomeado para casar por procuração com Philippa, em Celanova.

JOHN HASTINGS, primeiro marido de Elisabeth, irmã de Philippa. Tinha apenas nove anos quando casou, e o matrimónio foi declarado nulo alguns anos depois, por nunca ter sido consumado.

JOHN HOLLAND, segundo marido de Elisabeth, portanto cunhado de Philippa. Esteve em Portugal como general do exército do sogro. Pai de cinco filhos de Elisabeth, foi mais tarde decapitado por ordem do rei de Inglaterra, Richard II, seu meio-irmão.

JOHN TUTTOR, frade que ensinava Philippa. O seu nome vem referido em documentos de John of Gaunt, mas não se sabe se o apelido «tutor», que em inglês significa professor, era uma coincidência ou resultou da função que desempenhava.

JUAN DE CASTELA, filho de Catalina e futuro rei de Castela.

K

KATHERINE ROET SWYNFORD, preceptora dos filhos de John of Gaunt, era simultaneamente a sua amante. Viveu com Philippa praticamente desde a morte da mãe desta até aos seus dezoito anos e foram amigas até à sua morte. Trouxe com ela os seus dois primeiros filhos, Blanchet e Thomas. Durante esse período foi mãe de quatro meios-irmãos da princesa (John, Henry, Thomas e Joan), que receberam o apelido Beaufort. Muito mais tarde John of Gaunt casou com ela, na catedral de Lincoln, e legitimou os seus filhos, que ocuparam cargos importantes na sociedade inglesa. Joan, por exemplo, deu «origem» à continuação da linha real. Está enterrada na catedral onde casou.

L

LANCASTER, nome de família de Philippa. O título existe até hoje. Em Portugal foi «aportuguesado» para Lencastre, mas a rainha nunca assinou com tal nome.

LANÇAROTE VICENTE, ou Lourenço Vicente como também era conhecido, arcebispo de Braga, companheiro de armas do rei, com quem lutou em Aljubarrota. Presente no casamento por procuração de Philippa, foi nomeado protector da futura rainha nos seus primeiros tempos em Portugal, e manteve-se sempre próximo da família real. Philippa chamava-lhe «Lancelot», como o cavaleiro da Távola Redonda.

LENCASTRE, ver Lancaster.

LEONOR TELES, mulher do rei Fernando I, meio-irmão de João I. Foi regente de Portugal, e o Mestre de Avis matou o seu amante, o conde de Andeiro, no paço de São Martinho, em Lisboa.

LOPO DIAS DE SOUSA, tutor dos infantes, membro da Ordem de Cristo, desempenhou um papel fundamental na educação dos príncipes, que o próprio D. Duarte ressalvou no *Leal Conselheiro*.

LORA, filha do embaixador Fernando de Albuquerque, mestre da Ordem de Santiago, e de uma dama inglesa. Veio com o pai para Portugal e foi educada na corte com os filhos de Philippa.

LOURENÇO ANES FOGAÇA, chanceler do reino, enviado a Inglaterra para negociar o tratado de Windsor, veio com Philippa para Portugal. Foi nomeado tesoureiro da Casa da Rainha.

M

MARIA DA LUZ, personagem de ficção, gémea de Perpétua, ambas parteiras.

MARY BOHUN, primeira mulher de Henry of Bolingbroke, irmão de Philippa. Morreu a dar à luz o sexto filho, uma sobrinha a quem tinha insistido em dar o nome da rainha de Portugal.

MAUD, a ama de leite e que esteve sempre próxima de Philippa, conforme contas pagas por John of Gaunt.

MÉCIA LOURENÇO, madrinha do Infante D. Henrique.

P

PERPÉTUA, personagem de ficção. Parteira de todos os filhos de Philippa, em conjunto com a sua irmã gémea, Maria da Luz.

PHILIPPA OF HAINAULT, avó de Philippa, rainha de Inglaterra, nascida na Flandres (em Hainault!). Mãe de nove filhos, cinco deles rapazes, tinha um temperamento muito simples e afável, o que fazia dela uma monarca muito popular.

PHILIPPA OF LANCASTER (PLANTAGENET), filha de John of Gaunt e de Blanche of Lancaster. Rainha de Portugal, por casamento com João I de Portugal, e mãe dos seus oito filhos – a Ínclita Geração.

PHILIPPA ROET CHAUCER, irmã mais velha de Katherine e mulher do poeta Chaucer.

R

RICARDO DE VALENÇA, personagem de ficção, escudeiro e depois cavaleiro de João I.

RICHARD II, primo direito de Philippa, que sucedeu ao seu avô no trono de Inglaterra. Foi coroado aos dez anos e destronado (e morto) anos mais tarde por Henry of Bolingbroke. Foi o rei com que Portugal assinou o Tratado de Windsor.

T

TERESA, personagem de ficção, dama de Philippa e sua especial amiga. Mais tarde casa com Lourenço Fogaça.

THOMAS FITZALAN, conde de Arundel, casou – por acordo feito entre a rainha Philippa e o seu irmão Henry, rei de Inglaterra – com a filha ilegítima de D. João I, Beatriz Peres.

THOMAS OF MORIEUX, cunhado de Philippa, casado com Blanche, meia-irmã, morreu em Castela durante uma batalha na «reconquista» do trono para o sogro, John of Gaunt.

THOMAS SWYNFORD, filho de Katherine e do primeiro marido, Hugh, criado com Philippa e os filhos de John of Gaunt. Enviado para a corte com Henry of Bolingbroke, de quem foi sempre cavaleiro fiel.

W

WILLIAM APPLETON, médico da família Lancaster, próximo de John of Gaunt, Katherine e filhos. Frade beneditino, morto na Revolta dos Camponeses, em Londres.

NOS CAMINHOS DE FILIPA DE LENCASTRE

Podem aventurar-se a seguir os passos de Filipa de Lencastre, primeiro em Inglaterra, depois na Galiza, e mais tarde em Portugal. Dizemos-lhe o que esperar de cada um desses pontos de paragem obrigatórios.

Londres

Palácio Savoy, Londres. Ardeu completamente na «Revolta dos Camponeses». Mais tarde houve várias tentativas de reconstrução, mas acabou em ruínas. No local existe apenas uma pequena capela, já moderna, mas que conserva o nome de Savoy Chappel.

St. Paul's Cathedral. É uma das maiores catedrais da capital do Reino Unido, mas a actual é uma reconstituição da original que ardeu no Grande Incêndio de Londres. Algures nas cinzas ficaram os túmulos de John of Gaunt e da sua mulher, Blanche of Lancaster, pais de Philippa.

British Library. As iluminuras do encontro de Ponte de Mouro, entre John of Gaunt e João I, e do casamento do rei com Philippa of Lancaster, na catedral do Porto, são da autoria de Jean of Warvin's (incluídas nas suas *Chroniques d'Angleterre*). Podem ser visitadas na Biblioteca – é preciso pedir autorização com uns dias de antecedência –, ou acedidos através do *site* desta instituição (www.bl.uk), que inclusivamente lhos pode vender e enviar através do correio.

Windsor Castle, um dos castelos da família real inglesa, que ainda hoje é por ela ocupado. Mas há uma grande parte aberta ao público, podendo ser visitado. Fica a 45 km do centro de Londres

Westminster Abbey, catedral no centro de Londres, onde Richard II foi coroado e, mais tade, Henry IV, irmão de Philippa, também. Pode ser visitada, ou ter a imensa satisfação de ali assistir a uma missa solene de domingo.

Barking Abbey, era uma antiquíssima abadia de freiras nos arrédores de Londres, financiada pela realeza e que acolhia as viúvas, ou as «solteironas» das melhores famílias. A madre superiora de Barking presidia a todas as outras do país, com um poder imenso. Philippa passou alguns períodos nesta abadia – nomeadamente durante a Revolta dos Camponeses. Muito mais tarde a abadia foi destruída, pela cidade que lhe cresceu por cima.

A Norte

Kenilworth Castle, a 160 km de Londres, para noroeste. Vale a pena visitar o castelo favorito de Philippa. Inserido numa pequena vila tipicamente inglesa, ocupa uma área imensa murada. Ao contrário do que acontecia no tempo da princesa, já não é uma península rodeada de água, porque o rio que por ali passava foi desviado e a barragem destruída. Dentro das muralhas do castelo, há quatro grandes marcas – a ala de John of Gaunt, a do amante da rainha Elisabeth (filha de Henry VIII), e um pequeno palácio que este construiu para ela. Para além da ala das cavalariças, transformada num pequeno museu e cafetaria. Com a ajuda dos auriculares que permitem ir ouvindo a história, é possível sentir-se a regressar ao tempo em que Philippa e a família ali viveram. Se não puder ir até lá pode fazer uma visita virtual em www.english-heritage.org.uk/kenilworthcastle/

Leicester

Leicester Castle. Prepare-se para uma desilusão. A cidade industrial comeu quase todas as memórias da parte velha. Mas há ainda vestígios do castelo original, que se caracterizava por ser modesto em comparação com os que lhe sucederam. Foi aqui que Philippa nasceu, que o seu irmão Henry terá casado e que o seu pai morreu.

Leicester Cathedral. A catedral é bonita, e é fácil imaginar como decorreu entre aquelas paredes um baptizado, o de Philippa, e um casamento real, o de Henry.

St. Mary de Castro Church, é exactamente este o nome da igrejinha onde Philippa rezava, e onde Geoffrey Chaucer casou com a irmã de Katherine Roet Swynford, a amante de John of Gaunt. A explicação para o nome, está bem próxima, nas escavações de um castro romano ali ao lado. A igreja é sóbria e bonita, com uma estatueta da Virgem a encimar a porta. O cemitério que a rodeia, com as suas lápides entre os carvalhos e os choupos, merece uma visita.

Castelo de Bolingbroke. Este era o castelo da família Lancaster, aquele que, segundo reza a história, Blanche, mãe de Philippa, preferia. Foi ali que ela nasceu e morreu. Estaria a cerca de seis, sete dias de viagem da capital no século XIV, mas agora faz-se idealmente em dois dias, com uma estadia pelo caminho, para não tornar o passeio demasiado cansativo. Old Bolingbroke fica a 220 quilómetros de Londres, no Linconshire. O campo, nesta zona, é lindo, cheio de animais selvagens, de coelhos a raposas, que atravessam calmamente a estrada. Quando se chega a Old Bolingbroke, uma aldeia com vinte casas, tem-se a sensação de que se chegou ao fim do mundo... Do castelo em si – é seguir as placas – restam só as muralhas exteriores. Felizmente os painéis colocados no seu interior, em cada uma das torres, mostram como era antes de ter sido destruído já no século XVIII. O irmão de Philippa que aqui nasceu, recebeu o nome de Henry of Bolingbroke, e foi rei de Inglaterra, contra todas as expectativas. Pode visitá-lo virtualmente através do site www.bolingbroke.uk.

Lincoln Cathedral. A catedral é francamente imponente, no meio de uma pequena cidade, 230 km a norte de Londres com um centro histórico magnificamente conservado, e ainda cheio de vida (e lojas!). Foi aqui que casaram, finalmente, John of Gaunt e a sua amante e mãe dos seus quatro filhos, Katherine Swynford. Katherine e a sua filha mais nova, Joan, estão sepultadas em urnas, mesmo junto do altar-mor.

Burford Castle. Na região de Shropshire, Burford é a oeste de Birmingham, a 240 km de Londres. Não resta nada do castelo em si, transformado numa casa senhorial, que é hoje uma fantástica loja de decoração e galeria de arte. Contudo, a igrejinha é uma agradável surpresa. A placa a apontar para Burford House passa quase despercebida e na internet pouco ou nada se encontra para ajudar a localização. Mas quando finalmente se chega a St. Mary's Church, fica-se maravilhado. De arquitectura românica, está intacta, e mesmo à semana a porta mantém-se aberta, para espanto de quem não acredita em tanta confiança. Ao rodar a maçaneta e conseguir entrar, tem-se a sensação de se ser um ladrão bem-sucedido, mas uma mesa logo à entrada ostenta um pequeno letreiro a dar as boas-vindas aos que chegam, indicando-lhes o local dos interruptores, e pedindo-lhes que apaguem a luz e a porta quando saírem. Apesar de sabermos que nos esperam, sem saberem que vínhamos, e ao depositarem confiantemente nas nossas mãos aqueles tesouros, sentimo-nos Indiana Jones. Porque junto do altar-mor, do lado esquerdo de quem entra, está aos olhos de todos a urna de Elisabeth.

A imagem da princesa, que nasceu e foi aqui enterrada, esculpida por cima do túmulo, oferece uma surpesa acrescida: é pintada, dando-lhe uma vivacidade que torna muito mais fácil «construir» a personagem da irmã rebelde de Philippa, que como o seu pai, John, casou três vezes, a última das quais com um primo afastado, John Cornwall, que a trouxe de volta para o seu local de nascimento. É mágico.

Galiza

Abadia dos Reis, Santiago de Compostela, situada na praça principal, frente à catedral, esta abadia é hoje um «parador», onde se pode ficar alojado. Tal e qual ficaram as mulheres da casa de Lancaster, quando John of Gaunt conquistou a cidade, mudou o bispo, e declarou-a sua.

Celanova, Mosteiro de San Rosendo (Galiza, a 230 km do Porto); foi aqui que ficaram alojados John of Gaunt e a família quando João I lhes pediu que fossem ter com ele a Ponte de Mouro (que dividia Portugal da Galiza). Mosteiro beneditino, fundado por um nobre de Castela, que gozou de imenso prestígio ao longo dos tempos, e que vale a pena visitar, apesar de hoje ter mais traços barrocos do que góticos, e de a maioria dos seus espaços estarem ocupados por repartições públicas (resultado do período republicano e da guerra civil). Peça para lhe mostrarem, num pátio interior, a pequenina capela moçárabe, que lá estava quando Philippa lá esteve! Repare na roseira vermelha, que tal como as janelas pelas quais entra um raio de sol nos equinócios, não são obra de ficção.

Portugal

Ponte de Mouro, a 10 quilómetros da vila de Monção, uma pequena ponte romana, sobre o rio Mouro, foi o local do primeiro encontro entre John of Gaunt e João I. Foi aqui, em tendas montadas, segundo descrições pormenorizadas de Fernão Lopes, que o rei de Portugal escolheu casar com Philippa, e ajudar o sogro na reconquista do trono que dizia ser seu. O terreiro, do lado que era então português, é magnífico, com uma igreja e um oratório sob enormes carvalhos e plátanos. O rio corre estreito no fundo de uma garganta aberta na pedra. Uma placa assinala, na estrada principal, o célebre encontro.

Monção. A cidade cresceu de forma pouco característica, mas mantém as muralhas magníficas sobre o rio Minho. Foi aqui que a comitiva de João I se albergou, enquanto decorreram as negociações com os ingleses em Ponte de Mouro, a dez quilómetros. Voltaria ao castelo dois anos depois, já com Philippa grávida, para preparar a tomada de Melgaço.

Melgaço, vale a pena a visita ao castelo e à vila que as muralhas rodeiam, que primeiro John of Gaunt e depois João I conquistaram a Castela. Está extraordinariamente bem conservada, e encontra lojas de produtos regionais, como o vinho Alvarinho, muito cuidadas.

Mosteiro de Fiães, um pequeno convento próximo de Melgaço, que ainda é possível visitar. Na estrada Monção para Melgaço, quase ao chegar a esta última, é preciso estar com atenção à placa indicativa. Terá sido aqui que Philippa ficou, enquanto João e o seu exército se preparavam para conquistar Melgaço.

Sé de Braga. É aqui que se encontra sepultado o varão mais velho de Philippa e João, o pequenino Afonso, que aos dez anos morreu numa peregrinação a Santiago de Compostela. Neste momento está enterrado no túmulo de bronze dourado, que anos mais tarde foi enviado de Borgonha para este propósito, pela sua irmã mais nova, a infanta Isabel, entretanto casada com Filipe III, *o Bom*. O túmulo encontra-se no piso térreo da torre, do lado sul.

Porto. O Porto é a primeira grande cidade portuguesa que Philippa conhece, aquela onde aguarda a autorização de casamento no Paço Episcopal (que se mantém intacto), aquela onde oficializa a proposta (Convento de S. Francisco, destruído e sobre o qual foi construído o Palácio da Bolsa) e onde se casam (Sé do Porto, de visita obrigatória). Muito mais tarde volta à cidade para dar à luz o infante D. Henrique (na Casa do Infante, na rua da Alfândega, n.º 10, hoje arquivo e museu), que é baptizado na catedral onde os pais casaram.

Paço Real de Coimbra, o paço real era no local onde depois se instalou a Universidade. É possível fazer uma visita atenta e encontrar os vestígios desses tempos. E imaginar Philippa a presidir ali às primeiras cortes, e a ali receber a notícia da doença do marido com quem até então só passara três noites, ou a da morte de Thomas of Morieux.

Paço Real de Óbidos, o castelo de Óbidos e a sua pequenina vila dentro de muros, era o presente de casamento que tradicionalmente todos os reis portugueses davam às suas rainhas, desde que D. Dinis iniciara essa prática. Philippa não foi excepção.

Mosteiro da Batalha, construído no local da batalha de Aljubarrota em agradecimento do rei à Virgem pela vitória contra Castela. Philippa acompanhou de perto as obras, mandou vir os seus arquitectos para contribuírem com as suas ideias – sendo o mais famoso Huguet, de nacionalidade irlandesa, e que trabalhara nos palácios ingleses em que vivera. Foi Philippa que pediu uma capela mortuária individual, destinada a acolhê-la a ela, ao marido e aos filhos em imponentes túmulos de mármore, com as efígies dos seus ocupantes esculpidos a três dimensões. Estão sepultados na Batalha, a rainha e o rei, Duarte, o seu filho rei, e os infantes Pedro, Henrique e João. Numa visita pode vê-los quase «ao vivo».

Paço e Castelo de Santarém. Santarém era, segundo os cronistas da época, uma das cidades «com mais nobres» do reino. Rodeado de imensas florestas, era um couto de caça privilegiado, e Philippa adorava caçar. Do castelo só restam vestígios, como algumas das portas, mas a «vista» lá do alto sobre a lezíria não será muito diferente.

Paço e Castelo de Leiria. É uma das «obras» de Philippa melhor preservada até hoje. O modelo arquitectónico e o arranjo de interiores é muito semelhante ao de Kenilworth. Está bem conservado e vale a pena uma visita.

Castelo de Viseu, vale a pena visitar. A parte velha da cidade está bem conservada e as muralhas exteriores do castelo, sobretudo iluminadas à noite, são magníficas. Aproveite para visitar também a Catedral, onde o infante D. Pedro foi baptizado. Depois de Ceuta, Viseu foi doada ao infante D. Henrique e transformada num ducado.

Paço de D. Pedro, Serra d'El Rey, Atouguia da Baleia. Segue-se a estrada entre Óbidos e Peniche, e depois vira-se para Serra d'El-Rei e Atouguia da Baleia. O paço é propriedade particular, e só se pode ver por fora, mas vale a pena espreitar. O lado do mar, que dá para a estrada, é uma muralha interrompida por janelas góticas. Se der a volta ao outro lado, entrando pelos campos, são notórias as semelhanças com a paisagem que rodeia Kenilworth. É uma pena que não seja património nacional, e sobretudo que se encontre com um ar tão abandonado. Apetece reviver ali a História.

Paço da Rainha, Palácio da Vila de Sintra, é um dos exemplares mais bem conservados daquela época, e as descrições que dele faz D. Duarte, no seu *Leal Conselheiro*, ajudam a perceber como era o paço no tempo em que Philippa e João ali viveram. Sabe-se que os reis investiram nas obras do paço, e que a cozinha e a capela resultaram da influência inglesa de Philippa. Aliás a cozinha de Kenilworth é muito parecida com esta, embora de menores dimensões. As duas chaminés, a sua imagem de marca, também lhe podem ser atribuídas.

Paço de A-par de S. Martinho, em Lisboa. Este paço, também conhecido por Paço dos Infantes (porque ali viveram os filhos de Inês de Castro, antes dos de Philippa), situa-se onde depois funcionou a prisão do Limoeiro, e é agora o Centro de Estudos Judiciários. A vista sobre o Tejo, felizmente ninguém lha tirou.

Alcáçova de Lisboa, era também conhecido por este nome o Paço Real de Lisboa, albergado dentro do Castelo de S. Jorge. Foi ali que ao longo dos tempos as famílias reais foram vivendo até o terramoto a ter destruído, mudando-se os reis para a Ajuda, Belém e zonas onde acreditavam estar mais seguros.

Sé de Lisboa, próxima do Paço de A-par de S. Martinho, românica de construção, mantém a dignidade de sempre. Aqui se encontra enterrada Branca, a filha mais velha de Philippa e João.

Convento S. Francisco, Évora. D. João I é dos primeiros reis a mudar a sua corte para o sul, nomeadamente para Évora. Mas como não tinha um paço na cidade, ficava com a família no Convento de S. Francisco, aparentemente o primeiro convento franciscano do país. Foi aqui que nasceu a infanta D. Isabel. Do convento já pouco resta mas a igreja de S. Francisco está bem conservada e vale a pena visitar.

Mosteiro de Odivelas, o mosteiro para onde Filipa se refugiou quando descobriu que tinha peste. E onde morreu. Naquela mesma noite foi enterrada nos terrenos do mosteiro, para depois ser trasladada para a «sua» capela mortuária no Mosteiro da Batalha. A visita não é fácil. É preciso ir ao *site* da Câmara de Odivelas, recolher os contactos do departamento de cultura e fazer uma marcação para um domingo previamente determinado.

BIBLIOGRAFIA

Uma nota especial para o historiador T. W. E. Roche, a única pessoa, tanto quanto fui capaz de descobrir, que dedicou um livro inteiro a Philippa. Numa viagem a Portugal nos anos 60, ficou instalado no Hotel D. Filipa, no Algarve, e descobriu com espanto uma tapeçaria que ilustrava o casamento da princesa inglesa com o rei D. João I. Movido pela curiosidade, investigou a sua vida com rigor, e publicou uma pequenina obra muito descritiva, mas extremamente útil para quem queira seguir o fio condutor da vida desta personagem. Estou--lhe por isso muito grata.

ARRIER, Philippe e George Duby, *História da Vida Privada (da Europa Feudal ao Renascimento)*, Edições Afrontamento, 1990

CHAUCER, Jeffrey, *The death of Blanche the Duchess*, Pollart Macmilan, 1903

CHAUCER, Jeffrey, *A Treatise on the Astrolab*, Pollart Macmilan, 1903

Conde de Sabugosa, *O Paço de Sintra*, Imprensa Nacional, 1903

DE SÁ BRAVO, Hipólito, *El Monasterio de Celanova*, Editorial Everest, 1982

Duarte, Rey de Portugal, *Leal Conselheiro*, Bertrand, 1942

DOMINGUES, Mário – *O Infante D. Henrique – O Homem e a sua Época*, Editora Romano Torres, 1957

FROISSART, Jean de, *Chronique*, British Museum, Harleian

LOPES, Fernão, *Crónica de D. João I (Vols. I e II)*, Livraria Civilização, 1990

MARTINS, Oliveira, *Os filhos de D. João I*, Lisboa, Edições S.I.T, 1947

MARTINS, Rocha, *A Amada do Camareiro*, Medialivros, 2006

MCALEAVY, Tony, *Life in a Medieval Castle*, English Heritage, 2006

PLAIDY, Jean, *Passage to Pontefract*, Putnam, 1982

ROCHE, T. W. E., *Philippa: D. Filipa of Portugal*, Phillimore, 1971

ROSEWEIN, Barbara, *A short History of the Medieval Ages (Vol II)*, Broadview Press, 2004

RUSSEL, Peter, *Prince Henry The Navigator – a Life*, Yale NB, 2001

SARAIVA, António José, *O crepúsculo da Idade Média em Portugal*, Gradiva, 1998, 5.ª ed.

SETEON, Annia, *Katherine*, Hodder, 1954

The Saurum Missal (The Salisbury rite), The Alban Press, 1989 (reimp. 1991)

VIEIRA DA SILVA, José Custódio, *Paços Medievais Portugueses*, IPAR, 2002, 2.ª ed.